Ullstein

ÜBER DAS BUCH:

Der Erfolgsroman *Tohuwabohu,* den der *Tagesspiegel* »das subversivste Buch, das sich denken läßt«, nannte, spielt im südafrikanischen Städtchen Piemburg. Und die Polizei ist schnell an Ort und Stelle, als das alte Fräulein Hazelstone, ein Banner weißer Sitte und Moral, die Ermordung ihres Zulu-Kochs mitteilt. Der Haken ist bloß, daß sie partout darauf besteht, ihn eigenhändig mit der alten Elefantenflinte der Familie umgelegt zu haben. Und damit stehen die örtlichen Polizeigewaltigen vor der leidigen Aufgabe, sich zwischen Aufklärung und Vertuschung des Skandals hindurchzumogeln ...
Wie die Diskretion in der Behandlung des prekären Falles zu einem immer irrsinnigere Ausmaße annehmenden Tohuwabohu führt, schildert Tom Sharpe mit der Detailkenntnis eines aufmerksamen Augenzeugen: Er lebte und arbeitete lange in Südafrika, bis den Mächtigen des Landes sein subversiver Humor zuviel wurde.
Auch Tom Sharpes *Mohrenwäsche* spielt in Südafrika. Dort hatte Sharpe gearbeitet, bis er aus politischen Gründen verhaftet und schließlich ausgewiesen wurde. Er rächte sich mit »wüstem Witz« *(Playboy).*
Der südafrikanische Polizeikommandant van Heerden und sein Stellvertreter Verkramp werden Opfer ihres eigenen Verfolgungswahns. Bei ihrer haarsträubenden Jagd auf vermeintliche Kommunisten, Saboteure und Rassenschänder legen sie ihre eigene Stadt in Schutt und Asche und verwandeln die halbe Beamtenschaft in elektrogeschockte Wracks.
»Aus gellendem Hohngelächter über private und politische Bigotterien die komischsten Geschichten zu machen« hält der *Playboy* für Tom Sharpes »bemerkenswertestes Talent«.

DER AUTOR:

Tom Sharpe wurde 1928 in England geboren, studierte in Cambridge, lernte als Buchhalter, Sozialarbeiter und Fotograf Südafrika kennen, bis er ausgewiesen wurde, unterrichtete als Hilfslehrer an einer Berufsschule in Cambridge, bis ihm der Erfolg seiner Bücher die Freiheit schenkte, mit Frau und drei Töchtern als Schriftsteller zu leben.

Tom Sharpe

Tohuwabohu

Mohrenwäsche

Zwei Romane

Ullstein

ein Ullstein Buch Nr. 23401
im Verlag Ullstein GmbH,
Frankfurt/M – Berlin
Englische Originaltitel:
Riotous Assembly

Indecent Exposure

Übersetzt von Benjamin Schwarz

Ungekürzte Ausgabe

Umschlagentwurf:
Theodor Bayer-Eynck
Illustration:
Brian Bagnall

Taschenbuchausgabe mit freundlicher
Genehmigung des Verlages Rogner &
Bernhard GmbH & Co. Verlags KG,
München

Printed in Germany 1994
Druck und Verarbeitung:
Ebner Ulm
ISBN 3 548 23401 1

Juli 1994
Gedruckt auf alterungs-
beständigem Papier mit
chlorfrei gebleichtem Zellstoff

Die Deutsche Bibliothek –
CIP-Einheitsaufnahme

Sharpe, Tom:
Tohuwabohu: zwei Romane / Tom
Sharpe. [Übers.von Benjamin Schwarz]. –
Ungekürzte Ausg. – Frankfurt/M; Berlin:
Ullstein, 1994
(Ullstein-Buch; Nr. 23401)
ISBN 3-548-23401-1
NE: GT

Vom selben Autor
in der Reihe
der Ullstein Bücher:

Puppenmord (20202)
Trabbel für Henry (20360)
Tohuwabohu (20561)
Mohrenwäsche (20593)
Feine Familie (20709)
Der Renner (20801)
Klex in der Landschaft (20963)
Henry dreht auf (22058)
Alles Quatsch (22154)
Schwanenschmaus in
Porterhouse (22195)
Familienbande (22682)

Tom Sharpe

Tohuwabohu

Allen Beamten der Polizei Südafrikas gewidmet,
die ihr Leben der Erhaltung
der westlichen Kultur in Südafrika weihen

1

Piemburg ist eine einzige Täuschung. Nichts an dem Ort ist genau das, was es zu sein scheint. Zwischen die Ausläufer der Drakensberge gedrängt und an den Fuß eines stattlichen Hügels mit flacher Kuppe geduckt, besitzt es nur wenige Merkmale einer Hauptstadt. Reisende, deren Züge nach Johannesburg manchmal notgedrungen unter dem rostenden Blechornament seines Bahnhofsdaches halten oder die auf der Autobahn daran vorbeiflitzen, können ein winziges Städtchen erblicken, das wie tot und einbalsamiert wirkt. Und Piemburg ist, wie man allgemein hört, tatsächlich tot. Ein verschlafener Winkel wird es genannt, und ein amerikanischer Besucher soll beim Anblick von Piemburg gesagt haben: »Halb so groß wie der New Yorker Friedhof und zweimal so tot.« Und ganz unbestreitbar scheint auf den ersten Blick absolut kein Leben in der Stadt zu herrschen. Sie liegt unter der afrikanischen Sonne in ihr Tal geschmiegt und schläft. Ihre roten Eisendächer und schmiedeeisernen Balkone zeugen von einer fernen Zeit längst vergessenen Unternehmungsgeistes. Ihre Straßen säumen Jacarandabäume, und in ihren Gärten prangen blühende, dunkle Veranden. Alles wächst augenblicklich und hört fast genauso augenblicklich wieder auf zu wachsen. Die Zeit und das Klima vereinigen sich zu üppigem Wachstum und zu seinem Gegenteil.

Und Piemburg wuchs mit seiner Garnison, und beim Abzug der Garnison legte es sich zum Sterben hin. Oder vielmehr zum Schlafen. Als Hauptstadt von Zululand war es nach der Unterwerfung des Volks der Zulus durch das britische Empire aufgeblüht. Im ersten Rausch dieses gefeierten Sieges wurde Piemburg, damals eine winzige Siedlung, die von ihren afrikaansen Gründern längst verlassen worden war, zur Hauptstadt gemacht. Bürgerhäuser breiteten sich geradezu epidemisch in Gestalt von Säulenhallen und rotem viktorianischem Backstein aus. In der Villa des Gouverneurs funkelten italienische Marmorböden, venezianisches Glas und all die Ingredienzien imperialen Glanzes. Der Bahnhof, ein Ausbund an Metallverzierungen und Fayencen, stellte den angemessenen Zwischenhalt für die Züge des Vizekönigs dar, die auf ihrem Weg zu ferneren und weniger attraktiven Besitzungen des Empires im Hinterland von Afrika durch Piemburg kamen. Und als die großen Dampfmaschinen die kurvenreiche Steigung zum Kaiserblick hinaufpusteten, dem Berg über Piemburg, und ihre edle Last zu einem frühen Tod durch Tsetsefliege oder Malariamoskito trugen, da blickten monokel- und schnurrbartgeschmückte Herren heiter hinab auf die Hauptstadt von Zululand und murmelten: »Ein Kleinod, ein Juwel in einem grünen und gelben Ring.« Und dann wandten sie sich wieder um und studierten die durch und durch fehlerhaften Generalstabskarten ihrer neuen Territorien.

Piemburg grüßte ihre Vorbeifahrt mit einer Ansprache des Gouverneurs auf dem Bahnsteig und einem Austausch diplomatischer Floskeln, die von der Militärkapelle, die unter dem Eisendach spielte, übertönt wurden. Und ein paar Monate später erwies ihnen Piemburg von neuem alle Hochachtung, als der vizekönigliche Sarg in einem schwarz ausgeschlagenen Waggon, von einer mit Girlanden dekorierten Lokomotive gezogen, für einen Augenblick anhielt und die Kapelle einen Trauermarsch mit einem Eifer intonierte, daß die Beileidsworte, die der Gouverneur an den Adjutanten richtete, wieder nicht zu hören waren. Und in den Zeiten zwischen imperialem Vormarsch und imperialem Rückzug schmückte sich die Hauptstadt von Zululand mit neuen Musikpavillons und botanischen Gärten und den Amusements einer winzigen Metropole. In Fort Rapier hallte der große Paradeplatz von den gebellten Befehlen der Feldwebel wider. Tausende von Beinen in Wickelgamaschen stampften auf den Boden oder machten kehrt, und die funkelnden Bajonette wirbelten von links nach rechts und von rechts nach links über den sonnenbeschienenen Platz.

In der Stadt waren die Straßen gespickt voll mit gewichsten Schnurrbärten. Lederweiß und Messingputzmittel standen ganz oben auf der Liste der Bedarfsartikel des täglichen Lebens. Im Hotel Imperial verrannen die Morgen und die Nachmittage sanft zwischen Topfpflanzen und Korbsesseln zur Musik eines Palmenhausorchesters. Koppel mit Schulterriemen und Fischbein-Taillen schnürten die Offiziere und ihre Gattinnen ein, die dem Wimmern der Geigen lauschten und sich mit dankbarer Wehmut Englands Grafschaften und Kirchsprengel in Erinnerung riefen. Viele kehrten nicht dorthin zurück, und die, die blieben und nicht auf dem Soldatenfriedhof in Fort Rapier begraben wurden, bauten sich ihre Häuser so nahe am Amtssitz des Gouverneurs, wie es ihnen Dienstalter und Schulden gestatteten.

Solange die Garnison blieb, gedieh Piemburg. Für kurze Zeit war Piemburg sogar lebhaft und bunt. Das Garnisonstheater wurde durch Aufführungen von Dramen und Revuen, die ein großer englischer Schauspieler und Dramatiker auf die Beine stellte, zu einer glänzenden Einrichtung und bezauberte den Gouverneur und seine Gattin. Auf Wohltätigkeitsbasaren und Gartenfesten schimmerten die Sonnenschirmchen und Turnüren der Ehefrauen, die das überraschende Glück gehabt hatten, Männer zu heiraten, deren Mittelmäßigkeit mit der Versetzung in diese entlegene Ecke des Empires belohnt wurde und die so aus den kleinkarierten Vororten und den Zweifamilienhäusern Südlondons zur Pracht der Rasenflächen und Boskette Piemburgs entführt worden waren. Der Geschmack der viktorianischen unteren Mittelschicht prägte sich Piemburg unauslöschlich auf und blieb bis heute derselbe. Und zu dem Geschmack gesellte sich das unwandelbare Gefühl für Rangordnungen. Von den Vizekönigen und Gouverneuren abwärts über die Generäle, Vizegouverneure und Colonels erstreckten sich die Dienstgrade, nach unten zu immer breiter werdend, durch feine Unterschiede hindurch, die zu subtil sind, als daß man sie alle aufzählen könnte, wo Schulen und die Berufe von Schwiegervätern und ein aufgegebenes »ch« oder ein einziges beibehaltenes »g« einen Major in die Lage versetzen konnten, im Nu einen Oberstleutnant im Dienstrang zu überholen. Die unterste Stufe nahmen die einfachen Soldaten in der Söldnertruppe ein. Unter diesen Parias kam nichts mehr. Zulus wetteiferten mit Pondos, Mischlinge mit Indern. Was da unten vor sich ging, interessierte schlicht und einfach niemanden. Das einzige, was man wissen mußte, war, daß es irgendwo noch weiter unterhalb von den loyalen Zulus und den unzuverlässigen Pondos die Buren gab. Und so ging das bis zum Krieg. Die Buren wuschen sich nicht. Die Buren waren feige. Die Buren waren dämlich. Die Buren waren ein krankhafter Auswuchs, der den Weg nach Kairo versperrte. Piemburg ignorierte die Buren.

Und dann kam der Burenkrieg, und als die Buren den Offizieren von Fort Rapier die Monokel aus den Augen schossen, wobei sie kühl und berechnend darauf warteten, daß ihnen ein von der Sonne zugespiegeltes Zeichen ein lohnendes Monokelziel signalisierte, da kam ein neuer Respekt in Piemburg auf. Die Buren konnten richtig schießen. Die Buren waren schlau. Die Buren waren jetzt der Feind.

Und nur einen Augenblick später waren die Buren schon keine Feinde mehr. Kaum war das Hindernis auf dem Weg nach Kairo und zu den Goldminen beseitigt, trat Piemburg seinen raschen Niedergang an. Als die Garnison abzog und die Kapellen zum letzten Male »Goodbye Dolly Gray« spielten, versank Piemburg in tiefen Schlaf. Wie eine vollgefressene Puffotter lag es aufgebläht und zusammengerollt in der afrikanischen Sonne und träumte von den kurzen Tagen seines Ruhms. Nur der Sinn für Rangordnungen blieb, um sich im fruchtbaren Klima seiner eigenen Mittelmäßigkeit weiter auszubreiten. Die Häuser standen da und starrten auf den Kranz der Hügel, und auf ihren Veranden saßen die Söhne und Enkelsöhne der Feldwebel, Furiere und Offiziersanwärter und heuchelten eine Würde, die ihre Vorfahren nie gekannt hatten. In Piemburg stand die Zeit still, abzulesen nur am Staub, der sich auf den Häuptern der ausgestopften Löwen sammelte, die im Alexandra Club vermoderten, und am leise vor sich hin tröpfelnden Snobismus. Piemburgs Mittelmäßigkeit war boshaft und wartete geduldig darauf, daß etwas passierte.

2

Kommandant van Heerden hatte nur wenige Illusionen, was ihn selber betraf, aber sehr viele, was alles übrige anging. Und seinen Illusionen hatte er es zu verdanken, daß er mit der Leitung des Polizeireviers in Piemburg beauftragt worden war. Das war kein sehr beschwerlicher Posten. Piemburgs Mittelmäßigkeit brachte nicht mehr als kleine Vergehen zustande, und im Polizeipräsidium in Pretoria hatte man den Eindruck, wenn Kommandant van Heerdens Ernennung möglicherweise auch die Anzahl der Verbrechen in der Stadt nach oben treiben könnte, so trüge sie doch letztlich dazu bei, die Wogen der Diebstähle und Gewalttaten zu glätten, die sich erhoben hatten, als er in andere, aufmüpfigere Städte abkommandiert worden war.

Außerdem verdiente Piemburg den Kommandanten. Als einzige Stadt der Republik, die immer noch den Union Jack vom Rathaus wehen ließ, war ihr die Lehre zu erteilen, daß die Regierung sich nicht herausfordern ließ, ohne sich entsprechend zu revanchieren.

Kommandant van Heerden wußte, daß seine Ernennung nicht auf seine Erfolge auf dem Gebiet der Verbrechensbekämpfung zurückzuführen war. In seiner Unwissenheit bildete er sich jedoch ein, sie sei ihm zuteil geworden, weil er die Engländer verstand. In Wirklichkeit aber hatte er sie dem hohen Ansehen seines Großvaters, Klaasie van Heerden, zu verdanken, der unter General Cronje an der Schlacht von Paardeberg teilgenommen hatte und von den Briten erschossen worden war, weil er sich geweigert hatte, dem Befehl seines Regimentskommandeurs, sich zu ergeben, Folge zu leisten. Er war statt dessen in seinem Schützenloch am Ufer des Modder Rivers hocken geblieben und hatte zwölf Soldaten des Regiments Essex niedergeschossen, die, gut achtundvierzig Stunden, nachdem der letzte Schuß gefallen war, dort ihre Notdurft verrichteten. Die Tatsache, daß Klaasie die ganze Schlacht durch fest geschlafen und den Befehl, das Feuer einzustellen, nicht gehört hatte, wurde von den Engländern während seines Prozesses und von späteren Generationen afrikaanser Historiker einfach unter den Teppich gekehrt. Statt dessen wurde er als Held angesehen, der wegen seiner Treue zur Burenrepublik hatte den Tod erleiden müssen, und als Held wurde er von den afrikaansen Nationalisten in ganz Südafrika verehrt.

Dieses fromme Märchen war es, das Kommandant van Heerden zu seiner gegenwärtigen Stellung verholfen hatte. Es hatte lange gedauert, bis seine erwiesene Unfähigkeit das hohe Ansehen, das er von seinem Großvater geerbt hatte, als cleveren Trick erkennen ließ, und mittlerweile war es für das Polizeipräsidium zu spät, wegen seiner Unfähigkeit noch irgendwas anderes zu unternehmen, als ihn auf den Posten in Piemburg zu setzen.

Kommandant van Heerden lebte in dem Wahn, er habe die Stelle bekommen, weil Piemburg eine englische Stadt war, und ganz gewiß war das genau die Stelle, die er sich wünschte. Der Kommandant glaubte, er sei einer der wenigen Afrikaander, die das englische Gemüt wirklich verstünden. Trotz der Behandlung, die die Briten seinem Großvater hatten angedeihen lassen, trotz der Brutalität, mit der die Briten die Burenfrauen und -kinder in den Konzentrationslagern behandelt hatten, trotz der Gefühlsduselei, die die Briten auf ihre schwarzen Diener verschwendeten, trotz alledem bewunderte Kommandant van Heerden sie.

Es war etwas an ihrer plumpen Einfalt, was ihn faszinierte. Es rief etwas tief in seinem innersten Wesen wach. Was das genau war, konnte er nicht sagen, aber tief drängte es, zu tief, und wenn der Kommandant sich den Ort seiner Geburt, ihren Zeitpunkt und die Nationalität hätte aussuchen können, dann hätte er sich für Piemburg im Jahre 1890 und die Seele eines englischen Gentlemans entschieden.

Wenn er etwas bedauerte, dann war es der Umstand, daß seine eigene Mittelmäßigkeit nie Gelegenheit gehabt hatte, sich ähnlich erfolgreich Ausdruck zu verschaffen, wie es die Mittelmäßigkeit und Verworrenheit der Herrscher des britischen Empire vermocht hatten. Als englischer Gentleman im viktorianischen England geboren, hätte er es gut und gerne zum Rang eines Feldmarschalls bringen können. Seine militärische Ungeschicklichkeit wäre ihm gewiß mit ständiger rascher Beförderung vergolten worden. Er war sicher, er hätte die Sache genauso gut machen können wie Lord Chelmsford, dessen Truppen bei Isandhlwana von den Zulus aufgerieben worden waren. Stormberg, Spion Kop und Magersfontein hätten noch entsetzlichere Katastrophen werden können, hätte er nur das Kommando geführt. Kommandant van Heerden war im falschen Volk, zur falschen Zeit und am falschen Ort auf die Welt gekommen.

Das konnte man weder vom Stellvertreter des Kommandanten, Luitenant Verkramp, noch von Wachtmeister Els sagen. Daß sie überhaupt nie hätten auf die Welt kommen dürfen oder daß, wenn ihre Geburt schon nicht zu verhüten war, ihr Volk, ihre Zeit und ihr Geburtsort so weit weg von seinem hätten liegen sollen wie nur möglich, das war Kommandant van Heerdens innigster und häufigster Wunsch.

Luitenant Verkramp haßte die Engländer. Sein Großvater hatte nicht wie der des Kommandanten für die Burenrepublik gelitten. Vielmehr hatte er von der Kanzel seiner Kapkirche herab Frieden und Freundschaft mit dem britischen Empire gepredigt und sich unter der Hand ein kleines Vermögen damit verschafft, daß er die britische Armee mit den Basuto-Ponies belieferte, die sie für ihre berittene Infanterie brauchte. Seine

Kindheit hatte Verkramp im Schatten dieser Kanzel verbracht, wobei er den ausgeprägten Hang zum Eschatologischen von seinem Großvater und den Haß auf alles Englische von seinem Vater geerbt hatte, der sein Leben mit dem Versuch zubrachte, den Namen »Verräter« wieder loszuwerden, der der Familie Verkramp noch lange nach dem Burenkrieg anhing. Luitenant Verkramp brachte beide Erbteile in seinen Job ein. Er verband seine inquisitorischen Neigungen mit seiner Aversion gegen die Engländer, indem er Leiter der Sicherheitsabteilung in Piemburg wurde, was ihm die Möglichkeit gab, Berichte über die politische Zuverlässigkeit der Bürger Piemburgs an seine Vorgesetzten beim BOSS zu schicken, dem Bureau of State Security in Pretoria. Sogar Kommandant van Heerden war vor Luitenant Verkramps Verdächtigungen nicht sicher, und so hatte der Kommandant wohlweislich dafür gesorgt, daß er die Berichte, die Verkramp über ihn weiterleitete, zu Gesicht bekam. In einem von ihnen war er auf die Unterstellung gestoßen, sein Eifer bei der Jagd auf kommunistische Zellen lasse zu wünschen übrig.

Die Woche darauf hatte der Kommandant versucht, die Anschuldigungen mit einer Reihe von Blitzangriffen auf geeignete kommunistische Gruppen zu widerlegen. Eine Lesung von Shaws *Helden* im Piemburger Liebhabertheater war durch das Eintreffen des Kommandanten und seiner Männer unterbrochen worden, die alle Exemplare des Stücks beschlagnahmten und die Namen der Anwesenden feststellten. *Black Beauty* hatte man auf Anweisung des Kommandanten aus den Regalen der Stadtbücherei entfernt. Die Aufführung des Films *The African Queen* im Kino der Stadt war verboten worden, ebenso ein Artikel über Wettervoraussagen in den *Piemburg News* mit dem Titel »Roter Himmel am Abend«.

Alles in allem hatte der Kommandant keinen Zweifel, daß er wirksam gegen die Ausbreitung des Marxismus in Piemburg vorgegangen war, und der öffentliche Entrüstungsschrei, der folgte, würde seiner Meinung nach bei weitem ausreichen,

BOSS zu überzeugen, daß er keineswegs so sanft mit Kommunisten verfuhr, wie Luitenant Verkramps Bericht es hatte weismachen wollen. Außerdem hatte er noch Verkramps Bericht über Wachtmeister Els in petto, auf den er zurückgreifen konnte.

Die Kluft zwischen Dichtung und Wahrheit, die sich in allen Berichten des Luitenants über das politische Leben in Piemburg weit auftat, dehnte sich in seinem Bericht über Wachtmeister Els zum kosmischen Abgrund. Darin schilderte er Els als regelmäßigen Besucher der Gottesdienste der Holländischen Reformierten Kirche, als eifriges Mitglied der Nationalistischen Partei und als entschiedenen Gegner »aller liberalen und kommunistischen Tendenzen, die Rassenreinheit durch soziale, ökonomische und politische Integrationsmethoden in den Schmutz zu ziehen«. Da Els weder in die Kirche ging noch der Nationalistischen Partei angehörte und obendrein ein lebendes Beispiel schwarzweißer Geschlechtermischung war, hatte Kommandant van Heerden das Gefühl, er habe Luitenant Verkramps Ruf, es mit den Dingen sehr genau zu nehmen, in der Hand.

Mit Wachtmeister Els standen die Dinge ganz anders. Vor allem stellte Els für den Kommandanten nicht die geringste Bedrohung dar, dafür eine riesige für beinahe jeden sonst in Piemburg. Sein ihm angeborener Hang zu Gewalttätigkeiten und insbesondere zum Erschießen von Schwarzen konnte es auf der anderen Seite nur noch mit seinem Riesenappetit auf Brandy und seiner Neigung aufnehmen, die weniger attraktiven Teile seiner Person in diejenigen Teile afrikanischer Frauen hineinzuzwängen, die nach dem Gesetz den männlichen Gliedern ihrer eigenen Rasse vorbehalten sind. Kommandant van Heerden hatte ihm bei mehreren Gelegenheiten wegen der Ungesetzlichkeit vor allem dieser Vorliebe ernsthaft ins Gewissen reden müssen, er hatte aber Elsens Hang zu schwarzen Frauen der unbezweifelbaren Tatsache zugeschrieben, daß der Wachtmeister selbst ein Mischling war.

Nein, Wachtmeister Els hatte seine Vorzüge. Er war gewissenhaft, er war ein ausgezeichneter Schütze, und er wußte, wie man den elektrischen Behandlungsapparat bediente, der sich als so segensreich erwiesen hatte, wenn man Verdächtigen Geständnisse entlocken wollte. Luitenant Verkramp hatte das Maschinchen von einem seiner Besuche in Pretoria mitgebracht, und Els hatte sich damit sogleich außerordentlich befreundet. Ursprünglich war der Apparat nur für politisch Verdächtige vorgesehen gewesen, aber Luitenant Verkramps Bemühungen, in Piemburg irgendeinen Saboteur oder Kommunisten aufzutreiben, an dem er das Gerät ausprobieren könnte, waren so kläglich gescheitert, daß Els schließlich einen Eingeborenenjungen hatte verhaften müssen, den er eines frühen Morgens mit einer Flasche Milch in der Hand ertappt hatte. Die Tatsache, daß Els wußte, daß der Junge der Milchmann war, hatte den Wachtmeister nicht daran gehindert, die Wirkung einer Elektroschockbehandlung auszuprobieren, und nach einer Kur von fünf Minuten gestand der Junge bereitwillig ein, die Milch gestohlen zu haben, während er nach zehn Minuten zugab, am gleichen Morgen fünfzig weiße Haushalte mit vergifteter Milch versorgt zu haben. Als Els Anstalten machte, den Elektropol statt an die große Zehe dem Jungen an den Pimmel zu klemmen, bekannte der Beschuldigte, Mitglied der Kommunistischen Partei zu sein, und gab zu, in Peking in Milchsabotage ausgebildet worden zu sein. An dieser Stelle erklärte Luitenant Verkramp sich mit dem Experiment zufrieden, und der Milchjunge wurde beschuldigt, ohne Paß angetroffen worden zu sein, die Polizei in der Ausführung ihrer Pflichten behindert und sich der Verhaftung widersetzt zu haben, was ihm sechs Monate Zwangsarbeit einbrachte und den Richter davon überzeugte, daß dem Angeklagten seine Verletzungen zu Recht zugefügt worden seien, wenn er sie sich nicht sogar selber beigebracht habe. Ja, Els hatte seine Vorzüge, von denen nicht der geringste seine tiefe, wenn auch ziemlich unverständliche Verehrung für seinen Vorgesetzten war. Nicht daß Kommandant van Heerden an Wachtmeister Elsens Hochachtung auch nur im geringsten interessiert gewesen wäre, aber sie war halt ganz was anderes als die penetrante Abneigung, die Luitenant Verkramp ausströmte.

Alles in allem war Kommandant van Heerden mit dem Leben in Piemburg recht zufrieden. Alles würde so weiterlaufen wie immer, und er würde Zeit haben, sich weiter mit seinem privaten Hobby zu beschäftigen, mit dem intellektuellen Puzzle nämlich, zu versuchen, die Engländer zu verstehen. Das war ein Puzzle, von dem er wußte, daß es unmöglich zu lösen sei, das er aber genau aus diesem Grunde unendlich faszinierend fand.

Wenn Piemburg der Garten von Kommandant van Heerdens Seele war, in dem sie voller glücklicher Träume von großen Männern und großen Taten herumwandern konnte, so war Miss Hazelstone auf ihrem Landsitz Jacaranda Park die Schlüsselpflanze, der Eckbaum in der Landschaft seines Innenlebens. Nicht daß sie jung oder schön oder bezaubernd oder auch nur in irgendeiner Weise liebenswert gewesen wäre. Sie war nichts von alledem. Sie war alt, häßlich, geschwätzig und in einer an Unverschämtheit grenzenden Art und Weise schroff. Kaum verlockende Eigenschaften, aber für den Kommandanten waren sie voller außerordentlicher Reize. Für ihn stellten sie die charakteristischen Eigenheiten der Engländer dar. Miss Hazelstones schrille, laute und äußerst ungenierte Stimme war für ihn die wahre Stimme des britischen Empire. Von Miss Hazelstone getadelt, ja heruntergeputzt zu werden, daß er seine Machtbefugnisse überschreite, wenn er ihren Chauffeur verwarnte, weil er in dem 1936er Hudson Terraplane mit kaputten Bremsen und 120 Sachen durch eine geschlossene Ortschaft gerast war, war eine Freude, die kaum noch zu ertragen war. Er genoß ihre Abfuhr als Eingeständnis seiner Rechte. »Van Heerden«, pflegte sie aus dem Fond ihrer Limousine heraus zu fauchen, »Sie überschreiten Ihre Kompetenzen. Chauffeur, fahren Sie weiter.« Und der Wagen fuhr weiter, und der Kommandant stand da und staunte über ihre feine Lebensart.

Ein andermal wieder, bei einer der seltenen Gelegenheiten, die er ausfindig machen konnte, Jacaranda House einen Besuch abzustatten, empfing ihn Miss Hazelstone, wenn sie sich überhaupt soweit herabließ, am Dienstboteneingang und fertigte ihn mit so wenigen Grobheiten und so viel stillschweigender Verachtung ab, daß es dem Kommandanten wiederum vor Bewunderung fast den Atem nahm.

Mit Luitenant Verkramp sprang sie noch rauher um, und als der Kommandant die Unverschämtheiten des Geheimdienstmannes nicht mehr ertragen konnte, dachte er sich für ihn Gründe aus, in Jacaranda House vorbeizuschauen. Bei seinem ersten Besuch hatte Luitenant Verkramp den Fehler begangen, Miss Hazelstone auf Afrikaans anzureden, und von dem Augenblick an sprach sie mit ihm nur noch Küchenkaffir, ein Pidgin-Zulu, das lediglich für die alleruntersten und geistig beschränktesten schwarzen Dienstboten bestimmt war. Luitenant Verkramp kehrte von diesen Bußgängen stets sprachlos vor Wut zurück und machte seiner schlechten Laune damit Luft, daß er Sicherheitsdossiers über die Familie Hazelstone vom Stapel ließ, in denen er die alte Dame der Subversion und Erregung öffentlichen Aufruhrs bezichtigte. Diese Protokolle schickte er nach Pretoria mit der Empfehlung, den Staatsanwalt auf Miss Hazelstones Umtriebe aufmerksam zu machen.

Der Kommandant hatte seine Zweifel, daß diese Berichte Verkramps Ruf, die Dinge genau zu nehmen oder politisch zuverlässig zu sein, guttun könnten. Er hatte nämlich seinem Stellvertreter zu erzählen vergessen, daß Miss Hazelstone die einzige Tochter des verstorbenen Richters Hazelstone vom Obersten Gerichtshof war, den man im Reiche des Gesetzes als Genickbrecher-Bill kannte und der im Verkehrsstau-Ausschuß in einem Minderheitenvotum dafür plädiert hatte, für Parkverstöße die Prügelstrafe obligatorisch zu machen. Bei solchen Vorfahren schien es dem Kommandanten unwahrscheinlich, daß Miss Hazelstones Patriotismus von BOSS angezweifelt werden könnte. Britisch mochte sie ja sein, aber subversiv und kriminell niemals.

Es traf ihn daher geradezu wie ein Schock, als er hörte, wie

Wachtmeister Els im Vorzimmer ans Telefon ging und Miss Hazelstones kreischende Stimme aus dem Hörer schallte. Interessiert zu sehen, wie Els sich in ihren Fängen winden würde, hörte der Kommandant der Unterhaltung zu.

Miss Hazelstone rief an, um zu melden, daß sie soeben ihren Zulu-Koch erschossen habe. Wachtmeister Els war der Sache vollkommen gewachsen. Er hatte, solange er Polizeibediensteter war, schon jede Menge Zulu-Köche erschossen. Außerdem gab es für derlei Meldungen ein Routineverfahren. Wachtmeister Els fiel in den gewohnten Trott.

»Sie möchten den Tod eines Kaffers melden«, begann er.

»Ich habe soeben meinen Zulu-Koch ermordet«, schnappte Miss Hazelstone zurück.

Els war die Beschwichtigung in Person. »Das habe ich ja gesagt. Sie möchten den Tod eines Niggers melden.«

»Nein, das möchte ich nicht. Ich habe Ihnen doch gesagt, ich habe eben Fünfpenny umgebracht.«

Els versuchte es noch mal. »Der Verlust von ein paar schäbigen Münzen zählt noch nicht als Mord.«

»Fünfpenny war mein Koch.«

»Einen Koch umzubringen, zählt auch noch nicht als Mord.«

»Als was zählt es denn dann?« Miss Hazelstones Vertrauen in ihre eigene Schuld begann unter Wachtmeister Els' günstiger Beurteilung der Lage dahinzuwelken.

»Einen weißen Koch umzubringen, kann Mord sein. Es ist unwahrscheinlich, aber möglich. Einen schwarzen Koch umzubringen, kann niemals Mord sein. Unter gar keinen Umständen. Einen schwarzen Koch umzubringen, fällt unter Selbstverteidigung, erlaubte Tötung oder Müllbeseitigung.« Els gestattete sich ein Kichern. »Haben Sie's schon mal beim Gesundheitsamt probiert?« erkundigte er sich.

Dem Kommandanten war klar, daß Els nun auch das letzte bißchen gesellschaftlichen Anstand, das mal sein eigen war, verloren hatte. Er schob ihn zur Seite und ging selbst an den Apparat.

»Hier spricht Kommandant van Heerden«, sagte er. »Ich höre, Ihrem Koch ist ein kleines Malheur passiert.«

Miss Hazelstone war nicht aus der Ruhe zu bringen. »Ich habe eben meinen Zulu-Koch umgebracht.«

Kommandant van Heerden überhörte die Selbstbezichtigung. »Die Leiche liegt im Haus?« fragte er.

»Die Leiche liegt auf dem Rasen«, sagte Miss Hazelstone. Der Kommandant seufzte. Es war immer dasselbe. Warum erschossen die Leute die Schwarzen denn nicht im Haus, wie man das von ihnen erwartete?

»Ich werde in vierzig Minuten in Jacaranda House sein«, sagte er, »und wenn ich ankomme, will ich die Leiche im Hause finden.«

»Das werden Sie nicht«, beharrte Miss Hazelstone, »Sie werden sie auf dem Rasen hinter dem Haus finden.«

Kommandant van Heerden versuchte es noch mal.

»Wenn ich komme, liegt die Leiche im Haus.« Diesmal sagte er es sehr langsam.

Miss Hazelstone ließ sich nicht beeindrucken. »Wollen Sie damit sagen, daß ich die Leiche ins Haus schleppen soll?« fragte sie aufgebracht.

Den Kommandanten entsetzte diese Vorstellung. »Natürlich nicht«, sagte er. »Ich möchte alles andere als Ihnen Unannehmlichkeiten bereiten, und außerdem könnten Sie Fingerabdrücke hinterlassen. Sie können sie sich doch von Ihrem Hauspersonal reintragen lassen.«

Es entstand eine Pause, in der Miss Hazelstone über den Hintersinn seiner Bemerkung nachdachte. »Es hört sich für mich so an, als wollten Sie mir vorschlagen, ich sollte an den Spuren eines Verbrechens herummanipulieren«, sagte sie langsam und drohend. »Es hört sich für mich so an, als versuchten Sie, mich dazu zu verleiten, mich in den Gang der Gerechtigkeit einzumischen.«

»Madam«, unterbrach sie der Kommandant, »ich versuche lediglich, Ihnen zu helfen, dem Gesetz zu gehorchen.« Er machte eine Pause und suchte nach Worten. »Das Gesetz sagt, daß es ein Verbrechen ist, Nigger außerhalb des Hauses zu erschießen. Aber das Gesetz sagt auch, daß es absolut statthaft und rechtens ist, sie im Haus zu erschießen, wenn sie es unrechtmäßig betreten haben.«

»Fünfpenny war mein Koch und hatte jedes Recht, das Haus zu betreten.«

»Tut mir leid, da haben Sie unrecht«, ging der Kommandant dazwischen. »Ihr Haus ist ein weißer Bereich, und kein Kaffer hat das Recht, ohne Erlaubnis einen weißen Bereich zu betreten. Indem Sie Ihren Koch erschießen, verweigern Sie ihm die Erlaubnis, Ihr Haus zu betreten. Ich denke, das kann man getrost so gelten lassen.«

Am anderen Ende der Leitung war es still. Miss Hazelstone war anscheinend überzeugt.

»Ich bin in vierzig Minuten da«, fuhr van Heerden fort und setzte hoffnungsvoll hinzu: »Und ich verlasse mich darauf, daß die Leiche . . .«

»Sie sind in fünf Minuten hier, und Fünfpenny wird dort auf dem Rasen liegen, wo ich ihn erschossen habe«, schnauzte Miss Hazelstone und knallte den Hörer auf die Gabel.

Der Kommandant sah auf sein Telefon und seufzte. Er legte den Hörer erschöpft auf, drehte sich zu Wachtmeister Els um und befahl seinen Wagen.

Als sie den Berg hinauf nach Jacaranda Park fuhren, wußte Kommandant van Heerden, daß er es mit einem schwierigen Fall zu tun haben würde. Er musterte Wachtmeister Elsens Hinterkopf und fand in dessen Form und Farbe einigen Trost.

Wenn alle Stricke rissen, konnte er immer noch von Els' großartigem Talent Gebrauch machen, total unfähig zu sein, und wenn trotz aller Mühe Miss Hazelstone weiter darauf bestand, wegen Mordes vor Gericht gestellt zu werden, dann würde sie als Hauptzeugen der Anklage Wachtmeister Els, betütert und bedudelt, gegen sich haben. Wenn gar nichts mehr sie retten konnte, wenn sie sich in offener Verhandlung schuldig bekannte, wenn sie ein Geständnis nach dem anderen unterschrieb, dann würde Wachtmeister Els im Kreuzverhör, ganz gleich, wie blöd sich der Verteidiger auch anstellte, die voreingenommensten Geschworenen oder den allerstursten Richter davon überzeugen, daß Miss Hazelstone ein unschuldiges Opfer polizeilicher Unfähigkeit und hemmungslosen Falschschwörens geworden sei. Es war bekannt, daß der Staatsanwalt einmal Wachtmeister Els im Zeugenstand »das Alibi aus der Wundertüte« genannt hatte.

3

Diese Gedanken beschäftigten Kommandant van Heerden, als er die Auffahrt von Jacaranda House entlangfuhr. Sie unterbrachen nur kurz das ästhetische Vergnügen, das er stets vor Fossilien des britischen Empire empfand. Denn Jacaranda House war reines Cecil Rhodes und Bischof Colenso.

Völlig konfus und mit Stuck über und über verziert, war das massive Bauwerk für die Ewigkeit zusammengeschustert worden. Stilistisch gelang es ihm, Östliches wie Westliches miteinander zu verbinden. In Jacaranda House prallten beide aufeinander. Auf den ersten Blick sah es so aus, als sei Schloß Windsor zur künstlichen Befruchtung des Pavillons in Brighton herangezogen worden, und von seinen mit Zinnen bespickten Giebeln bis zu seiner gekachelten und mit Säulen bestückten Veranda gelang es ihm mit einem wahrhaft englischen Eklektizismus, mehr als nur einen Hauch Durbar einem Gebäude zu verleihen, das seiner Funktion nach so eindrucksvoll wie ein Männerklo war. Wer immer auch Jacaranda House erbaut hatte, er wußte vielleicht nicht und ziemlich sicher absolut nicht, was er tat, aber er mußte schon ein Genie gewesen sein, um nur zu wissen, wie er's tat.

Als das Polizeiauto vorfuhr, wurde das große gotische Eingangsportal von einem indischen Butler mit weißen Handschuhen und einer roten Schärpe um den Bauch geöffnet, der den Kommandanten und seinen Assistenten durch eine riesige Halle führte, deren Wänden die modernden Köpfe von sechzehn Büffeln, einem Warzenschwein, zehn Löwen und zahllosen unbedeutenden Tierarten ein ehrwürdiges Aussehen verliehen; sie alle hatte der mittlerweile verstorbene Richter Hazelstone einst auf einer Versteigerung erworben, um sich seinen total ungerechtfertigten Ruf zu erhalten, ein Großwildjäger zu sein. Um den Eindruck zu erhöhen, man befände sich im Dschungel, streckten unzählige Topfpflanzen und Farnkräuter ihre staubigen Blattwedel zum stuckierten Fächergewölbe der Decke empor. Die Galerie und das große Wohnzimmer, durch das sie kamen, waren auf ähnliche Weise mit den Porträts lange verstorbener Hazelstones geschmückt, und als sie schließlich zur Veranda an der Rückseite des Hauses vorstießen, war Kommandant van Heerdens Hochachtung vor dem imperialen Großbritannien ins Unermeßliche gestiegen.

Miss Hazelstone hatte den Schauplatz ihres Verbrechens mit einem Sinn für Zurückhaltung und Festlichkeit gewählt, der noch ganz einem fernen, beschaulicheren Zeitalter entsprach. Fünfpennys Leiche lag auf einer makellosen Rasenfläche in der Haltung einer sinnigerweise ehrerbietigen Erstarrung zu Füßen eines Piedestals zusammengesunken, auf dem die Büste von Sir Theophilus Hazelstone, G.C.B, G.C.S.I., G.C.I.E., D.D.O. und einstmals Gouverneur von Zululand und Vizekönig von Matabeleland gestanden hatte; diese Büste war nach der Niederschlagung des Zulu-Aufstands aufgestellt worden, um an Sir Theophilus' Sieg bei Bulundi zu erinnern, wo 17000 unbewaffnete Zulus niedergemetzelt worden waren, die irrtümlicherweise angenommen hatten, Sir Theophilus habe sie als der Stellvertreter der Großen Weißen Queen zu einem Palaver eingeladen. Das nachfolgende Massaker ging in die Militärgeschichte als der erste Anlaß ein, die zehnzölligen Schiffskanonen auf eine Kernschußweite von zwölf Metern abzufeuern, was zur Folge hatte, daß die Hälfte der Geschützmannschaften den eigenen Artilleriegeschossen zum Opfer fiel. Im späteren Verlauf der Schlacht war dieser Fehler korrigiert worden, und man hatte die Schiffskanonen als Fernkampfwaffe eingesetzt, um die fliehenden Zulus zu dezimieren, und zwar mit dem hervorragenden Erfolg, daß vier Farmhäuser und ein britisches Blockhaus am Tugela River, etwa sieben Meilen jenseits vom eigentlichen Schlachtgeschehen, zerstört wurden. Diese Fortschritte in der Kunst militärischer Strategie hatten Sir Theophilus die Ritterwürde und eine weitere Spange zu seinem D.S.O. eingebracht, ganz zu schweigen von der Bewunderung seiner überlebenden Offiziere und Soldaten; darüber hinaus hatten sie seinen Ruf, es mit der Redlichkeit und dem Fair play pingelig genau zu nehmen, unter den Eingeborenen gesteigert, denen es, verkrüppelt und verstümmelt, gelungen war, dem Massensterben zu entrinnen. Während seiner Regierung als Gouverneur erlebte Zululand ein Jahrzehnt ungestörten Friedens, und bei seinem Tode zog eine ganze Generation von Zulu-Witwen die Trauerkleider aus.

Das Ansehen solcher Helden wie Sir Theophilus war es, woran sich Kommandant van Heerdens Bewunderung für die Briten und ihr Weltreich hochrankte. Das hohe Ansehen, so schien es dem Kommandanten, war alles, was Sir Theophilus nun geblieben war. Denn zweifellos war seine Büste von ihrem Piedestal verschwunden und lag über einen halben Morgen ansonsten makelloser Rasenflächen verstreut. Die Stämme der Gummibäume jenseits des Rasens waren zerfetzt und zersplittert, und die Azaleenbüsche sahen aus, als hätte ihnen ein sehr großes und wahnsinnig hungriges Tier seine geballte Aufmerksamkeit geschenkt. Abgerissene Zweige und Blätter lagen in einer ungefähr zwanzig Meter breiten Bresche verstreut umher.

Einen Augenblick lang schöpfte der Kommandant neue Hoffnung, daß Fünfpennys plötzlicher Tod nicht das Ergebnis einer wie auch immer gearteten menschlichen Tat, sondern vielmehr von sowas wie einer Naturkatastrophe in der Größenordnung eines unerwarteten Tornados gewesen sei, der zweifellos wohlbemerkt durch Jacaranda Park gebraust, im übrigen Piemburg aber unbemerkt geblieben war. Dieser kleine Hoffnungsfunke erlosch fast so schnell, wie er aufgeglimmt war. Es war nur zu offenbar, daß, ganz gleich, welche anderen Gaben Miss

Hazelstone von ihren illustren imperialen Ahnen hinterlassen worden waren, Sir Theophilus seiner Enkelin die erklärte Vorliebe für enorme Feuerwaffen und ihre Anwendung auf ganz unnötig nahe Distanzen vererbt hatte.

Sie saß, eine schmale, eckige, fast zerbrechliche ältere Dame, in dunklen Chiffon mit einem Spitzenkragen gekleidet, in einem zerbrechlichen, ältlichen Korbsessel mit völlig überflüssigen Schondeckchen und wiegte ein Gewehr in ihrem Schoß, das Kommandant van Heerden und sogar Wachtmeister Els total aus der Fassung brachte und das nur zu gut die Szene der Verwüstung erklärte, die sich jenseits von Fünfpennys verrenkter Gestalt und dem büstenlosen Sockel zeigte. Es war eine vierläufige Büchse von fast zwei Metern Länge, deren Kaliber einen so großen Durchmesser hatte, daß einem unwillkürlich eine der Lieblingswaffen Sir Theophilus' in den Sinn kam, nämlich die zehnzöllige Schiffskanone. Kommandant von Heerdens erfahrenes Auge sagte ihm sofort, daß es sich hier um keine Standardfeuerwaffe handelte, die zur Selbstverteidigung zugelassen war.

»Das ist die Mordwaffe«, sagte Miss Hazelstone, die offenbar seine Gedanken las. Sie tätschelte die vier Gewehrläufe, und van Heerden sagte sich, daß sie offensichtlich wild entschlossen sei, keine Stelle der Waffe ohne ihre Fingerabdrücke zu lassen.

Der Kommandant blickte vorsichtig auf das Gewehr. »Was ist das denn für eins?« fragte er schließlich.

»Das ist eine automatische, mehrläufige Elefantenbüchse«, erwiderte Miss Hazelstone. »Sie wurde von meinem Vater, dem seligen Richter Hazelstone, entworfen und nach seinen Angaben gebaut. Ihre Feuergeschwindigkeit beträgt vierzig Schuß pro Minute, und einen angreifenden Elefanten kann sie auf tausend Meter außer Gefecht setzen.«

Van Heerden äußerte die Ansicht, daß es wohl unnötig sei, Elefanten auf tausend Meter Entfernung zu töten. Er brachte es nicht übers Herz, die Formulierung »außer Gefecht setzen« zu verwenden. Sie wirkte unangemessen schlicht. »Wegpusten« erschien ihm viel passender.

»Mein Vater war ein miserabler Schütze«, fuhr Miss Hazelstone fort. »Außerdem war er ein grauenhafter Feigling.«

»Einen Menschen, der dieses Gewehr abfeuert, kann man unmöglich einen Feigling nennen«, sagte der Kommandant so galant wie wahrheitsgemäß. Er fing allmählich an, das Gespräch recht erholsam zu finden. Der Mord hatte Miss Hazelstone offenbar einen ganz ungewohnt menschlichen Zug verliehen. Sie behandelte ihn mit nie gekannter Höflichkeit. Der Kommandant beschloß, daß die Zeit gekommen sei, die Verteidigung von Miss Hazelstones Unschuld wiederaufzunehmen.

»Dieses Gewehr ist viel zu schwer für eine Frau ... pardon, für eine Dame wie Sie«, sagte er und bereute seine Bemerkung fast so schnell, wie er sie gemacht hatte. Es war klar, daß Miss Hazelstone auf jede Herausforderung antworten würde. Sie stand von ihrem Sessel auf und zielte mit der riesigen Büchse in den Garten.

Der Kommandant hatte nicht mit der Möglichkeit gerechnet, daß sie das Ding vielleicht auch abfeuern könnte. Wachtmeister Els dagegen handelte ausnahmsweise mal mit größerer Behendigkeit und warf sich auf den Boden. Daß der Boden, den er sich dafür aussuchte, bereits von einem großen Dobermannpinscher belegt war und daß der Hund es vorzog, Wachtmeister Els das Recht streitig zu machen, mit seinem Bauch auf ihm zu liegen, und daß sowieso alle südafrikanischen Hunde darauf dressiert sind, Leute schwarzer Abstammung zu beißen, und daß Wachtmeister Els genügend schwarzes Blut besaß, um das Beißen auf Verdacht zu rechtfertigen, all das entging Kommandant van Heerden, als Miss Hazelstone, bald auf die Erde, bald in den Himmel zielend, auf den Abzug drückte.

Der Kommandant, der keinen halben Meter rechts von den vier Gewehrläufen und fast auf der gleichen Höhe mit ihren Mündungen stand und der nur einen Augenblick vorher ein vernünftig denkender Mensch im Vollbesitz seiner Sinne gewesen war, hatte plötzlich den Eindruck, in einer riesigen und sich rasend schnell ausdehnenden Feuerblase zu stehen. Die ganze Welt um ihn herum, der Garten, der Himmel, die zwitschernden Vögel, selbst das Geschrei von Wachtmeister Els, den der Dobermann in der Mache hatte, alles versank. Kommandant van Heerden erlebte lediglich die absolute Stille im lautlosen Inneren einer gewaltigen Explosion. Es gab keinen Schmerz, keine Angst, keine Gedanken mehr, nur noch die Gewißheit, nicht daß das Ende der Welt unmittelbar bevorstünde, sondern daß es bereits unwiderruflich da sei. Für einen kurzen Augenblick der Erleuchtung erlebte Kommandant van Heerden die höchste Form mystischer Einsicht, die totale Trennung von seinem Körper. Es dauerte ein bißchen, ehe er wieder zur Welt körperlicher Empfindungen zurückkehrte, zu lange jedenfalls, um noch etwas von dem Donnerschlag zu hören, der von Jacaranda Park in Richtung auf die Drakensberge zurollte. Mit dem starren Blick eines wachgerüttelten Traumwandlers und dem versengten Schnurrbart von jemandem, der zu nahe an einem ungeheuer dicken Gewehrlauf gestanden hat, blickte er auf die Szene um sich herum. Die sah nicht so aus, als könne sie einen Menschen, der an seinem Verstand zweifelt, einigermaßen beruhigen.

Wachtmeister Elsens Auseinandersetzung mit dem Dobermann hatte sich durch den Riesenradau, um es milde auszudrücken, etwas zugespitzt. Es war schwer zu sagen, welche der beiden Bestien das Krachen der Elefantenbüchse verrückter gemacht hatte. Der Hund, der sich zunächst in Wachtmeister Els' Fußknöchel bis durch zum Knochen verbissen hatte, hatte seine Aufmerksamkeit inzwischen auf dessen Lendengegend konzentriert und, erst einmal dort angelangt, alle Anzeichen einer Kieferklemme an den Tag gelegt. Els bot nichts, in das er beißen konnte, außer dem Hinterteil des Dobermanns, und da er auch jetzt wie stets am Althergebrachten hing, wandte er seine Taktik an, die er sich in mehreren tausend Verhören von Afrikanern angeeignet hatte: Er nannte das Verfahren fröhlich »Eiersalat«, aber in den Obduktionsberichten über einige seiner Patienten wurde es als schwere Hodenquetschung bezeichnet.

Kommandant van Heerden wandte die Reste seiner ihm noch gebliebenen Aufmerksamkeit von diesem unerfreulichen Schauspiel ab und versuchte, einen Blick auf Miss Hazelstone zu werfen, die verblüfft, aber zufrieden in ihrem Korbsessel lag, wohin der Rückstoß der Flinte sie geworfen hatte. Durch seine angesengten Wimpern hindurch nahm der Kommandant vage wahr, daß sie mit ihm sprach, denn sie bewegte ihre Lippen, aber es dauerte ein paar Minuten, ehe er sein Gehör so weit wiedererlangt hatte, daß er aus dem, was sie sagte, klug wurde. Nicht daß er ihre Bemerkungen als besonders hilfreich empfunden hätte. Es schien ihm ausgesprochen natürlich, was sie immer wieder sagte: »Da haben Sie's. Ich habe Ihnen doch gesagt, ich könnte mit dem Gewehr schießen.« Und der Kommandant begann sich zu fragen, ob er zu Luitenant Verkramp nicht ein bißchen ungerecht gewesen sei. Miss Hazelstone war wirklich eine Frau, die vor nichts zurückschreckte.

Ihre zweite Schießübung hatte zerstört, was von dem Sockel, auf dem Sir Theophilus' Büste gestanden hatte, noch übrig gewesen war, und da sie auch auf die Erde gezielt hatte, waren alle Spuren von Fünfpennys eben noch devotem Leichnam fast getilgt. Fast, aber nicht völlig, denn zu den bruchstückhaften und weit verstreuten Überresten von Sir Theophilus' Büste auf ihren weit voneinander entfernten Rasenfleckchen hatten sich die nicht weniger bruchstückhaften und weit verstreuten Überreste des verblichenen Zulu-Kochs gesellt, während schwarze Hautfetzchen wie Schnecken an den zerschossenen Stämmen der Gummibäume klebten, die den einst unberührten Rasen säumten. Kommandant van Heerden brachte nicht den Mut auf, das Auge auf einen runden, schwarzen Gegenstand zu richten, der den Versuch nicht aufgab, immer wieder die Aufmerksamkeit auf sich zu ziehen, indem er wehmütig von einem Ast im oberen Teil eines im übrigen prachtvollen blauen Gummibaums herunterbaumelte. Durch die Mitte des Rasens hatte die Elefantenbüchse eine etwa zwanzig Zentimeter tiefe und fünfzehn Meter lange schnurgerade Rinne gekerbt, von deren ausgezackten Rändern etwas aufstieg, wovon der Kommandant verzweifelt hoffte, es sei Dampf.

Da er das Gefühl hatte, daß ihn die Anstrengungen des Nachmittags und seine eben gemachten übersinnlichen Erfahrungen von den Normen der Höflichkeit befreiten, die er zuvor in Miss Hazelstones Gegenwart eingehalten hatte, setzte sich der Kommandant unaufgefordert in einen Sessel, schön außerhalb jedes möglichen Schußwinkels dieser fürchterlichen Elefantenbüchse, und sah mit der Miene eines Kenners Wachtmeister Els' Gladiatorenkampf mit dem Dobermann zu.

Alles in allem schienen ihm beide, was ihren Körperbau und das geistige Erfassen der Lage betraf, recht gut zueinander zu passen. Natürlich hatte Els den Nachteil, einen kleineren Kiefer und weniger Zähne zu besitzen, aber was ihm an Beißkraft abging, das machte er an Konzentration und Kastrationserfahrung wieder wett. Einen Moment lang meinte der Kommandant dazwischengehen zu müssen, aber Miss Hazelstone hatte bereits mit jener Entschlossenheit gehandelt, die er an Personen ihres Standes immer bewundert hatte. Sie schickte ihren indischen Butler ins Haus, und wenig später kam er mit einer Flasche Salmiakgeist und einem großen Wattebausch zurück.

»Die beste Art, Hunde voneinander zu trennen«, schrie sie ihm durch das Geknurre und Gestöhne hindurch zu, »ist, ihnen einen Wattebausch, der mit Salmiakgeist getränkt ist, auf die Schnauze zu drücken. Sie schnappen nach Luft, und man reißt sie auseinander«, und mit diesen Worten preßte sie den Wattebausch Wachtmeister Els auf sein bereits dunkelrotes Gesicht. Der Kommandant fragte sich, warum sie sich Els als ersten aussuchte, um ihn zum Loslassen zu zwingen, aber dann erklärte er es sich mit der großen Tierliebe der Briten, und er wußte – um Miss Hazelstone gegenüber fair zu sein –, daß sie ihren Dobermann ganz besonders gern hatte.

Sofort wurde klar, daß diese Methode von bemerkenswerter Wirksamkeit war. Mit einem dumpfen Schrei und allen Anzeichen seines unmittelbar bevorstehenden Erstickungstodes ließ Els die Fortpflanzungsorgane des Hundes los, und der indische Butler unterstützte den Wachtmeister darin, den Kampf nicht fortzusetzen, indem er sich ihm an die Knöchel hängte und ihn wegzuschleifen versuchte.

Zu Els' Pech ließ sich der Dobermann durch den drohenden Erstickungstod weit weniger einschüchtern oder war gegen Salmiakgeist mittlerweile immun, jedenfalls dauerte es einige Zeit, bis sich das Vieh dazu überreden ließ, den Vorteil nicht auszunutzen, den ihm, wie es natürlich annahm, das Eingreifen seines Frauchens beschert hatte. Es könnte auch gedacht haben, daß Miss Hazelstone sich deswegen eingemischt hatte, weil Wachtmeister Els seine ziemlich furchterregenden Beißgelüste inzwischen auf sie konzentrierte, was zumindest natürlicher, wenn auch angesichts ihres Alters und der nicht vorhandenen körperlichen Reize nicht so recht verständlich gewesen wäre. Ganz egal, welche Gründe der Dobermann hatte, der Lendengegend des Wachtmeisters weiterhin seine Anhänglichkeit zu beweisen, der Kommandant hatte so Gelegenheit, seine Aufmerksamkeit, die lediglich durch die Schmerzensschreie seines Assistenten gestört wurde, auf den Fall zu lenken, den er zu untersuchen hatte.

Als endlich wieder Ruhe und Frieden in Jacaranda House eingekehrt waren und Miss Hazelstone ihren indischen Butler Oogly angewiesen hatte, im Salon den Tee zu servieren, da war auch Kommandant van Heerden wieder genügend bei Kräften, um mit der Untersuchung des Falles zu beginnen. Aber zunächst gab er Wachtmeister Els den Auftrag, die Überreste Fünfpennys von dem Rasen und einem ganz ohne Zweifel nicht zu ersteigenden blauen Gummibaum einzusammeln, ein Auftrag, gegen den der Wachtmeister nur zu gern mit der Begründung protestiert hätte, er habe wegen mehrfachen und ernsthaften Hundebisses, ganz zu schweigen von der Kampfstrapaze und der Schützengrabenneurose, eine augenblickliche und nachhaltige Krankenhausbehandlung nötig.

Schließlich war der Kommandant in der Lage, Miss Hazelstones Verhör bei einem richtig schön altmodischen Tee mit Lachsschnittchen und Teegebäck wiederaufzunehmen, wobei es ihm fast das gleiche Vergnügen bereitete, Wachtmeister Els dabei zuzusehen, wie er auf dem blauen Gummibaum in ungefähr zehn Meter Höhe mit heftigen Schwindelgefühlen kämpfte.

»Nun zu diesem Koch«, begann der Kommandant. »Darf ich annehmen, daß Sie mit seinen Kochkünsten nicht zufrieden waren?«

»Fünfpenny war ein exzellenter Koch«, erklärte Miss Hazelstone mit Nachdruck.

»Ich verstehe«, sagte der Kommandant, obwohl er das nicht tat, weder buchstäblich noch im übertragenen Sinne. Mit dem Verstand hatte er so seine Schwierigkeiten, seitdem er in diesem Feuerball gestanden hatte. Irgendwie kam er und ging dann wieder, und sein Gehör benahm sich auch unberechenbar.

»Fünfpenny war eine kulinarische Koryphäe«, fuhr Miss Hazelstone fort.

»Ach, tatsächlich?« Der Kommandant faßte neue Hoffnung. »Und wann machte er das immer?«

»Jeden Tag natürlich.«

»Und wann kamen Sie dahinter, was er so vorhatte?«

»Sobald ich ›Los!‹ sagte.«

Der Kommandant war verblüfft. »Und Sie erlaubten ihm weiterzumachen?«

»Aber natürlich. Sie nehmen doch wohl nicht an, daß ich ihn hätte aufhalten sollen, oder?« schnauzte Miss Hazelstone.

»Aber Ihre Pflicht als Bürgerin . . .«

»Ach Quatsch, meine Pflicht als Bürgerin. Warum um alles im Himmel sollte meine Pflicht als Bürgerin mich zwingen, einen exzellenten Koch an die Luft zu setzen?«

Der Kommandant suchte in den Tiefen seines explosionserschütterten Hirns nach einer passenden Antwort.

»Na ja, Sie scheinen ihn doch deswegen erschossen zu haben«, sagte er schließlich.

»Das ist doch alles Kohl«, schnaubte Miss Hazelstone. »Fünfpennys Tod war ein *crime passionel.*«

Kommandant van Heerden versuchte sich vorzustellen, wie ein Cream Passion Nell wohl aussähe. Fünfpennys Tod hatte ihm mehr wie eine explodierte Blutwurst ausgesehen, und was die Portionen betraf, die Wachtmeister Els noch immer aus dem blauen Gummibaum zu entfernen versuchte: Selbst ein Hundeschlächter hätte seine Schwierigkeiten gehabt, sich eine passende Beschreibung für sie auszudenken.

»Ein Cream Passion Nell«, wiederholte er langsam und hoffte, Miss Hazelstone käme ihm mit einer geläufigeren Bezeichnung zu Hilfe. Das tat sie auch.

»Ein Verbrechen aus Leidenschaft, Sie Dummkopf«, knurrte sie.

Kommandant van Heerden nickte. Er hatte es ja gewußt, es konnte nichts anderes sein. Niemand mit gesunden fünf Sinnen hätte Fünfpenny diese gräßlichen Verletzungen kaltblütig und ohne wenigstens ein bißchen Gefühlsbeteiligung zufügen können.

»Oh, das verstehe ich«, sagte er.

Aber Miss Hazelstone hatte nicht die Absicht, es bei diesem tröstlichen Mißverständnis zu belassen. »Ich möchte Ihnen damit zu verstehen geben, daß meine Gefühle für Fünfpenny nicht so waren, wie sie zwischen Herrin und Diener normalerweise üblich sind«, sagte sie.

Zu diesem Schluß war Kommandant van Heerden schon auf eigene Faust gekommen. Er nickte Miss Hazelstone aufmunternd zu. Ihre altmodische und förmliche Art, ihre Gedanken in Worte zu fassen, entzückte ihn. Ihre nächste Bemerkung hatte die völlig entgegengesetzte Wirkung.

»Was ich Ihnen die ganze Zeit zu sagen versuche«, fuhr sie fort, »ist, daß ich verliebt in ihn war.«

Es dauerte etwas, bis der ganze Gehalt dieser Äußerung in

das überforderte Gehirn des Kommandanten eindrang. Seine Erfahrung, sich neben der Mündung der Elefantenbüchse langsam von seinem Körper zu lösen, war im Vergleich dazu nur das leise Säuseln einer Brise im fernen Rispengras. Das hier war eine Bombe. Sprachlos vor Entsetzen starrte er blicklos in Miss Hazelstones Richtung. Jetzt wußte er, wie die Fratze des Wahnsinns aussah. Sie sah wie eine zerbrechliche alte Dame von berühmter und untadeliger britischer Abkunft aus, die in einem Ohrensessel saß und in ihren zierlichen Händen ein chinesisches Teetäßchen hielt, auf dem unter dem goldenen Abziehbild des Wappentiers der Hazelstones, einem drohend aufgerichteten Wildschwein, das Familienmotto *»Baisez moi«* stand, und die einem afrikaansen Polizisten offen eingestand, daß sie in ihren schwarzen Koch verliebt gewesen sei.

Miss Hazelstone ignorierte das verdutzte Schweigen des Kommandanten. Sie nahm es offensichtlich als ein Zeichen des Respekts vor der Zartheit ihrer Gefühle.

»Fünfpenny und ich, wir liebten uns«, fuhr sie fort. »Wir hingen in tiefer, unsterblicher Liebe aneinander.«

Dem Kommandanten drehte es sich im Kopf. Es war schon schwer genug, versuchen zu müssen (und sei es noch so aussichtslos), Verständnis dafür aufzubringen, was um Gottes willen Miss Hazelstone denn bloß anziehend an einem schwarzen Koch gefunden haben könnte, ganz zu schweigen vom Versuch, sich vorzustellen, wie ein schwarzer Koch in Miss Hazelstone verliebt sein könnte, aber als sie, um dem ganzen die Krone aufzusetzen, den Ausdruck »unsterbliche Liebe« benutzte, während als unmittelbares Ergebnis der Leidenschaft, die seine Geliebte für ihn hegte, Fünfpennys Überreste in Wiese und Gebüsch verstreut lagen oder zwanzig Meter hoch in einem blauen Gummibaum hingen, da wußte Kommandant van Heerden, daß sein Verstand in Gefahr war, total durcheinanderzugeraten.

»Sprechen Sie weiter«, keuchte er unwillkürlich. Er wollte eigentlich »Halten Sie um Gottes willen den Mund« sagen, aber sein berufliches Training setzte sich gegen ihn durch.

Miss Hazelstone schien beglückt, weiterreden zu können.

»Wir verliebten uns vor acht Jahren, und gleich von Anfang an waren wir wahnsinnig glücklich. Fünfpenny verstand meine Herzensbedürfnisse. Natürlich konnten wir wegen dieser absurden Moralgesetze nicht heiraten.« Sie machte eine Pause und hob die Hand, als wolle sie den entsetzten Protest des Kommandanten zum Schweigen bringen. »Also mußten wir in Sünde leben.« Kommandant van Heerden war über das bloße Entsetzen längst hinaus. Er glotzte sie fassungslos an. »Aber wenn wir auch nicht verheiratet waren«, fuhr Miss Hazelstone fort, »glücklich waren wir. Ich muß zugeben, wir führten kein sehr geselliges Leben, aber wenn man mal erst in meinem Alter ist, dann ist ein ruhiges Leben daheim eigentlich alles, was man sich wünscht. Denken Sie nicht auch?«

Kommandant van Heerden dachte überhaupt nicht. Er mühte sich nach Kräften, nicht zuzuhören. Schwankend erhob er sich von seinem Sessel und schloß die Glastüren, die auf die Veranda führten. Was dieses grauenhafte alte Weib ihm hier erzählte, durfte Wachtmeister Els auf keinen Fall zu Ohren kommen. Er war erleichtert, als er bemerkte, daß der fürchterliche Kerl sich bis zur Spitze des Baums hochgearbeitet hatte, wo er anscheinend steckengeblieben war.

Während Miss Hazelstone weiter ihren Katalog von Fünfpennys Vorzügen runterbrabbelte, stampfte der Kommandant im Zimmer hin und her und kramte in seinem Hirn wie verrückt nach einer Möglichkeit, wie er den Fall vertuschen könnte. Miss Hazelstone und Jacaranda House waren praktisch nationale Institutionen. Ihre Feuilletons über gesellschaftliche Umgangsformen und feine Lebensart erschienen in jeder Zeitung des Landes, ganz abgesehen von ihren vielen Artikeln in den besseren Frauenzeitschriften. Wenn rauskäme, daß die Wortführerin der englischen Gesellschaft in Zululand ihren schwarzen Koch ermordet hatte, oder wenn sich in schwarze Köche zu verlieben plötzlich der Kategorie feiner Lebensart zugerechnet würde und diese Mode sich ausbreitete, wie es sehr wohl passieren könnte, dann würde Südafrika innerhalb eines Jahres farbig werden. Und wie stand es mit der Wirkung auf die Zulus selbst, wenn sie hörten, daß einer von ihnen was mit der Enkelin des Großen Gouverneurs Sir Theophilus Hazelstone in Sir Theophilus' eigenem Kral, Jacaranda Park, gehabt hatte, und das überreichlich, praktisch legal und auf ihr Drängen? Kommandant van Heerdens Phantasie schweifte von Massenvergewaltigungen durch Tausende von Zulu-Köchen weiter zu Eingeborenenaufständen und langte schließlich beim Rassenkrieg an. Luitenant Verkramp hatte in seinen Berichten nach Pretoria also doch recht gehabt. Er hatte erstaunlichen Scharfblick bewiesen. Miss Hazelstone und ihr verfluchter Zulu-Koch waren allen Ernstes imstande, dreihundert Jahren weißer Herrschaft in Südafrika ein Ende zu bereiten. Was noch schlimmer war: Er, Kommandant van Heerden, würde dafür verantwortlich gemacht werden.

Nachdem er lange und andächtig einer mottenzerfressenen Hyäne ins Gesicht gestarrt hatte, die er in seiner Verwirrung für ein Jugendbildnis von Sir Theophilus hielt, raffte der Kommandant schließlich die letzten ihm noch verbliebenen Kräfte zusammen und drehte sich wieder zu seiner Peinigerin um. Er würde einen letzten Versuch unternehmen, die alte Schachtel dazu zu bewegen, ihre Pflicht als Dame und als Weiße einzusehen und zu leugnen, jemals etwas Tödlicheres oder Leidenschaftlicheres ihrem Zulu-Koch gegenüber gehegt zu haben als mäßig kritische Gedanken.

Miss Hazelstone hatte die Aufzählung von Fünfpennys Tugenden als eines gefühlvollen Seelenfreundes beendet. Sie hatte angefangen, die Eigenschaften des Kochs als eines animalischen und sinnlichen Liebhabers zu schildern, der das Bett mit ihr teilte und ihre sexuellen Gelüste befriedigte, die, wie der Kommandant mit Abscheu entdeckte, kolossal und seiner Ansicht nach pervers bis zur Ungeheuerlichkeit waren.

»Natürlich hatten wir anfangs unsere kleinen Schwierigkeiten«, sagte sie gerade. »Es bestanden kleine Differenzen in unserer Einstellung, ganz zu schweigen von unseren körperlichen Eigenschaften. Ein Mann von Ihrer Erfahrung, Kommandant, wird selbstverständlich wissen, was ich meine.«

Der Kommandant, dessen Sexerfahrungen sich auf einen Bordellbesuch jährlich während seiner Sommerferien in Lourenco Marques beschränkten, dessen Erfahrungen mit Zulus aber ziemlich weitläufig waren, dachte, daß er wisse, was sie meine, und hoffte beim Himmel, er wisse es nicht.

»Zunächst litt Fünfpenny an *ejaculatio praecox*«, fuhr Miss Hazelstone mit klinischer Strenge fort. Einen kleinen, allzu kurzen Augenblick lang bewahrten den Kommandanten seine mangelnden Lateinkenntnisse und sein beschränktes medizinisches Wissen davor, die volle Bedeutung dieser Worte zu erfassen. Aber Miss Hazelstone beeilte sich, ihn aufzuklären.

»Seine Emissionen kamen immer zu früh«, sagte sie, und als der Kommandant verständnislos einzuwenden wagte, seiner unmaßgeblichen Meinung nach hätte Fünfpenny angesichts seiner schmutzigen Angewohnheiten in seinem späteren Leben gar nicht früh genug zur Mission kommen können, da ließ sich Miss Hazelstone zum Stallniveau herab und erklärte die Sache in einer Sprache, die dem Kommandanten, wenn auch gegen seinen Willen, nur allzu verständlich erscheinen mußte.

»Er spritzte los, kaum daß ich ihn berührte«, fuhr sie, ohne mit der Wimper zu zucken, fort, und da sie den Entsetzensblick des Kommandanten irrtümlich für ein Zeichen hielt, daß er immer noch nicht kapiert hatte, was sie meinte, holte sie zum Gnadenstoß auf sein erschrecktes Zartgefühl aus.

»Es kam ihm normalerweise schon, ehe er mir seinen Schwanz reingesteckt hatte«, sagte sie, und während sie das sagte, meinte der Kommandant zu bemerken – und es war wie in einem gräßlichen Alptraum –, daß sich Miss Hazelstones Mundwinkel zu einem milden Lächeln glücklicher Erinnerung nach oben zogen.

Jetzt war ihm klar, daß Miss Hazelstone total verrückt war. Er wollte gerade sagen, sie habe wohl eine geballte Ladung ins

Oberstübchen abgekriegt, aber diesen Ausdruck, der allzusehr an Fünfpennys widerliche Schwäche erinnerte, von seinem Schicksal ganz zu schweigen, hielt er auf der Schwelle seines Bewußtseins zurück.

»Aber schließlich lösten wir das Problem«, erzählte Miss Hazelstone weiter. »Zunächst mal brachte ich ihn dazu, drei Präservative zu tragen, und zwar eins über dem anderen, um seine *glans penis* weniger empfindlich zu machen, und meiner Ansicht nach gelang das recht zufriedenstellend, obgleich es ihm eventuell den Blutkreislauf ein winziges bißchen abschnürte und er sich darüber beklagte, daß er nicht sehr viel spüre. Nach einer Stunde dann ließ ich ihn eins abnehmen, und das half ihm ein wenig, schließlich zog er das zweite runter, und wir kamen gleichzeitig zum Orgasmus.« Sie hielt inne und wedelte schelmisch mit dem Finger zu dem wie betäubt dasitzenden Kommandanten hinüber, der verzweifelt versuchte, genügend Kräfte zu mobilisieren, um diesen schrecklichen Enthüllungen Einhalt zu gebieten. »Aber das war noch nicht alles«, fuhr sie fort, »ich kam nämlich schließlich auf eine noch bessere Lösung für Fünfpennys kleines Problemchen. Ich war zu meiner halbjährlichen Routineuntersuchung beim Zahnarzt, und Dr. Levy gab mir zur örtlichen Betäubung eine Spritze gegen die Schmerzen.« Sie zögerte, als schäme sie sich, eine Schwäche zuzugeben. »Früher haben wir uns natürlich nie mit solchem Blödsinn abgegeben. Ein kleiner Schmerz tut niemandem weh. Aber Dr. Levy bestand darauf, und hinterher war ich ja so froh, daß ich's hatte machen lassen. Verstehen Sie, mir wurde nämlich plötzlich klar, wie ich verhindern könnte, daß Fünfpenny von der Macht seiner Gefühle, die er für mich hegte, überwältigt würde.« Sie machte eine Pause. Es war weiß Gott auch nicht nötig, daß sie weiterredete.

Kommandant van Heerdens blitzschneller Verstand war bereits vorausgeeilt und hatte den entscheidenden Punkt recht genau erfaßt. Außerdem begriff er allmählich, wenn auch nur vage, den Gedankengang, dem Miss Hazelstone folgte.

In diesem Moment sah er die Szene im Gericht vor sich, die sich aus Miss Hazelstones Eröffnung ergeben mußte, daß sie sich es zur Gewohnheit gemacht habe, ihrem schwarzen Koch erst eine Spritze Novocain in den Penis zu verabreichen, ehe sie ihm erlaubte, mit ihr zu schlafen. Er sah die Szene vor sich und schwor sich, daß sie nie eintreten werde, auch wenn das hieße, daß er Miss Hazelstone umbringen müsse, um das zu verhindern.

Verzweifelt wanderte sein Blick über die Versammlung längst verblichener Hazelstones, die die Wände des Salons zierten, und er hoffte, sie würden das Opfer zu schätzen wissen, das er zu bringen bereit war, um den guten Namen der Familie vor der Schande zu retten, mit der ihn Miss Hazelstone offenbar partout in den Dreck ziehen wollte. Die Sache mit den Novocaininjektionen stellte eine dermaßen bizarre Neuerung in den Sexualpraktiken dar, daß sie nicht bloß in die südafrikanischen Schlagzeilen käme. Die Zeitungen der ganzen Welt würden diesen Leckerbissen in riesigen Lettern auf ihren Titelseiten breittreten. Er konnte sich nicht recht denken, wie sie es wohl letztlich formulieren würden, aber er hatte in die Fähigkeiten der Redakteure, daß sie es hübsch eindrucksvoll herausstellen würden, das allergrößte Zutrauen. Er versuchte sich vorzustellen, welchen Eindruck das Ganze wohl auf Fünfpenny gemacht haben würde, und kam zu dem Schluß, der Tod vor der Mündung dieser grauenhaften Elefantenbüchse müsse dem Koch vergleichsweise als willkommene Erlösung von der Pein erschienen sein, von Miss Hazelstone fortwährend die Nadel ihrer Novocainspritze in die Pimmelspitze gerammt zu bekommen. Der Kommandant stellte sich vergeblich die Frage, ob Fünfpenny wohl eine Vorhaut gehabt habe. Das würde sich nun nie mehr feststellen lassen.

Dieser Gedanke brachte ihn darauf, doch mal aus dem Fenster zu schauen und nachzusehen, wie Wachtmeister Els weiterkam. Er bemerkte mit dem allerletzten Rest von Erstaunen, den Miss Hazelstones Beichte ihm noch gelassen hatte, daß Els angesichts der Höhe des Baumes den Kopf nicht hatte hängen lassen, vor allem den von Fünfpenny nicht, und es irgendwie fertiggebracht hatte, wieder auf die Erde zurückzukommen, wo er sich eifrig um Beförderung bemühte, indem er den indischen Butler mit Fußtritten dazu antrieb, die verstreuten Überreste des Zulu-Kochs aufzusammeln und in einen Kopfkissenbezug zu stecken. Els war, dachte der Kommandant, wie üblich ein bißchen sehr optimistisch. So was Großes wie ein Kopfkissenbezug war gar nicht nötig. Ein Schwammtäschchen hätte es auch getan.

4

Miss Hazelstone setzte sich, von ihrer Beichte offenbar erschöpft, still in ihrem Sessel zurück und blickte glücklich in ihre unmittelbare Vergangenheit. Kommandant van Heerden ließ sich ihr gegenüber in einen Sessel plumpsen und blickte weit weniger zufrieden in seine unmittelbare Zukunft. Was Miss Hazelstone ihm offenbart hatte, das würde sie, da hatte er keinen Zweifel, der ganzen Welt auf die Nase binden, wenn er ihr auch nur halbwegs die Gelegenheit dazu bot, aber diese Enthüllungen mußten unter allen Umständen auf der Stelle verhindert werden. Seine eigene Karriere, der gute Ruf der führenden Familie Zululands, die ganze Zukunft Südafrikas hing ohne jede Frage von Miss Hazelstones Schweigen ab. Seine erste Aufgabe war also, dafür zu sorgen, daß kein einziges Wort über die Ereignisse dieses Nachmittags aus Jacaranda Park heraussickerte. Kommandant van Heerden hatte wenig Vertrauen in seine eigenen Fähigkeiten, das zu verhindern. Und in die von Wachtmeister Els hatte er schon überhaupt keins.

Der Kommandant wußte aus bitterer Erfahrung, daß Wachtmeister Els außerstande war, irgend etwas, sei es Geld, Frau, Penis oder Gefangene, von Klatsch ganz zu schweigen, für sich zu behalten. Und was Miss Hazelstone zu berichten hatte, war ja nun nicht mehr bloß Klatsch. Es war politisch, rassisch, gesellschaftlich – Sie sagen es! – Dynamit.

Genau an diesem Punkt seiner Betrachtungen sah er den Wachtmeister sich dem Haus nähern. Er machte den Eindruck eines braven Hundes, der seine Pflicht getan hat und jetzt eine

Belohnung erwartet. Hätte er einen Schweif gehabt, er hätte ohne jeden Zweifel damit gewedelt. Statt dessen zog er ein grauenerregendes Anhängsel hinter sich her, von dem der Kommandant nur dankbar bemerkte, daß der Wachtmeister den Anstand besaß, nicht damit zu wedeln. Fünfpennys sterbliche Überreste waren etwas, womit niemand, nicht einmal Els, hätte wedeln wollen.

Kommandant van Heerden handelte rasch. Er ging hinaus auf die Veranda und machte die Tür hinter sich zu.

»Wachtmeister Els«, kommandierte er, »hier sind Ihre Befehle.« Der Wachtmeister ließ den Kopfkissenbezug fallen und nahm eifrig Habtachtstellung an. Ohne Bäumeklettern und Leicheneinsammeln konnte er es aushalten, aber er liebte es, wenn man ihm Befehle gab. Gewöhnlich bedeuteten sie, daß er die Erlaubnis erhielt, jemandem Schaden zuzufügen.

»Schaffen Sie diesen ... dieses Ding da weg«, befahl der Kommandant.

»Jawoll, Sir«, sagte Els dankbar. Fünfpenny ödete ihn langsam an.

»Begeben Sie sich zum Haupttor und bleiben Sie dort, bis Sie abgelöst werden. Sorgen Sie dafür, daß niemand das Grundstück betritt oder verläßt. Absolut niemand. Das heißt, auch keine Weißen. Haben Sie verstanden?«

»Jawoll, Sir.«

»Falls jemand reinkommt, sorgen Sie dafür, daß er nicht wieder rauskommt.«

»Darf ich Waffen einsetzen, um denjenigen aufzuhalten, Sir?« fragte Els.

Kommandant van Heerden zögerte. Er wollte kein Blutbad oben am Haupttor von Jacaranda Park. Auf der anderen Seite war die Lage einfach so verzweifelt, und ein einziges Wörtchen an die Presse würde Zeitungsleute rudelweise herlocken, daß er bereit war, drastische Maßnahmen zu ergreifen.

»Ja«, sagte er schließlich. »Sie dürfen schießen.« Und da er sich plötzlich erinnerte, was es für ein Geschrei gegeben hatte, als ein verwundeter Reporter ins Krankenhaus von Piemburg hatte geschafft werden müssen, setzte er hinzu: »Und treffen Sie gleich richtig, Els, treffen Sie richtig.« Klagen aus dem Leichenschauhaus waren leichter zu widerlegen.

Kommandant van Heerden ging wieder ins Haus, und Wachtmeister Els machte sich auf den Weg, um das Haupttor zu bewachen. Er war noch nicht weit gegangen, als ihm der Gedanke kam, die Elefantenbüchse garantiere ihm mit Sicherheit, daß nichts Größeres als eine Küchenschabe lebend aus Jacaranda Park herauskäme. Er kehrte um und holte sich die Waffe von der Veranda, dann stapfte er, nachdem er sich noch mit ein paar Schachteln Revolvermunition aus dem Polizeiwagen versorgt hatte, frohen Herzens die Auffahrt hinauf.

Als Kommandant van Heerden ins Zimmer trat, sah er mit Erleichterung, daß Miss Hazelstone noch immer wie erstarrt in ihrem Sessel saß. Zumindest ein Problem war jetzt gelöst. Nicht ein Wort von den Injektionen würde Wachtmeister Els zu Ohren kommen. Der Gedanke, was das nach sich ziehen könne, sollte Els von diesem neuen Zeitvertreib Wind bekommen, war dem Kommandanten sorgenvoll im Kopf herumgegangen. Es hatte in letzter Zeit sowieso schon genug Klagen von Nachbarn über die Schreie gegeben, die aus den Zellen des Piemburger Polizeireviers drangen, ohne daß Wachtmeister Els den Häftlingen peinvolle Penisinjektionen verabreichte. Und Els hätte sich nicht damit zufriedengegeben, Novocain zu spritzen. Er wäre zu Salpetersäure übergegangen, ehe man hätte Apartheid sagen können.

Nachdem Els erst einmal weg war, konnte der Kommandant an den nächsten Schritt denken. Er ließ Miss Hazelstone in ihrem Sessel sitzen und ging zum Telefon, das im Topfpflanzendschungel in der Halle versteckt war. Er machte zwei Anrufe. Der erste ging an Luitenant Verkramp im Polizeirevier.

Später sollte sich Luitenant Verkramp an dieses Telefongespräch mit dem Schauder erinnern, der einen immer befällt, wenn man sich noch einmal der ersten Vorzeichen einer Katastrophe erinnert. Damals hatte er sich bloß gefragt, was zum Teufel dem Kommandanten eigentlich fehle. Van Heerden hörte sich an, als sei er nahe an einem Nervenzusammenbruch.

»Verkramp, sind Sie's?« kam seine Stimme in einem erstickten Flüsterton durchs Telefon.

»Natürlich bin ich's. Was zum Kuckuck haben Sie denn sonst gedacht?« Verkramp verstand die Antwort nicht, aber sie klang so, als versuche der Kommandant etwas sehr Unappetitliches runterzuschlucken. »Was ist denn los? Stimmt mit Ihnen irgend etwas nicht?« erkundigte sich Verkramp hoffnungsvoll.

»Hören Sie auf, blöde Fragen zu stellen, und hören Sie zu«, flüsterte der Kommandant barsch. »Ich möchte, daß Sie jeden einzelnen Polizeibeamten in Piemburg in die Kaserne zurückrufen.«

Luitenant Verkramp war entsetzt. »Das geht doch nicht«, sagte er. »Das Rugbyspiel läuft im Augenblick. Das gibt einen Heidenaufstand, wenn . . .«

»Es gibt einen Heidenaufstand, wenn Sie's nicht tun«, schnauzte der Kommandant. »Das war Nummer eins. Zweitens, jeder Urlaub, inklusive Krankenurlaub, ist gestrichen. Verstanden?«

Luitenant Verkramp war nicht sicher, was er verstanden hatte. Es hörte sich an, als wäre der Kommandant übergeschnappt.

»Rufen Sie alle Mann in die Kaserne zurück«, fuhr der Kommandant fort. »Ich will jeden einzelnen in voller Bewaffnung und so schnell wie möglich hier haben. Bringen Sie auch die Schützenpanzer und die Schäferhunde mit, ach, und vergessen Sie die Suchscheinwerfer nicht. Bringen Sie allen Stacheldraht, den wir besitzen, und die Tollwutschilder mit, die wir bei der Seuche letztes Jahr benutzt haben.«

»Die Tollwutschilder?« brüllte Luitenant Verkramp. »Sie wollen die Schäferhunde und die Tollwutschilder?«

»Und vergessen Sie die Beulenpestschilder nicht. Bringen Sie sie auch mit.«

Luitenant Verkramp versuchte, sich den ungeheuerlichen Seuchenausbruch in Jacaranda Park vorzustellen, bei dem die Bevölkerung sowohl vor der Tollwut als auch vor der Beulenpest gewarnt werden mußte.

»Ist mit Ihnen auch bestimmt alles in Ordnung?« fragte er. Es klang, als rede der Kommandant im Fieber.

»Natürlich ist mit mir alles in Ordnung«, schnappte der Kommandant zurück. »Warum zum Teufel sollte denn etwas nicht in Ordnung mit mir sein?«

»Na ja, ich dachte nur ...«

»Es interessiert mich einen Dreck, was Sie dachten. Sie werden hier nicht zum Denken bezahlt. Sie werden dafür bezahlt, daß Sie meinen Befehlen gehorchen. Und ich befehle Ihnen, jedes verdammte Schild, das wir haben, herzuschaffen und jeden verdammten Polizisten und jeden verdammten Schäferhund ...« Kommandant van Heerdens Aufzählung ging weiter, während Verkramp in seinem Hirn verzweifelt nach den Gründen für diesen Einsatz suchte. Van Heerdens letzte Anordnung überbot alles Dagewesene. »Kommen Sie über eine Schleichroute hierher. Ich will kein öffentliches Aufsehen.« Und ehe der Luitenant fragen konnte, wie er wohl mit einem Konvoi aus sechs Schützenpanzern, fünfundzwanzig Lastwagen und zehn Suchscheinwerfern, ganz zu schweigen von den siebzig Schäferhunden und den mehreren Dutzend riesigen Warnschildern, die den Ausbruch von Beulenpest und Tollwut bekanntgaben, jedes öffentliche Aufsehen vermeiden solle, hatte der Kommandant den Hörer bereits aufgelegt.

Kommandant van Heerdens zweiter Anruf ging an den Polizeikommissar von Zululand. Während der Kommandant zwischen all der Fauna und Flora in der Halle stand, zögerte er einen Augenblick, ehe er diesen zweiten Anruf losließ. Wenn er seine Forderung nach Ausnahmebefugnissen vorbrächte, sah er im Geiste eine Reihe von Schwierigkeiten sich über seinem Haupt zusammenbrauen, von denen nicht die geringste der schiere Unglaube war, auf den seine erklärte Ansicht als Polizeioffizier sicher stoßen würde, daß die Tochter des seligen Richters Hazelstone nicht nur ihren Zulu-Koch ermordet, sondern vor dieser Tat bereits acht Jahre lang regelmäßig mit ihm rumgehurt habe, nachdem sie seine Zeugungsorgane mit intramuskulären Injektionen massiver Dosen Novocain total taub und gefühllos gemacht hatte. Kommandant van Heerden wußte, was er mit einem untergebenen Beamten täte, der ihn mitten an einem heißen Sommernachmittag anriefe, um ihm so eine Lügengeschichte aufzutischen. Er beschloß, die Einzelheiten des Falles wegzulassen. Er würde die möglichen politischen Folgen einer Mordtat hervorheben, in die die Tochter eines außerordentlich bedeutenden Richters verwickelt sei, der zu seinen Lebzeiten Südafrikas Hauptverfechter der Todesstrafe gewesen war, und den Bericht über Miss Hazelstones subversive Aktivitäten, den Luitenant Verkramp nach Pretoria geschickt hatte, dazu benutzen, die Notwendigkeit von Ausnahmebefugnissen zu rechtfertigen. Kommandant van Heerden faßte sich ein Herz, griff zum Telefon und machte seinen Anruf. Überrascht stellte er fest, daß der Kommissar gegen seine Forderungen gar keine Einwände erhob.

»Ausnahmebefugnisse, van Heerden? Aber natürlich, bedienen Sie sich. Sie wissen am besten, was zu tun ist. Ich überlasse die Angelegenheit vollkommen Ihnen. Tun Sie, was Sie für das beste halten.«

Kommandant van Heerden legte den Hörer mit verdutztem Stirnrunzeln auf die Gabel. Er hatte den Kommissar nie gemocht und vermutete, daß seine Gefühle erwidert wurden.

Und wirklich hegte der Kommissar die glühende Hoffnung, daß Kommandant van Heerden eines Tages einen so unverzeihlichen Fehler beginge, daß man ihn kurzerhand degradieren könne, und so hysterisch, wie sich der Kommandant am Telefon benommen hatte, schien ihm, daß der Tag seiner Rache nahe sei. Sofort strich er alle Termine für den nächsten Monat, nahm seinen Jahresurlaub an der Südküste und hinterließ die Anweisung, daß er nicht gestört werden dürfe. Die nächste Woche brachte er in der Sonne liegend im sicheren Wissen zu, daß er van Heerden genügend Leine gelassen hatte, damit der sich daran aufhängte.

Mit Ausnahmeermächtigungen ausgestattet, die ihn zum Herrn über Tod und Leben von 70000 Piemburgern machten und ihm das Recht gaben, Zeitungsartikel zu verbieten und nach Gutdünken alle, deren Nase ihm nicht gefiel, zu verhaften, einzusperren und zu foltern, war der Kommandant immer noch kein glücklicher Mensch. Die Ereignisse des Tages hatten ihren Tribut von ihm gefordert.

Um von seinen Problemen Abstand zu gewinnen, wandte er sich einem lebensgroßen Porträt von Sir Theophilus Hazelstone zu, das am Fuß der großen Treppe hing und ihn im vollen Schmuck seiner Insignien als Ritter des Königlichen Victoriaordens und Vizekönig von Matabeleland zeigte. Sir Theophilus stand da, in Hermelin gehüllt, die scharlachrote Uniform mit edelsteinverzierten Sternen und Orden verheerender Schlachten übersät, von denen jeder den Tod von mindestens zehntausend Soldaten repräsentierte, den sie der Unfähigkeit ihres Generals zu verdanken hatten. Des Vizekönigs Linke ruhte arthritisch auf dem Heft eines Schwertes, das aus seiner Scheide zu ziehen er immer viel zu feige gewesen war, während seine Rechte an einer geflochtenen Leine ein Wildschwein hielt, das extra aus Böhmen importiert worden war, um der Ehre teilhaftig zu werden, die Familie Hazelstone in diesem bedeutenden Kunstwerk darzustellen. Kommandant van Heerden war besonders von dem Wildschwein beeindruckt. Es erinnerte ihn an Wachtmeister Els. Er konnte nicht wissen, daß das arme Tier erst an ein Eisengerüst gekettet werden mußte, ehe der Vizekönig den Raum mit diesem lebenden Familienemblem betrat, und das auch nur, nachdem ihn der Künstler dazu überredet und ihm eine halbe Flasche Brandy eingetrichtert hatte. All das entging dem Kommandanten und ließ ihn im festen Glauben an die bedeutenden Qualitäten dieses Staatsmannes, dessen Enkelin er vor den Folgen ihrer Torheiten bewahren wollte.

Geistig gestärkt durch den Anblick dieses Porträts sowie eines ähnlichen vom seligen Richter Hazelstone, auf dem er genauso unbarmherzig aussah, wie ihn der Kommandant von jenem Tag im Gericht in Erinnerung hatte, als er elf Männer vom Stamm der Pondos wegen des Diebstahls einer Ziege zum Tode verurteilte, stieg Kommandant van Heerden langsam die Treppe nach oben, um nach einem Plätzchen zu suchen, wo er sich ausruhen könne, bis Luitenant Verkramp mit der Verstärkung kam.

Wenn Jacaranda Park erst einmal von der Außenwelt abgeschnitten wäre, würde er sich an die Aufgabe machen, Miss Hazelstone davon zu überzeugen, daß sie ihren Koch niemals ermordet und sich den ganzen Quatsch mit der Spritze und der Liebesaffäre ausgedacht hatte. Er war sicher, daß er die alte Dame zur Vernunft bringen könne, und wenn nicht, dann gäben ihm die Ausnahmebefugnisse das Recht, sie unbefristet und ohne Beistand eines Rechtsanwalts festzuhalten. Notfalls würde er auf den Terroristenerlaß pochen und sie in Einzelhaft bis ans Ende ihrer Tage einsperren, die durch geeignete Maßnahmen und eine zwangsläufig strenge Behandlung noch verkürzt werden konnten. Das war zwar kaum die Art und Weise, wie er mit einer Dame ihrer Herkunft hätte umgehen wollen, aber im Augenblick fiel ihm nichts Besseres ein.

Als er oben angelangt war, blieb er einen Augenblick stehen, um wieder zu Atem zu kommen, dann ging er die Galerie entlang, die die ganze Länge von Jacaranda House einnahm. Wenn die Halle unten mit Porträts und ausgestopften Köpfen vollgepfropft war, so waren die Wände der Galerie entsprechend mit Trophäen vergangener Schlachten vollgehängt. Zu beiden Seiten erblickte der Kommandant zu seiner Verblüffung Waffen aller Formen und Größen, Waffen jedes Alters und Typs, die, soweit der Kommandant feststellen konnte, nur eines gemeinsam hatten, daß sie nämlich alle perfekt in Ordnung und dermaßen tödlich waren, daß er das absolut haarsträubend fand. Er blieb stehen und untersuchte eine Maschinenpistole. Tadellos geölt und intakt hing sie neben einer uralten Donnerbüchse. Kommandant van Heerden staunte. Die Galerie war ein regelrechtes Waffenarsenal. Hätte Miss Hazelstone nicht angerufen, um ihr Malheur mit Fünfpenny anzuzeigen, und sich statt dessen entschlossen, Jacaranda House zu verteidigen, dann hätte sie mit diesen Waffen die gesamten Polizeistreitkräfte Piemburgs wochenlang in Schach halten können. Der Kommandant gratulierte sich zu seinem Glück, daß Miss Hazelstone so kooperativ war, öffnete eine der Türen, die von der Galerie abgingen, und sah hinein.

Wie er erwartet hatte, war es ein Schlafzimmer und mit so viel Geschmack und Eleganz ausgestattet, wie es dem Heim der führenden südafrikanischen Expertin zurückhaltender Raumgestaltung angemessen war. Chintzvorhänge und eine dazu passende Tagesdecke auf dem Bett verliehen dem Raum eine heitere, duftige Note. Was auf dem Bett lag, hatte den entgegengesetzten Effekt. Es hatte überhaupt nichts Geschmackvolles oder Elegantes an sich, und niemand hätte es als duftig bezeichnen können. Denn dort lag – und seine Unangemessenheit wurde durch das Reizvolle der anderen Einrichtungsgegenstände noch hervorgehoben – der Körper eines großen, behaarten und vollkommen nackten Mannes. Was für den aufgescheuchten Zustand des Kommandanten noch schlimmer war: Der Körper trug alle Anzeichen, erst vor kurzem verblutet zu sein. Er war praktisch über und über mit Blut bedeckt.

Durch die schreckliche Entdeckung einer weiteren Leiche völlig aus dem Gleichgewicht gebracht, wankte der Kommandant auf die Galerie zurück und lehnte sich gegen die Wand. Mit einer Leiche pro Nachmittag kam er noch so ungefähr zu Rande, besonders, wenn sie schwarz war, aber zwei, von denen eine auch noch weiß war, erfüllten ihn mit Verzweiflung. Jacaranda House nahm langsam den Charme eines Schlachthofs an. Und was das schlimmste war: Diese zweite Leiche machte jede Möglichkeit, den Fall zu vertuschen, zuschanden. Miss Hazelstone davon zu überzeugen, daß sie ihren schwarzen Koch nicht umgebracht habe, war *eine* Sache. Das Verschwinden von Zulu-Köchen war eine simple Routineangelegenheit. Der Mord an einem Weißen aber würde schlicht bekanntgegeben werden müssen. Es würde eine Untersuchung stattfinden. Fragen würden gestellt werden, und eins käme zum anderen, bis die ganze Geschichte von Miss Hazelstone und ihrem Zulu-Koch ans Tageslicht gekommen wäre.

Nach kurzer, verzweifelter Überlegung hatte der Kommandant seinen Mut wieder soweit zurückgewonnen, um noch mal um die Tür herum ins Mordzimmer zu gucken. Die Leiche war noch da, wie er zu seinem Leidwesen bemerkte. Andererseits besaß sie bestimmte Eigenschaften, die Kommandant van Heerden nach seiner Erfahrung mit Leichen ungewöhnlich fand. Eine ganz besonders fesselte seine Aufmerksamkeit. Die Leiche hatte eine Erektion. Der Kommandant lugte noch mal um die Ecke, um seinen Verdacht bestätigt zu finden, und in dem Augenblick bewegte sich die Leiche und begann zu schnarchen.

Einen Moment lang war Kommandant van Heerden durch den Beweis, daß der Mann noch lebte, so erleichtert, daß er fast losgelacht hätte. Im nächsten Augenblick wurde ihm die volle Bedeutung seiner Entdeckung klar, und das Lächeln erstarb ihm auf dem Gesicht. Er hatte nicht den geringsten Zweifel, daß der Mann, der vor ihm auf dem Bett lag, der wahre Mörder Fünfpennys sei. Der Kommandant starrte auf die Gestalt auf dem Bett, und da bemerkte er den Brandygeruch in der Luft. Im nächsten Moment knallte er mit dem Fuß gegen eine Flasche, die auf dem Boden lag. Er bückte sich und hob sie auf. Alter Nashornhaut-Brandy, stellte er voll Ekel fest. Das war die Brandymarke, für die auch Wachtmeister Els besonders schwärmte, und wenn noch etwas nötig war, um seinen Verdacht zu bestätigen, daß der Kerl auf dem Bett ein gefährlicher Verbrecher sei, dann war es die Erkenntnis, daß, wenn er auch nur eine von Wachtmeister Elsens lasterhaften Neigungen mit ihm gemein habe, er mit allergrößter Sicherheit auch andere, noch unmoralischere mit ihm teile.

Mit der Flasche in der Hand ging Kommandant van Heerden auf Zehenspitzen aus dem Zimmer. Draußen auf der Galerie versuchte er, sich darüber klarzuwerden, welchen Einfluß diese Entdeckung auf seine Pläne hätte. Daß der Mann ein Mörder sei, daran hatte er keinen Zweifel. Daß er im Augenblick sternhagelvoll sei, war auch klar. Was ein Rätsel blieb, war, daß Miss Hazelstone sich zu einem Verbrechen bekannte, das sie gar nicht begangen hatte. Und noch rätselvoller war ihm, daß sie ihr Geständnis mit diesem ganzen aus der Luft gegriffenen Mist rausputzte, daß sie mit ihrem Zulu-Koch geschlafen und ihm Novocain-Spritzen verabreicht habe. Kommandant van Heerden drehte sich der Kopf vor lauter Möglichkeiten, und da er nicht in der Nähe eines so gefährlichen Mörders bleiben wollte, ging er die Galerie entlang bis zum Absatz am Ende der Treppe. Jetzt wünschte er sich, er hätte Wachtmeister Els nicht zur Bewachung des Haupttors losgeschickt, und gleichzeitig fragte er sich allmählich, wann Luitenant Verkramp wohl mit den Hauptverbänden einträfe. Er lehnte sich über das Geländer und starrte auf das Tropenmausoleum in der Halle hinunter. Dicht neben ihm blinzelte der Kopf eines ausgestopften Nashorns kurzsichtig in die Ewigkeit. Kommandant van Heerden blinzelte zurück und fragte sich, an wen von seinen Bekannten es ihn erinnere, aber da wurde ihm mit einem Schlage der wahre Sinn von Miss Hazelstones Geständnis klar, und das sollte sein Leben radikal verändern.

Er hatte plötzlich bemerkt, daß das Gesicht des Mörders auf dem Bett ihn an jemanden erinnerte. Diese Erkenntnis ließ ihn eilig die Treppe hinunterstolpern, von wo er auf das riesige Porträt Sir Theophilus' emporstarrte. Einen Augenblick später war er wieder in dem Schlafzimmer. Er pirschte sich behutsam ans Bett vor und äugte vorsichtig auf das Gesicht auf dem Kopfkissen hinunter. Er sah, was er erwartet hatte. Trotz dem aufgesperrten Mund und den Augen mit den schweren Tränensäkken darunter, trotz all der Jahre voller Ausschweifungen und sexueller Hemmungslosigkeit und Strömen Alten Nashornhaut-Brandys hatten die Züge des Mannes auf dem Bett eine unverwechselbare Ähnlichkeit mit denen Sir Theophilus' und des verstorbenen Richters Hazelstone. Nun wußte er, wer der Mann war. Es war Jonathan Hazelstone, Miss Hazelstones jüngerer Bruder.

Und während dem Kommandanten eine ganz neue Erkenntnis dämmerte, machte er auf dem Absatz kehrt, um das Zimmer zu verlassen. In diesem Augenblick bewegte sich der Mörder wieder. Der Kommandant blieb wie angewurzelt stehen und beobachtete mit einer Mischung aus Furcht und Abscheu, wie sich eine blutverschmierte Hand auf dem behaarten Oberschenkel des Mannes ihren Weg nach oben tastete und das stattliche erigierte Glied ergriff. Kommandant van Heerden wartete keine Sekunde länger. Keuchend hastete er aus dem Zimmer und eilte die Galerie hinunter. Ein Mann, der eine Flasche Alten Nashornhaut-Brandy verdrücken konnte und dennoch überlebte, egal, wie komatös sein Zustand auch war, war zweifellos ein Wahnsinniger, und wenn er zu allem Überfluß auch noch mit einer Erektion daliegen konnte, während sein Leib sich gegen die gräßlichen Schädigungen durch den Brandy zu wehren versuchte, dann war er ganz ohne Frage ein Sexbesessener, dessen Sexualgelüste so stark sein mußten, daß nichts vor ihm sicher war. Kommandant van Heerden fiel wieder ein, in welcher Haltung Fünfpenny am Fuße des Piedestals gelegen hatte, und er meinte langsam zu wissen, wie der Zulu-Koch gestorben war, und in seinen Überlegungen hatte die Elefantenbüchse keinen Platz.

Ohne einen Moment zu zögern, eilte er die Treppe hinunter und verließ das Haus. Er mußte Wachtmeister Els zu Hilfe holen, ehe er versuchte, den Mann zu verhaften. Als er die Auffahrt mit langen Schritten hinaufging, begriff er, warum Miss Hazelstone ihr abscheuliches Geständnis abgelegt hatte, und während er das erkannte, sproß in der Brust des Kommandanten ein neuer und tieferer Respekt vor den alten Familienbanden der Briten.

»Ritterlichkeit. Es ist pure Ritterlichkeit«, sagte er sich. »Sie opfert sich, um den guten Namen der Familie zu schützen.« Im Augenblick war ihm nicht ganz klar, wieso das Geständnis, den schwarzen Koch umgebracht zu haben, den guten Namen der Familie schützte, aber er vermutete, das sei besser, als wenn der Bruder gestehen müsse, den besagten Koch in ein frühes Grab gevögelt zu haben. Er fragte sich, wie hoch wohl die Strafe für so ein Verbrechen wäre.

»Verdient, gehängt zu werden«, sagte er voller Hoffnung, aber dann erinnerte er sich, daß noch nie ein Weißer für einen Mord an einem Schwarzen gehängt worden war. »Unzucht ist was anderes«, dachte er. Egal, sie konnten ihn immer wegen »Handlungen, die geeignet sind, Rassenkonflikte hervorzurufen«, rankriegen, ein Vergehen, das mit zehn schweren Stockschlägen bestraft wurde, und wenn einen Zulu-Koch zu bumsen nicht geeignet war, Rassenkonflikte hervorzurufen, dann wußte zumindest er nicht, was sonst. Er würde Wachtmeister Els darüber befragen müssen. Der Wachtmeister hatte in derlei Dingen mehr Erfahrung als er.

5

Am Haupttor von Jacaranda Park fand Wachtmeister Els den Nachmittag absolut nicht so vergnüglich, wie er das erwartet hatte. Keiner hatte versucht, den Park zu betreten oder zu verlassen, und Els hatte sehr wenige Ziele gehabt, auf die er schießen konnte. Er hatte einen ungezielten Schuß auf einen eingeborenen Botenjungen auf einem Fahrrad losgelassen, aber der Junge hatte Els rechtzeitig erkannt und sich in den Straßengraben geworfen, bevor der Wachtmeister Zeit hatte, genau zu zielen. Daß er den Burschen nicht getroffen hatte, hatte Elsens Laune nicht gerade gebessert.

»Verfehle einen, und du verfehlst die ganze Scheiß Sippschaft«, sagte er sich, und so war es ja auch: Wenn erst mal die Nachricht die Runde machte, daß Kaffern-Killer Els in der Gegend sei, dann konnten weiße Hausfrauen sich die Lunge aus dem Hals schreien und ihren Dienstboten mit jeder nur denkbaren Strafe drohen, und trotzdem würde kein Schwarzer, der nicht völlig plemplem war, sich aus dem Hause wagen, um den Rasen zu sprengen oder einkaufen zu gehen.

Weil er also nichts Besseres zu tun hatte, kundschaftete Els das Gebiet um die Toreinfahrt aus, schloß die großen schmiedeeisernen Tore und verrammelte sie. Im Verlauf seiner Erkundungen hatte er die erfreuliche Entdeckung gemacht, daß, was er auf den ersten Blick für eine sorgfältig geschnittene undurchdringliche Ligusterhecke gehalten hatte, in Wirklichkeit einen kleinen Betonbunker verdeckte. Der war, wie man deutlich sehen konnte, sehr alt und, wie man ebenso deutlich sehen konnte, völlig uneinnehmbar. Er stammte noch aus der Zeit von Sir Theophilus, der den Bau nach der Schlacht von Bulundi angeordnet hatte. Der Sieg, der dem Gouverneur bei der Gelegenheit in den Schoß gefallen war, hatte ihm seine angeborene Feigheit nicht nehmen können, und die Beschuldigungen, Verrat begangen zu haben, die von den Zulus und den nächsten Angehörigen der von ihren eigenen Artilleriegeschossen getöteten Offiziere gegen ihn vorgebracht wurden, hatten seine angeborene Ängstlichkeit zu dem Verfolgungswahn gesteigert, Tausende rachedurstiger Zulus, die von den überlebenden Mitgliedern seines alten Regiments, der Royal Marines Heavy Artillery Brigade, im Gebrauch der zehnzölligen Schiffskanonen unterrichtet worden seien, könnten während einer schrecklichen Nacht Jacaranda House stürmen. Unter dieser eingebildeten Bedrohung hatte Sir Theophilus begonnen, die Waffen zu sammeln, die Kommandant van Heerden auf der Galerie von Jacaranda House so entsetzt hatten. Desgleichen hatte er mit dem Bau einer Reihe von trutzigen Bunkern um den Park herum angefangen, die alle so beschaffen waren, daß sie einen Volltreffer aus einer zehnzölligen, auf Kernschußweite abgefeuerten Schiffskanone aushalten konnten.

Es war ein Kompliment für die Fähigkeiten des Gouverneurs als Militärbaumeister, daß die Bunker noch standen. Richter Hazelstone, ein genauso großer Feigling wie sein Vater, aber von der abschreckenden Wirkung der Todesstrafe überzeugter als er, hatte einmal eine Abrißfirma mit der Beseitigung der Bunker beauftragt. Nachdem sie Dutzende von Bohrern daran stumpf gemacht hatten, war der Abrißmannschaft die Idee gekommen, es mit einer Sprengung zu versuchen, und weil sie wußten, daß der Bunker kein gewöhnlicher Bunker war, hatten sie ihn praktisch bis zum Dach mit Dynamit gefüllt, ehe sie die Lunte zündeten. Bei der späteren Untersuchung des Falles berichteten die Überlebenden der Abrißfirma von der Explosion, es habe ausgesehen, als wären vier gigantische Feuerzungen aus den Schießscharten des Bunkers hervorgeschossen, und der

Knall sei noch in Durban, fünfunddreißig Meilen entfernt, zu hören gewesen. Mit Rücksicht auf Richter Hazelstones Ansehen als Mann des Gesetzes hatte die Firma das Parktor, das durch ihren Übereifer auf der Strecke geblieben war, ersetzt, und zwar gratis, aber sie hatte sich geweigert, mit dem Abriß der Bunker weiterzumachen. Als weniger teure Methode, sich das Ding vom Hals zu schaffen, schlug die Firma vor, das unschöne Bauwerk zu verstecken, indem man um es herum eine Ligusterhecke anpflanzte, und sie beteiligte sich an den Kosten der Aktion, um den Männern, die sie bei der Dynamitexplosion verloren hatte, eine letzte Ehre zu erweisen.

Wachtmeister Els wußte von alldem nichts, aber nachdem er die Tür zu dieser uneinnehmbaren Festung gefunden hatte, machte er sich einen Spaß daraus, die Elefantenbüchse in einer Schießscharte in Stellung zu bringen und auf die Straße zu richten. Er war nicht Optimist genug anzunehmen, daß vielleicht irgend etwas dieser furchtbaren Waffe Würdiges versuchen könnte, in den Park zu gelangen, aber die Langeweile seines Dienstes brachte ihn zu der Überzeugung, daß es nichts schade, auf die unwahrscheinlichsten Möglichkeiten vorbereitet zu sein.

Kaum war er damit fertig, erspähte er auch schon einen Schäferhund, der stehengeblieben war, um an einem der Torpfosten das Bein zu heben. Wachtmeister Els war keiner, der sich Gelegenheiten entgehen ließ, außerdem spürte er noch die Folgen seines Zusammentreffens mit dem Dobermannpinscher. Ein wohlgezielter Pistolenschuß, und der Hund verlor jedes Interesse an den Geschehnissen des Nachmittags. Andere Leute in der Nähe von Jacaranda Park hatten nicht dies Glück. Fünf Polizisten in Zivil, die Luitenant Verkramp auf direktem Weg nach Jacaranda Park geschickt hatte und die äußerst vorsichtig und im Abstand von jeweils fünfundzwanzig Metern hintereinander herankamen, hörten den Schuß, beratschlagten sich miteinander und begannen dann, mit gezogenen Revolvern und einer derartigen Heimlichtuerei zum Haupttor vorzurücken, daß sie den Argwohn von Wachtmeister Els in seinem Bunker geradezu erregen mußten.

Auch Kommandant van Heerden, der fröhlich die Auffahrt heraufmarschierte, hörte den Schuß, aber er war so damit beschäftigt, die genaue Zahl der Stockschläge auszurechnen, die Jonathan Hazelstone erhalten würde, bevor man ihn hängte, daß der Knall eines Schusses aus Elsens Richtung ihm kaum zu Bewußtsein kam. Noch nie hatte er im übrigen einen Fall so schnell gelöst, und eben hatte er noch neue Gründe entdeckt, die seine Annahme bestätigten, daß Jonathan Hazelstone der Mörder sei. Ihm war eingefallen, daß Luitenant Verkramps Bericht über die Familie Hazelstone die Information enthalten hatte, daß Miss Hazelstones Bruder ein Strafregister mit Betrugs- und Unterschlagungssünden besitze und daß die Familie ihn ausbezahlt habe, damit er in irgendeiner gottverlassenen Gegend von Rhodesien leben könne.

Erst als der Kommandant eine ganze Salve von Schüssen, gefolgt von den Schreien Verwundeter, aus der Richtung des Haupttors hörte, kam ihm der Verdacht, daß Els seine Anweisungen wieder mal zu großzügig auslegte. Er eilte los, um das Tor zu erreichen, bevor die Situation völlig außer Kontrolle geriet, aber die Schüsse folgten mittlerweile so gefährlich dicht aufeinander und waren derart ins Blaue gezielt, daß er gezwungen war, in einer Mulde neben der Auffahrt in Deckung zu gehen. Da lag er und bedauerte allmählich, daß er Els die Erlaubnis gegeben hatte, gezielt zu schießen. Die verzweifelten Schreie ließen vermuten, daß Els zumindest in bescheidenem Maße Erfolg hatte. Als vereinzelte Kugeln über seinen Kopf wegsausten, fragte sich der Kommandant verzweifelt, wer wohl um alles in der Welt versuche, sich mit seinem Assistenten ein Duell zu liefern.

Wachtmeister Els in seinem Bunker sah sich demselben Problem gegenüber. Die fünf unheimlichen Gestalten, die mit Revolvern in der Hand um die Straßenecke gekrochen waren, hatten so deutlich die Absicht gehabt, unbefugt den Park zu betreten, daß er auf die ersten zwei ohne Zögern geschossen hatte. Die Antwort, die in Gestalt von Kugeln durch die Ligusterhecke gepfiffen kam, schien sein Vorgehen gutzuheißen, und so riß Els die Munitionsschachteln auf und bereitete sich auf eine lange Schlacht vor.

Zehn Minuten später wurden die Kriminalbeamten durch ein weiteres Dutzend verstärkt, und Els wandte sich der Aufgabe, die Toreinfahrt zu verteidigen, mit einem Vergnügen zu, das seine Erwartung, der Nachmittag werde sich noch als interessant erweisen, voll bestätigte.

Luitenant Verkramp hatte mit seinen eigenen Schwierigkeiten zu kämpfen. Beim Versuch, die Anweisungen Kommandant van Heerdens auszuführen, war er auf eine Unmenge Probleme gestoßen. Es war schon schwierig genug gewesen, alle Mitglieder der Piemburger Polizei, inklusive die im Bett liegenden oder herumlaufenden Kranken, an ihrem Rugbynachmittag in die Kaserne zu beordern. Aber als das geschafft war, sah er sich mit dem Problem konfrontiert, ihnen erklären zu müssen, wo's nun hinginge und warum, und da Kommandant van Heerden versäumt hatte, ihm den Zweck der Expedition mitzuteilen, hatte er seine eigenen Schlüsse ziehen müssen. Die einzigen beiden Tatsachen, die er den löcherigen Instruktionen des Kommandanten entnommen hatte, waren die, daß in Jacaranda Park die Tollwut gleichzeitig mit der Beulenpest ausgebrochen war, eine dermaßen tödliche Verbindung von zwei Krankheiten, daß es ihm absolut schwachsinnig erschien, sechshundert gesunde Männer auch nur in die Nähe dieses Ortes zu schicken. Seiner Meinung nach wäre es viel besser gewesen, sie genau in die entgegengesetzte Richtung zu schicken. Auch begriff er nicht, warum sechs Schützenpanzerwagen gebraucht wurden, um den Seuchenausbruch zu bekämpfen, es sei denn, der Kommandant meinte, sie wären nützlich, um den Aufruhr niederzuschlagen, der sicherlich ausbräche, wenn die Nachricht öffentlich bekannt würde. Der Befehl, die Suchscheinwerfer mitzubringen, tat ein übriges zur Verwirrung des Luitenants, und er konnte nur vermuten, daß sie gebraucht würden, um nachts alle infizierten Tiere ausfindig zu machen, damit man sie mit den Panzerwagen querfeldein verfolgen könne.

Die Ansprache, die Verkramp schließlich an die versammelten Polizisten richtete, war auch nicht angetan, ihnen viel Vertrauen in die nächste Zukunft zu schenken, und erst, nachdem er ein paar leichte Anzeichen von Meuterei niedergeschlagen hatte, waren die Lastkraftwagenkolonne und der ganze übrige Geleitzug endlich aufgebrochen. Und so wälzte sich die gesamte Piemburger Polizeistreitmacht, angeführt von sechs Schützenpanzerwagen, die mit Tollwut- und Beulenpestschildern geschmückt waren, langsam über Nebenstraßen und durch das Landstädtchen Vlockfontein, wo sie unerhörtes Aufsehen erregten, was die Polizisten, die sich auf den Lastkraftwagen drängten, mächtig freute, aber kaum den Zweck erfüllte, den Kommandant van Heerden sich erhofft hatte.

Die Beulenpestschilder lösten in Vlockfontein einen Schrekken aus, der nur noch von den Tollwutschildern übertroffen wurde, die unmittelbar vor den Lastwagen kamen, auf denen die undressierten deutschen Schäferhunde transportiert wurden, von denen sich in der allgemeinen Erregung einer losriß und von dem Wagen sprang, um einen kleinen Jungen zu beißen, der ihm Fratzen geschnitten hatte. In der nachfolgenden Panik drehte der Hund völlig durch, biß noch ein paar Leute und mehrere andere Hunde und verschwand schließlich in einer Seitengasse, wo er hinter einer Katze herjagte. Der Konvoi wurde auf Bitten des Bürgermeisters augenblicklich angehalten, der darauf bestand, den Hund zu erschießen, bevor er jemand anderen infizieren könne. Verkramps Versicherung, daß der Hund vollkommen gesund sei, überzeugte niemanden, und fünfundzwanzig Minuten lang ging's einfach nicht weiter, bis das Tier endlich am anderen Ende der Stadt von einem aufgebrachten Familienvater abgeknallt wurde.

Bis dahin war der Hund auf der verzweifelten Suche nach

einem sicheren Plätzchen durch rückwärtige Gärten und über Rasenflächen gehetzt, wobei es ihm fast die ganze Zeit gelungen war, sich den Blicken zu entziehen, so daß die Verfolger seine möglichen Verstecke nur nach dem Bellen und Knurren der Hunde abschätzen konnten, die in die Häuser in Vlockfontein gehörten. Es war daher nicht allzu überraschend, daß der Verdacht um sich griff, der Schäferhund habe die gesamte Hundebevölkerung der Stadt infiziert, eine Meinung, die ohne den Schatten eines Zweifels durch das sonderbare Verhalten der Vlockfonteiner Hunde bestätigt wurde, die sich an der allgemeinen Aufregung beteiligten und kläfften und bellten und an ihren Hundeleinen zerrten und sich alles in allem auf genau die unnormale Art und Weise benahmen, auf die zu achten die Leute in den Tollwutwarnungen hingewiesen worden waren.

Als sich der Polizeikonvoi aus Vlockfontein wieder herauswälzte, begann man, die gesamte Hundebevölkerung der Stadt zu massakrieren, und so wurde die Nachmittagsstille immer wieder durch das Knallen von Schüssen unterbrochen, während der Junge, der den ganzen Zirkus ausgelöst hatte, aller Welt die gräßliche Pein der Anti-Tollwut-Spritzen bewies, indem er mit seinem Geheul in das der sterbenden Hunde einstimmte. Der Umstand, daß später am selben Abend mehrere tote Ratten entdeckt wurden, die von Hunden totgebissen worden waren, die verzweifelt versucht hatten, ihre Nützlichkeit zu beweisen, trug nur noch mehr zur allgemeinen Ansicht unter den Vlockfonteinern bei, daß eine Katastrophe unmittelbar bevorstehe. Tote Ratten, hatten sie aus den Beulenpest-Warnungen gelernt, waren das erste Zeichen dafür, daß der Schwarze Tod gekommen sei. Bei Einbruch der Nacht war Vlockfontein eine Geisterstadt, in der die Leichen nicht beerdigter Hunde herumlagen, während die Straßen nach Piemburg mit Autos verstopft waren, deren Fahrer alle Anzeichen einer Massenhysterie an den Tag legten.

Es war klar, daß das Ziel, das Kommandant van Heerden mit der Schleichroute zu erreichen gehofft hatte, sich nicht mehr verwirklichen ließ.

Das gleiche konnte man von Wachtmeister Els kaum behaupten. Sein Ziel, stets genau, war mittlerweile absolut nicht mehr zu verfehlen. Die Opfer unter den Kriminalbeamten nahmen so rapide zu, daß sie sich von ihren weiter vorgeschobenen Stellungen wieder zurückzogen, sich hinter die Baumhecke kauerten und darüber nachzudenken versuchten, wie sich der tödliche Ligusterstrauch überlisten ließe, der sie an der Ausübung ihrer Pflicht so erfolgreich hinderte. Während schließlich einige von ihnen in das dichte Gestrüpp vorkrochen, das den Abhang direkt gegenüber der Toreinfahrt bedeckte, aber so weit entfernt war, daß der tödliche Revolver nicht heranreichte, wollten andere versuchen, den mörderischen Strauch zu umgehen.

Wachtmeister Els wurde allmählich ziemlich klar, daß das hier keine gewöhnliche Schießerei war, sondern nach seiner Erfahrung als Bewahrer von Gesetz und Ordnung etwas ganz Neues. Mit ruhiger Zuversicht lauschte er dem Hagel der Geschosse, die sich an den Wänden des Bunkers plattklatschten. Hin und wieder spähte er aus der Schießscharte, die den Park überblickte, um sicherzugehen, daß sich keiner um ihn herumgeschlichen hatte, aber der Park war menschenleer. Er hätte sich keine Sorgen zu machen brauchen. Sir Theophilus hatte genau für diesen Fall mit dem Bau eines ungeheuer tiefen Grabens vorgesorgt, der zwischen den Bunkern verlief, die um den Park verteilt standen. Wie so viele listige Einfälle des Gouverneurs war auch dieser Verteidigungsgraben unerwartet tückisch und so gut getarnt, daß jemand, der sich ihm von der Straße her näherte, von seiner Existenz erst etwas ahnen konnte, wenn er auf den fürchterlichen Eisenspitzen steckte, die dicht an dicht in den Betonboden eingelassen waren. Die Kriminalbeamten verloren zwei Leute in dem Graben, bevor sie den Versuch aufgaben, den unsichtbaren Bunker zu umgehen.

Die Schreie, die diesem Versuch gefolgt waren, feuerten Wachtmeister Els mächtig an, der der Meinung war, wieder mal zwei Volltreffer dort gelandet zu haben, wo sich, wie er keinen Zweifel hatte, besonders schmerzhafte Partien der menschlichen Anatomie befanden. Ein bißchen überrascht über diesen Erfolg war er schon, weil er mehrere Minuten lang keinen Schuß abgefeuert hatte und schon gar nicht in die Richtung, aus der die Schreie kamen. Er beschloß, die Rückseite wieder einer Kontrolle zu unterziehen, und als er aus der Schießscharte in den Park blickte, sah er eben, wie Kommandant van Heerden seine Mulde verließ und mit einer für einen Mann seines Alters und seiner Behäbigkeit erstaunlichen Behendigkeit auf das Haus zueilte. Auch Kommandant van Heerden hatte die Schreie gehört, die aus dem Graben kamen, und war zu dem übereilten Schluß gelangt, die Zeit sei reif, den Schutz der Mulde zu verlassen, koste es auch ein blaues Auge, und sich wieder ins Jacaranda House zu begeben, um vielleicht herauszubekommen, was dem idiotischen Luitenant Verkramp zugestoßen war.

Was auch immer die Gründe des Kommandanten sein mochten, und sie waren Wachtmeister Els unbekannt, der Anblick seines einzigen Verbündeten, der Fersengeld gab und ihn im Stich ließ, überzeugte ihn, daß die Zeit gekommen sei, die Elefantenbüchse einzusetzen, wollte er nicht allein und verlassen in den Händen der Desperados unten auf der Straße sterben. Er sah im Gestrüpp am Abhang ihm gegenüber sich etwas bewegen und beschloß, es mal mit einer Salve dorthin zu probieren. Er brachte das riesige mehrläufige Gewehr in der Schießscharte in Stellung, zielte auf die Sträucher, hinter denen sich die Kriminalbeamten versteckten, und drückte gefühlvoll auf den Abzug.

Die nachfolgende Detonation hatte eine Stärke und etwas derart Erdbebenartiges an sich, daß Wachtmeister Els, als er sich vom Boden des Bunkers wieder hochrappelte, wohin der Rückstoß ihn geschleudert hatte, total perplex war. Nicht daß er das noch nicht gehört hatte, aber damals hatten ihn die Höflichkeitsbezeigungen des Dobermanns leicht abgelenkt. Diesmal konnte er die wahren Qualitäten der Büchse voll auskosten.

Mit weißem Gesicht und einem Echo in den Trommelfellen,

das recht erstaunlich war, peilte er durch die Schießscharte und besah sich sein Werk mit einer Befriedigung, wie er sie noch nie empfunden hatte, nicht einmal an dem Tag, als er zwei Nigger mit ein und derselben Kugel umgelegt hatte. Das war ein Triumph gewesen. Das hier war ein Meisterstück.

Die zur gleichen Zeit losballernden vier Läufe der Elefantenbüchse hatten ihm einen Ausblick eröffnet, den er nie für möglich gehalten hätte. Die mächtigen schmiedeeisernen Tore von Jacaranda Park waren zu einem rauchenden Haufen teilweise geschmolzenen und völlig unidentifizierbaren Metalls zusammengedreht. Die steinernen Torpfosten lagen in Trümmern. Die aus Granit gehauenen aufgerichteten Wildschweine, die die Pfosten gekrönt hatten, würden sich nie wieder aufrichten, und die Fahrbahn legte ein beredtes Zeugnis von der Hitze der Gase ab, die die Kugeln aus den Läufen trieben: Auf ihr sah man deutlich vier Streifen geschmolzenen, hellglänzenden Asphalts dorthin weisen, wo einmal das dichte Gestrüpp gewesen war, das ihm den Blick auf seine Gegner versperrt hatte. Wachtmeister Els brauchte sich nun nicht mehr zu beklagen, daß er nicht sehen konnte, worauf er schoß.

Die Deckung, die seine Feinde benutzt hatten, war so ziemlich weg. Der Abhang war nackt, kahl und abgesengt, und es war zweifelhaft, ob er jemals wieder so aussehen werde wie früher. Dieser Zweifel bestand nicht bei den fünf Gebilden, die am Boden liegengeblieben waren. Nackt, kahl und grauenhaft verstümmelt, brauchten die fünf Kriminalbeamten, die vor Elsens Kugeln in den Büschen Deckung gesucht hatten, nun eine ganz andere Deckung, als sie ihnen ein paar Büsche bieten konnten. Und da sie auf der Stelle tot waren, waren sie in gewisser Weise glücklicher dran als ihre überlebenden Kameraden, von denen einige, wie Els mit Befriedigung feststellte, nackt und geschwärzt und deutlich in einem Zustand geistiger Verwirrung herumwanderten. Els nutzte ihren wehrlosen Schockzustand, um ein paar von ihnen mit seinem Revolver außer Gefecht zu setzen, und es überraschte ihn nicht besonders, daß, sie von ihren neuerlichen Verwundungen, die nach den Verheerungen der Elefantenbüchse natürlich einen ziemlichen Rückschritt darstellten, nur wenig Notiz zu nehmen schienen. Die übrigen Zivilbeamten, die von der Wirkung der Salve verschont geblieben waren, zogen sich, nachdem sie ihre nackten und verstörten Kollegen aus der Schußbahn von Elsens wahllosen Zielübungen gezerrt hatten, den Hügel hinunter zurück und warteten auf die Ankunft des Hauptkonvois, ehe sie ihren Angriff auf die Ligusterhecke wiederaufnehmen wollten.

Luitenant Verkramp, der im Turm des voranfahrenden Schützenpanzers stand und die enorme Explosion gehört hatte, war augenblicklich zu dem voreiligen Schluß gelangt, das Waffenlager der Polizeikaserne sei von Saboteuren in die Luft gejagt worden. Nach dem Chaos und der Panik, die der Konvoi auf seiner Fahrt durch das Land hervorgerufen hatte, kam das nicht sehr überraschend. Aber als er auf die Stadt hinuntersah, konnte er nichts erblicken, was diese Vermutung bestätigt hätte. Piemburg lag da in seiner stillen, friedlichen Senke unter dem wolkenlosen, blauen Himmel. Das einzig Ungewöhnliche, das er durch sein Fernglas ausmachen konnte, war eine ununterbrochene Autoschlange, die sich aus Vlockfontein langsam über die Hauptstraße bewegte.

»Da unten ist 'ne Beerdigung«, murmelte er leise vor sich hin und fragte sich, erstaunt über die kolossale Länge des Leichenzugs, was für ein bedeutender Mensch da wohl gestorben sei. Erst als er um die nächste Ecke bog und das Grüppchen nackter und völlig hysterischer Polizeibeamter sah, wurde ihm zum ersten Mal klar, daß Kommandant van Heerdens kopflose Instruktionen doch wohl nicht ganz ungerechtfertigt waren. Was immer auch in Jacaranda Park vor sich ging, es verdiente die außerordentliche Machtdemonstration, die der Polizeikonvoi darstellte.

Er hob die Hand, und der Kampfverband kam quietschend zum Stehen. »Was zum Teufel ist denn hier passiert?« fragte er. Die Frage, was geschehen sei, war eigentlich nicht nötig. Nackt und pulvergeschwärzt, bot die kleine Gruppe der Beamten einen mitleiderregenden Anblick.

»Irgend etwas hat auf uns geschossen«, kriegte schließlich einer von ihnen heraus.

»Was meinen Sie mit ›etwas‹?« schnauzte Verkramp.

»Ein Busch. Ein Busch oben an der Toreinfahrt. Immer, wenn jemand irgendwie in seine Nähe kommt, schießt er.«

»Ein Busch? Irgend jemand hinter dem Busch, wollen Sie wohl sagen. Warum haben Sie nicht zurückgeschossen?«

»Verdammt noch mal, was glauben Sie eigentlich, was wir gemacht haben? Aber hinter dem Busch ist niemand. Darauf schwöre ich jeden Eid. Wir haben Hunderte von Salven in den verfluchten Busch reingepumpt, und trotzdem schießt er immer noch zurück. Ich sage Ihnen, er ist einfach total verhext, dieser Busch.«

Luitenant Verkramp blickte unsicher die Straße entlang. Bestimmt würde er nicht auf jeden Blödsinn mit verhexten Büschen reinfallen, aber andererseits sah er deutlich, daß irgendwas ziemlich Außergewöhnliches die Männer in ihre erbärmliche Lage gebracht hatte. Es schwebte ihm schon auf der Zunge, zu sagen: »Sie haben wohl nicht alle Tassen im Schrank«, aber da ihnen auch ungefähr alles andere fehlte, hielt er es für besser, das für sich zu behalten. Die Frage der Truppenmoral war wichtig, und sie hatte ihn im Unterbewußtsein die ganze Zeit beschäftigt, seit sie aus der Polizeikaserne ausgerückt waren. Jetzt ein falscher Schritt, und es gäbe eine Panik im Konvoi. Er beschloß, den Männern ein Beispiel zu geben.

»Ich brauche zwei Freiwillige«, sagte er zu Sergeant de Haen, und während der Sergeant abzog, um zwei geistig zurückgebliebene Wachtmeister zu zwingen, sich freiwillig zu melden, wandte sich Luitenant Verkramp wieder den Kriminalbeamten zu.

»Wo ist denn dieser Busch?« fragte er.

»Genau in der Toreinfahrt. Sie können ihn gar nicht verfehlen«, sagten sie und setzten hinzu: »Und Sie wird er auch nicht verfehlen.«

»Das werden wir mal sehen«, murmelte der Luitenant, kletterte aus dem Panzerwagen und machte sich zum Erkundungsgang bereit. Luitenant Verkramp hatte in Pretoria einen Kursus in Guerilla-Abwehr besucht und war in der Kunst der Tarnung sehr bewandert. Als er fertig war, glichen die drei Männer, die aus dem Graben langsam auf Wachtmeister Els' Ligusterstrauch zukrochen, ebenfalls drei Sträuchern. Sie waren nicht so sauber geschnitten, das stimmt, und sicherlich nicht so kugelsicher, aber egal, was ihre Tarnung sonst noch alles verbarg, es war ziemlich unmöglich, selbst aus der Nähe, festzustellen, daß es sich hier um drei uniformierte Beamte der südafrikanischen Polizei handelte.

6

Kommandant van Heerden war gerade mitten in Jacaranda Park unter einer Eiche stehengeblieben, um wieder zu Puste zu kommen, und versuchte, Mut genug zu fassen, um ins Haus zurückzukehren, als Wachtmeister Els die Elefantenbüchse abfeuerte: Das Echo der Detonation brachte den Kommandanten zur Besinnung. Zum einen wurde ein Geier, der in den Zweigen über ihm mit offenbarer Vorahnung gelauert hatte, vom Krachen der Flinte aufgeschreckt und flappte bedrohlich in den Himmel hinauf. Zum anderen kam der Kommandant augenblicklich zu der Überzeugung, daß die Gesellschaft Jonathan Hazelstones unendlich weniger tödlich sei als das Blutbad, das Wachtmeister Els am Haupttor anrichtete. Er verließ die Dekkung, die der Baum ihm bot, und hastete unbeholfen auf das Haus zu, wobei er auf alle Welt wie ein verrückt gewordener Dickhäuter wirkte, den außer Gefecht zu setzen der Sinn der Elefantenbüchse war.

Hinter ihm hing die Stille des eben eingetretenen Todes düster über Jacaranda Park. Vor sich konnte er die schlanke, anmutige Gestalt Miss Hazelstones erkennen, die auf der Veranda stand. Sie blickte unschlüssig in den wolkenlosen Abendhimmel. Als der Kommandant an ihr vorbei in den Salon stürzte, hörte er sie sagen: »Ich meine, ich hätte es eben donnern hören. Ich glaube, wir bekommen Regen.« Es war gut, wieder dort zu sein, wo die Welt im Lot war, dachte der Kommandant, als er schlaff und erschöpft in den Lehnstuhl sank.

Gleich darauf kehrte Miss Hazelstone von der Betrachtung

des Sonnenuntergangs ins Zimmer zurück. Sie brachte eine Atmosphäre der Ruhe und Lebensbejahung mit herein, wie sie ihr allein, oder zumindest erschien es Kommandant van Heerden so, unter all den Leuten eigen war, die an diesem Nachmittag die Ereignisse in Jacaranda Park erlebten. Dasselbe war von Wachtmeister Els schwerlich zu sagen. Was ihm an Leben in die Quere kam, das bejahte er kein bißchen, schon gar nicht mit etwas, das auch nur leise der Ruhe geähnelt hätte. Der einzige Trost, den Kommandant van Heerden finden konnte, war der Gedanke, daß dem Geräusch nach Els sich und den halben angrenzenden Vorort in die Luft gesprengt hatte.

Miss Hazelstone tappte gedankenverloren und mit dem Ausdruck sanfter Melancholie zu ihrem Ohrensessel, setzte sich und wandte ihr Gesicht mit einem Blick tiefster Verehrung einem Gemälde zu, das über dem Kamin hing.

»Er war ein guter Mensch«, sagte sie schließlich mit leiser Stimme.

Kommandant van Heerden folgte ihrem Blick und besah sich das Bild. Es stellte einen Mann in langer Robe mit einer Laterne in der Hand dar, der an der Tür eines Hauses stand, und der Kommandant vermutete, es handele sich um ein weiteres Porträt von Sir Theophilus, dieses Mal, der Robe nach zu urteilen, gemalt, als der große Mann in Indien amtierte. Es trug den Titel »Das Licht der Welt«, was selbst dem Kommandanten bei aller Bewunderung für den Vizekönig ein bißchen weit zu gehen schien. Trotzdem fühlte er sich gezwungen, etwas zu sagen.

»Das war er sicherlich«, sagte er wohlwollend, »und auch ein sehr bedeutender Mensch.«

Miss Hazelstone sah den Kommandanten dankbar und mit ungewohnter Hochachtung an.

»Das wußte ich gar nicht«, murmelte sie.

»Oh, ich vergöttere den Mann geradezu«, fuhr der Kommandant fort und fügte als nachträglichen Gedanken hinzu: »Er wußte, wie man mit den Zulus richtig umgeht«, worauf er mit Erstaunen bemerkte, daß Miss Hazelstone plötzlich in ihr Taschentuch zu schluchzen begann. Van Heerden, der ihre Tränen als weiteren Beweis der tiefen Zuneigung zu ihrem Großvater wertete, mühte sich weiter.

»Ich wünschte nur, von seiner Sorte gäbe es heute noch mehr«, sagte er und stellte zufrieden fest, daß Miss Hazelstone ihn noch einmal dankbar über ihr Taschentuch hinweg ansah. »Es gäbe heute nur halb soviel Kummer in der Welt, wenn er wieder da wäre.« Er wollte gerade sagen: »Er würde sie dutzendweise hängen«, aber er sagte sich, daß das Hängen angesichts des voraussichtlichen Schicksals von Miss Hazelstones eigenem Bruder kein taktvolles Thema sei, und begnügte sich mit der Feststellung: »Er würde ihnen schnell das eine oder andere beibiegen.«

Dem stimmte Miss Hazelstone zu. »Das würde er, o ja, das würde er. Ich bin so glücklich, daß gerade Sie, Kommandant, die Dinge so betrachten.«

Kommandant van Heerden sah nicht ganz die Notwendigkeit für diesen Nachdruck ein. Es erschien ihm nur natürlich, daß ein Polizeioffizier sich an Sir Theophilus' Methoden hielt, mit Verbrechern umzuspringen. Schließlich hatte Richter Hazelstone sich seine Vorliebe für das Hängen und Prügeln ja auch nicht aus den Fingern gesogen. Jeder wußte, daß der alte Sir Theophilus es sich zur Aufgabe gemacht hatte, dafür zu sorgen, daß sein Sohn William früh den Sinn für körperliche Züchtigungen entwickele, indem er sie dem Knaben praktisch vom Tag seiner Geburt an zukommen ließ. Dieses Pflichtgefühl erinnerte den Kommandanten an seine eigene unangenehme Aufgabe, und er sagte sich, dieser Augenblick sei so gut wie jeder andere, ihr endlich beizubringen, daß er genau wisse, daß Fünfpenny nicht von ihr, sondern von ihrem Bruder Jonathan ermordet worden sei. Er stand von seinem Sessel auf und fiel in den förmlichen Jargon seines Amtes.

»Ich habe Grund zu glauben . . .«, begann er, aber Miss Hazelstone ließ ihn nicht ausreden. Sie erhob sich von ihrem Ohrensessel und blickte hingerissen zu ihm auf, eine Reaktion, die van Heerden kaum erwartet hatte und gewiß nicht bewundern konnte. Schließlich war der Kerl ihr eigener Bruder, und erst vor einer Stunde war sie bereit gewesen, den Mord selber auf sich zu nehmen, bloß um ihn zu decken.

Er begann wieder: »Ich habe Grund zu glauben . . .«

»Oh, ich auch. Das hab' ich auch. Haben wir das nicht alle?« Und diesmal nahm Miss Hazelstone die riesigen Pranken des Kommandanten in ihre zierlichen Hände und blickte ihm in die Augen. »Ich wußte es, Kommandant. Ich wußte es die ganze Zeit.«

Kommandant van Heerden brauchte man das nicht zu sagen. Natürlich hatte sie es die ganze Zeit gewußt, sonst hätte sie den Unmenschen ja nicht in Schutz genommen. Zum Teufel, dachte er, mit der ganzen Förmlichkeit. »Ich nehme an, er ist oben im Schlafzimmer«, sagte er.

Der Ausdruck auf Miss Hazelstones Gesicht ließ auf eine gewisse Verwunderung schließen, was wohl, nahm der Kommandant an, darauf zurückzuführen war, daß sie plötzlich sein großes Talent als Detektiv erkannte.

»Oben?« krächzte sie.

»Ja. Im Schlafzimmer mit der rosageblümten Bettdecke.«

Miss Hazelstones Erstaunen war nicht zu übersehen. »Im rosa Schlafzimmer?« stammelte sie und wich von ihm zurück.

»Er bietet leider keinen sehr erfreulichen Anblick«, fuhr der Kommandant fort. »Er ist dun wie der Teufel.«

Miss Hazelstone war nahe am Überschnappen. »Der Teufel?« brachte sie schließlich keuchend hervor.

»Besoffen«, sagte der Kommandant. »Sternhagelvoll und über und über mit Blut beschmiert. Die Schuld steht ihm nicht bloß ins Gesicht geschrieben.«

Miss Hazelstone hielt es nicht mehr. Sie eilte zur Tür, aber Kommandant van Heerden war vor ihr da.

»O nein, das tun Sie nicht. Sie gehen nicht rauf und warnen ihn«, sagte er. »Er muß auslöffeln, was er sich eingebrockt hat.«

Kommandant van Heerden hatte im stillen seine Zweifel, ob der Kerl noch oben sei. Selbst einen total Besoffenen mußte die Explosion aus dem Bett gehauen haben. Andererseits war der Mann wahnsinnig, und bei Irren konnte man nie wissen. Was sie taten, war einfach unvorhersehbar. Es gab, bemerkte er jetzt, auch in Miss Hazelstones Verhalten Symptome von Wahnwitz und Unberechenbarkeit und Zeichen dafür, daß sie sich auf eine Art benehmen könne, die weder nett noch vornehm wäre.

»Nun, nun, liebe Miss Hazelstone. In gewisse Dinge müssen wir uns zu schicken lernen«, sagte er beruhigend, und während er das sagte, war Miss Hazelstone nur eines völlig klar, daß nämlich nichts auf Gottes Erdboden sie dazu bringen werde, in der Reichweite dieses schwitzenden Polizisten zu bleiben, der dachte, der Teufel persönlich liege sternhagelblau und über und über mit Blut beschmiert oben im rosageblümten Schlafzimmer. Es gebe ja vielleicht, räumte sie großzügig ein, gewisse irrationale Züge in ihrem eigenen Seelenleben, aber sie waren nichts gegen die unübersehbaren Zeichen von Irrsinn, die der Kommandant an den Tag legte. Bleich und unverständliches Zeug lallend, sprang sie in einem Satz von ihm zurück, riß einen dekorativen Krummsäbel von der Wand und hielt ihn mit beiden Händen über ihren alten grauhaarigen Schädel.

Kommandant van Heerden war völlig platt. Eben noch hatte er vor einer reizenden alten Dame gestanden, die seine Hände in ihre nahm und ihm sanft ins Auge blickte, und im nächsten Moment war sie ein tanzender Derwisch und offenkundig darauf versessen, ihn mit einem fürchterlichen Messer mitten durchzusäbeln.

»Nun, nun«, sagte er, außerstande, seine Ausdrucksweise seiner neuen, schrecklichen Lage anzupassen. Eine Sekunde später war klar, daß Miss Hazelstone sein »Nun, nun« als Hinweis darauf verstanden hatte, daß er den Tod sofort wünsche. Wie ein Krebs kam sie auf ihn zu.

In Wirklichkeit versuchte Miss Hazelstone zur Tür zu gelangen, die in die Halle führte. »Aus dem Weg«, befahl sie, und der

Kommandant, ängstlich bemüht, ihr nicht den leisesten Vorwand zu liefern, ihn mit dem Krummschwert in der Mitte durchzuspalten, sprang zur Seite, wo er mit einer großen chinesischen Vase zusammenprallte, die von ihrem Podest kippte und auf den Boden krachte. Eine Sekunde lang zeigte Miss Hazelstones Gesichtsausdruck jene Fähigkeit, sich rasch zu verändern, die der Kommandant eben schon mal wahrgenommen hatte. Jetzt war sie zweifellos völlig außer sich vor Wut.

»Die Ming! Die Ming!« kreischte sie und ließ den Krummsäbel von oben heruntersausen. Aber Kommandant van Heerden war nicht mehr an dieser Stelle. Die zerschmetterten Kunstschätze aus der jahrtausendealten chinesischen Geschichte hinter sich lassend, stürzte er quer durchs Zimmer.

Während er über die Veranda fegte, hörte er Miss Hazelstone immer noch »Die Ming! Die Ming!« zu ihrem Bruder hochschreien, und da er meinte, die Ming sei eine unbeschreiblich fürchterliche Waffe, die griffbereit oben in der Galerie an der Wand hing, rannte der Kommandant wieder mal durch Jacaranda Park, diesmal aber in die Richtung des Tores, aus der das Getöse wiedererwachten Gewehrfeuers zu hören war, ein Getöse, das er als Zeichen ganz normaler und gesunder Gewalt willkommen hieß. Und wie er so rannte, dankte er seinem Glücksstern, daß die Dämmerung schon in Nacht überging, die den Weg seiner Flucht verdunkelte.

Für Wachtmeister Els, der immer noch über die Auswirkungen seiner Schießkünste schmunzeln mußte, hatte es, als die Dämmerung sich über die zusammengeknäulten Tore des Parks zu senken begann, die ersten Anzeichen dafür gegeben, daß mehrere neue Faktoren in den kleinen Flecken westlicher Kultur eingriffen, den er so mannhaft verteidigte. Er hatte gerade einen kräftigen Schluck Alten Nashornhaut-Brandy gekippt, um sich gegen die Nachtkühle zu schützen, als er draußen ein merkwürdiges Kratzen hörte. Zuerst dachte er, ein Stachelschwein schabe sich an der Panzertür des Bunkers, aber als er sie aufmachte, war nichts zu sehen, während die Geräusche immer näher kamen. Sie schienen aus einer Hecke unten an der Straße zu dringen, und er war gerade zu der Überzeugung gelangt, sie ließen sich nur dadurch erklären, daß ein Nashorn, das an Eiterflechte leide, sich zur Linderung von der Juckerei in einem Weißdorn siele, als er drei bemerkenswert flinke Pflanzengebilde über die Straße hoppeln sah. Offenbar sollte der nächste Angriff beginnen.

Wachtmeister Els lehnte sich zurück und überdachte die Lage. Einen Angriff hatte er mit seinem Revolver zurückgeschlagen, einen zweiten mit der Elefantenbüchse zunichte gemacht. Es sei Zeit, meinte er, zum Gegenangriff überzugehen. In der immer dunkler werdenden Dämmerung verließ Wachtmeister Els den Schutz des Bunkers und kroch, seinen Revolver in der Hand, leise auf seine Angreifer zu, deren polyphones Vorrücken alle leisen Geräusche übertönte, die er möglicherweise machte.

Als Luitenant Verkramp und seine zwei Freiwilligen eine dreiviertel Meile bis zur Spitze des Hügels hinaufgekrochen waren, wünschte Verkramp sich im stillen, er wäre doch einfach mit dem Panzerwagen raufgefahren, vor allem aber begann er, den Sinn der ganzen Unternehmung anzuzweifeln. Es war bereits so dunkel, daß er zwar vielleicht den Busch nicht verfehlte, der ihnen so viel Kummer bereitete, daß er ihn aber eventuell einfach nicht mehr sah. Seine Hände waren zerkratzt und aufgerissen, und er war bis auf Spuckdistanz an zwei Puffottern und eine Kobra herangekommen, was zweifellos ein Kompliment für seine Tarnungskünste war, aber eins, ohne das er sehr gut leben konnte. Es war ihm nie so klar gewesen, welcher Wildreichtum in den Hecken Piemburgs hauste.

Die Spinne, die ihn in die Nase gebissen hatte, als er sich aus ihrem Netz herauszuwinden versuchte, war so groß und bösartig, wie er es nie für möglich gehalten hatte, hätte er es nicht mit einem eigenen Auge gesehen, wobei ihm die Spinne das andere mit drei Füßen zudrückte, mit denen sie sich abstemmte, um sich festen Halt zu verschaffen, während sie ihm 50 ccm Gift ins linke Nasenloch spritzte. An diesem Punkt wäre er beinahe umgekehrt, denn das Gift verteilte sich so schnell und war dermaßen wirkungsvoll, daß er auch, nachdem die Riesenspinne so freundlich gewesen war, sich von seiner Netzhaut zu verabschieden, noch immer nichts sehen konnte. Auf dieser Seite seines Gesichts pochte es alarmierend, und seine Nebenhöhlen schienen mit irgendeiner ätzenden Flüssigkeit gefüllt zu sein. Und da ihm klar war, daß die Expedition mit einiger Eile weiterkommen mußte, ehe seine Atmungsorgane für immer die Arbeit einstellten, rückten Luitenant Verkramp und seine beiden Männer weiter krachend durch das feindselige Unterholz auf ihren Gegner zu.

Wachtmeister Els, der nicht so hastig und weit unbemerkter vorwärtsrobbte, hatte inzwischen Sir Theophilus' furchtbaren Verteidigungsgraben entdeckt und mit erheblicher Befriedigung dessen Wirkung auf die letzten Opfer wahrgenommen. Els streckte sich im Gras aus und überlegte sich, wie er den offenbar unersättlichen Appetit dieses Ergebnisses der Angst Sir Theophilus' noch weiter befriedigen könne. Die Geräusche, die aus dem Unterholz zu ihm drangen, schienen zu besagen, daß seine Feinde bereits an irgendwelchem Gliederzucken litten. Zu dem Knacken der Zweige, das ihr Vorrücken begleitet hatte, trat jetzt ein gelegentliches Wimmern und etwas, das sich anhörte wie chronischer Katarrh. Wachtmeister Els wartete nicht länger. Er kroch, den mörderischen Graben meidend, lautlos weiter und bezog im Gras neben der Straße Stellung.

Luitenant Verkramp, der in dem Gestrüpp verbissen vorwärtskrabbelte, erschien nichts seltsam oder ungewöhnlich. Seine Nase machte ihm Schwierigkeiten, das war zwar richtig, und das Spinnengift hatte sich beängstigend ausgebreitet, so daß mal seine Augen, mal seine Ohren Sperenzchen machten, aber wenn auch sein Inneres von Blitzen und einem seltsamen Trommelgetöse erfüllt war, außen wirkte alles ruhig und friedlich. Die Nacht war dunkel, aber droben schienen die Sterne, und die Lichter von Piemburg im Tal unter ihm tauchten den Himmel in orangerote Glut. Die Lichter von Jacaranda House blinzelten einladend durch den Park herüber. Grillen sangen, und fernes Verkehrsgemurmel kam von der Straße aus Vlockfontein sanft zu ihm herübergeweht. Nichts in der Welt bereitete Luitenant Verkramp auf den Schrecken vor, der plötzlich über ihn hereinbrechen sollte.

Nicht daß ihn körperlich etwas erschreckt hätte. Es war viel schlimmer. Es war fast etwas Unwirkliches an dem Schrei, der in seinem lädierten Ohr explodierte, und auch an der schrecklich verkrümmten, unheimlichen Gestalt, die plötzlich über ihm auftauchte. Er konnte nicht sehen, was es war. Er spürte bloß ihren ekelhaften Atem und hörte den Geisterschrei, der unsagbar grauenhaft war und, daran zweifelte er kein bißchen, aus den tiefsten Tiefen der Hölle kam. Alle Bedenken, die Luitenant Verkramp gegen die Geschichte mit dem verhexten Busch gehabt hatte, lösten sich im Augenblick in nichts auf, und im nächsten Augenblick fiel Verkramp, als er sich zur Seite warf, genau in den Höllenrachen, aus dem seiner Meinung nach der Schrei ertönt war. Und während er am Boden des Grabens auf den Eisenspießen steckte und sein Geschrei durch den Park schallte, starrte er, halb tot vor Angst und Schmerzen, nach oben und wußte, daß er in alle Ewigkeit verdammt sei. In seinem Fieberwahn sah er ein Gesicht in sein Grab herunterstarren, ein Gesicht, das satanisch zufrieden aussah: Und das Gesicht war das von Wachtmeister Els. Luitenant Verkramp wurde ohnmächtig.

Seine beiden Gefährten waren unterdessen wieder am Fuß des Hügels angelangt, wobei sie auf ihrer Flucht nicht nur den Luitenant zurückgelassen hatten, sondern auch einen Kometenschweif aus Blättern, Zweigen, Helmen und dem ganzen Drum und Dran ihres Berufes. Sie hätten sich gar nicht so abzuhetzen brauchen. Die Nachricht von der entsetzlichen Begegnung war ihnen vorausgeeilt. Wachtmeister Elsens Schrei, auch *diminuendo* noch grauenhaft, war wie eine fürchterliche Bestätigung des drohenden Untergangs hinunter zu den Wagen gedrungen, die immer noch die Straße aus Vlockfontein blockierten.

Die Polizisten, die in der Nähe der Lastwagen und Schützenpanzer herumlagen, erstarrten. Einige, die damit beschäftigt waren, Tollwut- und Beulenpestschilder aufzustellen, hörten auf zu arbeiten, starrten in die Finsternis und versuchten zu ergründen, welcher neue Horror dem tödlichen Busch entsprungen war. Sogar die Schäferhunde zuckten bei dem Laut zusammen. Und mitten in Jacaranda Park blieb Kommandant van Heerden, in Todesängsten wegen der Ming, unwillkürlich stehen, als er den Schrei hörte. Niemand, der ihn vernommen hatte, würde ihn wohl je vergessen.

Wenn Wachtmeister Els über die Wirkung der Elefantenbüchse schon verblüfft gewesen war, so war er es über die Ergebnisse seines Versuchs, psychologische Kriegführung anzuwenden, noch viel mehr. Sein Auftritt als auferstandener Toter hatte bei seinen Pflanzenfeinden Früchte getragen, wie er sie nicht für möglich gehalten hätte, aber als er den leiser werdenden Schreien aus dem Graben lauschte, kam ihm vorübergehend der Schatten eines Zweifels. Es war etwas an diesen Schreien, an ihrem Klang, was ihm irgendwie bekannt vorkam. Er ging hinüber zu dem Graben und sah hinunter, und durch die Blätter, die es bedeckten, machte er mühsam ein Gesicht aus, und auch an diesem Gesicht kam ihm irgend etwas bekannt vor. Wenn es nicht so eine knollige Nase und so geschwollene Backen gehabt hätte, hätte er fast gemeint, Luitenant Verkramp sei da unten. Bei dem Gedanken, daß der Luitenant da unten aufgespießt liege, griente er still in sich hinein. Geschähe dem Blödmann recht, wenn er dafür, daß er ihn die ganze Nacht in der Gegend rumrennen ließ, da unten läge, wo er ihn doch schon vor Stunden hätte ablösen müssen, dachte er, als er wieder in seinem Bunker verschwand.

Er nahm noch mal einen kräftigen Schluck Brandy, und als er die Flasche gerade wieder in seine Hosentasche stecken wollte, hörte er ein Geräusch, das ihn auf der Stelle zu der Schießscharte flitzen ließ. Irgend etwas kam die Straße herauf. Irgendein Fahrzeug, und ein Gefühl von Vertrautheit streifte sein Ohr. Es hörte sich genau wie ein Schützenpanzerwagen an. »Wurde auch verdammt noch mal Zeit«, dachte Els, als die Scheinwerfer um die Ecke schwenkten und einen Moment lang die Leichen beleuchteten, die gegenüber auf dem Abhang lagen. Einen Augenblick später fiel ein ganz anderes Licht auf die Szenerie. Ein Suchscheinwerfer drang durch die Nacht und verwandelte die Ligusterhecke in einen leuchtenden Fleck inmitten einer ansonsten finsteren Umgebung.

»Na schön, ihr Sauhunde, allzu viel ist Scheiß ungesund«, schrie Els in die Nacht, aber ehe er noch mehr sagen konnte, löste sich die Ligusterhecke um seinen Bunker herum langsam auf. Als die Kugeln in die Bunkerwände einschlugen und die Schießscharte von Leuchtspurkugeln hell aufflammte, wußte Els, daß es ihm nun an den Kragen ging. Das hier war nicht die Ablösung, auf die er gewartet hatte. In einem letzten verzweifelten Versuch, die Tragödie abzuwenden, richtete Wachtmeister Els die Elefantenbüchse auf den Panzerwagen. Er hielt das Feuer so lange zurück, bis der Panzer nur noch zehn Schritte von der Toreinfahrt entfernt war, dann drückte er ab. Wieder und wieder schoß er, und mit einer Mischung aus Ehrfurcht und Befriedigung sah er als Schattenriß vor dem Suchscheinwerfer, wie das mächtige Panzerfahrzeug rasselnd zum Stehen kam und langsam in seine Bestandteile zerfiel. Seine Geschütze waren verstummt, die Bereifung nur noch Gummifetzen, und seine Besatzung rieselte sanft, doch unaufhörlich durch hundert Löcher, die in seine Seiten gebohrt waren. Nur ein Mann war eben noch zu dem Versuch imstande, aus dem Ding herauszukommen, und als er sich zuckend aus der Turmöffnung wand, erblickte Els mit erschreckender Deutlichkeit die vertraute Uniform und die Mütze der südafrikanischen Polizei. Der Mann plumpste wieder ins Innere des Turms zurück, und Els, dem zum ersten Mal vage die Größe seines Vergehens dämmerte, wußte, daß er nur einen Steinwurf vom Galgen entfernt war. Er feuerte einen letzten Schuß ab. Der Suchscheinwerfer explodierte, und es war finstere Nacht. Mit verzweifelter Kraftanstrengung sammelte Els alle Beweise seiner jüngsten Aktivitäten zusammen, stolperte aus dem Bunker und schlich sich, seinen grauenhaften Komplizen hinter sich herschleifend, durch den Park davon.

7

In Jacaranda House sang Jonathan Hazelstone in seiner Badewanne. Er trug eine Badekappe aus Gummi, um seine empfindlichen Ohren gegen das Wasser zu schützen, und teils wegen der Kappe, teils, weil er ziemlich taub war, sang er erheblich lauter, als er sich das vorstellte. Und so hörte er nichts von dem Schlachtenlärm, der seinen Vortrag von »Vorwärts, ihr christlichen Soldaten« begleitete. Das rosafarbene Wasser um ihn herum wirbelte und strudelte und nahm seltsame und verzwickte Muster an, als es der Knall aus der Elefantenbüchse traf. Aber Jonathan Hazelstone hatte keine Zeit, sich um solche Lappalien zu kümmern. Er war viel zu sehr mit seinen eigenen Schwächen beschäftigt. Die Scham über seine Tat und ein unbewußter Stolz darauf gingen in seinen Gedanken durcheinander, und über beidem hing die schreckliche Erinnerung an vergangene Dinge.

Er versuchte, die entsetzliche Geschichte zu verdrängen, aber sie stellte sich beharrlich immer wieder ein. Trotz seiner Gewissensbisse mußte er immer noch ein bißchen darüber lächeln. Denn schließlich, dachte er, könne es nicht viele noch lebende Menschen geben, die von sich sagen könnten, daß sie getan hätten, was er getan hatte, und ungestraft davongekommen wären. Nicht daß er zum Prahlen geneigt hätte, und sicherlich würde er nicht herumziehen und seine Tat ausposaunen. Andererseits war er so ungeheuer provoziert worden, und letztlich war er der Meinung, sein Handeln sei in gewisser Weise entschuldbar gewesen. »Alte Nashornhaut«, dachte er und erschauerte und wollte sich eben ins Gedächtnis rufen, daß er dem Koch sagen müsse, er solle zum Kochen niemals dieses grauenhafte Zeug verwenden, da erinnerte er sich, daß es gar keinen Koch mehr gab, dem er das sagen konnte.

Traurig betrachtete er die rosa Kringel zu beiden Seiten in der Badewanne, stieg dann eilig aus dem Wasser und ließ es ab. Er spülte die Wanne aus, füllte sie von neuem und streute Badesalz hinein, dann legte er sich wieder in das heiße Wasser, um darüber nachzudenken, was als nächstes zu tun sei, um den Folgen der Ereignisse des Nachmittags aus dem Weg zu gehen. Er sah sich, das wußte er, einem schrecklichen Problem gegenüber. Sicher, seine Schwester hatte versprochen, der Polizei ein volles Geständnis abzulegen, und das war ganz in Ordnung, soweit es jene Angelegenheit betraf, aber es würde *ihm* niemals helfen, ungestraft davonzukommen. Zwangsläufig würde das Auswirkungen nach sich ziehen, und die ganze Geschichte war kaum dazu angetan, ihm bei seiner Karriere behilflich zu sein. Alles in allem war es eine gräßliche Geschichte. Nicht daß er für den verdammten Koch viel Sympathie übriggehabt hätte. Wenn es nicht um ihn gegangen wäre, dann wäre überhaupt nichts von all dem passiert. Außerdem gab es ein paar Sachen, die Jonathan Hazelstone niemals verzieh. Widernatürlichkeit war eine davon.

Kommandant van Heerden hätte alle diese Empfindungen geteilt, wenn er sie gekannt hätte, aber mittlerweile waren seine Kräfte ausschließlich auf einen einzigen simplen Gedanken konzentriert, daß nämlich seine Laufbahn als Polizeioffizier und möglicherweise auch als freier Mensch mit an Sicherheit grenzender Wahrscheinlichkeit dadurch beendet war, wie er den Fall Hazelstone behandelt hatte. Durch die Explosion, die das Ende des Schützenpanzers verkündete, war ihm das sonnenklar geworden. Entehrt, entlassen und bestraft, weil er ein Mitschuldiger war, und zwar vor, während und nach dem Mord an den Polizeibeamten, die zweifellos in Wachtmeister Elsens

Kugeltornado am Haupttor gefallen waren, würde er den Rest seines Lebens im Gefängnis mit Leuten zubringen müssen, die ihm zu einer solchen Riesenmenge Undank verpflichtet waren, wie sie keine Qual vergelten konnte. Der Tag, an dem er ins Piemburger Gefängnis käme, wäre vielleicht nicht sein letzter, ganz sicher aber sein schlimmster. Von denen, die Geständnisse unterschrieben hatten, nachdem sie von Wachtmeister Els in den Zellen des Piemburger Polizeireviers gefoltert worden waren, gab es zu viele, als daß ihm die Aussicht auf ihre Gesellschaft im Gefängnis hätte lieb sein können.

Nach einem kurzen Schluchzer versuchte Kommandant van Heerden, darüber nachzudenken, wie er sich aus der Bredouille befreien könnte, in die Els ihn geritten hatte. Nur eines konnte ihn im Augenblick retten, und das war die erfolgreiche Verhaftung des Mörders von Miss Hazelstones Zulu-Koch. Nicht daß er auf diese Leistung große Hoffnungen gesetzt hätte, außerdem würde sie nicht das Blutbad erklären helfen, das Els angerichtet hatte. Els würde wegen Massenmords angeklagt werden, und es gab nur die Chance, daß man ihn überreden könnte, Schwachsinn zu simulieren. Wenn man's recht bedachte, hatte es der Scheißkerl gar nicht nötig zu simulieren. Er war offensichtlich verrückt. Die Tatsachen sprachen für sich selbst.

Von dieser schwachen Hoffnung beflügelt (und ganz sicher nicht von der explodierenden Munition in dem vormals rollenden Verbrennungsofen), erreichte Kommandant van Heerden das Parktor. Er kletterte über den Haufen verknäulten Metalls und sah sich um. Eine schwarze Rauchwolke verdunkelte den Nachthimmel. Sie quoll aus dem offenen Turm des Schützenpanzers und drang aus den Löchern an den Seiten. Sogar der Kommandant in seiner Aufregung nahm den Geruch wahr. Es roch wie sonst nichts auf Erden.

Kommandant van Heerden nahm einen tiefen Atemzug von dem ekelhaften Zeug, dann brüllte er in die Nacht hinaus: »Wachtmeister Els«, schrie er, »Wachtmeister Els, wo in drei Teufels Namen sind Sie?«, und bemerkte die Blödheit seiner

Frage, sobald er sie von sich gegeben hatte. Els würde sich in dem Moment wohl kaum zeigen. Eher würde er seinen Kommandeur mit demselben Vergnügen in die Ewigkeit schicken, wie er es mit seinen Kameraden getan hatte. Nach einem kurzen Schweigen, das nur vom Knallen und Pfeifen der Kugeln unterbrochen wurde, die im Innern des Schützenpanzers durch die Gegend flogen, schrie der Kommandant noch mal.

»Hier spricht Ihr Kommandeur, ich befehle Ihnen, das Feuer einzustellen.«

Kommandant van Heerdens merkwürdiger Befehl verblüffte die Männer im Konvoi unten auf der Straße und ließ ihre Herzen vor Bewunderung heiß erglühen. Der Kommandant war dort oben am Tor und hatte den Irren offenbar gefaßt, der sie niedergemetzelt hatte. Aber ein Rätsel war ihnen diese Entwicklung doch, denn der Kommandant war nicht bekannt dafür, mutig zu sein. Langsam, aber sicher liefen sie zögernd die Straße entlang auf ihn zu.

Wachtmeister Els machte sich in einer ganz anderen Richtung aus dem Staub, während er sich den Kopf darüber zerbrach, wie er aus der Tinte käme, in der er saß. Vor allem mußte er erst mal die Elefantenbüchse verstecken, und dann würde er sich ein Alibi zusammenbasteln. Wenn er an das Format der Flinte dachte, war er nicht sicher, welche Aufgabe schwieriger wäre, und er überlegte gerade, ob er sie nicht einfach auf die Veranda, wo er sie gefunden hatte, zurückbringen solle oder nicht, als er schon wieder auf eine Ligusterhecke stieß. Aus seiner jüngsten Erfahrung mit Ligusterhecken hatte er gelernt, daß sie sich ideal dazu eigneten, etwas zu verstecken. Els linste durch die Hecke, und nachdem er sich vergewissert hatte, daß das Schwimmbekken genau das war, was es zu sein vorgab, und nicht schon wieder eine von Sir Theophilus' kleinen Fallen, schlüpfte er durch die Einfriedung und schlich hinüber zu einem kleinen, geschmackvollen Pavillon, der an einem Ende der Anlage stand. Einen Moment lang tappte er im Finstern herum, dann zündete er ein Streichholz an. In dessen Lichtschein sah er, daß der Pavillon ein Umkleideraum mit lauter Kleiderhaken an den Wänden war. Zu seinem Schrecken sah er, daß einer der Haken benutzt war. Ein dunkler Anzug hing daran.

Els pustete das Streichholz aus und spähte hinaus zum Schwimmbecken. Der Besitzer des schwarzen Anzugs mußte dort draußen sein und ihn beobachten. Aber in der Wasserfläche des Pools spiegelte sich nichts Unheildrohenderes als die Sterne und der zunehmende Mond, der eben aufging. Die Winkel des Beckens bargen keine seltsamen Schatten, und da wußte Els, daß er hier allein war mit einem dunklen Anzug, einer Elefantenbüchse und der Notwendigkeit, sich ein Alibi auszudenken.

»Ligusterhecken bringen mir anscheinend Glück«, dachte er und nahm sich vor, in seinem Vorgarten eine anzupflanzen, wenn er jemals wieder lebend aus dieser Patsche herauskäme.

Er zündete ein zweites Streichholz an und besah sich die Sachen genauer. Zuerst dachte er, er könnte sie vielleicht als Verkleidung benutzen, aber die Hosen waren viel zu weit für ihn, und das Jackett, das er anprobierte, hätte ihm als Wintermantel dienen können. Die schwarze Weste ohne Knöpfe verwirrte ihn ein bißchen, bis er das Beffchen daran entdeckte. Wachtmeister Els gab jeden Gedanken auf, die Sachen zum Verkleiden zu benutzen. Er hatte zu große Ehrfurcht vor der Religion, um diese Gewänder mit seiner Person zu entweihen. Statt dessen benutzte er sie dazu, seine Fingerabdrücke von der Elefantenflinte zu wischen. Da er ein Fachmann im Beseitigen von wichtigen Beweisen war, gab es, als er fertig war, nichts mehr, was ihn und die Flinte hätte miteinander in Verbindung bringen können.

Zwanzig Minuten später verließ Wachtmeister Els in munterer Stimmung den Pavillon und schlenderte fröhlich durch den Park auf Piemburg zu. Hinter sich ließ er alles zurück, was ihn mit dem Massaker am Haupttor in Beziehung brachte. Die Elefantenbüchse war unter den Kleidern des Pfarrers versteckt. In einer Gesäßtasche der Hose steckte sein Revolver, und die Jakkentaschen bauschten sich von den leeren Patronenschachteln, die er sorgfältig vom Bunkerfußboden aufgesammelt hatte. Jedes einzelne Stück war gewissenhaft geputzt. Kein Spurenexperte konnte beweisen, daß Wachtmeister Els sie je benutzt hatte. Schließlich (und schon mit einem Stich ins Schrullige) hatte er die Alter-Nashornhaut-Brandy-Flasche in die Innentasche des Jacketts gesteckt. Sie war leer gewesen, und für leere Flaschen hatte er nun mal keine Verwendung.

Aber als er die Flasche in die Tasche schob, machte er eine andere nützliche Entdeckung. Die Tasche enthielt eine Brieftasche und einen Kamm. Wachtmeister Els kramte die anderen Taschen durch und fand darin ein Taschentuch und mehrere andere Dinge.

»Es geht nichts über 'ne sauber gemachte Arbeit«, dachte er, steckte die Sachen ein und machte sich auf den Weg, um dem Bunker einen letzten Besuch abzustatten. Als er dort ankam, hatte er sein Selbstvertrauen wiedergewonnen. Polizeibeamte liefen herum und besahen sich den brennenden Schützenpanzer, aber niemand nahm irgendwelche Notiz von dem Wachtmeister, der für eine Sekunde hinter der Ligusterhecke verschwand, ehe er die Straße in Richtung Piemburg hinunterspazierte. Unterwegs hielt er an, um ein Schild zu lesen, das gerade von einer Gruppe Polizisten angenagelt wurde.

Eine Stunde später stand Wachtmeister Els mit Schaum vor dem Mund und allen Symptomen von Tollwut vor der Unfallstation des Piemburger Krankenhauses. Ehe sie ihn ins Bett kriegen konnten, hatte er zwei Schwestern und einen Arzt gebissen.

Am Eingang von Jacaranda Park zeigte Kommandant van Heerden den Männern, die sich unter der Qualmwolke um ihn scharten, ganz ähnliche Symptome. Besonders das Verschwinden von Luitenant Verkramp brachte ihn in Harnisch. »Vermißt? Was soll das heißen: vermißt?« schrie er Sergeant de Haen an.

»Er kam zur Erkundung hier rauf, Sir«, antwortete der Sergeant.

»Ist er etwa in dem Ding hier gekommen?« fragte der Kommandant etwas hoffnungsvoller und sah auf den ausgebrannten Schützenpanzer.

»Nein, Sir. In Maske.«

»In was?« bellte der Kommandant.

»Er war als Busch verkleidet, Sir.«

Kommandant van Heerden traute seinen Ohren nicht. »Als Busch verkleidet? Was denn für ein Busch?«

»Schwer zu sagen, Sir. Kein sehr großer.«

Kommandant van Heerden wandte sich den Männern zu. »Jemand von Ihnen einen kleinen Busch hier in der Gegend gesehen?«

Schweigen senkte sich über die Polizisten. Alle hatten sie einen kleinen Busch hier in der Gegend gesehen.

»Genau hinter Ihnen steht einer, Sir«, sagte ein Wachtmeister.

Der Kommandant drehte sich um und sah auf das, was von der Ligusterhecke übrig war. Das war offenbar nichts, was der verkleidete Verkramp sein konnte oder auch nicht. »Das doch nicht, Sie Dummkopf«, schnauzte er. »Ein herumlaufender Scheiß Busch.«

»Ich weiß nichts davon, daß der Busch geschissen hat, Sir«, sagte der Wachtmeister. »Und ich möchte behaupten, er kann auch nicht rumlaufen, aber eins weiß ich, das verfluchte Ding kann verdammt gut schießen.«

»Was zum Teufel quatscht ihr da?« keifte der Kommandant, als ein nervöses Gekicher durch die Menge ging.

Sergeant de Haen klärte ihn auf. »Der Kerl, der den Schützenpanzer außer Gefecht gesetzt hat, saß hinter diesem Busch in Deckung.«

Einen Augenblick später guckte Kommandant van Heerden vorsichtig durch die Tür in den Bunker. Das Innere war immer noch mit dem Qualm verbrannten Pulvers gefüllt, aber trotzdem nahmen die Geruchsnerven des Kommandanten ein ihnen vertrautes, durchdringendes Aroma wahr. Der Bunker stank nach Altem Nashornhaut-Brandy. Am Boden gab es weitere Beweise. Eine Brieftasche, ein Kamm und ein Taschentuch lagen mitten im Bunker. Der Kommandant hob sie auf und hielt sie sich vorsichtig unter die Nase. Sie waren praktisch mit Brandy getränkt. Er öffnete die Brieftasche und erblickte in goldenen Lettern einen Namen, der ihm ebenfalls geläufig war: »Jonathan Hazelstone«.

Kommandant van Heerden vertrödelte keine Sekunde länger. Noch während er den Bunker verließ, gab er seine Befehle. Der Park sei zu umstellen. Straßensperren seien auf allen Straßen in der Nähe zu errichten. Suchscheinwerfer hätten das gesamte Parkgelände zu beleuchten. »Wir gehen rein und holen ihn uns«, sagte er zum Schluß. »Bringen Sie die anderen Schützenpanzer und die Schäferhunde her.«

Zehn Minuten später standen die restlichen fünf Schützenpanzerwagen, hundert mit Maschinenpistolen bewaffnete Männer und die neunundsechzig Spürhunde vor dem Parktor, bereit zum Angriff auf Jacaranda House. Kommandant van Heerden kletterte auf einen Panzer und hielt den Leuten von dessen Turm aus eine Ansprache.

»Ehe wir anfangen«, sagte er, »möchte ich Sie lieber warnen, daß der Mann, hinter dem wir her sind, ein gefährlicher Verbrecher ist.« Er machte eine Pause. Den Polizisten, die den ausgebrannten Panzerwagen und die Leichen auf dem Abhang gesehen hatten, brauchte man das nicht zu sagen. »Das Haus ist praktisch eine Festung«, fuhr der Kommandant fort, »und er verfügt über eine Sammlung tödlicher Waffen. Beim ersten Zeichen von Widerstand haben Sie meine Erlaubnis, das Feuer zu eröffnen. Noch irgendwelche Fragen?«

»Was ist mit dem Schwarzen Tod?« fragte Sergeant de Haen ängstlich.

»Der Schwarze Tod? O ja, das waren Schußwunden«, erwiderte der Kommandant geheimnisvoll, verschwand im Innern des Panzers und knallte den Deckel zu. Der Konvoi setzte sich vorsichtig die Auffahrt nach Jacaranda House hinunter in Bewegung.

8

Jonathan Hazelstone war in Nachdenken über seine nächste Predigt versunken, was ihn vom tragischen Tod Fünfpennys abgelenkt hatte. Er hatte sich für eine Kanzelrede über die böse Macht des Alkohols gerade den Titel »Die Nashörner des Zorns sind weißer als die Rosse des Untergangs« ausgedacht und trocknete sich nach seinem Bade ab, als ihm einfiel, daß er seine Kleider im Umkleidepavillon gelassen hatte. Noch ganz wacklig auf den Beinen von dem vielen Brandy, stiefelte er mit der Badekappe auf dem Kopf und nur in ein großes Badetuch gehüllt gedankenversunken die Treppe hinunter. Auf den Stufen zur Haustür blieb er stehen und sog die kühle Nachtluft tief ein. Autoscheinwerfer bewegten sich langsam die Auffahrt herab.

»Besucher«, dachte er bei sich. »Müssen mich in dem Aufzug ja nicht sehen.« Er wickelte das Handtuch fester um sich, trottete über die Auffahrt weg und verschwand eben hinter der Ligusterhecke, als Kommandant van Heerdens Konvoi vor dem Haus hielt. Er ging in den Badepavillon, kam einen Augenblick später wieder heraus und fühlte sich miserabler als vorher. Der Geruch nach Altem Nashornhaut-Brandy in dem Badehäuschen ließ in Wellen den Brechreiz in ihm hochsteigen. Er stand an der Kante des Schwimmbeckens und brachte ein stilles Stoßgebet zum Allmächtigen hervor, er möge ihm helfen, egal, wie drastisch die Mittel auch seien, daß er nie mehr so sündhaft handle, und einen Moment später plumpste der Bischof von Barotseland durch das reflektierte Bild des Mondes in das kalte Wasser des Schwimmbeckens. Er schwamm die ganze Länge des Beckens unter Wasser, tauchte eine Sekunde lang auf und schwamm dann wieder am Boden des Swimmingpools hin und her, und während er so schwamm, schien es dem Bischof, als rufe ihn Gott der Herr. Leise, sehr leise, das stimmte, aber so deutlich, wie er es noch nie erlebt hatte, hörte er durch die Badekappe die Stimme des Herrn: »Jonathan Hazelstone, ich weiß, daß du da bist. Ich wünsche keinen Widerstand. Ergib dich freiwillig.« Und sechs Fuß unter der Wasseroberfläche war Hochwürden Jonathan Hazelstone zum ersten Mal klar, daß er wahrlich zu großen Dingen bestimmt sei. Der Ruf, auf den er solange gewartet hatte, war endlich zu ihm gedrungen. Er drehte sich auf den Rücken und ergab sich freiwillig und ohne jeden Widerstand seiner Andacht unter dem nächtlichen Himmel. Er wußte jetzt, daß ihm sein Fehltritt vom Nachmittag vergeben war.

»O Herr, du weißt, ich wurde provoziert«, murmelte er, während er auf der reglosen Oberfläche des Schwimmbeckens trieb, und ein Gefühl des Friedens, süßen, verzeihenden Friedens senkte sich auf ihn herab, während er betete.

Frieden hatte sich nicht auf den Rest von Jacaranda House gesenkt. Umringt von einhundert bewaffneten Männern, die mit dem Finger am Abzug ihrer Maschinenpistolen in den Schatten des Gartens hockten, von neunundsechzig deutschen Schäferhunden, die nach Beute knurrten und hechelten, und von fünf Panzerschützenwagen, die rücksichtslos über Blumenbeete und Rasenflächen gefahren waren, um ihre Positionen einzunehmen, lag Jacaranda House still und schweigsam da.

Kommandant van Heerden beschloß, noch einen Versuch zu unternehmen, den Kerl ohne weitere Unannehmlichkeiten aus dem Haus zu bekommen. Eine neue Schießerei war das allerletzte, was er wollte. Er spähte aus dem Turm und hob wieder das Megaphon.

»Jonathan Hazelstone, ich gebe dir eine letzte Chance«,

dröhnte seine hundertfach verstärkte Stimme durch die Nacht. »Wenn du friedlich rauskommst, geschieht dir nichts. Wenn nicht, komm ich rein und hol dich.«

Der Bischof von Barotseland, der auf dem Rücken schwimmend friedlich Andacht hielt und in den Nachthimmel hinaufstarrte, an dem ein großer Vogel langsam über ihn hinwegschwebte, hörte die Worte deutlicher als vorher. Gott offenbarte sich ihm auf vielen rätselhaften Wegen, das wußte er, aber an Geier hatte er dabei noch nie gedacht. Nun hatte der Allmächtige wieder und noch klarer gesprochen, viel, viel klarer.

Der erste Teil seiner Botschaft war ganz eindeutig gewesen: »Komm friedlich heraus, und es wird dir nichts geschehen«, aber der zweite Teil war viel schwieriger zu deuten: »Wenn nicht, komme ich rein und hole dich.« Jonathan Hazelstone schwamm an den Beckenrand und kletterte, wie befohlen, friedlich heraus. Er hielt inne und schaute auf das Wasser zurück, um zu sehen, ob der Herr etwa schon hineingestiegen sei, um ihn rauszuholen, da bemerkte er, wie der Geier drehte und schauerlich mit den Flügeln schlagend über die blauen Gummibäume davonflog.

»Er hetzt' mich alle Nächte, alle Tage«, murmelte er inkorrekt, wobei er an den »Jagdhund des Himmels« dachte, und er wußte, daß er diese Nacht nicht nur Zeuge der Stimme Gottes gewesen war, sondern auch seiner Erscheinung. Wenn Gott als »Tauben und Hunde« kommen konnte, warum nicht auch als Geier? Und während er ein anderes Gedicht vor sich hin murmelte, das ihm sein Großvater beigebracht hatte, als er noch ein Kind war, eins, das er bis vor wenigen Minuten nie begriffen hatte, trocknete er sich langsam ab.

Die Boten sind gekommen. Sieh, sieh ihr Zeichen;
Schwarz ist ihre Farbe, und schau hier! mein Haupt.
Doch müssen sie mein Hirn auch haben? Müssen sie die reichen,
die glänzenden Ideen eröffnen, die ich dort erbaut?

Muß Trübsinn mich zu einem Narrn umschmieden?
Du bleibst mein Gott, sie sind von mir geschieden.

Es hieß »Die Vorboten« und war von George Herbert, und während der alte Sir Theophilus es etwas verändert hatte, indem er in der zweiten Zeile weiß durch schwarz ersetzte und so tat, als bezöge sich »glänzende Ideen« auf seinen mörderischen Verteidigungsgraben, erkannte der Bischof jetzt, daß es vollkommen auf den Geier paßte, und stellte voll Dankbarkeit fest, daß der Bote tatsächlich von ihm geschieden war. Mit der stillen Bitte an den Herrn, sich ihm in Zukunft doch in weniger unheilverkündender Gestalt zu zeigen, betrat der Bischof von Barotseland den Pavillon, um sich seine Kleider zu holen.

Fünfzig Meter weiter entschloß sich Kommandant van Heerden soeben, den Befehl zu geben, das Haus zu stürmen, als Miss Hazelstone im Haupteingang erschien.

»Sie brauchen nicht zu schreien«, sagte sie trocken, »wir haben nämlich eine Klingel.«

Der Kommandant war nicht zu Lektionen in korrekten Umgangsformen aufgelegt. »Ich bin wegen Ihres Bruders hier«, schrie er.

»Tut mir leid, er ist im Augenblick beschäftigt. Sie müssen warten. Sie können reinkommen, wenn Sie sich die Stiefel abputzen und versprechen, nichts umzuwerfen.«

Der Kommandant konnte sich genau vorstellen, wie beschäftigt Jonathan Hazelstone gerade sein müsse, und selbstverständlich hatte er die Absicht, einiges umzuwerfen, falls er ins Haus kommen sollte. Er blickte unruhig zu den Fenstern im oberen Stockwerk hinauf.

»Womit ist er denn so beschäftigt?« Als wenn diese Frage nötig gewesen wäre.

Miss Hazelstone gefiel der Ton des Kommandanten ganz und gar nicht. »Mit seinen Waschungen«, schnappte sie zurück und wollte sich gerade umdrehen, als ihr die Scherben wieder einfielen. »Und mit der Ming . . .«, begann sie. Der Turmdeckel knallte zu, und Kommandant van Heerden war verschwunden. Aus dem Innern des Panzerwagens war dumpf seine Stimme zu vernehmen.

»Erzählen Sie mir nichts von dieser Ming«, zeterte er. »Gehen Sie rein und sagen Sie Ihrem Bruder, er soll das Scheiß Ding hängen lassen und mit erhobenen Händen rauskommen.«

Miss Hazelstone reichte es mit dem, was sie sich gefallen lassen mußte. »Was erlauben Sie sich, so mit mir zu reden«, schnauzte sie. »Gar nichts mache ich«, und drehte sich um und wollte wieder ins Haus zurück.

»Dann mach ich's eben«, schrie der Kommandant und beorderte seine Leute ins Haus. »Holt den Scheißkerl raus«, brüllte er und wartete auf das Krachen der tödlichen Ming. Er wartete vergeblich. Die Männer und die Hunde, die sich über die hingestreckte Miss Hazelstone ergossen, trafen auf keinen weiteren Widerstand. Der Dobermann, dem jetzt klar war, welchen Mangel an Voraussicht er bewiesen hatte, als er sich mit Wachtmeister Els wegen seines Rasenfleckchens in die Haare geraten war, lag auf dem Fußboden im Salon und tat so, als wäre er ein Bettvorleger. Polizisten und Hunde rasten um ihn herum und suchten das Haus nach ihrer Beute ab. Aber den Polizisten, die auf der Suche nach dem Mörder die Treppe rauf und die Korridore entlang und in die Schlafzimmer fegten, stellte sich kein menschliches Hindernis in den Weg. Untröstlich meldeten sie das Ergebnis ihrem Kommandanten, der noch immer in dem Schützenpanzer hockte.

»Er ist nicht da«, schrien sie.

»Sind Sie absolut sicher?« fragte er, bevor er den Deckel hochklappte. Das waren sie, und der Kommandant kletterte heraus. Er wußte, es gab nur noch eines zu tun, eine magere Chance, Jonathan Hazelstone in dieser Nacht zu fangen.

»Die Hunde«, befahl er außer sich. »Bringt die Suchhunde«, und damit sauste er völlig verzweifelt ins Haus und die Treppe hoch, gefolgt von einem Rudel nach Luft schnappender, tatendurstiger Schäferhunde. Das rosageblümte Schlafzimmer sah noch genauso aus, wie es der Kommandant zuletzt gesehen hatte – mit der bemerkenswerten Ausnahme, daß der nackte Mann weg war. Er riß die Decke von dem Bett und hielt sie den Hunden zum Schnuppern hin. Sie rochen an dem Stoff und hetzten los, den Gang entlang: Sie hatten die Botschaft laut und deutlich vernommen. Das Ding stank nach Altem Nashornhaut-Brandy. Sie ignorierten den Duft des Badesalzes auf der Treppe und sprangen in die Halle hinunter und zur Auffahrt hinaus. Einen Augenblick später hatten sie die Spur in der Nase, die Wachtmeister Els hinterlassen hatte, und tobten quer durch den Park davon auf den Bunker zu.

In der Verschwiegenheit des kleinen Pavillons hinter ihnen hatte der Bischof von Barotseland einige Schwierigkeiten, in seine Kleider zu kommen. Vor allem schienen sich die Sachen um irgendwas schweres Metallisches gewickelt zu haben, und als der Bischof das Ding endlich losbekommen und ins Mondlicht hinausgetragen hatte, um zu sehen, was es sei, traf ihn die Erinnerung an Fünfpennys Ermordung, die es bei ihm auslöste, so schwer, daß er es in seiner Erregung fallen ließ, und das gewaltige Gewehr klatschte ins Schwimmbecken und versank. Sich mit dem Gedanken tröstend, daß es da unten keinen Schaden mehr anrichten könne, ging er wieder in das Badehäuschen, um den Rest seiner Sachen anzuziehen.

Mit seinen Hosen hatte er noch größere Schwierigkeiten. Irgend etwas Großes, Schweres war in der hinteren Tasche, und er brauchte etwas Zeit, um es rauszuholen.

»Na ja«, sagte er, während er sich damit abmühte, den Revolver aus der Tasche zu zerren, »solche Dinge werden uns zur Prüfung vom Himmel gesandt.« Er versuchte gerade, sich einen Vers darauf zu machen, wie um alles auf der Welt die Waffe ihren Weg in seine Hosentasche gefunden haben könnte, als er bemerkte, daß er nicht mehr allein war.

Als die Hunde, Wachtmeister Els auf den Fersen, verschwunden waren, sagte sich Kommandant van Heerden, daß er nun etwas Zeit zur Verfügung habe. Mit dem Verschwinden des Mörders war seine gedrückte Stimmung wiedergekehrt, und da er, was eine einsame Nachtwache zu werden versprach, nicht mit der wütenden und unberechenbaren Miss Hazelstone verbringen wollte, verließ er seine Gastgeberin, die sich immer noch von ihrem allerneuesten Erlebnis erholen mußte, nämlich von 200 Nagelschuhen und 276 Hundepfoten als Fußabtreter benutzt worden zu sein, und spazierte bekümmert in den Garten hinaus. Während der Kommandant gemächlich über den Rasen schlenderte und boshaft gegen die Trümmer von Sir Theophilus' zerschmetterter Büste trat, hätte er seinen großen Helden all der vergangenen Jahre fast dafür verflucht, daß er diese Nachkommenschaft in die Welt gesetzt hatte, die seine Karriere ebenso wirksam zu Scherben gehauen hatte wie die Büste von Sir Theophilus selbst.

Er überlegte gerade, was wohl der Vizekönig getan haben würde, wenn er sich in einer ähnlichen Lage befunden hätte, als einer der blauen Gummibäume seine Aufmerksamkeit auf sich zog. Ein merkwürdiges Klopfen und Reißen war von dort zu hören. Kommandant van Heerden spähte in die Dunkelheit. Etwas Seltsames bewegte sich da. Der Kommandant bückte sich, so daß er das sonderbare Wesen gegen das orangerote Glühen, das den Nachthimmel färbte, als Silhouette sehen und seine Form erkennen konnte. Wie die Parodie eines Buntspechts hing der riesige Geier am Stamm des Baumes und labte sich an den Fetzen des seligen Zulu-Kochs.

Ein zweites Mal in dieser Nacht überbrachte der Geier einem Beobachter im Garten von Jacaranda House eine Botschaft, doch wenn der Bischof von Barotseland den Vogel fälschlicherweise für eine Erscheinung Gottes gehalten hatte, so machte Kommandant van Heerden keinen solchen Fehler. Was er von dem hakennasigen Profil des Aasvertilgers gesehen hatte, erinnerte ihn nur zu genau, um sich behaglich zu fühlen, an mehrere

Gefangene im Piemburger Gefängnis, die seine Ankunft mit eben demselben Genuß willkommen heißen würden. Den Kommandanten schauderte es, und er wandte sich hastig von dieser Vision seiner nahen Zukunft ab. Und während er sich umdrehte, hörte er es hinter dem Haus laut platschen. Lautes Platschen kam in den Maßnahmen, die er Jacaranda Park auferlegt hatte, nicht vor. Lautes Geplatsche zu dieser Nachtzeit hatte, das fühlte er, etwas ausgesprochen Sonderbares an sich, eine Ansicht, die offenbar der Geier mit ihm teilte, denn der schwang sich von seinem Horsd'œuvre hoffnungsvoll davon, um nachzusehen, ob der nächste Gang nicht vielleicht was Ertrunkenes wäre.

Kommandant van Heerden folgte ihm etwas weniger optimistisch und befand sich plötzlich an einer Ligusterhecke, auf deren anderer Seite er irgend etwas sich mit einer schwierigen Aufgabe auseinandersetzen hörte. Was es auch war, was hinter der Hecke rumorte, es rezitierte sich bei der Arbeit selbst was vor, bei der große, schwere Dinge, wahrscheinlich mit Blei behängt, in tiefes Wasser geworfen werden mußten. Der Kommandant bekam nicht viel von dem Gedicht mit, weil er hinter sich das Geräusch rennender Füße und ein Hecheln und Schnüffeln durch den Park herankommen hörte, das jeden Augenblick lauter wurde. Er blickte sich über die Schulter um und sah das Rudel Suchhunde und Dutzende von Polizisten auf sich zustürmen. Wenige Sekunden später hatten sie ihn erreicht, und er sah, gegen die Hecke gequetscht, wie die Sturzflut aus Tieren und Menschen an ihm vorbei und um die Ecke schwappte. Er seufzte erleichtert auf und lief ihr nach.

Der Bischof von Barotseland hatte weniger Glück. Sein schlechtes Gehör und der Umstand, daß er immer noch die Badekappe aufhatte, waren schuld daran, daß er die Hunde nicht kommen hörte. Er stand am Swimmingpool, sah auf den Revolver in seiner Hand, rezitierte Stellen aus seines Großvaters Lieblingsgedicht. Im nächsten Augenblick befand er sich mitten in einem Knäuel von Hunden. Schnauzen stiegen hoch, Fangzähne entblößten sich, mit geifernden Kiefern kamen sie heran, und der Bischof, von ihrem Ansturm überwältigt, stürzte rückwärts in den Swimmingpool, den Revolver noch immer fest in der Hand. Beim Fallen drückte er aus Versehen auf den Abzug, und ein einzelner Schuß entlud sich harmlos in den Nachthimmel. In der Mitte des Schwimmbeckens tauchte der Bischof wieder auf und sah sich um. Der Anblick war nicht sehr ermutigend. Das ganze Becken war voller strampelnder Schäferhunde, und er sah, wie noch mehr Hunde vom Rand ins Wasser sprangen und sich dem Gewühl anschlossen. Ein besonders bissiges Vieh genau vor ihm riß die Schnauze auf, und der Bischof hatte eben noch Zeit, tief Luft zu holen und wegzutauchen, ehe der Hund ihn beißen konnte. Er schwamm unter Wasser bis ans Ende des Pools und tauchte wieder auf. Ein Hund schnappte nach ihm, und er schwamm zurück. Über ihm schlugen Hundepfoten das Wasser zu Schaum, während der Bischof über diese neuerliche Erscheinung des Allmächtigen nachdachte. Offenbar war er das erste Mal nicht friedlich genug aus dem Schwimmbecken gestiegen, und Gott war in der Gestalt von Dutzenden von Hunden ins Wasser gekommen, um ihn rauszuholen. Er fragte sich gerade, wie sich diese Kollektiverscheinung wohl mit dem Gedanken verbinden ließe, daß Gott eins und unteilbar sei, da wurde er auch schon von mehreren Polizeibeamten am Arm gepackt und aus dem Schwimmbassin gezogen. Dankbar für seine Errettung und viel zu durcheinander, um darüber nachzudenken, wie auch noch Polizeibeamte in diese göttliche Kundgabe passen könnten, starrte er auf das Wasser zurück. Kaum eine Handbreit der Wasseroberfläche im Pool war ohne Hunde.

Im nächsten Moment wurden ihm die Hände mit Handschellen auf den Rücken gefesselt, und kräftige Fäuste drehten ihn herum.

»Das ist das Schwein, sehr gut. Bringt ihn ins Haus«, sagte der Kommandant, und der Bischof wurde von mehreren

Wachtmeistern über die Auffahrt ins traute Heim geschleppt. Nackt und klatschnaß stand Jonathan Hazelstone zwischen den Topfpflanzen in der großen Halle, immer noch die Badekappe auf dem Kopf. Aus weiter Ferne und von jenseits der Grenzen geistiger Zurechnungsfähigkeit hörte er den Kommandanten flüstern: »Jonathan Hazelstone, ich beschuldige Sie der vorsätzlichen Ermordung eines Zulu-Kochs und Gott weiß wie vieler Polizisten, der absichtlichen Zerstörung von Staatseigentum und des unrechtmäßigen Besitzes von Waffen, die geeignet sind, Leib und Leben Schaden zuzufügen.«

Er war zu verdattert und zu taub, um zu hören, wie der Kommandant zu Sergeant de Haen sagte, er solle ihn in den Keller schaffen und bis zum nächsten Morgen in sicherem Gewahrsam halten.

»Wäre er unten im Polizeirevier nicht besser aufgehoben?« schlug der Sergeant vor.

Aber Kommandant van Heerden war zu erschöpft, um Jacaranda House zu verlassen, und außerdem freute er sich schon darauf, die Nacht in einem Haus zu verbringen, das in ganz Südafrika für seinen feinen Lebensstil berühmt war.

»Das Anwesen ist von Polizei umstellt«, sagte er, »und außerdem hat's sowieso schon Klagen von den Nachbarn wegen des Geschreis aus den Zellen gegeben. Hier oben hört ihn niemand, wenn er schreit. Ich nehme ihn morgen früh ins Gebet.«

Und während der Bischof von Barotseland in den Keller von Jacaranda House geschafft wurde, stieg Kommandant van Heerden müde die Treppe nach oben, um sich ein nettes gemütliches Zimmer zum Schlafen zu suchen. Seine Wahl fiel auf eines mit einer blauen Tagesdecke auf einem riesigen Doppelbett, und als er nackt zwischen die Laken schlüpfte, betrachtete er sich als glücklichen Menschen.

»Wenn ich mir überlege, daß ich mir das Haus gekapert habe, das mal dem Vizekönig von Matabeleland gehört hat«, dachte er, drehte sich zwischen den auffallend glatten Laken auf die Seite und schlief augenblicklich ein.

9

Wenige Menschen in Piemburg schliefen an diesem Abend so leicht ein. Zu vieles Störende geschah um sie herum, als daß ihr Schlaf hätte anders als löcherig sein können. Im oberen Teil von Piemburg schwenkten die Suchscheinwerfer um die Einfriedung von Jacaranda Park gemächlich hin und her und strahlten mit ganz erstaunlicher Helligkeit die großen Anschlagtafeln an, die den nahenden Tod in zwei seiner schrecklichsten Möglichkeiten verkündeten. Doch taten die Suchscheinwerfer, die ursprünglich für die Armee bestimmt gewesen waren, bevor sie der Polizei überlassen wurden, noch eine ganze Menge mehr als das. Wenn sie durch den Park, die umliegenden Vororte und die Stadt selbst schwenkten, machten sie die Nacht zum strahlendhellen Tag, und das mit einigen bemerkenswerten Resultaten, besonders im Fall einer Anzahl von Hühnerfarmen, deren Legehennen an den Rand des Wahnsinns gerieten, weil ihre sowieso schon kurze Nacht plötzlich auf ungefähr vier Minuten schrumpfte.

Über die Familien, die zur Vorsicht ihre Hunde im Hinterhof eingeschlossen und ihre Bettlaken mit DDT eingesprüht hatten und deren Schlafzimmer auf der Leuchtbahn der Suchscheinwerfer lagen, brach das Morgengrauen mit einer Geschwindigkeit und Helligkeit herein, wie sie es noch nie erlebt hatten, um sofort darauf von einer dämmerungslosen Nacht abgelöst zu werden, und das wiederholte sich ohne Ende, während sie sich in ihren juckenden Betten herumwälzten und -drehten. Draußen rumpelten die Schützenpanzer und Polizeilastwagen über die Straßen, und Schüsse unterbrachen die Stille der Nacht, denn die Mannschaften befolgten die Anweisungen des Kommandanten, auf jeden kleinen Busch zu schießen, der Luitenant Verkramp ähnlich sah.

Die Telefonzentrale im Krankenhaus von Piemburg erstickte in Anrufen aufgeregter Leute, die wissen wollten, wie die Symptome von Tollwut und Beulenpest aussähen und wie man diese Krankheiten behandelte. Schließlich weigerte sich die halb durchgedrehte Telefonistin, überhaupt noch Anrufe entgegenzunehmen, eine Pflichtverletzung, die bei zwei Fällen von Herzattacken tödliche Folgen hatte.

Nur Wachtmeister Els schlief tief und gesund in der Isolierstation des Krankenhauses. Gelegentlich zuckte er im Schlaf, aber nur, weil er von Kampf und plötzlichem Tod träumte. Auf der Straße aus Vlockfontein schleppten sich Familien, deren Autos in der langen Wagenschlange zusammengebrochen waren, mühsam auf Piemburg zu. Es war eine heiße Nacht, und die Leute schwitzten beim Laufen.

Kommandant van Heerden schwitzte auch, aber aus einem ganz anderen Grund. Als er zu Bett ging, war er viel zu müde gewesen, um von seiner Umgebung groß Notiz zu nehmen. Ihm war aufgefallen, daß sich die Laken merkwürdig anfühlten, aber er hatte sich ihre Glätte damit erklärt, daß Miss Hazelstones Bettwäsche selbstverständlich von allerfeinster Qualität sei und ganz was anderes als seine ordinären Laken. Eine Stunde schlief Kommandant van Heerden wie ein Säugling. Als er aufwachte, stellte er fest, daß das Bett vor Nässe tropfte. Peinlichst berührt und schrecklich verlegen kletterte er heraus.

»Ich hab doch gar nicht so viel gesoffen«, murmelte er, als er sich ein Handtuch vom Waschbecken holte, das Bett trockenzutupfen begann und sich vergeblich fragte, wie er das Mißgeschick am Morgen Miss Hazelstone erklären solle. Er hatte die sarkastischen Bemerkungen, die sie vom Stapel lassen würde, schon im Ohr.

»Gott sei Dank sind die Laken ja wohl wasserdicht«, sagte er und stieg wieder ins Bett, um sie trockenzuliegen. »Das ist aber auch eine entsetzlich heiße Nacht«, dachte er, während er sich drehte und wendete. Er fand einfach nicht die richtige Lage. Beim Wegdösen und Wiederaufwachen und Wiederwegdösen setzte sich bei ihm der Eindruck fest, daß das Bett kein bißchen trockener wurde. Im Gegenteil, es wurde immer nasser. Er fühlte den Schweiß an seinem Rücken herunterrinnen, während er in den höllisch glitschigen Laken von einer Seite zur anderen rutschte.

So allmählich fragte er sich, ob er nicht vielleicht auf die Anstrengungen des Tages hin Fieber bekommen hätte. Ganz ohne Frage fühlte er sich fiebrig, und seine Gedanken trugen alle Kennzeichen von Fieberphantasien. Im Zweifel darüber, ob er träume oder sich an wirklich Vorgefallenes erinnere, verfolgt von Elefantenbüchsen, Miss Hazelstone mit einem Krummsäbel, von Mings und einem übergeschnappten Wachtmeister Els, wälzte sich Kommandant van Heerden im eigenen Saft weiter durch die Nacht.

Früh um zwei warf er die Decken aus dem Bett. Um drei wischte er es schon wieder trocken. Um vier wankte er, überzeugt, daß er an einer wütenden Seuche sterbe und mindestens 45 Fieber habe, ins Badezimmer, um nach einem Thermometer zu suchen. So allmählich kam er zu der Überzeugung, daß er eine bemerkenswerte Weitsicht gezeigt habe, als er befahl, die Seuchenschilder rund um den Park aufzustellen. Ganz gleich, welche Krankheit er sich eingefangen hatte, er hatte keinen Zweifel, daß sie so ansteckend wie tödlich sein müsse. Aber als er seine Temperatur gemessen hatte, stellte er fest, daß sie unter normal war.

»Merkwürdig«, dachte er, »sehr merkwürdig.« Und nachdem er gierig mehrere Zahnputzbecher Wasser in sich hineingegossen hatte, ging er in sein Zimmer zurück und stieg wieder in das Bett. Um fünf gab er jeden Gedanken an Schlaf auf, ging hinüber ins Badezimmer und nahm ein kaltes Bad. Immer noch im unklaren darüber, was wohl mit ihm nicht stimme, zog er sich langsam an. Er bemerkte, daß es im Zimmer irgendwie komisch roch, und einen Augenblick beäugte er argwöhnisch seine Socken. »So riecht es aber nicht«, sagte er sich, ging zum Fenster und zog die Vorhänge auf.

Die Sonne war schon aufgegangen, und die Jacarandabäume leuchteten in ihrer Blütenpracht im Morgenlicht. Aber Kommandant van Heerden schenkte dem Blick aus seinem Fenster keine Beachtung. Die Vorhänge interessierten ihn viel mehr. Sie fühlten sich genauso wie die Laken an. Er befühlte sie noch einmal. »Das verdammte Zeug dehnt sich ja«, dachte er, und dann stellte er fest, daß auch die Laken elastisch waren. Er beroch sie genau, und nun erkannte er den Geruch. Die Laken und Vorhänge waren aus Gummi. Alles in dem Zimmer war aus dünnem, blauem Gummi.

Er machte den Kleiderschrank auf und befühlte die Anzüge und Kleider, die da hingen. Auch sie waren aus Gummi. Kommandant van Heerden setzte sich erstaunt aufs Bett. Noch nie in seinem Leben war ihm etwas Ähnliches begegnet. Seine alljährliche Bekanntschaft mit Gummi hatte ihn natürlich auf diese Begegnung kaum vorbereitet, und während er da saß, dämmerte ihm die Erkenntnis, daß das ganze Zimmer was ausgesprochen Sinistres an sich habe. Schließlich untersuchte er den Inhalt der Kommode und fand darin die gleichen Dinge. Hemden, Hosen, Strümpfe – alles war aus Gummi. In einer kleinen Schublade fand er mehrere Gummikappen und zwei Paar Handschellen. Ganz ohne Zweifel diente das Zimmer einem finsteren Zweck, dachte er, dann ging er hinunter, um etwas zu frühstücken.

»Wie geht's dem Gefangenen?« fragte der Kommandant Sergeant de Haen, als er mit Toast und Kaffee fertig war.

»Wirkt auf mich ziemlich durchgedreht. Redet die ganze Zeit von Tieren. Scheint zu denken, Gott ist ein Schäferhund oder ein Geier oder was weiß ich«, sagte der Sergeant.

»Wird ihm auch nicht viel nützen. Wie viele Leute haben wir gestern verloren?«

»Einundzwanzig.«

»Einundzwanzig und einen Zulu-Koch. Also einundzwanzig ein Viertel. Wer einundzwanzig Polizisten abknallt, kann nicht so tun, als wäre er wahnsinnig.«

Sergeant de Haen war nicht überzeugt. »Wer einundzwanzig Polizisten abknallt und seine Brieftasche auf dem Schauplatz des Verbrechens liegenläßt, der muß nicht ganz dicht sein.«

»Wir machen alle Fehler«, sagte der Kommandant und ging nach oben, um mit seinem Kreuzverhör zu beginnen.

Unten im Keller hatte der Bischof von Barotseland die Nacht an ein Rohr gekettet zugebracht. Er hatte noch weniger als der Kommandant geschlafen und war obendrein von vier Polizisten und zwei Hunden bewacht worden. In all den schlaflosen Stunden hatte er mit dem geistigen und moralischen Problem seiner schrecklichen Lage gerungen und war schließlich zu dem Schluß gelangt, daß er dafür bestraft werde, daß er nicht schnell genug aus dem Schwimmbecken gestiegen war. Eine Zeitlang hatte er auch die Möglichkeit erwogen, daß all das, was ihm anscheinend widerfuhr, nur ein Vorzeichen des Deliriums tremens sei, das er sich auf den Hals geladen hatte, als er eine Flasche schlechten Brandy auf einen Zug austrank. Als er schließlich auf die Füße gezerrt und die Treppe nach oben und den Korridor entlang ins Arbeitszimmer seines Vaters geschafft wurde, hatte er keinen Zweifel mehr, daß er unter Halluzinationen litt.

Kommandant van Heerden hatte sich für das Verhör des Gefangenen nicht zufällig Richter Hazelstones Arbeitszimmer ausgesucht. Sein untrügliches Gefühl für Psychologie hatte ihm gesagt, daß das Arbeitszimmer, das richterliche Strenge und die Erinnerungen an Jonathans Kindheit atmete, den Bischof so recht auf die scharfe Befragung vorbereiten werde, die der

Kommandant mit ihm zu veranstalten gedachte. Er setzte sich hinter dem Schreibtisch in einen mächtigen Ledersessel und nahm eine Haltung und Miene an, die den Gefangenen, da war er ganz sicher, an seinen Vater erinnern werde. Zu diesem Zweck spielte er auch mit einem messingenen Miniaturgalgen herum, komplett mit Falltür und baumelndem Opfer, den er auf dem Schreibtisch entdeckt hatte, wo er als Briefbeschwerer diente. Er war ein Geschenk, stellte er fest, vom »Henker als Dank für die vielen Gunstbeweise Richter Hazelstones«. Überzeugt, daß er genauso aussehe, wie es der große Gesetzgeber getan haben müsse, wenn er seinen Sohn wegen irgendwelcher Kindersünden in die Mangel nahm, befahl der Kommandant, den Gefangenen hereinzubringen.

Egal, welche Ähnlichkeit zwischen dem Kommandanten und Richter Hazelstone vom Obersten Gerichtshof bestanden haben mochte (und praktisch war keine vorhanden) – absolut keine bestand zwischen der gefesselten, nackten Kreatur, die, immer noch die Badekappe auf dem Kopf, in das Arbeitszimmer gehumpelt kam, und einem hohen kirchlichen Würdenträger. Mit wilden Augen auf den Kommandanten starrend, bot der Bischof ein Bild äußerster Demoralisierung.

»Name?« fragte der Kommandant, stellte den Briefbeschwerer hin und griff nach einem Federhalter.

»Ich höre schwer«, sagte der Bischof.

»Ich auch«, sagte der Kommandant. »Kommt von der verdammten Elefantenbüchse.«

»Ich sagte, ich verstehe nicht, was Sie sagen.«

Kommandant van Heerden sah vom Schreibtisch auf. »Warum zum Henker tragen Sie denn diese Kappe?« fragte er und gab einem Wachtmeister ein Zeichen, sie dem Bischof vom Kopf zu nehmen. Der Wachtmeister legte die Badekappe auf den Schreibtisch, und Kommandant van Heerden besah sie sich mißtrauisch. »Haben Sie die Angewohnheit, Gummisachen zu tragen?« erkundigte er sich.

Der Bischof zog es vor, die Frage zu überhören. Sie erinnerte ihn zu sehr an die Alpträume, von denen er wegkommen und wieder zur Welt des Alltäglichen zurückfinden wollte.

»Ich muß energisch gegen die Angriffe auf meine Person protestieren«, begann er und war sehr überrascht über die Reaktion, die dieser simplen Feststellung folgte.

»Was wollen Sie tun?« brüllte der Kommandant.

»Ich bin von mehreren Ihrer Männer angegriffen worden«, fuhr der Bischof fort. »Sie haben mich absolut schauderhaft behandelt.«

Kommandant van Heerden traute seinen Ohren nicht. »Und was verdammt noch mal haben Sie gestern nachmittag mit ihnen gemacht? Vielleicht ›Verwechsel, verwechsel das Scheiß Bäumelein‹ gespielt? Sie schlachten die Hälfte meiner verfluchten Leute ab, ruinieren einen fabelhaften Schützenpanzer und bringen den verdammten Zulu-Koch Ihrer Schwester um, und dann besitzen Sie die Unverschämtheit, hier reinzukommen und dagegen zu protestieren, daß man Sie ...« Kommandant van Heerden fehlten die Worte. Als er sich wieder eingekriegt hatte, stellte er die nächste Frage etwas ruhiger: »Verlangen Sie vielleicht noch was von mir?«

»Ja«, sagte der Bischof. »Ich verlange, meinen Rechtsanwalt zu sprechen.«

Der Kommandant schüttelte den Kopf. »Erst das Geständnis«, sagte er.

»Ich habe das Recht, meinen Anwalt zu sprechen.«

Kommandant van Heerden mußte lächeln. »Das haben Sie nicht.«

»Ich habe dem Gesetz nach das Recht, meinen Anwalt zu konsultieren.«

»Als nächstes wollen Sie mir wohl was von der Habeas-Corpus-Akte vornörgeln.«

»Natürlich, es sei denn, Sie bringen mich innerhalb von achtundvierzig Stunden vor einen Richter.«

Kommandant van Heerden lehnte sich in seinem Sessel zurück und grinste fröhlich. »Sie glauben wohl, Sie kennen Ihre

Rechte, was? Bloß weil Sie der Sohn eines Richters sind, wissen Sie wohl alles darüber, was?«

Der Bischof ließ sich nicht aufs Glatteis locken. »Ich kenne meine Grundrechte«, sagte er.

»Na schön, da werde ich Ihnen mal was sagen. Ich halte Sie hier aufgrund des Terroristenerlasses fest, und das bedeutet, Sie können keinen Anwalt sprechen, und es gibt auch keine Habeas-Corpus-Akte, gar nichts.« Er machte eine Pause und ließ sich das setzen. »Ich kann Sie in Haft behalten bis ans Ende Ihrer Tage, und Sie kriegen einen Anwalt nicht mal von weitem zu riechen, und daß ich Sie einem Richter vorführe, das kann achtundvierzig Jahre warten oder vierhundertachtzig, mir ganz egal.«

Der Bischof versuchte, etwas zu sagen, aber der Kommandant fuhr fort: »Ich werde Ihnen noch was sagen. Nach dem Terroristenerlaß haben Sie zu beweisen, daß Sie unschuldig sind. Ich brauche mich nicht mit dem Beweis rumzuärgern, daß Sie schuldig sind. Wirklich ziemlich bequem, finde ich«, und der Kommandant nahm den Briefbeschwerer mit einer, wie er hoffte, inhaltsschweren Geste in die Hand.

Der Bischof suchte nach Worten. »Aber der Terroristenerlaß trifft auf mich nicht zu. Ich bin kein Terrorist.«

»Und wie würden Sie jemanden nennen, der in der Gegend rumläuft und einundzwanzig Polizisten umlegt, wenn nicht einen Scheiß Terroristen?«

»Ich habe keine Ahnung, wovon Sie reden.«

»Ich werd's Ihnen sagen, wovon ich rede«, schrie der Kommandant. »Ich werd's Ihnen Wort für Wort erklären. Gestern am frühen Nachmittag haben Sie versucht, die Spuren eines bestialischen Verbrechens zu verwischen, das auf die Person des Zulu-Kochs Ihrer Schwester verübt wurde, indem Sie mit einer monströsen Elefantenbüchse auf ihn schossen. Dann zwangen Sie Ihre Schwester, das Verbrechen zu gestehen, damit Sie Ihre Haut retten könnten, und in der Zeit gingen Sie zum Haupttor rauf und schossen einundzwanzig meiner Männer nieder, als sie versuchten, in den Park zu gelangen.«

Der Bischof sah sich wie von Sinnen im Zimmer um und versuchte, nicht die Nerven zu verlieren.

»Das haben Sie alles falsch verstanden«, sagte er endlich. »Fünfpenny habe ich nicht getötet . . .«

Kommandant van Heerden unterbrach ihn rasch. »Vielen Dank«, sagte er und begann zu schreiben. »Gesteht, einundzwanzig Polizeibeamte getötet zu haben.«

»Das habe ich nicht gesagt«, rief der Bischof. »Ich sagte, ich habe Fünfpenny nicht getötet.«

»Leugnet, Zulu-Koch umgebracht zu haben«, fuhr der Kommandant fort und schrieb es sorgfältig nieder.

»Ich leugne auch, einundzwanzig Polizisten umgebracht zu haben«, schrie der Bischof.

»Zieht früheres Geständnis zurück«, sagte der Kommandant.

»Es gibt kein früheres Geständnis. Ich habe nie was davon gesagt, daß ich Polizisten getötet habe.«

Kommandant van Heerden sah die beiden Wachtmeister an. »Leute, ihr habt doch gehört, daß er gestanden hat, einundzwanzig Polizeibeamte umgebracht zu haben, oder?« sagte er. Die beiden Wachtmeister waren sich nicht sicher, was sie gehört hatten, aber sie waren nicht so dämlich, anderer Meinung als ihr Kommandant zu sein. Sie nickten.

»Da haben Sie's«, fuhr der Kommandant fort. »Meine Männer haben's gehört.«

»Ich hab's aber nicht gesagt«, kreischte der Bischof. »Warum sollte ich denn einundzwanzig Polizisten umbringen?«

Der Kommandant dachte über diese Frage nach. »Um das Verbrechen zu vertuschen, das Sie gegen den Zulu-Koch begangen haben«, sagte er schließlich.

»Wieso sollte einundzwanzig Polizisten umzubringen helfen, den Mord an Fünfpenny zu vertuschen?« jammerte der Bischof.

»Darüber hätten Sie vor der Tat nachdenken sollen«, sagte der Kommandant selbstgefällig.

»Aber ich habe sie nicht begangen, das sagte ich Ihnen doch. Ich bin gestern nachmittag überhaupt nicht in die Nähe des

Haupttors gekommen. Ich war viel zu betrunken, um überhaupt irgendwohin zu gehen.«

Der Kommandant fing wieder zu schreiben an. »Behauptet, unter Einfluß von Alkohol gehandelt zu haben«, sagte er.

»Nein, das tue ich nicht. Ich sagte, ich wär zu betrunken gewesen, um irgendwohin zu gehen. Ich wäre gar nicht bis zum Haupttor gekommen, selbst wenn ich gewollt hätte.«

Kommandant van Heerden legte seinen Federhalter hin und sah den Gefangenen an. »Dann sind Sie vielleicht so reizend und erzählen mir«, sagte er, »wie es möglich war, daß neunundsechzig Suchhunde, als sie auf Ihre Fährte angesetzt wurden, Ihrer Spur bis zum Haupttor folgten und dann wieder zurück bis zum Swimmingpool, wo Sie sich gerade der Mordwaffen entledigten?«

»Das weiß ich nicht.«

»Fabelhafte Zeugen, Spürhunde«, sagte der Kommandant. »Und vielleicht erklären Sie mir, wie Ihre Brieftasche und ein Taschentuch von Ihnen ins Innere eines Bunkers gelangt sind, aus dem meine Leute erschossen wurden?«

»Keine Ahnung.«

»Fein, wenn Sie dann bloß noch hier unterschreiben würden«, sagte der Kommandant und hielt dem Bischof das Geständnis hin.

Der beugte sich vor und las es. Darin stand, er habe Fünfpenny und einundzwanzig Polizeibeamte getötet.

»Das unterschreibe ich natürlich nicht«, sagte er, als er sich endlich wieder aufrichtete. »Keins der Verbrechen, die Sie hier erwähnen, hat irgendwas mit mir zu tun.«

»Nein? Na, dann erzählen Sie mir doch, wer sie begangen hat.«

»Meine Schwester hat Fünfpenny erschossen ...«, fing der Bischof an und bemerkte, daß er dabei war, einen Fehler zu machen. Das Gesicht des Kommandanten war dunkelrot geworden.

»Du gemeiner Schweinehund«, brüllte er. »Nennst dich

einen englischen Gentleman, was, und versuchst, die Verantwortung für einen Mord auf deine arme Schwester abzuwälzen. Was für ein Mensch bist du eigentlich? Ist dir der gute Name deiner Familie denn keinen Scheiß Pfifferling wert?«

Auf ein Zeichen des Kommandanten packten die beiden Wachtmeister den Bischof und stießen ihn zu Boden. In einem Wirbel aus Stiefeln und Polizeiknüppeln rollte der Bischof über den Fußboden des Arbeitszimmers. Als er eben dachte, nun müsse er sterben, wurde er vor dem Schreibtisch wieder unsanft auf die Füße gestellt.

»Wir setzen diese Unterhaltung fort, wenn Sie sich ihr gewachsen fühlen«, sagte der Kommandant etwas ruhiger, und der Bischof dankte dem lieben Gott, daß er ihm einen zweiten Zusammenstoß mit Kommandant van Heerden ersparte. Er wußte, dem würde er sich nie gewachsen fühlen. »Inzwischen schicke ich nach Luitenant Verkramp. Das hier ist klar und deutlich ein politischer Fall, und in Zukunft wird er Sie verhören.« Und mit dieser schrecklichen Drohung gab der Kommandant den beiden Wachtmeistern den Befehl, den Gefangenen wieder in den Keller zu schaffen.

Während Kommandant van Heerden darauf wartete, daß Miss Hazelstone zu ihm hereingeführt würde, betastete er gedankenvoll die Badekappe und fragte sich, was wohl Luitenant Verkramp passiert sei. Er hatte keine große Hoffnung, daß der Luitenant tot sei. »Der durchtriebene Saukerl ist wahrscheinlich irgendwo versackt«, dachte er und bohrte geistesabwesend seinen Finger in die Badekappe. So allmählich wünschte er sich, der Luitenant wäre da, und er könne ihn wegen des Falles zu Rate ziehen. Kommandant van Heerden war kein großes Licht in theoretischen Fragen, und das Kreuzverhör hatte sich auch nicht so einfach in ein Geständnis verwandelt, wie er das erwartet hatte. Er mußte zugeben, wenn auch nur sich selber, daß es bestimmte Dinge in Jonathans Geschichte gab, die sich wahr anhörten. Er hatte sternhagelbesoffen auf dem Bett in Jacaranda House gelegen. Der Kommandant hatte ihn dort mit eigenen Augen gesehen, und dennoch hatte die Schießerei am Haupttor nur wenige Minuten später begonnen. Dem Kommandanten wollte es nicht in den Kopf, wie ein Mann, der total betrunken eine halbe Meile von dem Bunker entfernt in einem Bett lag, in der nächsten Minute mit bemerkenswerter Zielgenauigkeit auf die Kriminalbeamten schießen konnte. Und wohin zum Kuckuck war eigentlich Els verschwunden? Die ganze Geschichte war ein verdammtes Rätsel.

»Na ja, einem geschenkten Gaul sieht man nicht ins Maul«, dachte er. »Schließlich steht meine ganze Karriere auf dem Spiel, und da ist man halt nicht wählerisch.«

Der Kommandant hatte Luitenant Verkramps Lage gar nicht so falsch eingeschätzt. Er war wirklich »versackt«. Von allen Leuten, die diese Nacht in Piemburg schliefen, war Luitenant Verkramp vielleicht der am wenigsten unruhige, aber ganz sicher der am wenigsten erfrischte Schläfer, als die Morgendämmerung hereinbrach. Sein Schlaf war gestört gewesen, sehr gestört, aber trotz seiner unbequemen Lage hatte er nicht gewagt, sich zu bewegen. Die schrecklichen Spitzen unter ihm, und in einigen Fällen sogar in ihm, ließen die leiseste Bewegung zu einem absolut entmutigenden Erlebnis werden.

Über ihm schwenkte der Lichtfinger eines riesigen Scheinwerfers durch eine mächtige Wolke aus öligem Rauch drohend hin und her. Der ekelerregende Gestank brennenden Fleisches erfüllte die Luft, und Luitenant Verkramp glaubte in seinen Fieberträumen allmählich an die Hölle, die sein Großvater in seinen Predigten den Sündern verheißen hatte. Immer wieder wachte er während der langen Nacht auf und überlegte, was er getan hatte, um dieses grauenhafte Schicksal zu verdienen, und sein Kopf war angefüllt mit dem Anblick von Gefangenen, die er gefoltert hatte, indem er ihnen Plastiktüten über die Köpfe gebunden oder sie mit Elektroschocks an den Genitalien behandelt hatte. Wenn ihm im Leben doch nur noch einmal eine Chance gegeben würde, versprach er, niemals wieder würde er einen Verdächtigen foltern, aber noch während er das Versprechen gab, wurde ihm klar, daß er es niemals werde halten können.

Es gab nur einen einzigen Körperteil, den er ohne allzu große Schmerzen bewegen konnte. Sein linker Arm war frei, und während er dalag und in den Rauch und die Höllenflammen hinaufstarrte, tastete er mit der Hand um sich herum. Er fühlte die Eisenspitzen und entdeckte unter sich steif und kalt den Leichnam einer anderen verdammten Seele. Luitenant Verkramp beneidete den Mann. Der war offenbar schon zu einem anderen, erfreulicheren Ort unterwegs: dem Vergessen, und er beneidete ihn noch mehr, als wenig später weiter hinten im Graben ein entsetzlich unerfreuliches Geräusch seine Aufmerksamkeit auf neue und noch gräßlichere Möglichkeiten lenkte.

Er dachte zuerst, es werde jemand in großer Eile ausgezogen, und zwar von jemandem, der auf die Kleidung wenig Rücksicht nahm. Ganz gleich, wer da hinten herumrumorte, er machte sich absolut nicht die Mühe, Knöpfe sorgfältig aufzuknöpfen. Es hörte sich an, als würden einem armen Teufel die Sachen einfach ungeniert vom Leib gerissen. Luitenant Verkramp war sich sicher, daß kein Mensch sie jemals wieder tragen könne. »Vielleicht wird da ein armer Kerl zum Rösten vorbereitet«, dachte er und hoffte, daß seine Tarnung ihn einige Zeit davor bewahren werde, daß sie ihn fänden.

Er hob den Kopf Zentimeter für Zentimeter und sah den Graben hinunter. Zunächst war es zu dunkel, um etwas zu erkennen. Das Ausziehgeräusch war verstummt, und ihm folgten Laute, die grauenhafter waren als alles, was er je gehört hatte. Was auch immer da hinten vor sich ging, er wollte nicht darüber nachdenken, aber es faszinierte ihn trotzdem so entsetzlich, daß er weiter in die Dunkelheit stierte. Über ihm schwenkte das helle Suchlicht wieder langsam zu dem Graben zurück, und als es über ihm vorbeizog, wußte Luitenant Verkramp, daß sein Techtelmechtel mit der freien Wildbahn in Gestalt der Riesenspinne im Dornengebüsch nichts gewesen war im Vergleich zu den entsetzlichen Qualen, die der Tod für ihn bereithielt. Hinten im Graben steckte ein Geier bis zum Hals in einem Kriminalbeamten. Luitenant Verkramp wurde wieder ohnmächtig.

Als es über den verschiedenen Überbleibseln von Wachtmeister Els' mannhafter Verteidigung von Jacaranda Park hell wurde, entdeckten die Polizisten, die das Tor bewachten, den Verteidigungsgraben mit seinen lebenden und toten Bewohnern und stiegen vorsichtig hinunter, um aufzusammeln, was nicht bereits vollgefressen davongeflattert war. Zuerst hatten sie einige Schwierigkeiten, Luitenant Verkramp unter seiner Pflanzentarnung zu erkennen, und als sie zu dem Schluß gelangt waren, daß er zumindest teilweise menschlich sei, hatten sie noch größere Schwierigkeiten festzustellen, ob er am Leben oder tot war. Zweifellos wirkte das Wesen, das sie nach oben ins Gras hievten, mehr tot als lebendig, und es litt deutlich an ausgesprochenem Verfolgungswahn.

»Bratet mich nicht, bitte, bratet mich nicht. Ich verspreche, ich tu's nie wieder«, kreischte Luitenant Verkramp, und er schrie noch immer, als er in den Krankenwagen geschoben und hinunter ins Krankenhaus gefahren wurde.

10

Als Luitenant Verkramp ins Piemburger Krankenhaus eingeliefert wurde, wurde Wachtmeister Els gerade entlassen.

»Ich sage Ihnen doch, ich hab die Tollwut«, brüllte Els den Arzt an, der ihm eben gesagt hatte, körperlich sei alles mit ihm in Ordnung. »Ich bin von einem tollwütigen Hund gebissen worden und muß sterben.«

»Das Glück haben wir leider nicht«, sagte der Arzt. »Sie bleiben leben und beißen irgendwann später ins Gras«, und damit ließ er Els auf der Treppe stehen, der die Schlampigkeiten des Arztberufs verfluchte. Er versuchte gerade, zu einem Entschluß zu kommen, was er als nächstes machen solle, als ein Polizeiauto, das den Krankenwagen mit Luitenant Verkramp begleitet hatte, neben ihm anhielt.

»Hallo, Els, wo zum Teufel hast du denn gesteckt?« fragte der Sergeant neben dem Fahrer. »Der Alte hat schon Zeter und Mordio nach dir geschrien.«

»Ich war im Krankenhaus«, sagte Els. »Tollwutverdacht.«

»Steig lieber ein. Wir fahren am Revier vorbei und laden dein kleines Spielzeug ein.«

»Welches kleine Spielzeug denn?« fragte Els, der hoffte, es sei nicht die Elefantenbüchse.

»Den Elektroschock-Apparat. Wir haben oben in Jacaranda House einen Patienten für dich.«

Während sie den Hügel hinauffuhren, saß Els da und schwieg. Er freute sich überhaupt nicht darauf, dem Kommandanten zu begegnen und ihm erklären zu müssen, warum er seinen Posten verlassen hatte. Als sie an dem ausgebrannten Schützenpanzer vorbeikamen, konnte Els sich ein leises Kichern nicht verkneifen.

»Ich weiß gar nicht, was es da zu lachen gibt«, sagte der Sergeant ärgerlich. »Du hättest ja auch da drin sein können.«

»Ich nicht«, sagte Els. »Du wirst mich nie in einem von diesen Dingern finden. Die ziehn das Unglück ja an.«

»Sind normalerweise sicher genug.«

»Nicht, wenn man's mit einem guten Mann mit der richtigen Waffe zu tun kriegt«, sagte Els.

»Du redest, als hättest du was damit zu tun, du weißt soviel darüber.«

»Wer? Ich? Hab nichts damit zu tun. Warum sollte ich denn einen Panzer knacken?«

»Weiß der Himmel«, sagte der Sergeant, »aber das ist genau die Sorte Scheiß, die du dir ausdenken könntest.«

Wachtmeister Els verfluchte sich, daß er sein Maul aufgemacht hatte. Mit dem Kommandanten würde er vorsichtiger sein müssen. Er begann sich zu überlegen, wie wohl die Symptome der Beulenpest aussähen. Als letzte Ausflucht würde er sie vielleicht produzieren müssen.

Kommandant van Heerdens Verhör von Miss Hazelstone war gleich von Anfang an nicht richtig gelaufen. Nichts, was er sagte, konnte sie davon überzeugen, daß sie Fünfpenny nicht umgebracht hatte.

»Na schön, nehmen wir mal einen Moment lang an, Sie haben ihn erschossen«, sagte er zum zigsten Mal, »was war denn dann Ihr Motiv?«

»Er war mein Geliebter.«

»Die meisten Leute lieben ihre Geliebten, Miss Hazelstone, und trotzdem sagen Sie, Sie hätten ihn erschossen.«

»Genau. Das hab ich getan.«

»Kaum eine normale Reaktion.«

»Ich bin kein normaler Mensch«, sagte Miss Hazelstone.

»Das sind auch Sie nicht. Oder der Wachtmeister vor der Tür. Keiner von uns ist normal.«

»Ich hätte gedacht, ich wäre einigermaßen normal«, sagte der Kommandant selbstgefällig.

»Das ist genau die eselhafte Bemerkung, die ich von Ihnen erwartet hatte, und sie beweist nur zu gut, wie unnormal Sie sind. Die meisten Menschen lieben den Gedanken, einzigartig zu sein. Das tun Sie ganz offensichtlich nicht, und da Sie anzunehmen scheinen, die Normalität liege darin, zu sein wie andere Menschen auch, so sind Sie, da Sie Eigenschaften besitzen, die Sie von anderen Leuten unterscheiden, unnormal. Habe ich mich klar ausgedrückt?«

»Nein«, sagte der Kommandant, »das haben Sie nicht.«

»Dann will ich es anders formulieren«, sagte Miss Hazelstone. »Normalität ist eine Idee. Können Sie mir folgen?«

»Das versuche ich«, sagte der Kommandant verzweifelt.

»Gut. Wie ich also sagte, ist Normalität eine Idee. Sie ist kein Daseinszustand. Sie verwechseln sie mit dem Wunsch, sich anzupassen. Sie haben ein starkes Verlangen, sich anzupassen. Ich nicht.«

Kommandant van Heerden versuchte mühsam, ihr zu folgen. Er begriff kein Wort von dem, was sie sagte, aber es hörte sich nicht sehr schmeichelhaft an.

»Wie steht's mit dem Motiv?« fragte er, um wieder auf vertrauteres Gelände zurückzugelangen.

»Ja, wie steht's denn damit?« konterte Miss Hazelstone.

»Wenn Sie Fünfpenny töteten, müssen Sie ein Motiv gehabt haben.«

Miss Hazelstone dachte einen Augenblick nach. »Das ist nicht logisch«, sagte sie schließlich, »obgleich man wahrscheinlich argumentieren könnte, daß eine motivlose Tat unmöglich ist, weil sie zwangsläufig die Absicht voraussetzt, ohne Motiv zu handeln, was in sich schon wieder ein Motiv ist.«

Kommandant van Heerden blickte sich verzweifelt im Zimmer um. Die Frau redete ihn um den Verstand.

»Sie hatten also keins?« fragte er, nachdem er langsam bis zwanzig gezählt hatte.

»Wenn Sie unbedingt darauf bestehen, daß ich eines hatte, dann werde ich ja wohl eins liefern müssen. Man könnte sagen, es war Eifersucht.«

Der Kommandant atmete auf. Das hörte sich schon viel besser an. Er bekam wieder wohlbekannten Boden unter die Füße.

»Und auf wen waren Sie eifersüchtig?«

»Auf niemand.«

»Niemand?«

»Ich sagte es.«

Kommandant van Heerden blickte über den Rand eines Abgrunds. »Niemand«, schrie er beinahe. »Wie in drei Teufels Namen kann man denn auf niemand eifersüchtig sein?« Er hielt inne und sah sie argwöhnisch an. »Niemand ist doch nicht etwa der Name von einem andern Nigger, oder?«

»Natürlich nicht. Es bedeutet genau, was es besagt. Ich war auf niemand eifersüchtig.«

»Man kann nicht auf niemand eifersüchtig sein. Das geht nicht. Man muß auf jemanden eifersüchtig sein.«

»Ich nicht, verstehen Sie?« Miss Hazelstone sah ihn mitleidig an.

Unter sich fühlte der Kommandant den Abgrund gähnen. Es war der Abgrund aller Abgründe.

»Niemand. Niemand«, wiederholte er beinahe pathetisch und schüttelte den Kopf. »Das soll mir mal jemand klarmachen, wie man auf niemanden eifersüchtig sein kann.«

»Ach, das ist wirklich ganz einfach«, fuhr Miss Hazelstone fort, »ich war einfach eifersüchtig.«

»Einfach eifersüchtig«, wiederholte der Kommandant langsam.

»Stimmt. Ich wollte den lieben Fünfpenny nicht verlieren.«

Über die unermeßliche Leere des Abstrakten hinwegschwankend, klammerte sich der Kommandant an Fünfpenny. Der Zulu-Koch hatte einstmals was Greifbares an sich gehabt, und der Kommandant brauchte etwas Greifbares, woran er sich festhalten konnte.

»Sie hatten Angst, ihn zu verlieren?« dachte er laut nach, und dann bemerkte er den schrecklichen Widerspruch, in den er hineintappte. »Aber Sie behaupten doch, Sie hätten ihn erschossen. Ist das nicht der beste Weg, den Kerl zu verlieren?« Er war fast außer sich.

»Es war der einzige Weg, den ich hatte, um sicherzugehen, daß ich ihn behielt«, erwiderte Miss Hazelstone.

Kommandant van Heerden zog sich vor der gähnenden Leere zurück. Das Verhör entglitt seiner Kontrolle. Er fing wieder von vorne an.

»Wollen wir mal für den Augenblick vergessen, daß Sie Fünfpenny erschossen haben, damit Sie ihn nicht verlieren«, sagte er langsam und sehr geduldig. »Fangen wir mal auf der anderen Seite an. Was war denn der Grund für Sie, sich in ihn zu verlieben?« Das war zwar kein Thema, dem er besonders auf den Grund zu gehen wünschte, und er glaubte auch keine Sekunde lang, daß sie überhaupt in den Schweinehund verliebt gewesen war, aber das war besser, als immer nur auf Niemand rumzureiten. Außerdem hatte er das ziemlich sichere Gefühl, daß sie sich jetzt irgendwie verraten werde. Die Hazelstones konnten sich einfach nicht in Zulu-Köche verlieben.

»Fünfpenny und ich teilten miteinander gewisse Interessen«, sagte Miss Hazelstone langsam. »Zum Beispiel hatten wir denselben Fetisch.«

»Ach, wirklich? Denselben Fetisch?« In seiner Phantasie beschwor sich der Kommandant die kleinen Negergötzen herauf, die er in Piemburg im Museum gesehen hatte.

»Das knüpfte starke Bande«, sagte Miss Hazelstone.

»Ja, das muß es getan haben, und ich nehme an, Sie opferten dem Fetisch Ziegen«, sagte der Kommandant sarkastisch.

»Was Sie für sonderbare Sachen sagen.« Miss Hazelstone blickte verdutzt drein. »Natürlich taten wir das nicht. Es war nicht so ein Fetisch.«

»Ach nein? Was war's denn für einer? Holz oder Stein?«

»Gummi«, sagte Miss Hazelstone kurz und bündig.

Kommandant van Heerden lehnte sich ärgerlich in seinem Sessel zurück. Von Miss Hazelstones Foppereien hatte er jetzt so ziemlich die Nase voll. Falls die alte Schachtel allen Ernstes annahm, er werde irgendein Ammenmärchen von einem Gummigötzen glauben, da mußte sie sich schon was Besseres einfallen lassen.

»Nun hören Sie mir mal gut zu, Miss Hazelstone«, sagte er sehr ernst, »ich weiß zu würdigen, was Sie zu tun versuchen, und ich muß bekennen, ich bewundere Sie dafür. Familientreue ist was Schönes, und zu versuchen, den Bruder zu retten, ist auch was Schönes, aber ich habe meine Pflicht zu tun, und nichts, was Sie sagen, wird mich daran hindern, sie zu erfüllen. Wenn Sie jetzt so nett sind und zur Sache kommen und zugeben, daß Sie nicht das geringste mit dem Mord an Ihrem Koch zu tun hatten und niemals auch nur andeutungsweise in ihn verliebt waren, dann lasse ich Sie laufen. Wenn nicht, bin ich gezwungen, ein paar drastische Maßnahmen gegen Sie zu ergreifen. Sie stellen sich dem Lauf der Gerechtigkeit in den Weg und lassen mir keine andere Wahl. Also bitte, seien Sie vernünftig und geben Sie zu, daß das ganze Gequatsche über Fetische Blödsinn ist.«

Miss Hazelstone blickte ihn eisig an.

»Sind Sie leicht erregbar?« fragte sie. »Sexuell, meine ich.«

»Das hat doch mit Ihnen absolut nichts zu tun.«

»Es hat eine Menge mit diesem Fall zu tun«, sagte Miss Hazelstone und zögerte. Kommandant van Heerden rutschte in seinem Sessel unbehaglich hin und her. Ihm war klar, daß Miss Hazelstones Zögern wahrscheinlich wieder irgendeine neue, empörende Enthüllung ankündigte.

»Ich muß zugeben, daß ich nicht leicht erregbar bin«, sagte sie schließlich. Der Kommandant hörte es mit Freuden. »Ich brauche Gummi zur Reizung meiner sexuellen Lust.«

Der Kommandant hätte beinahe gesagt, in seinem Falle habe

Gummi genau die entgegengesetzte Wirkung, aber er besann sich eines Besseren.

»Ich bin eine Gummifetischistin, verstehen Sie?« fuhr Miss Hazelstone fort.

Kommandant van Heerden versuchte, hinter die Bedeutung dieser Bemerkung zu kommen.

»Ach ja?« sagte er.

»Ich bin verrückt nach Gummi.«

»Ach so.«

»Ich kann nur mit jemandem schlafen, wenn ich Gummisachen anhabe.«

»Ach nein.«

»Es war Gummi, was Fünfpenny und mich zueinander zog.«

»Ach tatsächlich?«

»Fünfpenny hatte die gleiche Neigung.«

»Ach was.«

»Als ich ihn zum ersten Mal sah, vulkanisierte er in einer Garage Reifen.«

»Ach je.«

»Ich hatte meine Reifen zum Vulkanisieren gebracht, und Fünfpenny arbeitete dort. Sofort erkannte ich in ihm den Mann, nach dem ich mein ganzes Leben gesucht hatte.«

»Ach wirklich?«

»Ich möchte fast sagen, unser Liebesverhältnis wurde über einem Michelin X beschlossen.«

»Ach Gott.«

Miss Hazelstone verstummte. Die Unfähigkeit des Kommandanten, mehr als zwei Worte auf einmal zu sagen, wovon eins obendrein immer das gleiche war, ärgerte sie langsam.

»Haben Sie eigentlich irgendeine Vorstellung, wovon ich rede?« fragte sie.

»Nein«, sagte der Kommandant.

»Ich weiß nicht, was ich noch tun soll, um mich verständlich zu machen«, sagte Miss Hazelstone. »Ich habe versucht, Ihnen so einfach wie möglich zu erklären, was ich an Fünfpenny anziehend fand.«

Kommandant van Heerden machte den Mund zu, der ihm die ganze Zeit offengestanden hatte, und versuchte, seinen Grips auf was Faßbares einzustellen. Was Miss Hazelstone ihm gerade so einfach wie möglich erklärt hatte, das war, mußte er zugeben, nicht im geringsten unverständlich gewesen, aber wenn er kurz zuvor noch über die Leere unbegreiflicher Abstraktionen hinweggeschwankt war, so waren die simplen Tatsachen, die sie ihm nun mitgeteilt hatte, so weit entfernt von allem, worauf er seiner Erfahrung nach vorbereitet sein mußte, daß er allmählich zu dem Schluß kam, er zöge alles in allem den abstrakten Abgrund vor. Bemüht, seinen Sinn für das Wirkliche wiederzugewinnen, nahm er Zuflucht zu gesunder Gewöhnlichkeit.

»Wollen Sie mir damit sagen«, begann er, griff zur Badekappe und ließ sie ein paar Zentimeter vor Miss Hazelstones Gesicht an seinem Finger hin und her baumeln, »daß diese Gummikappe in Ihnen das unbezähmbare Verlangen weckt, mit mir zu bumsen?«

Miss Hazelstone nickte.

»Und wenn ich sie tragen sollte, wären Sie nicht in der Lage, Ihre sexuellen Regungen zu bremsen?« fuhr er fort.

»Nein«, sagte Miss Hazelstone völlig außer sich. »Nein, dazu wäre ich nicht imstande. Ich meine, doch, das wäre ich.« Zwischen einem tobenden Ausbruch der Lust und einer kolossalen Abneigung gegen den Kommandanten hin und her gerissen, wußte sie kaum, was ihr geschah.

»Und ich nehme an, Sie wollen mir erzählen, Ihr Zulu-Koch hätte dieselbe Vorliebe für Gummi gehabt?«

Miss Hazelstone nickte wieder.

»Und all die Gummiklamotten, die ich oben in dem Schlafzimmer gefunden habe, gehören wohl auch Ihnen?« Miss Hazelstone gab das zu. »Und Fünfpenny zog dann wohl immer einen Gummianzug an und Sie ein Gumminachthemd? Stimmt's?«

Kommandant van Heerden sah an Miss Hazelstones Gesicht, daß er zu guter Letzt doch wieder die Initiative an sich gerissen hatte. Sie saß schweigend da und starrte ihn wie hypnotisiert an.

»War's so normalerweise?« bohrte er unbarmherzig nach.

Miss Hazelstone schüttelte den Kopf. »Nein«, sagte sie, »es war umgedreht.«

»Ach wirklich? Was war umgedreht?«

»Na, die Sachen.«

»Die Sachen waren umgedreht?« »Ja.«

»Von innen nach außen? Oder von vorn nach hinten?«

»So könnte man sie auch anziehen.«

Nach Kommandant van Heerdens Erfahrungen mit Gummikleidern während der letzten Nacht fand er sie weder so noch so in irgendeiner Weise anziehend.

»Also wie?« fragte er.

»Ich trug die Herrenanzüge, und Fünfpenny trug die Kleider«, sagte Miss Hazelstone. »Wie Sie vielleicht bemerkt haben werden, habe ich einige ausgesprochen maskuline Eigenschaften, und Fünfpenny, der Ärmste, war Transvestit.«

Der Kommandant, der sie mit wachsendem Abscheu anstarrte, verstand, was sie meinte. Maskuline Eigenschaften, das stimmte! Die Vorliebe für übertriebene, widerliche Geschichten zum Beispiel. Und wenn er für einen Augenblick wirklich glaubte, daß ein fetter Zulu-Koch sich in die Fummel seiner Herrin geschmissen hatte, dann war er ein sehr glücklicher Zulu, wenn er den Weg gegangen war, den er nun mal gegangen war. Der Kommandant wußte, was er mit jedem seiner Hausburschen machen würde, den er beim Herumhopsen in Damenkleidern ertappte, seien sie aus Gummi oder nicht, und er würde es nicht bloß dabei bewenden lassen, ihm die Höschen strammzuziehen.

Er schob diese fürchterlichen Aussichten beiseite und versuchte, über den Fall nachzudenken. Er hatte es ja gewußt, daß an dem Schlafzimmer mit den Gummilaken etwas nicht koscher war, und nun hatte ihm Miss Hazelstone ihren Zweck erläutert.

»Es hat keinen Sinn, daß Sie weiter versuchen, Ihren Bruder zu decken«, sagte er. »Wir haben schon genug Beweise, um ihn an den Galgen zu bringen. Was Sie mir über die Gummisachen gesagt haben, bestätigt nur, was wir bereits wissen. Als Ihr Bruder letzte Nacht verhaftet wurde, trug er diese Kappe hier.« Er hielt sie ihr wieder vor die Nase.

»Natürlich hatte er sie auf«, sagte Miss Hazelstone. »Das muß er, wenn er schwimmen geht. Er hat Kummer mit seinen Ohren.«

Kommandant van Heerden lächelte. »Manchmal, wenn ich Ihnen zuhöre, Miss Hazelstone, bilde ich mir ein, mit meinen Ohren ist auch was nicht in Ordnung, aber ich renne nicht die ganze Zeit mit einer Badekappe auf dem Kopf herum.«

»Das tut Jonathan auch nicht.«

»Nein? Na, dann erklären Sie mir vielleicht mal, wie es kam, daß er sie immer noch aufhatte, als er heute morgen zu mir reingeführt wurde. Ihr Bruder liebt es offensichtlich, Gummisachen zu tragen.«

»Vielleicht hat er vergessen, sie abzunehmen«, sagte Miss Hazelstone. »Er ist sehr zerstreut, verstehen Sie? Er vergißt immer, wo er Sachen liegenläßt.«

»Das habe ich schon bemerkt«, sagte der Kommandant. Er schwieg und lehnte sich weit in seinem Sessel zurück. »Der Fall scheint mir ungefähr so zu liegen. Ihr Bruder kommt aus Rhodesien nach Hause, wahrscheinlich weil ihm der Boden dort zu heiß wurde.«

»Quatsch«, unterbrach ihn Miss Hazelstone. »In Barotseland wird es sehr heiß, das weiß ich, aber Jonathan ist Wärme gewöhnt.«

»Das kann man wohl behaupten«, sagte der Kommandant. »Na, aus welchem Grund auch immer, er kommt heim. Er bringt alle Gummisachen mit, die er so gern hat, und macht sich daran, Ihren Zulu-Koch zu verführen.«

»Was für ein unglaublicher Blödsinn«, sagte Miss Hazelstone. »Jonathan fiele so was nicht mal im Traume ein. Sie vergessen, daß er Bischof ist.«

Der Kommandant vergaß nichts von alledem, zumal er es nie gewußt hatte.

»Das hat er Ihnen vielleicht erzählt«, sagte er. »Nach unseren Informationen ist er ein notorischer Verbrecher. Wir haben sein Strafregister unten im Polizeirevier. Luitenant Verkramp weiß alle Einzelheiten.«

»Das ist doch Schwachsinn. Jonathan ist der Bischof von Barotseland.«

»Das ist vielleicht sein Deckname«, sagte der Kommandant. »Schön. Wir sind jetzt an dem Punkt, wo er Fünfpenny zu vögeln versucht. Der Koch weigert sich, rennt hinaus auf den Rasen, und Ihr Bruder schießt ihn nieder.«

»Sie sind ja verrückt«, schrie Miss Hazelstone und erhob sich. »Sie sind ja völlig verrückt. Mein Bruder war im Schwimmbad, als ich Fünfpenny erschoß. Er kam angelaufen, als er den Schuß hörte, und versuchte, ihm die Letzte Ölung zu geben.«

»Letzte Ölung, tja, so kann man's auch ausdrücken«, sagte der Kommandant. »Und dabei beschmierte er sich wohl auch mit Blut?«

»Genau.«

»Und Sie erwarten allen Ernstes, daß ich glaube, daß eine nette, alte Dame wie Sie ihren Koch erschossen hat und daß Ihr Bruder, den ich total betrunken, nackt und von oben bis unten mit Blut beschmiert auf einem Bett finde, Bischof ist und nichts mit dem Mord zu tun hat? Wirklich, Miss Hazelstone, Sie müssen mich für einen Idioten halten.«

»Stimmt«, sagte Miss Hazelstone schlicht.

»Und noch etwas«, fuhr der Kommandant eilig fort, »irgendein Wahnsinniger hat gestern nachmittag am Parktor einundzwanzig von meinen Männern niedergeschossen. Sie wollen mir doch jetzt wohl nicht weismachen, daß Sie sie auch umgebracht haben, oder?«

»Wenn der Wunsch der Vater des Gedankens wäre, ja«, sagte Miss Hazelstone.

Kommandant van Heerden lächelte. »Das ist er nicht, tut mir leid. Ich wünschte, ich könnte diesen ganzen Fall irgendwie vertuschen, und wenn's bloß um den Tod Ihres Kochs ginge, möchte ich sagen, wär das auch möglich, aber nun kann ich leider nichts mehr machen. Die Gerechtigkeit muß ihren Gang gehen.«

Er drehte den Sessel herum und wandte das Gesicht den Bücherregalen zu. Er fühlte sich recht zufrieden mit sich. Alles hatte sich jetzt in seinem Kopf geordnet, und er hatte nicht den geringsten Zweifel, daß er den Staatsanwalt werde überzeugen können. Kommandant van Heerdens Karriere war gerettet. Miss Hazelstone hinter ihm handelte rasch. Sie ergriff sowohl die Gelegenheit, die ihr der Hinterkopf des Kommandanten bot, als auch den messingenen Briefbeschwerer und brachte beide mit aller Kraft, die sie aufbieten konnte, zusammen. Der Kommandant plumpste zu Boden.

Miss Hazelstone lief schnell zur Tür hinüber. »Der Kommandant hat einen Schlag erlitten«, sagte sie zu den beiden dort auf Posten stehenden Wachtmeistern. »Helfen Sie mir, ihn in sein Schlafzimmer raufzutragen«, und sie ging voran, die Treppe hinauf. Als die beiden Wachtmeister Kommandant van Heerden auf das Bett im blauen Schlafzimmer gelegt hatten, schickte sie sie runter, damit sie im Krankenhaus nach einem Krankenwagen riefen, und die beiden Männer, gewohnt, ohne zu fragen Befehlen zu gehorchen, fegten die Galerie hinunter und erstatteten Sergeant de Haen Bericht. Kaum waren sie weg, trat Miss Hazelstone vor die Schlafzimmertür und pfiff. Ein Dobermannpinscher, der im Salon auf dem Teppich gelegen und geschlafen hatte, hörte den Pfiff und verließ sein Allerheiligstes. Leise stieg er die Treppe nach oben und schlich den Gang hinunter zu seinem Frauchen.

Als Sergeant de Haen im Piemburger Krankenhaus angerufen und alles in die Wege geleitet hatte, daß ein Krankenwagen zum Haus raufgeschickt würde, ein Anruf, bei dem übrigens die Telefonistin die Auskunft verlangte, ob Kommandant van Heerden ein Weißer sei und keinen nicht-weißen Krankenwagen brauche, war nicht zu übersehen, daß van Heerdens Lage eine Wendung zum Schlechteren genommen hatte.

Der Sergeant fand Miss Hazelstone am Ende der Galerie auf ihn wartend. Reserviert und von jenem Hauch Melancholie umgeben stand sie da, wie es der Kommandant tags zuvor so bewundert hatte, und in der Hand hielt sie etwas, das ganz entschieden melancholisch und nicht im geringsten reserviert aussah. Es war nicht von der Größe der Elefantenbüchse, und ganz zweifellos konnte es nicht auf tausend Meter einen angreifenden Elefanten außer Gefecht setzen, doch auf seine eigene kleine Weise war es für den Zweck geeignet, den Miss Hazelstone ganz deutlich im Sinn hatte.

»So ist's recht«, sagte sie, als der Sergeant auf dem Treppenabsatz stehenblieb. »Bleiben Sie ganz ruhig stehen, und Ihnen wird kein Haar gekrümmt. Das hier ist eine Schrotflinte, und wenn Sie herausfinden möchten, wie viele Patronen in ihrem Magazin sind, dann schlage ich vor, Sie versuchen, mich im Sturm zu überrumpeln. Sie werden 'ne Menge Leute brauchen.« Der große Dobermann neben ihr knurrte zustimmend. Er hatte offenbar für den Rest seines Lebens von Polizisten genug. Sergeant de Haen stand auf dem Treppenabsatz sehr still. Es war dem Ton von Miss Hazelstones Stimme deutlich zu entnehmen, daß, ganz gleich, welche Fähigkeiten ihre Schrotflinte auch hätte, die alte Dame nicht gewohnt war, irgendwas zweimal zu sagen.

»So ist's recht«, fuhr sie fort, während der Sergeant sie anstarrte. »Gucken Sie sich alles gut an, und wenn Sie schon mal dabei sind, gucken Sie sich auch die Waffen an den Wänden hier gut an. Sie funktionieren alle prächtig, und ich habe genug Munition in meinem Schlafzimmer, um damit 'ne ganze Weile zu reichen.« Sie machte eine Pause, und der Sergeant besah sich gehorsam die Gewehre. »Also, traben Sie jetzt die Treppe runter und versuchen Sie ja nicht, wieder raufzukommen. Toby sagt mir sonst sofort Bescheid.« Wieder knurrte der Hund verständig. »Und wenn Sie nach unten gehen«, fuhr sie fort, »lassen Sie gefälligst meinen Bruder frei. Ich gebe Ihnen zehn Minuten, dann erwarte ich, ihn frei und unbehindert die Auffahrt hinaufspazieren zu sehen. Wenn nicht, erschieße ich Kommandant van Heerden. Falls Sie irgendwelche Zweifel an meinen Fähigkeiten zu töten haben, empfehle ich Ihnen, mal einen Blick auf die blauen Gummibäume im Garten zu werfen. Ich denke, dort finden Sie alle Beweise, die sie brauchen.« Sergeant de Haen brauchte keine solchen Beweise. Er war überzeugt, daß sie töten konnte. »Gut, anscheinend verstehen Sie mich. Ich bleibe jetzt mit Kommandant van Heerden so lange in Tuchfühlung, bis ich von meinem Bruder aus Barotseland angerufen werde. Sobald ich den Anruf erhalte, lasse ich den Kommandanten frei. Sollte ich innerhalb von achtundvierzig Stunden von Jonathan nichts hören, überlasse ich Ihnen den Kommandanten tot. Haben Sie verstanden?«

Der Sergeant nickte.

»Also, raus mit Ihnen.«

Sergeant de Haen flitzte die Treppe hinunter, und während er rannte, feuerte Miss Hazelstone als Warnung einen Schuß die Galerie hinunter. Das Ergebnis bestätigte alle Erwartungen, die der Sergeant hinsichtlich der tödlichen Eigenschaften der Flinte gehabt hatte. Vierundsechzig große Löcher erschienen plötzlich in der Badezimmertür.

Miss Hazelstone musterte die Löcher voll Zufriedenheit und ging wieder ins Schlafzimmer. Als sie dann dem Kommandanten mit den Handschellen, die er in der Kommode bemerkt hatte, die Hände ans Kopfende des Bettes gefesselt hatte, spazierte sie in aller Seelenruhe noch mal über die Galerie. Fünf Minuten später hatte sie ein kleines Waffenarsenal von den Wänden zusammengesammelt und zwei ungeheure Barrikaden errichtet, die lange genug jedem Versuch, ihre Festung zu erstürmen, standhalten würden, bevor sie mit dem Einsatz der

Schrotflinte und anderer ausgewählter Waffen, die sie vor ihrer Schlafzimmertür aufgestapelt hatte, beginnen müsse. Endlich und um das Maß voll zu machen, schleifte sie mehrere Matratzen und eine Chaiselongue die Galerie hinunter und baute sich daraus eine kugelsichere Deckung.

Als sie fertig war, besah sie sich ihr Werk und lächelte. »Ich glaube, wir werden wohl nicht ausgerechnet jetzt gestört werden, Toby«, sagte sie zu dem Dobermann, der auf die Chaiselongue gesprungen war. Sie gab dem Hund einen kleinen Klaps auf den Kopf, ging ins Schlafzimmer und begann, Kommandant van Heerden zu entkleiden.

11

Eine Treppe tiefer hatte Wachtmeister Els eine hitzige Auseinandersetzung mit Sergeant de Haen.

»Ich sage Ihnen«, schrie er immer wieder, »ich sehe genausowenig wie ein fanatischer Bischof aus wie . . .«

»Wie der da?« schlug der Sergeant vor und zeigte auf den gefesselten Jonathan. »Der sieht auch nicht wie ein Bischof aus.«

Das mußte Wachtmeister Els zugeben. »Ist mir schnuppe. Ich spaziere trotzdem nicht in seinen Klamotten die Auffahrt rauf. Die Alte würde mich auf eine Meile erkennen.«

»Na und? Sie ist doch bloß 'ne alte Frau, die würde nicht treffen, selbst wenn sie's versuchte«, sagte der Sergeant.

»Sind Sie verrückt?« schrie Els. »Ich habe gesehen, was die alte Krähe mit 'ner Flinte anstellen kann. Mann, die hat ohne mit der Wimper zu zucken ihren Zulu-Koch in Fetzen geschossen. Ich weiß, wovon ich rede. Ich hatte den Mistkerl aufzusammeln.«

»Hören Sie mal zu, Els«, sagte der Sergeant, »sie wird gar nicht die Zeit haben, auch nur 'n Zufallsschuß auf Sie abzugeben. Sie geht ans Fenster, um einen Blick rauszuwerfen, und . . .«

». . . und im nächsten Moment liege ich in Form von kleinen Stückchen über den halben Scheiß Park verstreut. Nein, besten Dank. Wenn irgend jemand irgendwelche Stückchen hinterher aufsammeln muß, dann ich Ihre. Ich hab da mehr Erfahrung drin.«

»Lassen Sie mich doch mal ausreden«, sagte der Sergeant. »Sobald sie ans Fenster tritt, überrumpeln wir sie über die Galerie. Sie wird keine Zeit haben, auf Sie zu schießen.«

»Warum lassen wir in dem Fall nicht ihn die Auffahrt raufgehen?« fragte Els. »Ich halte ihn in Schach, und sobald Sie seine Schwester haben, sperren wir ihn wieder ein.«

Sergeant de Haen wollte sich nicht überzeugen lassen. »Der Kerl hat schon einundzwanzig Männer umgelegt. Ich würde ihm nicht mal die Handschellen abnehmen, wenn Sie mir's bezahlten«, sagte er.

Wachtmeister Els hatte hierauf zwar eine Antwort, aber er zog es vor, sie nicht auszusprechen.

»Was wird bloß mit dem Kommandanten in der Zeit passieren?« fragte er. »Sie bringt ihn doch sicher um.«

»Du lieber Gott«, sagte der Sergeant. »Er hat sich in ihre Klauen begeben, nun muß er sehen, wie er wieder rauskommt.«

»Warum bleiben wir dann nicht einfach still sitzen und hungern die alte Schachtel aus?«

Sergeant de Haen lächelte. »Den Kommandanten wird's freuen, wenn er hört, daß Sie wollten, daß die Alte ihn abmurkst. Also hören Sie auf, Menkenke zu machen, und steigen Sie in seine Kleider.«

Wachtmeister Els bemerkte seinen Fehler. Ohne Kommandant van Heerdens totale Unfähigkeit müßte er sich wahrscheinlich gegen die Anklage verteidigen, einundzwanzig Kameraden getötet zu haben. Els beschloß, lieber dafür zu sorgen, daß der Alte doch nicht über die Klinge springen müsse. Er wollte nicht, daß ein fähiger Polizeibeamter die Stelle van Heerdens einnähme. Er begann, sich die Sachen des Bischofs anzuziehen.

Oben hatte Miss Hazelstone fast die gleichen Schwierigkeiten, Kommandant van Heerden aus seinen Kleidern zu bekommen, wie der Sergeant sie hatte, Wachtmeister Els in die Kleider des Bischofs zu kriegen. Es war nicht so, daß der Kommandant sich sträubte, aber sein Umfang und die unbewußt fehlende Kooperation waren wenig hilfreich. Als er endlich nackt war, ging sie an den Kleiderschrank, nahm ein rosa Gumminachthemd mit passender Haube heraus und zwängte ihn hinein. Sie gab gerade ihrem eigenen Ensemble den letzten Schliff, da hörte sie, wie sich's auf dem Bett bewegte. Kommandant van Heerden kam wieder zu sich.

Später pflegte der Kommandant stets zu sagen, es sei dieses neuerliche gräßliche Erlebnis gewesen, das seinen Herzfehler verursachte. Als er das Bewußtsein wiedererlangte, war der erste Gedanke, der durch das verworrene Labyrinth seines Gehirns schoß, der, daß er nie wieder einen Tropfen anrühren werde. Nur mit mindestens einer ganzen Flasche Altem Nashornhaut-Brandy konnte er sich die Schmerzen in seinem Kopf und das schauderhafte Gefühl von etwas Heißem, Zähem und eng an seinem Gesicht Anliegendem erklären. Es war sogar noch schlimmer, wenn er die Augen aufmachte. Offenbar hatte er sich endgültig das Delirium tremens geholt, oder das Fieber, das er in der Nacht schon geargwöhnt hatte, hatte ihn mit seinen Wahnsinnsträumen gepackt. Er schloß die Augen und versuchte herauszufinden, was ihm fehle. Seine Arme waren anscheinend an etwas über seinem Kopf festgebunden, und sein Körper steckte in etwas Engem und Elastischem. Er versuchte, den Mund aufzumachen und zu sprechen, aber irgendein fürchterliches Zeug verhinderte jeden Laut. Unfähig, sich zu bewegen oder zu sprechen, hob er den Kopf und starrte auf die Erscheinung, die auf dem Bett neben ihm saß.

Es handelte sich offenbar um einen älteren Herrn mit unsagbar femininem Äußerem, der einen lachsrosa Gummizweireiher mit gelben Nadelstreifen trug. Als ob das noch nicht schlimm genug gewesen wäre, hatte das Wesen ein Hemd aus grauweißem Lastex an, zu dem es einen hellvioletten Gummischlips mit Punkten umgebunden hatte. Einen Moment lang glotzte der Kommandant dieses Wesen an und stellte mit Entsetzen fest, daß es ihn neckisch von der Seite anschielte. Der

Kommandant schloß die Augen und versuchte, die gräßliche Erscheinung zu bannen, indem er über seine Kopfschmerzen nachdachte, aber als er sie wieder öffnete, war der Kerl noch immer da und äugelte nach Kräften. Kommandant van Heerden konnte sich nicht entsinnen, wann er das letzte Mal derart verführerisch von einem alten Knaben angestarrt worden war, aber er wußte, daß es schon lange her sein mußte, und als und falls es zuletzt geschehen war, hatte es bestimmt nicht solchen Abscheu wie jetzt in ihm erregt. Er wollte die Augen gerade zum zweiten Mal zumachen, da riß er sie schnell und voller Entsetzen wieder auf. Eine Hand hatte sich sanft auf sein Knie gelegt und begann, ihn am Schenkel zu kitzeln. Voller Ekel vor dieser Berührung warf der Kommandant die Beine in die Luft und konnte bei der Gelegenheit zum ersten Mal einen raschen Blick auf das werfen, was er anhatte und was er nicht mehr anhatte. Er trug ein rosafarbenes Gumminachthemd mit Fransen um den Saum. Der Kommandant erschauderte, und als ihm klarwurde, daß er mit seinem Ohnmachtsanfall dem widerlichen alten Mann die Gelegenheit zu jeder Schweinerei geboten hatte, die ihm in den Sinn kommen mochte, streckte er die Beine aus, so schnell er konnte, und schwor, keine Verführung der Welt werde ihn dazu bringen, sie wieder zu spreizen. Die Erscheinung äugelte und kitzelte immer weiter, und der Kommandant drehte den Kopf hastig von diesen Blicken weg zur Wand.

Direkt vor seinem Gesicht stand ein kleiner Tisch, und darauf lag etwas, das ihm die Schmachtblicke vergleichsweise angenehm, wenn nicht gar verlockend erscheinen ließ und das den Kommandanten zu dem Versuch zu schreien zwang. Er machte den Mund auf, aber nichts, was einem Schrei ähnlich war, kam heraus. Statt dessen saugte er eine Handvoll dünnes Gummi ein, das gleich darauf wie eine Blase wieder herausgequollen kam, und er lag keuchend da und erholte sich gerade ein bißchen von diesem Versuch, als ein Knurren auf der Galerie die Aufmerksamkeit des Alten neben ihm auf sich zog. Er stand von dem Bett auf, nahm ein Gewehr zur Hand und ging zur Tür.

Kommandant van Heerden ergriff die Gelegenheit zu dem Versuch, sich vom Bett loszureißen. Er schlug und hieb ohne Rücksicht auf seine Kopfschmerzen um sich, und wie er so riß und zerrte, sah er, daß der Lauf des Gewehrs um die Tür herum auf ihn gerichtet war. Angesichts dieser Bedrohung blieb er mucksmäuschenstill liegen und versuchte zu vergessen, was er auf dem Tischchen am Bett gebrauchsfertig hatte liegen sehen. Das waren eine Injektionsspritze und eine Ampulle mit der Aufschrift »Novocain«.

Die Schwierigkeiten, die von Anfang an bestanden hatten, Wachtmeister Els in die Kleider des Bischofs zu bekommen, waren durch die Entdeckung, daß sie nicht ganz seiner Größe entsprachen, nicht geringer geworden. Das Jackett war immer noch derselbe Wintermantel wie in der Nacht zuvor, und in den Hosen sah er wie ein Seehund aus. Sie machten seinen Plan, die Auffahrt hinaufzurennen, absolut undurchführbar. Das war kein Plan, von dem er dem Sergeant etwas gesagt hatte, der ihn, das fühlte er, mißbilligt hätte, aber jetzt, wo er dort Flossen hatte, wo er eigentlich hätte Stiefel haben sollen, war an Rennen endgültig nicht mehr zu denken. Unter diesen Umständen wäre er schon froh gewesen, wenn er hätte watscheln, geschweige denn rennen können, und Els, der einmal die Ehre gehabt hatte, einen Kaffer mit einem Holzbein abzuknallen, wußte, daß watschelnde Ziele so gut wie tote Ziele waren. Genau an diesem Punkte geschah es, daß Wachtmeister Els seinen zweiten Tollwutanfall bekam.

Der verlief genauso wirkungslos wie der erste, und nachdem er sich Fußtritte für einen Biß in Sergeant de Haens Wade eingehandelt hatte und ihm ein paar Zähne lose um den Mund rumhingen, weil er sie in ein schmiedeeisernes Tischbein zu schlagen versucht hatte, das er irrtümlich für ein hölzernes hielt, gab er den Täuschungsversuch auf und ließ sich hinausführen, um seinen Auftritt als Bischof zu beginnen.

»Spielen Sie ihn nur halb so gut wie einen tollwütigen Hund,

und man macht Sie zum Erzbischof, Els«, sagte der Sergeant und gab ihm einen Schubs mit auf den Weg. Und während der Sergeant und seine Männer still und heimlich die Treppe hinaufstiegen, wackelte Els jämmerlich davon, zu seinem letzten Gang, das wußte er. Auch der Hut war ihm zu groß und machte es ihm schwer zu sehen, wo er hintrat, und als er trotzdem loszurennen versuchte, hatte das nur den Erfolg, daß er platt auf sein Gesicht fiel. Er gab alle Versuche auf, die wahrscheinlich noch zu schrecklicheren Folgen führten als das Watscheln. Hinter sich hörte er einen Polizisten kichern. Els fühlte sich gekränkt. Er wußte, daß er wie eine große schwarze Ente aussah. Es war ihm klar, daß er bald eine kalte Ente wäre.

Vom Knurren des Dobermanns gewarnt, spähte Miss Hazelstone die Galerie hinunter und lauschte auf das Stiefelknarren auf der Treppe. Hinter ihr warf sich der Kommandant, offenbar vor Begeisterung über all die Freuden, die auf ihn warteten, auf seinem Bett wild hin und her. Sie richtete hinter der Tür hervor die Flinte auf ihn, und das erwartungsfrohe Gerangele hörte abrupt auf. Von der Treppe rief eine Stimme: »Er ist unterwegs. Der Bischof geht jetzt die Auffahrt rauf.«

»Ich geh mal eben und seh mir's an«, rief Miss Hazelstone zurück und blieb stehen, wo sie war.

Es war schwer zu sagen, wen das Folgende am meisten erstaunte. Zweifellos war Sergeant de Haen äußerst verblüfft darüber, daß er sich noch im Land der Lebenden befand, nachdem Miss Hazelstone ihre erste Salve abgefeuert hatte, als der Sturmtrupp versuchte, ihre erste Barrikade zu nehmen. Es blieb ihm verborgen, daß sie über die Köpfe hinweggeschossen hatte, weniger, um Opfer zu vermeiden, als um ihre Verteidigungsanlagen zu schonen. Diesmal erschienen vierundsechzig große Löcher in der Decke, und die Galerie füllte sich mit feinem Nebel aus pulverisiertem Gips. Unter dem Schutz dieser Nebelwand zogen sich der Sergeant und seine Männer dankbar zurück und sammelten sich zwischen den Topfpflanzen in der Halle.

Auf der anderen Seite besah sich Miss Hazelstone einen Augenblick lang zufrieden ihr Werk, dann ging sie ans Schlafzimmerfenster, um zu sehen, um was es sich wohl handele, was da die Auffahrt hinaufzulaufen versuchte.

Daß es alles andere als ihr Bruder war, war auf den ersten Blick klar. Mit dem riesigen Hut, der ihm über die Ohren gerutscht war und ihn daran hinderte zu sehen, wo er hinlief, und den langen Hosenbeinen, die er bei jedem Schritt hinter sich herschleifte, hoppelte Els durch den Park. Miss Hazelstone brach in Gelächter aus, und Wachtmeister Els, der das Lachen hörte, verdoppelte seine Anstrengungen, das Sackhüpfen zu gewinnen. Als Miss Hazelstone schoß, fiel er um. Er hätte sich keine Sorgen zu machen brauchen. Miss Hazelstone lachte viel zu sehr, um richtig zu zielen. Ihre Kugeln sausten in einiger Entfernung durch das Laub eines Baumes und verwundeten lediglich einen riesigen, vollgefressenen Geier, der dort gerade sein Frühstück hatte verdauen wollen. Als der Geier neben ihn auf die Erde geflattert kam und rülpste, lag Wachtmeister Els hilflos auf dem Rasen und sah ihn nachdenklich an. Er vermochte in der Welt nichts zu entdecken, worüber man lachen konnte.

Kommandant van Heerden hatte diesem Gelächter gegenüber die gleiche Empfindung. Es trug zu viele Merkmale der Expertin für die feine Lebensart an sich, um ihn im Zweifel darüber zu lassen, wer das Wesen in dem lachsrosa Anzug war. Niemand anderer von seinen Bekannten lachte so, schoß so oder hatte eine so ausgesprochene Neigung dazu, intramuskuläre Novocain-Injektionen zu verabreichen.

Miss Hazelstone kehrte zum Bett zurück und griff zur Spritze. »Sie werden nichts spüren«, sagte sie und zog die Spritze auf. »Ganz und gar nichts.«

»Das weiß ich«, schrie der Kommandant in seiner Gummihaube. »Das ist es ja, was mich so beunruhigt.« Aber Miss Hazelstone hörte ihn nicht. Die Grunzer und gedämpften Schreie, die unter der Haube hervordrangen, waren als Worte nicht zu verstehen.

»Erst mal nur ein kleines Piekerchen«, sagte Miss Hazelstone besänftigend. Sie hob den Saum des Nachthemds hoch, und der Kommandant versuchte, seins noch kleiner zu machen. Die Nadel zu fixieren, war der beste Weg, fand er, es schön schlapp zu behalten, und er starrte die Spritze mit grimmiger Entschlossenheit an.

»Sie sind doch zu viel Größerem imstande«, sagte Miss Hazelstone, nachdem sie einen Moment lang nachgegrübelt hatte und offensichtlich überlegte, ob der Kommandant sie unabsichtlich falsch verstand.

In seiner Haube gab der Kommandant den Versuch nicht auf, ihr zu erklären, daß er nicht an derselben Schwäche leide wie der Zulu-Koch.

»Es ist genau das Gegenteil bei mir«, kreischte er. »Bei mir dauert's Stunden und Stunden.«

»Sie sind ein sehr zurückhaltender Mensch«, sagte Miss Hazelstone und überlegte einen Augenblick. »Vielleicht fänden Sie ein bißchen Peitschen ganz hilfreich. Manche Männer tun das, nicht?« Und damit stand sie vom Bett auf, kramte in dem Kleiderschrank herum und tauchte schließlich mit einer besonders furchterregenden Reitpeitsche auf.

»Nein, das fände ich nicht«, schrie der Kommandant, »das fände ich überhaupt nicht hilfreich.«

»Ja oder nein?« fragte Miss Hazelstone, als die gedämpften Schreie verstummten. »Nicken Sie für ja, und schütteln Sie den Kopf für nein.«

Kommandant van Heerden schüttelte heftig den Kopf.

»Ist wohl nicht Ihr Bier, was?« sagte Miss Hazelstone. »Na schön, wie steht's denn dann mit ein paar schweinischen Bildern?« Diesmal holte sie ein Album aus dem Schrank, und der Kommandant entdeckte, daß er fasziniert auf irgendwelche Fotos starrte, die offenbar ein Irrer mit einer Vorliebe für Kautschukmenschen und Zwerge aufgenommen hatte.

»Nehmen Sie das widerliche Zeug weg«, schrie er, als sie ihm mit einem besonders perversen Bild zusetzte.

»Aber das hier gefällt Ihnen doch, oder?« fragte Miss Hazelstone. »Das ist eine Stellung, die Fünfpenny ganz besonders liebte. Ich sehe mal, ob ich Sie nicht in die richtige Position bekomme.«

»Nein, ich will nicht«, zeterte der Kommandant, »ich hasse das. Es ist ekelerregend.« Aber ehe er den Kopf schütteln konnte, um seinen Wunsch anzuzeigen, daß er nicht das Rückgrat gebrochen haben wollte, hatte Miss Hazelstone bereits mit einer Hand die Haube gepackt und mit der anderen eins seiner Beine und versuchte, sie zusammenzubiegen. In einer verzweifelten Kraftanstrengung riß er sich los und wirbelte Miss Hazelstone quer durchs Zimmer.

Draußen im Park hatte Wachtmeister Els seine Fassung wieder. Als er erst mal festgestellt hatte, daß er nicht drauf und dran war, Teil der täglichen Proteinaufnahme des Geiers zu werden, beschloß er, daß sein Auftritt als Bischof lange genug gedauert hatte. Er stand auf, hatschte zu einem Baum hinüber und befreite sich aus der lächerlichen Hose. Nur mit Unterhemd und Unterhose bekleidet ging er wieder in das Haus zurück, wo er Sergeant de Haen mit weißem Staub bedeckt und mit allen Anzeichen eines erlittenen Schocks vorfand.

»Ich weiß nicht, was ich machen soll«, sagte der Sergeant. »Sie hat Barrikaden gebaut, und nichts und niemand kann die überwinden.«

»Ich weiß etwas, das es kann«, sagte Els. »Wo ist denn diese Elefantenbüchse?«

»Das verdammte Mistding werden Sie nicht benutzen«, sagte Sergeant de Haen. »Damit bringen Sie ja das ganze Gebäude über uns zum Zusammenkrachen, und außerdem ist die Flinte ein Beweisstück.«

»Was macht das schon, wenn wir damit die alte Schachtel kriegen?«

»Es geht mir ja nicht um sie, aber wenn Sie mit dem Gewehr hier in dem Haus rumballern, fetzen Sie damit die Seitenwand raus und bringen möglicherweise auch noch den Kommandanten um.«

Els setzte sich und überlegte. »Okay«, sagte er schließlich, »geben Sie mir die Maschinengewehre aus den Schützenpanzertürmen, damit kriege ich sie mit Sicherheit.«

Sergeant de Haen war noch immer nicht überzeugt. »Seien Sie vorsichtig, Els«, sagte er, »und versuchen Sie, den Kommandanten nicht zu erschießen.«

»Ich werd's versuchen, aber ich kann nichts versprechen«, sagte Els, und nachdem die vier Browning-Maschinengewehre aus den Panzerwagen geholt worden waren, stahl er sich damit leise die Treppe hoch. Er legte sie, mit der Mündung auf das Ende der Galerie gerichtet, auf einen kleinen Teetisch und band sie fest. Wachtmeister Els hatte den Wert überwältigender Feuerstärke oben im Bunker kennengelernt, und nun setzte er seine Erfahrungen nutzbringend ein. Sicher, die Brownings hatten lange nicht dieselbe Stärke wie die Elefantenflinte, aber was ihnen an Kaliber abging, das machten sie an Schnelligkeit wieder wett.

»Fünftausend Schuß pro Minute in die Galerie gepumpt, macht Kleinholz aus allen Möbeln und Hackfleisch aus dem alten Mädchen«, dachte er glücklich und ging hinunter, um noch mehr Patronengurte zu holen. Dann befestigte er an den Abzügen der Gewehre eine Schnur und bereitete sich auf den nächsten Schritt vor.

Der Dobermann, der auf der Chaiselongue lag und schlief und von seinem Kampf mit Els träumte, roch, daß sich der Wachtmeister näherte. Lange hatte er die Hoffnung gehabt, daß er den Fehdehandschuh, den Els ihm auf dem Rasen zugeworfen hatte, aufnehmen könne, und jetzt fühlte er, daß die Gelegenheit gekommen war. Er streckte sich träge und sprang von der Couch. Ohne warnendes Geknurre und so heimlich, still und leise, daß er darin sogar den Wachtmeister übertraf, kroch er die Galerie hinunter und schlängelte sich durch die Möbelbarrikaden.

Miss Hazelstone war nicht im geringsten durch den Widerstand des Kommandanten verärgert, der sich gegen ihre Versuche zur Wehr setzte, ihn in eine interessante Stellung zu biegen. Im Gegenteil, die Kraft und Stärke seiner Anstrengungen steigerten ihre Bewunderung für ihn noch.

»Was sind Sie doch für ein starker Junge«, sagte sie und rappelte sich wieder vom Fußboden hoch. »Ganz der kleine Judo-Crack.« Und die nächsten paar Minuten hatte sich der Kommandant gegen die Ermunterungen zu wehren, die Miss Hazelstone seiner Männlichkeit offenbar eigenhändig zu spenden gedachte. Indem er sich auf Wachtmeister Els als Lustobjekt konzentrierte, gelang es dem Kommandanten dennoch, sich sein mangelndes Interesse zu bewahren, und endlich mußte sich Miss Hazelstone geschlagen geben.

»Da sieht man doch gleich, daß Sie als Frauenheld keine große Nummer sind«, sagte sie zum Kommandanten, und ehe er mit wenig mehr als einem bedeutungslosen Grunzen entgegnen konnte, daß sie auch nicht mehr erwarten dürfe, wenn sie sich unbedingt als Mann anziehen müsse, da hatte sie schon wieder zu der Spritze gegriffen. »Vielleicht kriegen wir mit einer Novocain-Injektion etwas Blei in Ihren Stift«, sagte sie. »Sie werden sich wahrscheinlich hinterher wie ein neuer Mensch fühlen.«

»Ich fühle mich schon jetzt wie ein neuer Mensch«, brüllte der Kommandant durch seine Haube und wand sich wie wahnsinnig, aber Miss Hazelstone war zu versessen auf das, was sie vorhatte, um von seinen Protesten irgendwelche Notiz zu nehmen. Als die Nadel näher kam, schloß der Kommandant die Augen und wartete, schon jetzt starr vor Angst vor dem Stich, und in dem Moment ging auf dem Treppenabsatz die Hölle los. Miss Hazelstone ließ die Spritze fallen, packte ihre Flinte und sprang zur Tür. Die Laute, die aus der Galerie zu vernehmen waren, deuteten darauf hin, daß soeben irgendein schrecklicher Tierkampf begonnen hatte, und der Kommandant, zur Tat gereizt von der Spritze, die Miss Hazelstone in ihrer Eile hatte fallen lassen und die wie ein Pfeil in seiner Leistengegend gelandet war, wo sie Novocain in die eine oder andere Arterie verströmte, unternahm einen letzten, verzweifelten Versuch zu entkommen. In einer herkulischen Kraftanstrengung gelang es ihm, die Beine auf den Boden zu bekommen, dann sprang er, das Bett hinter sich herschleifend, aus dem Fenster.

Wenn Kommandant van Heerden und Miss Hazelstone über die außergewöhnliche Wende, die die Dinge genommen hatten, erstaunt waren, dann war Wachtmeister Els noch viel überraschter. Er war gerade damit fertig, letzte Hand an das zu legen, wovon er hoffte, daß es Miss Hazelstones Exekution sein werde, als er vage den Eindruck hatte, daß etwas Unvorhergesehenes in der Luft sei. Wie eine dunkle Vorahnung sah er einen schwarzen Klecks auf sich zufliegen, als der Dobermann durch den Gipsnebel, der die Galerie füllte, auf ihn zusprang. Der Hund hatte sein Maul schon weit aufgesperrt, und sein Auge war voller Vorfreude auf Elsens Halsschlagader gerichtet. Els drückte sein Kinn fest auf die Brust, und der Hund donnerte mit der Schnauze gegen seine Stirn. Die Zähne des Hundes, die ihr Ziel verfehlt hatten, gruben sich in Elsens Schulter, und einen Augenblick später hatten sich die beiden Bestien von neuem in ihren unterbrochenen Kampf um die Vorherrschaft verbissen.

Als sie über den Treppenabsatz rollten und links und rechts und in der Mitte Stühle und Tische umschmissen, als Miss Hazelstone das Feuer mit der Schrotflinte eröffnete und sich die Barrikaden über ihnen allmählich auflösten, da begannen die Browning-Maschinengewehre, die umgekippt waren und nun zur Decke hochzeigten, Leuchtkugeln in einer Geschwindigkeit von 5000 Schuß pro Minute durch das Dach von Jacaranda House zu jagen. Ein lahmer Geier, dem es erst wenige Minuten zuvor gelungen war, sich endlich aufzuschwingen, nachdem er einen langen und schmerzhaften Anlauf hatte nehmen müssen, und der gerade schwerfällig über das Haus wegflog, das ihm bereits Abendbrot und Frühstück verschafft hatte und sehr bald ihm wohl auch zu einem Mittagessen verhelfen würde, verpuffte in dem Kugelhagel in einer Explosion aus Federn und Stückchen und Teilchen. Er war das einzige Opfer der Schießerei, die in Jacaranda House tobte.

Der einzige Mensch, der um ein Haar eine Salve in seine lebenswichtigen Teile abbekommen hätte, war Kommandant van Heerden. Während des plötzlichen Gewaltausbruchs auf dem Treppenabsatz, der ihm die Gelegenheit bot, sich mit dem Doppelbett auf dem Rücken aus dem Schlafzimmerfenster zu stürzen, hatte Sergeant de Haen, voller Hoffnung, die Chance zu bekommen, von unten Miss Hazelstone den Fangschuß zu geben, im Garten gestanden und gewartet. Der Sergeant hatte gerade seine Entscheidung bedauert, Wachtmeister Els zu gestatten, die Maschinengewehre zu benutzen, und erwartete nichts anderes, als daß der Plan mit einer Katastrophe ende. Als das Krachen des Gewehrfeuers im Haus losging, warf sich der Sergeant zu Boden, und da lag er auch, als er genau über sich das Klirren von Glas, gefolgt von einem fürchterlichen dumpfen Aufprall, hörte. Er sprang auf und starrte zu dem Ding hoch, das über ihm baumelnd aus dem Fenster hing.

Der Sergeant war absolut kein zimperlicher Mensch und hatte keineswegs etwas dagegen, auf Frauen zu schießen. Viele Zulu-Witwer konnten das bezeugen. Und wenn er sich einen Augenblick lang hätte vorstellen können, daß das fette Wesen in dem rosa Nachthemd, das in einer Höhe von etwa sechs Metern an der Hauswand herumzappelte, Miss Hazelstone sei, er hätte sie, ohne einen Moment zu überlegen, abgeknallt. Aber es war nur allzu offensichtlich, daß das, was da baumelte, nicht die alte Dame war. Sie war nicht so fett, sie war nicht so behaart, und vor allem, da war er sicher, hatte sie keine solchen Fortpflanzungsorgane. Es fiel dem Sergeant sowieso schon schwer zu glauben, daß überhaupt irgend etwas so aussehen könne. Sergeant de Haen stand da und rang mit dem Problem, was das Ding wohl sei. Er lugte hinauf nach dem Gesicht und sah, daß es eine Maske trug.

Von allen Perversitäten, die Sergeant de Haen seit seiner Ankunft in Jacaranda House hatte kommen und gehen sehen, war die hier fraglos die perverseste. Und pervers war das Wort, das ihm wie selbstverständlich dazu einfiel. Was immer da oben hing, nur teilweise bekleidet und maskiert, es stellte sich in einer Art und Weise vor ihm aus, die so schamlos und unanständig war, wie man's einfach nicht für möglich hielt. Der Sergeant mochte, selbst wenn er gut gelaunt war, keine Tunten, und ganz zweifellos verabscheute er es, von einer auf diese ekelhafte Tour angemacht zu werden. Er war eben entschlossen, dieser unzüchtigen Zurschaustellung mit einem Feuerstoß aus seiner Maschinenpistole ein Ende zu bereiten, als ihm etwas, was aus heiterem Himmel auf ihn herunterfiel, die ganze Sache verleidete. In einer Federwolke eingehüllt und mit etwas drapiert, das offenbar der halbverdaute Inhalt eines Magens war, der vor kurzem eine riesige Mahlzeit aus rohem Fleisch aufgenommen hatte, wankte Sergeant de Haen wie vom Schlag getroffen im Garten herum.

Während er verzweifelt versuchte, sich aus dem Kuddelmuddel aus Federn und Innereien zu befreien, verlor er zeitweise jeden Gedanken daran, die Welt von dem rasenden Transvestiten zu erlösen, der zuckend unter dem Schlafzimmerfenster hing. Als er in dem Unflat, der ihn bedeckte, ein paar Messingknöpfe und ein Mützenabzeichen der südafrikanischen Polizei entdeckte, fragte er sich ratlos, was in drei Teufels Namen ihn eigentlich getroffen habe. Er dachte noch immer darüber nach, als neuerliches Artilleriefeuer über ihm zu erkennen gab, daß die Schießerei absolut noch nicht vorüber war. Er blickte nach oben und sah, wie die Matratzen über die Gestalt mit dem Häubchen sich in eine kolossale Federwolke auflösten, und als die Federn herabgeschwebt kamen und auf der Masse aus Blut und Gedärmen, die ihn bedeckte, klebenblieben, drehte sich Sergeant de Haen um und rannte los. Hinter ihm schrie eine dumpfe Stimme: »Haenchen!«

12

Als es ihr mit ihrem Schnellfeuer ans andere Ende der Galerie so gar nicht gelungen war, wenigstens für einen Augenblick das Getöse der Maschinengewehre und das Schreien und Knurren zum Schweigen zu bringen, das ein wesentlicher Bestandteil von Wachtmeister Elsens Keilerei mit dem Dobermann war, mußte Miss Hazelstone sich notgedrungen eingestehen, daß ihre Pläne nicht ganz wie gedacht verliefen. Während wiederholt Salven durch ihre Louis-XV.-Barrikaden fetzten und mit ungewohntem Nachdruck mehrere pseudojakobäische Möbelstücke und ein unersetzliches, einstmals mit Elfenbeinintarsien geschmücktes Schreibpult aus dem achtzehnten Jahrhundert durchlöcherten, nahm der Kampflärm auf dem Treppenabsatz zu. Über ihr schoß unter dem Anprall der Maschinengewehrkugeln eine Fontäne aus Dachziegeln in die Luft und prasselte wie riesige Hagelkörner wieder auf das Dach zurück. Miss Hazelstone gab den Versuch auf, durch den Gipsnebel irgend etwas zu erkennen, und ging ins Schlafzimmer zurück.

Es war sofort zu sehen, daß auch hier irgendwas schiefgelaufen war. Im Zimmer war es stockfinster, und irgendein großer Gegenstand vor dem Fenster versperrte vollständig die Aussicht auf den Park, die sie vorher so genossen hatte. Sie knipste das Licht an und starrte auf die Unterseite des Bettes, auf dem sie nur wenige Minuten zuvor gesessen und Kommandant van Heerden ermutigt hatte, ein Mann zu sein. Und während sie noch so das enorme Bett betrachtete, wurde ihr zum ersten Male klar, was für ein wahnsinnig starker Mann der Kommandant war. Zehn Leute waren nötig gewesen, das Bett die Treppe hinauf und durch die Galerie zu bugsieren, und nun hatte ein Mann ganz allein es hochgehoben und zum Fenster getragen, wo er offenbar auf dem Fensterbrett stand und es vor sich hielt, eine Kraftleistung, die sie nie für möglich gehalten hätte. Während sie guckte und staunte, hörte man gedämpftes Geschrei durch die Matratze.

»Laßt mich runter«, brüllte der Kommandant, »laßt mich runter, laßt mich runter. Das verdammte Weib ist noch mein Grab.« Miss Hazelstone lächelte still in sich hinein. »Ganz wie Sie sagen«, murmelte sie und zielte mit der Schrotflinte auf die Sprungfedern. Beim Abdrücken sagte sie sich, wie passend es doch sei, daß der Kommandant in einem Gumminachthemd und auf eine Matratze der Marke »Ruhe sanft« gebunden vor seinen Schöpfer trete, und als die Sprungfedern jaulten und die Bettfedern flogen, wandte Miss Hazelstone sich ab und trat mit einem Schluchzer auf die Galerie.

Es war aller Wahrscheinlichkeit nach dieser Schluchzer, der zum Tode ihres geliebten Toby führte. Der Dobermann, der sich bis dahin ganz sicher in dem Griff gefühlt hatte, mit dem er Wachtmeister Els' Gesicht gepackt hielt, ließ für eine fatale Sekunde nach. Er hob den Kopf und spitzte ein letztes pflichtbewußtes Mal die Ohren, und in der Sekunde nutzte Els, der halb erstickt war, weil ihm der Hund andauernd die Nase zugebissen hatte, die Gelegenheit und schloß seine Kiefer um die Kehle des Hundes. Mit einer Hand drückte er den Hund an sich und mit der anderen packte er ihn bei den Hoden und quetschte zu. »Quetschte« war kaum das richtige Wort für die enorme Kraft, die er gebrauchte.

Der Hund war dank Elsens Druck auf seine Luftröhre außerstande, gegen diese Verletzung der Queensberry-Regeln zu protestieren, warf sich zur Seite und strampelte wie wild mit allen vieren, um sich zu befreien. Den klettenartigen Els mit sich schleifend, unternahm der Hund einen fliegenden Start, stürzte auf die oberste Treppenstufe los, und einen Moment später segelten die beiden tollwütigen Viecher mehrere Fuß hoch über der großen Treppe. Als sie in die Halle runterdonnerten, blickten die Porträts von Sir Theophilus und Richter Hazelstone grimmig auf das unedle Schauspiel. Nur das Wildschwein, selber an ein unnachgiebiges Eisengerüst gefesselt, kann ermessen haben, was sein modernes Gegenstück zu leiden hatte.

Drei Minuten später wußte Wachtmeister Els, auf dem Marmorboden der Diele liegend, daß er gesiegt hatte. Der Dobermann lag totenstill da, und Els lockerte seinen Griff um die Kehle des Hundes und kam schwankend auf die Füße. Die Köpfe der ausgestopften Warzenschweine und Büffel um ihn herum waren sein einziges Publikum in diesem triumphalen Augenblick. Den Hund am Schwanz hinter sich herziehend, ging Wachtmeister Els in den Park hinaus, um nach dem Geier zu suchen. Der hatte ihn derart freßgierig angesehen, und er dachte, dem Vogel könne vielleicht eine Kostveränderung zusagen. Er hatte einige Schwierigkeiten, ihn zu finden, aber als er ihn gefunden hatte, sah selbst Wachtmeister Els, daß der Geier nicht Hungers gestorben war.

Die Schüsse, die indirekt zum Tode Tobys geführt hatten, waren sehr nahe darangewesen, auch den Tod von Kommandant van Heerden zu verursachen. Nahe daran, aber um etliches zu hoch, denn der Kommandant hatte das Glück, an seinen Handgelenken von dem Teil des Bettes herunterzuhängen, das jetzt das Fußende war. Er hatte sich durch die Haube durchgebissen und äugte auf Sergeant de Haen herunter, der aussah, als habe er gerade einen grauenhaften Unfall in einer Hühnerschlachterei hinter sich. Das schien ihm keine glaubwürdige Erklärung für den Zustand des Sergeanten zu sein, aber nach seinen jüngsten Erfahrungen mit Perversitäten hätte es den Kommandanten nicht im geringsten überrascht, wenn er gehört hätte, daß der Sergeant soeben irgendeine mit seinem Namen zusammenhängende schweinische Zwangsvorstellung spazierengeführt habe.

Er dachte gerade über diese Sache nach, als seine Überlegungen im Geballere eines Gewehrs genau über seinem Kopf untergingen und ihm plötzlich eine Federwolke die Aussicht auf den Garten versperrte. »Haenchen«, rief er, als der Sergeant um die Hausecke verschwand, und er schrie noch immer Zeter und Mordio, als der Sergeant ein paar Minuten später mit einigen Polizisten wieder auf der Bildfläche erschien. Es hatte den Anschein, daß seine Stimme, die durch das Loch tönte, das er hatte in die Gummihaube beißen können, weniger Autorität als normal verbreitete. Die kleine Gruppe von Polizisten, die sich unter ihm versammelt hatten, schien von seinen Befehlen jedenfalls mehr amüsiert zu sein als geneigt, ihnen zu gehorchen.

»Laßt mich runter«, kreischte der Kommandant. »Laßt mich runter.« Vor dem Hintergrund dieser ignorierten Anweisung erläuterte Sergeant de Haen den jungen Polizeibeamten die schlüpfrigen Tatsachen des Lebens.

»Was Sie hier vor sich sehen«, sagte er mit unheilschwangerer Stimme, »ist ein Transvestit.«

»Was bedeutet das denn, Sergeant?« fragte ein Wachtmeister.

»Das ist ein Mann, der gerne Frauenkleider anzieht. Dieser Transvestit hier ist dazu noch ein Perverser.«

»Laß mich runter, du Dreckskerl«, schrie der Kommandant.

»Er ist ein Perverser«, fuhr der Sergeant fort, »weil er homosexuell ist, und er ist doppelt pervers, weil er auch noch ein Gummifetischist ist.«

»Ich degradiere Sie, wenn Sie mich nicht runterlassen.«

»Was ist denn ein Gummifetischist, Sergeant?«

»Das ist jemand, der sich Gummiklamotten anzieht, aus anderer Leute Schlafzimmerfenster raushängt und darunter stehende Leute anmacht«, sagte der Sergeant und zupfte sich Federn und Kaldaunen von seiner Uniform. »Das ist auch so ein Produkt freizügiger Gesellschaften, und wie Sie alle wissen, ist Südafrika keine freizügige Gesellschaft. Was diese Sau da tut, ist gegen unser Gesetz, und deshalb schlage ich vor, wir schießen ihm ein, zwei Kugeln in den Arsch und verschaffen ihm den Schauer, der alle Schauer beendet.«

Der Vorschlag wurde mit zustimmendem Kopfnicken von den Polizisten und noch lauterem Geschrei von der baumelnden Gestalt mit der Gummihaube begrüßt. Nur ein ganz naiver Beamter widersprach.

»Aber wäre das nicht Mord, Sergeant?« fragte er.

Sergeant de Haen sah ihn streng an. »Wollen Sie mir etwa erzählen«, sagte er, »daß Sie der Meinung sind, es sollte solchen Kerlen erlaubt sein, in Weibernachthemden in der Gegend rumzurennen?«

»Nein, Sergeant. Das ist gegen das Gesetz.«

»Genau das sagte ich ja eben. Also täten wir bloß unsere Pflicht, wenn wir ihm eins auf den Pelz brennen.«

»Könnten wir ihn nicht einfach verhaften?« fragte der Wachtmeister.

»Ich bin Ihr Kommandeur, und ich befehle Ihnen, mich runterzulassen.«

»Jetzt macht er sich noch eines Verbrechens schuldig, Sergeant«, sagte ein anderer Polizist. »Er gibt sich als Polizeibeamter aus.«

»Verehrte junge Kollegen, Sie kennen das Vorgehen, oder Sie sollten's verdammt noch mal kennen«, fuhr der Sergeant fort. »Falls Sie einen Verbrecher in flagranti erwischen, was tun Sie da?«

»Ihn verhaften«, erwiderten die Polizisten im Chor.

»Und wenn Sie ihn nicht verhaften können? Wenn er zu entkommen versucht?«

»Da gibt man einen Schreckschuß auf ihn ab.«

»Und was ist, wenn er weiter zu entkommen versucht?«

»Da erschießt man ihn, Sergeant.«

»Richtig«, sagte der Sergeant. »Wollen Sie mir jetzt etwa weismachen, daß der Scheißkerl da kein in flagranti erwischter Verbrecher ist und daß er nicht zu entkommen versucht?«

Die Polizisten mußten zugeben, daß der Sergeant recht hatte, und genau an diesem Punkt waren sie in ihren Überlegungen angelangt, als Wachtmeister Els mit dem toten Dobermann im Schlepptau triumphierend um die Ecke gehumpelt kam.

»Kuckt mal, was ich habe«, sagte er stolz.

Das Grüppchen um Sergeant de Haen war nicht beeindruckt. »Kuck mal, was wir haben«, sagten sie, und Wachtmeister Els mußte zugeben, daß neben dem, was da zappelnd aus dem Fenster hing, seine Trophäe ziemlich nichtssagend aussah.

»Machen grad 'ne Tunte fertig«, sagte Sergeant de Haen. »Machen Sie mit, Els, das ist doch was nach Ihrem Geschmack?«

»Nicht mein Geschmack«, sagte Els, der zu der Gestalt hochsah. »Aber das da oben schmeckt ganz nach Kommandant van Heerden, das will ich Ihnen mal sagen. Ich würde das überall rausschmecken.«

Während das Exekutionskommando auf die Nachricht, daß das der Kommandant sei, was da oben hing, verwirrt auseinanderstob, überlegte diejenige, die weitgehend für seine mißliche Lage verantwortlich war, was als nächstes zu tun sei. Sie dachte, letztlich müsse sie es wohl in den Dickschädel des Kommandanten hineinbekommen haben, daß sie imstande war, Fünfpenny zu töten, aber da sie sich bewußt war, daß Kommandant van Heerdens Meinung nicht länger zählte, hoffte sie nur, daß sein Nachfolger genug Verstand besäße, sie auf der Stelle zu verhaften.

Sie ging nach unten, um nach einem Polizisten zu suchen, der sie in ihre Zelle im Piemburger Polizeirevier begleitete, aber das Haus schien völlig ausgestorben.

»Ich hab sie wohl weggegrault«, dachte sie und machte sich auf den Weg, um ihren Wagen zu holen. Auf halbem Weg zur Garage fiel ihr ein, daß Fünfpenny die Schlüssel bei sich hatte, und so kletterte sie statt dessen in einen der Polizei-Landrover und ließ den Motor an.

Als die Polizisten auf der anderen Seite von Jacaranda House dem Kommandanten die Leiter runterhalfen, achtete keiner auf den Landrover, der unsicher die Auffahrt hinaufstockerte. Am Tor winkte der Posten den Wagen vorbei, und er verschwand um die Ecke und die Straße hinunter nach Piemburg.

Die meisten Ereignisse des Tages waren über den Kopf des Bischofs von Barotseland vollkommen hinweggegangen. Nackt und gefesselt lag er im Keller und versuchte, sich auf geistige Fragen zu konzentrieren, weil sie ihm weniger schmerzhaft als die Dinge des Fleisches vorkamen. Er war in seinen Bemühungen aber nicht besonders erfolgreich: Hunger und Schmerzen wetteiferten mit der Furcht um einen Platz in seinem Bewußtsein, und über allen dreien hing die fürchterliche Angst, wahnsinnig zu werden. Und es war weniger die Angst, er könne wahnsinnig werden, als vielmehr die, er sei es bereits. In vierundzwanzig Stunden hatte er die unumstößlichen Grundsätze seines Lebens in einer Weise geschändet gesehen, die, das mußte er sich eingestehen, alle Zeichen des Irrsinns an sich trug.

»Ich bin Bischof, und meine Schwester ist eine Mörderin«, sagte er sich zur Beruhigung. »Wenn meine Schwester keine Mörderin ist, besteht die Möglichkeit, daß ich kein Bischof bin.« Diese logische Folgerung erschien ihm nicht sehr hilfreich, und er gab sie auf, weil sie ihm sonst auch noch das bißchen geistige Gleichgewicht durcheinandergebracht hätte, das ihm geblieben war. »Irgend jemand ist verrückt«, schloß er und überlegte dann, ob die Stimmen, die er am Grunde des Swimmingpools vernommen hatte, nicht schließlich doch Anzeichen von Wahnsinn seien, an dem er vielleicht leide.

Auf der anderen Seite führte ihn sein fester Glaube an das Eingreifen Gottes ins Weltgetriebe dazu, sich zu fragen, inwiefern er so entsetzlich gesündigt habe, um die Strafe zu verdienen, die ihn getroffen hatte. Er kam zu dem Schluß, er habe sich der Selbstüberhebung schuldig gemacht. »Hochmut kommt vor dem Fall«, sagte er, aber er konnte sich nicht vorstellen, welche Höhe an Hochmut die Tiefe, in die er gestürzt war, rechtfertigen könne. Sicherlich schrie das kleine bißchen Eigenlob, das er sich anläßlich seiner Berufung nach Barotseland gestattet hatte, kaum nach der schrecklichen Strafe, die er nun durchmachte. Da neigte er eher zu der Annahme, daß seine gegenwärtigen Leiden eine Vorbereitung auf Besseres in der Zukunft und eine Prüfung seiner Standfestigkeit im Glauben seien. Er tröstete sich bei dem Gedanken, daß es in der Welt sicherlich einige Leute gäbe, die in einer noch größeren Misere steckten, aber er konnte sich nicht vorstellen, wer sie wären oder was sie erduldeten.

»Ich werde meine Trübsal mit Freuden tragen, und meine Seele wird sich daran aufrichten«, sagte er selbstgefällig und überließ sich frommer Andacht.

Kommandant van Heerden war zu ganz anderen Schlußfolgerungen gelangt. Er hatte in den vergangenen vierundzwanzig Stunden genug Trübsal erduldet, daß es ihm für sein Leben reichte. Er wußte jetzt, daß es drei Dinge gab, die er nie wiedersehen wollte: Gumminachthemden, Sergeant de Haen und Jacaranda House. Alle drei hatten jeglichen Reiz, den sie einst in seinen Augen besessen hatten, eingebüßt, und im Falle der ersten beiden war der vorher schon Null gewesen.

Was Jacaranda House betraf, so mußte er zugeben, daß er das Anwesen einst sehr gemocht hatte, aber ihm wurde jetzt klar, daß seine Gefühle nicht erwidert wurden. Das Haus behielt sich seine Gunst offenbar für Leute von untadeligem gesellschaftlichem Rang und britischer Abkunft vor. Für geringere Sterbliche hielt es nur Schrecken bereit. Hierbei setzte er in der Reihenfolge von oben nach unten erst sich ein, gefolgt von Els, dem Dobermann, Fünfpenny und dem Geier. Er selbst war aufgeknüpft, geängstigt und mit dem Tode bedroht worden. Els war bei zwei getrennten Gelegenheiten äußerst brutal überfallen worden. Der Dobermann war totgebissen worden. Fünfpenny lag über den ganzen Garten verstreut, und der Geier über den ganzen Sergeant de Haen. Kurz, diese Demütigungen standen in zu enger Beziehung zur Rangstufe der

Empfänger, als daß es irgendeinen Zweifel geben konnte, daß der snobistische Ruf, dessen sich die Hazelstones erfreuten, nicht seinen Grund in den Tatsachen hätte. Im großen und ganzen, dachte er, war Els ziemlich leicht davongekommen, wenn man sich seine Herkunft und seine gesellschaftliche Stellung vor Augen führte.

Auf der anderen Seite hatte er Grund zu der Annahme, daß Els seinen Teil am Pech noch vor sich habe. Sicher, er hatte zweimal dazu beigetragen, das Leben des Kommandanten zu retten. Kommandant van Heerden mußte zugeben, daß Wachtmeister Elsens Dazwischenfunken auf dem Treppenabsatz ihm Zeit gegeben hatte, aus dem Fenster zu springen, und als er da erst mal hing, war es Els gewesen, der Sergeant de Haen davon abgehalten hatte, seine Dienstpflichten überzuerfüllen. Aber dann gab es da auch wieder diese kleine Sache mit dem Gemetzel am Haupttor. Sie enthielt zu viele Els'sche Merkmale, als daß sie ganz und gar ignoriert werden durften. Els würde ihm ein paar Erklärungen zu geben haben.

Als Kommandant van Heerden sich im Arbeitszimmer anzog, beobachtete er Els vorsichtig von der Seite. Der Wachtmeister tupfte sich ein Wundmittel auf die Nase und spielte mit dem Briefbeschwerer. Als der Kommandant die Hose anhatte, war er zu einigen endgültigen Schlüssen gekommen. Miss Hazelstone hatte ihren Kopf durchgesetzt, und der Kommandant war überzeugt, daß sie höchstwahrscheinlich Fünfpenny getötet hatte. Unglücklicherweise konnte sie, das war ihm klar, nicht auch noch die Polizisten am Haupttor niedergemetzelt haben. Jemand anderer war dafür verantwortlich, und obwohl alle Beweise auf Jonathan Hazelstone deuteten, hatte der Kommandant ihn, kurz bevor die Schießerei begann, auf dem Bett liegen und schlafen sehen. Daraus folgte, wenn Jonathan unschuldig wäre, dann wäre Els der Schuldige. Von dieser Schlußfolgerung zur Frage, wer die Verantwortung zu tragen habe, war es nur ein Schritt. Wer, so würde man fragen, hatte einem gewalttätigen Irren wie Els erlaubt, sich in den Besitz einer mehrläufigen Elefantenbüchse zu bringen, und wer hatte ihm die Erlaubnis gegeben, sie zu benutzen?

Der Kommandant wog, was er Wachtmeister Els im einzelnen schuldig war, und die fürchterlichen Aussichten seiner Karriere gegeneinander ab und kam zu einer schnellen Entscheidung.

»Els«, sagte er ruhig und nahm hinter dem Schreibtisch Platz, »bitte denken Sie gründlich nach, ehe Sie meine nächste Frage beantworten. Und zwar sehr gründlich.«

Wachtmeister Els blickte nervös auf. Den Ton in der Stimme des Kommandanten mochte er nicht.

»Wie spät war es, als Sie gestern nachmittag Ihren Posten am Haupttor verließen?« fuhr der Kommandant fort.

»Ich habe meinen Posten nicht verlassen, Sir«, sagte Els.

Den Kommandanten schauderte. Das war schlimmer als erwartet. Der Idiot war drauf und dran zu behaupten, er sei den ganzen Nachmittag dort geblieben.

»Ich glaube, Sie haben Ihren Posten verlassen, Els«, sagte er. »Tatsächlich weiß ich, daß Sie das getan haben. Und zwar um halb vier, um genau zu sein.«

»Nein, Sir«, sagte Els, »ich wurde abgelöst.«

»Abgelöst?«

»Ja, Sir, von einem langen, schwarzhaarigen Wachtmeister, der seinen Revolver auf dem Revier vergessen hatte.«

»Von einem langen, schwarzhaarigen Wachtmeister, der seinen Revolver auf dem Revier vergessen hatte?« wiederholte der Kommandant langsam und fragte sich, wo die Falle steckte.

»Das stimmt. Das hat er mir jedenfalls erzählt, Sir. Daß er seinen Revolver auf dem Revier vergessen hätte. Er bat mich, ihm meinen zu leihen.«

»Er bat Sie, ihm Ihren zu leihen?«

»Ja, Sir.«

Kommandant van Heerden grübelte über diese Behauptung nach, ehe er weiterfragte. Er mußte zugeben, daß sie sich sehr brauchbar anhörte.

»Würden Sie diesen langen, schwarzhaarigen Wachtmeister wiedererkennen, wenn Sie ihn sähen?« fragte er.

»O ja, Sir«, sagte Els. »Er sitzt unten im Keller.«

»Sitzt unten im Keller. Soso.« Kommandant van Heerden blickte aus dem Fenster und überlegte. Draußen patrouillierte Sergeant de Haen auf einem Parkweg hin und her. Und wie er so auf den Sergeant blickte, dachte der Kommandant, schließlich und endlich könne er vielleicht doch noch eine Verwendung für ihn haben. Er ging ans Fenster und rief.

»Sergeant de Haen«, befahl er, »reinkommen. Marsch, Marsch.«

Einen Augenblick später stand der Sergeant vor dem Schreibtisch des Richters und bereute, daß er den Kommandanten jemals für einen Transvestiten gehalten hatte.

»Wie viele Male habe ich Ihnen gesagt, Sergeant«, sagte der Kommandant streng, »daß ich es nicht dulde, daß meine Männer in schlampigen Uniformen rumlaufen. Gerade auch von Ihnen wird ein Beispiel erwartet. Nun sehen Sie sich Ihre Uniform an, Mann. Das ist ja widerlich. Sie sind eine Schande für die südafrikanische Polizei.«

»Habe mich in Ausübung der Pflicht beschmutzt«, sagte der Sergeant. »Flatternder Geier starb auf mir.«

»Gleich und gleich, Sergeant de Haen, gesellt sich gern«, sagte der Kommandant.

»Sehr komisch, ganz bestimmt, Sir«, sagte der Sergeant unfreundlich.

»Hm«, sagte der Kommandant. »Schön, was mich betrifft, ich finde es unentschuldbar.«

»Ich hatte mir nicht ausgesucht, dort zu stehen.«

»Keine Ausflüchte. Ich hatte mir auch nicht ausgesucht, dort zu sein, wo ich gerade war, aber ich habe Ihrerseits keine Rücksicht auf meine Lage bemerkt, also brauchen Sie auch meinerseits keine zu erwarten. Ziehen Sie sofort diese dreckige Uniform aus. Wachtmeister Els, holen Sie den Gefangenen.«

Während sich der Sergeant auszog, las ihm der Kommandant weiter die Leviten, und als er sich schließlich aus der Uniform gepellt hatte, hatte er eine Menge Dinge über sich erfahren, über die er lieber unaufgeklärt geblieben wäre.

»Und was soll ich Ihrer Meinung nach auf der Fahrt in die Kaserne tragen?« fragte er.

Kommandant van Heerden schob ihm das Gumminachthemd rüber. »Versuchen Sie, ob Ihnen das paßt«, fauchte er.

»Sie erwarten doch nicht etwa, daß ich in diesem Ding hier in die Stadt runterfahre?« fragte de Haen ungläubig. Der Kommandant nickte.

»Was gut ist für das Huhn . . .«, sagte er süffisant.

»Ich laß mich nicht zur Spottfigur der Kaserne machen«, beharrte der Sergeant.

»Niemand wird wissen, wer Sie sind. Denn Sie werden auch das tragen«, und der Kommandant reichte ihm die Haube.

Sergeant de Haen zögerte entmutigt. »Ich weiß nicht . . .«, sagte er.

»Aber ich weiß es, verdammt noch mal«, schrie der Kommandant. »Steigen Sie in diese Sachen. Das ist ein Befehl«, und während der Sergeant seine Wut runterschluckte, sich in die widerlichen Gewänder zwängte und sich fragte, wie er den Auftritt seiner Frau erklären solle, fuhr der Kommandant fort: »Sie sind jetzt inkognito, Sergeant, und vorausgesetzt, Sie halten Ihre Klappe, dann bleiben Sie es auch.«

»Das werde ich weiß Gott bestimmt nicht«, sagte der Sergeant. »Ich bin aus diesen Scheiß Sachen so schnell wieder draußen wie möglich. Ich weiß nicht, wie Sie verdammt noch mal erwarten, daß ich Disziplin bewahre, wenn Sie mich so verflucht lächerlich machen.«

»Unsinn«, sagte der Kommandant. »Diese Haube ist eine perfekte Maske. Sie sollten das doch wissen. Und noch etwas: Sie halten den Mund über das, was Sie gesehen haben, und ich halte meinen über Sie. In Ordnung?«

»So wird's wohl sein müssen.«

In den nächsten fünf Minuten erfuhr Sergeant de Haen, daß

er nie so was wie einen Geier gesehen und Jacaranda Park nicht besucht habe. Er war, so schien es, zu einem Sonderurlaub verreist, um seine kranke Mutter zu besuchen. Daß seine Mutter schon vor zehn Jahren gestorben war, schien keiner Erwähnung wert. Wohl wissend, daß er für den Rest seines Lebens als Gummi-Haenchen bekannt sein würde, wenn er nicht machte, was man ihm sagte, hatte der Sergeant obendrein das Gefühl, daß er sich nicht in der Situation befand, in der er mit dem Kommandanten streiten dürfe.

Der Bischof von Barotseland war zu einem ganz ähnlichen Schluß gelangt. Die ganze Sache sei ein Versehen, und die Polizei werde bald ihren Irrtum entdecken, sagte er sich, als Wachtmeister Els ihn nach oben in das Arbeitszimmer brachte. Erfreut stellte er fest, daß sich der Kommandant in viel freundlicherer Verfassung befand als früher an diesem Tag.

»Sie können ihm die Handschellen abnehmen, Els«, sagte der Kommandant. »Tja, also«, fuhr er fort, als das geschehen war, »wir wollen nur ein kleines Experiment machen. Es geht um diese Uniform.« Er hielt Sergeant de Haens blutbekleckerte Sachen in die Höhe. »Wir haben Grund zu der Annahme, daß der Mann, der für die gestrigen Morde verantwortlich ist, diese Uniform trug. Ich möchte nur, daß Sie sie eben mal anprobieren. Wenn sie Ihnen nicht paßt, und ich glaube nicht eine Sekunde lang, daß sie das tut, steht es Ihnen frei, das Zimmer zu verlassen.«

Zweifelnd besah sich der Bischof die Uniform. Sie war ohne Frage mehrere Nummern zu klein für ihn.

»Da komm ich wohl nicht rein«, sagte er.

»Na, ziehen Sie sie einfach mal an, und dann sehen wir weiter«, sagte der Kommandant aufmunternd, und der Bischof kletterte in die Uniform. In der Ecke stand eine grimmige Gestalt in Nachthemd und Haube und lächelte still in sich hinein. Sergeant de Haen dämmerte es langsam.

Endlich war der Bischof soweit, seine Unschuld zu beweisen.

Die Hose war an die dreißig Zentimeter zu kurz, der Hosenschlitz ließ sich nicht schließen, und die Ärmel der Uniformjacke bedeckten eben seine Ellbogen. Es war deutlich zu sehen, daß er die Uniform niemals getragen hatte. Er konnte sich in dem Ding kaum bewegen.

Frohgestimmt drehte er sich zu dem Kommandanten um. »Da haben Sie's«, sagte er, »ich habe Ihnen ja gesagt, sie würde nicht passen.«

Kommandant van Heerden setzte ihm die Mütze des Sergeanten auf den Kopf, von wo sie jeden Augenblick wieder runterrutschen konnte. Dann trat er zurück und betrachtete ihn anerkennend.

»Nur noch eins«, sagte er. »Wir müssen eine kleine Gegenüberstellung machen.«

Fünf Minuten später stand der Bischof mit zwanzig Polizeibeamten in einer Reihe nebeneinander, und Wachtmeister Els spazierte langsam daran entlang. Um der Wahrscheinlichkeit willen richtete Els es so ein, daß er vor mehreren anderen Männern zögerte, ehe er endgültig vor dem Bischof stehenblieb.

»Das ist der Mann, der mich abgelöst hat, Sir«, sagte er mit Nachdruck. »Den würde ich überall wiedererkennen. Ich vergesse nie ein Gesicht.«

»Sind Sie sich da auch ganz sicher?« fragte der Kommandant.

»Absolut, Sir«, sagte Els.

»Genau, wie ich's mir gedacht habe«, sagte der Kommandant. »Legen Sie dem Dreckskerl Handschellen an.«

Bevor er wußte, was ihm geschah, wurde der Bischof wieder gefesselt und in den Fond eines Polizeiwagens verfrachtet. Neben ihm saß, maskiert und erhitzt, die grimmige Gestalt aus dem Arbeitszimmer.

»Das ist eine Lüge. Das ist ein Versehen«, schrie der Bischof, als sich der Wagen langsam in Bewegung setzte. »Man hat mich reingelegt.«

»Das kann man wohl sagen«, murmelte die Gestalt mit der Haube. Der Bischof sah ihn an. »Wer sind Sie?« fragte er.

»Der Henker«, sagte der maskierte Mann und kicherte. Im Fond des Polizeiwagens schwanden dem Bischof die Sinne.

Auf der Vordertreppe von Jacaranda House erteilte Kommandant van Heerden seine Befehle. Sie waren völlig eindeutig. Suchen Sie Miss Hazelstone, verhaften und bringen Sie sie ins Irrenhaus Fort Rapier. Machen Sie jede tödliche Waffe in Jacaranda House ausfindig und schaffen Sie sie zum Polizeiarsenal. Spüren Sie jedes Stückchen Gummi auf, auch Badematten und Regenmäntel, und bringen Sie sie ins Polizeirevier in Piemburg. Kurz, tragen Sie alle Beweisstücke zusammen, und dann nix wie weg! Nein, die Beulenpest- und Tollwutschilder könnten stehenbleiben. Sie seien sehr brauchbar und deuteten die Gefahren, die Jacaranda Park für Besucher bereithalte, gewissermaßen zurückhaltend an. Von nun an werde Kommandant van Heerden den Fall von einer sicheren Einsatzbasis aus leiten. Sein Hauptquartier befände sich direkt im Piemburger Gefängnis, aus dem Jonathan Hazelstone nicht rauskäme und, wichtiger noch, in das seine Schwester nicht reinkäme. Und schafft mir diese verdammte Injektionsspritze aus den Augen. Er hatte genug Spritzen gesehen, daß es ihm für sein ganzes Leben reichte.

Als die Leute verschwanden, um seine Befehle auszuführen, rief der Kommandant Wachtmeister Els zurück.

»Sehr gut, Els«, sagte er mild, »nur ein einziger kleiner Fehler ist Ihnen unterlaufen.«

»Ein Fehler? Was denn für einer?«

Der Kommandant lächelte. »Es war kein Wachtmeister, der Sie am Haupttor abgelöst hat, es war ein Sergeant.«

»Ja, natürlich, so war's. Jetzt besinne ich mich. Ein Sergeant.«

13

Das Piemburger Gefängnis liegt am Rand der Stadt. Es ist alt und sieht von außen durchaus nicht reizlos aus. Ein Hauch verblichener Macht weht um seine stuckverzierten Mauern. Über dem gewaltigen Eisentor stehen die Worte »Kerker und Gefängnis Piemburg«, und das Tor selbst ist in heiterem Schwarz gestrichen. Auf jeder Seite unterbrechen die Gitterfenster des Verwaltungstrakts die Eintönigkeit der Mauern, deren Zinnen gefällig von schmiedeeisernen Kakteen bekrönt sind, die dem ganzen Gebäude einen leichten Zug ins Gartenbauliche verleihen. Der Besucher in Piemburg, der an dem großen rechteckigen Steinbau vorbeigeht, könnte sich sehr wohl vorstellen, in der Nähe eines riesigen Gemüsegartens zu sein, wären da nicht die Schreie, die oft und anhaltend über die ornamentale Eisenkonstruktion herüberdringen und die Vermutung nahelegen, daß etwas Gefräßigeres als eine *Dionae muscipula* sich über einem Opfer geschlossen hat.

Drinnen ist der Eindruck weniger irreführend. Als das Gefängnis 1897 von Sir Theophilus eröffnet wurde, gratulierte der Vizekönig in seiner Rede zur Enthüllung des Auspeitschplatzes dem Architekten dazu, »in diesem Gebäude ein Gefühl der Sicherheit zum Ausdruck gebracht zu haben, wie es in der heutigen Welt schwer zu finden ist«, eine Feststellung, die, da sie von einem Manne kam, in dem ein Gefühl der Unsicherheit so offenkundig zutage trat, für sich selbst sprach. Sir Theophilus' Begeisterung wurde von den meisten Leuten, die das Piemburger Gefängnis betraten, nicht geteilt. In ganz Südafrika wegen der

Strenge seines Vorstehers, Direktor Schnapps, berüchtigt, besaß es den Ruf, ausbruchssicher zu sein und die wenigsten Rückfälle zu haben.

Wenn das Gefängnis schon ausbruchssicher war, dann war es der Hochsicherheitstrakt erst recht. Dieser Trakt war gleich neben der Hinrichtungsbaracke errichtet worden, die den passenden Spitznamen »Kopf« trug, duckte sich halb unter die Erde und war unter dem Namen »Hintern« bekannt.

Der Bischof fand an dem Namen nichts auszusetzen. »Das merke ich, daß man mir an den Hintern will«, sagte er zu dem Wärter, der ihn in seine winzige Zelle stieß. »Das muß man mir nicht erst sagen.«

»Ich könnte Ihnen noch ein paar andere Dinge erzählen«, sagte der Gefängniswärter durch das Türgitter.

»Das bezweifle ich nicht«, sagte der Bischof rasch. Sein Erlebnis mit dem Maskierten in dem Polizeiwagen hatte ihn gelehrt, keine unnötigen Fragen zu stellen.

»Ich habe diese Zelle immer für Mörder reserviert«, fuhr der Wärter fort. »Sie liegt hübsch nahe zu der Tür, nicht wahr?«

»Ich hätte gedacht, das wäre ein Nachteil bei Gefangenen, die so triftige Gründe haben zu fliehen«, sagte der Bischof, der sich mit dem Gedanken abfand, ein obligater Zuhörer sein zu müssen.

»O nein. Sie sind nicht entkommen. Von hier aus war's halt leicht, sie rüber zum ›Kopf‹ zu schaffen. Wir scheuchten sie den Gang entlang und die Treppe rauf, und weg waren sie, ehe sie's wußten.«

Der Bischof war erleichtert, als er das hörte. »Es freut mich, daß Sie eine so starke Betonung auf die Vergangenheit legen«, sagte er. »Ich schließe daraus, daß schon einige Zeit niemand mehr gehenkt worden ist.«

»Schon zwanzig Jahre nicht mehr. Das heißt, hier in Piemburg. Heute hängen sie sie alle in Pretoria. Den einzigen Spaß im Leben haben sie einem genommen.«

Der Bischof sann gerade über die Trostlosigkeit eines Lebens nach, in dem das Hängen ein Spaß war, als der Wärter fortfuhr: »Wohlgemerkt, in Ihrem Fall ist das ja anders. Sie sind ein Hazelstone und haben gewisse Vorrechte«, sagte der Wärter neidisch.

Einmal in seinem Leben war der Bischof dankbar dafür, ein Hazelstone zu sein. »Inwiefern denn?« fragte er hoffnungsvoll.

»Sie haben das Recht, in Piemburg gehenkt zu werden. Das hat irgendwas mit Ihrem Großvater zu tun. Weiß nicht, was, aber ich kuck mal, ob ich das für Sie rauskriege«, und damit ging er den Korridor hinunter, und der Bischof saß da und verfluchte sich, weil er schon wieder eine törichte Frage gestellt hatte. Als er in seiner Zelle hin und her stiefelte, hörte er draußen Fahrzeuge ankommen, und als er durch das winzige Gitterfenster nach draußen spähte, sah er, daß der Kommandant eingetroffen war.

Der Kommandant war zur Vorsicht in einem Schützenpanzer von Jacaranda House heruntergekommen und war eifrig dabei, Direktor Schnapps zu erklären, daß er sein Büro übernähme.

»Das können Sie nicht«, protestierte der Direktor.

»Das kann und werde ich«, sagte der Kommandant. »Habe Ausnahmebefugnisse. Also dann, wenn Sie so reizend wären, mir zu zeigen, wo Ihr Büro ist, lasse ich mein Feldbett reinschaffen, und wir können uns an die Arbeit machen.«

Und während der Direktor einen Beschwerdebrief nach Pretoria schrieb, richtete sich der Kommandant in Schnappsens Büro ein und ließ Wachtmeister Els kommen.

»Wo ist Luitenant Verkramp?« fragte er. »Das möchte ich wirklich mal wissen.«

Ausnahmsweise war Wachtmeister Els einmal besser informiert. »Er liegt im Krankenhaus«, sagte er. »Wurde oben am Haupttor verwundet.«

»Der Kerl hat ihn wohl getroffen, oder? Er verdient einen Orden.«

Els staunte. Was er von Luitenant Verkramps Mut mitgekriegt hatte, schien ihm keinen Orden zu verdienen.

»Wer? Verkramp?« fragte er.

»Nein, natürlich nicht. Der Kerl, der auf ihn geschossen hat.«

»Er hat keine Kugel abgekriegt«, sagte Els. »Stürzte sich in einen Graben.«

»Typisch«, sagte der Kommandant. »Na egal, ich möchte, daß Sie hinfahren und ihn aus dem Krankenhaus holen. Sagen Sie ihm, er muß den Gefangenen verhören. Ich will ein volles Geständnis, und zwar schnell.«

Wachtmeister Els zögerte. Es lag ihm nicht viel daran, seine Bekanntschaft mit dem Luitenant zu erneuern.

»Er wird von mir keine Befehle annehmen«, sagte er. »Außerdem hat er sich vielleicht ernsthaft verletzt, als er in den Graben fiel.«

»Ich wollte, ich hätte Ihren Optimismus, Els«, sagte der Kommandant, »aber das bezweifle ich. Der Schweinehund simuliert doch bloß.«

»Warum ihn nicht dort lassen, wo er ist? Es macht mir nichts aus, aus dem Gefangenen ein Geständnis rauszuholen.«

Der Kommandant schüttelte den Kopf. Der Fall war zu wichtig, als daß man ihn sich von Els mit seinen gräßlichen Methoden verhunzen lassen durfte.

»Sehr freundlich von Ihnen, sich anzubieten«, sagte er, »aber ich denke, wir überlassen den Fall Luitenant Verkramp.«

»Das wirst du noch bedauern«, dachte Els, als er losfuhr, um Verkramp aus dem Krankenhaus zu holen.

Er traf den Luitenant an, als der gerade auf dem Bauch liegend Nahrung durch einen Strohhalm aufnahm. Verkramps Rücken, so schien es, machte es ihm unmöglich, in irgendeiner anderen Lage zu essen.

»Na?« fragte er mürrisch, als Wachtmeister Els sich bei ihm melden ließ. »Was wollen Sie?«

»Wollte bloß mal sehen, wie's Ihnen geht«, sagte Els taktvoll.

»Das sehen Sie ja, wie's mir geht«, antwortete Verkramp und betrachtete mißbilligend Elsens dreckige Stiefel. »Ich bin schwer verwundet.«

»Das merke ich«, sagte Els, dankbar, daß der Luitenant sein Gesicht nicht sehen konnte. Jetzt bereute er, in den Graben hinuntergesehen zu haben. »Hat Sie am Rücken erwischt,was?«

»Ging von hinten auf mich los«, sagte der Luitenant, der die Unterstellung nicht mochte, daß er wohl gerade versucht habe, Reißaus zu nehmen.

»Übel. Sehr übel. Na, da werden Sie ja mit Freuden hören, daß wir den Scheißkerl haben. Der Kommandant will, daß Sie mit seinem Verhör sofort beginnen.«

Verkramp erstickte fast an seinem Strohhalm. »Was will er?« schrie er die Stiefel des Wachtmeisters an.

»Er sagt, Sie sollen sofort kommen.«

»Also, sagen kann er, was er will, aber ich rühr mich nicht vom Fleck. Außerdem«, setzte er hinzu, »würden mich die Ärzte gar nicht lassen.«

»Hätten Sie was dagegen, es ihm selber zu sagen?« fragte Els. »Er wird es mir nicht glauben.«

Schließlich wurde dem Luitenant ein Telefon ans Bett gebracht, und der Kommandant hatte ein Wörtchen mit ihm zu reden. Es war vielleicht etwas mehr als bloß ein Wörtchen, und Luitenant Verkramp war schließlich überzeugt, daß er sich zum Dienst zurückzumelden habe. Angesicht der Drohung, wegen Feigheit, wegen Fahnenflucht im Angesicht des Feindes und wegen Unfähigkeit, weil er es zugelassen habe, daß einundzwanzig Polizeibeamte unter seinem Kommando über die Klinge springen mußten, vor ein Kriegsgericht gestellt zu werden, konnte er wohl kaum viel unternehmen, um im Krankenhaus zu bleiben. Verkramp war sehr schlecht gelaunt und alles in allem nicht ganz klar im Kopf, als er im Gefängnis eintraf, um Jonathan Hazelstone zu vernehmen.

Er war wohl kaum schlechter gelaunt als Kommandant van Heerden. Nach einem kurzen Anfall von Optimismus darüber, daß der Fall nun so gut wie abgeschlossen sei, da der Gefangene im »Hintern« saß, war der Kommandant einem Zustand äußersten Pessimismus erlegen, als er erfuhr, daß Miss Hazelstone noch immer auf freiem Fuße sei. Seit sie Jacaranda Park verlassen hatte, war sie nicht mehr gesehen worden. Den Polizei-Landrover hatte man verlassen aufgefunden, aber von Miss Hazelstone gab es keine Spur, und wenn der Kommandant auch ziemlich sicher war, daß sie nicht ins Gefängnis einbrechen werde, um ihre Bekanntschaft zu erneuern, so hatte er doch keinen Zweifel, daß das, was sie draußen vielleicht anstellte, ebenso geeignet wäre, seine Zukunft zu gefährden.

Vor allen Dingen konnte er es sich nicht leisten, sie in der Gegend rumlaufen und Hinz und Kunz erzählen zu lassen, daß sie ihn in einem rosa Gumminachthemd auf ein Bett gebunden habe und er nicht Manns genug gewesen sei, sich eine Spritze geben zu lassen. Er tröstete sich gerade mit dem Gedanken, daß Miss Hazelstones Freundeskreis ja doch ziemlich exklusiv sei, als er sich erinnerte, daß die Familie Hazelstone neben anderen Aktiva wie Goldminen auch die Piemburger Zeitung besaß, deren Chefredakteur der Polizei nie viel Achtung bewiesen hatte. Kommandant van Heerden hatte nicht die geringste Lust, als Stoff für den *Natal Chronicle* zu dienen, und der Gedanke an Schlagzeilen wie: »Das winzige Piekerchen. Kommandant in Gumminachthemd sagt nein zur Nadel« ließ sein Blut erstarren.

Er gab Anweisungen, auf allen Straßen, die aus Piemburg hinausführten, Straßensperren zu errichten und die Häuser aller Freunde Miss Hazelstones zu durchsuchen. Jedes Hotel und jede Pension in der Stadt seien zu überprüfen, und Zivilbeamte hätten sich in den Geschäften unter die Leute zu mischen. Schließlich gab der Kommandant den Befehl, Plakate anzuschlagen, auf denen für Hinweise, die zur Verhaftung von Miss Hazelstone führten, eine hohe Belohnung ausgesetzt wurde, um jedoch Vorkehrungen dagegen zu treffen, daß Miss Hazelstones Geständnisse etwa die Öffentlichkeit erreichten, nahm er all seinen Mut zusammen und verließ den Schutz des Gefängnisses, um dem Chefredakteur des *Natal Chronicle* persönlich einen Besuch zu machen.

»Ich handle unter Ausnahmerecht«, sagte er dem Mann, »und ich ordne hiermit an, nichts zu veröffentlichen, was Miss Hazelstone für Sie schreiben sollte. Im Gegenteil, sollten Sie von ihr einen Artikel bekommen, dann haben Sie ihn ungelesen an mich weiterzuleiten«, und der Chefredakteur war davongeeilt, um Miss Hazelstones Beitrag für die Frauenseite der nächsten Nummer mit dem Titel: »Wie verwandelt man einen Zulu-Kral in ein Landhäuschen« zu streichen. Er las ihn durch, um zu sehen, ob er irgend etwas Subversives enthalte, aber außer der Empfehlung, für lose Kissenbezüge Lastex zu verwenden, konnte er nichts Ungewöhnliches darin entdecken. Und sowieso hatte er alle Hände voll zu tun, um herauszufinden, wie viele Opfer Beulenpest und Tollwut schon gefordert hatten, von denen die Gemeinde offenbar befallen war. Nach allem, was er hatte feststellen können, waren die einzigen, die Symptome von Tollwut zeigten, die Leute von der Piemburger Polizei.

Die ganze Nacht und den folgenden Tag ging die Suche nach Miss Hazelstone weiter. Hunderte von Kriminalbeamten durchstreiften die Stadt oder hingen unentschlossen in Geschäften rum und machten den Ladendetektiven, die nach Ladendieben Ausschau hielten, das Leben schwer. Eine Reihe älterer Damen fand sich plötzlich in Handschellen wieder, woraufhin sie schleunigst in Polizeiwagen in die Nervenklinik Fort Rapier geschafft wurden, wo mehrere von ihnen mit Nervenzusammenbrüchen als Folge ihres Erlebnisses gleich dabehalten wurden.

Auf den Straßen, die aus Piemburg herausführten, warteten stundenlang Auto- und Lastwagenschlangen, während Polizisten sorgfältig jedes Fahrzeug durchsuchten. Besonders lästige Verzögerungen gab es auf der Straße nach Durban, wo die LKWs durchstöbert werden mußten, die die Fleischabfälle vom Schlachthof zur Fleischkonservenfabrik Jojo für Hunde- und Dienstbotennahrung transportierten. Da Kommandant van Heerden seinen Männern eingeschärft hatte, jeden Quadratzentimeter jedes einzelnen Fahrzeugs zu untersuchen, ganz egal, wie unwahrscheinlich es ihnen als Versteck erscheine, und da die Jojo-LKWs 25 Tonnen Schweinehirn, Ochsenkutteln und die ungenießbaren, doch zweifellos nahrhaften Innereien jedes nur denkbaren kranken Tieres geladen hatten, das sein Teil zu dem Motto »Mit Leber und Liebe« beitrug, mit dem die Firma Jojo Hunde und schwarze Dienstboten umwarb, hatten sich die Männer am Kontrollpunkt an der Straße nach Durban erheblich herumzumühen, um absolut sicherzustellen, daß Miss Hazelstone nicht in dem ekelhaften Kuddelmuddel versteckt war, das ihnen jedesmal entgegenlachte, wenn sie einen der Lastwagen anhielten. Die Insassen der Autos, die sich dahinter stauten, wunderten sich, wenn sie sahen, daß Polizisten, die lediglich mit Badehose, Maske und Schnorchel ausgerüstet waren, auf die Jojo-LKWs stiegen und in den halbflüssigen Fleischmassen verschwanden, die so gewaltig waren, daß es selbst dem toten und von niemandem betrauerten Geier den Appetit verschlagen hätte. Wenn die Polizisten dann schließlich von ihrer langen, ergebnislosen Suche wiederauftauchten, boten sie einen Anblick, der den Bürgern von Piemburg schwerlich das beruhigende Gefühl gab, die Polizei kümmere sich um ihre Interessen, und so mancher Autofahrer, der sich mit der Aussicht konfrontiert sah, so eingehend durchsucht zu werden, beschloß, die Reise lieber aufzugeben und friedlich nach Hause zu fahren. Denen aber, die blieben, wurden von halbnackten, blutverschmierten Polypen, die in ihre Autos geklettert kamen und unter den Sitzen und in den Handschuhfächern nach der unauffindbaren Miss Hazelstone herumstöberten, die Polster derart verdreckt, daß sie nie wieder zu reinigen waren.

In der Zwischenzeit wurden die Häuser von Miss Hazelstones Freunden mit gleicher Sorgfalt durchsucht, und eine ganze Reihe von Leuten, die sich einer Bekanntschaft rühmten, der sie sich nie erfreut hatten, kam zu dem Schluß, daß Miss Hazelstones Freundschaft einige unangenehme Folgen mit sich bringe, von denen die, im Verdacht zu stehen, einen gesuchten Verbrecher zu verstecken, nicht die geringste war.

Trotz all dieser drastischen Maßnahmen blieb Miss Hazelstone auf freiem Fuß und in fröhlicher Unkenntnis davon, daß sie der Gegenstand einer bis ins kleinste geplanten Menschenjagd war.

Nachdem sie den Polizei-Landrover durch die Tore von Jacaranda Park gesteuert hatte, war sie die Chaussee zur Stadt entlanggefahren, hatte den Wagen in der Hauptstraße abgestellt und war ins Polizeirevier gegangen, um sich freiwillig zu stellen.

»Ich bin Miss Hazelstone aus Jacaranda Park und möchte, daß Sie mich festnehmen«, sagte sie zu dem alten Wachtmeister, der am Schreibtisch Dienst tat und unter uns gesagt einer der postoperativen Fälle war, die auf Kommandant van Heerdens Geheiß zum Dienst zurückgekehrt waren. Obwohl ihm die Gallenblase und der untere Teil seines Darmes fehlten, hatte er dennoch seinen Witz nicht eingebüßt, und er war schon lange genug bei der Polizei, um an die spinnerten Kunden gewöhnt zu sein, die regelmäßig reinkamen, um falsche Geständnisse abzulegen. Er besah sich den alten Herrn in dem lachsrosa Anzug eine Minute lang von Kopf bis Fuß, ehe er antwortete.

»Na klar«, sagte er mit Mitgefühl, »Sie sind also Miss Hazelstone, stimmt's, Sir? Und weswegen möchten Sie verhaftet werden?«

»Ich habe meinen Koch ermordet.«

»Glücklich, wer einen zum Ermorden hat«, sagte der alte Wachtmeister. »Für mich kocht meine Alte, und wenn man nach dem Zustand meiner Innereien gehen kann oder nach dem, was davon übrig ist, dann hat sie jahrelang versucht, mich umzubringen, und es ist bloß den Wundern der modernen Chirurgie zu verdanken, daß sie verdammt noch mal keinen Erfolg gehabt hat. Wissen Sie was«, fuhr er vertraulich fort, »die Chirurgen haben vier Stunden gebraucht, um das ganze verfaulte Zeug wegzuschneiden, was da in mir drin war. Erst schnitten sie mir die Gallenblase raus und dann meinen . . .«

»Ich bin nicht hier, um mit Ihnen über Ihre Gesundheit zu reden«, bellte Miss Hazelstone. »Das ist für mich absolut nicht von Interesse.«

Wachtmeister Oosthuizen fand das gar nicht lustig. »Wenn Sie's so ansehen«, sagte er, »dann wird's wohl so sein. Und jetzt verschwinden Sie.«

Miss Hazelstone hatte nicht die Absicht, sich so leicht abfertigen zu lassen. »Ich bin hier, um wegen Mordes verhaftet zu werden«, beharrte sie.

Wachtmeister Oosthuizen sah von dem Medizinischen Ratgeber hoch, in dem er gerade gelesen hatte. »Sehen Sie mal«, sagte er, »Sie haben mir gerade erzählt, Sie sind an meinem Gesundheitszustand nicht interessiert. Na schön, da bin ich auch nicht an Ihrem Scheiß Geisteszustand interessiert. Also, hauen Sie ab.«

»Soll das heißen, Sie weigern sich, mich zu verhaften?«

Wachtmeister Oosthuizen seufzte. »Ich werde Sie wegen Rumtreiberei verhaften, wenn Sie nicht schnellstens machen, daß Sie wegkommen«, sagte er.

»Gut, deswegen bin ich hier«, sagte Miss Hazelstone und setzte sich auf eine Bank an der Wand.

»Sie gehen mir ganz verflucht auf den Wecker, das kann ich Ihnen sagen. Okay, kommen Sie mit runter zu den Zellen«, sagte er, ging ihr in den Keller voran und sperrte sie ein. »Rufen Sie mich, wenn Sie wieder rauswollen«, sagte er und ging nach oben, um sich weiter über Erkrankungen des Darmtrakts zu bilden. Als er mit seinem Dienst fertig war, war er dermaßen in seine Krankheiten vertieft, daß er dem Wachtmeister, der ihn ablöste, mitzuteilen vergaß, daß sie in der Zelle sitze, und dort saß sie immer noch still und friedlich in ihrem Gummianzug, als er am nächsten Morgen wieder zum Dienst erschien.

Erst gegen Mittag besann er sich, daß der alte Knabe ja noch immer da unten in der Zelle sei, und ging hinunter, um ihn rauszulassen.

»Na, ham Se genug?« fragte er, als er die Tür aufschloß.

»Sind Sie gekommen, um mich zu verhören?« erkundigte sich Miss Hazelstone hoffnungsvoll. Sie hatte sich die ganze Zeit auf den dritten Grad gefreut.

»Ich bin nicht gekommen, um Ihnen Frühstück zu bringen, falls Sie das angenommen haben sollten.«

»Schön«, sagte Miss Hazelstone. »Dann wollen wir gleich weitermachen.«

Wachtmeister Oosthuizen sah sie verblüfft an. »Sie sind ein komischer alter Vogel«, sagte er. »Senil, wenn Sie mich fragen.«

»Und was werden Sie jetzt tun?«

»Sie rausschmeißen«, sagte der Wachtmeister. »Ich laß mir doch nicht das ganze Revier von Ihnen durcheinanderbringen.«

»Ich bin Miss Hazelstone aus Jacaranda Park und werde wegen Mordes gesucht. Es ist Ihre Pflicht, mich zu verhaften.«

»Und ich bin die Königin von England«, sagte Wachtmeister Oosthuizen. »Los, raus hier, ehe Sie mich zur Weißglut bringen.«

»Ich sage Ihnen doch, ich werde wegen Mordes gesucht«, insistierte Miss Hazelstone.

»Sie werden bestimmt nicht gesucht, auch aus anderen Gründen nicht«, sagte der Wachtmeister, griff wieder zu seinem Medizinischen Ratgeber und vertiefte sich in das Kapitel »Gynäkomastie«.

Miss Hazelstone versuchte, ihn endlich zur Vernunft zu bringen. »Was muß ich tun, damit ich verhaftet werde, wenn Sie mich nicht wegen Mordes verhaften wollen?« fragte sie.

»Versuchen Sie vielleicht zunächst mal, mit'm Nigger zu vögeln«, schlug der Wachtmeister vor. »Normalerweise wirkt das Wunder.«

»Aber genau das habe ich ja die letzten acht Jahre getan«, sagte Miss Hazelstone.

»Sehn Se zu, daß Se Land gewinnen. Ich glaube nicht, daß Sie die Knete dazu haben«, war alles an Antwort, was sie bekam, und mit der abschließenden Bemerkung, sie sehe aus, als habe sie Gynäkomastie, was, wie Wachtmeister Oosthuizen gerade gelernt hatte, eine ungewöhnliche Entwicklung der Brüste beim Mann war, wandte er sich wieder seinem Buch zu.

»Wenn Sie mich nicht verhaften wollen, verlange ich, daß Sie mich nach Hause fahren«, sagte Miss Hazelstone.

Wachtmeister Oosthuizen wußte, wann er einzulenken hatte. »Wo wohnen Sie?« fragte er.

»Jacaranda Park, natürlich«, sagte Miss Hazelstone.

»Klar, das hätte ich wissen müssen«, sagte der Wachtmeister und brachte sie, froh, sie endlich loszuwerden, hinaus auf den Hof des Polizeireviers. »Fahren Sie den alten Herrn rauf nach Jacaranda Park«, sagte er zu dem Fahrer des Polizeiwagens, der gerade hinausfahren wollte, und so wurde Miss Hazelstone mit der Schnelligkeit und Ehrerbietung, die sie gewohnt war, zum Tor von Jacaranda Park gebracht und dort abgesetzt. Aus naheliegenden Gründen wurde der Wagen an den Polizeikontrollen nicht angehalten.

14

Als Luitenant Verkramp aus dem Krankenhaus eintraf, um mit dem Verhör des Gefangenen zu beginnen, wartete Kommandant van Heerden bereits auf ihn. Verkramp humpelte in das Direktionsbüro, um sich zum Dienst zu melden.

»Ich bin ein kranker Mann«, sagte er verdrießlich. »Die Ärzte wollten nicht, daß ich das Krankenhaus verlasse.«

»Ganz recht, Luitenant«, sagte der Kommandant aufgeräumt, »ganz recht. Aber jetzt, wo Sie schon mal hier sind, wollen wir keine Zeit verlieren. Ich brauche Ihre Hilfe.«

»Worum geht's denn diesmal?« fragte Verkramp. Immer brauchte Kommandant van Heerden seine Hilfe, aber es war das erste Mal, solange er ihn kannte, daß er das offen zugab.

»Ich habe hier die Akte der Familie Hazelstone«, sagte der Kommandant. »Sie enthält auch die Sicherheitsberichte, die Sie an BOSS geschickt haben. Ich habe sie durchgelesen, und ich muß sagen, Luitenant, Sie haben mehr Weitsicht bewiesen, als ich Ihnen zugetraut hätte.«

Luitenant Verkramp lächelte. Noch nie hatte der Kommandant so mit Schmeicheleien um sich geworfen.

»Sie schreiben hier«, fuhr der Kommandant fort und tippte auf den Bericht, »daß die Hazelstones für ihre linksradikalen und kommunistischen Neigungen bekannt sind. Ich wüßte gerne, wie Sie darauf gekommen sind.«

»Jedermann weiß, daß das Marxisten sind«, sagte Verkramp.

»Ich nicht«, sagte der Kommandant, »und ich würde gerne wissen, wieso Sie das wissen.«

»Also, zum Beispiel ist Miss Hazelstones Neffe an der Universität.«

»Macht aus ihm noch keinen Kommy.«

»Er glaubt an die Evolution.«

»Hm«, sagte der Kommandant unschlüssig. Er wußte, das war eine subversive Lehre, aber da er Els kannte, erschien sie ihm unwiderlegbar.

»Was noch?« fragte er.

»Ich hab mir mal ihre Bibliothek angesehen. Sie ist voll mit kommunistischer Literatur. Da stehen *Das rote Siegel, Black Beauty*, die gesammelten Werke von Dostojewski, sogar Bertrand Russells verbotenes Buch *Warum ich kein Christ bin*. Ich sage Ihnen, alles gefährliche Bücher.«

Kommandant van Heerden war beeindruckt. Offenbar hatte Verkramp sich genauer mit der Angelegenheit befaßt, als er sich das vorgestellt hatte. »Das scheint mir recht überzeugend«, sagte er. »Wie steht's mit dem Bruder, Jonathan Hazelstone? Sie schreiben hier, er hätte ein Strafregister.«

»Das stimmt. Er lebt in Rhodesien und hat 'ne Zeit gesessen.«

»Er sagt, er wäre Bischof.«

»Er kann sagen, was ihm verdammich gefällt«, sagte Verkramp. »Das ändert nichts an den Tatsachen. Ich habe sie von der rhodesischen Polizei nachprüfen lassen. In der Akte finden Sie das Telegramm, das sie geschickt haben.«

Kommandant van Heerden zog das Telegramm hervor. »Ich komm damit nicht zu Rande«, sagte er. »Es ist chiffriert oder so was. Lesen Sie's doch mal«, und er reichte Verkramp das Telegramm.

Der Luitenant nahm die Hieroglyphen in Augenschein. »Das ist doch ganz klar«, sagte er schließlich. »Jonathan Hazelstone 2 Jre Bezirk Bulawayo 3 Jre Amt Barotse zu gegenwrt Synode 3 Wchn Stift Umtali. Jeder Idiot versteht das«, sagte er.

»Ich aber nicht«, schnappte der Kommandant zurück. »Sagen Sie mir, was drinsteht.«

Verkramp seufzte. Das kam davon, wenn man einen ungebildeten Kommandanten hatte.

»Es ist ganz einfach. Er hat zwei Jahre im Bezirksgefängnis von Bulawayo gesessen, weil er ein Haus angezündet hat. Drei Jahre hat er gekriegt, weil er einen Barotse-Eingeborenen umgebracht hat, der gerade ein Nickerchen machte, und drei Wochen saß er in Umtali wegen Anstiftung einer Synode.«

Kommandant van Heerden dachte einen Moment lang nach. »Was ist denn eine Synode?« fragte er.

»Sie haben doch sicher schon mal was von Syndikaten gehört, oder? Das sind Betrüger und Schwindler. Die stiften die Leute an, sündhaftes Geld für falsche Aktien und solche Sachen auszugeben.«

»Ach, so was ist das? Man sollte meinen, dafür hätten sie ihm mehr als drei Wochen aufbrummen können. Aber schließlich hat er drei Jahre für den Mord an dem Niggerjungen gekriegt, das war ja wiederum ganz schön gepfeffert«, sagte der Kommandant, der mit Erleichterung feststellte, daß er den richtigen Mann gefaßt hatte. Für ihn gab es jetzt keinen Zweifel mehr, daß er den Fall abschließen konnte. Ein Mann, der einen Barotse meuchelte, während der arme Hund schlief, würde wohl kaum zögern, wenn es darum ging, einen Zulu-Koch umzulegen.

»Na schön, alles, was wir jetzt noch brauchen, ist ein hübsches kleines Geständnis«, sagte er. »Ich erwarte von Ihnen, daß es morgen früh auf meinem Schreibtisch liegt.«

Luitenant Verkramp zuckte die Schultern. »Wenn Sie's so schnell haben wollen, bitten Sie am besten Els darum. Nach meiner Methode muß der Gefangene mindestens drei Tage lang am Schlafen gehindert werden, und bei einem so hartgesottenen Profi wie diesem Kerl wird es schon länger dauern.«

»Ich kann Els nicht fragen. Wir können es uns nicht leisten, daß ein Hazelstone ohne Zehennägel und mit Hoden so groß wie Kürbissen in den Gerichtssaal gehumpelt kommt. Denken Sie mal, was die Verteidigung daraus machen würde. Überlegen

Sie sich das doch mal. Nein, das Verhör muß mit aller Umsicht über die Bühne gehen, und deshalb beauftrage ich Sie, es durchzuführen«, sagte er, indem er seine Zuflucht beim Schmeicheln suchte. »Machen Sie mit ihm, was Sie wollen, aber sehen Sie zu, daß er noch in einem Stück ist, wenn Sie fertig sind.«

Mit dieser *carte blanche* hob der Kommandant die Unterredung auf und bestellte sich sein Abendessen.

Im Hochsicherheitstrakt gab es kein Abendessen für Jonathan Hazelstone, und wenn, dann wäre fraglich gewesen, ob er viel Appetit darauf gehabt hätte. Er hatte gerade von dem alten Wärter erfahren, wie es dazu gekommen war, daß er das ungewöhnliche Vorrecht hatte, sich im »Kopf« hängen zu lassen.

»Es hat etwas mit dem zu tun, was Ihr Großvater in seiner Rede sagte, als er das Gefängnis eröffnete«, erzählte ihm der Wärter. »Er sagte, er wolle, daß man den Galgen schön in Ordnung hält, falls ihn seine Familie mal benutzen will.«

»Ich bin sicher, er meinte es gut«, sagte der Bischof bekümmert und wunderte sich über das schreckliche Erbe, das sein Großvater der Familie hinterlassen hatte.

»Ihr Vater, der selige Herr Richter, der war ja ein großer Freund vom Galgen. Wie viele Leute, die ihre Henkersmahlzeit in der Zelle bekommen haben, in der Sie jetzt sind, haben mir nicht erzählt, sie wären sicher, so frei davonzukommen wie der Wind, und Gott verdammich, wenn Ihr alter Herr nicht hinging, sich die schwarze Kappe aufsetzte und sie verurteilte.«

»Den Ruf meines Vaters habe ich immer bedauert«, sagte der Bischof.

»Darüber würde ich mir jetzt keine Gedanken machen«, sagte der Wärter. »Der Galgen würde mich viel mehr zum Schwitzen bringen, wenn ich in Ihrer Haut steckte.«

»Ich habe alles Zutrauen in die Untadeligkeit des Gerichts«, sagte der Bischof.

»Er ist schon zwanzig Jahre nicht mehr benutzt worden«, fuhr der Wärter fort, »er funktioniert nicht zuverlässig.«

»Nein?« fragte der Bischof. »Ist das nicht ungewöhnlich?«

»Die Totenuhr steckt drin. Man kann von Glück reden, wenn man lebend die Stufen raufkommt, wenn Sie mich fragen«, sagte der Wärter und schlurfte durch den Gang davon, um Luitenant Verkramp und Wachtmeister Els in den Sicherheitstrakt hineinzulassen. Das Verhör sollte jeden Augenblick beginnen.

Obwohl er noch immer die Folgen seiner Verletzungen spürte, war Luitenant Verkramp entschlossen, bei dem Gefangenen lediglich die südafrikanischen Standardmethoden anzuwenden.

»Ich schmier ihm Honig ums Maul«, sagte er zu Wachtmeister Els, »und gebe ihm das Gefühl, ich hätte Mitleid, und Sie können der Unnachsichtige sein und ihm drohen.«

»Darf ich die Elektroschock-Maschine benutzen?« fragte Els begierig.

»Er ist zu wichtig dafür«, sagte Verkramp, »und außerdem sollen Sie ihn nicht zu kräftig in die Mangel nehmen.«

»Was werden wir denn da machen?« fragte Els, der sich einfach nicht vorstellen konnte, wie man ohne ein bißchen Gewaltanwendung aus einem Unschuldigen ein Geständnis herausholen sollte.

»Halten Sie ihn wach, bis er umfällt. Das hat meines Wissens noch nie versagt.«

Luitenant Verkramp nahm hinter dem Schreibtisch Platz, befahl, den Gefangenen hereinzuführen, und setzte eine Miene auf, von der er meinte, sie ströme verständnisvolle Anteilnahme aus. Als der Bischof das Zimmer betrat, machte der Gesichtsausdruck des Luitenants auf ihn lediglich den Eindruck gequälter und bösartiger Feindseligkeit. In den folgenden Stunden erwies sich dieser erste Eindruck als womöglich noch zu optimistisch. Luitenant Verkramps Bemühungen, verständnisvolle Anteilnahme auszustrahlen, erweckten im Bischof die Überzeugung, mit einem sadistischen Homosexuellen, der an einer Überdosis starker Halluzinogene litt, allein in einen Raum gesperrt zu sein. Nichts sonst hätte ihm weder die merkwürdigen Vorschläge, die ihm der Luitenant machte, erklären können, noch die verdrehten Darstellungen seines Lebens, die er auf das Geheiß Verkramps hin bestätigen sollte. Alles, was der Bischof seiner Vorstellung nach getan hatte, wurde, durch die Augen Verkramps betrachtet, zu etwas vollkommen Entgegengesetztem.

Er sei zum Beispiel in Cambridge kein Student der Theologie gewesen. Vielmehr sei er, so erfuhr er, von einem Mann, den er einmal für einen führenden Professor des Anglo-Katholizismus gehalten hatte, der aber allem Anschein nach ein in Moskau geschulter Theoretiker war, in marxistisch-leninistischer Theorie unterwiesen worden. Und während sich die Stunden hinschleppten, wurde des Bischofs schwächliches Verhältnis zur Wirklichkeit noch schwächlicher. Alle Illusionen, die er ein Leben lang genährt hatte, entschwanden ihm und wurden durch neue Gewißheiten ersetzt, denen er auf Geheiß seines wahnsinnigen Fragestellers zuzustimmen hatte.

Als sie schließlich bei den Ereignissen des vergangenen Tages ankamen, war der Bischof, der seit sechsunddreißig Stunden nichts mehr gegessen und sechs Stunden lang mit erhobenen Händen dagestanden hatte, zuzugeben bereit, daß er die gesamte südafrikanische Polizei habe ermorden wollen; falls er das gestände, solle ihm erlaubt werden, sich für fünf Minuten hinzusetzen.

»Ich schoß sie mit einem mehrläufigen Raketenwerfer nieder, den ich vom chinesischen Konsul in Daressalam erhielt«, wiederholte er langsam, während Verkramp das Geständnis niederschrieb.

»Gut«, sagte der Luitenant endlich, »das hört sich ja recht überzeugend an.«

»Das freut mich zu hören. Wenn es Ihnen jetzt nichts ausmacht, hätte ich gern etwas Zeit, um über meine Zukunft nachzudenken«, sagte der Bischof.

»Ich glaube, das können Sie ruhigen Gewissens uns überlassen«, sagte der Luitenant. »Es gibt jetzt nur noch eine Sache, die ich klargestellt wissen möchte. Warum haben Sie den Koch Ihrer Schwester erschossen?«

»Ich entdeckte, daß er ein CIA-Agent war«, sagte der Bischof, der mittlerweile die Richtung kannte, in der Verkramps Gehirn funktionierte. Schon lange hatte er begriffen, daß es keinen Zweck hatte, sich mit dem Mann anzulegen, und da Verkramps Phantasie sich offensichtlich an Spionagekrimis orientierte, meinte der Bischof, das sei die Sorte Erklärung, die er schlucken würde.

»Ach, wirklich?« sagte Verkramp und machte sich im Geiste eine Notiz, doch mal allen Piemburger Köchen auf den Zahn zu fühlen, um rauszukriegen, wie viele noch im Sold der Amerikaner stünden. Als Verkramp endlich mit ihm fertig war, war der Bischof zu dem Schluß gekommen, seine einzige Hoffnung, der Hinrichtung auf dem Schafott zu entgehen, das ihm sein Großvater vererbt hatte, sei, sich ein Geständnis aus den Fingern zu saugen, das so absurd sein müßte, daß es vom Richter entweder abgelehnt werde oder ihm die Möglichkeit einräume, auf Schwachsinn zu plädieren. »Wenn ich schon gehängt werde, dann soll es sich wenigstens lohnen«, dachte er, als Els kam, um das Verhör fortzusetzen. Der Wachtmeister fragte sich im stillen, was für neue Verbrechen Hazelstone wohl zu der langen Liste, die er bereits gestanden hatte, noch hinzufügen könne. Wachtmeister Els war so frei, ihm einige vorzuschlagen.

»Ich habe gehört, Sie möchten, daß wir rumlaufen und Nigger heiraten«, fing Els an. Er wußte, er solle einen Kommunisten verhören, und alles, was er von Kommunisten wußte, war, daß sie wollten, daß Weiße und Schwarze heirateten.

»Ich kann mich nicht erinnern, öffentlich dafür eingetreten zu sein«, sagte der Bischof vorsichtig.

»Das würden Sie vermutlich auch nicht öffentlich tun«, sagte Els, dessen Eintreten für den Geschlechtsverkehr mit Schwarzen immer in strengster Vertraulichkeit stattgefunden hatte. »Dafür könnten Sie verhaftet werden.«

Der Bischof war verdutzt. »Wofür?« fragte er.

»Dafür, öffentlich in eine schwarze Frau einzutreten. Und wie sieht's im geheimen aus?«

»Es ist wahr, ich habe der Angelegenheit einige Aufmerksamkeit geschenkt.«

»Los, geben Sie's zu. Sie haben nicht bloß daran gedacht. Sie haben's auch getan.«

Der Bischof fand nicht viel Böses daran, das zuzugeben. »Na ja, ein- oder zweimal regte ich die Sache an. Ich brachte sie bei Treffen des Gemeindekirchenrats zur Sprache.«

»Bei Treffen, wie?« sagte Els. »'ne Art Rudelbums, was?«

»So könnte man's wohl ansehen«, sagte der Bischof, der diesen Ausdruck noch nie gehört hatte.

Els guckte ihn durchtrieben an. »Sie sehen's wohl auch anders an?«

»Ich sehe die Sache ganz normal, offen und aufrecht an, von Mann zu Mann«, sagte der Bischof, der sich fragte, was das alles mit der Ermordung von Polizisten zu tun habe.

Für Wachtmeister Els war es schwierig, sich vorzustellen, wie man das von Mann zu Mann ansehen und es gleichzeitig auch noch normal nennen konnte.

»Ich gehe nicht darum herum wie das Kätzchen um den heißen Brei.«

»Das braucht man bei Männern wohl auch nicht«, stimmte Els zu.

»Ach, auch Frauen waren anwesend«, sagte der Bischof. »Das ist eine Sache, bei der die Ansicht einer Frau oft hilft.«

»Das kann man wohl sagen.«

»Komischerweise fand ich, daß die Frauen empfänglicher für diese Gedanken sind als die Männer.«

»Das würde ich eigentlich auch meinen.«

»Natürlich ist das etwas, worauf die meisten nicht gleich beim ersten Mal voll eingehen. Ich bringe es ihnen nach und nach bei, aber sie sehen ein, daß andersherum viel dafür spricht.«

»Jungejunge«, sagte Els, »Sie müssen aber ein paar nette Treffen erlebt haben.«

»Ich hoffe, ich langweile Sie nicht«, sagte der Bischof hoffnungsfroh.

»Sex langweilt mich nie«, sagte Els.

»Haben Sie was dagegen, wenn ich mir einen Stuhl nehme?« fragte der Bischof spontan, um Elsens Interesse auszunutzen.

»Bedienen Sie sich.« Els konnte von den Geschichten des Bischofs über Rudelbumse und ähnliche Perversitäten den Kanal nicht vollkriegen.

»Also«, sagte der Bischof, als er sich gesetzt hatte, »wo war ich stehengeblieben?«

»Sie erzählten mir grade, wie es die Frauen andersrum lieben«, sagte Els.

»Ach, wirklich?« sagte der Bischof. »Wie sonderbar. Das wußte ich ja gar nicht.«

Als die Nacht sich ihrem Ende zuneigte, war Wachtmeister Els vor Bewunderung für den Gefangenen schier hingerissen. Das hier war endlich ein Mann nach seinem Herzen, ein Mann, für den es keine Scham gab, keine Zerknirschung, kein Bedauern, einzig eine Hingabe an die Lust, wie sie Els noch nie begegnet war.

Die Schwierigkeit für den Bischof war nur, daß seine Vorstellungskraft für die Aufgabe kaum hinreichte, die Els ihr stellte. Angesichts einer dermaßen unersättlichen Neugier blieb der Bischof bei seinem Metier, und Els lauschte fasziniert den Berichten von Mitternachtsorgien in Meßgewändern und Chorhemden. Unter den weiteren unbezahlbaren Informationen, die Els aufschnappte, gab es drei Dinge, die besonders belastend waren. Der Bischof, so erfuhr er, trüge einen Rock, habe einen Seelenbräutigam und besitze eine Mitrailleuse.

»Was zum Teufel ist denn ein Seelenbräutigam?« fragte ihn Kommandant van Heerden am nächsten Morgen, als er das unterschriebene Geständnis des Bischofs las.

»Ein anderer Name für Gummipimmel«, sagte Els. »Er benutzt ihn bei Kniebeugen.«

»Ist das wahr?« fragte der Kommandant und las sich das erstaunliche Schriftstück ein zweites Mal durch. Wenn nur die Hälfte von dem zuträfe, was der Bischof gestanden hatte, dachte van Heerden, dann hätte man den Kerl schon vor Jahren hängen sollen.

15

Während der Prozeß gegen Jonathan Hazelstone vorbereitet wurde, plagte sich Kommandant van Heerden mit dem Problem herum, das ihm das anhaltende Verschwinden der Schwester des Gefangenen bereitete. Trotz der intensivsten Jagd auf sie ging Miss Hazelstone der Polizei einfach nicht ins Netz. Kommandant van Heerden erhöhte die ausgesetzte Belohnung, aber trotzdem lief keine weiter nennenswerte Information im Piemburger Polizeirevier ein. Der einzige Trost für den Kommandanten war, daß Miss Hazelstone seine Probleme nicht noch dadurch vergrößerte, daß sie sich etwa mit ihrem Anwalt oder einer Zeitung außerhalb seines Zuständigkeitsbereichs in Verbindung setzte.

»Sie ist ein listiges altes Teufelsweib«, sagte er zu Luitenant Verkramp und stellte mit Erschrecken fest, daß die Bewunderung, die er einst für sie empfunden hatte, wieder zurückgekehrt war.

»Ich würde mir keine Gedanken um die alte Schachtel machen, wahrscheinlich kreuzt sie einfach zur Verhandlung auf«, gab ihm Verkramp optimistisch zur Antwort. Der Sturz, bemerkte der Kommandant im stillen, hatte den Luitenant nicht um seine Fähigkeit gebracht, Dinge zu äußern, die darauf zielten, seinen Kommandeur aus der Fassung zu bringen.

»Wenn Sie so verdammt klug sind, was würden Sie denn dann vorschlagen, wo wir nach ihr suchen sollen?« knurrte der Kommandant.

»Wahrscheinlich sitzt sie in Jacaranda House und lacht sich

ins Fäustchen«, sagte Verkramp und ging, um eine Liste aller schwarzen Köche zusammenzustellen, die dafür bekannt waren, daß sie gern Chicken Maryland auf die Speisekarte setzten.

»Hämischer Scheißkerl«, murmelte der Kommandant. »Irgendwann kriegt er's von jemandem noch mal so richtig heimgezahlt.«

Es war eigentlich Wachtmeister Els' Initiative, die zur Verhaftung von Miss Hazelstone führte. Schon die ganze Zeit seit seinem Kampf mit dem Dobermann hatte Els seine Entscheidung bereut, den Kadaver einfach so auf dem Rasen von Jacaranda House liegenzulassen.

»Ich hätte ihn ausstopfen lassen sollen. Er hätte in der Diele sehr nett ausgesehen«, sagte er während eines müßigen Augenblicks zum Kommandanten.

»Ich hätte gedacht, der wäre schon ausgestopft genug gewesen«, hatte der Kommandant geantwortet. »Außerdem, wer hat schon mal davon gehört, daß man einen Hund ausstopfen läßt?«

»Es gibt doch haufenweise ausgestopfte Löwen und Warzenschweine und so Sachen in der Halle von Jacaranda House. Warum sollte ich denn keinen ausgestopften Hund in meiner Diele haben?«

»Sie haben Ideen, die gehen glatt über Ihren Horizont hinaus«, sagte der Kommandant. Els war weggegangen, um den Wärter im »Hintern« über das Ausstopfen von Hunden zu befragen. Der Alte schien über solche Sachen Bescheid zu wissen.

»Du mußt ihn zu einem Präparator bringen«, sagte ihm der Wärter. »Es gibt einen am Museum, aber ich würde erst mal nach'm Preis fragen. Ausstopfen ist 'ne kostspielige Sache.«

»Ich würde dafür schon ein bißchen was springen lassen«, sagte Els, und sie gingen zusammen zum Bischof, um ihn über den Hund auszufragen.

»Ich glaube, er hatte einen Pedigree«, erzählte ihnen der Bischof.

»Was ist denn ein Pedigree?« fragte Els.

»Ein Stammbaum«, sagte der Bischof, der sich fragte, ob der Tod des Hundes etwa auch noch der Liste der Verbrechen hinzugefügt werden sollte, die er angeblich begangen hatte.

»Eine affektierte Sorte Hunde, die einen Stammbaum haben«, sagte Els zum Wärter. »Man sollte doch denken, er pißt gegen Laternenpfähle genau wie andere Hunde.«

»Verhätschelt, wenn du mich fragst«, sagte der Wärter. »Klingt mehr nach einem Schoßhündchen als nach einem richtigen Dobermann. Kein Wunder, daß du ihn so einfach um die Ecke bringen konntest. Ist wahrscheinlich vor Schreck gestorben.«

»Das ist er verdammt noch mal nicht. Er kämpfte wie verrückt. Der wildeste Hund, der mir je begegnet ist«, sagte Els verärgert.

»Ich glaub das erst, wenn ich ihn sehe«, sagte der Wärter, und Els hatte sich auf der Stelle entschlossen, den Dobermann zu holen, um den Makel an seiner Ehre zu tilgen.

»Bitte um Erlaubnis, Jacaranda House zu besuchen«, sagte er später am selben Tage zum Kommandanten.

»Erlaubnis, was zu tun?« fragte der Kommandant ungläubig.

»Rauf nach Jacaranda House zu fahren. Ich möchte mir die Hundeleiche holen.«

»Sie müssen nicht ganz bei Trost sein, Els«, sagte der Kommandant. »Ich hatte gedacht, Sie hätten von dem verdammten Anwesen allmählich die Nase voll.«

»Ist doch gar nicht übel dort«, sagte Els, dessen Erinnerungen an den Park ganz anders waren als die des Kommandanten.

»Es ist verdammt schrecklich dort, und Sie haben da oben schon genug Schaden angerichtet«, sagte der Kommandant. »Sie halten sich da raus, haben Sie verstanden?« Und Els hatte seiner Wut Luft gemacht, indem er auf dem Gefängnishof ein paar schwarze Sträflinge kujonierte.

Am Abend beschloß Kommandant van Heerden, bei den

Straßensperren um Piemburg herum Stichproben zu machen. In ihm begann sich der Verdacht zu regen, daß sich seine erzwungene Abwesenheit von der Außenwelt negativ auf die Moral seiner Leute auswirke, und da er es für unwahrscheinlich hielt, daß Miss Hazelstone um elf Uhr nachts draußen und auf Achse sei und ihn, falls sie's wäre, in dem Polizeiwagen sähe, beschloß er, seine Runde zu machen, wenn seine Männer sehr wahrscheinlich auf ihrem Posten eingeschlafen waren.

»Fahren Sie langsam«, sagte er zu Els, als er im Fond des Wagens Platz genommen hatte. »Ich möchte mich einfach ein bißchen umsehen.«

Eine Stunde lang wurden Polizisten, die an Straßenecken und Straßensperren Dienst taten, von van Heerden mit Fragen belästigt.

»Wie wollen Sie wissen, daß sie nicht als Nigger verkleidet durchgekommen ist?« fragte er einen Sergeant, der an der Straße nach Vlockfontein Dienst tat und sich über die vielen Autos beklagte, die er zu durchsuchen hatte.

»Wir haben sie alle kontrolliert, Sir«, sagte der Sergeant.

»Kontrolliert? Wie haben Sie sie denn kontrolliert?«

»Wir unterziehen sie einem Hauttest, Sir.«

»Hauttest? Nie davon gehört.«

»Wir nehmen ein Stückchen Sandpapier, Sir. Reiben damit an der Haut, und wenn das Schwarz runtergeht, sind sie weiß. Wenn nicht, sind sie's nicht.«

Kommandant van Heerden war beeindruckt. »Beweist Initiative, Sergeant«, sagte er, und sie fuhren weiter.

Als sie wenig später nach Town Hill hinauffuhren, um dort die Straßensperre zu inspizieren, bemerkte Wachtmeister Els, daß der Kommandant eingeschlafen war.

»Es ist bloß der Alte, der seine Runde macht«, sagte Els zum diensthabenden Wachtmeister und wollte schon umkehren und zum Gefängnis zurückfahren, als er bemerkte, daß sie ganz nahe bei Jacaranda Park waren. Er sah über die Schulter und betrachtete die schlafende Gestalt hinten im Wagen.

»Bitte um Erlaubnis, nach Jacaranda House raufzufahren, Sir«, sagte er leise. Auf dem Rücksitz schnarchte der Kommandant geräuschvoll. »Danke, Sir«, sagte Els mit einem Lächeln, und der Wagen fuhr an der Straßensperre vorbei den Hügel nach Jacaranda House hinauf. Beiderseits der Straße beleuchteten die Suchscheinwerfer die Warnschilder, die wie Reklametafeln für irgendwelche makabren Ferienorte wirkten: Beulenpest – irgendein schauerlicher Strand, und Tollwut – ein Wildpark. Ohne jede Ahnung von seinem Reiseziel schlief Kommandant van Heerden geräuschvoll auf seinem Rücksitz, als der Wagen durch das Tor von Jacaranda House fuhr und mit leise auf dem Kies knirschenden Reifen langsam die Auffahrt hinunterrollte.

Els parkte den Wagen vor dem Haus und verschwand geräuschlos in der Nacht, um seine Trophäe aufzusammeln. Es war dunkel, Wolken verhüllten den Mond, und der Wachtmeister hatte einige Mühe, den Kadaver des Dobermanns zu finden.

»Das ist ja ulkig«, dachte er bei sich, während er den Rasen absuchte, »ich könnte schwören, ich hätte das Mistvieh hier liegengelassen«, und suchte weiter nach dem Köter.

Im Fond des Polizeiwagens schnarchte Kommandant van Heerden lauter als zuvor. Dann fiel er seitwärts über den Sitz und schlug mit dem Kopf gegen die Scheibe. Im nächsten Moment war er hellwach und starrte hinaus in die Finsternis.

»Els«, sagte er laut, »warum haben Sie angehalten, und warum sind die Scheinwerfer aus?« Vom Fahrersitz kam keine tröstende Antwort, und während Kommandant van Heerden ängstlich im Fond des Wagens saß und sich fragte, wohin Els verdammt noch mal verschwunden sei, glitt sacht eine Wolke vom Mond, und der Kommandant erblickte vor sich die Haustür von Jacaranda House. Wimmernd duckte er sich in die Polster und verfluchte seine Dummheit, das Gefängnis verlassen zu haben. Drohend ragte über ihm die Fassade des großen Hauses auf, dessen unbeleuchtete Fenster düstere Schrecken kündeten. Vor Angst stöhnend, öffnete der Kommandant die Wagentür und trat auf den Vorplatz. Eine Sekunde später saß er auf dem Fahrersitz und suchte nach dem Schlüssel. Der war weg.

»Das hätte ich wissen sollen, daß der Schweinehund so was tut«, schnatterte der Kommandant in seiner Angst, und während er auf Elsens Rückkehr wartete, gab er sich das Versprechen, daß der Dobermann nicht der einzige sei, der ausgestopft werde. Während die Minuten weiter verrannen und Els seine Suche nach dem verschwundenen Toby fortsetzte, nahm die Angst des Kommandanten immer weiter zu.

»Ich kann doch nicht die ganze Nacht hier sitzenbleiben«, dachte er. »Ich werde mich mal nach ihm umsehen«, und damit stieg er aus und stahl sich heimlich in den Garten. Die Büsche um ihn herum nahmen seltsame und erschreckende Formen an, und der Mond, der sich nur wenige Minuten zuvor so erleuchtend gezeigt hatte, entdeckte eine geeignete Wolke, um sich dahinter zu verstecken. Der Kommandant, der nicht zu schreien wagte, stolperte im Dunkeln in ein Blumenbeet und fiel flach aufs Gesicht. »Hunderosen«, dachte er bitter und fuhr sich mit der Hand ins Gesicht, und als er sich wieder aufrappelte, sahen und hörten Kommandant van Heerdens Augen und Ohren zwei Dinge, die das Herz in seiner Brust zum Rasen brachten. Der Motor des Wagens auf dem Vorplatz wurde angelassen. Els hatte den Dobermann gefunden und fuhr ab. Als die Scheinwerfer des Autos herumschwenkten und die Front von Jacaranda House in helles Licht tauchten, stand der Kommandant wie angewurzelt in dem Blumenbeet und starrte auf etwas am Nachthimmel, das viel bedrohlicher war als das Haus selbst. Aus einem der Schornsteine der verlassenen Villa stieg langsam, aber unaufhörlich eine dünne Rauchwolke. Kommandant van Heerden war nicht allein.

Der Kommandant griff sich ans Herz, fiel rückwärts in die Rosen und verlor das Bewußtsein. Als er von der Ohnmacht, die er später seine erste Herzattacke zu nennen beliebte, wieder zu sich kam, hörte er eine Stimme, von der er gehofft hatte, er höre sie nie wieder.

»Nächte des Weins und der Rosen, Kommandant?« erkundigte sie sich, und als der Kommandant nach oben sah, erblickte er vor den dahinziehenden Wolken Miss Hazelstones zarte Gestalt. Sie war gekleidet, wie er sie früher gekannt hatte, und trug Gott sei Dank nicht den fürchterlichen lachsrosa Anzug.

»Ich hoffe, Sie wollen nicht die ganze Nacht hier liegenbleiben«, fuhr Miss Hazelstone fort. »Kommen Sie rein, ich koche Ihnen ein bißchen Kaffee.«

»Will keinen Kaffee«, murmelte der Kommandant und befreite sich aus den Rosen.

»Sie mögen keinen wollen, aber den brauchen Sie ganz offenbar, damit Sie wieder nüchtern werden. Ich dulde es nicht, daß zu dieser nachtschlafenden Zeit betrunkene Polizisten in meinem Garten herumtorkeln und mir die Beete zertrampeln«, und Kommandant van Heerden, der sich dieser Autorität, der er nie widerstehen konnte, einfach beugte, fand sich von neuem im Salon von Jacaranda House. Der Raum lag im Dunkeln, von der Lampe an einem Filmprojektor abgesehen, der auf einem kleinen Tischchen stand.

»Ich habe mir eben nur rasch ein paar von meinen alten Filmen angesehen, bevor ich sie verbrenne«, sagte Miss Hazelstone, und der Kommandant begriff die dünne Rauchwolke, die er hatte aus dem Schornstein steigen sehen. »Im Gefängnis werde ich sie mir nicht angucken können, und außerdem denke ich, es ist besser, Vergangenes zu vergessen. Finden Sie nicht auch, Kommandant?«

Dem mußte der Kommandant zustimmen. Das Vergangene war etwas, wofür er ein Vermögen bezahlt hätte, wenn er es hätte vergessen können. Unglücklicherweise stand es ihm nur allzu gegenwärtig vor seinem geistigen Auge. Hin- und hergerissen zwischen Angst und einem Gefühl der Achtung und Rücksicht, das durch das unregelmäßige Klopfen seines Herzens für ihn nur noch überzeugender wurde, ließ es der Kommandant mit sich geschehen, daß er in einen Sessel gesetzt wurde, von dem er, so nahm er an, sich nie wieder erheben werde, während Miss Hazelstone eine Leselampe anknipste.

»Es ist noch etwas Kaffee vom Abendbrot da«, sagte sie. »Ich werde ihn leider heiß machen müssen. Normalerweise hätte ich Ihnen ja frischen machen lassen, aber ich bin zur Zeit ziemlich knapp mit Personal.«

»Ich brauche absolut keinen Kaffee«, sagte der Kommandant und bedauerte seine Worte auf der Stelle. Er hätte eine Chance zu fliehen gehabt, wenn Miss Hazelstone in die Küche gegangen wäre. Statt dessen sah sie ihn zweifelnd an und setzte sich ihm gegenüber in den Ohrensessel.

»Ganz wie Sie wollen«, sagte sie. »Sie sehen gar nicht besonders betrunken aus. Nur etwas blaß.«

»Ich bin nicht betrunken. Es ist mein Herz«, sagte der Kommandant.

»In dem Fall ist Kaffee das allerschlechteste für Sie. Er regt an, nicht wahr? Sie sollten auf alles verzichten, was Sie anregt.«

»Das weiß ich«, sagte der Kommandant.

Es entstand eine Pause, die schließlich von Miss Hazelstone beendet wurde.

»Ich nehme an, Sie sind gekommen, um mich endlich zu verhaften«, sagte sie. Der Kommandant konnte sich nichts vorstellen, was er lieber getan hätte, aber er schien nicht die Kraft dazu zu haben. Hypnotisiert von der Atmosphäre des Hauses und der Miene sanfter Melancholie, die ihn an der alten Dame so faszinierte, saß er in seinem Sessel und lauschte seinem Herzklopfen.

»Vermutlich hat Jonathan bereits gestanden«, sagte Miss Hazelstone im Ton höflicher Konversation. Der Kommandant nickte.

»So ein Quatsch«, fuhr Miss Hazelstone fort. »Der arme Junge leidet an so ungeheuren Schuldgefühlen. Ich kann mir einfach nicht denken, warum. Ich vermute, weil er eine so unschuldige Kindheit hatte. Schuld ist so oft der Ersatz für etwas wirklich Böses. Sie müssen das doch auch aus Ihrem Beruf kennen, Kommandant.«

In seinem Beruf, da mußte ihr der Kommandant zustimmen, war das sehr oft so, aber er sah nicht die Beziehung zu dem Fall eines Mannes, der mehrere Gefängnisstrafen hinter sich hatte. Von neuem fühlte er sich nicht nur einem Gefühl der Achtung, sondern auch einer inneren Unruhe unterliegen, die Miss Hazelstones Konversation in ihm auszulösen schien.

»Ich habe an einer solchen Schwäche nie gelitten«, fuhr Miss Hazelstone geziert fort. »Ich hatte ohnehin Mühe, etwas für mich zu tun zu finden, was nicht so deprimierend gut war. Zum Teufel, auch ich habe gemerkt, wie schrecklich Güte ist. So langweilig. Aber vermutlich haben Sie nicht ebenso viele Gelegenheiten, sich von ihr angeekelt zu fühlen.«

»Da haben Sie wohl recht«, sagte der Kommandant, dessen Ekelgefühle von ganz anderen Ursachen herrührten.

»Wie Sie sicher bemerkt haben werden, habe ich alles unternommen, um etwas Frohsinn in mein Leben zu bringen«, fuhr Miss Hazelstone fort. »Wissen Sie, ich schreibe nämlich für Zeitungen.«

Das wußte Kommandant van Heerden nur zu gut.

»Eine kleine Kolumne hin und wieder über Mode und geschmackvolles Wohnen.«

»Ich habe ein paar von Ihren Artikeln gelesen«, sagte der Kommandant.

»Hoffentlich haben Sie meine Ratschläge nicht befolgt«, fuhr Miss Hazelstone fort. »Sie waren ironisch gemeint, und ich hatte viel Spaß dabei, mir die gräßlichsten Farbkombinationen auszudenken. Aber jedermann nahm meine Empfehlungen für bare Münze. Ich glaube, ich kann in aller Aufrichtigkeit sagen, daß ich mehr Häuser unbewohnbar gemacht habe als alle Termiten Südafrikas zusammen.«

Kommandant van Heerden starrte sie entgeistert an. »Warum um alles in der Welt haben Sie das denn getan?« fragte er.

»Ein Gefühl moralischer Schuldigkeit«, murmelte Miss Hazelstone. »Mein Bruder hat sein Leben der Verbreitung von Licht und Güte geweiht, ich habe nur versucht, das Gleichgewicht wiederherzustellen. Wenn die Leute es vorzogen, meinem Rat zu folgen, orangerote Gardinen neben kastanienbraune Tapeten zu hängen, sollte dann ich sie ausgerechnet daran hindern? Leute, die meinen, weil sie rosa Haut haben, seien sie schon kultiviert, wogegen schwarze Haut den Menschen zum Wilden macht, glauben einfach alles.«

»Sie wollen damit sagen, daß Sie nicht an die Apartheid glauben?« fragte der Kommandant erstaunt.

»Ehrlich, Kommandant, was für eine dämliche Frage«, erwiderte Miss Hazelstone. »Verhalte ich mich so, als glaubte ich daran?«

Kommandant van Heerden mußte zugeben, daß das nicht der Fall war.

»Sie können nicht acht Jahre mit einem Zulu zusammenleben und immer noch an Rassentrennung glauben«, fuhr Miss Hazelstone fort. »Um die Wahrheit zu sagen: Die Filme, die ich mir eben angesehen habe, habe ich mal von Fünfpenny gemacht. Ob Sie wohl was dagegen hätten, sich einen anzusehen?«

Kommandant van Heerden zögerte. Was er von dem Koch bereits gesehen hatte, machte ihn nicht geneigt, noch mehr zu sehen.

»Ich bewundere Ihr Zartgefühl«, sagte Miss Hazelstone, »aber Sie brauchen keine Bedenken zu haben. Ich habe absolut nichts dagegen, Sie an meinen Erinnerungen teilnehmen zu lassen.« Und sie stellte den Projektor an.

Wenig später sah der Kommandant auf einer Leinwand am anderen Ende des Zimmers den Gegenstand der Leidenschaft Miss Hazelstones sich im Garten von Jacaranda House herumbewegen, so wie er einige Jahre zuvor im Sommer gewesen war. Die Bilder waren aus demselben Blickwinkel und in derselben Ecke des Gartens geschossen worden wie beinahe zehn Jahre später sein Hauptdarsteller. Auf den ersten Blick hatte der Kommandant die Illusion, es habe gar keinen Mord gegeben, und er habe die Ereignisse der vergangenen Tage bloß geträumt. Es war eine Illusion, die nicht dauerte. Als Fünfpenny auf der Leinwand immer größer wurde, entschied sich der Kommandant dafür, daß er die ihm bekannte Wirklichkeit der grotesken Szene vorzöge, deren Zeuge er gerade wurde. Fünfpennys Leiche, bemerkte er, hatte etwas geradezu Gesundes ausgestrahlt. Lebend hatte der Zulu-Koch ganz ohne Zweifel was Krankhaftes.

Groß und schwer gebaut, hüpfte er wie eine grauenhafte schwarze Nymphe über die Wiese, verhielt einen Augenblick, um die Büste Sir Theophilus' zu liebkosen, und küßte sie schließlich leidenschaftlich auf ihren stummen Mund. Dann war er wieder weg, huschte im Garten herum und breitete seine abstoßenden Reize in einer Reihe von Pirouetten und Kreiselbewegungen aus, die keinen anderen Zweck hatten, als seine Unterwäsche aufs allerunvorteilhafteste zur Schau zu stellen. Er trug ein sehr kurzes grellrotes Röckchen mit lila Besätzen; wie der Kommandant wohl erriet, war es aus Gummi. Als Fünfpenny seine letzte Pirouette drehte und seine Darbietung mit einem Knicks beendete, verstand der Kommandant, warum Miss Hazelstone ihn umgebracht hatte. Wenn man nach dem Film gehen durfte, hatte der Koch das schlicht herausgefordert.

Der Film war zu Ende, und Miss Hazelstone schaltete den Projektor aus. »Na?« sagte sie.

»Jetzt begreife ich, warum Sie ihn erschossen haben«, sagte der Kommandant.

»Sie begreifen überhaupt nichts«, sagte Miss Hazelstone bissig. »Was Sie soeben gesehen haben, wirkt für Ihren plumpen Verstand vielleicht ziemlich fürchterlich. Für mich ist es schön.« Sie machte eine Pause. »So ist das Leben: Ein schwarzer Mann, der so tut, als wäre er eine weiße Frau, in Kleidern aus einem Material, das für ein heißes Klima total ungeeignet ist, tanzt Ballettschritte, die er nie zu Gesicht bekommen hat, auf einem aus England importierten Rasen, küßt das steinerne Gesicht eines Mannes, der sein Volk ausgerottet hat, und wird von einer Frau gefilmt, die weit und breit als Sachwalterin des guten Geschmacks gilt. Nichts könnte besser das Leben in Südafrika veranschaulichen.«

Kommandant van Heerden wollte gerade sagen, daß er sie nicht für sehr patriotisch halte, als Miss Hazelstone sich erhob.

»Ich hole meinen Koffer. Ich habe schon einen fertig gepackt«, sagte sie und ging auf die Tür zu, als ein dunkler Schatten durch die Glastür gesaust kam und sie zu Boden stieß.

Wachtmeister Els hatte einige Zeit gebraucht, um in der Finsternis den Kadaver des Dobermanns ausfindig zu machen, und letzten Endes hatte ihn mehr der Gestank als seine Augen zu dem Abfallhaufen hinter dem Haus geführt, auf den Miss Hazelstone den Hund geworfen hatte. Els trug den Leichnam vorsichtig zum Wagen und legte ihn in den Kofferraum. Er stieg ein, ließ den Motor an und fuhr langsam davon, dankbar, daß der Kommandant nicht aufgewacht war. Erst als er halbwegs den Hügel zur Stadt hinuntergefahren war, brachten ihn die fehlenden Schnarcher vom Rücksitz darauf, daß er sich geirrt hatte.

Fluchend wendete er den Wagen und raste zurück zum Park. Er hielt in der Auffahrt an und sah sich um. Kommandant van Heerden war nirgends zu erblicken. Els stieg aus, spazierte um das Haus herum und spähte endlich in den beleuchteten Salon, wo der Kommandant und Miss Hazelstone sich miteinander unterhielten. Im Finstern fragte Els sich vergeblich, was zum Teufel da vor sich gehe. »Der schlaue alte Teufel«, dachte er schließlich, »kein Wunder, daß er mir nicht erlauben wollte, hier raufzufahren.« Und Els meinte langsam, er begreife, warum der Kommandant da saß und sehr freundlich mit einer Frau plauderte, auf deren Kopf eine Belohnung ausgesetzt war. Jetzt war ihm klar, warum der Kommandant so versessen darauf gewesen war, Jonathan Hazelstone den Mord an Fünfpenny anzuhängen.

»Der alte Knochen macht ihr den Hof«, dachte er, und eine ihm unbekannte Hochachtung für den Kommandanten erwachte in Elsens Gemüt. Seine Liebeswerbungen gingen stets mit Gewaltandrohungen und Erpessungen einher, und es erschien ihm nur natürlich, daß der Kommandant, dessen Mangel an Charme fast seinem glich, ziemlich drastische Methoden würde anwenden müssen, um sich für eine Frau von Miss Hazelstones Reichtum und Stand überhaupt interessant zu machen.

»Erst verhaftet er ihren Bruder wegen Mordes, und dann setzt er auf den Kopf der alten Schachtel eine Belohnung aus. Auch 'ne Art, sich eine Mitgift zu verschaffen«, rief Wachtmeister Els und überlegte im selben Moment, wie er den Plan vereiteln könne. Im Nu war er über den Rasen weg im Zimmer. Als er sich auf des Kommandanten Verlobte stürzte, schrie er: »Ich fordere die Belohnung. Ich habe sie gefaßt.« Und als er vom Boden hochschaute, wunderte er sich, warum der Kommandant so erleichtert aussah.

16

Für Kommandant van Heerden war Miss Hazelstones Verwandlung von der Besitzerin von Jacaranda House zur Insassin der Nervenklinik Fort Rapier eine traurige Angelegenheit. Als er einen Blick auf die Trage warf, auf der die alte Dame lag und zum letzten Mal an den Porträts ihrer Vorfahren in der farnüberwucherten Halle vorbeischaukelte, da wurde ihm klar, daß eine Epoche ihrem Ende zuging. Nicht länger würde Jacaranda House in den Augen der Gesellschaft Zululands den obersten Platz einnehmen, ein Symbol alles dessen, was am besten an der britischen Besetzung Afrikas war, und ein Emblem aristokratischer Lebensart. Nie mehr Gartenparties, nie mehr große Bälle, nie mehr jene Dinnerparties, für die Miss Hazelstone so berühmt war, nichts von Bedeutung würde mehr in diesen Mauern geschehen. Das Haus würde leer und düster wie ein Grab dastehen, bis es die weißen Ameisen oder die Abrißleute wegräumten, um den Platz für einen neuen Vorort zu schaffen. Als Kommandant van Heerden die Lichter ausmachte und das Haus dunkel unter dem Mond dalag, erfüllte ihn das Gefühl eines großen Verlustes. Die alte Arroganz, auf die er so gebaut hatte, um seiner Unterwürfigkeit Würze zu verleihen, war fort. Er war ein freier Mensch und der Baumeister seiner Freiheit. Sie war das letzte, was er sich wünschte.

Es war ein langer Geleitzug, der sich die Auffahrt hinauf- und durch die zusammengedrehten Tore hinausbewegte, ein Leichenzug aus Motorrädern und Polizeiwagen, die den Krankenwagen begleiteten, in dem Miss Hazelstone den Schlaf der stark Sedierten schlief. Auf dem Fahrersitz des vorausfahrenden Wagens saß Wachtmeister Els, glücklich, weil er sich seine gerechte Belohnung verdient hatte, und hinter ihm im Dunkeln wunderte sich Kommandant van Heerden über das seltsame Geschick, das eine Kreatur wie Els zum Werkzeug des Sturzes des Hauses Hazelstone gemacht hatte.

Es war ja nicht so, daß Els besonders gescheit war, dachte der Kommandant, als sich die Prozession durch die unbeleuchteten Straßen Piemburgs wand, noch hatten seine Unternehmungen irgendwie was Absichtliches gehabt, das ihren Effekt erklären würde. Els war auf dem Pfade des Geschicks nur Zufall, willkürlich und unerheblich.

»Die Entropie erschuf den Menschen«, dachte der Kommandant und öffnete das Fenster. Im Wagen hatte es angefangen, ziemlich unerträglich zu riechen.

»Els«, sagte der Kommandant, »Sie brauchen ein Bad.«

»Ich, Sir?« fragte Els.

»Sie, Els. Sie stinken.«

»Ich nicht, Sir. Das ist Toby.«

»Wer zum Teufel ist denn Toby?«

»Der Dobermann, Sir. Er ist schon etwas angegangen.«

»Wollen Sie damit sagen, Sie haben den Kadaver eines verfaulten Hundes hier im Wagen?« schrie der Kommandant.

»O nein, Sir«, sagte Els. »Er liegt im Kofferraum.«

Der Kommandant wollte gerade sagen, er dächte nicht daran, den Wagen mit einem faulenden Dobermann zu teilen, da fuhren sie schon durch das Tor von Fort Rapier und die Auffahrt zur Klinik hinauf.

Im Mondlicht sahen die Gebäude von Fort Rapier fast so aus wie damals, als die Garnison die Kaserne belegte. Ein paar Riegel und Schranken waren hier und dort dazugekommen, um eine Einrichtung, die dazu bestimmt war, die Leute draußen zu halten, in eine zu verwandeln, die dazu diente, sie drinnen zu behalten, aber die Atmosphäre hatte sich nicht verändert. Die Unvernunft hatte ihren Platz behauptet.

»Alte Traditionen haben ein zähes Leben«, dachte der Kommandant, als der Wagen am Rand des Exerzierplatzes anhielt. Er stieg aus und gab einer Haubitze einen Klaps, die einst ihren Dienst in Paardeberg versehen hatte, wo sein Großvater ihren Beschuß verschlief, und die jetzt wie ein eiserner Pensionär hier stand und die Verrücktheiten einer neuen Generation beaufsichtigte.

Während Miss Hazelstone in eine Station geschafft wurde, die kriminellen Irren vorbehalten war, erklärte Kommandant van Heerden ihren Fall dem Leiter, Dr. Herzog, den man aus dem Bett geholt hatte, damit er den Fall in Angriff nähme.

»Hätten Sie nicht bis morgen warten können?« fragte er mürrisch. »Ich bin erst um eins ins Bett gekommen.«

»Ich bin überhaupt noch nicht ins Bett gekommen«, sagte der Kommandant, »und das hier ist sowieso ein Notfall. Miss Hazelstone ist so was wie eine Berühmtheit, und ihre Einlieferung könnte öffentliche Kritik hervorrufen.«

»Das ist sie sicher, und das wird es sicher«, sagte der Arzt. »Sie ist zufällig die bedeutendste Wohltäterin dieser Klinik.«

»Offenbar hat sie für ihre eigene Zukunft vorgesorgt, und die wird sein, hierzubleiben, bis sie zu sterben beschließt«, sagte der Kommandant.

»Wer hat ihre Diagnose gestellt?« fragte Dr. Herzog.

»Ich«, sagte der Kommandant.

»Ich dächte nicht, daß Sie dazu qualifiziert sind.«

»Ich erkenne einen kriminellen Irren, sobald ich einen sehe. Der Polizeiarzt und ihr eigener Doktor kommen morgen früh hierher, und die Einlieferungspapiere werden rechtzeitig nachgereicht.«

»Das hört sich reichlich seltsam an«, sagte der Arzt.

»Um die Wahrheit zu sagen: Es ist seltsam«, sagte der Kommandant. »Aber wenn Sie's wirklich wissen wollen, wir haben recht unwiderlegliche Beweise, daß sie jemanden umgebracht hat. Ich möchte nicht in Einzelheiten gehen, aber ich kann Ihnen versichern, daß wir genügend Beweise haben, um sie wegen

Mordes vor Gericht zu stellen. Ich denke, Sie sehen ein, daß ein Mordprozeß gegen eine so prominente Person nicht im öffentlichen Interesse liegt.«

»Großer Gott«, sagte der Arzt, »wie weit ist es mit Zululand gekommen. Erst ihr Bruder, und jetzt Miss Hazelstone.«

»Ganz recht«, sagte der Kommandant, »es wirft ein ziemlich schlechtes Licht auf unsere Zeit.«

Nachdem er sichergestellt hatte, daß Miss Hazelstone keinen Besuch erhielte und keine Verbindung mit der Presse oder zu ihren Anwälten aufnähme, empfahl sich der Kommandant. Die Morgendämmerung war angebrochen, als er den großen Exerzierplatz überquerte und ein paar graue Gestalten aus den Stationen auftauchten und traurig im frühen Sonnenlicht herumschlurften.

»Wenn man denkt, daß es so enden mußte«, dachte der Kommandant, und seine Gedanken verweilten weniger bei Miss Hazelstone als bei der imperialen Pracht und Herrlichkeit, die einstmals rotbejackt und unbesiegbar über den Platz marschiert war. Er blieb einen Augenblick stehen und stellte sich die Regimenter vor, die an dem Salutierpodest vorbeigezogen waren, auf dem Miss Hazelstones Großvater gestanden hatte, ehe sie bei Majuba Hill und Spion Kop in den Tod gezogen waren. Dann wandte er sich ab und stieg in sein stinkendes Auto.

Als Miss Hazelstone aufwachte und feststellte, daß sie auf einem Bett in einer Krankenstation lag, hatte sie Mühe zu begreifen, wo sie war. Die Einrichtung und die Bettenreihen weckten in ihr Erinnerungen an ihre Internatszeit, aber ihre Zimmergenossinnen waren schwerlich die fröhlichen, sorglosen Mädchen ihrer Jugend. Nicht daß sie wirklich fröhlich gewesen wären, dachte sie, während sie sich wieder hinlegte und die Decke studierte, lediglich erwartungsvoll, aber das war für Fröhlichkeit gehalten worden. Nichts auch nur entfernt Fröhliches oder Erwartungsvolles hatten aber die Gestalten, die sie jetzt sah. In ferne Bezirke ihrer Einbildungskraft zurückgezogen, wanderten die Patienten teilnahmslos zwischen den Hindernissen umher, die die Wirklichkeit für sie darstellten. Miss Hazelstone sah sie sich an und war versucht, ihrem Beispiel zu folgen. Nur ihr Selbstgefühl hinderte sie daran. »Was für ein Mangel an Stil«, sagte sie sich, während sie, auf ihrer Bettkante sitzend, sich nach ihren Kleidern umsah.

In den folgenden Tagen klammerte sie sich ergrimmt an ihren Stolz und wies beharrlich die unwirklichen Welten zurück, die die anderen Patienten ihr aufzudrängen versuchten.

»Vielleicht sind Sie's«, sagte sie zu einem Patienten, der sich ihr als Napoleon vorgestellt hatte, »aber ich bezweifle es. Ich bin Miss Hazelstone aus Jacaranda House«, und selbst das Personal erfuhr, daß es unklug sei, sie einfach mit »Hazelstone« anzureden.

»Für Sie Miss Hazelstone«, zischte sie eine Schwester an, die diesen Fehler begangen hatte.

»Man muß doch das Decorum wahren«, sagte sie zu Frau Dr. von Blimenstein, der Psychiaterin, die den Auftrag hatte, sich mit der neuen Patientin zu beschäftigen, und die vergeblich versuchte, Miss Hazelstone dazu zu bringen, die sexuellen Ursachen ihrer Krankheit anzuerkennen. Frau Dr. von Blimenstein war so irrsinnig eklektisch in ihrer wissenschaftlichen Meinung, daß es schwierig war festzustellen, welcher psychologischen Schule sie am meisten zuneigte. Sie war bekannt dafür, schwarzen Patienten Elektroschock-Therapien in unbegrenzter Menge zu verordnen, aber bei weißen legte sie besonderes Gewicht auf sexuelle Schuldgefühle als Ursache ihrer Psychosen. Sie war dermaßen erfolgreich in ihren Behandlungsmethoden, daß es ihr einmal sogar gelungen war, einen Wärter aus dem Schlangenpark in Durban von seiner Angstneurose gegenüber Schlangen zu heilen. Seine Phobie, so behauptete er, war dadurch entstanden, daß er achtundvierzig Male hintereinander von so verschiedenartigen und giftigen Schlangen wie Puffottern, Kobras, Gabunvipern, Brillenschlangen und Aspisvipern gebissen worden war, woran er jedesmal fast gestorben sei.

Frau Dr. von Blimenstein hatte den armen Menschen überzeugt, daß seine Ängste ihrer Ursache nach rein sexuell und durch ein Minderwertigkeitsgefühl entstanden seien, das aus seiner Überzeugung herrühre, daß sein Penis weder so lang noch so dick wie eine ausgewachsene Python sei; darauf hatte sie ihn wieder an seine Arbeit im Schlangenpark zurückgeschickt, wo er drei Wochen später, diesmal mit tödlichem Ausgang, von einer schwarzen Mamba gebissen wurde, deren Länge er zu messen versucht hatte, indem er sie an sein erigiertes Glied hielt, von dem er wußte, daß es sechs Zoll lang war. »Neun Fuß, drei Zoll«, hatte er gerade errechnet, als er den Kopf der Mamba gegen seine *glans penis* legte. Das war praktisch das letzte, was er ausrechnen konnte, denn dann schlug die Mamba mit einer Bösartigkeit, die durch die absurde Messung völlig gerechtfertigt war, ihre Giftzähne in ihren symbolischen Kontrahenten. Frau Dr. von Blimenstein hatte sich daraufhin von der Psychoanalyse abgewandt und einer mehr behavouristischen Richtung den Vorzug gegeben.

Bei Miss Hazelstone war sie zu dem Schluß gelangt, daß keine Gefahr solcher tragischer Entwicklungen bestünde, und hatte ihre Patientin dazu ermuntert, ihre Träume aufzuschreiben, damit man sie nach ihrer symbolischen Bedeutung untersuchen könne, wodurch sich alle ihre Probleme erklären würden. Der Kummer war nur, daß Miss Hazelstone nie träumte, und die zusammengereimten Träume, die sie der Ärztin unterjubelte, waren realistisch bis zum Gehtnichtmehr. Sie waren vor allem mit Penissen und Vaginen durchsetzt, die nicht durch noch soviel symbolische Deutung in irgendwas anderes übersetzt werden konnten.

»Wie wär's denn mit Schlangen oder Kirchtürmen«, erkundigte sich Miss Hazelstone, als die Doktorin erklärte, wie schwierig das sei.

»Ich habe noch nie von Leuten gehört, die von Penissen träumen«, sagte die Ärztin.

»Wahrscheinlich Wunschträume«, sagte Miss Hazelstone

und setzte ihre Schilderung eines Traumes fort, in dem ein Wesen namens Els auf einer Wiese mit einem schwarzen Hund kämpfte.

»Phantastisch«, sagte Frau von Blimenstein, »absolut archetypisch«, und hatte begonnen, über den Schatten zu sprechen, der sich mit der triebhaften Libido in der Wolle liege.

»Ja, genauso kam es mir damals vor«, sagte Miss Hazelstone orakelhaft. Nach mehreren Wochen mit diesen Träumen war die Ärztin langsam der Meinung, sie sei unter Verwendung dieses Materials in der Lage, eine Untersuchung mit dem Titel »Der Polizist als Archetyp in der südafrikanischen Psychologie« zu schreiben.

Für Miss Hazelstone bedeuteten diese Gespräche eine Abwechslung von der Langeweile des Lebens in Fort Rapier.

»Das Irresein ist ja so eintönig«, sagte sie zur Ärztin. »Man sollte doch meinen, Hirngespinste seien interessanter, aber man muß wirklich daraus schließen, daß der Wahnsinn nur ein kümmerlicher Ersatz für die Wirklichkeit ist.«

Wenn sie sich dann wieder umsah, schien es ihr überhaupt keinen bedeutsamen Unterschied zwischen dem Leben in der Nervenklinik und dem Leben in Südafrika als Ganzem zu geben. Schwarze Irre machten alle Arbeit, während weiße Irre faul rumlagen und sich für den lieben Gott hielten.

»Ich bin sicher, der Allmächtige hat mehr Würde«, dachte Miss Hazelstone im stillen, als sie die matten Gestalten ziellos über den Platz schlurfen sah. »Und ich bin sicher, *Er* leidet nicht an Größenwahn.«

Die Nachricht, daß seine Schwester endlich gefunden worden sei und sich jetzt in der Nervenklinik Fort Rapier befinde, kam für den Bischof von Barotseland nicht überraschend.

»Sie war nie recht bei Troste«, sagte er zum Kommandanten, der ihn persönlich besucht hatte, um ihm die Nachricht zu bringen, und er bewies aufs neue jenen Mangel an Familienloyalität, den der Kommandant als so bedauerlich bei jemandem empfand, der zu so einem illustren Geschlecht gehörte, denn Jonathan setzte hinzu: »Da ist sie am besten aufgehoben. Man hätte sie schon vor Jahren für verrückt erklären sollen.« Der Bischof verzichtete offenbar auf alle Illusionen, und ganz ohne Frage hatte er aufgehört, freundliche Gefühle für seine Schwester zu hegen, außerdem dachte er auch nicht mehr, sie sei bloß ein kleines bißchen exzentrisch:

»Ich empfinde große Bewunderung für Miss Hazelstone«, sagte der Kommandant kühl. »Sie war eine bemerkenswerte Frau, und Zululand wird mit ihrem Scheiden ärmer.«

»Sie sprechen von ihr, als wäre sie schon tot«, sagte der Bischof, der auffallend öfter über das Sterben nachdachte, seitdem er im »Hintern« gelandet war. »Ich vermute, sie ist gewissermaßen in ein besseres Leben aufgebrochen.«

»Sie kommt da nicht raus, bis sie tot ist«, sagte der Kommandant grimmig. »Nebenbei, Ihr Prozeß beginnt nächste Woche, wenn Sie also irgendwas zu Ihrer Verteidigung vorzubringen haben, sollten Sie am besten jetzt anfangen, darüber nachzudenken«, und damit war der Kommandant schon wieder weg, überzeugt, daß Jonathan Hazelstone sein Schicksal verdiene.

Als der Bischof wieder allein in seiner Zelle war, kam er zu dem Schluß, daß es wirklich nichts gebe, was er seinem bereits abgelegten Geständnis noch hinzufügen könnte. Er hielt es so, wie es war, für eine vollkommen angemessene Verteidigung. Niemand auf der Welt konnte allen Ernstes glauben, daß er die Verbrechen, die er gestanden hatte, wirklich begangen habe, und er hatte seine Zweifel, ob irgend jemand anderer als ein Fachmann in Fragen des Ritus der Hochkirche strafbare Handlungen von kirchlichen Bräuchen auseinanderhalten könne. Kein Richter, der was taugte, könnte ihn jemals wegen Latitudinarismus verurteilen. Der Bischof legte sich auf die Matte auf dem Zellenfußboden, die ihm als Bett diente, und sah dem Urteil entgegen, das ihn, da war er ganz sicher, freisprechen werde.

»Wahrscheinlich kommt's nicht mal dazu«, dachte er heiter. »Der Richter wird die Staatsanwaltschaft einfach aus dem Gericht werfen.«

Wie gewöhnlich erwiesen sich die Voraussagen des Bischofs von Barotseland als völlig falsch. Der Richter, der den Fall verhandeln sollte, war Gerichtsrat Schalkwyk, dessen Mutter in einem englischen Konzentrationslager gestorben war und der sowohl wegen seiner Taubheit als auch wegen seiner Abscheu gegen alles Britische bekannt war. Der Verteidiger, Mr. Leopold Jackson, war ebenfalls körperlich behindert, und zwar durch eine Gaumenspalte, die seine Plädoyers nahezu unverständlich machte, und er war ohnehin für seine Neigung bekannt, sich richterlicher Autorität zu beugen. Als Verteidiger war er von den Erben des Angeklagten gewählt worden, entfernten Vettern, die in einem ärmlichen Stadtteil von Kapstadt lebten und hofften, durch Beschleunigung des Verfahrens jeder weiteren unwillkommenen Publicity aus dem Weg zu gehen, die den Namen der Familie besudeln könnte. Mr. Jackson durfte seinen Klienten erst wenige Tage vor Prozeßbeginn sprechen, und da auch nur in Anwesenheit von Wachtmeister Els.

Das Gespräch fand im »Hintern« statt und war von Anfang an durch ein fast totales Mißverstehen gekennzeichnet.

»Sschie schagen, Schie haben ein Geschtändnisch unterscheichnet. Höchscht verhängnischvoll«, sagte Mr. Jackson.

»Es wurde unter Zwang gemacht«, sagte der Bischof.

»Stimmt nicht«, sagte Els, »es wurde hier drin gemacht.«

»Unter Tschwang«, sagte Mr. Jackson. »Dann ischt esch schon faul.«

»Das hoffe ich doch«, sagte der Bischof.

»Das kann es nicht sein«, sagte Els, »Geständnisse sind das nie.«

»Wie wurde esch denn ausch Ihnen rauschgequetscht?«

»Ich wurde gezwungen, stehenzubleiben.«

»Das stimmt nicht«, sagte Els. »Ich habe Ihnen erlaubt, sich hinzusetzen.«

»Das stimmt«, sagte der Bischof.

»Alscho wurde esch nicht unter Tschwang gemacht«, sagte Mr. Jackson.

»Ich hab's Ihnen doch eben gesagt. Es wurde hier drin gemacht«, sagte Els.

»Es wurde zum Teil unter Zwang gemacht«, sagte der Bischof.

»Hören Sie nicht auf ihn«, sagte Els, »ich weiß, wo es gemacht wurde. Es wurde hier drin gemacht.«

»Wurde esch hier drin gemacht?« fragte Mr. Jackson.

»Gewisch doch«, sagte der Bischof, der in den Rechtsjargon verfiel.

»Da haben Sie's, ich hab's Ihnen ja gesagt«, sagte Els.

»Esch scheint hier wasch durcheinandertschugehen«, sagte Mr. Jackson. »Wasch haben Schie denn geschtanden?«

»Kniebeugen mit einem Seelenbräutigam«, sagte Els schnell, um geringeren Verbrechen zuvorzukommen.

»Kniebeugen mit wasch?« fragte Mr. Jackson.

»Er meint einen Seelenhirten, glaube ich«, sagte der Bischof.

»Tu ich nicht. Ich meine einen Seelenbräutigam«, sagte Els ungehalten.

»Hört schich alsch Verbrechen aber schehr schonderbar an«, sagte Mr. Jackson.

»Wem sagen Sie das«, sagte Els.

»Ich dachte, esch handelte schich hier um eine kapitale Schache«, sagte Mr. Jackson.

»Ist es ja auch«, sagte Els, »ich genieße sie irrsinnig.«

»Kniebeugen ischt nach schüdafrikanischem Recht kein Verbrechen.«

»Doch, mit einem Seelenbräutigam ja«, sagte Els.

»Es kommen noch ein paar andere Verbrechen in meinem Geständnis vor«, sagte der Bischof.

»Und tschwar?«

»Mord«, sagte der Bischof.

»Lesbische Liebe«, sagte Els.

»Leschbische Liebe? Dasch ischt unmöglich. Ein Mann kann keine Leschbierin schein. Schind Schie schicher, dasch Schie den richtigen Fall rauschgeschucht haben?«

»Absolut sicher«, sagte Els.

»Hätten Schie vielleicht wasch dagegen, meinen Klienten für schich schelbst schprechen tschu laschen?« fragte Mr. Jackson den Wachtmeister.

»Ich versuche ja bloß zu helfen«, sagte Els gekränkt.

»Alscho dann«, fuhr Mr. Jackson fort, »ischt esch wahr, dasch Schie tschugegeben haben, Leschbierin tschu schein?«

»Um die Wahrheit zu sagen, ja«, sagte der Bischof.

»Und ein Mörder?«

»Wirkt sonderbar, was?« sagte der Bischof.

»Esch hört schich phantaschtisch an. Wasch haben Schie denn noch tschugegeben?«

Der Bischof zögerte. Er wollte nicht, daß Mr. Jackson Einwände gegen seine Beichte erhob, bevor sie vor Gericht verlesen würde. Alles hing von der Absurdität dieses Schriftstücks ab, und Mr. Jackson sah nicht wie ein Anwalt aus, der das kapierte.

»Ich glaube, ich möchte das Verfahren lieber so weiterlaufen lassen, wie es ist«, sagte er, entschuldigte sich, weil er müde sei, und führte den Verteidiger zur Zellentür.

»Wir schehen unsch dann«, sagte Mr. Jackson aufgeräumt und verließ den Sicherheitstrakt.

Es lag freilich nicht an Mr. Jackson, daß Jonathan Hazelstones Geständnis nicht in seiner ungekürzten Fassung das Gericht erreichte. Das war vielmehr der Gewissenhaftigkeit Luitenant Verkramps zuzuschreiben, der, auf Lob erpicht, eine Kopie des Geständnisses an BOSS in Pretoria geschickt hatte. Der Chef des Bureau of State Security fand das Schriftstück eines Morgens auf seinem Schreibtisch und las das Ding mit wachsendem Zweifel durch. Nicht daß er es nicht gewöhnt gewesen wäre, übertriebene Geständnisse zu lesen. Schließlich existierte die Sicherheitsabteilung zu dem Zweck, daß sie welche produzierte, und er konnte sich rühmen, daß sie in dieser Hinsicht einen unerreichten Ruf hatte. 180 Tage Einzelhaft und tagelanges Stehen ohne Schlaf, während der Verdächtige verhört wurde, führten leicht zu ziemlich belastenden Eingeständnissen, aber was Verkramp ihm hier geschickt hatte, ließ alles Dagewesene verblassen.

»Der Mann ist nicht ganz dicht«, sagte er, nachdem er den Verbrechenskatalog durchgeackert hatte, der unter anderem Nekrophilie, Flagellation und Liturgie enthielt, aber es war nicht klar, wen er dabei im Sinn hatte. Nach einer Konferenz mit führenden Regierungsmitgliedern beschloß BOSS, im Interesse der abendländischen Zivilisation, verkörpert in der Republik Südafrika, zu intervenieren, und ordnete kraft der ihm vom Parlament verliehenen Machtbefugnisse an, neun Zehntel des Geständnisses zu streichen. Gerichtsrat Schalkwyk solle den Gefangenen wegen Mordes an einem Zulu-Koch und einundzwanzig Polizisten verhören, überführen und ohne Möglichkeit der Revision verurteilen. Keine anderen Beschuldigungen sollten vorgebracht und keine Beweise, die der Sicherheit des Staates Abbruch täten, vor Gericht vorgelegt werden. Wütend brummelnd ließ sich der alte Richter zwingen, dem südafrikanischen Recht gemäß folgsam zu sein. Jonathan Hazelstone solle gehenkt werden, da dürfe es kein Fehlurteil geben, aber schließlich reiche ein Zehntel seiner Verbrechen ja auch schon aus.

Der Prozeß fand in Piemburg und in eben dem Gerichtssaal statt, in dem der Vater des Beschuldigten sich einen so großen Namen gemacht hatte.

»Die alte Ordnung heischt Veränderung«, flüsterte Jonathan seinem Anwalt ins Ohr, als er auf der Anklagebank Platz nahm. Mr. Jackson fand das nicht komisch.

»Esch schteht Ihnen wohl nicht tschu, schich über meine Schwäche luschtig tschu machen«, sagte er. »Nach allem, wasch ich gehört habe, täten Schie auscherdem bescher tschu schagen: ›Dasch Schlimmschte kommt noch.‹«

Mr. Jackson hatte ausnahmsweise mal recht. Die Entdekkung, daß man seine Beichte gereinigt hatte, traf den Bischof in dem Prozeß wie ein Schlag. In der Pause, die der Ankündigung folgte, daß er nur wegen Mordes belangt werden solle, beriet sich Jonathan mit seinem Verteidiger.

»Ich würde Irrschinn vorschütschen. Dasch scheint Ihre eintschige Schangtsche tschu schein«, war Mr. Jacksons Rat.

»Aber ich bin völlig unschuldig. Mit dem Mord an den einundzwanzig Polizisten habe ich nichts zu tun.«

»Dasch glaube ich, aber esch ischt eine bedauernschwerte Tatsache, dasch Schie geschtanden haben, schie getötet tschu haben.«

»Dazu wurde ich gezwungen. Warum um alles in der Welt sollte ich sie umbringen wollen?«

»Keine Ahnung«, sagte Mr. Jackson. »Die Motive meiner Klienten schind mir schon immer ein Rätschel geweschen. Tatschache ischt, daß schich die Beweische gegen Schie recht übertscheugend anhören. Schie hatten die Gelegenheit, und die Waffen wurden in Ihrem Beschitsch gefunden. Auscherdem haben Schie in einem von Ihnen unterschriebenen Geschtändnisch tschugegeben, schie getötet tschu haben. Ich schlage vor, Schie ändern Ihren Einschpruch von nicht schuldig in schuldig, aber wahnschinnig.«

»Ich bin trotschdem nicht wahnschinnig«, schrie der Bischof.

»Ich bin nicht hier, um mich beleidigen tschu laschen«, sagte Mr. Jackson.

»Vertscheihung«, sagte der Bischof. »Ich meine, Verzeihung.«

»Ich werde Ihren Einschpruch ändern«, sagte Mr. Jackson abschließend. »Esch ischt ja Wahnschinn.«

»Wahrscheinlich«, sagte der Bischof.

»Esch ischt bescher alsch gehängt tschu werden«, sagte Mr. Jackson, und sie gingen wieder in den Gerichtssaal.

Der Prozeß ging schnell voran. Als der Nachmittag sich seinem Ende zuneigte, war die Anklage vorgetragen, und Mr. Jackson hatte keinen Versuch zu einer durchdachten Verteidigung unternommen. Er verließ sich angesichts des offenbaren Wahnsinns des Angeklagten auf die Milde des Gerichts.

In seiner abschließenden Rede an die Geschworenen, die man aus den nächsten Verwandten der ermordeten Polizisten ausgewählt hatte, sprach Gerichtsrat Schalkwyk so kurz und unparteiisch, wie man es an ihm nicht gewohnt war.

»Wir haben es von der Staatsanwaltschaft gehört«, brummelte er, obwohl gar kein Zweifel bestand, daß er es wegen seiner Taubheit nicht gehört hatte, »daß der Beschuldigte diese Verbrechen begangen hat. Sie haben mit eigenen Augen das Geständnis des Angeklagten gesehen, und Sie haben den Einspruch der Verteidigung vernommen, daß ihr Klient geisteskrank sei. Nun könnte man vielleicht meinen, es spräche einiges für die Vermutung, daß ein Mann, der einundzwanzig Polizisten ermordet und dann ein Geständnis unterschreibt, in dem er das zugibt, offensichtlich nicht ganz bei Verstand ist. Es ist jedoch meine Pflicht, Sie darauf hinzuweisen, daß angesichts der überwältigenden Beweise, die gegen ihn vorliegen, sich hinter einer Geisteskrankheit zu verkriechen nicht die Handlungsweise eines geisteskranken Menschen ist. Es ist dies eine höchst vernünftige Handlungsweise und dazu eine, die eine Auffassungsgabe verrät, wie sie nur in einem intelligenten und gesunden Geist zu finden ist. Ich meine also, Sie können die Frage, ob Geisteskrankheit ja oder nein, in Ihren Überlegungen vollkommen außer acht lassen. Sie brauchen sich lediglich mit der Schuldfrage zu befassen. Meiner Meinung nach besteht nicht der Schatten eines Zweifels, daß der Beklagte die Morde beging, die ihm zur Last gelegt werden. Er besaß, wie wir von dem Spurensachverständigen gehört haben, den die Anklage präsentierte, sowohl die Gelegenheit als auch die Mittel dazu. Er wurde im Besitz der Mordwaffen angetroffen, als er sich ihrer gerade entledigen wollte. Seine Brieftasche und ein Taschentuch von ihm wurden am Schauplatz des Verbrechens gefunden, und er hat keine zufriedenstellende Erklärung abgeben können, wie sie dorthin gelangt sind. Schließlich hat er in einem von ihm unterschriebenen Geständnis zugegeben, daß er für die Morde verantwortlich ist. Ich glaube, mehr brauche ich nicht zu sagen. Sie und ich, wir wissen, daß der Angeklagte schuldig ist. Gehen Sie jetzt hinaus, und kommen Sie wieder und bestätigen Sie das.«

Die Geschworenen verließen im Gänsemarsch den Gerichtssaal. Zwei Minuten später kamen sie zurück. Ihr Urteil war einstimmig. Jonathan Hazelstone war in einundzwanzigeinviertel Fällen des Mordes schuldig.

Als Gerichtsrat Schalkwyk das Urteil fällte, gestattete er sich, von der Vorurteilslosigkeit, die er in seiner Schlußrede bewiesen hatte, ein wenig abzurücken. Er ging auf ein früheres Urteil ein, in dem es um ein Verkehrsvergehen gegangen war. Der Verurteilte hatte es unterlassen, deutlich auf seine Absicht aufmerksam zu machen, daß er auf einer Kreuzung links abbiegen wollte, und das bedrohte, wie der Gerichtsrat ausführte, das Wesen der südafrikanischen Gemütslage in ihrem Kern, denn sie beruhte auf einer Reihe konsequenter Bewegungen nach rechts.

»Sie sind eine Bedrohung der Werte der westlichen Zivilisation«, sagte der Gerichtsrat, »und Pflicht dieses Gerichts ist es, den Kommunismus auszurotten.« Er ordnete an, den Gefangenen aus dem Gerichtssaal zu führen und am Hals aufzuhängen, bis der Tod eintrete. Er wollte den Saal gerade verlassen, als Mr. Jackson ihn um ein Wort unter vier Augen bat.

»Ich würde die Aufmerkschamkeit Euer Ehren gern auf ein Privileg lenken, dasch die Familie Haschelschtone beschitscht«, gurgelte er.

»Die Familie Hazelstone, das sage ich mit Freude, besitzt überhaupt keine Privilegien mehr«, sagte der Gerichtsrat.

»Esch handelt schich um ein lange schtehendesch Vorrecht. Esch schtammt ausch den Tagen von Schör Theophilusch.«

»Lange stehend? Was meinen Sie damit? Es ist keine Frage, daß er lange stehen wird. Er wird in Kürze hängen.«

»Ich meine dasch Privileg, im Piemburger Gefängnisch gehenkt tschu werden. Esch wurde der Familie auf Dauer erteilt«, versuchte Mr. Jackson zu erklären.

»Mr. Jackson«, schrie der Gerichtsrat, »Sie stehlen mir meine Zeit und auch dem Gericht, ganz zu schweigen von Ihrem Klienten, dem wenig genug Zeit bleibt, wie die Dinge stehen. Dauer bedeutet, etwas vor dem Vergessen bewahren. Das Urteil, das ich gerade gefällt habe, ist seiner Bedeutung nach genau das Gegenteil. Ich denke, mehr brauche ich nicht zu sagen, und ich möchte Ihnen raten, dasselbe zu tun.«

Mr. Jackson unternahm einen letzten Anlauf. »Darf mein Klient im Piemburger Gefängnisch gehenkt werden?« brüllte er.

»Natürlich darf er«, schrie der Gerichtsrat zurück. »Das muß er sogar. Das ist ein lange stehendes Vorrecht der Familie Hazelstone.«

»Vielen Dank«, sagte Mr. Jackson. Als der Gerichtssaal sich leerte, wurde Jonathan Hazelstone starr vor Entsetzen in seine Zelle zurückgeschafft.

17

Mit ungefähr demselben Entsetzen erfuhr Direktor Schnapps, daß er dazu ausersehen sei, bei der ersten Hinrichtung, die das Piemburger Gefängnis seit zwanzig Jahren erlebte, die Aufsicht zu führen. Nicht daß er etwa zimperlich oder über den Gedanken entsetzt gewesen wäre, einer Exekution beiwohnen zu müssen. Er hatte in seiner Zeit als Gefängnisdirektor schon jede Menge Hinrichtungen erlebt, meistens inoffizielle, die an schwarzen Sträflingen ausgeführt wurden, die begierig darauf waren, ein für allemal dem Regiment zu entgehen, das er ihnen verordnet hatte, aber nichtsdestoweniger erfüllten ihn Exekutionen und die Aussicht, wenigstens *eine* offizielle Hinrichtung auf seiner Habenseite zu besitzen, mit einem Gefühl der Befriedigung. Das Entsetzen rührte von ganz anderen Überlegungen her.

Da war zum Beispiel das Problem mit dem Galgen, der zwanzig Jahre lang nicht mehr benutzt worden war, außer als willkommener Ort zum Aufbewahren von allem möglichen Gerümpel. Direktor Schnapps inspizierte den »Kopf« höchstpersönlich, und nach dem wenigen, was man über die Eimer und Gartenwalzen hinweg sehen konnte, die darin verstaut waren, kam er zu dem Schluß, daß das Gerüst nicht in dem Zustand sei, um jemanden daran aufzuhängen. Dasselbe war von den in Aussicht genommenen Henkern zu sagen. Der alte Wärter erbot sich, jeden, der zum Scharfrichter bestimmt würde, zu beraten, aber er weigerte sich beharrlich, persönlich bei der Exekution anwesend zu sein mit der Begründung, das Todeshaus sei unsicher, und die Versuche des Direktors, einen von den anderen Wärtern dazu zu überreden, den Job zu übernehmen, stieß auf keine Gegenliebe. Niemand, so schien es, war scharf darauf, Jonathan Hazelstone bei seinem letzten Gang zu begleiten, wenn das bedeutete, die morschen Stufen zum »Kopf« hinaufsteigen zu müssen.

In seiner Verzweiflung rief Direktor Schnapps den Amtlichen Scharfrichter in Pretoria an, um ihn zu fragen, ob er nicht für den Tag nach Piemburg runterkommen könne, aber der Henker war viel zu beschäftigt.

»Ganz ausgeschlossen«, sagte er, »an dem Tag habe ich zweiunddreißig Fälle, und außerdem hänge ich niemals Einzelpersonen. Ich kann mich gar nicht erinnern, wann ich das letzte Mal einen einzelnen Menschen gehängt habe. Meine Leute hänge ich immer in Gruppen zu sechst gleichzeitig, und auf alle Fälle habe ich an meinen guten Ruf zu denken. Ich hänge jedes Jahr mehr Leute als jeder andere Henker in der Welt, mehr als alle anderen Henker der freien Welt zusammen, um die Wahrheit zu sagen, und wenn erst mal bekannt würde, daß ich einen einzelnen hingerichtet hätte, dann würde ich in den Augen der Leute meine ganz persönliche Note einbüßen.«

Als letzten Ausweg brachte Direktor Schnapps beim Staatsanwalt die Frage des Privilegs zur Sprache.

»Ich sehe nicht ein, warum dieser Hazelstone eine Extrawurst bekommen soll«, sagte er. »Alle anderen werden in Pretoria gehenkt. Es scheint mir nicht richtig, daß ein Kerl, der einundzwanzig Polizisten umgelegt hat, das Recht auf Privilegien haben sollte, die gewöhnlichen Feld-Wald-und-Wiesen-Mördern verweigert werden.«

»Ich fürchte, da kann ich nichts machen«, sagte der Staatsanwalt zu ihm, »Gerichtsrat Schalkwyk hat zugestanden, daß das Privileg bestehen bleibt, und ich kann seine Entscheidung nicht ändern.«

»Aber wie ist denn die Familie Hazelstone überhaupt zu dem Recht gekommen, in Piemburg gehenkt zu werden?«

Der Staatsanwalt blätterte in den Akten nach.

»Das geht auf die Rede zurück, die Sir Theophilus zur Eröffnung des Gefängnisses im Jahre 1888 hielt«, berichtete er dem Gefängnisdirektor. »Im Verlauf dieser Rede sagte Sir Theophilus und ich zitiere: ›Die Todes- und die Prügelstrafe sind für die Ruhe und den Frieden in Zululand unabdingbar. Sie wecken in den eingeborenen Rassen das Gefühl für die angestammte Überlegenheit des weißen Mannes, und indem ich das Gefängnis für eröffnet erkläre, möchte ich zum Ausdruck bringen, daß es meine tiefste Überzeugung ist, daß die ganze Zukunft der weißen Zivilisation in diesem dunklen Erdteil von der häufigen Benutzung des Gerüsts, das zu sehen wir heute das große Vorrecht hatten, abhängt, ja man möchte fast sagen, an ihr hängt. Es wird ein düsterer Tag für dieses Land sein, wenn die Galgenklappe sich zum letzten Mal öffnet, und ich hoffe zu Gott, daß das ein Tag sein möge, den kein Mitglied meiner Familie erleben wird.‹ Zitat Ende.«

»Alles sehr löblich«, sagte der Direktor, »aber ich sehe immer noch nicht, daß das notwendigerweise bedeutet, wir hätten den Galgen zum ausschließlichen Gebrauch der Familie Hazelstone zu unterhalten.«

Der Staatsanwalt griff zu einem anderen Dokument.

»Hier haben wir nun die Erklärung, die der selige Richter Hazelstone damals abgab, als alle Hinrichtungen nach Pretoria verlegt wurden. Der Richter wurde gefragt, was sein Vater seiner Ansicht nach in der Rede habe sagen wollen. Seine Antwort war, ich zitiere: ›Das ist doch absolut klar. Der Galgen und die Familie Hazelstone stehen und fallen gemeinsam. Mein Vater glaubte – und glaubte mit Recht –, daß unsere Familie für Zululand ein Beispiel setzen solle. Ich kann mir kein schöneres Beispiel denken, als daß wir unseren Privatgalgen im Piemburger Gefängnis haben.‹ Zitat Ende. Absolut überzeugend, finden Sie nicht auch?«

Direktor Schnapps mußte zugeben, daß es das war, und fuhr wieder ins Gefängnis zurück, immer noch mit dem Problem beschäftigt, einen Henker zu finden.

Schließlich war es kein anderer als Wachtmeister Els, der offizieller Henker wurde. Der Wachtmeister überlegte immer noch voller Freude, wofür er die Belohnung ausgeben solle, die er durch die Verhaftung von Miss Hazelstone eingenommen hatte, und sah mit Spannung der Feier in der Polizeisporthalle entgegen, bei der ihm vom Polizeikommissar der Scheck überreicht werden sollte. Er hatte beschlossen, der Preis, den der Präparator am Piemburger Museum für das Ausstopfen von Toby gefordert hatte, sei die Sache wert.

»Ich laß den Dobermann ausstopfen«, hatte er Kommandant van Heerden eines Tages eröffnet.

»Dann, denke ich, werden Sie nichts dagegen haben, sich ein kleines Taschengeld zu verdienen«, sagte der Kommandant.

»Wie denn?« fragte Els argwöhnisch.

»Nichts Anstrengendes«, sagte der Kommandant. »Es erfordert von Ihnen absolut keine Mühe. Wenn ich darüber nachdenke, wundere ich mich eigentlich, daß Sie sich noch nie daran versucht haben. Ich kann mir keinen besseren Mann für die Aufgabe denken.«

»Hm«, sagte Els, dem die Locktöne des Kommandanten gar nicht gefielen.

»Ich möchte sagen, Sie haben wahrscheinlich eine natürliche Begabung dafür.«

Els überlegte, welche dreckigen Aufgaben rund ums Polizeirevier erledigt werden mußten. »Um was geht's?« fragte er schroff.

»Das ist eine Aufgabe, die Ihnen wirklich liegen müßte«, sagte der Kommandant, »und Sie täten's ausnahmsweise mal legal.«

Els versuchte, sich vorzustellen, was ihm wirklich läge und was nicht legal wäre. Mit schwarzen Frauen zu bumsen erschien ihm als die plausibelste Lösung.

»Selbstverständlich würden Sie die übliche Gage dafür kriegen«, fuhr der Kommandant fort.

»Die übliche Gage?«

»Fünfundzwanzig Rand beträgt sie, glaube ich«, sagte der Kommandant, »sie kann aber auch gestiegen sein.«

»Hm«, sagte Els, der langsam meinte, seinen Ohren nicht mehr trauen zu dürfen.

»Nicht schlecht für ein bißchen Spaß«, sagte der Kommandant, der wußte, daß Wachtmeister Els mindestens fünfzehn Menschen in Ausübung seiner Pflicht und einundzwanzig aus purem Vergnügen erschossen hatte. »Natürlich brauchte die Methode etwas Übung.«

Wachtmeister Els kramte in seiner Erinnerung, um auf irgendeine Methode zu stoßen, die er noch nicht angewandt hatte. Soweit er wußte, hatte er schon jede Stellung aus dem Buch versucht und noch ein paar dazu.

»Welche Methode hatten Sie denn im Sinn?« erkundigte er sich.

Dem Kommandanten ging Elsens Geziere langsam auf den Wecker. »Die mit einem Strick um den Hals und einem Sturz aus drei Metern Höhe«, schnauzte er. »Das sollte fürs erste genügen.«

Els war perplex. Wenn's so schon losginge, mochte er gar nicht dran denken, wie's enden sollte.

»Wär das nicht ein bißchen gefährlich?« fragte er.

»Natürlich nicht. Bombensicher.«

Wachtmeister Els konnte sich keine Bombe vorstellen, die so sicher war.

»Natürlich, wenn Sie Schiß haben«, begann der Kommandant.

»Ich hab keinen Schiß«, sagte Els. »Wenn Sie wirklich wollen, daß ich's mache, dann mach ich's, aber ich übernehme keine Verantwortung dafür, was dem armen Mädel dabei passiert. Ich meine, man kann doch keine Frau mit einem Strick um den Hals drei Meter tief fallen lassen, ohne sie irgendwie zu verletzen, nicht mal 'n Niggerweib. Und was das Bumsen . . .«

»Wovon zum Teufel reden Sie eigentlich, Els?« wollte der

Kommandant wissen. »Wer hat denn was von Frauen gesagt? Ich rede davon, daß Jonathan Hazelstone gehenkt wird. Ich biete Ihnen den Job als Henker an, und Sie quatschen die ganze Zeit wie ein Besessener von Frauen. Fühlen Sie sich in Ordung?«

»Ja, Sir. Jetzt ja«, sagte Els.

»Na schön, also machen Sie's oder machen Sie's nicht?«

»Ja, klar. Ich werde ihn prima hängen. Das macht mir nichts aus«, und Els war losgezogen, um am Galgen im Piemburger Gefängnis zu üben.

»Ich bin Scharfrichter Els«, stellte er sich würdevoll dem Wärter am Tor vor. »Ich bin der offizielle Henker.«

Als Kommandant van Heerden wieder allein in seinem Büro war, lauschte er dem Klopfen seines Herzens. Seit jener Nacht allein im Garten von Jacaranda House war ihm bewußt, daß irgend etwas damit ernstlich nicht stimmte.

»Das ist das ganze Rumgerenne und Aus-den-Fenstern-Gespringe«, sagte er sich. »Ist natürlich nicht gut für einen Mann meines Alters.« Er war mehrere Male bei seinem Arzt gewesen, nur um gesagt zu bekommen, daß er mehr Bewegung brauche.

»Sie müssen verrückt sein«, hatte der Kommandant zu ihm gesagt. »Ich renne überall im ganzen Ort rum.«

»Sie wiegen zuviel. Das ist das einzige, was Ihnen fehlt«, sagte der Arzt.

»Ich bin zweimal zusammengeklappt«, beharrte der Kommandant, »einmal in Jacaranda House und das zweite Mal im Gericht.«

»Wahrscheinlich das schlechte Gewissen«, sagte der Doktor heiter, und der Kommandant war in mieser Stimmung weggegangen, um sie an Luitenant Verkramp auszulassen.

Kommandant van Heerden ereilte sein dritter Anfall während der Feier in der Sporthalle, bei der der Polizeikommissar Wachtmeister Els die Belohnung überreichte. Der Kommandant hatte es bereut, Els die Belohnung zugesprochen zu haben, als er hörte, sie würde ihm vom Kommissar persönlich vor einem Publikum, bestehend aus fünfhundertneunundsiebzig Polizisten mit ihren Familien, überreicht werden. Die Aussicht, Els könne aufstehen und eine Dankesrede halten, war nicht dazu angetan, in Kommandant van Heerden irgendwie Begeisterung zu wecken.

»Hören Sie zu, Els«, sagte er, bevor er auf das Podium kletterte, auf dem der Kommissar schon wartete, »Sie brauchen nicht mehr zu sagen als ›Vielen herzlichen Dank‹. Ich möchte keine lange Rede hören.«

Wachtmeister Els nickte. Er war gar nicht dazu aufgelegt, Reden zu halten, weder kurze noch lange. Die beiden Männer betraten die Halle.

Schließlich jedoch verlief der Abend schlimmer, als es selbst der Kommandant vorausgesehen hatte. Der Polizeikommissar hatte soeben von der neuen Würde gehört, die man Wachtmeister Els übertragen hatte, und hatte beschlossen, seine Rede damit zu beenden, daß er die Neuigkeit den versammelten Männern eröffnete.

»Und so bitte ich nun, Wachtmeister Els nach oben zu kommen und seine Belohnung entgegenzunehmen«, sagte er endlich, »oder sollte ich sagen: Scharfrichter Els?«

Unbändiges Lachen und Beifall begrüßten diese Äußerung. »Das stimmt, nennen Sie ihn ruhig Scharfrichter Els«, schrie jemand, und eine andere Stimme rief: »Kaffern-Killer Els.«

Der Kommissar bat mit erhobener Hand um Ruhe, als Els aufs Podium geklettert kam.

»Wir alle wissen, welchen entscheidenden Beitrag Wachtmeister Els zur Lösung des Rassenproblems in Südafrika geleistet hat«, fuhr er unter allgemeinem Gelächter fort. »Ich glaube, ich kann ehrlich sagen, daß es wohl nur wenige Männer in der südafrikanischen Polizei gibt, die der Schaffung eines rassereinen und wirklich weißen Südafrika mehr Hindernisse aus dem Weg geräumt haben als Wachtmeister Els. Aber ich meine jetzt nicht seine vortreffliche Zielsicherheit, noch die Opfer, die er in

Verfolgung unseres gemeinsamen Traums, eines Südafrika, in dem es keine Schwarzen gibt, zu bringen für richtig hielt. Ich spreche jetzt von seiner neuen Verpflichtung. Wachtmeister Els wurde dazu ausersehen, das Amt zu übernehmen, den Mann zu hängen, dem wir die leeren Reihen heute Abend zu verdanken haben.« Er machte eine Pause und wandte sich Wachtmeister Els zu. »Ich habe die große Freude, Ihnen als Belohnung für die Verhaftung einer gefährlichen Verbrecherin diesen Scheck zu überreichen«, sagte er und schüttelte Els die Hand. »Henker Els, Sie haben Ihren Mitpolizisten Ehre gemacht.«

Lautes Hurrageschrei begrüßte die Nachricht von Elsens Ernennung. Els nahm den Scheck und machte kehrt, um wieder auf seinen Platz zurückzugehen.

»Na, Gott sei Dank«, entfuhr es dem Kommandanten, aber im nächsten Augenblick ertönten von allen Seiten die Rufe: »Eine Rede! Eine Rede! Du mußt eine Rede halten!« Und »Erzähl uns, wie du den Scheißkerl kaltmachst!« Und Els, der verlegen am Rand des Podiums rumstand, war endlich so weit, daß er was sagte.

»Also«, sagte er zögernd, als das Geschrei verstummt war, »ich nehme an, ihr wollt alle wissen, was ich mit dem Geld mache.«

Er hielt inne, und der Kommandant schloß die Augen. »Also, vor allem werde ich mich erst mal an meinen Dobermann ranmachen.«

Das Publikum brüllte vor Begeisterung, und der Kommandant machte einen Moment die Augen auf, um zu sehen, wie der Polizeikommissar die Sache aufgenommen hatte. Der Kommissar lachte kein bißchen.

»Das ist ein Hund, Sir«, flüsterte ihm der Kommandant eilig zu.

»Ich weiß, daß das ein Hund ist. Ich weiß, was ein Dobermann ist«, sagte der Polizeikommissar eisig, und ehe der Kommandant ihm die wahre Natur von Elsens Plänen erklären konnte, hatte der Wachtmeister weitergeredet.

»Das ist ’n dicker schwarzer Kerl«, sagte Els, »und nun ist er schon ein paar Wochen tot, es wird also nicht das reine Vergnügen werden.«

Das Publikum war entzückt. Schreien und Stiefelgetrampel begrüßten Elsens Mitteilungen.

»Ist es bei Ihren Männern etwa gebräuchlich, sich an Hunde ranzumachen?« fragte der Kommissar den Kommandanten.

»Er benutzt den Ausdruck nicht in seiner üblichen Bedeutung, Sir«, sagte der Kommandant verzweifelt.

»Das ist mir vollkommen klar«, sagte der Kommissar. »Ich weiß genau, was er meint.«

»Ich glaube nicht, Sir«, begann der Kommandant, aber Els hatte wieder zu sprechen angefangen, und der Kommandant mußte still sein.

»Er ist irgendwie steif«, sagte Els, »und deswegen ist es schwierig, in ihn reinzukommen.«

»Sie müssen ihn zum Schweigen bringen«, schrie der Kommissar Kommandant van Heerden an, während die Halle sich vor hysterischem Gelächter bog.

»Verstehen Sie doch, Sir«, schrie der Kommandant zurück. »Er tötete den Hund und . . .«

»Das überrascht mich überhaupt nicht. Ein Jammer, daß er sich nicht selber dabei umgebracht hat.«

In der Halle um sie herum tobte ein Höllenspektakel. Wachtmeister Els begriff nicht, über was von dem, was er gesagt hatte, die Leute so lachten.

»Lacht doch ruhig«, brüllte er über den Lärm weg, »lacht ruhig, verflucht noch mal, aber ich wette, ihr habt keinen Hund mit einem Stammbaum. Mein Hund hatte einen ganz besonderen Baum . . .« Der Rest des Satzes ging in Gelächter unter.

»Ich bleibe doch hier nicht sitzen und höre mir noch mehr von diesem Dreck an«, schrie der Kommissar.

»Warten Sie doch mal einen Moment, Sir«, brüllte der Kommandant zurück, »ich kann Ihnen erklären, was er sagen wollte. Er will den Hund zu einem Präparator bringen.«

Aber der Kommissar war bereits von seinem Platz aufgestanden und hatte das Podium verlassen.

»Verdammt widerlich«, sagte er zu seinem Adjutanten, als er in seinen Wagen stieg. »Der Kerl ist ja ein Sexualungeheuer.«

In der Halle hatte Els die Bühne verlassen und erklärte gerade einem Zivilbeamten in der ersten Reihe, daß er sich gleich an ihn ranmache, wenn er nicht aufhöre zu lachen. Auf dem Podium hatte Kommandant van Heerden seinen dritten Herzanfall erlitten.

Im Gefängnis von Piemburg teilte Jonathan Hazelstone nicht die Überzeugung seiner Schwester von der Erhabenheit Gottes. Nach einem ganzen Leben im Dienste des Herrn und einem Monat im »Hintern« fühlte er sich außerstande, noch länger daran zu glauben, daß was auch immer sich ihm in der Tiefe des Swimmingpools offenbart hatte, auch nur andeutungsweise barmherzig sei. Und was dessen Vernunft betraf, so ließ ihn seine Auffassung von der Welt und ihren Methoden vermuten, daß ihr Schöpfer nicht ganz bei Verstand gewesen sein müsse.

»Ich glaube, die Ruhepause am siebenten Tag hat er wirklich nötig gehabt«, sagte er zu dem alten Wärter, der darauf bestand, ihm Trost zu bringen, »und was seine Güte angeht, so sprechen, glaube ich, die Fakten für sich. Was immer für die Schöpfung verantwortlich war, er kann unmöglich etwas Gutes im Schilde geführt haben. Ganz das Gegenteil, wenn Sie mich fragen.«

Der alte Wärter war entsetzt. »Sie sind der erste, der in dieser Zelle sitzt«, sagte er, »und sich nicht eines Besseren besinnt und zu Gott bekehrt, bevor er gehenkt wird.«

»Das hat vielleicht etwas damit zu tun, daß ich unschuldig bin«, sagte der Bischof.

»Ach, daher weht der Wind«, sagte der alte Wärter und gähnte. »Das sagen sie alle«, und schlurfte davon, um Wachtmeister Els, der drüben im »Kopf« übte, Ratschläge zu erteilen. Wieder allein in seiner Zelle, legte sich der Bischof auf den Boden und lauschte den Geräuschen, die vom Galgen herübertönten. Nach allem, was er hörte, würde er wahrscheinlich weniger an einem gebrochenen Genick als an irgendeiner gräßlichen Form von Leistenbruch sterben.

Scharfrichter Els fand seinen neuen Job überhaupt nicht leicht. Vor allem hatte er all die Arbeiten, die damit zusammenhingen, gründlich satt. Er hatte aus dem Galgenschuppen das ganze Gelumpe rausräumen müssen, das sich dort die letzten zwanzig Jahre über angehäuft hatte. Mit Unterstützung eines halben Dutzends schwarzer Sträflinge hatte er mehrere Tonnen alte Möbel, Gartenwalzen, nicht mehr zu verwendende Neunschwänzige und verrottete Toiletteneimer abtransportiert, bevor er damit beginnen konnte, den Galgen für seine Aufgabe herzurichten. Und als der Schuppen leer war, wußte er nicht, wie nun weiter.

»Am Hebel ziehen«, sagte der alte Wärter, als Els ihn fragte, wie das Ding funktionierte, und der neue Henker war wieder in den Schuppen gegangen und hatte am Hebel gezogen. Nachdem er, als sich die Falltür unter ihm öffnete, sechs Meter tief auf den Schuppenboden gedonnert war, wurde Els der Mechanismus langsam klar. Er probierte das Gerät an mehreren ahnungslosen schwarzen Gefangenen aus, die gerade an der Stelle standen, und sie schienen zufriedenstellend schnell zu verschwinden. Enttäuscht war er nur, daß ihm nicht erlaubt wurde, den Galgen mal richtig auszuprobieren.

»Das kannst du nicht machen«, sagte der alte Wärter zu ihm, »das ist nicht legal. Das Beste, was ich dir vorschlagen könnte, wäre ein Sack voll Sand.«

»Kleinliches altes Luder«, dachte Els und schickte die Sträflinge ein paar Säcke mit Sand füllen. Sie eigneten sich recht zufriedenstellend als Doubles und jammerten nicht, wenn ihnen die Schlinge um den Hals gelegt wurde, was mehr war, als von den schwarzen Sträflingen gesagt werden konnte. Der Kummer war bloß, daß jedesmal, wenn einer gehängt wurde, der Boden unten rausfiel. Els marschierte wieder rüber in den »Hintern«, um den alten Wärter um Rat zu fragen. »Der ist nicht mehr hier«, sagte ihm der Bischof.

»Wo ist er denn hin?« fragte Els.

»Er hat sich krank gemeldet«, sagte der Bischof. »Er hat Magenbeschwerden.«

»Den Säcken drüben geht's genauso«, sagte Els und ließ den Bischof allein, der sich fragte, was schlimmer sei, gehängt oder ausgeweidet zu werden.

»Ich vermute, es macht wohl keinen großen Unterschied«, dachte er schließlich. »Ich kann sowieso nichts daran ändern.«

Kommandant van Heerden teilte des Bischofs Fatalismus nicht. Seine dritte Herzattacke hatte ihn davon überzeugt, daß auch er zum Tode verurteilt sei, aber er war zu dem Schluß gekommen, daß er etwas daran ändern könne. Zu dieser Überzeugung hatte auch Wachtmeister Oosthuizen beigetragen, dessen Erfahrungen in höherer Chirurgie ihn zu einem konkurrenzlosen Quell medizinischer Informationen werden ließ.

»Das allerwichtigste ist, einen gesunden Spender zu finden«, erzählte ihm der Wachtmeister, »danach ist es das reinste Zukkerschlecken, verglichen mit meiner Operation.«

Kommandant van Heerden war davongeeilt, um nicht einer Schilderung der Operation lauschen zu müssen, in der der Löwenanteil des Verdauungstrakts von Wachtmeister Oosthuizen eine so denkwürdige Rolle spielte.

Er saß in seinem Büro und hörte zu, während Luitenant Verkramp sehr laut den Fall seines Onkels erzählte, der an Herzbeschwerden gestorben war. Dem Kommandanten war erst neulich aufgefallen, daß ein ungewöhnlich großer Teil der Familie Verkramp einem Gebrechen zum Opfer gefallen war, das offensichtlich vererbt wurde, und die Art ihres Hinscheidens war durchweg so grauenhaft gewesen, daß er nur hoffen konnte, Verkramp werde denselben Weg gehen. Die Besorgnis des Luitenants ging ihm auf die Nerven, und die ewigen Nachfragen, wie es ihm gehe, hatte er gleichermaßen satt.

»Mir geht's gut, verdammt noch mal«, sagte er zum hundertsten Male zu Verkramp.

»Jaja«, sagte der Luitenant niedergeschlagen, »so sieht das oft aus. Auch mein Onkel Piet sagte, er fühle sich prächtig, an dem Tag, als er starb, aber es passierte dann doch ganz plötzlich.«

»Aber es ging wohl nicht sehr schnell«, sagte der Kommandant.

»O nein. Sehr langsam und qualvoll.«

»Das dachte ich mir«, sagte der Kommandant. »Einfach entsetzlich«, sagte Verkramp. »Er. . .«

»Ich will nichts mehr hören«, schrie der Kommandant.

»Und ich dachte, Sie wollten das wissen«, sagte Verkramp und ging hinaus, um Wachtmeister Oosthuizen mitzuteilen, daß Gereiztheit ein untrügliches Zeichen für eine unheilbare Herzkrankheit sei.

Inzwischen hatte der Kommandant versucht, sich damit abzulenken, daß er sich eine angemessen scharfe Erwiderung für den Polizeikommissar ausdachte, der ihm geschrieben und ihn angewiesen hatte, dafür zu sorgen, daß die Leute unter seinem Kommando reichlich Bewegung im Freien bekämen. Er hatte sogar angedeutet, daß es vielleicht nicht verkehrt wäre, für die Polizeikaserne in Piemburg ein Bordell aufzuziehen. Wie der Kommandant feststellen konnte, ging dem Kommissar Wachtmeister Els' Bekenntnis noch immer sehr im Kopf rum.

»Wie schreiben Sie Präparator?« fragte er Wachtmeister Oosthuizen.

»Ach, ich würde zu keinem gehen«, erwiderte der Wachtmeister, »Sie brauchen einen richtigen Chirurgen.«

»Ich hatte auch nicht vor, zu einem Präparator zu gehen«, schrie der Kommandant. »Ich will bloß wissen, wie das Wort geschrieben wird.«

»Das wichtigste ist erst mal, einen geeigneten Spender zu finden«, fuhr der Wachtmeister fort, und der Kommandant hatte den Versuch aufgegeben, den Brief noch fertigzukriegen.

»Warum reden Sie denn nicht mal mit Els? Er sollte Ihnen doch einen verschaffen können.«

»Ich will aber keinen Nigger«, sagte der Kommandant entschlossen, »lieber würde ich sterben.«

»Das sagte mein Vetter auch genau an dem Tag, als er abnippelte«, fing Verkramp an.

»Schnauze«, bellte der Kommandant, ging in sein Büro und machte die Tür hinter sich zu. Er setzte sich an den Schreibtisch und überlegte, wie Wachtmeister Els ihm einen Spender verschaffen könne. Eine halbe Stunde später griff er zum Telefon.

Nicht ohne einiges Erstaunen nahm Jonathan Hazelstone zur Kenntnis, daß Kommandant van Heerden die Bitte geäußert habe, ihn zu sehen.

»Kommt doch bloß, um sich an meinem Anblick zu weiden«, sagte er, als Direktor Schnapps ihm die Mitteilung des Kommandanten überbrachte. Noch erstaunter war er über die Art, wie diese Bitte formuliert war. Kommandant van Heerden bat nicht geradezu um eine Audienz, aber seine Zeilen sprachen von »einem Zusammentreffen, vielleicht in der Abgeschiedenheit der Gefängniskapelle, um eine Angelegenheit in unser beider Interesse zu erörtern«. Jonathan zermarterte sich das Gehirn nach einer Angelegenheit in ihrer beider Interesse, aber abgesehen von seiner bevorstehenden Hinrichtung, an der Kommandant van Heerden ein beträchtliches Interesse haben mußte, wenn seine Bemühungen, sie zuwege zu bringen, etwas war, wonach man gehen konnte, fielen ihm keine Interessen ein, die er mit dem Kommandanten teilte. Zunächst hatte er erwogen, die Bitte abzuschlagen, aber dann hatte er sich doch von dem alten Wärter überreden lassen hinzugehen. Dessen Darmbeschwerden hatten aufgehört, seitdem Els die Säcke nicht mehr zum Platzen brachte.

»Man weiß doch nie. Er könnte ja vielleicht eine gute Nachricht für Sie haben«, sagte der Wärter, und der Bischof hatte dem Treffen zugestimmt.

Sie kamen eines Nachmittags in der Gefängniskapelle zusammen, genau eine Woche, bevor die Hinrichtung stattfinden sollte. Mit Ketten und Handschellen gefesselt rasselte der Bischof hinüber und fand den Kommandanten auf einem Betstuhl sitzen und auf ihn warten. Auf Vorschlag des Kommandanten gingen die beiden Männer den Mittelgang hinauf und knieten nebeneinander an der Altarschranke, außer Hörweite der Wärter an der Kapellentür, nieder. In den Fenstern über ihnen filterten Szenen erbaulichen Grauens, im neunzehnten Jahrhundert in farbigem Glas ausgeführt, das Sonnenlicht, das die duffen Farben und die Rippen hinter dem Glas zu durchdringen vermochte, bis die ganze Kapelle wie von dunklem Blut erglühte.

Während Kommandant van Heerden ein kurzes Gebet sprach, starrte der Bischof, der die Aufforderung des Kommandanten, ebenfalls zu beten, abgelehnt hatte, ehrfurchtsvoll zu den Fenstern hinauf. Er hatte sich überhaupt noch nie klargemacht, wie viele Arten es gab, Leute zu Tode zu bringen. Die Fenster stellten einen umfassenden Hinrichtungskatalog dar, der von der einfachen Kreuzigung bis zur Verbrennung auf dem Scheiterhaufen reichte. Die heilige Katharina auf dem Rad verdiente nach Ansicht des Bischofs ihre Berühmtheit als Feuerwerksmarke durchaus, und der heilige Sebastian hätte ein ideales Warenzeichen für Nadelkissen abgegeben. Einer nach dem anderen gelangten die Märtyrer an ihr Ende, und das in einem Realismus, der den Künstler als ein Genie, und ein übergeschnapptes obendrein, zu erkennen zu geben schien. Der elektrische Stuhl auf dem einen Fenster gefiel dem Bischof besonders gut. Mit einer wahrhaft viktorianischen Versessenheit auf Naturalistisches in Verbindung mit Hochdramatischem war die Gestalt auf dem Stuhl in eine Aura elektrischblauer Funken gehüllt dargestellt. Der Bischof blickte zu ihr hoch und war froh, in das Zusammentreffen eingewilligt zu haben. Diese Fenster gaben ihm die Gewißheit, daß sein eigenes Ende am Galgen, ganz gleich, wie gräßlich er von dem inkompetenten

Els zugerichtet würde, geradezu ein Genuß sein werde im Vergleich mit den hier dargestellten Leiden.

»Ich darf wohl mit meinem bescheidenen Los zufrieden sein«, sagte er sich, während der Kommandant sein Schlußgebet murmelte, das unter den obwaltenden Umständen, wie der Bischof empfand, in recht seltsame Worte gekleidet war.

»Für alles, was wir möglichst bald erhalten werden, mache uns, lieber Gott, von Herzen dankbar. Amen«, sagte der Kommandant.

»Nun?« sagte der Bischof nach einer kurzen Pause.

»Es wird Sie freuen zu hören, daß es Ihrer Schwester in Fort Rapier sehr gut geht«, flüsterte der Kommandant.

»Schön zu wissen.«

»Ja, sie ist bei bester Gesundheit«, sagte der Kommandant.

»Hm«, sagte der Bischof.

»Sie hat sogar etwas zugenommen«, sagte der Kommandant. »Aber bei Krankenhausverpflegung ist das nicht anders zu erwarten.« Er machte eine Pause, und der Bischof fragte sich allmählich, wann er endlich zur Sache käme.

»Übergewicht ist etwas, das man vermeiden sollte«, sagte der Kommandant. »Fettsucht ist weit öfter Ursache eines vorzeitigen Todes als Krebs.«

»Das glaube ich wohl«, sagte der Bischof, der fünfundzwanzig Pfund abgenommen hatte, seit er im Gefängnis war.

»Besonders in den mittleren Jahren«, flüsterte der Kommandant. Der Bischof drehte ihm den Kopf zu und sah ihn an. In ihm wuchs der Verdacht, der Kommandant delektiere sich gerade an einem ziemlich geschmacklosen Witz.

»Sie sind doch wohl hoffentlich nicht hergekommen, um mich vor den Gefahren des Übergewichts zu warnen«, sagte er. »Ich dachte, in Ihrem Briefchen stünde, Sie wollten etwas in unser beider Interesse Liegendes erörtern, und Fettsucht zählt offen gesagt nicht zu meinen Problemen.«

»Das weiß ich ja«, sagte der Kommandant bekümmert.

»Also dann?«

»Ich habe selber Kummer damit.«

»Ich verstehe nicht, was das mit mir zu tun hat«, sagte der Bischof.

»Sie kann zu allen möglichen Komplikationen führen. Sie ist eine der Hauptursachen von Herzkrankheiten«, sagte der Kommandant.

»So wie Sie reden, würde jeder meinen, ich schwebte in der Gefahr, einen Herzinfarkt zu bekommen, wogegen mir meiner Meinung nach dieser besondere Luxus nicht gestattet werden wird.«

»Ich dachte wirklich nicht an Sie«, sagte der Kommandant.

»Das habe ich auch nicht angenommen.«

»Es ist mehr meine eigene Fettsucht, an die ich denke«, fuhr van Heerden fort.

»Wissen Sie, wenn das alles ist, weswegen Sie hergekommen sind, gehe ich, glaube ich, wieder in meine Zelle zurück, ich habe nämlich in den mir noch bleibenden Stunden über Besseres nachzudenken als über Ihren Gesundheitszustand.«

»Ich fürchtete, daß Sie das sagen werden«, sagte der Kommandant düster.

»Ich kann mir nicht denken, was Sie sich sonst vorgestellt haben. Sie sind doch ganz bestimmt nicht aus Mitleid hergekommen. Haben Sie ein Herz!«

»Danke«, sagte der Kommandant.

»Was haben Sie gesagt?«

»Danke«, sagte der Kommandant.

»Danke wofür?«

»Für ein Herz.«

»Für was?«

»Ein Herz.«

Der Bischof sah ihn ungläubig an. »Ein Herz?« sagte er schließlich. »Wovon zum Kuckuck reden Sie eigentlich?«

Kommandant van Heerden zögerte einen Augenblick, ehe er weitersprach. »Ich hätte ein neues Herz nötig«, sagte er endlich.

»Es ist meiner Aufmerksamkeit nicht entgangen«, sagte der

Bischof, »daß Ihnen ein neues Herz mächtig guttäte, aber um offen zu sein: Ich glaube, mit Ihnen ist es schon zu weit gediehen, als daß Ihnen meine Gebete helfen könnten. Und ich muß Ihnen sowieso leider sagen, daß ich den Glauben an die Kraft des Gebets verloren habe.«

»Beten habe ich schon ausprobiert«, sagte der Kommandant, »aber es hat überhaupt nichts genützt. Ich kriege immer noch Herzklopfen.«

»Vielleicht, wenn Sie wirklich bereuen«, sagte der Bischof.

»Keinen Zweck. Ich bin ein todgeweihter Mensch«, sagte der Kommandant.

»Bildlich gesprochen sind wir das wohl alle«, sagte der Bischof. »Das ist halt ein Teil der Situation des Menschen. Aber nehmen Sie mir nicht übel, wenn ich Ihnen sage, daß ich verdammt viel todgeweihter bin als Sie, und das verdanke ich Ihnen, daß ich nächsten Freitag hänge.«

Ein langes Schweigen entstand in der Kapelle, während die beiden Männer über ihre Zukunft nachdachten. Der Kommandant brach es schließlich.

»Ich nehme an, Sie wollen nicht doch noch was für mich tun«, sagte er endlich. »Ein letztes Vermächtnis.«

»Ein letztes Vermächtnis?«

»Wirklich ganz was Kleines und nichts, was Ihnen noch viel nützen würde.«

»Sie haben vielleicht Nerven. Kommen her und bitten, in mein Testament aufgenommen zu werden«, sagte der Bischof aufgebracht.

»Es ist nicht Ihr Testament«, sagte der Kommandant verzweifelt.

»Nein? Wo denn dann, zum Teufel?«

»In Ihrer Brust.«

»Was?«

»Ihr Herz.«

»Sie reden andauernd von meinem Herzen«, sagte der Bischof, »ich möchte, daß Sie damit aufhören. Es ist schlimm genug zu wissen, daß ich sterben muß, auch ohne jemanden zu haben, der andauernd auf meinem Herzen rumreitet. Man könnte meinen, Sie wollten das Ding haben.«

»Das will ich ja«, sagte der Kommandant schlicht.

»Was?« schrie der Bischof und sprang kettenklirrend auf. »Sie wollen was?«

»Nur Ihr Herz«, sagte der Kommandant. »Ich brauche es zu einer Verpflanzung.«

»Ich werde wahnsinnig«, schrie der Bischof. »Ich muß es schon sein. Das ist doch nicht möglich. Wollen Sie mir etwa damit sagen, daß Sie sich die ganze Mühe nur deshalb gemacht haben, damit Sie mein Herz für eine Verpflanzung kriegen?«

»Es war keine Mühe«, sagte der Kommandant. »Ich hatte heute nachmittag sowieso nichts vor.«

»Ich spreche nicht von heute nachmittag«, schrie der Bischof, »ich spreche von den Morden und dem Prozeß und meiner Verurteilung zum Tode für Verbrechen, die, wie Sie wissen, ich gar nicht begangen haben kann. Sie haben das alles getan, bloß um mir mein Herz aus dem Leibe zu reißen und es sich in Ihren zu stecken? Das ist ja unglaublich. Sie sind ein leichenfleddernder Vampir. Sie sind ...« Der Bischof fand einfach keine Worte, um sein Entsetzen auszudrücken.

Auch Kommandant van Heerden war entsetzt. Noch nie in seinem ganzen Leben hatte man ihn so schändlicher Dinge bezichtigt.

»Großer Gott«, schrie er zurück, »wofür halten Sie mich eigentlich?«

Er merkte, daß das genau das Falsche war, wonach er fragen konnte. Es war absolut klar, wofür der Bischof ihn hielt. Einen schrecklichen Augenblick lang sah es so aus, als wolle sich der an Händen und Füßen gefesselte Gefangene auf ihn stürzen. Dann verließ den Bischof seine Wut ganz plötzlich, und der Kommandant sah, daß er zu einem der farbigen Glasfenster hinaufstarrte. Er folgte dem Blick des Bischofs und erkannte eine besonders grausige Darstellung eines Märtyrers, der gerade gehängt, gestreckt und gevierteilt wurde. Für Kommandant van Heerden ließ sich die Veränderung im Verhalten des Gefangenen nur durch ein übernatürliches Eingreifen erklären. Auf irgendeine sonderbare Art und Weise hatte das Glasfenster seiner Seele ein Gefühl der Ruhe und des Friedens vermittelt.

Und das war auf seine Weise wahr, denn Jonathan Hazelstone war plötzlich klargeworden, daß der zweite Vers des Gedichts »Die Vorboten« unbedingt verbessert werden mußte. Es war nicht sein Hirn, das sie wollten. Es war sein Herz.

»Ihr seid so gut und laßt mir's beste Zimmer,
Ja, selbst mein Herz und was darinnen wohnt.«

Als der Bischof sich wieder zu dem Kommandanten umdrehte, war er ein Bild wahrhaft christlichen Edelmuts.

»Ja«, sagte er ruhig. »Wenn Sie mein Herz haben wollen, können Sie es natürlich haben«, und ohne ein weiteres Wort wandte er sich vom Altar ab und rasselte den Mittelgang hinunter auf die Tür zu. Und beim Gehen dichtete er die Zeilen um:

»Ihr seid so schlecht und stehlt mir's beste Zimmer,
Ja, selbst mein Herz . . .«

Der Bischof lächelte glücklich in sich hinein. Es paßte ungeheuer gut, dachte er, und er lächelte immer noch selig, als Kommandant van Heerden ihn einholte und von Rührung überwältigt seine gefesselte Hand ergriff und so heftig schüttelte, wie es die Handschellen nur zuließen.

»Sie sind ein wahrer Gentleman«, keuchte er, »ein wahrer englischer Gentleman.«

»Noblesse oblige«, murmelte der Bischof, der seit dem rheumatischen Fieber, an dem er als Kind gelitten hatte, ein chronisch schwaches Herz besaß.

18

Der Bischof war noch immer heiterer Stimmung, als Scharfrichter Els ihn besuchte, um ihn für den Sturz zu wiegen.

»Lächeln Sie ruhig«, sagte Els, als er ihn aus der Zelle zerrte und zur Waage schubste. »Für Sie ist alles in Butter. Sie brauchen ja nichts zu tun. Ich bin doch hier derjenige, der die ganze Arbeit hat.«

»Jeder von uns hat seine kleine Rolle zu spielen«, sagte der Bischof.

»Spielen?« fragte Els. »Was ich tue, würd ich nicht Spielen nennen. Ich arbeite mir noch den Arsch ab.«

»Solange Sie bei meinem Fall nicht dasselbe Ergebnis erzielen«, sagte der Bischof beunruhigt. »Nebenbei, wie kommen Sie denn mit den Säcken zu Rande?«

»Ich übe damit, bis ich's gefressen habe«, sagte Els, »aber ich hab's anscheinend immer noch nicht richtig raus. Es hat was mit dem Gewicht zu tun, wie tief einer fallen muß.« Er versuchte, die Skala an der Waage abzulesen. »Ich werd aus diesen Sachen überhaupt nicht schlau«, sagte er schließlich. »Was kriegen Sie denn raus, wie hoch Ihr Gewicht ist?«

Der Bischof kam ihm zu Hilfe.

»Dreihundertachtundneunzig Pfund«, sagte er.

Els zog ein kleines schwarzes Buch mit dem Titel *Henker-Handbuch* zu Rate, das er sich von dem alten Wärter geliehen hatte.

»Sie sind zu schwer«, sagte er. »Es geht nur bis dreihundert Pfund. Sind Sie sicher, daß die Waage richtig anzeigt?«

Der Bischof kontrollierte: »Dreihundertachtundneunzig Pfund genau.«

»Tja, jetzt weiß ich nicht, was ich machen soll. Es sieht so aus, als brauchten Sie überhaupt nicht zu fallen.«

»Schöner Gedanke«, sagte Jonathan und setzte hoffnungsvoll hinzu: »Vielleicht begehen fette Leute gar keine Morde.«

»Na ja, und wenn, dann scheint sie keiner zu hängen«, sagte Els. »Vielleicht erschießt man sie.« Alles in allem zog er das Erschießen vor. Es ging schneller und erforderte von ihm viel weniger Anstrengung.

»Nein, nein«, sagte der Bischof rasch. »Sie müssen auf alle Fälle gehängt werden.« Er dachte einen Augenblick nach. »Was sagt das Buch, wie tief jemand fallen muß, der zweihundert Pfund wiegt?« fragte er.

Els vertiefte sich in seinen kleinen Ratgeber. »Sechs Fuß«, sagte er schließlich.

»Dann müßten drei Fuß so ungefähr das Richtige sein«, sagte der Bischof.

»Wieso denn?« Els mochte von einem verkürzten Fall überhaupt nichts hören. Das roch zu sehr nach dem Versuch, dem Tod aus dem Weg zu gehen.

»Doppeltes Gewicht gleich halbe Fallhöhe«, erläuterte der Bischof.

So dumm war Els denn doch nicht, in diese Falle zu tappen. »Doppeltes Gewicht gleich doppelte Fallhöhe, meinen Sie wohl.«

Der Bischof versuchte zu erklären. »Je schwerer jemand ist, desto kürzer kann der Sturz sein, um ihm das Genick zu brechen. Jemand Leichtes braucht einen viel längeren Fall, um das notwendige Bewegungsmoment zu erreichen.«

Els versuchte, das zu verstehen. Er fand es sehr schwierig.

»Warum ist denn ein Bewegungsmoment wichtig?« fragte er. »Niemand hat mir gesagt, daß ich eins besorgen muß.«

»Das Bewegungsmoment ist das Produkt aus der Masse eines sich bewegenden Körpers und seiner Geschwindigkeit.«

»Ich dachte, das wär der Tod«, sagte Els.

»Ja, aber man bekommt den Tod nicht ohne das Bewegungsmoment. Das ist nicht möglich.«

»Ach nein?« sagte Els. »Na schön, ich krieg das verdammt nochmal schon hin. Wär ja zum Schießen.«»

Durch das dauernde Erwähnen des Schießens erschreckt, versuchte es der Bischof noch mal.

»Wenn ein Mensch gehängt wird, wie stirbt er denn dann?« fragte er.

Els dachte darüber nach. »Durchs Hängen«, sagte er schließlich.

»Und Hängen heißt was mit ihm zu tun?«

»Ihn mit einem Strick um den Hals durch ein Loch fallen lassen.«

»Und was passiert dann?«

»Er stirbt.«

»Ja«, sagte der Bischof geduldig, »aber was macht denn der Strick?«

»Er hält ihn aufrecht.«

»Aber nein. Er bricht ihm das Genick.«

Els wußte das besser. »O nein, das tut er nicht«, sagte er. »Ich hab das mit Säcken geübt, und er bricht ihnen nicht den Hals. Ihnen fällt der Boden raus. Das ist eine wahnsinnige Schweinerei.«

Dem Bischof schauderte.

»Das ist es bestimmt«, sagte er. »Aber wir wollen doch nicht, daß mir das passiert, oder? Deshalb müssen wir die Länge des Falles genau rauskriegen.«

»Ach, das würde Ihnen schon nicht passieren«, versicherte ihm Els. »Der alte Wärter sagt, bei Ihnen wär's genau anders rum. Er sagt, Ihr Kopf würde . . .«

Den Bischof verlangte es nicht zu wissen, was der alte Wärter gesagt hatte. Er hatte sowieso schon genug von seinem morbiden Interesse an der menschlichen Anatomie.

»Sehen Sie mal, wenn Sie wirklich so scharf darauf sind,

einen Dauerjob als Henker zu kriegen, müssen Sie mit dieser Hinrichtung schon Eindruck machen. Niemand wird Sie fest anstellen, wenn Sie mit ihrer ersten Hinrichtung nicht Erfolg haben.«

Els sah den Bischof kläglich an. »Das weiß ich ja«, sagte er, »aber was soll ich denn tun, wenn Ihr Gewicht nicht in dem Handbuch steht?«

»Sie könnten mich leichter machen«, schlug der Bischof mit einem Blick auf seine Fesseln und Ketten vor.

»Geritzt«, sagte Els erfreut. »Ich lasse Sie sofort auf Nulldiät setzen.«

»Das meinte ich nicht«, sagte der Bischof, der sich nichts Nulleres vorstellen konnte als die Diät, auf der er bereits war. »Woran ich gedacht habe, das war, mir alle diese Ketten abzunehmen und mich ohne sie zu wiegen. Ich glaube, sie werden mich viel leichter finden.«

»Ich zweifle, ob ich Sie dann überhaupt noch finde«, sagte Els.

»Gut, wenn Sie mir die Ketten nicht abnehmen wollen, dann weiß ich nicht, wie ich Ihnen noch helfen soll«, sagte der Bischof gelangweilt.

»Und wenn ich sie Ihnen abnähme, bin ich verdammt sicher, daß Sie mir auch nicht helfen würden«, sagte Els.

»In dem Fall weiß ich nicht, was ich Ihnen noch vorschlagen soll. Sie werden mein richtiges Gewicht nicht rausfinden mit all den Ketten an mir dran, und wenn Sie sie mir nicht abnehmen wollen . . .« Er hielt inne, denn ihm fiel eine andere Szene in dem Kapellenfenster ein. »Sie haben doch sicher nicht vor, mich in Ketten zu hängen?« erkundigte er sich.

»Nein«, sagte Els, »dafür gibt's eine besondere Garnitur Lederriemen und einen Leinensack für Ihren Kopf.«

»Lieber Gott, ist das 'ne Art zu sterben«, murmelte der Bischof.

»Ich habe Stiefelwichse auf die Riemen geschmiert und sie schön poliert. Sehen ziemlich fesch aus«, fuhr Els fort. Der Bischof hörte ihm nicht zu. Ihm war plötzlich eine Möglichkeit eingefallen, das Wiegeproblem zu lösen.

»Ich weiß, was wir machen«, sagte er. »Sie holen einen anderen Satz Ketten und Fesseln her, und die wiegen wir allein.«

»Ich verstehe nicht, was das helfen soll«, sagte Els. »Ich habe Ihnen doch gerade erzählt, daß wir an dem Tag keine Ketten benutzen. Sie glauben doch wohl nicht, daß ich die Riemen umsonst geputzt habe, oder?«

Der Bischof hatte langsam das Gefühl, nie und nimmer werde er Els dazu bringen können, irgendwas zu kapieren.

»Wenn wir erst mal wissen, wieviel die Ketten allein wiegen, können wir ihr Gewicht von den dreihundertachtundneunzig Pfund abziehen, dann wissen wir, wieviel ich wiege.«

Els dachte einen Moment über den Vorschlag nach, aber dann schüttelte er den Kopf.

»Das würde nicht funktionieren«, sagte er.

»Warum denn nicht, um alles in der Welt?«

»Ich hab das Abziehen in der Schule nie gekonnt«, gab Els schließlich zu.

»Macht nichts«, sagte der Bischof, »ich war da sehr gut drin und rechne es selber aus.«

»Wie weiß ich dann, daß Sie nicht schummeln?«

»Mein lieber Henker Els«, sagte der Bischof. »Ich kenne zwei gute Gründe, weshalb ich genauso wie Sie darauf bedacht bin, daß diese Hinrichtung perfekt über die Bühne geht. Möglicherweise drei. Grund eins ist, wenn Sie den Sturz zu kurz berechnen, dann werde ich zu Tode gewürgt, und das möchte ich wirklich nicht. Grund zwei ist, wenn Sie ihn zu lang berechnen, werden Sie mich wahrscheinlich enthaupten.«

»Das werde ich nicht«, sagte Els. »Ihr Kopf geht einfach ab.«

»Ganz recht«, sagte der Bischof hastig. »Bloß nicht 'n Spaten 'ne verdammte Schippe nennen, stimmt's?«

»Was ist der dritte?« fragte Els, den nicht interessierte, wie 'ne verdammte Schippe genannt wurde.

»Ah ja, Nummer drei. Den hätte ich fast vergessen. Schön, Grund drei ist, daß Sie offensichtlich der geborene Henker sind, und wenn Sie auch noch eine Menge über das Hinrichten zu lernen haben, so sehe ich doch gern einen Menschen die Gaben, die er hat, benutzen. Ja, ich weiß, der Leinensack«, fuhr der Bischof fort, als Els ihn mit der Mitteilung zu unterbrechen versuchte, daß er auf dem Gerüst ja gar nichts sehen werde, »ich spreche bildlich, und bildlich gesprochen hoffe ich, Sie werden es zu noch viel größeren Dingen bringen, fast möchte man sagen, zum Kopf Ihrer Profession.«

»Glauben Sie wirklich, ich gebe einen guten Henker ab?« fragte Els begierig.

»Da bin ich ganz sicher«, sagte der Bischof. »Ich hab das in den Knochen, daß Sie sich unter den Henkern der ganzen Welt einen Namen machen werden«, und nach dieser Rückenstärkung, die Els verzweifelt nötig hatte, ging der Bischof wieder in seine Zelle, während Els davonzog, um einen zweiten Satz Ketten und Fesseln zu holen. Schließlich bekamen sie raus, daß Jonathan Hazelstone einhundertachtzig Pfund wog und einen sieben Fuß tiefen Sturz benötigte.

Wenn der Bischof Mühe hatte, Els zu überreden, ihn so zu töten, wie es sich gehört, so fand Kommandant van Heerden es fast genauso schwierig, die Chirurgen am Piemburger Krankenhaus dazu zu überreden, die Operation zu unternehmen, die er zur Rettung seines Lebens brauchte. Sie erhoben stur völlig nichtssagende Einwände, und besonders irritierend fand der Kommandant ihr Beharren darauf, daß mit seinem Herzen alles in Ordnung sei. Als er diese Schwierigkeit aus der Welt geschafft hatte, indem er ihnen drohte, sie wegen Mordversuchs zu belangen, wenn sie seiner Diagnose nicht zustimmten, brachten sie eine weitere Stunde damit hin, die ethischen Probleme zu erörtern, die sich daraus ergaben, daß das Herz eines Mörders in den Körper eines Menschen verpflanzt werden sollte, der, wie sie ausführten, so offenkundig nicht-blutrünstig sei. Der Kommandant beruhigte sie hierüber sehr schnell, und erst, als sie die technischen Probleme der Feststellung des Gewebetyps und der Gefäßabstoßung aufs Tapet brachten und zu erklären versuchten, wie unwahrscheinlich es sei, daß das Gewebe des Verurteilten sich mit dem eines reinblütigen Afrikaanders wie Kommandant van Heerden vertrüge, erst da ging ihm der Hut hoch.

»Wollen Sie mir etwa erzählen, daß ich kein Mensch bin?« schrie der Kommandant Dr. Erasmus an, der das Transplantationsteam leitete. »Wollen Sie mir etwa erzählen, ich wär ein Scheiß Pavian?«

»Ich habe nichts Derartiges gesagt«, protestierte Dr. Erasmus. »Sie verstehen offenbar nicht recht. Jeder Mensch hat einen anderen Gewebetyp, und ihrer ist vielleicht nicht der gleiche Typ wie der des Spenders.«

»Sie behaupten wohl, ich hätte Niggerblut in mir«, tobte der Kommandant. »Sie meinen, ich könnte das Herz eines Engländers nicht bekommen, weil ich 'n halber Kaffer wär. Ist es das, was Sie damit sagen wollen?«

»Nichts dergleichen will ich damit sagen. Es gibt absolut keinen Grund, weshalb Sie nicht das Herz eines Kaffern haben sollten«, sagte Dr. Erasmus verzweifelt. Er fand Kommandant van Heerdens Herumgetobe absolut enervierend.

»Da haben wir's. Sie haben's eben gesagt. Sie haben gesagt, ich könnte das Herz eines Kaffern haben«, schrie der Kommandant.

»Ich meinte nicht, daß Sie notwendigerweise eins haben müßten. Es gibt keinen Grund, warum das Herz eines Schwarzen nicht in den Körper eines Weißen eingesetzt werden sollte, genausowenig wie es irgendeinen Grund gibt, weshalb die Organe eines Weißen nicht einem Schwarzen übertragen werden sollten.«

Eine derart flagrante Verletzung der Grundgedanken der Apartheid war Kommandant van Heerden sein Leben lang noch nicht zu Ohren gekommen.

»Dafür gibt es jeden verfluchten Grund«, brüllte er, »warum

die Organe eines Weißen nicht in einen Schwarzen reingesteckt werden sollten. Keinem Weißen ist es erlaubt, irgendeinen Körperteil in einen Schwarzen zu stecken. Das ist gegen das Rassendingsbumsgesetz.«

Dr. Erasmus hatte noch nie was von einem Bumsgesetz gehört, aber er nahm an, das sei der Polizeijargon für das Sittengesetz.

»Sie mißverstehen mich«, sagte er. »Ich meinte nicht die Geschlechtsorgane.«

»Da fangen Sie ja schon wieder davon an«, schnauzte der Kommandant. »Ich zeige Sie an wegen Anstachelung zur Homosexualität zwischen den Rassen, wenn Sie nicht sofort den Mund halten.«

Dr. Erasmus wurde still.

»Beruhigen Sie sich doch, Kommandant«, sagte er besänftigend, »um Gottes willen, beruhigen Sie sich doch! Sie schaden sich nur, wenn Sie so weitermachen.«

»Ich werde Ihnen gleich mal schaden, Sie Scheißkerl«, schrie der Kommandant, der keine Lust hatte, sich von jedem Ekel von Arzt herumkommandieren zu lassen, das ihm erzählte, er hätte Niggerblut in seinem Körper. »Ich kenne Ihre Sorte. Sie sind ein Feind Südafrikas, das sind Sie. Sie sind ein Scheiß Kommunist. Ich laß Sie aufgrund des Terroristenerlasses einbuchten, und dann sehen wir sehr bald, wie Ihnen Organverpflanzungen gefallen.«

»Um Ihrer Gesundheit willen, hören Sie bitte auf zu schreien«, bat der Doktor.

»Meine Gesundheit? Sie reden von meiner Gesundheit? Um Ihre Gesundheit sollten Sie sich Sorgen machen, wenn Sie nicht tun, was ich Ihnen sage«, donnerte der Kommandant, bevor ihm bewußt wurde, was wohl Dr. Erasmus eben gemeint hatte. Mit einer gewaltigen Willensanstrengung beruhigte er sich. Jetzt hatte er nicht mehr den leisesten Zweifel, daß sein Herz ausgewechselt werden mußte. Dr. Erasmus hatte es eben wortreich zugegeben.

Mit ruhiger Stimme und der Autorität, die ihm die Ausnahmebefugnisse noch immer verliehen, erteilte Kommandant van Heerden dem Chirurgenteam seine Befehle. Sie hatten alle notwendigen Vorbereitungen für die Transplantation zu treffen und erhielten die Anweisung, keine Information an die Presse, die Öffentlichkeit oder ihre Familien weiterzugeben. Die ganze Operation hatte unter äußerster Geheimhaltung zu geschehen. Das war das einzig Willkommene, das die Doktoren den Mitteilungen des Kommandanten entnahmen.

Der einzige andere Trost war, daß Kommandant van Heerdens Körper das neue Herz so gut wie sicher nicht annehmen würde. Wie Dr. Erasmus ihm darlegte, sei er auf dem besten Wege, Selbstmord zu begehen. Der Kommandant wußte das besser. Seit Jahren esse er nun schon in der Polizeikantine, und wenn sein Magen das Fressen drin behielte, das dort serviert werde, dann könne er sich nicht vorstellen, daß sein Körper ein tadelloses Herz abstoße.

Als Kommandant van Heerden das Krankenhaus verließ, noch immer verärgert über die Beleidigung seiner Herkunft und des guten Namens seiner Familie, jedoch zufrieden über die Art und Weise, wie er die Situation in den Griff bekommen hatte, beschloß er, daß es wieder mal Zeit sei, Fort Rapier einen Besuch abzustatten. Sein Interesse am Wohlergehen Miss Hazelstones hatten die Ereignisse des vergangenen Monats nicht getrübt, und die bemerkenswerte Zuversicht der alten Dame angesichts der Mißgeschicke, die der Familie Hazelstone widerfahren waren, hatte seinen Respekt wenn möglich noch erhöht. Die Berichte, die ihn aus Fort Rapier erreichten, deuteten an, daß Miss Hazelstone sich ihre Würde und das Gefühl gesellschaftlicher Überlegenheit in einer Lage bewahrt hatte, die einer weniger energischen Frau ein Gefühl der Verzweiflung, wenn nicht gar der Unterlegenheit gegeben hätte. Miss Hazelstone hatte keiner der Versuchungen des Irrsinns nachgegeben. Sie schlurfte auch nicht verloren in irgendeiner inneren Öde herum, noch bildete sie sich ein, jemand anderer zu sein.

»Ich bin Miss Hazelstone aus Jacaranda Park«, beharrte sie angesichts der Versuche, sie zu einer Modellpatientin mit Problemen zu machen, die durch die Psychotherapie zu lösen seien, und statt sich der Trägheit anzupassen, die das Leben der anderen Patienten kennzeichnete, hatte sie vieles Interessante entdeckt, womit sie ihre Zeit ausfüllen konnte. Die Geschichte von Fort Rapier und die Rolle, die ihre Vorfahren beim Aufbau der Garnison gespielt hatten, faszinierten sie besonders.

»Mein Großvater war Oberkommandierender von Zululand, als dieses Fort erbaut wurde«, erzählte sie Dr. Herzog, als sie ihm eines Tages begegnet war, als er gerade über den Exerzierplatz ging, und sie hatte den Anstaltsleiter mit ihren Kenntnissen aus der Militärgeschichte verblüfft.

»Genau auf diesem Exerzierplatz hier marschierten im Jahre 1876 die Grauen, das Welsh Regiment und die 12. Husaren an meinem Großvater vorbei, bevor sie in den Zulukrieg zogen«, berichtete sie dem erstaunten Doktor und nannte Einzelheiten der Uniformen der verschiedenen Abteilungen und den Rang der kommandierenden Offiziere.

»Was für ein bemerkenswertes Gedächtnis Sie haben«, sagte er, »daß Sie sich an diese Dinge erinnern.«

»Gehört zur Familiengeschichte«, hatte Miss Hazelstone gesagt und ihm die strategischen Fehler, besonders bei der Schlacht von Isandhlwana, erläutert. Dr. Herzog war von ihrem Interesse und besonders von ihren Kenntnissen über den Burenkrieg und die Rolle, die Dr. Herzogs Großvater darin gespielt hatte, so beeindruckt, daß er sie zu sich zum Tee einlud, wo die Diskussion bis zum Abendessen weitergeführt wurde.

»Ganz außerordentlich«, sagte er zu seiner Frau, als Miss Hazelstone wieder zu ihrer Station zurückging. »Ich wußte gar nicht, daß wir meinem Großvater unseren Sieg bei Magersfontein zu verdanken haben.«

Am nächsten Tag schickte er den Stationsangestellten ein

Memorandum, in dem er sie anwies, Miss Hazelstone jede Hilfe und Ermutigung angedeihen zu lassen, damit sie ihre Untersuchungen über die Militärgeschichte und die Rolle, die Fort Rapier darin spielte, fortsetzen könne.

»Wir haben die Pflicht, Patienten zu ermuntern, ihren Hobbys nachzugehen, besonders wenn sie der ganzen Klinik nutzen könnten«, sagte er zu Frau Dr. von Blimenstein, die sich darüber beklagte, daß Miss Hazelstone nicht mehr zu ihren Therapiestunden komme.

»Miss Hazelstone hofft, die Geschichte von Fort Rapier zu veröffentlichen, und jede Reklame hat mit Sicherheit Rückwirkungen auf unseren Ruf. Es passiert schließlich nicht alle Tage, daß Irre über Militärgeschichte schreiben.«

Frau Dr. von Blimenstein hatte diesbezüglich Vorbehalte, aber sie behielt sie für sich, und Miss Hazelstone setzte ihre Forschungen mit wachsender Begeisterung fort. Sie hatte in einer Kiste im Keller der Personalkantine, die früher einmal die Offiziersmesse gewesen war, Regimentsakten entdeckt. Und das hatte sie angespornt, noch andere, viel interessantere Überbleibsel aufzustöbern, nämlich abgelegte Uniformen in der ehemaligen Kleiderkammer.

»Wir sollten wirklich ein historisches Spektakel veranstalten«, sagte sie zum Anstaltsleiter, »die Uniformen sind da, und wenn sie auch an manchen Stellen geflickt werden müssen, weil die Kakerlaken drin gewesen sind, nicht wahr, so sind sie doch zweifellos echt, und das gibt den Patienten etwas, wofür sie arbeiten können. Es ist so wichtig für die Moral, sich ein gemeinsames Ziel zu stecken, damit man sich auf etwas freuen kann.«

Dr. Herzog war von der Idee beeindruckt.

»Ein Spektakel über die Geschichte von Fort Rapier«, sagte er, »welch glänzender Gedanke«, und in seinen Überlegungen spielte er mit der Idee, einen Tag der offenen Tür zu veranstalten, an dem Öffentlichkeit und Presse sich von der großartigen Arbeit überzeugen könnten, die für die geistige Gesundheit in Zululand geleistet wurde.

»Ich dachte, wir könnten mit einem Aufmarsch beginnen«, fuhr Miss Hazelstone fort, »gefolgt von mehreren Tableaus, die an besonders denkwürdige Heldentaten aus der Geschichte Südafrikas erinnern.«

Dr. Herzog zögerte. »Ich möchte keine Scheingefechte«, sagte er ängstlich.

»O nein, so was wollte ich gar nicht«, versicherte ihm Miss Hazelstone, »ich dachte mehr an unbewegliche Darstellungen und Ereignisse.«

»Wir dürfen nicht zulassen, daß die Patienten sich zu sehr aufregen.«

»Sehr richtig«, sagte Miss Hazelstone, die sich schon längst nicht mehr als Patientin betrachtete. »Ich bin ganz Ihrer Meinung. Wir werden dafür sorgen müssen, daß die ganze Geschichte wirklich mit militärischer Disziplin vonstatten geht. Mir schwebte vor, Ihres Urgroßvaters heldenhafte Verteidigung seines Hofes im 6. Kaffernkrieg als eine der klassischen militärischen Operationen vorzustellen.«

Dr. Herzog war geschmeichelt. »Wollten Sie das wirklich?« fragte er. »Ich hatte keine Ahnung, daß meine Familie eine so wichtige Rolle in der Militärgeschichte dieses Landes spielte.«

»Die Herzogs waren praktisch das afrikaanse Gegenstück zu den Hazelstones«, sagte Miss Hazelstone, und im sicheren Gefühl, daß das Spektakel dem Ruf der Familie Herzog ebenso aufhelfen werde wie dem der Klinik, gab der Anstaltsleiter seine Zustimmung zu dem Ereignis.

In den folgenden Wochen warf sich Miss Hazelstone mit so großem Enthusiasmus auf die Vorbereitungen, daß er sich auch auf die anderen Insassen von Fort Rapier übertrug. Sie übernahm mit der natürlichen Autorität einer Enkelin Sir Theophilus' und viel Liebe zum Detail, die durch ihren Reichtum ermöglicht wurde, das Kommando über die gesamte Organisation. Rotes Tuch wurde ballenweise auf Miss Hazelstones Rechnung in Durban bestellt, und die Patienten in den Nähstuben waren damit beschäftigt, neue Uniformen zu schneidern.

»Es belebt sicherlich den Platz ein bißchen«, sagte Dr. Herzog zu Frau Dr. von Blimenstein, als sie eines Tages Miss Hazelstone dabei zusahen, wie sie auf dem Exerzierplatz einen Trupp Manisch-Depressiver drillte.

»Ich weiß nicht, ich fühle mich unbehaglich dabei«, sagte Frau Dr. von Blimenstein. »Ist es denn wirklich nötig, die Schlacht am Blood River ins Programm aufzunehmen? Ich bin sicher, sie hat auf die schwarzen Patienten eine ungünstige Wirkung.«

»Unsere Hauptverantwortung gilt den Weißen«, sagte Dr. Herzog, »und die großen Ereignisse der Vergangenheit hier sich noch einmal ereignen zu sehen, kann ihnen nur helfen. Ich habe alle Hoffnung, daß durch ihre Teilnahme unsere Patienten erkennen, daß es in Südafrika für die geistig Kranken nach wie vor ein Plätzchen gibt. Ich möchte dieses Spektakel eigentlich als Gruppentherapie im großen verstanden wissen.«

»Aber, Doktor, Sie sehen doch hoffentlich die geistige Erkrankung nicht schlicht als eine Frage der Moral an?« sagte Frau Dr. von Blimenstein.

»Doch, das tue ich, und wenn das nicht so verstanden wird, dann sollte es das. Außerdem«, sagte der Anstaltsleiter, »wird das Spektakel den Leuten helfen, einige ihrer Aggressionen zu sublimieren.«

Auf dem Exerzierplatz marschierte Miss Hazelstones Truppe an dem Salutierpodest vorbei, das die Anstaltsschreiner zwischen den beiden Feldhaubitzen errichtet hatten.

»Augen rechts«, schrie Miss Hazelstone, und zweihundert Augenpaare hefteten sich manisch auf Dr. Herzog. Der Anstaltsleiter salutierte.

»Augen geradeaus!« Und der Trupp marschierte weiter.

»Sehr eindrucksvoll«, sagte Dr. Herzog. »Ein Jammer, daß wir nicht schon früher darauf gekommen sind.«

»Ich hoffe nur, wir haben keinen Anlaß zur Reue«, sagte Frau Dr. von Blimenstein pessimistisch.

Als der Tag des großen Schauspiels näherrückte, hatte Miss

Hazelstone immer noch mehrere Probleme zu lösen. Eins war das der Wurfspeere für die Zulu-Krieger. Dr. Herzog war unnachgiebig.

»Ich lasse es nicht zu, daß hier Hunderte von schwarzen Patienten speerschwingend in der Gegend rumlaufen. Gott weiß, was da alles passieren könnte.«

Schließlich wurde das Problem mit dem Ankauf von tausend Gummispeeren gelöst, die ein oder zwei Jahre zuvor bei Dreharbeiten benutzt worden waren.

Ein anderes Problem war die Frage, welche Musik und Geräuscheffekte die Darbietungen untermalen sollten.

»Ich dachte an die *Ouvertüre 1812*«, erklärte Miss Hazelstone dem Dirigenten der Klinikkapelle.

»So hoch kommen wir gar nicht«, wandte der Kapellmeister ein, »und wir haben auch keine Kanone.«

»Wir könnten die Feldhaubitzen nehmen«, sagte Miss Hazelstone.

»Wir können nicht auf dem Klinikgelände rumziehen und laute Böller loslassen. Das hätte auf die Angstneurotiker eine schreckliche Wirkung.«

Schließlich kam man überein, daß sich die Kapelle auf einfache Märsche wie »Colonel Bogey« und Melodien wie »Good bye Dolly Gray« beschränken solle und daß zur Untermalung der Schlachtszenen eine Plattenaufnahme der *Ouvertüre 1812* über Lautsprecher gespielt würde.

Eine Kostümprobe wurde einen Tag vor dem Spektakel abgehalten, und der Anstaltsleiter Dr. Herzog und das Personal nahmen daran teil.

»Einfach großartig«, sagte Dr. Herzog hinterher, »man hat das Gefühl, man ist richtig dabei, es ist alles so wirklich.«

Es war reiner Zufall, daß sich Kommandant van Heerden ausgerechnet den Nachmittag, an dem das Schauspiel stattfand, für seinen Besuch in der Klinik ausgesucht hatte. Im Gegensatz zum Bürgermeister von Piemburg und anderen Honoratioren war er nicht eingeladen worden, weil man das Gefühl hatte, Miss Hazelstone könnte das nicht wollen.

»Wir wollen nichts unternehmen, was die alte Dame aus dem Tritt bringen könnte, und die Polizei hier zu haben, würde sie bloß an die Hinrichtung ihres Bruders erinnern«, sagte der Anstaltsleiter.

Als sein Wagen auf das Gelände von Fort Rapier fuhr, bemerkte Kommandant van Heerden, daß ein ungewohnter Hauch von Festlichkeit die Klinik umgab.

»Ich hoffe, sie ist nicht *zu* offen«, sagte er zu seinem Fahrer, der Wachtmeister Els ersetzt hatte, als der Wagen unter einer Fahne hindurchfuhr, die einen »Tag der offenen Tür« verkündete. Sie fuhren zum Exerzierplatz hinauf, der mit Regimentsfahnen geschmückt war, und Kommandant van Heerden stieg aus.

»Schön, daß Sie's einrichten konnten, Kommandant«, sagte Dr. Herzog und führte ihn zur Tribüne, auf dem der Bürgermeister und sein Anhang bereits Platz genommen hatten. Während er sich setzte, sah sich der Kommandant nervös um.

»Was geht hier vor?« fragte er einen der Stadträte.

»So was wie ein öffentliches Tamtam, um das öffentliche Interesse an geistiger Gesundheit zu fördern«, sagte der Stadtrat.

»Reizender Ort für so was«, sagte der Kommandant. »Ich dachte, jeder hier oben würde für plemplem gehalten. Großer Gott, sehen Sie sich doch bloß die Kaffern da drüben an.«

Eine Abteilung schizophrener Zulus marschierte über den Exerzierplatz, um ihre Position für die Tableaus einzunehmen.

»Wer zum Teufel hat denen denn die Speere gegeben?«

»Ach, das ist in Ordnung, die sind bloß aus Gummi«, sagte der Stadtrat.

Der Kommandant fiel vor Schreck fast von seinem Stuhl. »Erzählen Sie mir bloß nicht«, sagte er, »daß Miss Hazelstone die ganze Geschichte organisiert hat.«

»Genau richtig geraten«, sagte der Stadtrat. »Hat das Geld

selber aufgebracht. Ich möchte nicht wissen, was das bißchen Zeug gekostet hat.«

Kommandant van Heerden hörte gar nicht mehr zu. Er erhob sich und sah sich verzweifelt nach irgendeiner Fluchtmöglichkeit um, aber die Menge um das Podium stand zu dicht gedrängt, als daß man hätte durchkommen können, und davor hatte der Aufmarsch schon begonnen. Verzweifelt sank er auf seinen Stuhl zurück.

Die Kapelle spielte, und die Regimenter formierten sich und marschierten auf die Tribüne zu. Rotbejackt und erstaunlich gut gedrillt, gemessen an ihrem Geisteszustand, paradierten sie an dem Anstaltsleiter vorbei, und an ihrer Spitze marschierte die dem Kommandanten wohlvertraute Gestalt Miss Hazelstones. Einen Augenblick dachte er, er säße wieder in der Halle von Jacaranda House und betrachte das Porträt von Sir Theophilus. Miss Hazelstones Uniform war eine Kopie derjenigen, die der Vizekönig auf dem Gemälde trug. Ihr Gesicht war zum Teil von einem mit Federn dekorierten Tropenhelm verdeckt, aber auf ihrer Brust prangten die Sterne und Orden der unseligen Feldzüge ihres Großvaters. Hinter dem ersten Regiment, den Welsh Guards, kamen die anderen, die Regimenter der Grafschaften Englands, entsprechend weniger im gleichen Schritt und Tritt (es war schwierig gewesen, genügend viele Zwangsneurotiker aufzutreiben, die es richtig schneidig hätten machen können), aber sie kamen trotzdem recht entschlossen dahergeschlurft. Hinter ihnen folgten die schottischen Regimenter, die man bei den weiblichen Patienten rekrutiert und in Kilts gesteckt hatte, angeführt von einer Dudelsack spielenden chronisch Depressiven. Den Schluß bildete eine kleine Abteilung Froschmänner, in Gummianzügen mit Flossen, die Schwierigkeit hatten, im Tritt zu bleiben.

»Hat was angenehm Zeitnahes, finden Sie nicht auch?« murmelte Dr. Herzog neben dem Bürgermeister, als zwanzig vom Wahnsinn gezeichnete Gesichter ihre Masken dem Podium zuwandten.

»Ich hoffe, die Kaffern da drüben kommen uns nicht zu nahe«, sagte der Bürgermeister ängstlich. Aber es bestand kein Grund zur Sorge. Den schwarzen Irren hatte man nicht das Recht eingeräumt, an der Tribüne vorbeizumarschieren. Miss Hazelstone baute sie für das erste Tableau auf.

In der Pause stand Kommandant van Heerden von seinem Stuhl auf und sprach mit dem Anstaltsleiter.

»Ich dachte, ich hätte Ihnen schon gesagt, daß Sie Miss Hazelstone unter scharfer Bewachung halten sollten«, sagte er verärgert.

»Sie hat bemerkenswerte Fortschritte gemacht, seit sie hier ist«, antwortete Dr. Herzog. »Wir sehen es gern, wenn unsere Patienten sich für ihre Hobbys interessieren.«

»Sie vielleicht«, sagte der Kommandant, »aber ich nicht. Zu Miss Hazelstones Hobbys gehört zufällig auch das Morden, und Sie lassen sie hier eine Militärparade abhalten. Sie müssen nicht ganz bei Troste sein.«

»Es gibt nichts Besseres, als den Patienten zu gestatten, ihre aggressiven Neigungen auszuagieren«, sagte der Anstaltsleiter.

»Sie hat das bereits zur Genüge getan«, sagte der Kommandant. »Mein Rat ist, das Ganze zu stoppen, bevor es zu spät ist.«

Aber schon hatte das erste Tableau begonnen. In der Mitte des Exerzierplatzes stand ein Ochsenwagengeviert aus Pappe, und um es herum versammelten sich die schizophrenen Zulus und schwenkten ihre Speere. Nach ein paar Minuten ließen sie sich in Haltungen auf dem Asphalt nieder, die qualvolles Sterben bedeuten sollten.

»Blood River«, sagte der Anstaltsleiter.

»Sehr realistisch«, sagte der Bürgermeister.

»Total meschugge«, sagte der Kommandant.

Höflicher Beifall quittierte das Ende der Schlacht. Und in der nächsten Stunde entfaltete sich vor den Zuschauern die Geschichte Südafrikas in einer Reihe blutig erstarrter Schlachten, in denen stets die Schwarzen von den Weißen massakriert wurden.

»Man sollte doch meinen, es würde sie allmählich langweilen, sich hinzulegen und wieder aufzustehen und sich wieder hinzulegen«, sagte der Bürgermeister, als die Zulus zum zigsten Mal ihre Todesqualen durchgemacht hatten. »Aber es hält sie wahrscheinlich körperlich fit.«

»Solange die Scheißkerle nicht gewinnen, hab ich nichts dagegen«, sagte der Kommandant.

»Ich glaube, im Finale bekommen sie einen kleinen Triumph zugestanden«, sagte Dr. Herzog. »Das ist die Schlacht von Isandhlwana. Die Briten hatten keine Munition mehr und wurden getötet.«

»Wollen Sie damit etwa andeuten«, sagte der Kommandant, »Sie hätten zugelassen, daß Weiße von Schwarzen besiegt werden? Das ist ja irre. Was sage ich, das ist ungesetzlich. Sie ermuntern zum Rassenhaß.«

Dr. Herzog wurde verlegen. »Von der Seite habe ich mir das gar nicht überlegt«, sagte er.

»Na, dann überlegen Sie es sich besser jetzt von der Seite. Sie brechen das Gesetz. Sie haben die verdammte Pflicht und Schuldigkeit, das Ganze aufzuhalten. Ich bin nicht bereit, hier zu sitzen und mir etwas derart Empörendes anzusehen«, sagte der Kommandant bestimmt.

»Ich auch nicht«, sagte der Bürgermeister. Mehrere Stadträte nickten zustimmend.

»Ich weiß wirklich nicht, wie ich das könnte«, sagte Dr. Herzog. »Sie fangen ja schon an.«

In der Mitte des Exerzierplatzes hatte Miss Hazelstone das britische Lager aufgebaut und überwachte nun die Aufstellung der beiden Feldhaubitzen. Mehrere hundert Meter davon entfernt stand die Zulu-Armee schon für ihren kurzen Triumph bereit.

»Ich bestehe darauf, daß Sie die Schlacht abbrechen«, sagte der Kommandant.

»Ich auch«, sagte der Bürgermeister, dem die Gummispeere noch immer ein Dorn im Auge waren.

Dr. Herzog zögerte. »Du liebe Güte, ich wollte, Sie hätten mir das früher gesagt, daß das ungesetzlich ist. Ich weiß nicht, was ich jetzt noch machen könnte«, sagte er zitternd. »Schön, wenn Sie das nicht aufhalten, dann mach ich's eben«, sagte der Kommandant.

»Bravo«, sagte der Bürgermeister, sekundiert von den Stadträten.

Bevor Kommandant van Heerden über die möglichen Folgen seiner Einmischung nachdenken konnte, war er schon weg, ließ sich vom Podium herunterhelfen und einen Weg zum Exerzierplatz bahnen. Langsam marschierte er auf die beiden Armeen zu, und wie er da so ging, dämmerte ihm langsam, in welcher Lage er sich befand. Mitten auf dem Platz, genau zwischen den beiden gegnerischen Irrenheeren, bereute er allmählich seinen vorschnellen Entschluß, sich einzumischen. Auf der einen Seite stampften fünfhundert schizophrene Zulus den Boden und fuchtelten wild mit ihren Speeren herum, und auf der anderen erwartete die gleiche Zahl weißer Irrer ihre Niederlage mit einer Entschlossenheit, die, weil sie wußten, was auf sie zukam, nur desto furchterregender war.

Kommandant van Heerden blieb stehen und hob die Hand. Schweigen senkte sich auf die beiden Heere.

»Hier spricht Kommandant van Heerden«, schrie er. »Ich befehle Ihnen, auseinanderzugehen und in Ihre Stationen zurückzukehren. Das hier ist eine illegale Menschenansammlung, die gegen die Aufruhrakte verstößt.«

Er hielt inne und wartete, daß sich die Armeen zurückzögen. Aber es gab kein Anzeichen dafür, daß sie etwas Derartiges täten. Während seine Worte verhallten, starrten beide Seiten ihre Gegner debil an, und Murren breitete sich in den Reihen aus. Miss Hazelstone war mit dem Ausrichten der Feldhaubitzen fertig und schritt nach vorn. Auf der Seite der Zulus folgte ein baumlanger Krieger ihrem Beispiel.

»Was soll denn der Blödsinn?« rief Miss Hazelstone.

»Sie haben gehört, was ich gesagt habe«, schrie der Kommandant zurück. »Diese Schlacht stellt eine öffentliche Ruhestörung dar. Ich verlange, daß Sie auseinandergehen.«

Mitten zwischen den beiden Heeren fühlte Kommandant van Heerden seine neue Rolle als Friedensbewahrer immer schwieriger werden.

»Sie haben kein Recht, hierherzukommen und sich in unser Schauspiel einzumischen«, beharrte Miss Hazelstone. »Und eine öffentliche Ruhestörung ist es auch nicht.«

»Wir haben gewonnen«, sagte der Zulu-Anführer. »Wir haben die Schlacht von Isandhlwana gewonnen, und jetzt gewinnen wir sie noch mal.«

»Nur über meine Leiche«, sagte der Kommandant und bereute seine Worte, sobald er sie gesagt hatte. Das Murren in den Reihen der beiden Armeen zeigte nur allzu deutlich, daß die Streitlust wuchs.

Die Zuschauer auf der Tribüne wurden langsam genauso unruhig wie die Irren.

»Sind die Äxte da drüben auch aus Gummi?« fragte der Bürgermeister, als er sah, wie mehrere Zulus Beile anstelle ihrer Speere schwenkten.

»Das will ich doch hoffen«, sagte der Anstaltsleiter.

»Die Briten scheinen die Feldhaubitzen zu laden«, sagte der Bürgermeister.

»Unmöglich«, sagte der Anstaltsleiter. »Sie haben gar nichts, womit sie sie laden könnten.«

»Sie schütten irgend etwas ins Rohr«, sagte der Bürgermeister, »und die Zulus dort scheinen irgendwas auf ihre Speere zu stecken. Sieht mir wie Stricknadeln aus. Oder Fahrradspeichen.«

Die Bestürzung des Bürgermeisters war nichts, verglichen mit der Panik, die Kommandant van Heerden langsam spürte. Miss Hazelstone und der Zulu-Anführer lagen miteinander in hitzigem Streit darüber, wer die Schlacht von Isandhlwana gewonnen hatte.

»Mein Großvater war dabei«, sagte Miss Hazelstone.

»Meiner auch«, sagte der Zulu.

»Meiner nicht«, sagte der Kommandant, »und es interessiert mich sowieso einen Dreck, wer die Schlacht gewonnen hat. Hier wird sie jedenfalls niemand gewinnen. Ich verlange, daß Sie Ihre Streitkräfte zurückziehen.«

»Wir werden gewinnen«, sagte der Zulu. »Den ganzen Nachmittag haben wir verloren, und jetzt haben wir ein Recht zu gewinnen.«

»Quatsch«, sagte Miss Hazelstone. »Mein Großvater hat den Sieg errungen, und mehr gibt's darüber nicht zu sagen.«

»Mein Großvater hat's meinem Vater erzählt, und mein Vater hat's mir erzählt, daß Ihr Großvater weggelaufen ist«, sagte der Zulu.

»Wie können Sie es wagen«, kreischte Miss Hazelstone, »wie können Sie es wagen, einen Hazelstone zu beleidigen?«

Auch Kommandant van Heerden war entsetzt. Er wußte aus Erfahrung, was aller Voraussicht nach das Resultat eines Streits zwischen Miss Hazelstone und einem Zulu sein werde. Als die alte Dame sich mit dem Säbel abmühte, der an ihrem Gürtel hing, und der Zulu hinter seinem kolossalen Schild in Deckung ging, unternahm Kommandant van Heerden seinen letzten Versuch, den Frieden wiederherzustellen.

»Ich befehle Ihnen, den Exerzierplatz zu verlassen«, brüllte er und zog seinen Revolver aus dem Pistolenhalfter, aber es war schon zu spät. Mit einem Aufwärtsstreich ihres Säbels schlug Miss Hazelstone dem Kommandanten den Arm nach oben. Der Revolver gab einen harmlosen Schuß in den Himmel ab, dann wogten die beiden Irrenheere mit lautem Getöse aufeinander los.

Als ein Säbelhieb Miss Hazelstones durch die Luft pfiff und der Zulu den Schlag mit seinem Schild parierte, ergriff Kommandant van Heerden die Flucht. Ein Blick auf die schizophrenen Zulus überzeugte ihn, daß das Heil, wenn überhaupt irgendwo, dann bei der Armee der Briten lag, und er sauste auf die vorrückenden Linien der Rotröcke zu. Einen Augenblick später bereute er seine Entscheidung. Ein Regiment paranoider Frauen in Kilts, immer noch von der depressiven Dudelsackspielerin angeführt, die jetzt »The Road to the Isles« intonierte, fegte im Dauerlauf über den Kommandanten weg, der gerade noch Zeit hatte, kehrtzumachen und mit ihnen mitzurennen, ehe er über den Haufen geworfen und zu Boden gerissen wurde. Er lag still da und mußte sich mehrere Male treten lassen, ehe das Regiment durch war. Dann hob er den Kopf und betrachtete die Szene um sich her.

Es war sofort zu sehen, daß die Zulus nicht die Absicht hatten, auf ihren Sieg zu verzichten. Einen Moment lang durch den Ansturm der Frauen in die Enge getrieben, hatten sie ihren Mut wiedergewonnen und mit Erfolg einen Gegenangriff gestartet. Mit Hilfe ihrer kurzen Gummispeere, an deren Spitze jetzt Stricknadeln steckten, stachen sie sich recht erfolgreich ihren Vormarsch frei. Auf der linken Flanke verteidigten sich die Welsh Guards verzweifelt, aber ihre Holzgewehre waren den Wurfspießen nicht gewachsen. Als das Schottische Korps ins Wanken geriet und sich zurückzuziehen begann, rappelte sich Kommandant van Heerden hoch und rannte vor dem Korps her. Der Exerzierplatz um ihn her hallte vom Schlachtruf der Zuluhorden, von den Schreien der verwundeten Frauen und den geisterhaften Tönen des Dudelsacks wider. Um den Lärm noch zu erhöhen, ließ ein Tonbandgerät die *Ouvertüre 1812* durch Lautsprecher ertönen. Im Zentrum des Schlachtgewühls konnte man Miss Hazelstones Tropenhelm herumhüpfen sehen. Kommandant van Heerden rannte zum Lager der Briten und brach in einem der Zelte zusammen.

Den Zuschauern auf der Tribüne erschien die Wiedererwekkung der südafrikanischen Geschichte zunächst durch und durch überzeugend. Der kühne Sturm auf die Briten und ihr nachfolgender Rückzug hatten etwas Authentisches an sich, was den vorangegangenen Darstellungen gefehlt hatte.

»Ein erstaunlicher Realismus«, sagte der Bürgermeister, der

eben einen von einem Speer durchbohrten Waliser gesehen hatte.

»Ich glaube, das macht auch die Musik«, sagte der Anstaltsleiter.

Dem mußte der Bürgermeister zustimmen. »Die Leute scheinen aber auch ziemlich viel zu schreien«, sagte er.

»Ich bin sicher, so was hilft den Patienten«, fuhr Dr. Herzog fort. »Nimmt ihnen einen Teil ihrer Probleme.«

»Das wird es wohl«, sagte der Bürgermeister. »Zweifellos nimmt es ihnen auch anderes. Da drüben liegt einer, der offenbar ein Bein verloren hat.«

Auf dem Platz vor ihnen begann durch das Historienspektakel langsam die schreckliche Wirklichkeit hindurchzuscheinen. Es wurde immer schwieriger, zu erkennen, was Illusion und was Wirklichkeit war. Historie und gegenwärtige Tragödie mischten sich unauflöslich durcheinander. An einigen Stellen mimte man den Tod mit einer Reihe heftiger Zuckungen, die die Todesqualen derer, deren Sterben keineswegs geprobt war, an Realismus weit überboten. Eine Anzahl Patientinnen aus dem Schottischen Korps mußte feststellen, daß sie zu den Klängen Tschaikowskys von Zulu-Kriegern vergewaltigt wurden, während eine Abteilung von Froschmännern, die niemals in der Nähe von Isandhlwana gewesen waren, sich mit all dem Mut ins Getümmel stürzten, den ihre Flossen zuließen.

Aus dem Schutz des Zelts, in das der Kommandant gekrochen war, sah er, wie die Bedienungsmannschaft einer Feldhaubitze mit der Kanone in die Menge der streitenden Kämpfer zielte, und erblickte entsetzt Miss Hazelstone ohne ihren Tropenhelm und blutverschmiert die Operation überwachen.

»Mehr Chlorat und weniger Zucker«, hörte er sie zu einem Mann sagen, der etwas, das wie ein Kopfkissen aussah, mit Pulver füllte. Der Kommandant wartete keine Sekunde länger. Er kannte Miss Hazelstones bemerkenswerte Erfahrung mit großkalibrigen Waffen allzugut, um das Risiko einzugehen, in der Schußlinie zu liegen. Die leidenschaftlichen Vorspiele einer Rekrutin des Schottischen Korps abweisend, die neben ihn gekrochen war, wickelte er sich aus der Zeltleinwand und raste auf die Tribüne zu, um dort in Deckung zu gehen. Er hatte etwa zwanzig Meter zurückgelegt, als er Miss Hazelstone den Befehl zum Feuern geben hörte, und einen Augenblick später hüllte ein Flammenmeer das britische Lager ein. Als ihn die enorme Explosion zu Boden riß und die Druckwelle ihn über den Asphalt schleifte, schloß der Kommandant die Augen und betete. Über seinem Kopf vermengten sich Teile der Feldhaubitze mit Streitern, die am Weiterkämpfen verhindert waren. Miss Hazelstone hatte die Kanone nicht bloß abgefeuert, sie hatte sie in die Luft gejagt. Kommandant van Heerden rutschte unter das Podium, dann hob er den Kopf und besah sich das langsam abflauende Chaos. Die Darsteller des Tabelaus hatten eine ganz neue und absolut überzeugende Ruhe angenommen, und man sah ganz deutlich, daß niemand die Schlacht von Isandhlwana gewonnen hatte.

Der Exerzierplatz war mit schwarzen und weißen Leichen übersät, während das, was es an Überlebenden gab, jedes Interesse an der südafrikanischen Geschichte verloren hatte. Mit allen Merkmalen eines durch und durch gesunden Selbsterhaltungstriebs krochen sie auf das Krankenrevier zu.

Nur das Klinikpersonal schien total den Verstand verloren zu haben. Auf der Tribüne über sich hörte der Kommandant, wie Dr. Herzog den mittlerweile verblichenen Bürgermeister immer noch zu beruhigen versuchte, daß die Speere aus Gummi seien. Dem Kommandanten erschien diese Versicherung ganz unnötig. Was den Bürgermeister auch immer erwischt haben mochte, es war aus sehr viel Tödlicherem gemacht.

Der Kommandant wartete, bis man Dr. Herzog weggebracht hatte, ehe er aus seinem Versteck gekrochen kam. Er stand auf und sah sich um. Die Geschichte war nicht nur dargestellt worden, dachte er, hier war sie gemacht worden. Nicht nur die Vergangenheit, auch die Gegenwart und die Zukunft Südafrikas waren in der Verwüstung zu erblicken, die sein Auge grüßte. Sich seinen Weg über die Leichen hinweg bahnend, steuerte der Kommandant auf einen großen Krater zu, der in die Mitte des Exerzierplatzes gesprengt war. An seinem Rand lagen die Reste eines federgeschmückten Tropenhelms und der Stern, den Miss Hazelstone getragen hatte.

»Ein letztes Andenken«, murmelte er und hob sie auf. Dann drehte er sich um und ging, noch immer benommen und schwankend, zu seinem Wagen zurück.

19

Am Morgen seiner Hinrichtung wurde Jonathan Hazelstone die übliche Vergünstigung, sich ein herzhaftes Frühstück aussuchen zu können, mit der Begründung verweigert, daß vor allen größeren Operationen die Patienten mit einer leichten Erfrischung auskommen müßten. Anstelle von Schinken mit Ei, was er bestellt hatte, wurden ihm eine Tasse Kaffee und der Besuch eines anglikanischen Geistlichen zugestanden. Für Jonathan war es schwer, zu entscheiden, was von beiden das Unangenehmere war. Alles in allem aber fand er den Kaffee wohltuender.

Seine Bindungen mit der Kirche waren in der Zeit seines Prozesses gelöst worden, und der Bischof war zu der Überzeugung gelangt, daß die Weigerung der Kirchenführer, ein Zeugnis zu seinen Gunsten abzulegen, darauf zurückzuführen war, daß, wie er wußte, ihm seine Kollegen den raschen Aufstieg zum Bischofsamt neideten. Er hatte keine Ahnung, daß Teile seines Geständnisses, insbesondere solche, die Wachtmeister Els ausgesucht hatte, dem Erzbischof gezeigt worden waren.

»Ich wußte ja, daß der Kerl progressiv ist«, murmelte der Erzbischof, als er das ungewöhnliche Dokument las, »aber diesmal hat er's wirklich zu weit getrieben«, und er erinnerte sich an Jonathans Eingeständnis, daß er jede Chance nutze, Leute in die Kirche zu ziehen. »Hochkirche im Zeremoniell, Tiefkirche in der Art, an die Leute ranzukommen, das ist meine Devise«, hatte Jonathan gesagt, und nun sah der Erzbischof, daß er das auch so gemeint hatte. Sodomie kombiniert mit Kniebeugen mußte eine Hoch-und-Tiefkirche ergeben, daß es nur so eine Art hatte, und er fand es kaum noch überraschend, daß seine Gemeinden so geschwind gewachsen waren.

»Ich glaube, durch vieles Reden wird hier nicht geholfen«, hatte der Erzbischof entschieden, und die Kirche hatte Jonathan Hazelstone kurzerhand ausgestoßen.

Der Kaplan, der ihn in seinen letzten Stunden besuchte, war kein Südafrikaner. Es war nicht möglich gewesen, irgendeinen Pfarrer mit ein bißchen Selbstachtung dazu zu bewegen, einem Mann in seiner Bedrängnis beizustehen, der auf die Geistlichkeit Schande gehäuft hatte, und selbst der Bischof von Piemburg hatte die Aufforderung von sich gewiesen.

»Es gibt Momente, da muß ein Mensch allein sein dürfen«, erklärte er Direktor Schnapps am Telefon, »und das ist sicherlich einer davon«, dann war er wieder zurück an die Arbeit an einer Predigt über die Brüderlichkeit unter den Menschen gegangen.

Schließlich war es der Kaplan eines Cambridger Colleges, der während seiner langen Ferien Piemburg besuchte und ins Piemburger Gefängnis gelockt wurde, um sich den geistigen Nöten des Gefangenen zu widmen.

»Ich habe gehört, im Gefängnisgarten gibt es besonders prachtvolle indische Feigenkakteen«, erklärte der Pfarrer von Piemburg dem Kaplan, der weit mehr an den physischen Nöten von Felsenpflanzen als an den geistigen Nöten seiner Mitmenschen interessiert war, und der Kaplan hatte die Gelegenheit, die sich ihm mit der Hinrichtung bot, beim Schopfe ergriffen, um eine Prachtansammlung indischer Feigenkakteen zu Gesicht zu bekommen.

Als er in der Zelle stand, wußte der Kaplan nicht so recht, was er sagen sollte.

»Sie waren nicht zufällig bei der Marine?« fragte er schließlich.

Jonathan schüttelte den Kopf.

»Ich dachte bloß«, fuhr der Kaplan fort. »Es gab einen Kadetten auf der HMS *Clodius*, im Jahr ’43, glaub ich, war das, oder es kann auch ’44 gewesen sein. Der hieß Hazelnut.«

»Ich heiße Hazelstone«, sagte der Bischof.

»Stimmt. Wie vergeßlich von mir. In meinem Beruf begegnet man so vielen Leuten.«

»Das kann ich mir vorstellen«, sagte der Bischof.

Der Kaplan machte eine Pause und betrachtete die Handschellen und Ketten. »Tragen Sie die immer?« fragte er. »Das muß doch furchtbar unbequem sein.«

»Erst, wenn ich gehängt werde«, sagte der Bischof.

Der Kaplan meinte einen Anflug von Bitterkeit in der Bemerkung zu entdecken und erinnerte sich wieder an den Grund seines Besuches.

»Gibt es irgend etwas, das Sie mir gerne sagen möchten?« fragte er.

Der Bischof konnte sich viele Dinge vorstellen, die er ihm hätte sagen mögen, aber es schien ihm nicht viel Zweck zu haben.

»Nein«, sagte er, »ich habe schon alles gebeichtet.«

Der Kaplan seufzte erleichtert. Diese Situationen sind so peinlich, dachte er.

»Ich habe tatsächlich noch nie einer Hinrichtung beigewohnt«, murmelte er schließlich.

»Ich auch nicht«, sagte der Bischof.

»Unangenehm«, fuhr der Kaplan fort, »unangenehm, doch notwendig. Man sagt ja doch, Hängen ist kurz und schmerzlos. Ich bin sicher, Sie werden richtig erlöst sein, wenn alles vorbei ist.«

Der Bischof, dessen Hoffnung auf ein ewiges Leben zusammen mit seinem Glauben geschwunden war, bezweifelte, ob »erlöst« ganz das richtige Wort sei. Er versuchte, das Thema zu wechseln.

»Kommen Sie öfter her?« fragte er.

»Ins Gefängnis?«

»Nach Südafrika, obwohl das ja ziemlich dasselbe ist.«

Der Kaplan überhörte diese Bemerkung. Er war am Graduiertentisch im College ein unerschütterlicher Verfechter des südafrikanischen Standpunkts und hatte für Liberale keine Zeit.

»Ich versuche, mindestens einmal im Jahr in sonnigere Klimagegenden zu entfliehen«, sagte er. »Die Studenten sind heutzutage so gottlos, und mein wahres Interesse gilt dem Gartenbau. Südafrika ist voll wunderschöner Gärten.«

»Dann wird Ihnen vielleicht das Gedicht hier gefallen«, sagte der Bischof und begann, »Die Vorboten« herzusagen.

»Schöne, berückende Worte: Zuckerrohr,
Honig der Rosen, wohin wollt ihr fliehen?«

Er rezitierte noch immer, als Direktor Schnapps und Scharfrichter Els eintrafen. Während man ihm die Ketten abnahm und er in den Harnisch eingeschnürt wurde, der seine Arme festhielt, fuhr der Bischof fort:

»Wahre Schönheit weilt im Himmel: unsre ist nur eine Flamme,
Doch geborgt von dort, um dort uns wieder hinzuführen.
Schönheit und die schönen Worte sollten stets zusammen regieren.«

»Scheiß Schnallen«, sagte Els, der Schwierigkeiten mit den Riemen hatte.

Die feierliche Prozession marschierte aus dem »Hintern« hinaus in den hellen Sonnenschein des Gefängnishofes. Zwischen Els und dem alten Wärter stolperte Jonathan Hazelstone daher und sah sich ein letztes Mal um. Sich grell vom dumpfen schwarzen Anstrich des Todeshauses abhebend, stand dort ein weißer Krankenwagen. Zur Überraschung aller fing der Verurteilte an zu lachen.

»Öde Blässe bleicht die Türe«, rief er.

»Die Boten sind gekommen. Sieh, sieh ihr Zeichen!
Weiß ist die Farb' und schau! mein Haupt!«

Die beiden Sanitäter starrten voll Entsetzen auf die schreiende Gestalt, deren Leiche sie für die Transplantation abholen sollten.

»Doch müssen sie mein Herz auch haben? Müssen sie die reichen,
die funkelnden Gefühl' eröffnen, die ich dort geschaut?«

Die kleine Gruppe eilte die Treppe zum Galgen hoch. Der alte Wärter half Els, den Bischof auf die Falltür zu stellen, dann sauste er die Leiter runter und über den Hof in sein Dienstzimmer. Es war nicht so, daß er zimperlich gewesen wäre, aber er hatte nicht vor, irgendwo in der Nähe des Galgens zu sein, wenn Els an dem Hebel zog, und außerdem hatte er für seine Abwesenheit eine plausible Entschuldigung. Er mußte sofort das Krankenhaus anrufen, wenn der Krankenwagen das Gefängnis verließ.

Auf der Falltür stehend setzte der Bischof seine Rezitation fort. Direktor Schnapps fragte den Kaplan, was denn seiner Meinung nach die Vorboten in dem Gedicht bedeuteten. Der Kaplan sagte, er dächte, es seien möglicherweise Mitglieder der Familie der Hydrangeae, allerdings meine er sich zu erinnern, im Krieg unter einem Hauptmann Forebode gedient zu haben. Els versuchte, dem Bischof den Leinensack über den Kopf zu stülpen. Er hatte ziemliche Schwierigkeiten, erstens weil der Bischof so groß, und zweitens, weil der Sack offenbar für einen viel kleineren Kopf gemacht worden war. Els kriegte den Bischof nicht dazu, die Knie zu beugen, weil die Riemen jede Bewegung unmöglich machten. Schließlich mußte Direktor Schnapps Els hochheben, damit er den Sack in die richtige Position herunterziehen konnte. Er mußte die Darbietung noch mal wiederholen, als dem Verurteilten der Strick um den Hals gelegt werden mußte, und dann zog Els die Schlinge so fest, daß der Bischof gezwungen war, seine Rezitation zu unterbrechen.

»Muß Trübsinn mich zu einem Nachch ...«, blieb er röchelnd stecken.

»Um Gottes willen, Els, lockern sie das verdammte Ding«, schrie Direktor Schnapps, als das Gedicht abgedrosselt wurde, »Sie sollen ihn da unten hängen und nicht hier oben erwürgen.«

»Am besten scheinen sie auf sandigem Boden zu gedeihen«, sagte der Kaplan.

»Ist Ihnen das lose genug?« fragte Els, nachdem er am Strick gezogen und die Schlinge so locker gemacht hatte, daß sie dem Bischof lose über die Schultern hing. Er konnte Leute nicht verknusen, die ihm andauernd in seinen Job reinredeten. Wenn der Direktor über das Erhängen so verdammt gut Bescheid wußte, warum macht er dann den ganzen Kram nicht selbst?

»Was denn?« fragte Direktor Schnapps den Kaplan.

»Hydrangeae.«

»Narrn umschmieden«, sagte der Bischof, der seine Rezitation wieder aufnahm.

Els ging hinüber zu dem Hebel.

»Doch haben sie mich schon verlassen«, drang dumpf die Stimme des Bischofs durch den Stoffsack. Els zog an dem Hebel, und die vermummte Gestalt verschwand durch die Falltür in dem Loch, und die Stimme, schon undeutlich, wurde von dem gräßlichen Aufprall, der folgte, zum Schweigen gebracht. Als die Falltür aufknallte und das Gerüst unter dem Aufprall beängstigend ins Wanken kam, erinnerten die Zeichen der Sterblichkeit, deren Zeuge er gerade gewesen war, den Kaplan wieder an den eigentlichen Zweck seines Besuches, und er brachte ein Gebet für den Verstorbenen dar.

»Lasset uns beten für die Seele des Hingeschiedenen, wo immer sie auch sei«, sagte er und senkte den Kopf. Direktor Schnapps und Els machten die Augen zu und lauschten mit gesenkten Köpfen dem Gebet. Mehrere Minuten murmelte der

Kaplan weiter, dann schloß er: »Und möge Dein Diener von uns gehen ins ewige Heil. Amen.«

»Amen«, sagten Direktor Schnapps und Els gleichzeitig. Die Männer auf dem Galgengerüst hoben die Köpfe, und Els trat vor, um in das Loch hinunterzugucken. Der Strick hatte zu schwingen aufgehört und hing recht lose, wie Els meinte, wenn man das Gewicht der Last daran in Betracht zog. Als sich seine Augen an die Dunkelheit da unten gewöhnt hatten, wurde Els allmählich klar, daß da was fehlte. Die Schlinge an dem Strick hing lose und leer da. Das Gebet des Kaplans war erhört worden. Wo immer Gottes Diener auch sein mochte, er war zweifellos davongegangen und offenbar heil und gesund obendrein. Das Loch unter dem Galgen war absolut leer.

Als der Bischof in die Ewigkeit fiel, dachte er, wie passend seine letzten Worte doch gewesen seien, und er war nur froh, daß er nicht noch bis zur nächsten Zeile gekommen war: »Du bleibst mein Gott«, denn er glaubte nicht mehr an ihn. Er konzentrierte sich auf den schrecklichen Schlag ins Genick, aber der Schmerz kam von völlig anderen Gliedmaßen her. »Mist«, dachte er, als er mit einem fürchterlichen Krachen auf dem Boden landete und seitwärts zur Tür hinaus auf den sonnenbeschienenen Hof rollte. Der Stoffsack war zerrissen, und seine Beine taten ganz entschieden weh, aber keine Frage war, daß er sich alles mögliche gebrochen haben mochte, bloß das Genick nicht. Er lag still da und wartete, daß Els ihn zu einem zweiten Versuch holen werde. Er war also nicht überrascht, als er fühlte, wie Hände ihn an Füßen und Schultern hochhoben.

Im nächsten Augenblick lag er auf einer Trage und wurde in einen Krankenwagen geschoben. Die Türen wurden zugeschlagen, und der Krankenwagen raste davon. Er mußte kurz halten, als die Gefängnistore geöffnet wurden, dann sauste er mit heulenden Sirenen hinaus auf die Straße.

Hinter ihm hatte das Haus des Todes begonnen, die Voraussagen des alten Wärters zu erfüllen. Unter dem Getrampel der allgemeinen Flucht, die auf dem Gerüst einsetzte, als Henker Els, der verdutzt in das Loch runterstarrte, ausrutschte und sich an den Beinen von Direktor Schnapps festhielt, um nicht noch selber reinzufallen, kippten die Mauern des Galgens langsam nach innen, und unter dem Getöse stürzenden Mauerwerks verschwanden Direktor, Henker und Kaplan in einer dichten Wolke aus schwarzem Staub. Der alte Wärter saß in seinem Dienstzimmer und dankte seinem Schicksal. »Ich sagte ja, er wär nicht sicher«, murmelte er und griff zum Telefon, um das Krankenhaus anzurufen.

Als der Krankenwagen durch die Straßen Piemburgs raste, spürte Jonathan Hazelstone, daß der Sanitäter die Riemen losband, mit denen ihm Arme und Beine gefesselt waren. Eine Hand schlüpfte unter sein Hemd und befühlte seine Brust.

»Alles in Ordnung. Es schlägt noch«, hörte er den Sanitäter zum Fahrer sagen. Jonathan hielt den Atem an, bis die Hand wieder weg war. Dann entspannte er sich langsam. Die Geräusche der Stadt um ihn herum kamen durch den Leinensack gesickert, und als er da so lag, wurde Jonathan Hazelstone zum ersten Male klar, daß das, was da auf ihn wartete, ihm den Tod durch Erhängen unendlich willkommener erscheinen lassen könnte.

»Ich laß mich hängen, wenn mir jetzt noch jemand mein Herz rausschneidet«, sagte er sich, als der Krankenwagen durch das Tor des Piemburger Krankenhauses federte und vor der Leichenhalle hielt.

Im Krankenhaus war die Meldung von der Hinrichtung zugleich mit der eindringlichen Forderung des alten Wärters eingetroffen, noch ein paar mehr Krankenwagen zum Gefängnis zu schicken, um die Opfer des schrecklichen Einsturzes des Todeshauses abzuholen. Die Spannung, die bereits im Krankenhaus geherrscht hatte, entwickelte sich rasch zu so was wie einer

Massenpanik. Der Kommandant, der schon für die Operation vorbereitet war, bekam eine Vollnarkose und wurde bewußtlos in den Operationssaal gerollt. Während die Chirurgen sich für die Verpflanzung bereitmachten, rasten die Krankenwagenfahrer zu ihren Fahrzeugen, und es wurden alle Anstalten getroffen, den erwarteten Strom der Opfer aus dem Gefängnis aufzunehmen. Krankenschwestern, die schon nicht mehr wußten, wo ihnen der Kopf stand, weil sie sich mit Massen verletzter Irrer aus dem Massaker in Fort Rapier rumschlagen mußten, versuchten, sich auf diese neue Katastrophe einzustellen. Als der Krankenwagen mit Jonathan Hazelstone vor der Leichenhalle eintraf, schlug die allgemeine Verwirrung über ihm zusammen.

»Fahren Sie zum Gefängnis zurück«, schrie ein Krankenwärter aus einem Fenster, als die beiden Sanitäter den Spender in die Leichenhalle trugen und auf einem Rolltisch absetzten. »Da oben hat's 'ne größere Katastrophe gegeben.« Die beiden Männer hetzten zu ihrem Krankenwagen zurück und fuhren los. Der Bischof, einen Augenblick allein in der Leichenhalle, sprang von dem Tisch, riß sich den Sack vom Kopf und blickte sich um. Unter den Laken, die auf Steinplatten liegende stille Gebilde verhüllten, fand er, was er suchte, und als schließlich zwei Krankenwärter kamen, um den Spender zur Transplantation abzuholen, enthielt der Körper, der gemütlich unter seinem weißen Laken lag und einen grauen Leinensack über den Kopf gestülpt trug, ein Herz, das viel zu kalt war, als daß es Kommandant van Heerden noch groß von Nutzen sein konnte.

Während die Operation langsam in Gang kam, wanderten die sterblichen Überreste des ehemaligen Bischofs von Barotseland leicht hinkend den Hügel in Richtung Jacaranda House hinauf. Und wie sie so wanderten, sangen sie:

»Wenn ihr auch geht, ich weiche nicht; flieht nur von hier:
Denn Du bist noch mein Gott, ist alles, was ihr mir
Vielleicht mit mehr Verzierungen könnt sagen.

Fliegt, Frühlingsvögel fort: den Winter laßt nur jagen;
Laßt öde Blässe bleichen mir das Tor,
Doch alles drin ist muntrer als zuvor.«

Jonathan Hazelstone hatte sich gerade überlegt, daß es schließlich dennoch Gründe geben könnte, den Glauben wiederzufinden.

Die Panik, die im Piemburger Krankenhaus herrschte, als der Krankenwagen mit dem Bischof eintraf, war rein gar nichts, verglichen mit dem Chaos und der Hysterie, die im Operationssaal entstanden, als der Leichnam des Spenders auf dem Rolltisch hereingefahren wurde. In Kommandant van Heerdens Brust war schon ein Schnitt gemacht worden, als man entdeckte, daß, wer immer auch für die Hinrichtung verantwortlich gewesen war, seinen Job allzu gründlich erledigt hatte. Die Leiche auf dem Tisch trug viele Wunden der allerschrecklichsten Art. Das einzige, was sie sich nicht gebrochen zu haben schien, war das Genick. Sie war nicht nur an vielen Stellen völlig zersplittert, sie war auch schon mindestens 48 Stunden tot. Und als man des weiteren entdeckte, daß es sich um die Leiche einer neunundachtzigjährigen Frau handelte, da wußten die Chirurgen, daß, was sie zunächst für dumm, um nicht zu sagen für kriminell gehalten hatten, nun zu reinem Irrsinn ausartete.

Dr. Erasmus war völlig außer sich. »Wer hat gesagt, das Ding hier schlüge noch?« schrie er und schlug auf das welke Ding, das der alten Frau aus der Brust hing. (Sie war in Wirklichkeit von einem Fünfundzwanzig-Tonner überfahren worden, als sie über die Straße ging.) »Das hier hat schon tagelang nicht mehr geschlagen, und als es noch arbeitete, hat es verflucht noch mal auch nicht geschlagen. Es hat bloß hin und wieder mal gezuckt. Das Herz würde ich einem verhungerten Hund nicht zu fressen geben und schon gar nicht dem Verrückten hier in seinen Körper einbauen.« Er setzte sich hin und flennte.

Nach einer halben Stunde, in der die Leichenhalle immer

wieder durchsucht und der Tod verschiedener möglicher Spender in den Krankenhausabteilungen von einem verzweifelten Chirurgenteam beschleunigt wurde, das maskiert hereingestürmt kam, sie beutegierig anstarrte und ihnen hoffnungsvoll den Puls fühlte, riß sich Dr. Erasmus zusammen, nahm rasch eine kleine Prise Äther und wandte sich an das Herzteam.

»Meine Damen und Herren«, sagte er, »wovon wir alle heute nachmittag Zeuge geworden sind, das ist so bedauerlich und schrecklich, daß es desto besser ist, je eher wir es vergessen. Wie Sie wissen, wollte ich diese Verpflanzung von Anfang an nicht durchführen. Wir wurden von diesem verdammten Irren dazu gezwungen.« Er zeigte auf Kommandant van Heerdens bewußtlosen Körper. »Wir handelten unter enormem Druck und, gottlob, absoluter Geheimhaltung. Und nun sind wir aufgrund der Verspätung, mit der uns die Gefängnisleitung den Spender zukommen läßt – und wenn ich mir die Verletzungen der Frau hier ansehe, verstehe ich auch, warum es zu dieser Verspätung kommt –, völlig außerstande, mit der Operation fortzufahren. Ich schlage vor, ich nähe dem Patienten die Brust wieder zu und lasse sein Herz vollkommen gesund an seiner angestammten Stelle schlagen.«

Protestgemurmel von den anderen Mitgliedern des Transplantationsteams wurde laut.

»Ja, ich weiß, was Sie empfinden, und sollte es zu weiteren Provokationen kommen, dann gäbe ich meine Zustimmung, dem Mistkerl hier das Herz zu entfernen und ihn einfach verfaulen zu lassen. Aber ich habe mich anders entschlossen. Dank der Geheimhaltung, die diese ganze so unkoschere Angelegenheit umgibt, habe ich einen besseren Vorschlag. Ich glaube, es wird besser sein, dem Kommandanten zu gestatten, in absoluter Unkenntnis von seinem großen Glück zu bleiben, das ihn davor bewahrte, das hier zu erhalten«, und Dr. Erasmus gab dem Herzen der alten Frau wieder einen Klaps. »Wir erhalten einfach den Anschein aufrecht, daß die Verpflanzung erfolgreich durchgeführt wurde, und ich habe die allergrößte Zuversicht, daß seine Dummheit so kolossal ist, daß es ihm niemals in den Sinn kommen wird, unsere Behauptung, er habe ein neues Herz erhalten, in Frage zu stellen.«

Unter allgemeinen Hochs und Bravos drehte sich der illustre Chirurg zu Kommandant van Heerden um und nähte ihn zu.

Eine Stunde später erwachte der Kommandant in seinem Zimmer. Er fühlte sich recht elend, und die Wunde auf seiner Brust tat weh, wenn er sich bewegte, aber sonst meinte er keine unangenehmen Nebenwirkungen der Operation zu verspüren. Vorsichtig nahm er einen tiefen Atemzug und lauschte seinem neuen Herzen. Es hörte sich vortrefflich an.

20

Als die schwarze Staubwolke mitten auf dem Gefängnishof in die Höhe stieg und das letzte Stück des verrotteten Mauerwerks mit einem letzten Dröhnen umgefallen war, senkte sich eine ehrfurchtsvolle Stille über die schwarzen Gefangenen, die in ihren Zellen hockten. Wachtmeister Els kraxelte mühsam auf den Gipfel des Schuttbergs, wobei er dem Mann, der ihm seine Karriere als Henker vermasselt hatte, Direktor Schnapps, als letztem Liebesdienst auf dem Skrotum rumtrampelte. Von dort oben spähte er in den Dunst. Das war natürlich nicht wie ein Berggipfel in Darien, und die Aussicht konnte auch kaum pazifisch-friedlich genannt werden, aber auf seine Weise war der Ex-Henker Els stolz. Genau im Mittelpunkt eines sich langsam ausbreitenden Knäuels aus schwarzem Staub wußte Wachtmeister Els, daß er wieder einmal seine großen Vernichtungsgaben nutzbringend angewandt hatte. Unter ihm lagen die Leichen von Direktor Schnapps, dem Kaplan und, so hoffte er im stillen, auch des Mannes, den er zu hängen versucht hatte. Er, Scharfrichter Els, hatte sie alle übertroffen, und niemand würde je wieder den Tag vergessen, an dem Els im Piemburger Gefängnis einen Mann gehängt hatte. Er hatte sich mehr als einen Ruf erworben, er hatte sich einen Namen gemacht, einen großen Namen. Und als Els von dem Schuttberg herunterkletterte und wie betäubt aus der schwarzen Wolke auftauchte, fühlte er keine Reue.

Nackt, zerstoßen und schwarz wie ein Pikas trat Els heraus, um es der Welt zu beweisen. Langsam und schwankend ging er den großen Gefängnishof hinunter, und als er so ging, begannen Menschen aus ihren Gefängniszellen zu strömen, wo sie in stiller Angst gewartet hatten, während die erste Hinrichtung stattfand, die das Piemburger Gefängnis seit zwanzig Jahren erlebte. Aus jeder Tür, die auf den Hof führte, quollen die Gefangenen, um einen Blick auf die Schreckensszene zu werfen.

Zuerst standen sie nur da und starrten in stiller Verwunderung, aber dann erhob sich ein gewaltiger Schrei, gefolgt von Freuderufen, und dann fing ein Mann zu singen an, und einen Augenblick später war der große Gefängnishof eine einzige herumhüpfende und singende Menschenmasse, die in einem ekstatischen, triumphierenden Tanz mit den Füßen stampfte und in die Hände klatschte. Tausend schwarze Gefangene, ohne Ausnahme Zulus, tanzten, wie sie noch nie getanzt hatten, um den Schuttberg herum, der einmal das gefürchtete Haus des Todes gewesen war. Reihe um Reihe stampften sie und wiegten sich in den Hüften, und als Himmel und Erde von ihrem Tanz widerhallten, sangen sie.

Und ihr Gesang war ein großes Freudenrequiem auf Elsens Tod, des Kaffern-Killers Els, des Henkers Els, die Geißel der Zulus. In ihrer Mitte, nackt und schwarz, wie der geringste von ihnen, stampfte und tanzte und sang Els ums bare Leben.

Jemand warf ein Streichholz auf den Stapel aus Mauerwerk und altem Holz, und eine Sekunde später standen die Überreste des Galgens in Flammen. Während der Staub sich langsam setzte, stieg eine schwarze Rauchwolke in den wolkenlosen Himmel. Und da sie in der reglosen Luft fast senkrecht nach oben stieg, verkündete sie weit und breit, daß etwas Ungewöhnliches und Bedeutungsvolles geschehen war. Die sich wiegenden Gefangenen näherten sich, die Knie hochgerissen zu dem emphatischen Stampfen ihrer Füße, dann zogen sie sich wieder zurück, um sich zu einer neuen triumphierenden Woge zu sammeln, und sie begleiteten die Flammen und das Getöse des Feuers mit ihrem endlosen Gesang.

»Els ist tot, Kaffern-Killer Els,
Zum Teufel gegangen, wo seine Seele hingehört.
Schänder unserer Frauen, Mörder unserer Männer,
Wir werden das Schwein nie wieder sehn.«

Das Lied wurde von den Zulus auf den Straßen außerhalb des Gefängnisses aufgeschnappt, und sie sangen den Refrain mit. Von Haus zu Haus, von Straße zu Straße verbreitete sich der Gesang wie ein Lauffeuer, während schwarze Dienstboten auf die Straßen strömten, um den Rauch des Scheiterhaufens über dem Piemburger Gefängnis aufsteigen zu sehen. Innerhalb einer Stunde hallte ganz Piemburg vom Singen der Zulus wider. In seinem Bett im Piemburger Krankenhaus hörte Kommandant van Heerden halb im Schlaf den Kehrreim des Liedes und lächelte. Er erschien ihm ein gutes Vorzeichen zu sein. Er begann, ihn fröhlich mitzusummen. Er öffnete ihm weit das Herz.

Als es dunkel wurde, tanzten und sangen die Gefangenen immer noch. Im Verwaltungstrakt duckten sich angstvoll die Wärter und spähten voller Furcht durch die Gitter auf die schwarzen Gestalten, die sich gegen die Flammen abhoben. Der alte Wärter verfluchte Els und sein verdammtes Hängen, aber er war nicht so dumm zu versuchen, dem Feiern ein Ende zu machen. Er würde sich nicht von den Volksmassen in Stücke reißen lassen, indem er versuchte, sich einzumischen, und als er das Polizeirevier anrief und um Verstärkung bat, wurde ihm von Luitenant Verkramp mitgeteilt, daß das Polizeirevier selber belagert werde, und er müsse halt beten und warten, daß der Rausch sich von selbst wieder lege. Verkramp hatte nicht übertrieben. Die Straßen von Piemburg waren von tanzenden Menschenmengen überfüllt. Der Verkehr brach zusammen, und die weißen Autofahrer liefen entweder nach Hause oder verbrachten die Nacht lieber in ihren Büros, ehe sie den Versuch wagten, durch die erregten Volksmassen hindurchzufahren. Nicht daß es irgendein Anzeichen von Wut unter der Menge gegeben hätte, nur ein überwältigendes Gefühl der Befreiung und Freude.

Als in derselben Nacht ein Flugzeug nach London niedrig über Piemburg hinwegflog, machte ein hochgewachsener, fröhlicher Geistlicher seine Sitznachbarin auf das Feuer und die in den Straßen tanzenden Menschenmassen aufmerksam.

»Und alles darin ist muntrer als zuvor«, bemerkte er sibyllinisch.

Seine Nachbarin legte den Gummiwaren-Katalog beiseite, in dem sie gelesen hatte. »Ich bin sicher, du wirst einen sehr guten College-Kaplan abgeben«, sagte sie und seufzte, »aber ich bezweifle, daß ich in London einen Zulu-Koch finden werde.«

Erst nach einem Monat ging es Kommandant van Heerden gut genug, daß er das Krankenhaus verlassen konnte. Sein neues Herz hatte keine Abstoßungssymptome gezeigt, und die Ärzte waren über seine Fortschritte begeistert. Eine kleine Schwierigkeit hatte es wegen der Injektionen gegeben, und es waren die vereinten Kräfte von sechs Krankenpflegern nötig, um den Kommandanten festzuhalten, aber abgesehen davon war er ein Musterpatient gewesen. Nach vierzehn Tagen hatte man ihm erlaubt aufzustehen, und erst da hatte er das volle Ausmaß der Tragödie im Piemburger Gefängnis erfahren.

»Es war ja ein Wunder, daß es den Sanitätern gelungen ist, den Spender noch rechtzeitig wegzuschaffen«, sagte er zu Dr. Erasmus. »Eine Minute länger, und ich wäre heute nicht hier.«

Dem mußte Dr. Erasmus zustimmen. »Ein echtes Wunder«, sagte er.

»Sind Sie sicher, daß das neue Herz nicht mehr abgestoßen wird?« fragte der Kommandant und war erleichtert, daß der Doktor ein so großes Vertrauen hatte, daß alles gutgehe.

»Ich kann ehrlich sagen«, erwiderte ihm Dr. Erasmus, »daß im Grunde genommen das Herz, das in diesem Augenblick in Ihrer Brust schlägt, recht gut hätte dasjenige sein können, mit dem Sie geboren wurden«, und nach dieser Zusicherung, daß es keine Abstoßung geben werde, lächelte der Kommandant glücklich in sich hinein.

Als er endlich das Krankenhaus verließ, nahm er sich einen Monat Urlaub, den er am Strand bei Umhloti verbrachte, wo er sich eine gesunde Bräune holte und Bücher über die Familie Hazelstone las. Eine Weile spielte er mit dem Gedanken, seinen Namen in van Heerden-Hazelstone zu ändern. »Schließlich gehöre ich praktisch zur Familie«, dachte er, aber dann gab er die Idee als nicht gerade geschmackvoll auf. Statt dessen entwikkelte er einen Zug ins Arrogante, was Luitenant Verkramp ärgerte und von allen anderen ignoriert wurde. Die Ärzte hatten ihm gesagt, sein neues Herz brauche viel Bewegung, und so versuchte der Kommandant, soviel wie möglich aus seinem Büro rauszukommen und in der Stadt herumzuwandern.

Sein Lieblingsspaziergang führte ihn immer wieder den Town Hill hinauf nach Jacaranda Park, wo er dann die Auffahrt zum Haus hinunterlief. Das Anwesen stand noch immer leer, und es hieß, es solle in ein Museum oder sogar in einen Nationalpark umgewandelt werden. Unterdessen aber ging Kommandant van Heerden gern dorthin, setzte sich auf die Veranda und erinnerte sich an die Ereignisse der Woche, die sein Leben so nachhaltig verändert hatte.

Oft mußte er auch an Els denken, und daß Els tot war, tat ihm jetzt sehr leid. Der Wachtmeister hatte wohl auch seine guten Seiten gehabt, dachte er, und er mußte einfach zugeben, daß Els ihm mehr als nur einmal das Leben gerettet hatte.

»Wenn es nicht Els und dieses verdammte Gewehr gegeben hätte, dann säße ich heute nicht hier«, sagte er sich, bevor er sich erinnerte, daß es Elsens blödsinnige Dummheit gewesen war, die vor allem sein Herzleiden verursacht hatte. Trotzdem konnte er es sich leisten, jetzt nachsichtig zu sein. Els war gestorben, wie er gelebt hatte: menschenmordend. »Er ging mit Volldampf ran«, dachte er, und rief sich wehmütig des Wachtmeisters heldenhaften Kampf mit dem Dobermann in Erinnerung.

Das brachte ihn wieder auf einen Fall, von dem er neulich in der Zeitung gelesen hatte. Der drehte sich um einen schwarzen Häftling auf einer Gefängnisfarm in Nord-Zululand, der einen Schäferhund zu Tode gebissen und dann erhängt hatte. Der Name dieses Kerls war Forebode gewesen, was dem Kommandanten irgendwie bekannt vorkam. Jedenfalls hatte er zwanzig Peitschenhiebe wegen Unzucht erhalten, und der Kommandant fand, die hatte er verdient.

Er machte es sich in einem Korbsessel bequem und blickte über den Rasen hinüber zu der neuen Büste von Sir Theophilus, die er auf eigene Kosten hatte aufstellen lassen – oder besser: auf Kosten der Belohnung, für die Els ja keine Verwendung mehr hatte. Er hatte auch den Präparator für seine Bemühungen bezahlt und den ausgestopften Toby in sein Büro im Polizeirevier gestellt, wo er ihm die Gelegenheit gab, den neuen Wachtmeistern in hohen Tönen die Tugenden von Wachtmeister Els zu preisen, der diesen Hund getötet hatte, um seinem Kommandanten das Leben zu retten

Alles in allem, überlegte der Kommandant, hatte er guten Grund, glücklich zu sein. Die Welt war kein übler Ort zum Leben. Südafrika war immer noch weiß und würde es auch bleiben. Aber vor allem wußte er, daß er die hohe Stellung verdiene, die er in Piemburg innehatte, und daß sein größter Wunsch schließlich in Erfüllung gegangen war. In seiner Brust, da klopfte das Herz eines englischen Gentleman.

Tom Sharpe

Mohrenwäsche

I

Heldengedenktag feierte man in Piemburg, und wie üblich war die kleine Hauptstadt von Zululand ganz unerlaubt heiter gestimmt. In den Straßen blühten pflichtvergessen die Jacarandabäume neben Gärten voller leuchtender Azaleen, während von hundert Fahnenstangen Briten und Buren sich ihre gegenseitige Feindschaft unter die Nase rieben, indem sie den Union Jack oder den Vierkleur hißten, jene Embleme aus dem Burenkrieg, die keine der beiden Seiten je vergessen konnte. Auf getrennten Feiern in der ganzen Stadt gedachten die beiden weißen Parteien der Siege von einst. In der Anglikanischen Kathedrale führte der Bischof von Piemburg seiner ungewöhnlich großen Gemeinde vor Augen, daß ihre Vorfahren sich die Freiheit gegen so erlesene Feinde wie Napoleon, Präsident Krüger, den Kaiser und Adolf Hitler bewahrt hätten, und in der Holländischen Reformiertenkirche in der Verwoerd Street beschwor Hochwürden Schlachbals seine Herde, niemals zu vergessen, daß die Engländer die Konzentrationslager erfunden und fünfundzwanzigtausend Burenfrauen und -kinder darin umgebracht hätten. Kurz, der Heldengedenktag gab jedermann Gelegenheit, die Gegenwart zu vergessen und alte Haßgefühle wieder aufleben zu lassen. Nur den Zulus war verboten, der Ereignisse zu gedenken, teils mit der Begründung, sie hätten keine berühmten Helden zu ehren, vor allem aber deshalb, weil man der Ansicht war, ihre Teilnahme würde lediglich zu einem Anwachsen der Rassenspannungen führen.

Für Kommandant van Heerden, den Piemburger Polizeichef, war die ganze Angelegenheit höchst lästig. Von ihm als einem der wenigen Afrikaander in Piemburg, die, wenn auch nur entfernt, mit einem Helden verwandt waren (sein Großvater war nach der Schlacht von Paardeberg von den Briten erschossen worden, weil er den Feuereinstellungsbefehl mißachtet hatte), erwartete man, daß er auf der Kundgebung der Nationalistischen Partei im Voortrekker-Stadion über das Thema Heldentum spreche, außerdem war er als einer der führenden Beamten der Stadt verpflichtet, an der Feier im Settlers Park teilzunehmen, auf der die Söhne Englands zu Ehren der vor einigen hundert Jahren in den Zulukriegen Gefallenen wieder mal feierlich eine hölzerne Ruhebank einweihen wollten.

Früher hatte der Kommandant allen diesen Verpflichtungen mit dem Hinweis aus dem Weg gehen können, daß er unmöglich zur selben Zeit an zwei verschiedenen Orten sein könne, aber nachdem die Polizei kürzlich einen Hubschrauber zugeteilt bekommen hatte, konnte er sich dieses Jahr nicht in diese Ausrede flüchten. Den ganzen Tag konnte man immer wieder den Hubschrauber über die Stadt wegrattern sehen, während der Kommandant, dem große Höhen fast ebenso zuwider waren wie öffentliche Reden, in seinen Notizen nach irgendwas herumstöberte, was er sagen könne, sobald er gelandet war. Aber da er seine Notizen seit der Kongokrise vor vielen Jahren jedes Jahr benutzt hatte, riefen ihre Unleserlichkeit und der Umstand, daß sie so oder so mit den aktuellen Ereignissen nichts zu tun hatten, einige Verwirrung hervor. Im Voortrekker-Stadion enthielt die Rede Kommandant van Heerdens über das Heldentum die Versicherung, daß die Bürger Piemburgs keinen Zweifel daran zu haben brauchten, daß die Polizei Südafrikas alles tun werde, damit nichts den ruhigen Gang des bürgerlichen Lebens störe, während die Eloquenz, die er im Settlers Park im Namen der Nonnen entfaltete, die im Kongo vergewaltigt worden waren, als nicht gerade sehr geschmackvoll angesehen wurde, zumal vor ihm ein Methodistenmissionar gerade einen leidenschaftlichen Appell zur Rassenverständigung losgelassen hatte.

Um schließlich die Aufgaben des Tages abzurunden, fand vor der Kaserne der berittenen Polizei eine Parade seiner Truppe statt, bei der der Bürgermeister einen Preis für hervorragenden Mut und Pflichteifer zu überreichen zugesagt hatte.

»Interessant, was Sie über diese Nonnen zu sagen hatten«, sagte der Bürgermeister, als sich der Hubschrauber im Settlers Park vom Boden erhob, »die hatte ich schon fast vergessen. Muß zwölf Jahre her sein, seitdem das passiert ist.«

»Ich meine, wir sollten uns immer sagen, es hätte genauso gut auch hier passieren können«, sagte der Kommandant.

»Möglich. Ulkig, daß die Kaffern es offenbar immer auf Nonnen abgesehen haben. Man sollte doch denken, sie würden eher 'n bißchen was Muntereres mögen.«

»Das liegt vielleicht daran, daß das Jungfrauen sind«, sagte der Kommandant.

»Wie klug von Ihnen, daran zu denken«, sagte der Bürgermeister, »meine Frau wird es mit Erleichterung vernehmen.«

Unter ihnen leuchteten die Dächer in der Nachmittagssonne. In der Blütezeit des Britischen Empire erbaut, besaß die winzige Metropole noch immer einen Anflug ehemaliger Pracht. Das Rathaus, rote Backsteingotik, ragte über dem Marktplatz auf, während auf der gegenüberliegenden Seite der Oberste Gerichtshof seine klassische, feierlich-steife Miene bewahrte. Hinter dem Bahnhofsgebäude lag Fort Rapier, einst Hauptquartier der britischen Armee und mittlerweile Irrenanstalt, äußerlich unverändert da. Patienten schlurften über den großen Exerzierplatz, auf dem einst zehntausend Mann herummarschiert waren und Linksschwenkt-Marsch gemacht hatten, ehe sie zur Front aufgebrochen waren. Der Gouverneurspalast war in ein Lehrerseminar verwandelt worden, und Studenten sonnten sich nun auf den Rasenflächen, die einstmals der Schauplatz von Gartenparties und Empfängen gewesen waren. Für Kommandant van Heerden war das alles sehr verwirrend und traurig, und er fragte sich soeben, warum die Engländer ihr Empire eigentlich so einfach aufgegeben hatten, als der Hubschrauber über der Polizeikaserne sein Tempo drosselte und langsam herunterging.

»Fabelhaftes Publikum«, sagte der Bürgermeister und zeigte auf die Reihen angetretener Polizeiwachtmeister auf dem Paradeplatz unter ihnen.

»Da haben Sie sicher recht«, sagte der Kommandant, aus den vergangenen Herrlichkeiten in die triste Gegenwart zurückgerufen. Er sah auf die fünfhundert Mann hinunter, die vor einer Ehrentribüne aufmarschiert waren. Es war zweifellos nichts Großartiges an ihnen, auch nicht an den sechs Panzerwagen, die in einer Reihe hinter ihnen parkten. Als der Hubschrauber unsanft auf den Boden geplumpst war und seine Rotorblätter endlich sich zu drehen aufhörten, half der Kommandant dem Bürgermeister heraus und geleitete ihn zu der Tribüne. Die Polizeikapelle stimmte einen schmissigen Marsch an, und neunundsechzig Wachhunde knurrten und sabberten unterdessen in mehreren Eisenkäfigen herum. Sie waren für die Gelegenheit von den schwarzen Häftlingen geräumt worden, die normalerweise in sie gepfercht auf ihre Prozesse warteten.

»Nach Ihnen«, sagte der Kommandant am Fuß der Treppe, die auf die Tribüne führte. Oben stand ein langer, dünner Luitenant und hielt einen besonders riesenhaften Dobermann an der Leine, dessen Zähne, wie der Bürgermeister voll Schreck bemerkte, zu so etwas wie einem festgeschraubten Knurren gefletscht waren.

»Nein, nach Ihnen«, sagte der Bürgermeister.

»Ich bestehe darauf. Nach Ihnen«, sagte der Kommandant.

»Hören Sie zu«, sagte der Bürgermeister, »wenn Sie glauben, ich lege mich wegen dieser Treppe mit dem Dobermann dort an . . .«

Kommandant van Heerden lächelte.

»Keine Bange«, sagte er, »der ist ausgestopft. Das ist die Preistrophäe«. Er stampfte zum Podium hinauf und schob den Dobermann mit dem Knie beiseite. Der Bürgermeister folgte ihm und wurde dem dünnen Luitenant vorgestellt.

»Luitenant Verkramp, Leiter der Sicherheitsabteilung«, sagte der Kommandant.

Luitenant Verkramp lächelte kühl, und der Bürgermeister nahm Platz in dem Bewußtsein, eben einem Vertreter von BOSS, dem Bureau of State Security, begegnet zu sein, dessen Ruf, Verdächtige zu foltern, einmalig und unerreicht war.

»Ich halte nur eine kurze Ansprache«, sagte der Kommandant, »dann können Sie die Trophäe überreichen«. Der Bürgermeister nickte, und der Kommandant ging ans Mikrofon.

»Herr Bürgermeister, meine Damen und Herren, Beamte der Südafrikanischen Polizei«, brüllte er, »wir haben uns heute hier versammelt, um den Helden der südafrikanischen Geschichte unsere Achtung zu erweisen und insbesondere das Andenken des verstorbenen Wachtmeisters Els zu ehren, dessen tragischer Tod Piemburg unlängst eines seiner hervorragendsten Polizisten beraubt hat.«

Die durch das Lautsprechersystem verstärkte Stimme des Kommandanten dröhnte über den Exerzierplatz weg und verlor dabei jede Spur der Bedenken, die jener beim Nennen von Els' Namen empfand. Es war Luitenant Verkramps Idee gewesen, den ausgestopften Dobermann als Preis zu verleihen, und der Kommandant, froh, dieses Vieh aus seinem Büro entfernt zu sehen, hatte zugestimmt. Nun vor die Aussicht gestellt, den toten Els in den Himmel heben zu müssen, war er nicht mehr so sicher, daß es eine kluge Entscheidung gewesen war. Als er noch am Leben war, hatte Els im Dienst mehr Schwarze erschossen als jeder andere Polizeibeamte Südafrikas und sich unablässig gegen die Sittlichkeitsgesetze vergangen. Der Kommandant sah auf seine Notizen und redete tapfer weiter drauf los.

»Ein treuer Kamerad, ein hervorragender Mitbürger, ein frommer Christ...« Dem Bürgermeister, der auf die Gesichter der Polizisten vor sich hinuntersah, war klar, daß Wachtmeister Els' Tod fraglos ein großer Verlust für die Piemburger Polizei gewesen war. Absolut keines der Gesichter, die er sah, ließ diese bewunderungswürdigen Eigenschaften vermuten, die in Wachtmeister Els offenbar so deutlich zu Tage getreten waren. Er kam gerade zu dem Schluß, daß der durchschnittliche Intelligenzquotient sich in der Gegend von 65 bewegen müsse, als der Kommandant seine Rede beendete und verkündete, daß den Els-Gedächtnis-Preis Wachtmeister van Rooyen gewonnen habe. Der Bürgermeister erhob sich und nahm Luitenant Verkramp die Leine des ausgestopften Dobermanns aus der Hand.

»Herzlichen Glückwunsch zu diesem Preis«, sagte er, als der Preisträger auf die Tribüne kam. »Und was haben Sie getan, daß Sie so hoch geehrt werden?«

Wachtmeister van Rooyen wurde rot und murmelte irgendwas wie »... einen Kaffer abgeknallt.«

»Er hinderte einen Häftling an der Flucht«, erklärte der Kommandant eilig.

»Sehr lobenswert, wirklich«, sagte der Bürgermeister und reichte dem Wachtmeister die Hundeleine. Zu den Hochrufen seiner Kollegen und dem Applaus des Publikums schwankte der Gewinner des Els-Gedächtnis-Preises die Treppe hinunter, den ausgestopften Dobermann im Arm, und die Kapelle setzte wieder ein.

»Großartige Idee, so einen Preis zu verleihen«, sagte der Bürgermeister, als sie hinterher im Erfrischungszelt Tee schlürften, »allerdings muß ich sagen, auf einen ausgestopften Hund wäre ich nie gekommen. Sehr originell.«

»Er wurde vom verstorbenen Wachtmeister Els persönlich getötet«, sagte der Kommandant.

»Er muß ein bemerkenswerter Mann gewesen sein.«

»Mit bloßen Händen«, sagte der Kommandant.

»Großer Gott«, sagte der Bürgermeister.

Bald darauf verabschiedete sich der Kommandant vom Bürgermeister, der mit Hochwürden Schlachbals darüber diskutierte, ob es ratsam sei, zu Besuch weilenden japanischen Geschäftsleuten die Benutzung von Freibädern zu gestatten, die nur Weißen zugänglich waren. Am Zelteingang unterhielt sich Luitenant Verkramp angeregt mit einer gewaltigen Blondine, deren türkisfarbenes Kleid ihr erstaunlich gut saß. Unter dem breitkrempigen rosa Federhut erkannte der Kommandant das Gesicht von Dr. von Blimenstein, der hervorragenden Nervenärztin des Irrenhauses Fort Rapier.

»Kriegt er 'ne Gratis-Behandlung?« fragte scherzhaft der Kommandant, als er sich an ihnen vorbeischob.

»Frau Dr. von Blimenstein erzählt mir gerade, wie sie mit manisch-depressiven Fällen verfährt«, sagte der Luitenant.

Dr. von Blimenstein lächelte. »Luitenant Verkramp scheint die Elektroschock-Therapie außerordentlich zu interessieren.«

»Ich weiß«, sagte der Kommandant und spazierte hinaus ins Freie, während er lustlos darüber nachsann, ob die blonde Nervenärztin auf Verkramp großen Eindruck gemacht haben könnte. Irgendwie erschien ihm das unwahrscheinlich, aber bei Luitenant Verkramp wußte man nie. Kommandant van Heerden hatte schon lange den Versuch aufgegeben, seinen Stellvertreter zu begreifen.

Er fand ein Plätzchen im Schatten und blickte über die Stadt hin. Sie sei es, wohin sein Herz gehöre, dachte er, während er gedankenverloren über die lange Narbe auf seiner Brust strich. Seit dem Tage seiner Herztransplantation fühlte sich Kommandant van Heerden in mehr als einer Hinsicht als neuer Mensch. Sein Appetit hatte zugenommen, er war selten müde, und vor allem trug der irrige Glaube, daß zumindest *ein* Teil seiner Anatomie seine Abstammung von der normannischen Eroberung herleiten könne, dazu bei, die fehlende Wertschätzung, die er für den Rest seines Ich empfand, zu lindern. Nachdem er sich das Herz eines englischen Gentleman zugelegt hatte, war alles, was ihm nun noch zu tun blieb, sich jene äußeren Besonderheiten des Englischseins anzueignen, die ihm so anbetungswürdig erschienen. Aus diesem Grund hatte er sich einen Harris Tweed-Anzug, eine Norfolk-Jacke und ein Paar braune Lochmusterschuhe gekauft. Am Wochenende konnte man ihn in seiner Norfolk-Jacke und den Lochmusterschuhen in den Wäldern außerhalb Piemburgs herumspazieren sehen, eine einsame Gestalt, tief in Gedanken oder zumindest in jenen Wanderungen des Geistes begriffen, die der Kommandant für Gedanken hielt und die sich in seinem Fall um Mittel und Wege drehten, wie er ein anerkanntes Mitglied der englischen Gemeinde Piemburgs werden könne.

Einen ersten Versuch in dieser Richtung hatte er unternommen, indem er sich um die Mitgliedschaft beim Alexandria Club bewarb, dem exklusivsten Club Zululands, doch ohne Erfolg. Es hatte der vereinigten Anstrengungen des Präsidenten, des Schatzmeisters und des Schriftführers bedurft, um ihn zu überzeugen, daß »being blackballed« nichts mit der Farbe seiner Geschlechtsteile oder mit der Rassenzugehörigkeit seiner Großmutter zu tun hatte, sondern lediglich bedeutete, daß er bei der Abstimmung über seinen Antrag nur schwarze Kugeln erhalten hatte. Schließlich war er dem Golfclub beigetreten, bei dem die Bedingungen für die Mitgliedschaft weniger streng waren und wo er im Clubhaus sitzen und ehrfurchtsvoll einem Tonfall lauschen konnte, dessen Arroganz, wie er fühlte, echt britisch war. Nach derartigen Besuchen kehrte er nach Hause zurück und verbrachte den Abend damit, den englischen Akzent in Wendungen wie »Jolly good show – Hervorragende Leistung« und »Chin up – Kopf hoch« zu üben. Als er nun vor sich hindösend auf seinem Stuhl saß, war er mit den Fortschritten, die er gemacht hatte, sehr zufrieden.

Für Luitenant Verkramp steckte hinter den Veränderungen, die mit dem Kommandanten seit dessen Operation vor sich gegangen waren, irgendwelche finsteren und geheimnisvollen Kenntnisse. Die Überlegenheit, deren sich Verkramp auf Grund seiner besseren Erziehung und seines rascheren Witzes früher erfreut hatte, war total geschwunden. Der

Kommandant behandelte ihn mit einer würdevollen Nachsicht, die den Luitenant in Wut versetzte, und quittierte seine sarkastischen Bemerkungen mit mildem Lächeln. Schlimmer noch, Verkramp stellte fest, daß der Kommandant sich seinen Versuchen, den Kommunismus, den Liberalismus und Humanismus auszurotten, ständig in den Weg stellte, ganz zu schweigen vom Anglikanismus, dem römischen Katholizismus und anderen Feinden südafrikanischer Lebensart in Piemburg. Als Verkramps Leute die Freimaurerloge auf den Kopf stellten, erhob Kommandant van Heerden die heftigsten Einwände, und als die Sicherheitsabteilung einen Archäologen der Universität von Zululand verhaftete, weil dessen Forschungen den Schluß erbracht hatten, daß es in Transvaal schon vor der Ankunft von van Riebeck im Jahr 1652 Eisenminen gegeben habe, da hatte der Kommandant auf der Freilassung des Professors bestanden. Verkramp hatte energisch dagegen protestiert.

»In Südafrika hat es keine schwarzen Arschlöcher gegeben, ehe wir Weißen kamen, und es ist Verrat, wenn man das behauptet«, sagte er zum Kommandanten.

»Das weiß ich ja alles«, erwiderte der Kommandant, »aber der Kerl hat das ja auch nie gesagt.«

»Hat er doch. Er sagt, es gab Eisenminen.«

»Eisenminen sind keine Menschen«, erklärte der Kommandant, und der Archäologe, der mittlerweile an akuten Angstsymptomen litt, wurde in die Nervenheilanstalt Fort Rapier verlegt. Und dort war es auch, wo Verkamp zum ersten Mal Frau Dr. von Blimenstein begegnete. Als sie dem Patienten den Arm auf den Rücken drehte und ihn vor sich her in die Anstalt schob, äugte Verkramp nach ihren breiten Schultern und den wuchtigen Hinterbacken und wußte, daß es um ihn geschehen war. Er kam nun fast täglich zu Besuch, um sich nach den Fortschritten des Archäologen zu erkunden, und saß dann im Büro der Ärztin, um sich die Einzelheiten ihres Gesichts und ihrer Figur einzuprägen, ehe er wie ein Reisender aus einem erotischen El Dorado in die Polizeidienststelle zurückfuhr. Dort saß er dann stundenlang und baute sich im Geiste aus den Mosaiksteinchen seiner zahlreichen Besuche ein Bild der schönen Psychiaterin zusammen. Von jedem Ausflug brachte er einen anderen winzigen Schatz intimer Einzelheiten mit, die er dem ihm so wohlbekannten Umriß einfügte. Einmal war es ihr linker Arm. Ein andermal die sanfte Wölbung ihres Bauches, den ein Gürtel einschnürte, oder eine üppige Brust, die es kaum im Gefängnis ihres Büstenhalters hielt. Das beste von allem, eines Sommertags, der allerflüchtigste Blick auf Schenkelinneres, weiß und mit Grübchen unter einem engen Rock. Knöchel, Knie, Hände, eine zufällige Achselhöhle – Verkramp kannte sie alle mit einer Vertrautheit im Detail, die die Doktorin überrascht haben würde, aber vielleicht auch wieder nicht.

Als sie nun in dem Erfrischungszelt beisammen standen, erwähnte Luitenant Verkramp die Veränderung, die mit dem Kommandanten vor sich gegangen war.

»Ich verstehe das einfach nicht«, sagte er, während er der Ärztin noch ein Sahnetörtchen anbot. »Er zieht sich neuerdings völlig überkandidelt an.« Dr. von Blimenstein sah ihn scharf an.

»Inwiefern überkandidelt?« fragte sie.

»Er hat sich eine Tweed-Jacke mit plissierten Taschen und 'ner Art Gürtel hinten zugelegt. Außerdem trägt er auch plötzlich ganz sonderbare Schuhe.«

»Hört sich ziemlich normal an«, sagte Dr. von Blimenstein. »Keine Neigung zu Parfüms oder ein Interesse an Damenunterwäsche?«

Luitenant Verkramp schüttelte traurig den Kopf.

»Aber seine Sprache hat sich auch verändert. Er legt Wert darauf, englisch zu sprechen, und auf seinem Schreibtisch steht ein Bild der Königin von England.«

»Das klingt tatsächlich eigentümlich«, sagte die Doktorin.

Verkramp faßte wieder Mut.

»Für einen guten Afrikaander ist es doch wohl nicht normal, in der Gegend rumzulaufen und ›Absolut toll, was?‹ zu sagen, oder?«

»Ich hätte auch große Zweifel an der geistigen Gesundheit eines guten Briten, der in der Gegend herumliefe und das sagte«, sagte die Ärztin. »Leidet er unter plötzlichen Stimmungsumschwüngen?«

»Ja«, sagte Verkramp mit Nachdruck.

»Anfälle von Größenwahn?«

»Entschieden«, sagte Verkramp.

»Na«, sagte Dr. von Blimenstein, »es sieht so aus, als liege bei Ihrem Kommandanten irgendeine psychische Störung vor. Ich würde ein wachsames Auge auf ihn haben.«

Als der »Tag der offenen Tür« bei der Polizei vorüber und Dr. von Blimenstein gegangen war, befand sich Luitenant Verkramp in einem Zustand leichter Euphorie. Der Gedanke, daß Kommandant van Heerden eventuell kurz vor einem Zusammenbruch stünde, eröffnete Beförderungsaussichten. Luitenant Verkramp kam langsam die Idee, daß er vielleicht bald Polizeichef von Piemburg wäre.

2

Zwei Tage später saß Luitenant Verkramp in seinem Büro und träumte von Frau Dr. von Blimenstein, als eine Anweisung des Bureau of State Security eintraf. Sie war als »Persönlich – Streng geheim!« gekennzeichnet und demzufolge bereits von mehreren Polizeiwachtmeistern gelesen worden, ehe sie bei ihm ankam. Verkramp las die Weisung hastig durch. Sie betraf Übertretungen der Sittlichkeitsgesetze durch Mitglieder der Südafrikanischen Polizei und war ein Routineschreiben, das an alle Polizeidienststellen in ganz Südafrika verschickt worden war.

»Sie werden hiermit angewiesen, Fällen vermuteter Liaisons zwischen Polizeibeamten und Bantufrauen nachzugehen.« Verkramp sah »Liaisons« im Wörterbuch nach und stellte fest, daß es bedeutete, was er gehofft hatte. Er las weiter, und beim Weiterlesen eröffneten sich ihm Ausblicke auf unerhörte Möglichkeiten. »Angesichts der wertvollen Propaganda, die den Feinden Südafrikas durch Presseberichte über Rechtsfälle um SAP-Beamte und Bantufrauen in die Hände gespielt wird, ist es von nationaler Bedeutung, Mittel und Wege zu finden, die Neigung weißer Polizeibeamter zu bekämpfen, sich mit schwarzen Frauen einzulassen. Es liegt überdies im Interesse der Rassenverständigung, den Geschlechtsverkehr zwischen den Rassen zu verhindern. Wo sich der Beweis einer solchen ungesetzlichen sexuellen Tätigkeit von Mitgliedern der SAP erhärtet, sollten keine Strafmaßnahmen ohne vorherige Benachrichtigung des Bureau of State Security ergriffen werden.«

Als Luitenant Verkramp das Schriftstück zu Ende gelesen hatte, war er nicht sicher, ob von ihm erwartet wurde, daß er Polizisten, die Anstoß erregten, belangte oder nicht. Er wußte nur, daß ihm die Anweisung gegeben worden war, »Fällen vermuteter Liaisons« nachzugehen, und es war »von nationaler Bedeutung, Mittel und Wege zu finden«. Die Vorstellung, etwas von nationaler Bedeutung zu tun, sagte ihm besonders zu. Luitenant Verkramp griff zum Telefon und wählte die Nummer der Irrenanstalt Fort Rapier. Er hatte Dr. von Blimenstein etwas zu fragen.

Noch am selben Morgen trafen sich beide auf dem Hof, der einstmals der Paradeplatz für die britische Garnison gewesen war und jetzt als Exerzierfeld für die Insassen der Irrenanstalt diente.

»Das hier ist ein idealer Ort für das, was ich Ihnen zu sagen habe«, versicherte Verkramp der Ärztin, während sie zwischen den Patienten herumspazierten. »Es kann uns unmöglich jemand belauschen«, eine Bemerkung, die im Busen der Nervenärztin die Hoffnung keimen ließ, er werde sie im nächsten Augenblick um ihre Hand bitten. Was er als nächstes sagte, hörte sich sogar noch vielversprechender an. »Was ich Sie fragen möchte, betrifft... äh... den Sex.«

Dr. von Blimenstein lächelte scheu und sah auf ihre Schuhe Größe 47. »Sprechen Sie«, flüsterte sie, während der Adamsapfel des Luitenant vor Verlegenheit auf und nieder hüpfte.

»Natürlich ist das kein Thema, über das ich normalerweise mit einer Frau spräche«, murmelte er schließlich. Die Hoffnungen der Doktorin stürzten zusammen. »Aber da Sie Psychiaterin sind, dachte ich, Sie könnten mir vielleicht helfen.«

Dr. von Blimenstein sah ihn eisig an. Das hatte sie nicht hören wollen. »Weiter«, sagte sie und fiel wieder in den Tonfall ihres Berufes. »Raus mit der Sprache.«

Verkramp gab sich einen Ruck.

»Es ist folgendes. Viele Polizeibeamte haben asoziale Neigungen. Immer wieder tun sie etwas, was sie nicht tun sollten.« Er unterbrach sich hastig. So allmählich bedauerte er, diese Unterhaltung überhaupt begonnen zu haben.

»Und was sollten Polizisten nicht tun?« Die Mißbilligung in ihrer Stimme war nicht zu überhören.

»Schwarze Weiber«, platzte Verkramp heraus. »Sie sollten's nicht mit schwarzen Weibern machen, nicht?«

Auf die Antwort brauchte man wirklich nicht zu warten. Dr. von Blimensteins Gesicht hatte ein merkwürdiges Lila angenommen, und an ihrem Hals traten die Adern hervor.

»Sie sollten nicht?« schrie sie wütend. Mehrere Patienten rannten in Richtung Verwaltungsblock davon. »Sie sollten nicht? Wollen Sie damit sagen, Sie haben mich extra hier rausgelotst, bloß um mir zu erzählen, daß Sie mit Niggermädchen vögeln?«

Luitenant Verkramp war klar, daß er einen schrecklichen Fehler gemacht hatte. Die Stimme der Ärztin war eine halbe Meile weit zu hören.

»Ich doch nicht«, kreischte Verkramp verzweifelt. »Ich rede doch nicht von mir.«

Dr. von Blimenstein starrte ihn unsicher an. »Nicht Sie?« fragte sie nach einer Weile.

»Bei meiner Ehre«, versicherte ihr Verkramp. »Ich wollte doch bloß sagen, daß andere Polizeibeamte es täten, und ich dachte, Sie hätten vielleicht irgendwelche Ideen, wie man sie davon abbringen könnte.«

»Warum können sie nicht verhaftet und wegen Übertretung der Sittlichkeitsgesetze belangt werden wie alle anderen Menschen auch?«

Verkramp schüttelte den Kopf. »Naja, zum einen handelt sich's um Polizisten, was heißt, daß sie ziemlich schwer zu erwischen sind, und auf alle Fälle ist es wichtig, einen Skandal zu vermeiden.« Dr. von Blimenstein sah ihn voll Abscheu an.

»Wollen Sie mir damit sagen, daß sich diese Dinge etwa schon die ganze Zeit zutragen?«

Verkramp nickte.

»In dem Fall sollte die Bestrafung strenger sein«, sagte die

Doktorin. »Sieben Jahre und zehn Stockhiebe reichen nicht als Abschreckung. Meiner Ansicht nach sollte jeder Weiße, der mit einer Schwarzen schläft, kastriert werden.«

»Ganz meine Meinung«, sagte Verkramp begeistert. »Das würde ihnen wirklich sehr gut tun.«

Dr. von Blimenstein sah ihn unsicher an, aber in Verkramps Gesichtsausdruck deutete nichts auf Ironie hin. Er starrte sie mit unverhüllter Bewunderung an. Durch seine freimütige Zustimmung ermuntert, fuhr die Ärztin fort: »Ich habe so entschiedene Ansichten über die Rassenmischung, daß ich durchaus bereit wäre, die Operation selber auszuführen. Stimmt was nicht?«

Luitenant Verkramp war plötzlich sehr weiß geworden. Die Vorstellung, von der schönen Ärztin kastriert zu werden, entsprach dermaßen seinen masochistischen Traumvorstellungen, daß er total überwältigt war.

»Nein. Nichts«, keuchte er und versuchte, die Vision der Ärztin loszuwerden, die, maskiert und weiß gedreßt, zu ihm an den Operationstisch trat. »Es ist bloß ein bißchen heiß hier draußen.« Dr. von Blimenstein nahm ihn beim Arm.

»Warum setzen wir unsere Unterhaltung nicht bei mir fort? Da ist es kühl, und wir können Tee trinken.« Und Luitenant Verkramp ließ sich von dem Paradeplatz fort und den Fahrweg des Krankenhauses hinunter zum Haus der Ärztin führen. Wie alle übrigen Krankenhausgebäude stammte es von der Jahrhundertwende, wo es ein Offizierslogis gewesen war. Seine Terrasse ging nach Süden und blickte über die Berge hinweg auf die Küste, und drinnen war es kühl und dunkel. Während Dr. von Blimenstein Tee machte, saß Luitenant Verkramp im Wohnzimmer und frage sich, ob es klug gewesen sei, das Thema Sex bei einer so überwältigenden Frau wie Dr. von Blimenstein zur Sprache zu bringen.

»Warum ziehen Sie sich nicht das Jackett aus und machen sich's bequem?« fragte die Ärztin, als sie mit dem Tablett zurückkehrte. Verkramp schüttelte nervös den Kopf. Er war es nicht gewohnt, mit Damen Tee zu trinken, die ihn aufforderten, das Jackett abzulegen, und außerdem bezweifelte er, ob seine Hosenträger so gut zur geschmackvollen Einrichtung des Zimmers passen würden.

»Na los, machen Sie schon«, sagte die Doktorin, »bei mir brauchen Sie nicht so förmlich zu sein. Ich fresse Sie schon nicht.« So unmittelbar nach der Mitteilung, daß die Ärztin eine Befürworterin der Kastration sei, war die Vorstellung, von ihr auch noch gefressen zu werden, zu viel für Verkramp. Er setzte sich schleunigst in einen Sessel.

»Ich fühle mich fabelhaft so«, sagte er, aber Dr. von Blimenstein war nicht überzeugt.

»Wollen Sie etwa, daß ich es Ihnen ausziehe?« fragte sie und stand von ihrem Sessel auf, wobei sie eine Bewegung machte, die noch mehr von ihren Beinen zeigte, als Luitenant Verkramp je zu Gesicht bekommen hatte. »Darin habe ich viel Übung«, lächelte sie ihn an. Verkramp glaubte das unbesehen. »Von der Klinik her.« Wie ein Wiesel, das von einem Riesenkaninchen betört ist, saß Verkramp hypnotisiert in seinem Sessel, während sie herankam.

»Stehen Sie auf«, sagte die Ärztin.

Verkramp stand auf. Dr. von Blimensteins Finger knöpften die Jacke auf, während er ihr Auge in Auge gegenüberstand, und einen Augenblick später schob sie ihm das Jackett über die Schultern, so daß er kaum noch die Arme bewegen konnte. »So, das hätten wir schon«, sagte sie sanft, und ihr milde lächelndes Gesicht war dicht an seinem, »so ist es doch viel bequemer, nicht wahr?«

Bequem war kaum das Wort, mit dem Luitenant Verkramp die Gefühle beschrieben hätte, die er im Augenblick empfand. Als ihre kühlen Finger seinen Schlips aufzuknoten begannen, fühlte er sich aus der entlegenen Sicherheit sexueller Wunschvorstellungen geradewegs in eine Wunscherfüllung hineingestoßen, über die ihm jede Kontrolle fehlte. Mit einem Schwall ersterbender Wimmertöne und in verzückter Erschlaffung sank Luitenant Verkramp gegen die Ärztin, und nur ihre starken Arme bewahrten ihn vorm Hinfallen. Im

Dämmer ihres Haars hörte er sie flüstern: »Schon gut, schon gut, mein Liebling.« Luitenant Verkramp verlor das Bewußtsein.

Zwanzig Minuten später saß er steif vor Zerknirschung und Verlegenheit da und überlegte, was er tun solle, wenn sie ihn fragte, ob er noch eine Tasse Tee wolle. »Nein« zu sagen würde heißen, sie aufzufordern, ihm die Tasse definitiv wegzunehmen, wogegen »Ja« zu sagen ihn trotzdem der einzigen Möglichkeit berauben würde, seine mangelnde Selbstbeherrschung zu verstecken. Dr. von Blimenstein erklärte ihm gerade, daß Schuldgefühle stets der Grund sexueller Probleme seien. Verkramps Ansicht nach war das Argument nicht stichhaltig, aber er war zu sehr damit beschäftigt, ob er noch Tee nehmen solle oder nicht, um sich mit einer so brenzligen Frage in die Unterhaltung zu stürzen. Am Ende kam er zu dem Schluß, das beste wäre es »Ja, bitte« zu sagen und gleichzeitig die Beine überzuschlagen, als Dr. von Blimenstein seine leere Tasse bemerkte. »Möchten Sie noch etwas Tee?« fragte sie und streckte die Hand nach seiner Tasse aus. Luitenant Verkramps sorgfältig ausgedachter Plan scheiterte, ehe er es begriff. Er hatte erwartet, daß sie herüberkäme und ihm die Tasse abnähme, und nicht, daß sie warten würde, daß er sie ihr brächte. Den entgegengesetzten Drängen nach Sittsamkeit und guten Manieren gleichzeitig nachgebend schlug er die Beine übereinander und stand auf, worauf er den Rest Tee, den er für den Fall in der Tasse übriggelassen hatte, daß er sich »Nein« zu sagen entschließen sollte, in seinen Schoß goß, wo er sich mit dem schon vorher erbrachten Beweis seines fehlenden *savoir-faire* vermischte. Luitenant Verkramp entknotete seine Beine und sah beschämt und verlegen an sich hinunter. Die Doktorin war praktischer. Sie hob die Tasse vom Boden auf, rang dem Luitenant die Untertasse aus den Fingern, eilte aus dem Zimmer und kehrte einen Augenblick später mit einem feuchten Tuch zurück. »Wir wollen doch Ihre Uniform nicht fleckig werden lassen, gell?« girrte sie mit einer Mütterlichkeit, die den größten Teil Verkramps zu wohliger Schlappheit reduzierte und ihn das Eingeständnis einer Mitschuld an seinem Mißgeschick zu bemerken hinderte, das in dem »Wir« lag, und ehe er wußte, was geschah, bearbeitete die schöne Doktorin seinen Hosenschlitz mit dem nassen Tuch.

Luitenant Verkramps Reaktion folgte auf dem Fuße. Einmal war schon schlimm genug, aber zweimal war mehr, als er ertragen konnte. Fast zu einem kleinen »s« zusammengekrümmt, machte er einen Satz aus der Reichweite der verführerischen Hände der Ärztin. »Nein«, kreischte er, »nicht nochmal«. Und er sprang zur Deckung hinter den Sessel.

Seine Reaktion überraschte Frau Dr. von Blimenstein vollkommen.

»Was nicht nochmal?« fragte sie, während sie immer noch am Boden kniete, wo der fliehende Luitenant sie zurückgelassen hatte.

»Nicht... Was? Gar nichts«, sagte Verkramp, der sich verzweifelt bemühte, irgendwelche moralischen Wegweiser im Aufruhr seiner Seele wahrzunehmen.

»Nicht? Was? Gar nichts?« sagte die Ärztin und rappelte sich hoch. »Was um alles auf der Welt meinen Sie?«

Verkramp wandte sich melodramatisch um und blickte aus dem Fenster.

»Sie hätten das nicht tun sollen«, sagte er.

»Was denn?«

»Sie wissen schon«, sagte Verkramp.

»Was habe ich denn getan?« Die Doktorin ließ nicht lokker. Luitenant Verkramp schüttelte kläglich den Kopf zu den Bergen hinüber und sagte nichts. »Wie dumm Sie sind«, fuhr die Ärztin fort. »Es gibt nichts, weswegen man sich schämen müßte. In der Klinik haben wir jeden Tag eine ganze Menge unfreiwillige Ejakulationen.«

Verkramp drehte sich aufgebracht zu ihr um.

»Bei Irren, ja«, sagte er, von ihrer klinischen Gleichgültigkeit angewidert, »aber gesunde Menschen haben das nicht.«

Er hielt abrupt inne, sich vage der Selbstbezichtigung bewußt.

»Natürlich haben sie das«, sagte die Ärztin beschwichtigend. »Das ist doch nur natürlich... zwischen... leidenschaftlichen Männern und Frauen.«

Luitenant Verkramp sträubte sich gegen die Sirenentöne.

»Es ist nicht natürlich. Es ist Sünde.«

Dr. von Blimenstein lächelte sanft.

»Lächeln Sie mich nicht so an«, schrie Verkramp.

»Schreien Sie mich nicht so an«, sagte die Ärztin. Verkramp beugte sich dem Befehlston ihrer Stimme. »Kommen Sie her«, fuhr sie fort. Verkramp durchquerte ängstlich das Zimmer. Frau Dr. von Blimenstein legte ihm die Hände auf die Schultern. »Sehen Sie mich an«, sagte sie zu ihm. Verkramp tat, wie ihm geheißen. »Finden Sie mich attraktiv?« Verkramp nickte stumm. »Das freut mich«, sagte die Ärztin, nahm den Kopf des erstaunten Luitenant in die Hände und küßte ihn leidenschaftlich auf den Mund. »Und nun treibe ich uns was zum Mittag auf«, sagte sie und machte sich von ihm los, und bevor Verkramp noch irgend etwas sagen konnte, trappelte sie für eine Frau ihrer Größe ganz erstaunlich behende in der Küche herum. Hinter ihr stand Luitenant Verkramp in der Küchentür und kämpfte mit seinen Gefühlen. Wütend auf sich, auf sie und auf die Lage, in der er sich befand, sah er sich nach irgendwas um, dem er die Schuld geben könnte. Dr. von Blimenstein, die seine Verlegenheit bemerkte, kam ihm zu Hilfe.

»Wegen des Problems, das du vorhin erwähnt hast«, sagte sie und beugte sich verführerisch vor, um aus dem Schränkchen unter der Spüle eine Pfanne zu nehmen, »ich glaube, daß ich dir da eventuell doch helfen kann.«

»Was denn für'n Problem?« fragte Verkramp kurz angebunden. Er hatte schon genug Hilfe bei seinen Problemen gehabt.

»Mit deinen Leuten und den Niggerweibern«, sagte die Ärztin.

»Ach, das.« Verkramp hatte ganz vergessen, weswegen er eigentlich gekommen war.

»Ich habe darüber nachgedacht. Ich sehe eine Möglichkeit, wie man es vielleicht angehen könnte.«

»Ach, wirklich?« sagte Verkramp, der sich eine ganze Menge mehr Möglichkeiten vorstellen konnte, aber nicht viel Lust dazu hatte.

»Es ist nur eine Frage psychischer Manipulationen«, fuhr die Ärztin fort. »Das ist meine Bezeichnung für die Experimente, die ich hier an einer Reihe von Patienten durchgeführt habe.«

Luitenant Verkramp spitzte die Ohren. An Experimenten war er immer interessiert.

»Ich hatte bereits eine Reihe von Behandlungserfolgen«, erklärte sie, während sie mit ein paar raschen Messerhieben eine Karotte kleinschnippelte. »Es hat bei Alkoholikern, Transvestiten und Homosexuellen funktioniert. Ich sehe wirklich keinen Grund, weshalb es nicht genausogut im Falle einer Perversion wie der Rassenmischung funktionieren sollte.«

An Verkramps Interesse war jetzt nicht mehr zu zweifeln. Ganz Ohr, löste er sich langsam von der Küchentür.

»Wie würdest du die Sache denn angehen?« fragte er gierig.

»Tja, als erstes müßte man bei den Leuten mit der Neigung zu einer derartigen sexuellen Entartung die Persönlichkeitsfaktoren isolieren. Das dürfte nicht zu schwer sein. Ich könnte eine Reihe in Frage kommender Merkmale zusammenstellen. Es wäre wahrscheinlich das allerbeste, wenn deine Männer einen Fragebogen ausfüllen müßten.«

»Was? Über ihr Sexualleben?« fragte Verkramp. Er konnte sich vorstellen, wie man so einen Fragebogen bei der Piemburger Polizei aufnähme.

»Über Sex und andere Dinge.«

»Was denn für andere Dinge?« fragte Verkramp mißtrauisch.

»Ach, das übliche. Beziehungen zur Mutter. Ob die Mutter die dominierende Person zu Hause war. Ob sie ihr schwarzes Kindermädchen geliebt haben. Das früheste Sexualerlebnis. Normale Dinge wie diese.«

Verkramp verschluckte sich fast. Was er soeben gehört hatte, klang für ihn absolut unnormal.

»Eine sorgfältige Analyse der Antworten sollte uns einige Fingerzeige auf die Sorte Männer geben, die aus der Behandlung großen Nutzen ziehen könnten«, erläuterte Dr. von Blimenstein.

»Soll das heißen, du kannst einfach aus den Antworten auf einem Fragebogen schließen, ob ein Mann mit einem Kaffernweib schlafen will?« fragte Verkramp.

Dr. von Blimenstein schüttelte den Kopf. »Nicht exakt, aber wir hätten etwas, wovon wir ausgehen könnten. Nachdem wir die in Frage kommenden Verdächtigen ausgesondert hätten, würde ich sie interviewen, streng vertraulich natürlich, und sehen, ob jemand zur Behandlung geeignet wäre.«

Verkramp zweifelte noch immer. »Ich glaube einfach nicht, daß jemand zugäbe, er wollte es mit einer Kaffernfrau treiben«, sagte er.

Die Doktorin lächelte. »Du würdest staunen, was die Leute mir alles beichten«, sagte sie.

»Was würdest du tun, wenn du's rausgefunden hast?« fragte Verkramp.

»Eins nach dem andern«, sagte Dr. von Blimenstein, die wußte, wie wichtig es war, einen Mann in Spannung zu halten. »Wir essen erstmal Mittag auf der Terrasse.« Sie nahm das Tablett, und Verkramp folgte ihr nach draußen.

Als Luitenant Verkramp am Nachmittag das Haus der Ärztin verließ, hatte er den Entwurf des Fragebogens in der Tasche, den er den Männern in der Piemburger Polizeibehörde vorlegen sollte, aber immer noch hatte er keine Vorstellung davon, welche Form die Behandlung annehmen würde. Alles, womit sie ihm gegenüber hatte herausrücken wollen, war, daß sie dafür garantiere, daß nach einer Woche bei ihr kein Mann jemals wieder eine schwarze Frau ansähe. Das glaubte Luitenant Verkramp gern.

Andererseits hatte er ein ziemlich klares Bild von der Sorte Männer, die rassenschänderische Sexgelüste hatten. Nach Dr. von Blimensteins Meinung waren die Anzeichen, auf die man zu achten hatte, Alleinsein, plötzliche Stimmungswechsel, ausgeprägte sexuelle Schuldgefühle, ein unharmonisches Elternhaus und natürlich ein unbefriedigtes Sexualleben. Als der Luitenant im Geiste die Offiziere und einfachen Beamten in Piemburg durchging, trat eine Gestalt deutlicher als alle anderen hervor. Luitenant Verkramp war der Meinung, so langsam komme er hinter das Geheimnis der Veränderung, die mit Kommandant van Heerden geschehen war.

In sein Büro zurückgekehrt, las er nochmal die Anweisung von BOSS durch, nur um sicherzugehen, daß er zu der Aktion ermächtigt war, die er ins Auge gefaßt hatte. Da stand es schwarz auf weiß. »Sie werden hiermit angewiesen, Fällen vermuteter Liaisons zwischen Polizeibeamten und Bantufrauen nachzugehen.« Verkramp schloß das Schreiben weg und schickte nach Sergeant Breitenbach.

Noch in derselben Stunde hatte er seine Anweisungen erteilt. »Ich will, daß man ihn Tag und Nacht beobachtet«, sagte er den in seinem Büro versammelten Sicherheitsbeamten. »Ich wünsche ein Protokoll über alles, was auf eine Änderung seiner täglichen Gewohnheiten hinweist. Fotografieren Sie jeden, der ihn zu Hause besucht. Installieren Sie in jedem Zimmer Mikrofone und schneiden Sie alle Gespräche mit. Zapfen Sie sein Telefon an und nehmen Sie alle seine Anrufe auf. Ist das klar? Ich wünsche die Rundumbehandlung.«

Verkramp sah sich im Zimmer um, und alle Männer nickten. Nur Sergeant Breitenbach hatte gewisse Bedenken.

»Ist das nicht ein bißchen unrechtmäßig, Sir?« fragte er. »Schließlich ist der Kommandant hier doch der befehlshabende Offizier.«

Luitenant Verkramp errötete wütend. Er liebte es nicht, wenn seine Befehle in Zweifel gezogen wurden.

»Ich habe hier«, sagte er und schwenkte die Anordnung von BOSS, »Befehle aus Pretoria, diese Untersuchung zu führen. Natürlich«, seine Stimme schaltete von Autorität auf Pathos um, »hoffe ich, wie wir es sicherlich alle tun, daß wir am Ende Kommandant van Heerden von allen Sicherheitsbedenken freisprechen können, aber bis dahin müssen wir unsere Befehle ausführen. Ich brauche Sie natürlich kaum daran zu erinnern, daß über diese ganze Unternehmung äußerstes Stillschweigen zu bewahren ist. In Ordnung, Sie können gehen.«

Als die Sicherheitsbeamten gegangen waren, gab Luitenant Verkramp Anweisung, den Fragebogen zu fotokopieren und am nächsten Morgen zum Verteilen auf seinem Schreibtisch bereitzulegen.

Mrs. Roussouw, deren Aufgabe es war, die schwarzen Häftlinge zu beaufsichtigen, die jeden Tag aus dem Piemburger Gefängnis herüberkamen, um beim Kommandanten die Hausarbeit zu verrichten, hatte am nächsten Tag alle Hände voll zu tun, um jedesmal, wenn es klingelte, an die Tür zu gehen und hintereinanderweg irgendwelche Stadtangestellten hereinzulassen, die offenbar meinten, die Gasleitung unter der Küche sei defekt, im Wohnzimmer sei ein Kurzschluß in der Leitung und im Wassertank auf dem Dachboden sei ein Loch.

Da das Haus ans Gas nicht angeschlossen war, der Elektroherd in der Küche perfekt funktionierte und es keine Anzeichen von Feuchtigkeit an der Schlafzimmerdecke gab, unternahm Mrs. Roussouw alles, um die Leute, die offensichtlich entschlossen waren, ihren Pflichten mit einem Maß an Gewissenhaftigkeit und einem Mangel an Fachkenntnissen nachzukommen, die sie absolut erstaunlich fand, von der Arbeit abzuhalten.

»Sollten Sie nicht vielleicht erst mal die Hauptsicherung ausschalten?« fragte sie den Mann vom Elektrizitätswerk, der im Schlafzimmer des Kommandanten Leitungen verlegte.

»Da ham Se sicher recht«, sagte der Mann und ging nach

unten. Als Mrs. Roussouw zehn Minuten später feststellte, daß das Licht in der Küche immer noch brannte, nahm sie die Dinge selbst in die Hand, ging an den Schrank unter der Treppe und schaltete die Sicherungen aus. Ein erstickter Schrei war vom Dachboden zu vernehmen, wo die Leute vom Wasserwerk mit Hilfe einer Handlampe, die an eine Steckdose auf dem Treppenabsatz angeschlossen war, das nichtvorhandene Loch im Wassertank suchten.

»Muß die Birne sein«, sagte einer der Männer und kletterte die Leiter hinunter, um aus der Nachttischlampe des Kommandanten eine Ersatzbirne zu holen. Als er wieder in den dunklen Dachboden hinaufgestiegen war, hatte der Elektromann soeben Mrs. Roussouw überzeugt, daß es nicht nötig sei, die Sicherungen abzuschalten.

»Sie verstehen Ihr Handwerk natürlich am besten«, sagte Mrs. Roussouw ziemlich skeptisch zu ihm.

»Keine Sorge, es ist schon alles okay«, sagte der Mann. Mrs. Roussouw ging unter die Treppe und schaltete die Hauptsicherung wieder ein. Dem Schrei, der vom Dachboden ertönte, wo der Mann vom Wasserwerk seine Finger in der Lampenfassung hatte, folgte aus dem Schlafzimmer das entsetzliche Geräusch von irgendwas, das riß, und der Lärm fallenden Mörtels. Mrs. Roussouw schaltete den Strom wieder ab und ging nach oben.

»Was wird der Kommandant bloß sagen, wenn er sieht, was Sie hier angerichtet haben?« fragte sie das Bein, das aus einem Loch in der Decke hing. Als Antwort kam ein Stöhnen vom Dachboden. »Ist alles in Ordnung?« fragte Mrs. Roussouw besorgt. Das Bein zappelte kräftig.

»Ich habe Ihnen ja gesagt, Sie sollten ihn abschalten«, sagte Mrs. Roussouw mißbilligend zu dem Mann vom Elektrizitätswerk. Auf dem Dachboden rief diese Bemerkung eine Reihe von Protesten hervor, und das Bein zuckte krampfhaft. Der Elektromann kam auf den Treppenabsatz heraus.

»Was hatta gesagt?« fragte er und peilte die Leiter hinauf ins Dunkle.

»Er sagt, er will'n nicht abgestellt haben«, sagte eine Stimme von oben.

»Genau, was ich gesagt habe«, sagte Mrs. Roussouw und ging nach unten, um die Sicherung wieder einzuschalten. »Besser so?« fragte sie und drückte den Schalter nach unten. Im Schlafzimmer des Kommandanten eine Treppe höher zuckte das Bein heftig und rührte sich nicht mehr.

»Nur nicht loslassen, ich geb dir von unten 'n Schubs«, sagte der Mann vom Elektrizitätswerk und kletterte aufs Bett.

Mrs. Roussouw tauchte wieder aus dem Schrank unter der Treppe auf und ging nach oben. So langsam brachte sie das ewige Rauf und Runter ganz schön außer Atem. Sie war gerade auf dem Treppenabsatz angelangt, als schon wieder ein furchtbarer Schrei aus dem Schlafzimmer zu hören war. Sie rannte hinein und fand den Elektromann unter einem Haufen Mörtel auf dem Bett des Kommandanten liegen.

»Was ist denn nun los?« fragte sie. Der Mann wischte sich das Gesicht und sah vorwurfsvoll zu dem Bein hoch.

»Da ist Saft drin«, sagte er schließlich.

»Was hast du denn gedacht?« ertönte eine Stimme vom Dachboden.

»Ich weiß wirklich nicht, was ich denken soll«, sagte Mrs. Roussouw.

»Ich aber«, sagte der Elektromann zu ihr und setzte sich auf. »Ich denke, Sie sollten runtergehen und den Strom nochmal ausschalten. Eher faß ich das Bein nicht mehr an.«

Mrs. Roussouw wandte sich müde wieder der Treppe zu.

»Das ist aber das letzte Mal«, sagte sie zu dem Mann. »Ich renn doch nicht andauernd rauf und runter.«

Schließlich gelang es ihnen mit Hilfe der schwarzen Sträflinge, den bewußtlosen Mann vom Wasserwerk vom Dachboden runterzuschaffen, und Mrs. Roussouw wurde dazu überredet, auf dem Sofa im Wohnzimmer des Kommandanten an ihm die Mund-zu-Mund-Atmung auszuführen.

»Bringen Sie erst diese Kaffern hier raus, bevor ich das mache«, sagte sie zu dem Elektromann. »Ich tu sowas nicht, wenn die dabei zukucken. Das bringt sie vielleicht bloß auf Gedanken.« Der Elektromann scheuchte die Gefangenen hinaus, und bald darauf war der Mann vom Wasserwerk soweit wieder hergestellt, daß er zur Polizeidienststelle zurückgebracht werden konnte.

»Tollpatschige Idioten«, fauchte Verkramp, als sie ihm Bericht erstatteten. »Ich sagte, zapft das Haus an, und nicht, haut es in Stücke.«

Als Kommandant van Heerden am Abend nach Hause kam, fand er sein Haus in erheblicher Unordnung vor, und fast alle Leitungen waren gekappt. Er versuchte, sich einen Tee zu machen, aber es kam kein Wasser aus dem Hahn. Er brauchte zwanzig Minuten, bis er den Absperrhahn entdeckte, und nochmal zwanzig Minuten, bis er einen passenden Schraubenschlüssel fand. Er füllte seinen Fünf-Minuten-Wasserkessel und wartete eine halbe Stunde darauf, daß er kochte, um am Ende festzustellen, daß das Wasser darin noch immer eiskalt war.

»Was zum Teufel ist denn hier los?« überlegte er, während er einen Topf mit Wasser füllte und auf den Herd stellte. Zwanzig Minuten später kramte er unter der Treppe rum und versuchte, mit Hilfe einer Schachtel Streichhölzer den Sicherungskasten zu finden. Er hatte bereits alle Sicherungen rausgedreht und wieder reingeschraubt, als er bemerkte, daß der Hauptschalter auf »AUS« stand. Mit einem erleichterten Seufzer drückte er ihn runter auf »EIN«. Im Sicherungskasten gab es einen lauten Knall, und das Licht, das in der Diele für einen Augenblick angegangen war, ging wieder aus. Der Kommandant brauchte nochmal eine halbe Stunde, um den Sicherungsdraht zu finden, aber da hatte er keine Streichhölzer mehr. Angewidert gab er auf, verließ das Haus und aß Abendbrot in einem griechischen Café ein Stück die Straße runter.

Als Kommandant van Heerden wieder nach Hause kam, stand seine Laune auf Sturm. Mit einer Taschenlampe, die er sich bei einer Autowerkstatt geliehen hatte, leuchtete er sich die Treppe rauf und war entsetzt von dem Durcheinander in seinem Schlafzimmer. In der Decke war ein riesiges Loch, und das Bett war voller Mörtel. Der Kommandant setzte sich auf den Bettrand und leuchtete mit seiner Lampe in das Loch an der Zimmerdecke. Schließlich griff er zum Telefon auf seinem Nachttisch und wählte die Nummer der Polizeidienststelle. Er saß da und guckte aus dem Fenster und fragte sich; warum es so lange dauere, bis der Diensthabende ranginge, als er bemerkte, daß das, was wie ein Schatten unter dem Jacarandabaum auf der anderen Straßenseite aussah, eine Zigarette rauchte. Der Kommandant legte den Hörer wieder auf und ging zum Fenster hinüber, um genauer nachzusehen. Den Blick in die Finsternis gerichtet, bemerkte er zu seiner Überraschung unter einem anderen Baum noch einen Schatten. Er überlegte gerade, was die zwei Schatten hier täten, wenn sie sein Haus beobachteten, als das Telefon hinter ihm auf dem Bett wütend zu piepen begann. Der Kommandant nahm den Hörer ab, um gerade noch zu hören, wie der Diensthabende seinen wieder auflegte. Fluchend wählte er nochmal, überlegte sich's anders, ging rüber ins Badezimmer, das den ganzen Garten hinter seinem Haus überblickte, und öffnete das Fenster. Ein leichter Wind wehte herein, der die Gardinen blähte. Der Kommandant spähte hinaus und war eben zu dem Schluß gekommen, daß in seinem Garten keine Eindringlinge seien, als sich ein Azaleenbusch eine Zigarette anzündete. Im Zustand erheblicher Verwirrung eilte der Kommandant in sein Schlafzimmer zurück und rief die Polizei an.

»Ich werde beobachtet«, erklärte er dem Diensthabenden, als der Kerl endlich ans Telefon ging.

»Ach wirklich?« sagte der Sergeant, der es gewohnt war, mitten in der Nacht von irgendwelchen Verrückten angerufen zu werden, die ihm erzählten, sie würden bespitzelt. »Und wer beobachtet Sie?«

»Das weiß ich nicht«, flüsterte der Kommandant. »Zwei

Männer sind vor dem Haus und einer ist hinten in meinem Garten.«

»Warum flüstern Sie denn?« fragte der Sergeant.

»Weil ich beobachtet werde, natürlich. Warum sollte ich denn sonst flüstern?« fauchte er Kommandant *sotto voce*.

»Keine Ahnung«, sagte der Sergeant. »Ich notier das mal eben. Sie sagten, Sie werden von zwei Männern im Vorgarten und von einem im Garten hinter dem Haus beobachtet. Ist das korrekt?«

»Nein«, sagte der Kommandant, der rapide die Geduld mit dem Diensthabenden verlor.

»Aber Sie sagten doch eben...«

»Ich sagte, es wären zwei Männer vor meinem Haus und einer im Garten hinter dem Haus«, sagte der Kommandant, der versuchte, die Fassung zu bewahren.

»Zwei... Männer... vor... meinem... Haus«, sagte der Sergeant während er das langsam niederschrieb. »Ich notier's mir nur«, erklärte er dem Kommandanten, als der fragte, was zum Teufel er zu tun gedenke.

»Na, da beeilen Sie sich gefälligst«, brüllte der Kommandant, der die Kontrolle über sich verlor. »Ich hab ein ekelhaft großes Loch in der Decke über meinem Bett, und in mein Haus ist eingebrochen worden«, fuhr er fort und wurde für seine Mühe damit belohnt, daß er hörte, wie der Sergeant jemand anderem im Polizeirevier mitteilte, daß er schon wieder einen Irren an der Strippe habe.

»Also dann, berichtigen Sie mich, wenn ich mich irre«, sagte der Sergeant, ehe der Kommandant ihm wegen Gehorsamsverweigerung einen Rüffel geben konnte, »Sie sagen, daß drei Männer Ihr Haus beobachten, daß Sie ein ekelhaft großes Loch in der Decke haben und daß in Ihr Haus eingebrochen worden ist? Ist das richtig? Haben Sie nichts vergessen?«

Kommandant van Heerden befand sich in seinem Schlafzimmer am Rande eines Schlaganfalls. »Nur eines«, schrie er ins Telefon, »hier spricht Ihr befehlshabender Offizier,

Kommandant van Heerden. Und ich befehle Ihnen, sofort einen Streifenwagen herzuschicken.«

Mißtrauisches Schweigen folgte dieser grimmigen Mitteilung. »Hören Sie mich?« brüllte der Kommandant. Es war offenbar, daß der Diensttuende das nicht tat. Der hatte die Hand über die Muschel gelegt, aber der Kommandant hörte trotzdem, wie er dem Wachtmeister, der mit ihm Dienst hatte, erzählte, daß der Anrufer total übergeschnappt sei. Der Kommandant knallte seinen Hörer auf die Gabel und überlegte, was man tun könne. Schließlich stand er auf und ging ans Fenster. Die unheimlichen Beobachter waren immer noch da. Der Kommandant schlich sich auf Zehenspitzen zu seiner Kommode und kramte in der Schublade mit den Socken nach seinem Revolver. Er nahm ihn heraus und überzeugte sich, daß er geladen sei, und nachdem er zu dem Schluß gekommen war, daß wegen des Lochs in der Decke sein Schlafzimmer nicht zu verteidigen sei, war er gerade leise auf dem Weg nach unten, als in seinem Schlafzimmer das Telefon zu klingeln begann. Einen Moment lang überlegte der Kommandant, ob er's einfach klingeln lassen solle, als ihm einfiel, daß es vielleicht der Diensthabende wäre, der zurückriefe, um sich zu versichern, daß der Kommandant eben angerufen habe, und er hastete wieder nach oben. Er wollte eben den Hörer abnehmen, da hörte das Klingeln auf.

Kommandant van Heerden wählte die Nummer der Polizeidienststelle.

»Haben Sie mich eben angerufen?« fragte er den Diensttuenden.

»Kommt drauf an, wer Sie sind«, erwiderte der Segeant.

»Ich bin Ihr Vorgesetzter«, schrie der Kommandant.

Der Sergeant dachte darüber nach. »Okay«, sagte er schließlich, »legen Sie auf und wir rufen zurück, um sicher zu sein.«

Der Kommandant sah den Hörer rachsüchtig an. »Hören Sie zu«, sagte er, »meine Nummer ist 54 88. Sie können das kontrollieren, und ich warte so lange«.

Fünf Minuten später rasten aus ganz Piemburg Streifenwagen auf Kommandant van Heerdens Haus zu, und der Diensthabende fragte sich, was er dem Kommandanten am nächsten Morgen sagen solle.

3

Luitenant Verkramp fragte sich so ziemlich das gleiche. Die Nachricht von dem Fiasko im Haus des Kommandanten erreichte ihn über Sergeant Breitenbach, der den Abend damit verbracht hatte, das Telefon des Kommandanten anzuzapfen, und die Geistesgegenwart besaß, den Beobachtungsposten den Befehl zu geben, sich aus der Gegend zu verdrücken, ehe die Streifenwagen dort ankamen. Leider blieben die im ganzen Haus des Kommandanten verteilten Mikrofone da, und Luitenant Verkramp konnte sich ausmalen, daß ihr Vorhandensein seine Beziehungen zum Kommandanten kaum verbessern würde, falls sie gefunden werden sollten.

»Ich hab's Ihnen ja gesagt, die ganze Sache war ein Fehler«, sagte Sergeant Breitenbach, während Luitenant Verkramp sich anzog.

Verkramp war ganz anderer Ansicht. »Warum macht er so ein Faß auf, wenn er nicht irgendwas zu verbergen hat?« fragte er.

»Wegen dem Loch in der Decke schon mal«, sagte der Sergeant. Luitenant Verkramp sah das nicht so.

»Könnte jedem passiert sein«, sagte er. »Außerdem wird er sowieso dem Wasserwerk die Schuld daran geben.«

»Ich glaube nicht, daß sie die Verantwortung dafür übernehmen«, sagte der Sergeant.

»Je heftiger sie's abstreiten, desto mehr wird er glauben, sie waren es«, sagte Verkramp, der ein bißchen was von Psychologie verstand. »Ich denke mir aber auf alle Fälle was aus, um die Wanzen zu erklären, keine Bange.«

Er ließ den Sergeant wegtreten, fuhr zum Polizeibüro und war die halbe Nacht damit beschäftigt, sich ein Memorandum aus den Fingern zu saugen, das er dem Kommandanten am nächsten Morgen auf den Schreibtisch legen könnte.

Aber schließlich brauchte er es gar nicht. Als Kommandant van Heerden in der Polizeidienststelle eintraf, war er entschlossen, jemanden, ganz gleich wen, den Schaden an seinem Eigentum bezahlen zu lassen. Er war nicht sicher, welches von den Stadtwerken er verantwortlich machen sollte, und Mrs. Roussouws Erklärungen hatten auch kein Licht in die Angelegenheit gebracht.

»Gott, Sie sehen ja furchtbar aus«, sagte sie, als der Kommandant zum Frühstück runterkam, nachdem er sich mit kaltem Wasser rasiert hatte.

»Mein Scheiß Haus auch«, sagte der Kommandant und betupfte seine Wange mit einem Blutstiller.

»Diese Ausdrücke«, funkte Mrs. Roussouw zurück. Kommandant van Heerden betrachtete sie finster.

»Vielleicht sind Sie so gut, und erklären mir, was hier vorgefallen ist«, sagte er. »Als ich gestern abend heimkam, war das Wasser abgestellt, ein großes Loch in der Schlafzimmerdecke und kein Strom da.«

»Das war der Mann vom Wasserwerk«, erklärte Mrs. Roussouw. »Mit meinem eigenen Mund mußte ich ihn wieder hochbringen.«

Den Kommandanten schauderte es bei dem Gedanken.

»Und was erklärt das?« fragte er.

»Das Loch in der Decke natürlich«, sagte Mrs. Roussouw.

Der Kommandant versuchte, sich die Ereignisse in der Reihenfolge vorzustellen, wie sie sich daraus ergeben hatten, daß Mrs. Roussouw den Mann vom Wasserwerk mit ihrem eigenen Mund wieder hochgebracht hatte, worauf er durch die Decke gefallen war.

»Auf dem Dachboden?« fragte er skeptisch.

»Natürlich nicht. Lächerlich«, sagte Mrs. Roussouw. »Er suchte nach einem Loch im Wassertank. Da habe ich den

Strom eingeschaltet...«

Der Kommandant war zu verblüfft, um sie weitererzählen zu lassen.

»Mrs. Roussouw«, sagte er erschöpft, »soll ich dem entnehmen... nein, lassen wir's lieber. Ich rufe das Wasserwerk an, wenn ich im Büro bin.«

Kommandant van Heerden frühstückte, während Mrs. Roussouw seine Verwirrung dadurch noch steigerte, daß sie ihm erzählte, eigentlich sei der Mann vom Elektrizitätswerk schuld an dem Unglück, weil er den Strom nicht abgeschaltet hätte.

»Das erklärt wohl die Schweinerei hier drin«, sagte der Kommandant mit einem Blick auf den Schutthaufen unter der Spüle.

»Oh nein, das war der Gasmann«, sagte Mrs. Roussouw.

»Wir benutzten doch gar kein Gas«, sagte der Kommandant.

»Weiß ich, hab ich ihm auch gesagt, aber er sagte, in der Hauptleitung wär ein Loch.«

Der Kommandant frühstückte zu Ende und begab sich im Zustand äußerster Verwirrung ins Polizeibüro. Obwohl es den Streifenwagenbesatzungen nicht gelungen war, irgendeinen Beweis dafür zu finden, daß sein Haus beobachtet wurde, war der Kommandant davon überzeugt. Er hatte sogar das ungute Gefühl, auf dem Weg zur Polizeidienststelle verfolgt zu werden, aber als er über die Schulter zur Straßenecke zurücksah, war niemand zu sehen.

In seinem Büro brachte er am Telefon eine Stunde damit zu, den Direktoren von Gas-, Elektrizitäts- und Wasserwerk Vorträge zu halten, um der Affäre auf den Grund zu kommen. Es bedurfte der Anstrengung aller drei Direktoren, um ihn davon zu überzeugen, daß ihre Leute niemals den Auftrag erhalten hatten, sein Haus zu betreten, daß mit seiner Strom- oder Wasserleitung alles absolut in Ordnung sei, daß es im Umkreis von einer Meile um sein Haus keinen Verdacht auf ein Loch in der Gasleitung gegeben habe und daß sie schließlich für die seinem Eigentum zugefügten Schäden nicht verantwortlich gemacht werden könnten. Der Kommandant hielt mit seiner Ansicht zu diesem letzten Punkt zurück und sagte, er werde seinen Anwalt konsultieren. Der Direktor des Wasserwerks erklärte ihm, daß es ohnehin nicht Aufgabe seiner Behörde sei, Löcher in Wassertanks zu flicken, und der Kommandant sagte, es wäre auch niemandes Aufgabe, in die Decke seines Schlafzimmers riesige Löcher zu machen, und er werde ganz gewiß nicht für das Vorrecht bezahlen, welche gemacht zu bekommen.

Nachdem er mit diesem Austausch von Höflichkeiten seinen Blutdruck auf eine gefährliche Höhe gebracht hatte, schickte er nach dem Diensthabenden, der aus dem Bett geholt wurde, um am Telefon eine Erklärung für sein Verhalten abzugeben.

»Ich dachte, es wäre ein Jux«, sagte er zum Kommandanten. »Das lag daran, wie Sie geflüstert haben.«

Der Kommandant flüsterte jetzt nicht. Seine Stimme war in den Zellen zwei Stockwerke tiefer zu hören. »Ein Jux?« brüllte er den Sergeant an. »Sie hielten das für einen Jux?«

»Ja, Sir, das kommt jede Nacht ein paarmal vor.«

»Was für ein Jux denn?« fragte der Kommandant.

»Leute rufen an und sagen, sie wären beraubt worden oder vergewaltigt oder sonstwas. Meistens Frauen.«

Kommandant van Heerden erinnerte sich an die Zeit, als er Diensthabender war, und mußte zugeben, daß viele nächtliche Anrufer blinder Alarm gewesen waren. Er entließ den Sergeant mit einer Rüge. »Wenn ich Sie das nächstemal anrufe«, sagte er, »wünsche ich keine langen Diskussionen. Verstanden?« Der Sergeant verstand und wollte gerade das Büro verlassen, als der Kommandant sich das ganze nochmal überlegt hatte. »Wo zum Teufel wollen Sie denn jetzt hin?« fauchte der Kommandant. Der Sergeant sagte, da er die ganze Nacht auf gewesen sei, gedenke er, jetzt wieder ins Bett zu gehen. Der Kommandant hatte andere Pläne für ihn. »Ich beauftrage Sie mit der Untersuchung des Einbruchs in meinem

Haus«, sagte er. »Bis heute nachmittag wünsche ich einen erschöpfenden Bericht darüber, wer dafür verantwortlich war.«

»Ja, Sir«, sagte der Sergeant müde und verließ das Büro. Auf der Treppe begegnete er Luitenant Verkramp, der auch ziemlich erschöpft aussah.

»Er will bis heute nachmittag einen vollständigen Bericht über den Einbruch haben«, teilte der Sergeant Verkramp mit. Der Luitenant seufzte, ging die Treppe wieder nach oben und klopfte beim Kommandanten an.

»Herreinspaziert«, schrie der Kommandant. Luitenant Verkramp spazierte herein. »Was ist denn mit Ihnen los, Verkramp? Sie sehen ja aus, als wären Sie heute Nacht versumpft.«

»Nur ein seichter Kragenmampf«, sprudelte es aus Verkramp hervor, den der Scharfblick des Kommandanten total entnervte.

»Ein was?«

»Ein leichter Magenkrampf«, sagte Verkramp, der versuchte, die Zunge unter Kontrolle zu bekommen. »War nur ein kleiner Fern... äh... Versprecher.«

»Reißen Sie sich doch um Gottes willen zusammen, Luitenant«, sagte der Kommandant zu ihm.

»Ja, Sir«, sagte Verkramp.

»Weswegen sind Sie zu mir gekommen?«

»Es ist wegen dieser Geschichte bei Ihnen zu Hause, Sir«, sagte Verkramp, »ich habe ein paar Informationen, die für Sie vielleicht von Interesse sind.«

Kommandant van Heerden seufzte. Er hätte sich doch denken können, daß Verkramp seine dreckigen Finger speziell in diesem Spiel hätte. »Ja und?«

Luitenant Verkramp schluckte nervös. »Wir von der Sicherheitsabteilung«, begann er, womit er die Last und Verantwortung so weit wie möglich verteilte, »haben vor kurzem Informationen darüber erhalten, daß versucht werden sollte, in Ihrem Haus Abhörmikrofone zu installieren.« Er unterbrach sich, um zu sehen, wie der Kommandant die Nachricht aufnähme. Kommandant van Heerden reagierte wie vorausberechnet. Er richtete sich in seinem Sessel auf und starrte Verkramp entsetzt an.

»Großer Gott«, sagte er, »Sie meinen...«

»Richtig, Sir«, sagte Verkramp. »Auf diese Information hin ließ ich Ihr Haus rund um die Uhr überwachen...«

»Sie meinen...«

»Genau, Sir«, fuhr Verkramp fort. »Sie haben wahrscheinlich bemerkt, daß Ihr Haus beobachtet wurde.«

»Stimmt«, sagte der Kommandant, »ich habe sie vergangene Nacht dort gesehen...«

Verkramp nickte. »Meine Leute, Sir.«

»Auf der anderen Straßenseite und hinten in meinem Garten«, sagte der Kommandant.

»Genau, Sir«, bestätigte Verkramp, »wir dachten, sie kämen vielleicht wieder.«

Der Kommandant verlor den Faden. »Wer käme vielleicht wieder?«

»Die kommunistischen Saboteure, Sir.«

»Kommunistische Saboteure? Was zum Teufel sollten denn kommunistische Saboteure in meinem Haus wollen?«

»Wanzen reinsetzen, Sir«, sagte Verkramp. »Nach dem Fehlschlag ihres gestrigen Versuchs dachte ich, sie kämen vielleicht wieder.«

Kommandant van Heerden nahm seinen ganzen Mut zusammen.

»Wollen Sie damit sagen, daß alle diese Gasmänner und Leute vom Wasserwerk in Wirklichkeit kommunistische Saboteure waren...?«

»Verkleidet, Sir. Zum Glück wurde dank der Bemühungen meiner Gegenagenten der Versuch vereitelt. Einer von den Kommunisten fiel durch die Decke...«

Kommandant van Heerden lehnte sich befriedigt in seinem Sessel zurück. Er hatte die Person gefunden, die für das Loch in der Schlafzimmerdecke verantwortlich war. »Es war also

Ihre Schuld?« sagte er.

»Absolut«, gab Verkramp zu, »und wir werden dafür sorgen, daß der Schaden sofort behoben wird.«

Die Neuigkeiten nahmen dem Kommandanten eine große Last von der Seele. Andererseits stand er immer noch vor einem ziemlichen Rätsel.

»Was ich vor allen Dingen nicht verstehe, das ist, warum diese Kommunisten ausgerechnet mein Haus anzapfen wollen. Wer sind die überhaupt?« fragte er.

»Leider kann ich noch keine Identität preisgeben«, sagte Verkramp und wich damit auf das Bureau of State Security aus. »Anweisung von BOSS.«

»Bloß, welchen Zweck zum Kuckuck soll es haben, mein Haus anzuzapfen?« fragte der Kommandant, der nicht so dumm war, Anweisungen von BOSS in Zweifel zu ziehen. »Ich sage doch dort nie was Wichtiges.«

Dem stimmte Verkramp zu. »Aber das konnten die nicht wissen, Sir«, sagte er. »Unsere Informationen deuten jedenfalls darauf hin, daß man Material in die Hände zu bekommen hoffte, mit dem man Sie erpressen wollte.« Er sah Kommandant van Heerden sehr scharf an, um zu sehen, wie er reagieren würde. Der Kommandant war entsetzt.

»Allmächtiger Himmel!« keuchte er und wischte sich die Stirn mit einem Taschentuch. Verkramp nutzte sofort seinen Vorteil.

»Wenn die über Sie etwas hätten rauskriegen können, was Sexuelles, irgendwas 'n bißchen Perverses...« Er zögerte. Der Kommandant schwitzte unwahrscheinlich. »...da hätten sie Sie doch am Wickel gehabt, stimmt's?« Im stillen mußte sich Kommandant van Heerden gestehen, daß das stimmte, aber er gab das Luitenant Verkramp natürlich nicht zu. Er ging den Katalog seiner nächtlichen Gewohnheiten durch und kam zu dem Schluß, daß es darunter einige gebe, von denen die Welt besser nichts wüßte.

»Diese hinterhältige Saubande«, murmelte er und sah Verkramp mit einem Blick an, der an Respekt grenzte. Der Luitenant war also doch kein solcher Dummkopf. »Was werden Sie jetzt tun?« fragte er.

»Zweierlei«, sagte Verkramp. »Das erste ist, den Argwohn der Kommunisten soweit wie möglich stillen, indem wir diese Sache mit Ihrem Haus einfach ignorieren. Sollen die doch denken, wir wüßten gar nicht, was sie im Schilde führen. Schieben wir doch dem Gas... öh... Wasserwerk die Schuld in die Schuhe.«

»Das habe ich bereits getan«, sagte der Kommandant.

»Gut. Wir müssen uns darüber klar sein, daß dieser Vorfall Teil einer das ganze Land überziehenden Verschwörung ist, mit der die Moral der Südafrikanischen Polizei unterminiert werden soll. Es ist von entscheidender Bedeutung, daß wir nichts überhasten.«

»Merkwürdig«, sagte der Kommandant. »Im ganzen Land? Ich hatte keine Ahnung, daß es noch so viele Kommunisten auf freiem Fuße gibt. Ich dachte, wir hätten die Scheißkerle schon vor Jahren alle geschnappt.«

»Sie sprießen wie Drachenzähne aus dem Boden«, versicherte ihm Verkramp.

»Ja, das müssen sie wohl«, sagte der Kommandant, der die Sache so wirklich noch nie betrachtet hatte. Luitenant Verkramp fuhr fort: »Nach dem Fehlschlag ihrer Sabotagetätigkeit gingen sie in den Untergrund.«

»Mußten sie ja wohl«, sagte der Kommandant, den immer noch der Gedanke an die Drachenzähne beschäftigte.

»Sie haben sich reorganisiert und eine neue Kampagne gestartet. Erst, um unsere Moral zu untergraben, und dann, wenn das getan ist, werden sie mit einer neuen Sabotagewelle beginnen«, erklärte Verkramp.

»Soll das heißen«, fragte der Kommandant, »daß sie gezielt versuchen, in den Besitz von Fakten zu gelangen, um damit im ganzen Land Polizeibeamte zu erpressen?«

»Genau, Sir«, sagte Verkramp. »Ich habe Grund zur Annahme, daß sie speziell an sexuellen Entgleisungen südafrikanischer Polizeibeamter interessiert sind.«

Der Kommandant versuchte sich irgendeine sexuelle Entgleisung vorzustellen, die er sich in letzter Zeit hätte zu Schulden kommen lassen, es fiel ihm zu seinem Bedauern aber keine ein. Andererseits konnte er sich Tausende vorstellen, die von den Leuten unter seinem Kommando begangen wurden.

»Na«, sagte er schließlich, »nur gut, daß Wachtmeister Els nicht mehr unter uns ist. Der Dreckskerl ist gerade rechtzeitig abgekratzt, wie die Sache sich anhört.«

Verkramp lächelte. »Das war mir auch schon durch den Kopf gegangen«, sagte er. Wachtmeister Els' Heldentaten auf dem Gebiet rassenschänderischen Beischlafs waren bei der Piemburger Polizei schon zur Legende geworden.

»Trotzdem sehe ich immer noch nicht, was Sie unternehmen wollen, um diese verfluchte Kampagne zu stoppen«, fuhr der Kommandant fort. »Wenn nicht Els, so gibt es doch immer noch jede Menge Beamte, deren Sexualleben zu wünschen übrig läßt.«

Luitenant Verkramp war entzückt. »Ganz meine Meinung«, sagte er und zog Dr. von Blimensteins Fragebogen aus der Tasche. »Ich habe an dem Problem mit einem führenden Mitglied des psychiatrischen Berufsstandes gearbeitet«, sagte er, »und ich glaube, wir haben uns da was einfallen lassen, was dazu dienen könnte, Hinweise auf die Offiziere und Beamten zu liefern, die für diese Form kommunistischer Infiltration am anfälligsten sind.«

»Wirklich?« sagte der Kommandant, der sich denken konnte, wer das führende Mitglied des psychiatrischen Berufsstandes war. Luitenant Verkramp reichte ihm den Fragebogen.

»Wenn Sie nichts dagegen haben, Sir«, sagte er, »würde ich diese Fragebogen gern an alle Männer dieser Dienststelle verteilen. Mit den Antworten, die wir bekommen, sollte es möglich sein, alle denkbaren Opfer einer Erpressung herauszusieben.«

Kommandant van Heerden sah auf den Fragebogen, der

die harmlose Überschrift »Persönlichkeitstest« und den Hinweis »Streng vertraulich« trug. Er warf einen Blick auf die ersten paar Fragen und fand keine, die ihn beunruhigte. Offenbar drehten sie sich um den Beruf des Vaters und um Alter und Zahl der Geschwister. Ehe er auch nur weitergucken konnte, erklärte ihm Verkramp, daß er von Pretoria Anweisungen habe, diese Untersuchung durchzuführen.

»BOSS?« fragte der Kommandant.

»BOSS«, sagte Verkramp.

»In dem Fall«, sagte der Kommandant, »machen Sie weiter.«

»Den hier lasse ich Ihnen zum Ausfüllen da«, sagte Verkramp und verließ das Büro, froh über den Ausgang der Dinge. Er gab Sergeant Breitenbach den Befehl, die Fragebögen zu verteilen, und rief Dr. von Blimenstein an, um ihr mitzuteilen, daß alles, wenn auch nicht nach Plan, da er keinen hatte, so doch wenigstens nach den vorhandenen Möglichkeiten verlaufe. Dr. von Blimenstein hörte das mit großer Freude, und bevor Verkramp bewußt wurde, was er tat, stellte er fest, daß er sie für den Abend zu sich zum Essen eingeladen hatte. Erstaunt über sein Glück legte er den Hörer auf. Es kam ihm kein einziges Mal in den Sinn, daß all die Lügen über kommunistische Erpresser, die er dem Kommandanten aufgetischt hatte, außerhalb seiner verdrehten Phantasie keine Realität besaßen. Seine berufliche Aufgabe war, Staatsfeinde auszurotten, und daraus folgte, daß es Staatsfeinde gab, die auszurotten waren. Die genauen Einzelheiten ihrer Tätigkeiten waren ihm, wenn überhaupt, kaum wichtig. Wie er einmal vor Gericht erklärt hatte, war es das Grundprinzip der Subversion, das zählte, und nicht die Einzelheiten.

Wenn Verkramp damit zufrieden war, wie die Dinge liefen – Kommandant van Heerden, der am Schreibtisch saß, den Fragebogen vor sich, war es nicht. Die Geschichte, die ihm der Luitenant erzählt hatte, war recht überzeugend. Der Kommandant hatte keinen Zweifel, daß kommunistische Unruhestifter in Zululand am Werke seien – nichts anderes konnte die Widerspenstigkeit der Zulus in der Stadt gegen die letzte Fahrpreiserhöhung der Busse erklären. Aber die Saboteure, die als Gasmänner verkleidet in sein eigenes Haus eingedrungen waren, zeigten, daß in ihrer Zerstörungskampagne eine neue Phase begonnen hatte, und eine besonders beunruhigende dazu. Der Bericht des Diensthabenden, daß das Untersuchungskommando ein Mikrofon unter dem Ausguß entdeckt habe, bewies ihm nur, wie genau Luitenant Verkramps Vorhersage gewesen war. Der Kommandant gab dem Sergeant die Anweisung, die Untersuchung der Sicherheitsabteilung zu überlassen, und sandte Verkramp eine Mitteilung, die lautete: »Betr. unser Gespräch heute früh. Anwesenheit von Mikrofon in Küche bestätigt Ihren Bericht. Schlage vor, Sie ergreifen sofort Gegenmaßnahmen. Van Heerden.«

Mit erneutem Vertrauen in die Fähigkeiten seines Stellvertreters beschloß der Kommandant, sich an den Fragebogen zu machen, den Verkramp ihm gegeben hatte. Er füllte die ersten paar Fragen recht frohgemut aus, und erst als er umblätterte, dämmerte ihm langsam, daß er nach und nach in einen Sumpf erotischer Geständnisse geführt wurde, wo jede Frage ihn nur noch tiefer hineinzog.

»Hatten Sie ein schwarzes Kindermädchen?« erschien recht harmlos, und der Kommandant setzte »Ja« ein, um zu entdecken, daß die nächste Frage lautete: »Größe der Brüste? Groß. Mittel. Klein.« Nach leichtem Zögern, das nicht frei von Unruhe war, kreuzte er »Groß« an, um sich als nächstes Gedanken zur Frage »Länge der Brustwarzen? Lang. Mittel. Kurz« machen zu müssen. »Das ist aber 'ne verdammt komische Tour, den Kommunismus zu bekämpfen«, dachte er und versuchte sich an die Länge der Brustnuppel seines Kindermädchens zu erinnern. Schließlich strich er »Lang« an und sah sich der Frage gegenüber: »Hat schwarzes Kindermädchen Geschlechtsteile gestreichelt? Oft. Manchmal. Selten.« Der Kommandant suchte verzweifelt nach »Nie«, konnte es aber nicht finden. Schließlich kreuzte er »Selten« an und wandte sich der nächsten Frage zu. »Alter der erste Ejakulation? Drei Jahre, vier Jahre...«

»Überlassen aber nicht viel dem Zufall«, dachte der Kommandant, der empört versuchte, sich zwischen sechs Jahren, was absolut nicht stimmte, aber weniger geeignet schien, seine Autorität zu untergraben, und sechzehn Jahren zu entscheiden, was richtiger war. Er hatte gerade als Kompromiß acht Jahre eingesetzt, weil er mal mit zehn Jahren einen nächtlichen Samenerguß gehabt hatte, als er bemerkte, daß er in eine Falle getappt war. Die nächste Frage lautete: »Alter des ersten nassen Traums?« Diesmal fing die Liste der Möglichkeiten mit zehn Jahren an. Als er endlich seine Antwort zur vorigen Frage ausradiert hatte, um sie mit dem Naßtraum mit elf Jahren in Einklang zu bringen, war der Kommandant so allmählich durch und durch schlechter Laune. Er griff zum Telefon und rief in Verkamps Büro an. Sergeant Breitenbach war am Apparat.

»Wo ist Verkramp?« wollte der Kommandant wissen. Der Sergeant sagte, der sei weggegangen, und ob er nicht helfen könne. Der Kommandant sagte, das bezweifle er. »Es geht um diesen verdammten Fragebogen«, erklärte er dem Sergeant. »Wer kriegt den eigentlich zu lesen?«

»Ich denke, Frau Dr. von Blimenstein hat die Absicht«, sagte der Sergeant. »Sie hat ihn ja gemacht.«

»Ach ja?« knurrte der Kommandant. »Na, dann können Sie Luitenant Verkramp mitteilen, daß ich nicht die Absicht habe, Frage fünfundzwanzig zu beantworten.«

»Welche ist denn das?«

»Das ist die, die lautet: ›Wie oft masturbieren Sie täglich?‹«, sagte der Kommandant. »Sie können Verkramp sagen, daß ich es für einen Einbruch in meine Privatsphäre halte, Fragen wie diese zu stellen.«

»Ja, Sir«, sagte der Sergeant, der die möglichen Antworten auf dem Fragebogen musterte, die von fünfmal bis fünfundzwanzigmal reichten.

Der Kommandant knallte den Hörer auf die Gabel, schloß

den Fragebogen in seinen Schreibtisch ein und ging in miesester Laune zum Essen. »Drecksweib, will solche Sachen wissen«, dachte er, als er die Treppe hinunterstampfte, und er brummte immer noch vor sich hin, als er mit dem Essen in der Polizeikantine fertig war. »Ich bin im Golfclub, wenn jemand nach mir fragt«, teilte er dem Diensthabenden mit und verließ das Polizeibüro. Er brachte ein paar Stunden mit dem nutzlosen Versuch zu, einen Ball die Bahn entlang zu schlagen, ehe er sich mit dem Gefühl ins Clubhaus zurückzog, daß dies nicht einer seiner Glückstage sei.

Er bestellte sich beim Barmann einen doppelten Brandy und ging damit hinaus an einen Tisch auf der Terrasse, wo er sitzen und erfahreneren Spielern beim ersten Schlag zusehen konnte. Er saß da, saugte die englische Atmosphäre ein und versuchte, die quälende Gewißheit loszuwerden, daß der ruhige Lauf seines Lebens irgendwie auf geheimnisvolle Weise unterhöhlt werde, als ein Knirschen auf dem Kies im Hof des Clubhauses ihn sich über die Schulter umsehen ließ. Ein Vorkriegs-Rolls-Royce hatte soeben geparkt, und die Insassen stiegen aus. Einen Augenblick lang hatte der Kommandant das merkwürdige Gefühl, in die zwanziger Jahre zurückversetzt zu sein. Die beiden Männer, die vorn ausstiegen, trugen Knickerbockers und Hüte, die schon fünfzig Jahre aus der Mode waren, und ihre beiden Begleiterinnen trugen Sonnenschirme und steckten in etwas, das der Kommandant für Karnevalskostüme mit Glockenhüten hielt. Aber es waren weniger die Kleider oder der makellose Vorkriegs-Rolls als die Stimmen, die den Kommandanten so tief berührten. Hoch und auf träge Weise arrogant, schienen sie wie ein Nachhall aus der englischen Vergangenheit zu ihm zu gelangen, und mit ihnen erreichte ihn die plötzliche Gewißheit, daß trotz allem alles gut war auf der Welt. Die Servilität, die zu Kommandant van Heerdens innerstem Wesen gehörte und die keine von ihm auch noch so sehr zur Schau getragene Autorität je tilgen konnte, begann ekstatisch in ihm zu zittern, als die kleine Gruppe an ihm vorbeiging, ohne auch nur mit einem Blick zu zeigen, daß sie von seiner Anwesenheit Notiz genommen hätte. Es war genau dieses In-sich-selbst-Vertieftsein bis zu einem Punkt, wo es das Ich überstieg und etwas Unwandelbares und Absolutes wurde, eine gottähnliche Selbstherrlichkeit, die Kommandant van Heerden stets in den Engländern zu finden gehofft hatte. Und hier sah er sie nun vor sich im Piemburger Golfclub in Gestalt von vier Damen und Herren mittleren Alters, deren albernes Geschwätz der unwiderlegbare Beweis dafür war, daß er trotz Kriegen, Katastrophen und drohenden Revolutionen nichts Wichtiges gab, worüber man sich sorgen mußte. Besonders bewunderte der Kommandant die Eleganz, mit der der Anführer des Quartetts, ein rötlicher Mann in den Fünfzigern, mit den Fingern nach dem schwarzen Golfjungen schnippte, ehe er zur ersten Abschlagstelle hinüberging.

»Ist ja absolut köstlich«, kreischte eine von den Damen über nichts Besonderes, als sie ihm folgten.

»Ich habe doch immer schon gesagt, Boy ist ein Bestrafungsfanatiker«, sagte der rötliche Mann, ehe sie außer Hörweite waren.

Der Kommandant blickte ihnen nach, dann lief er eilig in die Bar, um sich beim Barmann Auskunft zu holen.

»Nennen sich Dornford Yates-Club«, berichtete ihm der Barmann. »Fragen Sie mich nicht, warum. Jedenfalls takeln sie sich auf und reden gespreizt über eine Firma namens Bury & Co., die vor ein paar Jahren pleite ging. Der Kerl mit dem roten Gesicht ist Colonel Heathcote-Kilkoon. Er ist der, den sie Bury nennen. Die pummelige Lady ist seine Alte. Der andere Typ ist Major Bloxham. Nennen ihn Boy, was das Dollste dabei ist, denn er muß mindestens achtundvierzig sein. Wer die dünne Frau ist, weiß ich nicht.«

»Wohnen sie hier in der Nähe?« fragte der Kommandant. Er verabscheute die ziemlich abschätzige Einstellung des Barmanns Leuten gegenüber, die ihm überlegen waren, aber er wünschte sich verzweifelt, mehr über die vier zu hören.

»Der Colonel hat ein Haus oben in der Nähe vom Piltdown

Hotel, aber die meiste Zeit scheinen sie auf einer Farm in der Gegend von Underville zu verbringen. Die hat einen ganz schrägen Namen, ›White Woman‹ oder so ähnlich. Ich habe gehört, die treiben's da oben auch ziemlich schräg.«

Der Kommandant bestellte sich noch einen Brandy und nahm ihn mit raus an seinen Tisch auf der Terrasse, um auf die Rückkehr der Gesellschaft zu warten. Wenig später gesellte sich der Barmann zu ihm, blieb in der Tür stehen und machte ein gelangweiltes Gesicht.

»Ist der Colonel schon lange hier Mitglied?« fragte der Kommandant.

»Ein paar Jahre«, sagte der Barmann, »als sie alle von Rhodesien oder Kenia oder was weiß ich woher runterkamen. Scheinen auch 'ne ganze Menge Kleingeld zu haben.«

Als der Kommandant bemerkte, daß der Mann ihn ziemlich gespannt betrachtete, trank er aus und schlenderte hinüber, um sich den alten Rolls-Royce näher anzusehen.

»1925er Silver Ghost«, sagte der Barmann, der ihm gefolgt war. »Prima Zustand.«

Der Kommandant grunzte. Langsam wurde ihm die Gesellschaft des Barmanns lästig. Er ging auf die andere Seite des Wagens, um den Barmann sogleich neben sich zu finden.

»Sind Sie wegen irgendwas hinter ihnen her?« fragte der Mann im Verschwörerton.

»Wie zum Teufel kommen Sie denn darauf?« fragte der Kommandant.

»Ich dachte ja bloß«, sagte der Barmann, und irgendwas brummelnd, daß ein Wink manchmal genauso gut sei wie ein Tip, was der Kommandant nicht begriff, ging der Mann wieder ins Clubhaus zurück. Wieder allein, beendete der Kommandant die Besichtigung des Wagens und wollte gerade weggehen, da sah er etwas auf dem Rücksitz liegen, was ihn wie angewurzelt stehenbleiben ließ. Es war ein Buch, von dessen Umschlagrückseite teilnamslos das Porträt eines Mannes blickte. Mit seinen hohen Wangenknochen, den leicht gesenkten Lidern, der tadellos geraden Nase und dem gestutzten Schnurrbart sah das Gesicht am Kommandanten vorbei in eine helle und gesicherte Zukunft. Durch das Fenster spähend blickte Kommandant van Heerden auf das Porträt, und wie er noch so blickte, wußte er mit einer Sicherheit, die alles Verstehen überstieg, daß er sich auf seiner Suche nach dem Herzen eines englischen Gentleman unmittelbar vor einer neuen Entdeckung befand. Dort vor ihm auf dem Rücksitz des Rolls war mit einer Genauigkeit, wie er sie nie für möglich gehalten hätte, das Gesicht des Mannes abgebildet, der er immer schon sein wollte. Das Buch war von Dornford Yates und trug den Titel *Wie andere Menschen sind.* Der Kommandant nahm sein Notizbuch heraus und schrieb sich den Titel auf.

Als Colonel Heathcote-Kilkoon und seine Begleitung zum Clubhaus zurückkamen, war der Kommandant schon weg. Er hatte sich auf den Weg zur Stadtbücherei gemacht, im sicheren Wissen, daß er jetzt endlich, aus den Werken Dornford Yates', die Lösung des Rätsels erfahren werde, das ihm nun schon so lange zu denken gab, nämlich wie man ein englischer Gentleman wird.

Als Luitenant Verkramp an dem Abend das Polizeibüro verließ und nach Hause fuhr, um sich umzuziehen, war er ein äußerst glücklicher Mensch. Die Leichtigkeit, mit der er den Argwohn des Kommandanten zerstreut hatte, die Ergebnisse, die er aus den Fragebogen erhielt, die Aussicht, den Abend mit Dr. von Blimenstein zu verbringen, alles trug zum Wohlgefühl des Luitenant bei. Vor allem aber die Tatsache, daß das Haus des Kommandanten noch immer mit Abhörmikrofonen gespickt war und er im Bett liegen und jede Bewegung des Kommandanten belauschen könne, die der zu machen indiskret genug war, verlieh dem Erfolgsgefühl Verkramps erst die Würze. Wie der Kommandant, so war auch Luitenant Verkramp der Meinung, unmittelbar vor einer Entdeckung zu stehen, die sein ganzes Leben ändern und ihm vom bloßen Stellvertreter zu einer Autoritätsstellung verhelfen würde, die seinen Fähigkeiten angemessener war. Während er darauf wartete, daß das Badewasser einlief, stellte er den Empfänger in seinem Schlafzimmer richtig ein und überprüfte das Bandgerät, das daran angeschlossen war. Bald hörte er den Kommandanten in seinem Haus herumschlurfen und Schränke auf- und zumachen. Befriedigt darüber, daß seine Abhöranlage richtig funktionierte, schaltete Verkramp sie wieder ab und ging ins Bad. Er war gerade fertig und stieg aus der Badewanne, da klingelte es an der Wohnungstür.

»Verdammt«, sagte Verkramp, der nach einem Handtuch grapschte und sich fragte, wer zum Kuckuck ihn in diesem ungelegenen Augenblick besuchte. Er ging in den Flur, eine Tropfspur Badewasser hinter sich herziehend, machte gereizt die Tür auf und sah zu seiner Verwunderung Frau Dr. von Blimenstein auf dem Treppenabsatz stehen. »Ich brauche keine...«, sagte Verkramp, womit er automatisch auf das Wohnungstürklingeln in ungelegenen Momenten reagierte, ehe ihm klar wurde, wer ihn besuchen kam.

»Wirklich nicht, Liebling?« sagte Frau Dr. von Blimenstein mit lauter Stimme und öffnete ihren Bisammantel, unter dem ein engsitzendes Kleid aus irgendeinem ungeheuer glänzenden Stoff zum Vorschein kam. »Bist du sicher, du brauchst keine...«

»Um Gottes willen«, sagte Verkramp und blickte sich entsetzt um. Ihm war nur allzu klar, daß seine Nachbarn äußerst wohlanständige Leute waren und daß Dr. von Blimenstein trotz all ihrer Bildung und ihres beruflichen Ansehens als Psychiaterin im günstigsten Fall nicht übermäßig bedacht darauf war, die gesellschaftlichen Gepflogenheiten zu beachten. Und jetzt, wo er ein Badetuch um die Taille und die Doktorin weiß der Teufel was um die Taille und oben und unten rum trug, lag der Fall gar nicht günstig. »Komm schnell rein«, keuchte er. Ein bißchen enttäuscht vom Empfang, den er ihr bereitete, zog Dr. von Blimenstein ihren Mantel enger um sich und betrat die Wohnung. Verkramp machte die Tür schnell zu und hastete an ihr vorbei in die Geborgenheit seines Badezimmers. »Ich habe dich noch gar nicht erwartet«, rief er leise. »Ich wollte zur Klinik kommen und dich abholen.«

»Ich konnte es nicht mehr erwarten, dich zu sehen«, schrie die Doktorin zurück, »und ich dachte, ich würde dir eine kleine Überraschung bereiten.«

»Die ist dir wirklich gelungen«, murmelte Verkramp, der verzweifelt nach einem Socken suchte, der sich irgendwo im Badezimmer versteckt hatte.

»Ich hab nicht ganz verstanden. Du mußt etwas lauter sprechen.«

Verkramp fand den Socken unter dem Waschbecken. »Ich sagte, du hast mich überrascht.« Als er sich aufrichtete, schlug er mit dem Kopf gegen das Waschbecken und fluchte.

»Du bist doch nicht böse auf mich, daß ich einfach so reingeschneit komme?« fragte die Ärztin. Im Badezimmer saß Verkramp auf dem Wannenrand und zog sich den Socken an. Er war naß.

»Nein. Natürlich nicht. Komm, wann du willst«, sagte er mürrisch.

»Meinst du das auch wirklich? Ich meine, ich möchte nicht, daß du von mir denkst, ich... naja... drängte mich auf«, fuhr die Ärztin fort, während Verkramp, der ihr immer noch versicherte, daß sie ihn so oft wie möglich besuchen solle, entdeckte, daß alle seine Sachen, die er sorgfältig auf den Klodeckel gelegt hatte, naß geworden waren, nur weil sie zu früh gekommen war. Als Luitenant Verkramp schließlich aus dem Bad kam, fühlte er sich ausgesprochen naß und klebrig und auf den Anblick, auf den sein Auge fiel, absolut nicht vorbereitet. Dr. von Blimenstein hatte ihren Bisammantel abgelegt und lag provozierend auf seinem Sofa ausgebreitet. Sie trug ein leuchtendrotes Kleid, das mit einer Schmiegsamkeit ihre Körperformen umschloß, die Verkramp erstaunte und ihn sich fragen ließ, wie sie wohl da je hineingekommen sei.

»Gefällt's dir?« fragte die Doktorin und streckte sich aufreizend. Verkramp schluckte und sagte, das täte es, sehr sogar. »Das ist der neue Naß-Look aus Stretch-Nylon.« Verkramp ertappte sich dabei, wie er hypnotisiert auf ihre Brüste starrte, und sah sich der entsetzlichen Vorstellung gegenüber, dazu verdonnert zu sein, in der Öffentlichkeit einen Abend mit einer Frau zu verbringen, die etwas am Leibe trug, was sowas Ähnliches wie ein halbdurchsichtiges, knallrotes Trikot war. Sein Ruf, ein nüchternes und gottesfürchtiges Leben zu führen, war etwas, worauf er immer stolz gewesen war, und als frommes Mitglied der Holländischen Reformiertenkirche in der Verwoerd Street war er über die Aufmachung der Ärztin entsetzt. Als sie zum Piltdown Hotel hinauffuhren, war sein einziger Trost der Gedanke, daß der scheußliche Fummel so eng sei, daß sie darin bestimmt nicht tanzen könne. Luitenant Verkramp tanzte nicht. Das hielt er für Sünde.

Am Hotel öffnete der Portier den Wagenschlag, und Verkramps Gefühl gesellschaftlicher Unzulänglichkeit, das sich bereits durch die Feststellung, daß sein Volkswagen neben einem Cadillac parkte, enorm gesteigert hatte, nahm durch das Betragen des Mannes weiter zu.

»Die Brassière, bitte«, sagte Verkramp.

»Die was, Sir?« fragte der Portier, die Augen auf Dr. von Blimensteins Busen gerichtet.

»Die Brassière«, sagte Verkramp.

»Sowas haben wir hier nicht, Sir«, sagte der Portier. Dr. von Blimenstein eilte ihm zu Hilfe.

»Die Brasserie«, sagte sie.

»Ach, Sie meinen den Grillroom«, sagte der Portier, der noch immer kaum seinen Augen trauen wollte, und beschrieb ihnen den Weg zur Colour Bar. Mit Entzücken stellte Verkramp fest, daß es dort ziemlich dunkel war, so daß er in einer Ecknische mit hohen Lehnen den Blicken der Öffentlichkeit entzogen war. Außerdem hatte Dr. von Blimenstein ihm aus der Verlegenheit geholfen und Dry Martinis beim Weinkellner bestellt, der Verkramps vergeblichen Versuchen, etwas auch nur annähernd Vertrautes auf der Weinkarte zu finden, hochnäsig zugesehen hatte. Nach den drei Martinis fühlte

Verkramp sich entschieden besser.

Dr. von Blimenstein erzählte ihm von der Aversionstherapie.

»Das geht ganz einfach«, sagte sie. »Der Patient wird auf ein Bett geschnallt, und dann werden Dias über seine spezielle Perversion auf eine Leinwand projiziert. Wenn man es zum Beispiel mit einem Homosexuellen zu tun hat, zeigt man ihm Fotos mit nackten Männern.«

»Tatsächlich«, sagte Verkramp. »Wie ungeheuer interessant. Und was macht man dann?«

»Im selben Augenblick, wo man ihm das Foto zeigt, bringt man ihm auch einen Elektroschock bei.«

Verkramp war fasziniert. »Und das heilt ihn?« fragte er.

»Am Ende zeigt der Patient jedesmal, wenn ein Foto projiziert wird, Anzeichen von Angst«, sagte die Ärztin.

»Das glaube ich gern«, sagte Verkramp, dessen Experimente mit Elektroschocks bei seinen Häftlingen vollkommen die gleiche Angst hervorgerufen hatte.

»Die Behandlung muß sechs Tage ohne Unterbrechung durchgeführt werden, um wirklich erfolgreich zu sein«, fuhr Dr. von Blimenstein fort, »aber du wärest überrascht, wieviele Heilungen uns mit dieser Methode geglückt sind.«

Verkramp sagte, er wäre nicht im geringsten überrascht. Während des Essens erklärte ihm Dr. von Blimenstein, zur Behandlung der Fälle von Rassenmischung unter den Piemburger Polizeibeamten habe sie eine modifizierte Form der Aversionstherapie im Sinn. Verkramp, der von Gin und Wein total umnebelt war, versuchte dahinterzukommen, was sie wohl meine. »Ich verstehe nicht ganz...«, begann er.

»Nackte schwarze Weiber«, sagte die Ärztin und lächelte über ihr bohlendickes Steak hinweg. »Dias von nackten schwarzen Weibern auf die Leinwand werfen und gleichzeitig einen Elektroschock beibringen.« Verkramp sah sie mit unverhüllter Bewunderung an.

»Brillant«, sagte er. »Fabelhaft. Du bist ein Genie.« Dr. von Blimenstein lächelte geziert. »Die Idee stammt nicht von mir«, sagte sie bescheiden, »aber man könnte wohl sagen, daß ich sie den südafrikanischen Bedürfnissen angepaßt habe.«

»Ein Durchbruch«, sagte Verkramp. *Der* Durchbruch, könnte man sagen.«

»Hoffen wir das beste«, murmelte die Doktorin.

»Zum Wohl«, sagte Verkramp und hob sein Glas, »ich trinke auf deinen Erfolg.«

Dr. von Blimenstein erhob ihr Glas. »Auf unseren Erfolg, Liebling, auf unseren Erfolg.« Sie tranken, und während sie tranken, kam es Verkramp vor, als sei er in seinem Leben das erste Mal wirklich glücklich. Er aß in einem schicken Hotel mit einer schönen Frau zu Abend, mit deren Hilfe er drauf und dran war, Geschichte zu machen. Nicht länger bestünde die Gefahr, daß Südafrika zu einem Land würde, in dem die Farbigen den Führern Weiß-Südafrikas Alpträume verursachten. Mit Dr. von Blimenstein an seiner Seite würde Verkramp in der ganzen Republik Kliniken aufmachen, in denen man mit Hilfe der Aversionstherapie weiße Perverse von ihren Sexgelüsten nach schwarzen Frauen heilte. Er beugte sich über den Tisch zu ihren hinreißenden Brüsten vor und ergriff ihre Hand.

»Ich liebe dich«, sagte er schlicht.

»Ich liebe dich auch«, flüsterte die Doktorin, die ihn mit einer beinahe raubtierhaften Gespanntheit anstarrte. Verkramp blickte sich nervös im Restaurant um und stellte zu seiner Erleichterung fest, daß sie von niemandem beobachtet wurden.

»Auf anständige Art und Weise natürlich«, sagte er nach einer Pause.

Dr. von Blimenstein lächelte. »Liebe ist nie anständig, Liebling«, sagte sie. »Sie ist düster und gewalttätig und leidenschaftlich und grausam.«

»Ja... na schön...«, sagte Verkramp, der die Liebe noch nie von dieser Seite betrachtet hatte. »Ich wollte nur sagen, daß die Liebe rein ist. Das heißt, meine Liebe.«

In Dr. von Blimensteins Augen schien eine Flamme zu

flackern und zu erlöschen. »Liebe heißt Begehren«, sagte sie. Unter ihrer Nylonhülle drängten sich ihre Brüste auf den Tisch und wölbten sich mit einer mütterlichen Bedrohung vor, die Verkramp als störend empfand. Er verlagerte seine eng zusammengepreßten Beine unter dem Tisch und überlegte, was er sagen könne.

»Ich brauche dich«, flüsterte die Ärztin, die ihr Verlangen damit unterstrich, daß sie ihre rotlackierten Fingernägel dem Luitenant in die Handfläche grub. »Ich brauche dich wahnsinnig.« Luitenant Verkramp erschauerte unwillkürlich. Unter dem Tisch schlossen sich Dr. von Blimensteins üppige Knie eng um seine Beine. »Ich brauche dich«, wiederholte sie, und Verkramp, der allmählich den Eindruck hatte, er äße mit einem brünstigen Vulkan Abendbrot, hörte sich sagen: »Wär's nicht an der Zeit zu gehen?«, ehe ihm die Deutung klarwurde, die die Ärztin seinem plötzlichen Wunsch, die relative Sicherheit des Restaurants zu verlassen, sicherlich geben würde.

Als sie zum Auto hinausgingen, hakte sich Dr. von Blimenstein bei Verkramp unter und zog ihn fest an sich. Er öffnete für sie die Wagentür, und die Doktorin glitt unter Nylongeraschel auf ihren Sitz. Verkramp, dessen Gefühl gesellschaftlicher Unzulänglichkeit angesichts der unverhüllten Kundgabe der Begierden der Frau Doktor total in das Gefühl sexueller Unzulänglichkeit umgeschlagen war, kletterte zögernd neben sie.

»Du verstehst nicht«, sagte er und ließ den Motor an, »ich möchte nichts tun, was die Schönheit dieses Abends beflekken könnte.« Dr. von Blimenstein streckte im Dunkeln die Hand aus und preßte innig sein Bein.

»Du darfst dich nicht schuldig fühlen«, murmelte sie. Verkramp setzte den Wagen mit einem Ruck zurück.

»Ich achte dich zu sehr«, sagte er.

Dr. von Blimensteins Bisammantel wogte sacht, als sie den Kopf gegen seine Schulter lehnte. Ein schweres Parfüm wehte Verkramp übers Gesicht.

»Was bist du für ein schüchterner Junge«, sagte sie.

Verkramp steuerte das Auto vom Hotelgelände auf die Straße nach Piemburg. Weit unter ihnen flimmerten die Lichter der Stadt und erloschen. Es war Mitternacht.

Verkramp fuhr langsam den Berg hinunter, teils weil er Angst hatte, wegen Trunkenheit am Steuer aufgeschrieben zu werden, vor allem aber, weil ihn die Aussicht auf das schreckte, was ihn erwartete, wenn sie erstmal wieder in seiner Wohnung wären. Zweimal bestand Dr. von Blimenstein darauf anzuhalten, und zweimal fand Verkramp sich von ihren Armen umschlungen, während ihre Lippen seinen dünnen Mund suchten und fanden. »Ganz locker, Liebling«, sagte sie zu ihm, als Verkramp sich in einer fieberhaften Mischung aus Ablehnung und Zustimmung wand, die sowohl sein Gewissen, als auch Dr. von Blimensteins Annahme befriedigte, er gehe darauf ein. »Sex muß gelernt sein.« Das brauchte man Verkramp nicht zu sagen.

Er startete den Wagen von neuem und fuhr weiter, während ihm Dr. von Blimenstein erklärte, für einen Mann sei es ganz normal, daß er Angst vor Sex habe. Als sie vor Verkramps Wohnhaus hielten, hatte ihn die Euphorie, die der Erklärung der Ärztin gefolgt war, wie sie die rassenschänderischen Polizeibeamten kurieren werde, völlig verlassen. Die merkwürdige Mischung aus animalischer Leidenschaft und klinischer Sachlichkeit, mit der die Doktorin den Sex anging, hatte im Luitenant eine Aversion gegen das Thema erzeugt, die mit keinen Elektroschocks verstärkt zu werden brauchte.

»Tja, das war ein sehr netter Abend«, sagte er hoffnungsvoll, als er sein Auto direkt neben dem der Ärztin parkte, aber Dr. von Blimenstein hatte nicht die Absicht, sich so schnell zu verabschieden.

»Du lädst mich doch noch zu einem Gutenachttrunk ein?« fragte sie, und als Verkramp zögerte, fuhr sie fort: »Ich habe, scheint's, sowieso meine Handtasche bei dir oben vergessen, also muß ich schon einen Moment mit raufkommen.«

Verkramp stieg schweigend die Treppe nach oben. »Ich

möchte die Nachbarn nicht stören«, erklärte er flüsternd. Mit einer Stimme, die die Absicht zu haben schien, Tote aufzuwecken, sagte Dr. von Blimenstein, sie werde so leise sein wie eine Maus, und nutzte die Situation, indem sie ihn auf den Mund zu küssen versuchte, während er nach seinem Schlüssel kramte. Drin zog sie sich den Mantel aus und setzte sich aufs Sofa, wobei sie eine solche Menge Bein zeigte, daß sie das Begehren, das ihre Unterhaltung erstickt hatte, beinahe wieder entfacht hätte. Sie ließ ihr Haar über die Sofakissen fallen und hob die Arme zu ihm empor. Verkramp sagte, er mache schnell ein bißchen Kaffee, und ging in die Küche. Als er zurückkam, hatte Dr. von Blimenstein die Deckenbeleuchtung aus- und eine Leselampe in der einen Zimmerecke angeknipst und drehte am Radio herum. »Versuche bloß, 'n bißchen Musik reinzukriegen«, sagte sie. Die Lautsprecher über dem Sofa knackten. Verkramp setzte die Kaffeetassen ab und ging hinüber, um das Radio zu bedienen, aber Dr. von Blimenstein war nicht mehr an Musik interessiert. Sie stand mit demselben sanften Lächeln vor ihm, das Verkramp an dem Tage auf ihrem Gesicht erblickt hatte, als sie ihm das erste Mal im Krankenhaus begegnet war, und bevor er ihr entwischen konnte, hatte die schöne Ärztin ihn mit jener Sachkunde aufs Sofa gepreßt, die Verkramp einst so sehr bewundert hatte. Als ihre Lippen seine schwachen Proteste zum Schweigen brachte, verlor der Luitenant jedes Schuldgefühl. Er lag hilflos in ihren Armen, und es gab nichts, was er hätte tun können.

4

Als Kommandant van Heerden die Piemburger Stadtbücherei verließ, hielt er sein Exemplar von *Wie andere Menschen sind* mit einem Gefühl der Vorfreude in der Hand, wie er sie zuletzt als kleiner Junge empfunden hatte, wenn er sonntags morgens vor dem Kino Comics tauschte. Er eilte die Straße entlang, wobei er ab und zu einen Blick auf den Umschlag warf, auf dem vorn ein Zierrahmen und hinten das Porträt des großen Schriftstellers zu sehen waren. Jedesmal, wenn er auf dieses Gesicht mit seinen leicht verhangenen Lidern und dem flotten Schnurrbart sah, war er von der Bedeutung gesellschaftlicher Hierarchie erfüllt, nach der es seine Seele verlangte. Alle Zweifel an der Existenz von Gut und Böse, die ihm fünfundzwanzig Jahre als Beamter bei der Südafrikanischen Polizei natürlich aufgebürdet hatten, verflüchtigten sich angesichts des Selbstvertrauens, das diesem Porträt entströmte. Nicht daß Kommandant van Heerden auch nur einen Augenblick lang Grund gehabt hätte, die Existenz des Bösen zu bezweifeln. Es war das Fehlen des Gegenteils, was er geistig so lähmend fand, und da der Kommandant mit etwas, was begrifflichem Denken auch nur nahekam, nichts anfangen konnte, mußte das Gute, wonach er suchte, sichtbar sein, um geglaubt zu werden. Mehr noch, es mußte in irgendeiner gesellschaftlich akzeptablen Form faßbar sein, und hier endlich, eine Arroganz ausstrahlend, die keinen Zweifel duldete, lieferte das Gesicht, das vom Umschlag von *Wie andere Menschen sind* an ihm vorbeiblickte, den unwiderlegbaren Beweis, daß es all die Tugenden wie Ritterlichkeit und Mut, denen Kommandant van Heerden im stillen so große Hochachtung zollte, immer noch gab auf der Welt.

Als er zu Hause angekommen war und es sich in einem Sessel bequem gemacht hatte, eine Kanne Tee und eine Tasse neben sich, klappte er das Buch auf und begann zu lesen. »Eve Malory Carew reckte ihr reizendes, anmutiges Kinn«, las er, und wie er so las, entschwand um ihn die Welt niedriger Verbrechen, die Welt von Mord und Betrug, Raub und Überfall, Feigheit und Verrat, mit der sein Beruf ihn täglich in Berührung brachte, um durch eine neue Welt ersetzt zu werden, in der hübsche Damen und wundervolle Männer sich sorglos, selbstsicher und geistreich auf ein unweigerlich glückliches Ende zu bewegten. Während er die Erlebnisse von Jeremy Broke und Captain Toby Rage verfolgte, ganz zu schweigen von Oliver Pauncefote und Simon Beaulieu, wußte der Kommandant, daß er endlich in seinem Element war. Luitenant Verkramp, Sergeant Breitenbach und die sechshundert Mann unter seinem Kommando versanken in glücklichem Vergessen, während die Stunden vergingen und der Kommandant, dessen Tee inzwischen eiskalt war, weiterlas. Gelegentlich wiederholte er sich einen besonders packenden Absatz laut, um die Worte noch genußvoller auszukosten. Nachts um eins sah er auf die Uhr und war erstaunt, daß die Zeit so unbemerkt vergangen war. Trotzdem, es lag kein Grund vor, morgens zeitig aufzustehen, und außerdem war er schon wieder bei einer aufregenden Episode angelangt.

»Die Perlen, die George mir schenkte, liegen, bleich und verdrießlich, neben mir«, las er laut mit einer Stimme, die er sich vage als angemessene Verkörperung einer Frauenstimme vorstellte, »ich habe sie abgenommen. Ich möchte seine Perlen nicht an mir; mich verlangt nach deinen Armen.«

Während der Kommandant es als herrliche Befreiung empfand, aus der wirklichen Welt gemeiner Erfahrungen in eine Welt reiner Phantasie zu entfliehen, tat Luitenant Verkramp genau das Gegenteil. Jetzt, da die sexuellen Phantasievorstellungen, die er während vieler schlafloser Nächte um Frau Dr. von Blimenstein gerankt hatte, sich nur allzu wahrscheinlich erfüllen sollten, fand Verkramp die Aussicht unerträglich. Vor allem waren die Reize, die eine abwesende und nur geträumte Dr. von Blimenstein besaß, völlig verschwunden und hatten dem Bewußtsein Platz gemacht, daß sie eine massiv gebaute Frau mit enormen Brüsten und muskulösen Beinen war, deren sexuelle Bedürfnisse zu befriedigen er nicht die geringste Lust hatte. Und schließlich waren die Wände seiner Wohnung so gebaut, daß die Geräusche in der einen Wohnung in der anderen deutlich gehört werden konnten. Um seinen Ärger vollzumachen, war die Doktorin betrunken.

Im törichten Versuch, bei ihr das weibliche Gegenstück eines Whisky-Schlappschwanzes hervorzurufen, traktierte Verkramp sie mit Scotch aus einer Flasche, die er für besondere Gelegenheiten aufbewahrte, und er war nicht nur von der Fähigkeit der Doktorin geschockt, harte Schnäpse zu vertragen, sondern auch von der Tatsache, daß das verdammte Zeug offensichtlich als Aphrodisiakum wirkte. Er beschloß, den Prozeß umzudrehen, und ging in die Küche, um noch etwas schwarzen Kaffee zu bereiten. Er hatte eben den Herd angeschaltet, als ihn ein Wahnsinnsgetöse ins Wohnzimmer zurückeilen ließ. Dr. von Blimenstein hatte sein Tonbandgerät in Gang gesetzt.

»I want an old-fashioned house with an old-fashioned fence and an old-fashioned millionaire«, schrie Eartha Kitt.

Dr. von Blimenstein, die mitsang, war bescheidener in ihren Forderungen. »I want to be loved by you, just you and nobody else but you«, schmachtete sie mit einer Stimme, die um etliche Dezibel über der gesetzlichen Höchstgrenze lag.

»Um Himmels willen«, sagte Verkramp und versuchte, sich an ihr vorbei zum Tonbandgerät zu schieben, »du weckst ja alle Nachbarn auf.«

Das Quietschen von Sprungfedern in der Wohnung darüber ließ vermuten, daß Verkramps Nachbarn vom Verlangen der Doktorin Notiz nahmen, auch wenn er es nicht tat.

»I want to be loved by you alone, buu bupie duup«, sang Dr. von Blimenstein weiter und schloß Verkramp in ihre Arme. Im Hintergrund trug Miss Kitt zu seiner Verlegenheit bei, indem sie der Welt zum einen ihr Verlangen nach Ölquellen und zum anderen Verkramps Vorliebe für farbige Sängerinnen mitteilte.

»Wasso falsch an der Liebe, Baby?« fragte die Doktorin, wobei es ihr gelang, Albernheit und Sex auf eine Weise zu verbinden, die Verkramps besonders irritierend fand.

»Ja«, sagte er beschwichtigend und versuchte, sich ihrer Umarmung zu entwinden, »wenn du...«

»... wärst das einzige Girl auf der Welt und ich der einzige Boy«, plärrte die Ärztin.

»Um Gottes willen«, kreischte Verkramp, den diese Vorstellung entsetzte.

»Das seid ihr aber nicht«, kam eine Stimme aus der Wohnung darüber, »mich gibt's auch noch.«

Von dieser Unterstützung angefeuert befreite sich Verkramp aus den Armen der Ärztin und fiel auf das Sofa.

»Gib mir, gib mir, wonach ich mich sehne«, sang die Doktorin und wechselte die Melodie.

»Ein bißchen Scheiß Schlaf«, schrie der Mann oben, den das sprunghafte Repertoire der Ärztin offenbar anödete.

In der Wohnung nebenan, in der ein Religionslehrer mit seiner Frau wohnte, hämmerte jemand an die Wand.

Verkramp rappelte sich vom Sofa hoch und warf sich auf das Tonbandgerät.

»Gestatte, daß ich diese Niggergöre abdrehe«, rief er. Miss Kitt war mittlerweile mit Diamanten beschäftigt.

»Laß doch die Niggergören. Mich hast du *an*gedreht«, schrie Dr. von Blimenstein, packte Verkramp an den Beinen und brachte ihn krachend zu Boden. Auf ihm hockend preßte sie sich mit einer Gier an ihn, daß ihm der Gummiknopf ihres Strumpfgürtels in den Mund rutschte, während sie an seinen Hosenknöpfen herumfummelte. Mit einem Ekel, der seiner Unkenntnis der weiblichen Anatomie entsprach, spuckte

Verkramp das Ding wieder aus, um sich lediglich einer noch abscheulicheren Aussicht gegenüber zu sehen. Während sein Horizont von Schenkeln, Strumpfgürteln und jenen Teilen der Doktorin auf obszöne Weise eingegrenzt wurde, die in seinen Phantasievorstellungen eine so große Rolle gespielt hatten, bei näherer Bekanntschaft ihren Reiz aber total einbüßten, rang Verkramp verzweifelt nach Luft.

An diesem kritischen Punkt der Lage geschah es, daß Kommandant van Heerden sich unwissentlich einzumischen beliebte. Durch Verkramps elektronische Gerätschaften ungeheuer verstärkt, gesellte sich des Kommandanten Falsettstimme mit ihrem besonderen Charme zu Miss Kitts Alt und Dr. von Blimensteins eindringlichen Aufforderungen an Verkramp, endlich mal stillzuliegen.

»Simon«, quäkte der Kommandant, der keine Ahnung von der Wirkung hatte, die er eine halbe Meile entfernt erzielte, »vergangene Nacht begruben wir hier lebend unsere Liebe, unsere herrliche, selige Leidenschaft trugen wir lebendig zu Grabe.«

»Was ist das?« fragte Dr. von Blimenstein, die in ihrer besoffenen Rage bisher alle flehentlichen Bitten Verkramps überhört hatte.

»Laß mich los«, kreischte Verkramp, dem des Kommandanten Mitteilung, daß er etwas lebendig begrübe, besonders wichtig erschien.

»Da drin wird jemand umgebracht«, quietschte die Frau des Religionslehrers nebenan.

»Ich muß verrückt gewesen sein. Ich dachte wohl, ich müsse sterben«, fuhr der Kommandant fort.

»Was ist das denn?« schrie Dr. von Blimenstein wieder, die in ihrer Betrunkenheit versuchte, zwischen Verkramps wilden Schreien und dem leidenschaftlichen Geständnis des Kommandanten zu unterscheiden, eine Dechiffrieraufgabe, die durch Eartha Kitt, die sich soeben als Türkin ausgab, nicht leichter gemacht wurde.

Im Flur drohte der Mann von oben, die Tür aufzubrechen.

Im Zentrum dieses Mahlstroms aus Lärm und Bewegung starrte Luitenant Verkramp leichenblaß in die leuchtendroten Rüschen von Dr. von Blimensteins raffinierten Höschen, dann nahm er, von der hysterischen Furcht überwältigt, daß er jeden Moment kastriert werden könne, den Happen zwischen die Zähne.

Mit einem Schrei, der eine halbe Meile entfernt vernommen werden konnte und die Wirkung hatte, daß der Kommandant aufhörte, laut zu lesen, schoß Dr. von Blimenstein vorwärts durchs Zimmer und zog den halb wahnsinnigen Verkramp, der sich hoffnungslos in ihrem Strumpfgürtel verheddert hatte, hinter sich her.

Für Luitenant Verkramp waren die nächsten paar Minuten ein Vorgeschmack auf die Hölle. Hinter ihm warf sich der Mann von oben, der mittlerweile zweifelsfrei davon überzeugt war, Zeuge irgendeines entsetzlichen Verbrechens zu sein, gegen die Tür. Vor ihm warf sich Dr. von Blimenstein, die ihrerseits davon überzeugt war, daß sie schließlich ihrem Liebhaber doch noch sexuellen Appetit gemacht hatte, jedoch fürchtete, der könne sich auf eher orthodoxe Weise äußern, auf den Rücken. Als die Tür mit einem Krachen aufsprang, äugte Verkramp durch die zerrissenen leuchtendroten Rüschen mit all dem Weltschmerz eines geköpften Rhodeländer Gockels. Der Mann von oben stand angesichts des Schauspiels sprachlos in der Tür.

»Jetzt, Liebling, jetzt«, kreischte Dr. von Blimenstein und wand sich ekstatisch. Verkramp kam wütend auf die Beine.

»Wie können Sie es wagen, hier einzubrechen?«, schrie er und versuchte seine Verlegenheit in berechtigte Wut umzuwandeln. Vom Fußboden aus mischte sich Dr. von Blimenstein viel wirkungsvoller ein.

»Coitus interruptus«, brüllte sie, »coitus interruptus!« Verkramp griff den Ausdruck dankbar auf, der ihm irgendwie medizinisch vorkam.

»Sie ist Epileptikerin«, erklärte er, als die Doktorin immer weiter zuckte, »sie ist aus Fort Rapier«.

»Himmel«, sagte der Mann, der nun seinerseits furchtbar verlegen war. Die Frau des Religionslehrers drängte sich ins Zimmer.

»Ja doch, ja doch«, sagte sie zu der Ärztin, »ist ja alles gut. Wir sind ja hier«.

In dem Durcheinander schlich Verkramp davon und schloß sich in seinem Badezimmer ein. Dort saß er, weiß vor Demütigung und Ekel, bis der Krankenwagen kam, um die Ärztin in die Klinik zurückzubringen. Im Wohnzimmer schrie Dr. von Blimenstein immer noch betrunken irgendwas über erogene Zonen und die Gefühlsrisiken eines unterbrochenen Koitus.

Als alle weg waren, tauchte Verkramp wieder aus dem Badezimmer auf und besah sich angeekelt das Chaos in seinem Wohnzimmer. Der einzige Trost, den er dem Horror des ganzen Abends abgewinnen konnte, war die Erkenntnis, daß sich sein Verdacht gegen den Kommandanten bestätigt hatte. Verkramp versuchte sich zu erinnern, was diese grauenhafte Falsettstimme gesagt hatte. Es hatte sich um das lebendige Begraben von irgend jemandem gedreht. Irgendwie erschien ihm das höchst unwahrscheinlich, aber der ganze Abend war geeignet gewesen, in Luitenant Verkramp den Verdacht zu erregen, daß gerade die angesehensten Leute zu den bizarresten Dingen in der Lage waren. Einer Sache war er sich absolut sicher – nie wieder wollte er Frau Dr. von Blimenstein zu Gesicht bekommen.

Kommandant van Heerden, der, von neuem vom Entschluß durchdrungen, sich wie ein Gentleman zu benehmen, am nächsten Morgen in seinem Büro aufkreuzte, war genau der gleichen Ansicht. Frau Dr. von Blimensteins Fragebogen hatte in der Piemburger Polizeidienststelle einen Proteststurm entfacht.

»Er ist Teil einer Kampagne gegen die Verbreitung des Kommunismus«, erklärte der Kommandant Sergeant de Haen, der delegiert worden war, um den Groll der Leute zum

Ausdruck zu bringen.

»Was hat denn die Größe der Brustnuppel von irgendeinem Kaffernweib mit der Verbreitung des Kommunismus zu tun?« wollte der Sergeant wissen. Kommandant van Heerden gab zu, daß diese Gedankenverbindung ziemlich vage war.

»Am besten fragen Sie Luitenant Verkramp danach«, sagte er. »Das ist seine Angelegenheit, nicht meine. Wenn's nach mir geht, braucht keiner das schauerliche Ding auszufüllen. Ich jedenfalls habe bestimmt nicht die Absicht.«

»Ja, Sir. Vielen Dank, Sir«, sagte der Sergeant und eilte davon, um Verkramps Anordnungen zu widerrufen.

Am Nachmittag kehrte der Kommandant in den Golfclub zurück in der Hoffnung, einen Blick auf das Quartett zu erhaschen, das sich Dornford Yates-Club nannte. Er schlug ein paar Bälle in das Wäldchen, um dem Anschein Genüge zu tun, und ging recht bald wieder zum Clubhaus zurück. Als er sich der Terrasse näherte, sah er zu seiner Freude, wie sich der altmodische Rolls geräuschlos von der Hauptstraße her die Auffahrt herunterschob und den Golfplatz überblickend stehenblieb. Mrs. Heathcote-Kilkoon saß am Steuer. Sie trug eine blaue Wolljacke mit entsprechender Bluse und passenden Handschuhen. Einen Moment blieb sie im Wagen sitzen, dann stieg sie aus und ging so nachdenklich um den Kühler herum, daß es den Kommandanten im Innersten rührte.

»Entschuldigen Sie bitte«, rief sie zu ihm hinüber und lehnte sich mit einer anmutigen Bewegung gegen die Haube, wie sie der Kommandant nur in den teureren Frauenzeitschriften gesehen hatte, »ob Sie mir wohl helfen könnten?«

Kommandant van Heerdens Pulsfrequenz ging sprunghaft nach oben. Er sagte, es wäre ihm eine Ehre, wenn er ihr helfen könne.

»Ich bin so ein Dummerchen«, fuhr Mrs. Heathcote-Kilkoon fort, »ich verstehe absolut nichts von Autos. Ob Sie wohl einfach mal einen Blick hineinwerfen und mir sagen könnten, ob irgendwas nicht stimmt?«

Mit einem Heldenmut, der seine totale Unkenntnis in Autodingen im allgemeinen und in Vorkriegs-Rolls-Royces im besonderen Lügen strafte, fummelte der Kommandant an den Schließen der Kühlerhaube herum und war alsbald fettverschmiert auf der Suche nach irgend etwas, was darauf hindeuten könnte, warum der Wagen am oberen Ende der Golfclub-Auffahrt so unerwartet den Dienst aufgesagt hatte. Hinter ihm stand Mrs. Heathcote-Kilkoon und trieb ihn mit nachsichtigem Lächeln und dem nichtssagenden Geschwätz einer bezaubernden Frau zum Handeln an.

»Ich fühle mich so hilflos, wenn's um Maschinen geht«, gurrte sie, während der Kommandant, der ihre Gefühle teilte, den Finger voller Hoffnung in einen Vergaser steckte. Er kam nicht weit, was er als gutes Zeichen wertete. Als er wenig später den Keilriemen und den Ölmeßstab inspiziert hatte, womit seine Autokenntnisse mehr oder weniger erschöpft waren, gab er das ihn überfordernde Unternehmen auf.

»Tut mir furchtbar leid«, sagte er, »aber ich kann keinen offenkundigen Fehler finden.«

»Vielleicht habe ich ganz einfach kein Benzin mehr«, lächelte Mrs. Heathcote-Kilkoon. Kommandant van Heerden sah auf die Benzinuhr und stellte fest, daß sie »Leer« anzeigte.

»Stimmt«, sagte er. Mrs. Heathcote-Kilkoon flüsterte Entschuldigungen. »Und Sie haben sich auch noch so viel Mühe gemacht«, säuselte sie, aber Kommandant van Heerden war viel zu glücklich, um zu empfinden, daß er überhaupt mit irgendwas Mühe gehabt hatte.

»War mir ein Vergnügen«, sagte er errötend und wollte gerade gehen, um sich die Schmiere von den Händen zu waschen, als ihn Mrs. Heathcote-Kilkoon zurückhielt.

»Sie sind so reizend«, sagte sie, »ich muß Ihnen einen Drink spendieren«.

Der Kommandant versuchte einzuwenden, daß das nicht nötig sei, aber sie wollte davon nichts hören. »Ich telefoniere mit der Werkstatt nach etwas Benzin«, erklärte sie ihm, »und dann komme ich zu Ihnen auf die Veranda.«

Wenig später nippte der Kommandant an einem kühlen

Drink, während Mrs. Heathcote-Kilkoon, die ihren durch einen Halm saugte, ihn nach seiner Arbeit fragte.

»Das muß ja absolut bezaubernd sein, als Kriminalbeamter zu arbeiten«, sagte sie. »Mein Mann ist pensioniert, wissen Sie.«

»Das wußte ich nicht«, sagte der Kommandant.

»Natürlich befaßt er sich nebenbei immer noch ein bißchen mit Börsenpapieren«, fuhr sie fort, »aber das ist halt nicht das gleiche, nicht wahr?«

Der Kommandant sagte, das wäre es wohl nicht, obwohl er nicht genau wußte, inwiefern es nicht das gleiche war. Während Mrs. Heathcote-Kilkoon weiterschwatzte, nahm der Kommandant gierig die Einzelheiten ihrer Garderobe auf, die Krokodillederschuhe, die dazu passende Handtasche und die unaufdringlichen Perlen, und staunte über ihren ausgezeichneten Geschmack. Selbst die Art, wie sie die Beine überschlug, hatte eine Gelassenheit an sich, die der Kommandant unwiderstehlich fand.

»Stammt Ihre Familie aus diesem Teil der Welt?« wollte Mrs. Heathcote-Kilkoon wenig später wissen.

»Mein Vater hatte eine Farm im Karoo«, erzählte ihr der Kommandant. »Er züchtete Ziegen.« Ihm war klar, daß sich das nach einer ziemlich dürftigen Betätigung anhörte, aber nach allem, was er von den Engländern wußte, standen Landbesitzer bei ihnen hoch im Kurs. Mrs. Heathcote-Kilkoon seufzte.

»Ich schwärme ja so fürs Land«, sagte sie. »Das ist ein Grund, weshalb wir nach Zululand kamen. Mein Mann zog sich nach dem Krieg nach Umtali zurück, wissen Sie, und es gefiel uns da oben sehr, aber irgendwie machte ihm das Klima zu schaffen, und so zogen wir hier runter. Wir wählten Piemburg, weil uns beiden die Atmosphäre hier ausnehmend gefällt. So fabelhaft *fin de siècle*, finden Sie nicht auch?«

Der Kommandant, der nicht wußte, was *fin de siècle* bedeutete, sagte, ihm gefalle Piemburg, weil es ihn an die gute alte Zeit erinnere.

»Wie recht Sie haben«, sagte Mrs. Heathcote-Kilkoon. »Mein Mann und ich sind absolut nostalgiesüchtig. Wenn wir doch nur die Uhr zurückstellen könnten. Die Eleganz, der Charme, die Zuvorkommenheit dieser unwiderruflich vergangenen heißgeliebten alten Zeiten«, seufzte sie, und der Kommandant, der spürte, daß ihm in seinem Leben ausnahmsweise mal ein gleichgesinnter Geist begegnet war, seufzte mit ihr. Als wenig später der Barmann meldete, daß die Werkstatt Benzin in den Rolls gefüllt habe, erhob sich der Kommandant.

»Ich möchte Sie nicht aufhalten«, sagte er höflich.

»Es war sehr liebenswürdig von Ihnen, daß Sie mir geholfen haben«, sagte Mrs. Heathcote-Kilkoon und streckte ihm ihre behandschuhte Hand entgegen. Der Kommandant ergriff sie, und in einer plötzlichen Regung, die der Seite neunundvierzig von *Wie andere Menschen sind* entsprang, drückte er sie an seine Lippen. »Ihr Diener«, murmelte er.

Er war weg, ehe Mrs. Heathcote-Kilkoon irgend etwas sagen konnte, und fuhr bald seltsam gehobener Stimmung nach Piemburg hinunter. An dem Abend nahm er sich *Berry & Co* aus der Bücherei mit und fuhr nach Hause, um aus den Seiten neue Inspirationen zu schöpfen.

»Wo bist du denn gewesen?« fragte Colonel Heathcote-Kilkoon, als seine Frau nach Hause kam.

»Du wirst es einfach nicht glauben, aber ich habe mich mit einem richtigen ollen Buren unterhalten. Keiner von deinen Bluffern, sondern die Originalware. Absolut noch aus der Arche. Du wirst es einfach nicht glauben, aber er hat mir zum Abschied tatsächlich die Hand geküßt.«

»Wie gräßlich«, sagte der Colonel und ging in den Garten hinaus, um nach seinen Azaleen zu sehen. Wenn es etwas gab, was er nach Termiten und dreisten Kaffern nicht leiden konnte, dann waren es Afrikaander. Im Wohnzimmer saß Major Bloxham und las *Country Life*.

»Sie können ja wohl nicht alle Schweine sein«, sagte er herablassend, als Mrs. Heathcote-Kilkoon ihm von dem Kommandanten erzählte, »bloß kann ich mich beim besten Willen nicht daran erinnern, jemals einem begegnet zu sein, der's nicht war. In Kenia kannte ich mal einen Kerl namens Botha. Wusch sich nie. Wäscht sich dein Freund?«

Mrs. Heathcote-Kilkoon schnaubte erbost und ging nach oben, um sich vor dem Abendessen noch etwas auszuruhen. Während sie dort in der Stille des Spätnachmittags lag und dem sanften Geplätscher des Rasensprengers lauschte, empfand sie vage Reue über das Leben, das sie einst geführt hatte. In Croydon geboren, war sie von der Selsdon Road über den Dienst bei der Weiblichen Hilfs-Air-Force nach Nairobi gekommen, wo sie sich aufgrund ihrer provinziellen Herkunft eine Stellung und einen Mann mit Geld angeln konnte. Seit jenen sorglosen Tagen war sie inzwischen langsam den schwarzen Kontinent hinuntergewandert, war sie südwärts gespült worden auf der verebbenden Flut des Empire und hatte sich mit jedem neuen Breitengrad mehr von jenem feinen, anspruchsvollen Wesen zugelegt, das Kommandant van Heerden so bewunderte. Nun war sie müde. Das affektierte Geziere, das für jede Form von Gesellschaftsleben in Nairobi so notwendig gewesen war, war in Piemburg, dessen Atmosphäre im Vergleich dazu kleinbürgerlich war, fehl am Platze. Sie war immer noch gedrückter Stimmung, als sie sich zum Abendessen umzog.

»Was nutzt es, immer weiter so zu tun, als wären wir, was wir nicht sind, wenn kein Hahn danach kräht, daß wir's nicht sind?« fragte sie wehmütig. Colonel Heathcote-Kilkoon sah sie mißbilligend an.

»Müssen den Schein wahren!« bellte er.

»Ohren steif halten, altes Mädchen«, sagte Major Bloxham, dessen Großmutter in Brighton eine Schneckenbude besessen hatte. »Kannst die Truppe doch nicht im Stich lassen.«

Aber Mrs. Heathcote-Kilkoon wußte nicht mehr, zu welcher Truppe sie eigentlich gehörte. Die Welt, in die sie geboren war, war untergegangen und mit ihr die gesellschaftlichen Ambitionen, die das Leben erträglich gemacht hatten. Die Welt, die sie sich mit Heuchelei und Verstellung erschaffen hatte, verging. Nachdem sie den Zulu-Diener beschimpft hatte, weil er die Suppe von der falschen Seite serviert hatte, stand Mrs. Heathcote-Kilkoon vom Tisch auf und ging mit ihrem Kaffee in den Garten. Dort schritt sie unter dem leuchtenden Nachthimmel lautlos über den Rasen und dachte über den Kommandanten nach. »Er hat so was Wirkliches an sich«, murmelte sie leise. Bei ihrem Port debattierten Colonel Heathcote-Kilkoon und der Major über den Kampf um die Normandie. Sie hatten absolut nichts Wirkliches an sich. Sogar der Port war aus Australien.

5

Die nächsten Tage setzte Kommandant van Heerden, blind gegen das Interesse, das sowohl Luitenant Verkramp als auch Mrs. Heathcote-Kilkoon auf ihn richteten, seine literarische Pilgerreise mit erhöhtem Eifer fort. Von den Sicherheitsbeamten aufmerksam beschattet, die Verkramp zu seiner Beobachtung abkommandiert hatte, besuchte er jeden Morgen die Piemburger Stadtbücherei, um sich mit einem neuen Band Dornford Yates zu versorgen, und jeden Abend kehrte er in sein mit Abhörmikrofonen gespicktes Heim zurück, um sich seiner Lektüre zu widmen. Wenn er schließlich zu Bett ging, lag er im Dunkeln und wiederholte sich seine Fassung von Coués berühmter Formel: »Jeden Tag und in jeder Hinsicht werde ich Berrier und Berrier«, eine Art der Autosuggestion, die beim Kommandanten eine kaum wahrnehmbare Wirkung hinterließ, den horchenden Verkramp aber zum Wahnsinn trieb.

»Was zum Teufel soll das ganze bedeuten?« fragte er Sergeant Breitenbach, als sie sich die Tonbandaufnahmen dieser nächtlichen Bemühungen um die eigene Persönlichkeitsbildung anhörten.

»Eine Beere ist sowas wie 'ne Frucht«, sagte der Sergeant nicht sehr überzeugt.

»Es kann aber auch irgendwas mit Beerdigen zu tun haben«, sagte Verkramp, dessen Geschmack mehr in Richtung Leiche ging, »aber warum zum Teufel wiederholt er es immer und immer wieder?«

»Hört sich wie 'ne Art Gebet an«, sagte Sergeant Breitenbach, »ich hatte mal 'ne Tante, die in religiöse Raserei verfiel. Die betete den ganzen Tag...«, aber Luitenant Verkramp hatte keine Lust, Geschichten von Sergeant Breitenbachs Tante zu hören.

»Ich verlange, daß er rund um die Uhr scharf beobachtet wird«, sagte er, »und sobald er mit irgendwas Verdächtigem beginnt, wie zum Beispiel, daß er sich einen Spaten kauft, lassen Sie es mich wissen.«

»Warum fragen Sie denn nicht Ihre Hirnklempnerin...«, fragte der Sergeant und war über die Heftigkeit der Antwort Verkramps erstaunt. Er verließ das Büro mit dem deutlichen Eindruck, wenn es etwas gäbe, das Luitenant Verkramp nicht wollte, brauchte oder ersehnte, dann war es Frau Dr. von Blimenstein.

Als er wieder allein war, versuchte Verkramp sich auf das Problem namens Kommandant van Heerden zu konzentrieren, indem er die Berichte über dessen Tätigkeiten durchsah.

»Ging zur Bücherei. Ging ins Polizeibüro. Ging zum Golfclub. Ging nach Hause.« Die Regelmäßigkeit dieser unschuldigen Unternehmungen war niederschmetternd, und doch verbarg sich in diesem Trott das Geheimnis der schrecklichen Selbstsicherheit und des gräßlichen Lächelns des Kommandanten. Selbst die Mitteilung, daß die Kommunisten sein Haus mit Abhörmikrofonen verwanzt hätten, hatte ihn nur vorübergehend aus der Fassung gebracht, und soweit Verkramp die Sache beurteilen konnte, hatte der Kommandant die Angelegenheit bereits vollkommen vergessen. Sicher, er hatte Dr. von Blimensteins Fragebogen verboten, aber nun, da Verkramp aus erster Hand wußte, wie es um das Sexualverhalten der Doktorin stand, mußte er zugeben, daß die Entscheidung klug gewesen war. Mit einer sich geradezu als (wörtlich gesprochen) Hintereinsicht erweisenden Erkenntnis wurde Luitenant Verkramp gewahr, daß er drauf und dran gewesen war, die sexuellen Gewohnheiten eines jeden Polizisten in Piemburg einer Frau zu offenbaren, die ein geballtes Interesse an diesem Thema hatte. Ihn schauderte es bei dem Gedanken, welchen Nutzen sie aus diesen Informationen hätte ziehen können, und wandte seine Aufmerksamkeit der Frage der rassenschänderischen Polizisten zu. Es war klar, daß er dieses Problem ohne Hilfe von außen angehen mußte, und nachdem er überlegt hatte, was ihm Frau Dr. von Blimenstein über die Behandlung erzählt hatte, machte er sich auf den Weg zur Stadtbücherei, teils, weil er nachsehen wollte, ob es dort irgendwelche Bücher über die Aversionstherapie gebe, aber auch, weil die Bücherei auf Kommandant van Heerdens Spazierrouten so oft vorkam. Eine Stunde später kehrte er mit einem Exemplar von *Tatsache und Fiktion in der Psychologie* von H. J. Eysenck zur Polizeidienststelle zurück, zufrieden, daß er das wichtigste Werk über die Aversionstherapie ergattert hatte, aber er war immer noch keinen Schritt näher am Verständnis der Veränderungen, die mit dem Kommandanten vor sich gegangen waren. Seine Nachforschungen über die Lesegewohnheiten des Kommandanten, die er wenig überzeugend mit der Bemerkung eingeleitet hatte, er denke daran, ihm ein Buch zu Weihnachten zu schenken, hatte nicht mehr ans Licht gebracht, als daß Kommandant van Heerden für Liebesromane schwärme, was nicht sehr hilfreich war.

Dr. Eysenck andererseits war es. Durch geschickte Benutzung des Registers gelang es Luitenant Verkramp, den Teilen des Buches aus dem Weg zu gehen, die seine intellektuellen Kräfte überfordert hätten, statt dessen konzentrierte er sich auf Beschreibungen von Heilungen, die mit Apomorphin und Elektroschocks erzielt worden waren. Besonders interessierte ihn der Fall des transvestitischen Lkw-Fahrers und der Fall des auf Korsette erpichten Ingenieurs, die beide zur Einsicht in den Irrtum ihrer Handlungsweise gekommen waren, und zwar dank Injektionen von Apomorphin im Falle des ersteren und Elektroschocks im Falle des letzteren. Die Behandlung war offenbar ganz einfach, und Verkramp hatte keinen Zweifel, daß er sie anzuwenden in der Lage sei, wenn man ihm nur die Möglichkeit dazu gäbe. Gar keine Schwierigkeiten bereiteten natürlich die Elektroschock-Apparaturen. In der Piemburger Polizeidienststelle lagen die Dinger massenweise herum, und Verkramp war überzeugt, daß der Polizeiarzt Apomorphin beschaffen könne. Das Haupthindernis bestand in der Anwesenheit von Kommandant van Heerden, dessen Widerstand gegen alle Neuerungen sich in der Vergangenheit für Luitenant Verkramp als so enorme Behinderung erwiesen hatte. »Wenn der alte Trottel doch bloß mal Urlaub machte«, dachte Verkramp, als er sich dem Fall des impotenten Buchhalters zuwandte, um zu seiner Enttäuschung festzustellen, daß dieser Mann geheilt worden war, ohne daß man zu Apomorphin und Elektroschocks hatte greifen müssen. Der Fall mit den Kinderwagen und den Damenhandtaschen war da viel interessanter.

Während Verkramp versuchte, Frau Dr. von Blimenstein zu vergessen, indem er sich ins Studium der Psychologie des Abnormen vertiefte, versuchte die Doktorin, die sich der fatalen Auswirkungen ihrer Sexualität auf Verkramps Achtung für sie nicht im klaren war, sich verzweifelt die vollständigen Einzelheiten ihrer gemeinsam verbrachten Nacht ins Gedächtnis zurückzurufen. Das einzige, woran sie sich noch erinnern konnte, war, daß sie, nach Auskunft des Krankenwagenfahrers als Epileptikerin klassifiziert, in die Rettungsstation des Piemburger Krankenhauses eingeliefert worden war. Als dieses Mißverständnis aufgeklärt war, hatte man ihren Zustand als sternhagelblau diagnostiziert, worauf ihr, wie sie sich nebelhaft erinnerte, der Magen ausgepumpt wurde, ehe man sie in ein Taxi gesteckt und nach Fort Rapier zurückgeschickt hatte, wo ihr Erscheinen am nächsten Morgen zu einer unerfreulichen Unterredung mit dem Direktor des Sanatoriums führte. Seitdem hatte sie mehrere Male mit Verkramp zu telefonieren versucht, mußte jedoch feststellen, daß seine Leitung offenbar ununterbrochen besetzt war. Schließlich gab sie es auf, weil sie der Meinung war, es sei nicht damenhaft, ihm nachzulaufen. »Er wird schon zur rechten Zeit wieder zu mir zurückkommen«, sagte sie selbstgefällig. »Er kann gar nicht ohne mich auskommen.« Jeden Abend bewunderte sie nach dem Baden im Spiegel den Abdruck von Verkramps Zähnen und legte sich als Zeichen der Zuneigung des Luitenant ihre zerrissenen roten Höschen zum Schlafen unter das Kopfkissen. »Starke orale Bedürfnisse«, dachte sie glücklich, und ihr Busen wogte im Vorgefühl auf Kommendes.

Mrs. Heathcote-Kilkoon war viel zu sehr Dame, um irgendwelche Zweifel an der Schicklichkeit des Verfolgens ihrer Bekanntschaft mit Kommandant van Heerden zu haben. Jeden Nachmittag rollte nun der altmodische Rolls geräuschlos die Auffahrt des Golfgeländes hinunter, und Mrs. Heathcote-Kilkoon spielte eine Runde sehr gepflegten Golf, bis der Kommandant eintraf. Dann ersparte sie ihm jedesmal die Peinlichkeit, seine Ungeschicklichkeit im Umgang mit einem Golfschläger aller Welt vor Augen zu führen, indem sie ihn in eine Unterhaltung zog.

»Sie müssen mich für absolut entsetzlich halten«, flötete sie eines Nachmittags, als sie auf der Veranda saßen.

Der Kommandant sagte, er denke gar nicht daran.

»Ich denke, es ist wohl, weil ich so wenig Erfahrung mit der Wirklichkeit habe«, fuhr sie fort, »daß ich es so faszinierend finde, einem Mann mit so viel *je ne sais quoi* zu begegnen.«

»Oh, davon weiß ich gar nichts«, sagte der Kommandant bescheiden. Mrs. Heathcote-Kilkoon drohte ihm mit einem behandschuhten Finger.

»Und amüsant obendrein«, sagte sie, obgleich der Kommandant sich nicht denken konnte, wovon sie eigentlich redete. »Irgendwie erwartet man nicht, daß ein Mann in einer so verantwortlichen Stellung Sinn für Humor hat, und Polizeikommandant einer Stadt von der Größe Piemburgs zu sein, muß eine ungeheuerliche Verantwortung bedeuten. Es muß doch Nächte geben, in denen Sie einfach vor Sorgen keinen Schlaf finden können.«

Dem Kommandanten fielen mehrere Nächte in der letzten Zeit ein, in denen er nicht schlafen konnte, aber er war nicht bereit, das zuzugeben.

»Wenn ich ins Bett gehe«, sagte er, »gehe ich schlafen. Ich mache mir keine Sorgen.« Mrs. Heathcote-Kilkoon sah ihn voll Bewunderung an.

»Wie ich Sie beneide«, sagte sie, »ich leide fürchterlich unter Schlaflosigkeit. Ich liege wach und denke darüber nach, wie die Dinge sich im Laufe meines Lebens verändert haben, und erinnere mich der guten alten Zeit in Kenia, ehe diese gräßliche Mau-Mau daherkam und alles kaputtmachte. Sehen Sie sich nur an, in was für ein grauenhaftes Chaos die Schwarzen das Land gestürzt haben. Sogar die Pferderennen in Thomson's Falls haben sie eingestellt.« Sie seufzte, und der Kommandant litt mit ihr.

»Sie sollten versuchen, im Bett zu lesen«, schlug er vor, »es gibt Leute, die meinen, das hilft.«

»Aber was?« fragte Mrs. Heathcote-Kilkoon in einem Ton, der vermuten ließ, sie habe bereits alles gelesen, was es zu lesen gibt.

»Dornford Yates«, sagte der Kommandant prompt und stellte erfreut fest, daß Mrs. Heathcote-Kilkoon ihn erstaunt anblickte. Genau auf diese Wirkung hatte er gehofft.

»Sie auch?« stieß sie hervor. »Sind Sie ein Verehrer von ihm?«

Der Kommandant nickte.

»Ist er nicht wunderbar?« fuhr Mrs. Heathcote-Kilkoon atemlos fort. »Ist er nicht absolut phantastisch? Mein Mann und ich sind ihm völlig ergeben. Absolut ergeben. Das ist einer der Gründe, weshalb wir nach Umtali gezogen sind. Nur, um ihm nahe zu sein. Nur, um dieselbe Luft wie er zu atmen und zu wissen, daß wir in derselben Stadt wohnen wie der große Mann. Es war eine wundervolle Erfahrung. Wirklich wundervoll.« Sie unterbrach sich lange genug in ihrer Arie über die literarischen Vorzüge Umtalis, um dem Kommandanten Gelegenheit zu der Bemerkung zu geben, daß er erstaunt darüber sei, daß Dornford Yates in Rhodesien gelebt habe. »Ich habe ihn mir immer in England vorgestellt«, sagte er, wobei er bequemerweise vergaß, daß »immer« in diesem Fall »eine Woche« hieß.

»Er verließ England während des Krieges«, erklärte Mrs. Heathcote-Kilkoon, »und danach kehrte er in das Haus in Eaux Bonnes in den Pyrenäen zurück, in ›das Haus, das Berry baute‹, nicht wahr, aber die Franzosen waren so scheußlich, und alles hatte sich so schrecklich verändert, daß er es nicht ertragen konnte und sich bis zu seinem Tode in Umtali niederließ.«

Der Kommandant sagte, es tue ihm leid, daß er tot sei, und daß er ihn gern kennengelernt hätte.

»Es war eine große Ehre«, stimmte ihm Mrs. Heathcote-Kilkoon traurig bei, »eine sehr große Ehre, einen Mann zu kennen, der die englische Sprache so bereichert hat.« Sie machte, ihren Erinnerungen nachhängend, eine Pause, ehe sie fortfuhr: »Wie merkwürdig, daß Sie ihn so herrlich finden. Ich meine, ich möchte nicht ... ja also ... ich dachte immer, er sagte nur Engländern zu, und nun einen richtigen Afrikaander zu finden, der ihn mag ...« Sie ließ den Satz in der Luft hängen, offenbar fürchtete sie, ihn zu kränken.

Kommandant van Heerden versicherte ihr, Dornford Yates sei die Sorte Engländer, die die Afrikaander am meisten bewunderten.

»Wirklich«, sagte Mrs. Heathcote-Kilkoon, »Sie erstaunen mich. Er hätte sich über Ihre Worte ungeheuer gefreut. Er hatte selber so einen Abscheu vor Ausländern.«

»Das begreife ich gut«, sagte der Kommandant. »Die sind ja auch nicht angenehm.«

Ehe sie sich voneinander verabschiedeten, hatte Mrs. Heathcote-Kilkoon gesagt, der Kommandant müsse unbedingt ihren Mann kennenlernen, und der Kommandant hatte gesagt, das wäre eine Ehre für ihn.

»Sie müssen uns mal auf ›White Ladies‹ besuchen kommen«, sagte Mrs. Heathcote-Kilkoon, als der Kommandant ihr den Schlag des Rolls öffnete.

»Auf welchen weißen Ladies denn?« wollte der Kommandant wissen. Mrs. Heathcote streckte die behandschuhte Hand aus und zwickte ihn ins Ohr.

»Sie ungezogener kleiner Schelm Sie«, sagte sie entzückt und fuhr davon. Und der Kommandant stand da und überlegte, was er gesagt hatte, um so einen reizenden Rüffel zu verdienen.

»Du hast was getan?« fragte Colonel Heathcote-Kilkoon, einem Schlaganfall nahe, als sie ihm erzählte, daß sie den Kommandanten nach White Ladies eingeladen habe. »Nach White Ladies? Einen dreckigen Buren? Kommt gar nicht in Frage. Du lieber Gott, nächstens lädst du noch Inder oder Nigger ein. Es ist mir egal, was du sagst, dieses Schwein kommt mir jedenfalls nicht ins Haus.«

Mrs. Heathcote-Kilkoon wandte sich an Major Bloxham. »Erklär du's ihm, Boy, dir hört er sicher zu«, und damit zog sie sich mit einer Migräne in ihr Zimmer zurück.

Major Bloxham fand den Colonel bei seinen Azaleen, aber dessen dunkelrote Gesichtsfarbe nahm ihm allen Wind aus den Segeln.

»Du solltest die Sache nicht so schwer nehmen, alter Knabe«, sagte er. »Blutdruck und all das.«

»Was erwartest du denn, wenn das verdammte Frauenzimmer mir erzählt, daß sie irgendeinen blauärschigen Pavian für ein paar Tage nach White Ladies eingeladen hat?« knurrte der Colonel und gestikulierte angsterregend mit einer Gartenschere herum.

»Ist ein bißchen viel«, sagte der Major beschwichtigend.

»Ein bißchen? Verdammt viel zu viel, wenn du mich fragst. Aber das tut ja hier keiner. Alte Schmarotzersau.« Und er verschwand in einem Busch und ließ den Major ziemlich gekränkt über diese doppeldeutige Bemerkung stehen.

»Anscheinend ist er ein Verehrer des Meisters«, richtete der Major das Wort an eine große Blüte.

»Hm«, schnaubte der Colonel, der seine Aufmerksamkeit auf einen Rhododendronstrauch verlegt hatte. »Habe das

Märchen schon mal gehört. Sagt das bloß, um einen Fuß in die Tür zu bekommen, und ehe du weißt, was eigentlich passiert ist, ist der ganze Club voll von der Sorte.«

Major Bloxham sagte, für diesen Standpunkt spreche einiges, aber der Kommandant höre sich ganz aufrichtig an. Der Colonel war anderer Meinung.

»Er hat mal 'ne weiße Flagge gehißt und unsere Offiziere abgeknallt«, brüllte er. »Du kannst einem Buren nicht weiter trauen als du ihn siehst.«

»Aber...«, sagte der Major, der gleichzeitig versuchte, über den augenblicklichen Aufenthaltsort und über den Gedankengang des Colonels auf dem laufenden zu bleiben.

»Hier gibt es kein Aber«, schrie der Colonel aus einer Hortensie. »Der Kerl ist ein Lump. Hat außerdem farbiges Blut. Will keinen Nigger in meinem Haus.« Seine Stimme, die sich in dem Gebüsch sehr entfernt anhörte, polterte weiter zu dem beharrlichen Klicken der Gartenschere, und Major Bloxham drehte sich um und ging ins Haus zurück. Mrs. Heathcote-Kilkoon, die sich von ihrer Migräne wieder völlig erholt hatte, nahm auf der Terrasse einen Dämmertrunk zu sich.

»Intransigent, meine Liebe«, sagte der Major und drückte sich vorsichtig an dem Chihuahua vorbei, der zu ihren Füßen lag. »Absolut intransigent.« Stolz auf sein so diplomatisch vielsilbiges Communiqué goß sich der Major einen doppelten Whisky ein. Das würde wieder ein langer, anstrengender Abend werden.

»Zeit zur Fuchsjagd«, sagte der Colonel beim Abendessen über seine Avocado hinweg. »Kannst dich drauf freuen.«

»Fox in guter Form?« fragte der Major.

»Forebode hält ihn ausgezeichnet«, sagte der Colonel, »unternimmt mit ihm jeden Morgen einen Zehn-Meilen-Trab. Guter Mann, Forebode, versteht seinen Job.«

»Verdammt guter Pikör«, sagte der Major, »Forebode«.

Am entfernten unteren Ende des polierten Mahagonitisches löffelte Mrs. Heathcote-Kilkoon nachdenklich an ihrer Avocado.

»Forebode ist ein Zuchthäusler«, sagte sie plötzlich. »Du hast ihn doch aus dem Gefängnis in Weezen.«

»Ein zum Förster gewandelter Wilderer«, sagte der Colonel, der die neue Angewohnheit seiner Frau verabscheute, seiner Welt beruhigender Kniffe und Tricks ständig einen Sinn für Realität aufzuzwingen. »Sind die besten Leute, verstehst du. Auch gut mit Hunden.«

»Mit der Meute«, sagte Mrs. Heathcote-Kilkoon mißbilligend, »mit der Meute, mein Lieber. Mit Hunden nie.«

Ihr gegenüber nahm der Colonel eine dunklere Rottönung an.

»Schließlich«, fuhr Mrs. Heathcote-Kilkoon fort, ehe dem Colonel eine geeignete Antwort einfiel, »wenn wir vorgeben, wir seien adlig und ritten schon seit unzähligen Generationen hinter Jagdmeuten her, dann könnten wir es doch ebensogut richtig tun.«

Colonel Heathcote-Kilkoon warf seiner Gattin einen giftigen Blick zu. »Du vergißt dich, meine Liebe«, sagte er schließlich.

»Wie recht du hast«, erwiderte Mrs. Heathcote-Kilkoon, »ich habe mich vergessen. Ich denke, das haben wir alle.« Sie stand vom Tisch auf und verließ das Zimmer.

»Merkwürdiges Benehmen«, sagte der Colonel. »Kann mir nicht denken, was über die Frau gekommen ist. War doch immer vollkommen normal.«

»Vielleicht ist es die Hitze«, schlug der Major vor.

»Ihre Hitze?«

»Das Wetter«, erklärte Major Bloxham eilig. »Heißes Wetter macht die Leute reizbar, verstehst du?«

»Heiß wie die Hölle in Nairobi. Hat sie dort nie gestört. Verstehe nicht, warum sie hier davon überschnappt.«

Sie beendeten schweigend ihr Mahl, und der Colonel nahm seinen Kaffee mit in sein Arbeitszimmer, wo er sich im Radio den Börsenbericht anhörte. Die Goldanteile hatten angezogen, stellte er befriedigt fest. Am nächsten Morgen würde er seinen Börsenmakler anrufen und ihm sagen, daß er West

Driefontein verkaufen solle. Dann drehte er das Radio ab, ging zum Bücherregal, nahm *Berry & Co.* heraus und machte sich's bequem, um das Buch zum achtunddreißigsten Mal zu lesen. Wenig später legte er es, außerstande, sich zu konzentrieren, wieder beiseite und ging auf die Terrasse hinaus, wo Major Bloxham im Dunkeln mit einem Glas Whisky saß und auf die Lichter der Stadt unten in der Ferne blickte.

»Was machst du denn hier, Boy?« fragte der Colonel in einem Ton, der fast einer Zuneigung ähnelte.

»Versuche mich zu erinnern, wie Schnecken schmecken«, sagte der Major. »Ist schon lange her, seit ich das letzte Mal welche hatte.«

»Ziehe selbst Austern vor«, sagte der Colonel. Sie saßen eine Weile schweigend da. In der Ferne sangen ein paar Zulus.

»Ekelhafte Sache«, brach der Colonel das Schweigen. »Kann's nicht leiden, wenn Daphne verstimmt ist. Kann diesen verdammten Kerl aber auch nicht leiden. Weiß nicht, was tun.«

»Sicherlich können wir ihn nicht leiden«, stimmte der Major zu. »Schade, daß wir ihn nicht irgendwie verschieben können.«

»Ihn verschieben?«

»Sag ihm, wir hätten Maul- und Klauenseuche oder was weiß ich«, sagte der Major, dessen Lebensweg mit dubiosen Entschuldigungen gepflastert war. Colonel Heathcote-Kilkoon dachte über den Vorschlag nach und verwarf ihn.

»Würde nicht putzen«, sagte er schließlich.

»Tun das nie, die Buren«, sagte der Major.

»Maul- und Klauenseuche.«

»Ach so.«

Es entstand eine lange Pause, während sie in die Nacht blickten.

»Ekelhafte Sache«, sagte der Colonel schließlich, stand auf und ging zu Bett. Major Bloxham blieb sitzen und dachte über Schalentiere nach.

In ihrem Zimmer lag Mrs. Heathcote-Kilkoon unter einem

Laken, konnte nicht schlafen und hörte den singenden Zulus und dem gelegentlichen Gemurmel auf der Terrasse mit wachsender Erbitterung zu. »Sie demütigen ihn, wenn er kommt«, dachte sie und rief sich die Nöte ihrer Jugend in Erinnerung, als Mundtücher noch keine Servietten waren und Lunch kein Diner. Und der Gedanke an die Demütigung, die sie stellvertretend empfinden würde, wenn der Kommandant zum Fleischgang nach der Fischgabel griffe, brachte Mrs. Heathcote-Kilkoon endlich zu einem Entschluß. Sie knipste das Licht an, setzte sich an ihren Schreibtisch und schrieb auf zartlila Büttenpapier ein paar Zeilen an den Kommandanten.

»Du fährst doch in die Stadt, Boy?« fragte sie den Major am nächsten Morgen beim Frühstück. »Dann bring das hier bitte rasch ins Polizeibüro, ja?« Sie schob ihm das Kuvert über den Tisch.

»Hast recht«, sagte Major Bloxham. Er hatte zwar nicht vorgehabt, nach Piemburg zu fahren, aber seine Stellung im Haus erforderte einfach solche Opfer. »Verschiebst du ihn?«

»Natürlich nicht«, sagte Mrs. Heathcote-Kilkoon und streifte ihren Gatten mit einem kalten Blick. »Ein Kompromiß. Die feine englische Art, jedenfalls hat man mich das glauben machen. Ich habe geschrieben, das Haus wäre voll, und...«

»Verdammt gute Ausrede, meine Liebe«, unterbrach sie der Colonel.

»...habe ihn gefragt, ob es ihm etwas ausmache, sich statt dessen im Hotel einzuquartieren. Er kann mit uns zu Mittag und zu Abend essen, und ich hoffe, ihr besitzt den Anstand, ihn gebührend zu behandeln, wenn er zusagt.«

»Scheint mir eine faire Maßnahme zu sein«, sagte der Colonel.

»Sehr fair«, pflichtete der Major bei.

»Es ist das mindeste«, sagte Mrs. Heathcote-Kilkoon, »was ich unter diesen Umständen tun kann. Ich habe ihm gesagt, die Rechnung bezahlst du.«

Sie stand auf und ging in die Küche, um ihren Ärger am schwarzen Hauspersonal auszulassen.

Im Piemburger Polizeibüro war Kommandant van Heerden emsig damit beschäftigt, Vorbereitungen für seinen Urlaub zu treffen. Er hatte sich eine Landkarte von der Umgebung von Weezen gekauft, eine Forellenangel und künstliche Fliegen, ein Paar feste Marschstiefel, einen Jägerhut, eine Schrotflinte Kaliber zwölf, ein Paar hohe Gummistiefel und ein Taschenbuch mit dem Titel *Etikette für jedermann.* So ausstaffiert war er überzeugt, daß sein Aufenthalt bei den Heathcote-Kilkoons ihm wertvolle Erkenntnisse in der Kunst, sich wie ein englischer Gentleman zu benehmen, vermitteln würde.

Er hatte sich sogar die Mühe gemacht, zwei Pyjamas und ein paar neue Socken zu kaufen, weil die alten gestopfte Löcher hatten. Nach dem Erwerb der äußeren Zeichen des Englischseins hatte der Kommandant geübt, in einer, wie er hoffte, korrekten Aussprache »Frightfully« und »Absolutely« zu sagen. Als es dunkel war, ging er mit der Forellenangel in seinen Garten und übte, künstliche Fliegen in einen Eimer Wasser auf dem Rasen zu schleudern, ohne daß es ihm auch nur einmal gelang, eine Fliege in den Eimer zu kriegen, statt dessen köpfte er bei dem Versuch mehrere Dutzend Dahlien.

»Er übt was?« fragte Luitenant Verkramp ungläubig, als ihm seine Leute von dieser neuen Tätigkeit berichteten.

»Aus einem Eimer zu angeln«, erzählten ihm die Sicherheitsmänner.

»Der hat doch nicht alle Tassen im Schrank«, sagte Verkramp.

»Murmelt auch ständig vor sich hin. Sagt immer wieder ›Faszinierend‹ und ›Erfreut, Ihre Bekanntschaft zu machen, Sir‹.«

»Das weiß ich«, sagte Verkramp, der den Monologen des Kommandanten in seinem Radio gelauscht hatte.

»Hier ist eine Aufstellung aller Sachen, die er gekauft hat«, sagte ein anderer Sicherheitsbeamter. Verkramp sah sich verblüfft die Liste mit den Gummistiefeln, dem Jägerhut und den Wanderschuhen an.

»Was hat denn das alles mit den Treffen mit dieser Frau im Golfclub zu tun?« fragte er. Er hatte seine ursprüngliche Idee, daß der Kommandant in irgendeine unerlaubte Liebesbeziehung verstrickt sei, nie aufgegeben.

»Sülzt ihr jeden Tag die Ohren voll«, berichteten ihm die Sicherheitsbeamten. »Dralles kleines Ding von ungefähr fünfundfünfzig mit gefärbten Haaren. Fährt einen alten Rolls.«

Verkramp gab seinen Leuten die Anweisung, alles, was sie nur könnten, über Mrs. Heathcote-Kilkoon herauszufinden, dann machte er sich wieder an das Studium von *Tatsache und Fiktion in der Psychologie.* Er hatte kaum damit begonnen, als das Telefon klingelte und ihm mitgeteilt wurde, daß der Kommandant ihn zu sehen wünsche. Verkramp legte das Buch weg und ging durch den Korridor zum Büro des Kommandanten.

»Ah, Verkramp«, sagte der Kommandant, »ich nehme von Freitag an vierzehn Tage Urlaub und beauftrage Sie für die Zeit mit der Leitung.« Luitenant Verkramp war entzückt.

»Das höre ich ungern«, sagte er diplomatisch. »Wir werden Sie vermissen.« Der Kommandant blickte unwirsch auf. Nicht einen Augenblick lang glaubte er, daß Verkramp ihn vermißte, besonders nicht, wenn er mit der Leitung betraut wurde.

»Wie kommen Sie denn weiter bei der Suche nach diesen Kommunisten?« fragte er.

»Kommunisten?« fragte Verkramp, einen Moment verwirrt. »Oh, naja, das ist 'ne langwierige Angelegenheit, Sir. Ergebnisse brauchen viel Zeit.«

»Das müssen sie wohl«, sagte der Kommandant, der das Gefühl hatte, Verkramps aufreizende Selbstgefälligkeit ein bißchen angepiekst zu haben. »Na schön, während ich weg bin, erwarte ich von Ihnen, daß sie sich auf Routineverbrechen und die Aufrechterhaltung von Recht und Ordnung konzentrieren. Ich will nicht feststellen, daß Vergewaltigungen, Einbrüche und Morde in meiner Abwesenheit zugenommen haben. Verstanden?«

»Ja, Sir«, sagte Verkramp. Der Kommandant entließ ihn, und Verkramp ging bester Laune in sein Büro zurück. Die Gelegenheit, auf die er so lange gewartet hatte, war endlich da. Er setzte sich an seinen Schreibtisch und faßte die vielfältigen Möglichkeiten ins Auge, die ihm sein neues Amt bot.

»Vierzehn Tage«, dachte er. »Vierzehn Tage, in denen ich zeigen kann, wozu ich wirklich imstande bin.« Es war nicht viel Zeit, aber Luitenant Verkramp hatte nicht die Absicht, Zeit zu vergeuden. Es gab zwei Dinge, an die er besonders dachte. Ohne den Kommandanten im Weg würde er den Plan »Rotes Fiasko« in Gang setzen. Er trat an seinen Safe und nahm den Aktendeckel heraus, der alle Einzelheiten der Unternehmung enthielt. Monate zuvor hatte er den Plan insgeheim aufgestellt. Es war Zeit, ihn in die Tat umzusetzen. Bis Kommandant van Heerden von seinem Urlaub zurückkehrte, würde Luitenant Verkramp mit Sicherheit die Verschwörung der Saboteure aufgedeckt haben, von deren Umtrieben in Piemburg er überzeugt war.

Im Verlauf des Morgens erledigte Verkramp eine Reihe von Telefongesprächen, und in verschiedenen Firmen in der ganzen Stadt wurden Angestellte ans Telefon geholt, die normalerweise während der Arbeitsstunden nicht angerufen wurden. In jedem einzelnen Fall war die Prozedur dieselbe.

»Die Mamba schlägt zu«, sagte Verkramp.

»Die Kobra hat zugeschlagen«, sagte der Geheimagent. Diese Methode, die er sich als unfehlbares Mittel ausgedacht hatte, um seinen Agenten den Befehl zu übermitteln, sich mit ihm an einem vorher bestimmten Ort zu treffen, hatte ihre Nachteile.

»Was sollte denn das alles?« fragte das Mädchen im Büro von Agent 745396, als er den Hörer nach einem Gespräch auflegte, das man kaum eine längere Unterhaltung hätte nennen können.

»Nichts«, erwiderte Agent 745396 eilig.

»Sie sagten: ›Die Kobra hat zugeschlagen‹«, sagte das Mädchen, »ich hab's genau gehört. Welche Kobra hat zugeschlagen? Das möchte ich mal wissen.«

In ganz Piemburg erregte Verkramps Codewörter-System in den Büros, in denen seine Agenten arbeiteten, großes Interesse und Rätselraten.

Am Nachmittag verließ Luitenant Verkramp, als Autoschlosser verkleidet und am Steuer eines Abschleppwagens, die Stadt zum ersten seiner Treffen, und eine halbe Stunde später beugte er sich zehn Meilen außerhalb von Piemburg auf der Straße nach Vlockfontein über den Motor des Wagens von 745396 und tat so, als repariere er einen defekten Zündverteiler, um seine Verkleidung wahrscheinlich wirken zu lassen, während er 745396 seine Instruktionen gab.

»Sieh zu, daß du gefeuert wirst«, sagte Verkramp zu dem Agenten.

»Schon geschehen«, sagte 745396, der sich den Nachmittag ohne Erlaubnis frei genommen hatte.

»Gut«, sagte Verkramp und überlegte, wie zum Kuckuck er den Verteiler wieder zusammenkriegen sollte. »Ich möchte, daß du von jetzt an hauptamtlich für mich arbeitest.«

»Um was zu tun?«

»Um in die revolutionären Zellen in Zululand einzusikkern.«

»Wo fange ich an?« fragte 745396.

»Fang damit an, daß du im Café Florian und in der Colonial Bar rumhängst. 'ne Menge Studenten und Kommies gehen da hin. Die Universitätsmensa ist eine andere Stelle, wo sich Subversive treffen«, erklärte Verkramp.

»Das weiß ich doch alles«, sagte 745396. »Als ich das letzte Mal da war, wurde ich an den Ohren an die Luft gesetzt.«

»Das letzte Mal hattest du noch nichts in die Luft gesprengt«, sagte Verkramp. »Diesmal wirst du nicht bloß sagen, du wärst ein Saboteur, diesmal kannst du es beweisen.«

»Und wie?«

Verkramp ging dem Mann voran zur Fahrerkabine seines Abschleppfahrzeugs und händigte ihm ein Päckchen aus. »Nitrogelatine und Zünder«, erläuterte er. »Samstagabend läßt du den Transformator an der Straße nach Durban hochgehen. Leg's da um elf hin und sieh zu, daß du wieder in der Stadt bist, ehe es explodiert. Es hat einen Fünfzehn-Minuten-Zünder.«

745396 sah ihn erstaunt an. »Du meine Güte«, sagte er, »meinst du das wirklich?«

»Natürlich«, schnappte Verkramp. »Ich habe mir die Sache reiflich überlegt. Das hier ist offenbar der einzige Weg, um in die Sabotageorganisation einzudringen. Niemand wird bezweifeln, daß ein Mensch der Kommunistischen Partei mit Haut und Haar anhängt, der einen Transformator in die Luft gesprengt hat.«

»Das wird man sicher nicht«, räumte 745396 nervös ein. »Was geschieht, wenn ich geschnappt werde?«

»Das wirst du nicht«, sagte Verkramp.

»Das hast du mir auch gesagt, als ich in der Herrentoilette am Market Square Botschaften weitergeben sollte«, sagte 745396. »Da wurde ich wegen unsittlicher Anträge verhaftet.«

»Das war was anderes. Damals haben dich die Uniformierten gekascht.«

»Die Uniformierten könnten mich auch diesmal kaschen«, sagte 745396. »Man weiß doch nie.«

»Ich bin von jetzt an mit der Leitung der Uniformierten beauftragt. Von Freitag an bin ich Kommandant«, erklärte Verkramp. »Und mal ganz davon abgesehen, wer hat denn deine Geldstrafe bezahlt?«

»Du«, gab 745396 zu, »aber in aller Munde war ich. Versuch du mal in einem Büro zu arbeiten, wo jedermann glaubt, man hätte die Angewohnheit, in öffentlichen Klos alte Männer anzumachen. Ich brauchte Monate, um darüber wegzukommen, und mußte fünfmal umziehen.«

»Für ein weißes Südafrika haben wir alle unsere Opfer zu bringen«, sagte Verkramp, »was mich auf etwas bringt. Ich möchte, daß du alle paar Tage die Bude wechselst. Genau das machen nämlich echte Saboteure, und diesmal mußt du wirklich überzeugend sein.«

»Okay, ich jage also den Transformator in die Luft. Was dann?«

»Mach, was ich sage. Misch dich unter die Studenten und Linken und laß durchsickern, daß du Saboteur bist. Du wirst dann bald feststellen, daß die Saubande dich in ihre Pläne einweiht.«

745396 war immer noch nicht überzeugt. »Wie beweise ich denn, daß ich den Transformator in die Luft gesprengt habe?« fragte er. Verkramp dachte über das Problem nach.

»Du schneidest da einen wichtigen Punkt an«, räumte er ein. »Ich nehme an, wenn du ihnen ein bißchen Nitrogelatine zeigen könntest, würde es den Zweck erreichen.«

»Sehr schön«, sagte 745396 sarkastisch, »und wo kriege ich den Pudding her? Den habe ich doch nicht gleich so greifbar.«

»Das Polizeiarsenal«, sagte Verkramp. »Ich lasse einen Schlüssel machen, und du nimmst dir was raus, wenn du's brauchst.«

»Und was mache ich, wenn ich die wahren Saboteure gefunden habe?« fragte 745396.

»Überrede sie, irgendwas in die Luft zu jagen, und sag mir Bescheid, bevor sie das tun, damit ich die Scheißkerle verhaften kann«, sagte Verkramp, und nachdem sie abgemacht hatten, daß er den Schlüssel zum Polizeiarsenal an einem verabredeten Ort hinterlegen werde, händigte ihm Verkramp aus dem Spesenetat der Sicherheitsabteilung 500 Rand aus und überließ es 745396, den Verteiler wieder zusammenzusetzen, den er auseinandergenommen hatte.

»Denk dran, daß du sie dazu kriegst, irgendwas zu sprengen, bevor wir sie verhaften«, sagte Verkramp zu dem Agenten, ehe er davonfuhr. »Es ist wichtig, daß wir einen Sabotagebeweis haben, damit wir die Saubande hängen können.

Diesmal will ich keine Prozesse wegen Verschwörung. Ich will den klaren Terrorismusbeweis.«

Er fuhr zu seinem nächsten Treff davon, und im Laufe der nächsten zwei Tage hatten zwölf Geheimagenten ihre Arbeit aufgegeben und statt dessen rund um Piemburg Ziele erhalten, die sie zerstören sollten. Zwölf Nachschlüssel zur Waffenkammer der Polizei waren angefertigt worden, und Verkramp war felsenfest davon überzeugt, daß er binnen kurzem für die Freiheit und die abendländische Kultur in Piemburg mit einem Knalleffekt in die Bresche springen werde, der seine Karriere bedeutend fördern würde.

In seinem Büro überprüfte Verkramp den Plan nochmal und prägte sich alle Einzelheiten sorgfältig ein, ehe er als zusätzliche Sicherheitsvorkehrung gegen ein Leck in der Dekkung die Akte »Rotes Fiasko« verbrannte. Er war auf die Organisation seiner Geheimagenten besonders stolz, die er im Laufe der Jahre einzeln angeworben und aus dem Etat bezahlt hatte, der ihm von BOSS für Denunzianten zugeteilt war. Jeder Agent benutzte einen *nom de guerre* und war Verkramp nur unter seiner Nummer bekannt, so daß es nichts gab, was ihn mit BOSS in Verbindung brachte. Das Verfahren, wonach die Agenten ihm Bericht erstatteten, war ähnlich raffiniert und bestand aus verschlüsselten Botschaften, die in »toten Briefkästen« hinterlegt und dort von Verkramps Sicherheitsbeamten eingesammelt wurden. Für jeden Wochentag gab es einen anderen Code und einen anderen toten Briefkasten, was sicherstellte, daß Verkramps Leute seinen Agenten nie begegneten, von deren Existenz sie nur vage Kenntnis hatten. Der Umstand, daß das System sehr kompliziert war, daß es sieben Codes und sieben Verstecke für jeden Agenten gab und daß zwölf Agenten in der Gegend herumliefen, würde bedeutet haben, daß irrsinnig viel Arbeit zu erledigen gewesen wäre, wenn im Hinblick auf zu meldende Kommunisten und subversive Tätigkeiten in Piemburg nicht totale Fehlanzeige bestanden hätte. Früher hatte Verkramp schon Glück, wenn er pro Woche mehr als eine verschlüsselte Nachricht erhielt, und die unweigerlich ohne jeden Wert. Das würde nun anders werden, und er sah dem Zustrom von Mitteilungen gespannt entgegen.

Nachdem Luitenant Verkramp die Operation »Rotes Fiasko« in Gang gesetzt hatte, faßte er seine zweite Kampagne ins Auge, nämlich die gegen die rassenschänderischen Polizeibeamten, der er die Codebezeichnung »Mohrenwäsche« gegeben hatte. Zur Rechtfertigung von Dr. Eysenck war er zu dem Schluß gelangt, sowohl Apomorphin-Injektionen als auch Elektroschocks zu verabreichen, und hatte Sergeant Breitenbach zu einem Apothekengroßhändler mit einer Bestellung von einhundert Injektionsspritzen und zehn Litern Apomorphin geschickt.

»Zehn Liter?« fragte der Apotheker ungläubig. »Sind Sie sicher, daß Sie das richtig verstanden haben?«

»Völlig sicher«, sagte Sergeant Breitenbach.

»Und hundert Spritzen?« fragte der Apotheker, der seinen Ohren noch immer nicht traute.

»Genau das habe ich gesagt«, beharrte der Sergeant.

»Ich weiß, daß Sie das gesagt haben, aber das ist doch wohl nicht möglich«, erklärte ihm der Apotheker. »Was um Himmels willen wollen Sie denn mit zehn Litern?«

Sergeant Breitenbach war von Verkramp instruiert worden.

»Es ist für die Behandlung von Alkoholikern«, sagte er.

»Du lieber Gott«, sagte der Apotheker, »ich wußte gar nicht, daß es in diesem Land so viele Alkoholiker gibt.«

»Es soll sie gründlich anwidern«, erläuterte der Sergeant.

»Das können Sie laut sagen«, murmelte der Apotheker. »Mit zehn Litern könnten Sie wahrscheinlich alle auch einfach um die Ecke bringen. Und obendrein möglicherweise noch das ganze Abwassersystem lahmlegen. Aber ich kann es Ihnen sowieso nicht liefern.«

»Warum nicht?«

»Tja, erstens habe ich nicht zehn Liter und wüßte auch

nicht, wo ich die herkriegen sollte, und zweitens brauchen Sie dafür ein Rezept, und ich bezweifle, ob Ihnen ein Arzt, der seinen Verstand beisammen hat, überhaupt zehn Liter Apomorphin verschreiben würde.«

Sergeant Breitenbach meldete die Weigerung an Luitenant Verkramp.

»Brauche ein Rezept«, sagte er.

»Das können Sie doch vom Polizeiarzt bekommen«, sagte ihm Verkramp, und der Sergeant ging ins Leichenschauhaus der Polizei, wo der Arzt eine Autopsie an einem Afrikaner vornahm, der während eines Verhörs zu Tode geprügelt worden war.

»Natürliche Todesursachen«, schrieb er auf den Totenschein, ehe er sich Sergeant Breitenbach zuwandte.

»Was ich zu tun bereit bin, hat seine Grenze«, sagte der Arzt, der sich plötzlich an seine Berufsehre erinnerte. »Ich habe den hippokratischen Eid geschworen und schreibe keine Rezepte über zehn Liter aus. Tausend Kubikzentimeter ist das höchste der Gefühle, und wenn Verkramp mehr aus den Leuten rauskriegen will, muß er ihnen eben den Rachen mit einer Feder kitzeln.«

»Reicht das denn?«

»Bei 3 Kubikzentimetern pro Dosis sollte man 330 Injektionen rauskriegen«, sagte der Arzt. »Aber nicht übertreiben. Ich habe sowieso schon mehr als genug mit dem Unterschreiben von Totenscheinen zu tun.«

»Dieser knausrige alte Knochen«, sagte Verkramp, als Sergeant Breitenbach mit zwanzig Spritzen und einem Liter Apomorphin von der Apotheke zurückkam. »Als nächstes brauchen wir Dias von nackten Kaffernmädchen. Sobald der Kommandant am Freitag weg ist, nehmen Sie sich den Polizeifotografen dafür.«

Während Kommandant van Heerdens Stellvertreter diese Vorbereitungen für dessen Urlaub traf, stellte sich der Kommandant auf die Änderung seiner Pläne ein, die Mrs. Heathcote-Kilkoons Brief zur Folge hatte. Er ging in der Polizeidienststelle gerade am Schreibtisch des Diensthabenden vorbei, als Major Bloxham ankam.

»Ein Brief für Kommandant van Heerden«, sagte der Major.

Kommandant van Heerden kehrte um. »Das bin ich«, sagte er. »Sehr erfreut, ihre Bekanntschaft zu machen«, und er schüttelte dem Major kräftig die Hand.

»Bloxham, Major«, sagte der Major nervös. Polizeidienststellen hatten stets diese Wirkung auf ihn.

Der Kommandant öffnete das zartlila Kuvert und warf einen Blick auf den Brief.

»Jagdsaison. Immer dasselbe«, sagte der Major als Erläuterung und von der Röte beunruhigt, die das Gesicht des Kommandanten überzog. »Verdammt unangenehm. 'Schuldigung.«

Kommandant van Heerden stopfte den Brief eilig in die Tasche.

»Ja. Also. Hm«, sagte er verlegen.

»Irgendeine Nachricht?«

»Nein. Ja. Ich steige im Hotel ab«, sagte der Kommandant und wollte eben wieder dem Major die Hand schütteln. Aber der hatte die Polizeidienststelle bereits wieder verlassen und holte auf der Straße tief Luft. Der Kommandant ging hinauf in sein Büro und las den Brief im Zustand ziemlicher Erregung noch einmal. Dies war kaum ein Brief, den er von Mrs. Heathcote-Kilkoon erwartet hätte.

»Liebster Van«, las er, »ich komme mir so schrecklich vor, daß ich so einen Brief an Sie schreiben muß, aber ich bin überzeugt, Sie werden ihn verstehen. Sind Ehemänner nicht entsetzliche Langweiler? Es ist halt so, daß Henry ganz unausstehlich ist, und dabei hätte ich Sie so gerne hier gehabt, aber ich denke, es wäre um unser aller willen besser, wenn Sie im Hotel abstiegen. Er hat diesen fürchterlichen Club-Spleen und ist so störrisch, und überhaupt bin ich sicher, daß Sie es dort behaglicher haben, und zum Essen kommen Sie zu uns.

Bitte, sagen Sie ja und seien Sie nicht böse. Ihre Sie liebende Daphne.« Der Brief war stark parfümiert.

Nicht daran gewöhnt, von anderer Männer Ehefrauen parfümierte Briefe auf zartlila Büttenpapier zu erhalten, fand der Kommandant den Inhalt erst recht verwirrend. Was Mrs. Heathcote-Kilkoon veranlaßt hatte, ihn mit »Liebster Van« anzureden und ihren Mann als entsetzlichen Langweiler zu bezeichnen, konnte er nur vermuten, aber er war kaum überrascht darüber, daß Henry unausstehlich war. Wenn der auch nur dunkel ahnte, daß seine Frau Briefe wie diesen schrieb, hatte der Colonel jedes Recht, unausstehlich zu sein, und der Kommandant, der sich an des Majors rätselhafte Bemerkung über die Jagdsaison erinnerte, die immer dasselbe sei, erschauerte.

Andererseits appellierte der Gedanke, daß er vor Mrs. Heathcote-Kilkoons Augen Gnade gefunden habe – und wenn der Brief etwas war, wonach man gehen konnte, gab's da nicht viele Zweifel –, an die ritterlichen Instinkte des Kommandanten. Natürlich würde er nicht böse sein. Vorsichtig sicher, aber nicht böse. Nachdem er in *Etikette für jedermann* nachgesehen hatte, was dort über die Beantwortung von Liebesbriefen verheirateter Frauen gesagt wurde, und es wenig nützlich gefunden hatte, machte der Kommandant sich daran, eine Antwort zu formulieren. Und da er sich zehn Minuten lang nicht entscheiden konnte, ob er »Liebste«, »Meine liebe« oder bloß »Liebe« schreiben solle, dauerte es ziemlich lange, bis der Brief geschrieben war, dessen endgültige Form lautete: »Liebste Daphne, Kommandant van Heerden nimmt Colonel und Mrs. Heathcote-Kilkoons freundliche Einladung, im Hotel abzusteigen, mit großem Vergnügen an. Er nimmt auch mit dem größten Vergnügen Ihre Einladung zum Abendessen an. Ihr ergebenster Van«, was der Kommandant für eine angenehme Mischung aus förmlich und zwanglos hielt, die ihm nicht dazu angetan schien, irgend jemanden zu kränken. Er schickte den Brief mit einem Polizeiboten zum Haus der Heathcote-Kilkoons nach Piltdown hinauf. Dann wandte er sich der Landkarte zu und suchte den Weg nach Weezen heraus. Am Fuße der Aardvark-Berge gelegen, besaß die kleine Stadt einen gewissen Ruf als Kurort, ja sie war tatsächlich mal so etwas wie ein Heilbad gewesen, aber in den letzten Jahren war sie wie Piemburg vergessen und als Ferienzentrum von den Wolkenkratzern und Motels an der Küste verdrängt worden.

6

Am Freitagmorgen war der Kommandant früh wach und auf der Straße nach Weezen. Er hatte seine Angel und alles Drum und Dran, das er sich für die Ferien gekauft hatte, schon am Abend zuvor in den Kofferraum seines Autos gepackt und trug nun seine Norfolk-Jacke und die braunen Lochmusterschuhe. Während er die lange Steigung aus Piemburg hinauffuhr, sah er ohne Bedauern auf die roten Blechdächer hinunter. Es war lange her, seit er sich das letzte Mal Ferien gegönnt hatte, und er freute sich darauf, aus erster Hand zu erfahren, wie die britische Aristokratie auf ihren Landsitzen wirklich lebte. Als die Sonne aufging, bog der Kommandant am Leopard's River von der Nationalstraße ab und rumpelte wenig später über die Huckel einer unbefestigten Straße auf die Berge zu. Um ihn herum veränderte sich das Land entsprechend der Rasse seiner Bewohner: er sah sanft welliges Weideland in den weißen Gebieten, und den Voetsak River hinab, der zu Pondoland gehörte und also schwarzes Gebiet war, völlig ausgebrannte Steppe, wo Ziegen auf die unteren Äste der Bäume kletterten, um von den Blättern zu fressen. Der Kommandant übte, englisch zu sein, indem er die Afrikaner am Straßenrand anlächelte, stieß aber kaum auf Gegenliebe und gab es nach einer Weile auf. In Sjambok hielt er, um seinen Morgenkaffee zu trinken, den er auf englisch statt seines üblichen Afrikaans bestellte, und er freute sich, als der indische Kellner ihn taktvoll fragte, ob er ein Besucher aus Übersee sei.

Er verließ Sjambok in sprühender Laune, und eine Stunde

später schlängelte er sich die Paßstraße zum Rooi Nek hinauf. Oben stieg er aus dem Wagen und besah sich das Land, das in letzter Zeit seine Phantasie so stark beschäftigt hatte. Die Wirklichkeit übertraf alle seine Erwartungen. Weezen lag auf einem welligen Hochland mit sanften Hügeln und Wiesen, durch das sich Bäche zu einem trägen Fluß wanden, der in der Ferne glitzerte. Hier und da verdunkelte ein Wald eine Berglehne oder säumte den Fluß, um der Landschaft ein dunkleres Grün einzuweben, oder ein Gehölz nahm ein Bauernhaus in seinen Schutz. Über dem Plateau erhoben sich in der Ferne die Berge in einer gewaltigen Halbmondform, und über ihnen dunkelte zum Zenith hin wiederum ein Himmel von makelloser Bläue. Für Kommandant van Heerden, der aus der staubigen Dürre des Rooi-Nek-Passes kam, sprach das Land vor seinen Augen von den Grafschaften Englands. »Genau wie das Bild auf einer Keksdose«, murmelte er hingerissen, »nur wirklicher«, ehe er wieder auf seinen heißen Autositz kletterte und weiterfuhr, die kurvige Schotterstraße hinunter nach Weezen.

Auch hier wurden seine Hoffnungen mehr als erfüllt. Die kleine Stadt, kaum größer als ein Dorf, war in ihrem ursprünglichen Zustand erhalten. Eine aus Stein erbaute Kirche mit einem überdachten Friedhofstor, ein prachtvolles Rathaus im Kolonialstil mit rostenden eisernen Wasserspeiern und eine Reihe von Läden unter einem Laubengang blickten auf einen Platz, in dessen Mitte Königin Victoria rundlich saß und mit deutlichem Widerwillen über einen Kaffer wegsah, der schlafend auf einer Bank in dem Garten zu ihren Füßen lag. Was sich auch sonst seit ihrem Diamantenen Krönungsjubiläum in Südafrika verändert haben mochte, klar war, daß Weezen das nicht getan hatte, und der Kommandant, für den das Britische Empire noch immer all seinen Zauber besaß, erfreute sich an dieser Tatsache. »Hier lungern keine Marijuana rauchenden Langhaarigen um Musicboxen rum«, dachte er glücklich, hielt an und betrat einen Laden, in dem es nach Säcken und Bohnerwachs roch. Er fragte einen langen, hageren Mann nach dem Weg zum Hotel.

»Bar oder Bett?« fragte der Mann mit einer Wortkargheit, die dem Kommandanten durch und durch echt vorkam.

»Bett«, sagte der Kommandant.

»Dann ist es ›Willow Water‹«, sagte der Mann zu ihm. »'ne halbe Meile weiter. Da ist 'n Schild.«

Der Kommandant verließ den Laden und fuhr weiter. »Willow Water – Gasthof« stand auf einem Schild, und der Kommandant bog in eine enge, von blauen Gummibäumen gesäumte Auffahrt ein, die zu einem niedrigen, stuckverzierten Gebäude führte, das weniger wie ein Hotel, sondern eher wie eine verlassene Pumpstation eines stillgelegten Wasserwerks aussah. Der Kommandant hielt zögernd auf dem moosbewachsenen Vorplatz an und sah ohne jede Begeisterung auf das Haus. Was es auch war, es war nicht das, was er erwartet hatte. Über der Eingangstür konnte er die verblichenen Inschriften »Kurhaus Weezen« und »Philosophische Gesellschaft« erkennen, die von den Schößlingen einer längst verfaulten Kletterpflanze mit Punkten überzogen waren. Er stieg aus, ging die Stufen zu der kleinen Terrasse hoch und spähte durch die Drehtür ins Innere, wobei er nur vage wahrnahm, daß mehrere große Fliegen, die sich in der Tür gefangen hatten, eindringlich summten. Weder ihre Gegenwart noch das, was er vom Foyer sehen konnte, ließen vermuten, daß das Haus gut besucht war. Der Kommandant schob sich durch die Drehtür, so daß die Fliegen nun auf der anderen Seite eingeschlossen waren, blieb stehen und betrachtete sich die weißgekachelte Diele. Licht, das aus einer Glaskuppel im Dach fiel, beleuchtete etwas in einer Nische am anderen Ende, das die Rezeption zu sein schien, und der Kommandant ging hinüber und leutete die Messingglocke, die dort auf der Marmorplatte stand. »Hier bin ich nicht richtig«, dachte er und sah beunruhigt auf ein Emailleschild über einer Tür, auf dem »Thermaldusche Nr. 1« stand. Er wollte sich gerade wieder auf den Weg zurück in die Stadt machen, als irgendwo in der Ferne eine Tür zufiel, worauf das Geräusch von Pantoffeln zu hören war, die über den Korridor schlurften, und ein alter Mann erschien.

»Ist das hier das Hotel von Weezen?« fragte der Kommandant.

»Hier gibt's nichts zu trinken«, sagte der alte Mann.

»Ich möchte gar nichts trinken«, sagte der Kommandant. »Ich werde im Hotel von Weezen erwartet. Ein Zimmer ist für mich von Mrs. Heathcote-Kilkoon bestellt worden, wenn ich hier richtig bin.«

Der Alte schlurfte um das marmorgedeckte Pult herum und wühlte darunter nach einem Buch.

»Unterschreiben Sie hier«, sagte er und schob das Buch dem Kommandanten rüber. »Name, Adresse, Alter, Beruf und Krankheit.« Kommandant van Heerden sah mit wachsender Unruhe auf das Register.

»Ich bin sicher, daß ich hier falsch bin«, sagte er.

»Einziges Hotel in Weezen, in dem man wohnen kann«, sagte der alte Mann zu ihm. »Wenn Sie 'n Drink wollen, müssen Sie in die Stadt rein. Wir haben keine Lizenz.«

Der Kommandant seufzte und unterschrieb.

»Mit mir ist alles in Ordnung«, sagte er, als er zu »Krankheit« kam.

»Schreiben Sie ›Fettleibigkeit‹«, sagte der Alte. »Irgendwas muß da stehen. Irgendwelche nahen Verwandten?«

»In Wakkerstrom habe ich eine Kusine zweiten Grades«, sagte der Kommandant niedergeschlagen.

»Das genügt«, sagte der alte Mann. »Sie können ›Dickdarmspülung Nr. 6‹ haben.«

»Um Gottes willen«, sagte der Kommandant, »ich brauche keine Dickdarmspülung. Mit mir ist wirklich alles absolut in Ordnung«.

»›Hals und Nase Nr. 4‹ ist auch leer, man hat aber nicht dieselbe Aussicht«, sagte der Alte und schlurfte den Korridor hinunter. Widerstrebend folgte ihm der Kommandant, vorbei an Zimmern, deren Emailleschilder von »Galvanische Therapie Nr. 8« bis zu »Inhalation Nr. 12«

reichten. Am Ende des Korridors blieb der Alte vor »Dickdarmspülung Nr. 6« stehen und schloß die Tür auf.

»Vorsicht mit dem kalten Hahn«, sagte er, »er ist ein bißchen heiß.«

Der Kommandant folgte ihm in das Zimmer und sah sich um. Ein weißgestrichenes Bett von der Art, wie er sie zuletzt im Krankenhaus gesehen hatte, stand in der einen Ecke neben einem Kleiderschrank, dessen Spiegel fleckig und schmutzig war. Auffallender und voll und ganz bestätigend, was auf dem Türschild stand, waren mehrere Wannen, Bottiche und Becken aus Keramik, die auf der anderen Seite des Zimmers neben einem Labyrinth aus Messinghähnen und Schläuchen standen, deren Zweck zu erkunden der Kommandant nicht das geringste Verlangen verspürte. Um die klinische Ungastlichkeit des Zimmers vollzumachen, waren die Wände mit weißen Fliesen gekachelt.

»Morgens kriegt es Sonne«, sagte der Alte, »und der Blick ist herrlich.«

»Das glaube ich«, sagte der Kommandant mit einem Blick auf die milchigen Scheiben. »Wonach riecht es hier eigentlich so?«

»Der Schwefel im Wasser«, sagte der Alte. »Wollen Sie einen Blick in ›Hals und Nase‹ werfen?«

»Das wäre mir sehr recht«, sagte der Kommandant. Sie gingen auf den Korridor und einen Seitengang entlang.

»Besser, Sie nehmen die ›Dickdarmspülung‹«, sagte der Alte zu dem Kommandanten und führte ihn in ein kleines, dunkles Zimmer, das zwar weniger unheimliche Geräte enthielt, dafür aber noch strenger nach Schwefel roch. Kommandant van Heerden schüttelte den Kopf.

»Ich nehme das andere Zimmer«, sagte er, außerstande, sich dazu zu überwinden, Wörter zu benutzen, die zu Mißverständnissen führen konnten. »Ich bleibe ja nur kurz«, erklärte er, als sie zurückgingen. »Besuche die Gegend.«

»Gut, wenn ich irgendwas für sie tun kann, sagen Sie's mir«, sagte der alte Mann. »Mittagessen gibt's in 'ner halben

Stunde in der Brunnenhalle«, und damit schlurfte er davon und ließ den Kommandanten allein auf der Kante seines Bettes sitzen und sich sein Zimmer mit dem Gefühl tiefer Enttäuschung besehen. Kurz darauf erhob er sich und ging hinaus, um nach jemandem zu suchen, der seine Sachen reinschaffen könnte. Schließlich mußte er es selber tun und verteilte seine Taschen und Angelruten so gut es ging, um die Wasserhähne und Schläuche zu verdecken, die ihn so störten. Dann machte er das Fenster auf und blickte, auf einem der Becken stehend, hinaus. Wie der Alte gesagt hatte, war die Aussicht herrlich. Unter ihm führten von Unkraut überwucherte Wege neben etwas, was wohl mal ein Rasen gewesen war, zum Fluß hinunter, dessen Ufer nicht, wie das Hinweisschild vermuten ließ, von Weiden gesäumt waren, sondern von irgendwelchen Bäumen, die der Kommandant nicht kannte. Aber es war nicht die unmittelbare Nähe, die seine Aufmerksamkeit gefangen hielt, nicht einmal das riesige Abflußrohr, das, teilweise als Steingarten getarnt, zweifellos hektoliterweise ekelhafte Abwasser zum Fluß hinunter transportierte, sondern die Berge. Von der Spitze des Rooi Nek aus gesehen, waren sie eindrucksvoll gewesen. Aber von »Dickdarmspülung Nr. 6« aus wirkten sie majestätisch. Ihre unteren Hänge prangten in Kleidern aus Gestrüpp und Dornen und Gummibäumen, und ihre Gipfel erhoben sich gebieterisch über Wiesen, auf denen Ziegen zwischen Felsblöcken, Geröll, Steilklippen und dem unbewohnten Himmel waghalsig wiederkäuten.

»Muß affig da oben sein«, dachte der Kommandant poetisch, kletterte von seiner eigenen Erhöhung wieder herunter, die, wie er bemerkte, von Fisons & Sons in Hartlepool, Fabrikanten keramischer Sanitärwaren, hergestellt war, und machte sich auf die Suche nach Speisesaal und Mittagessen.

Er fand es in der Brunnenhalle, einem großen Raum mit einem mamornen Miniaturbrunnen in der Mitte, der unaufhörlich gurgelte und dem der Geruch entströmte, den der Kommandant in seinem Zimmer so ungewöhnlich gefunden hatte.

Hier, wo er sich mit dem Duft gekochten Kohls aus der Küche verband, roch es weniger mineralisch als vegetabil, und der Kommandant setzte sich in die Nähe eines Fensters das die Terrasse überblickte. Noch drei Tische waren besetzt in diesem Raum, der zweifellos mal für hundert Tische gedacht war. Zwei ältere Damen mit verdächtig kurzem Haar unterhielten sich flüsternd in der einen Ecke, während ein Mann, den der Kommandant für einen Geschäftsreisenden hielt, an einem Tisch neben dem Brunnen saß.

Niemand sagte etwas zu ihm, und als der Kommandant sein Mittagessen bei einer farbigen Kellnerin bestellt hatte, versuchte er, mit dem Vertreter eine Unterhaltung anzuknüpfen.

»Kommen Sie oft hierher?« fragte er über das Gurgeln des Brunnens hinweg.

»Flatulenzen. Die da haben Steine«, sagte der junge Mann und zeigte auf die beiden Damen in der Ecke.

»Tatsächlich«, sagte der Kommandant.

»Sind Sie das erste Mal hier?« fragte der Mann.

Der Kommandant nickte.

»Werden sich dran gewöhnen«, sagte der Mann. Der Kommandant, der davon nichts hören wollte, beendete seine Mahlzeit schweigend und ging ins Foyer hinaus, um nach dem Telefon zu suchen.

»Dafür müssen Sie schon ins Dorf fahren«, sagte ihm der Alte.

»Wo wohnen denn die Heathcote-Kilkons?«

»Ach die«, sagte der alte Mann und rümpfte die Nase. »Können Sie nicht anrufen. Sind zu großkotzig dafür. Kriegten einen Sammelanschluß angeboten und haben abgelehnt. Teilen einen Anschluß mit niemandem, nicht wahr. Wollen ihre Ruhe haben, nicht wahr. Und wenn's stimmt, was man so sagt, brauchen sie sie auch.« Er verschwand in ein Zimmer, an dem »Behandlung« stand und ließ den Kommandanten keine andere Wahl, als in die Stadt zu fahren und dort nach dem Weg zu Heathcote-Kilkoons zu fragen.

In Piemburg hatte Kommandant van Heerdens Abwesenheit bereits Veränderungen mit sich gebracht. Luitenant Verkramp erschien zeitig und machte es sich im Büro des Kommandanten bequem.

»Die folgenden Leute sofort zu mir zum Rapport«, sagte er zu Sergeant Breitenbach und händigte ihm eine Liste mit den Namen von zehn Beamten aus, deren moralische Pflichtvergessenheit in Sachen Rassenmischung nur allzu bekannt war. »Und lassen sie die Zellen im obersten Stockwerk leerräumen. Ein Bett in jede, und die Wand weiß getüncht.«

Als die Männer sich bei Verkramp meldeten, befragte er sie einzeln nacheinander.

»Wachtmeister van Heynigen«, sagte er zu dem ersten, »Sie haben mit schwarzen Frauen geschlafen. Leugnen Sie nicht. Sie haben's getan.«

Wachtmeister van Heynigen machte ein verblüfftes Gesicht.

»Naja, Sir...«, begann er, aber Verkramp schnitt ihm das Wort ab.

»Gut«, keifte er, »es freut mich, daß sie es offen eingestehen. Sie werden sich nun einer Kur unterziehen, die Sie von dieser Krankheit heilen wird.«

Wachtmeister van Heynigen hatte die Vergewaltigung von schwarzen Frauen noch nie als Krankheit angesehen. Er hatte sie in einem unterbezahlten Job immer für eine zusätzliche Sozialleistung gehalten.

»Stimmen Sie mir zu, daß diese Behandlung Ihnen nützen wird?« fragte Verkramp mit einer Strenge, die jede Möglichkeit der Widerrede ausschloß. »Gut. Dann unterschreiben Sie hier«, und er schob dem verdatterten Wachtmeister ein maschinegeschriebenes Formular rüber und drückte ihm einen Kugelschreiber in die Hand. Wachtmeister van Heynigen unterschrieb.

»Danke. Der nächste bitte«, sagte Verkramp.

Im Verlauf einer Stunde hatte der Luitenant mit allen zehn Wachtmeistern denselben kurzen Prozeß gemacht und besaß zehn unterschriebene Erklärungen, in denen sich die Leute mit der Aversionstherapie als Behandlung des Leidens der Rassenmischung einverstanden erklärten.

»Das ging ja wie geschmiert«, sagte Verkramp zu Sergeant Breitenbach, »da könnten wir gleich alle Mann eine unterschreiben lassen.« Der Sergeant stimmte dem bedingt zu.

»Ich denke, die Sergeants sollten wir da rauslassen, meinen Sie nicht auch, Sir?« sagte er.

Verkramp dachte darüber nach. »Sie haben wahrscheinlich recht«, stimmte er zähneknirschend zu. »Wir brauchen ja auch jemanden, der die Spritzen und Elektroschocks verabreicht.«

Während der Sergeant die Anweisung gab, daß alle Wachtmeister die Einwilligungserklärung zu unterschreiben hätten, sobald sie zum Dienst erschienen, ging Verkramp nach oben, um die Zellen zu inspizieren, die für die Behandlung ausgeräumt worden waren.

In jeder Zelle stand ein Bett mit Blick zur Wand, die weiß getüncht war, und neben dem Bett stand auf einem Tisch ein Diaprojektor. Das einzige, was noch fehlte, waren die Dias. Verkramp ging in sein Büro zurück und schickte nach Sergeant Breitenbach.

»Fahren Sie mit ein paar Lkw's in die Vorstadt raus und schaffen Sie hundert Niggermädchen her«, befahl er. »Versuchen Sie, hübsche zu erwischen. Bringen Sie sie her, und dann soll der Fotograf sie nackt fotografieren.«

Sergeant Breitenbach ging nach unten und fuhr nach Adamville hinaus, dem schwarzen Vorort außerhalb Piemburgs, um den Befehl auszuführen, der oberflächlich besehen ziemlich einfach zu sein schien. In der Praxis jedoch erwies er sich als ziemlich schwierig. Als seine Leute ein Dutzend junger schwarzer Frauen aus ihren Hütten gezerrt und in den Polizeiwagen gesperrt hatten, hatte sich eine wütende Menge angesammelt, und die ganze Gemeinde war im Aufruhr.

»Wir wollen unsere Frauen wiederhaben«, schrie die Menge.

»Laßt uns raus«, schrien die Mädchen in dem Polizeiwagen. Sergeant Breitenbach versuchte zu erklären.

»Wir wollen sie doch bloß ohne ihre Kleider fotografieren«, sagte er. »Damit sollen weiße Polizisten davon abgehalten werden, mit Bantu-Frauen zu schlafen.«

Als Erklärung war das offensichtlich wenig überzeugend. Die Menge war zweifellos der Meinung, daß schwarze Frauen nackt zu fotografieren die entgegengesetzte Wirkung habe.

»Stoppt die Vergewaltigung unserer Frauen«, schrien die Afrikaner.

»Das versuchen wir ja gerade«, sagte der Sergeant durch einen Lautsprecher, aber seine Worte hatten keine Wirkung. Die Nachricht, daß die Polizei die Absicht habe, die Mädchen zu vergewaltigen, verbreitete sich in der Gemeinde wie ein Lauffeuer. Als die ersten Steine um die Polizeifahrzeuge herunterkamen, befahl Sergeant Breitenbach seinen Leuten, ihre Maschinenpistolen zu entsichern und sich langsam zurückzuziehen.

»Typisch«, sagte Verkramp, als der Sergeant ihm den Vorfall berichtete. »Da versucht man, ihnen zu helfen, und was machen sie? Einen gottverdammten Aufruhr. Ich sage Ihnen, Kaffern sind bescheuert. Total plemplem.«

»Möchten Sie, daß ich noch ein paar mehr zu kriegen versuche?« fragte der Sergeant.

»Natürlich. Zehn reichen doch nicht«, sagte Verkramp. »Lassen Sie die Sippschaft fotografieren und bringen Sie sie wieder zurück. Wenn die sehen, daß die Mädchen nicht vergewaltigt wurden, wird sich die Menge auch wieder beruhigen.«

»Ja, Sir«, sagte der Sergeant skeptisch.

Er ging in den Keller und guckte dem Polizeifotografen zu, der einige Mühe hatte, die Mädchen dazu zu bekommen, stillzustehen. Schließlich mußte der Sergeant den Revolver ziehen und drohen, die Mädchen zu erschießen, wenn sie nicht nachgeben wollten.

Sein zweiter Besuch in der Gemeinde war noch erfolgloser als der erste. Obwohl er die Polizeitransporter vorsichtshalber von vier Schützenpanzern und mehreren Lastkraftwagenladungen bewaffneter Polizeibeamter begleiten ließ, kam er dennoch in die Bredouille.

Während er das Wort an die erregte Menge richtete, gab er den Befehl, die Mädchen freizulassen.

»Wie ihr sehen könnt, ist ihnen nichts passiert«, schrie er. Nackt und zerschunden strömten die Mädchen aus den Wagen.

»Er hat gesagt, er würde uns erschießen«, schrie eine von ihnen.

In dem Getümmel, das dieser Mitteilung folgte, und beim Versuch, weitere neunzig Mädchen für die gleiche Behandlung zu verhaften, erschoß die Polizei vier Afrikaner und verwundete ein weiteres Dutzend. Sergeant Breitenbach verließ den Schauplatz des Gemetzels mit fünfundzwanzig Mädchen und einer häßlichen Platzwunde über dem linken Auge, wo ihn ein Stein getroffen hatte.

»Zerbumste Scheißbande«, sagte er, als der Konvoi abfuhr, eine Bemerkung, die sich für die fünfundzwanzig Mädchen in den Lkw's verhängnisvoll auswirkte, denn sie wurden fotografiert und nach der Devise »Zerbumst die Scheißbande« befehlsgemäß durchgevögelt, ehe sie freigelassen wurden und sich zu Fuß auf den Heimweg machen durften. Am Abend gab der amtierende Kommandant Verkramp der Presse bekannt, daß vier Afrikaner bei einer Stammesfehde in der Vorstadt umgekommen seien.

Sobald die Farbdias fertig waren, stiegen Verkramp und Sergeant Breitenbach ins oberste Stockwerk hinauf, wo die zehn Polizeiwachtmeister mit ziemlichem Bangen darauf warteten, daß die Behandlung anfangen sollte. Die Ankunft der Injektionspritzen und Elektroschockapparate hatte nicht zur Besserung ihrer Verfassung beigetragen.

»Männer«, sagte Verkramp, als sie auf dem Korridor standen, »in wenigen Minuten werdet ihr an einem Experiment teilnehmen, das den Lauf der Geschichte verändern könnte. Wie ihr wißt, werden die Weißen in Südafrika von Millionen von Schwarzen bedroht, und wenn wir überleben und uns die Reinheit unserer Rasse erhalten wollen, wie es Gottes Wille ist, müssen wir lernen, nicht nur mit Gewehren und Geschossen zu kämpfen, sondern auch eine moralische Schlacht schlagen. Wir müssen unsere Herzen und Seelen von unreinen Gedanken befreien. Das ist es, was diese Kur erreichen soll. Nun, wir alle haben eine natürliche Abneigung gegen Kaffern. Es gehört zu unserer Natur, daß wir uns vor ihnen ekeln. Die Behandlung, zu der ihr euch freiwillig bereit erklärt habt, wird dieses Ekelgefühl verstärken. Deshalb trägt sie auch die Bezeichnung Aversionstherapie. Am Schluß der Behandlung wird euch der Anblick schwarzer Frauen Übelkeit erregen, und ihr werdet in der Lage sein, jeden Kontakt mit ihnen zu meiden. Ihr werdet mit ihnen nicht mehr schlafen wollen. Ihr werdet sie nicht berühren wollen. Ihr werdet sie in euren Häusern nicht als Personal haben wollen. Ihr werdet nicht wollen, daß sie euch die Sachen waschen. Ihr werdet sie nicht auf den Straßen haben wollen. Ihr werdet sie nirgendwo in Südafrika haben wollen...«

Als sich Luitenant Verkramps Stimme in dem Katalog der Dinge, die die Wachtmeister nicht mehr wollen würden, immer höher und höher schraubte, hüstelte Sergeant Breitenbach nervös. Er hatte einen schweren Tag gehabt, in der Wunde auf der Stirn pochte es schmerzhaft, und er wußte nur, wenn er eines nicht wollte, dann war es ein wahnsinniger und hysterischer amtierender Kommandant.

»Wär's nicht an der Zeit anzufangen, Sir?« sagte er und gab Verkramp einen leichten Rippenstoß. Der Luitenant schloß seine Rede.

»Ja«, sagte er, »lassen Sie das Experiment beginnen.«

Die Freiwilligen gingen in ihre Zellen, wo sie ihre Sachen ablegen und in die Zwangsjacken schlüpfen mußten, die wie Schlafanzüge auf den Betten ausgebreitet lagen. Es gab ein bißchen Aufregung deswegen, und es erforderte die Hilfe mehrerer Sergeants, um den einen oder anderen von den größeren Männern in sie hineinzubekommen. Schließlich aber waren die zehn Wachtmeister festgeschnallt, und Verkramp füllte die erste Spritze mit Apomorphin.

Sergeant Breitenbach beobachtete ihn mit wachsender Unruhe.

»Der Doktor hat gesagt, nicht übertreiben«, flüsterte er. »Er hat gesagt, man könnte damit jemanden umbringen. Nur 3 Kubikzentimeter.«

»Sie bekommen doch nicht etwa kalte Füße, Sergeant?« fragte Verkramp. Der Freiwillige auf dem Bett starrte mit hervorquellenden Augen auf die Nadel.

»Ich hab's mir anders überlegt«, schrie er verzweifelt.

»Nein, das haben Sie nicht«, sagte Verkramp. »Wir tun's ja schließlich für Sie.«

»Sollten wir es nicht vielleicht erst mal an einem Kaffer ausprobieren?« fragte Sergeant Breitenbach. »Ich meine, es macht vielleicht nicht gerade guten Eindruck, wenn einer der Männer stirbt, oder?«

Verkramp überlegte einen Augenblick. »Vermutlich haben Sie recht«, räumte er schließlich ein. Sie stiegen zu den Zellen im Erdgeschoß hinunter und spritzten mehreren afrikanischen Untersuchungshäftlingen verschieden große Dosen Apomorphin. Die Ergebnisse bestätigten Sergeant Breitenbachs schlimmste Befürchtungen vollkommen. Als der dritte Schwarze im Koma lag, machte Verkramp ein verlegenes Gesicht.

»Verdammt stark, das Zeug«, sagte er.

»Wäre es nicht besser, wenn wir uns auf die Elektroschockapparate beschränkten?« fragte der Sergeant.

»Wahrscheinlich«, sagte Verkramp niedergeschlagen. Er hatte sich so darauf gefreut, Nadeln in die Freiwilligen pieken zu können. Er gab dem Sergeant die Anweisung, nach dem Polizeiarzt zu schicken, damit der die Totenscheine unterschreiben könne, dann stieg er wieder ins oberste Stockwerk hinauf und versicherte den fünf Freiwilligen, die für die Ampomorphinbehandlung ausersehen waren, daß sie nichts zu fürchten brauchten.

»Sie bekommen statt dessen Elektroschocks«, sagte er und schaltete den Projektor ein. Auf der anderen Seite der Zelle erschien an der Wand eine nackte schwarze Frau. Als jeder der Freiwilligen eine Erektion hatte, schüttelte Verkramp den Kopf.

»Ekelhaft«, murmelte er, während er den Pol des Schockapparats dem ersten Freiwilligen mit etwas Heftpflaster an der Glans Penis befestigte. »Also«, sagte er zu dem Sergeant, der neben dem Bett saß, »jedesmal, wenn Sie das Dia wechseln, verabreichen Sie ihm einen Elektroschock. So!« Verkramp drehte den Knopf am Generator kräftig herum, und der Polizeiwachtmeister auf dem Bett zuckte krampfhaft und schrie. Verkramp untersuchte den Penis des Mannes und war beeindruckt. »Man sieht schon, daß es wirkt«, sagte er und wechselte das Dia.

Luitenant Verkramp ging von Zelle zu Zelle, erläuterte das Verfahren und überwachte das Experiment. Und während Erektionen auf Fotos folgten und Kontraktionen auf Schocks, um von neuen Fotos, neuen Erektionen, neuen Schocks und neuen Kontraktionen abgelöst zu werden, wuchs beim Luitenant die Begeisterung.

Als Sergeant Breitenbach aus der Leichenhalle zurückkam, war er weniger optimistisch.

»Man hört sie bis auf die Straße brüllen«, schrie er Verkramp ins Ohr, während der Korridor von dem Geheul der Freiwilligen widerhallte.

»Na und?« sagte Verkramp. »Wir machen hier Geschichte.«

»Wir machen auch ein höllisches Getöse«, sagte der Sergeant.

Für Verkramp waren die Schreie wie Musik. Ihm war, als dirigiere er eine gewaltige Symphonie, in der die vier Jahreszeiten, Frühling, Sommer, Herbst und Winter, in einem Gewirr aus Schreien, Schocks und Bildern, Erektionen und

Kontraktionen gefeiert wurden, von denen er jede, ganz wie er wollte, hervorheben oder dämpfen konnte.

Aber wenig später ließ er im Korridor ein Feldbett aufstellen und legte sich darauf, um sich etwas auszuruhen. »Ich treibe hier den Teufel aus«, dachte er, und während er noch von einer Welt träumte, die von sexuellen Begierden gereinigt sei, schlief er ein. Als er wieder aufwachte, war er erstaunt, wie still es war. Er stand auf und stellte fest, daß die Freiwilligen schliefen und die Sergeants in der Toilette rauchten.

»Was zum Teufel denken Sie sich eigentlich, die Behandlung einfach zu unterbrechen?« schrie er. »Sie muß ohne Unterbrechung weitergehen, wenn sie überhaupt funktionieren soll. Das nennt sich Verstärkung.«

»Sie werden vielleicht Verstärkung nötig haben, wenn sie weitermachen wollen«, sagte einer der Sergeants renitent.

»Was ist denn mit Ihnen los?« fragte Verkramp wütend.

Die Sergeants machten verschämte Gesichter.

»Es ist 'ne kitzlige Angelegenheit«, sagte schließlich Sergeant de Haen.

»Worum geht's?«

»Naja, wir sind da schon die ganze Nacht drin und sehen andauernd nackte Damen...«

»Niggermädchen, keine Damen«, schnauzte Verkramp.

»Und...« Der Sergeant zögerte.

»Und was?«

»Uns sind die Eier geschwollen«, sagte der Sergeant unverblümt.

Luitenant Verkramp war entsetzt.

»Die Eier geschwollen?« schrie er. »Ihnen sind die Eier geschwollen, weil sie nackte Niggergören gesehen haben? Sie stehen da und geben zu...« Verkramp verschlug es vor Abscheu die Sprache.

»Das ist doch ganz natürlich«, sagte der Sergeant.

»Natürlich?« kreischte Verkramp. »Das ist vollkommen unnatürlich. Wo zum Teufel soll denn dieses Land hinkommen, wenn Männer in Ihrer Autoritätsstellung ihren Sexualtrieb nicht unter Kontrolle haben? Jetzt hören Sie mir mal gut zu. Als Kommandant dieser Dienststelle befehle ich Ihnen, mit der Behandlung weiterzumachen. Jeder, der sich weigert, seine Pflicht zu tun, wird auf die Liste des nächsten Schubs Freiwilliger gesetzt.«

Die Sergeants zogen ihre Uniformen gerade und trotteten in die Zellen zurück, und einen Augenblick später setzten die Schreie wieder ein, die ihren Eifer in der Pflichterfüllung unter Beweis stellten. Am Morgen wechselte die Schicht, und neue Sergeants nahmen ihre Plätze ein. Den ganzen Tag ging Luitenant Verkramp immer wieder mal nach oben, um nachzusehen, wie sie vorankämen.

Er hatte einer Zelle seinen Besuch abgestattet und wollte gerade wieder hinausgehen, als er bemerkte, daß mit dem Bild, das an die Wand geworfen wurde, irgendwas nicht stimmte. Er blickte genauer hin und sah, daß es eine Ansicht des Krüger-Nationalparks war.

»Gefällt's Ihnen?« fragte der Sergeant. Luitenant Verkramp starrte sprachlos auf das Dia. »Das nächste ist noch besser.«

Der Sergeant drückte auf den Schalter, und als nächstes erschien die Nahaufnahme einer Giraffe. Der Freiwillige auf dem Bett zuckte krampfhaft von dem Elektroschock. Luitenant Verkramp wollte seinen Augen nicht trauen.

»Wo zum Teufel haben Sie denn diese Dias her?« wollte er wissen. Der Sergeant sah strahlend auf.

»Das sind meine Urlaubsfotos vom letzten Sommer. Wir waren im Nationalpark.« Er wechselte das Dia, und an der Wand erschien eine Herde Zebras. Der Patient zappelte auch bei ihrem Anblick.

»Sie sollen hier doch Dias von nackten schwarzen Weibern zeigen«, brüllte Verkramp, »und keine Scheiß Tiere im Wildreservat!«

Der Sergeant ließ sich nicht aus der Ruhe bringen.

»Ich dachte halt, sie bringen 'n bißchen Abwechslung rein«, erklärte er, »und außerdem ist es das erstemal, das ich

Gelegenheit habe, sie zu zeigen. Zu Hause haben wir nämlich keinen Projektor.«

Der Patient auf dem Bett schrie, er halte es nicht mehr aus.

»Bitte keine Nilpferde mehr«, stöhnte er. »Lieber Gott, keine Nilpferde mehr. Ich schwöre, daß ich nie wieder ein Nilpferd anrühre.«

»Sehen Sie, was Sie da angerichtet haben?« sagte Verkramp außer sich zu dem Sergeant. »Sind Sie sich klar, was Sie da gemacht haben? Sie haben ihn so weit gebracht, daß er keine Tiere mehr mag. Er wird mit seinen Kindern nicht mehr in den Zoo gehen können, ohne ein Nervenwrack zu werden.«

»Ach, du meine Güte«, sagte der Sergeant, »das tut mir leid. In dem Fall muß er ja auch das Angeln aufgeben.«

Verkramp konfiszierte alle Dias aus dem Nationalpark und dem Aquarium in Durban und sagte zu dem Sergeant, er solle nur Dias von nackten schwarzen Frauen zeigen. Darauf kontrollierte er in jeder Zelle eingehend die Dias und stieß auf noch eine Verfehlung. Sergeant Bischoff hatte das Dia einer häßlichen Weißen im Badeanzug unter die nackten Schwarzen geschmuggelt.

»Wer zum Teufel ist denn die alte Scharteke?« fragte Verkramp, als er auf das Dia stieß.

»Das hätten Sie nicht sagen sollen«, sagte Sergeant Bischoff und machte ein gekränktes Gesicht.

»Warum denn nicht?« schrie Verkramp.

»Das ist meine Frau«, sagte der Sergeant. Verkramp war klar, daß er einen Fehler gemacht hatte.

»Hören Sie zu«, sagte er, »es ist nicht nett, sie unter die ganze Sippschaft von Kaffernflittchen zu mischen.«

»Das weiß ich ja«, sagte der Sergeant, »ich dachte halt, es würde vielleicht nützen.«

»Nützen?«

»Meiner Ehe nützen«, erklärte der Sergeant. »Meine Frau ist ein bißchen... naja, ein bißchen flatterhaft, und ich dachte halt, ich könnte damit erreichen, daß wenigstens einer sie nicht mehr ansieht.«

Verkramp betrachtete sich das Dia. »Hätte nicht gedacht, daß Sie sich da Sorgen zu machen brauchten«, sagte er und gab die Anweisung, Mrs. Bischoff zu keiner Geselligkeit mit Damen mehr einzuladen.

Als er sich schließlich vergewissert hatte, daß alles nach Plan verlief, ging er in das Büro des Kommandanten hinunter und versuchte, darüber nachzudenken, was er sonst noch tun könne, um seine Amtsperiode unvergeßlich zu gestalten. Der nächste Schritt, soweit er sehen konnte, würde sich am Abend ereignen, wenn seine Agenten mit der Feldarbeit begannen.

7

Als Kommandant van Heerden nach dem Mittagessen nach Weezen hineingefahren war und hatte feststellen müssen, daß an dem Tag die Läden nachmittags zu hatten, kam ihm allmählich der Gedanke, daß er das Haus der Heathcote-Kilkoons wohl nie finden werde. Sein früherer Eindruck, daß die Zeit in der kleinen Stadt still stehe, wurde dadurch, daß am Nachmittag keine Menschenseele auf den Straßen zu sehen war, deutlich unterstrichen. Er spazierte herum und suchte nach dem Postamt, nur um endlich festzustellen, daß es geschlossen war; er versuchte es bei dem Laden, in dem er am Morgen gewesen war – mit dem gleichen Erfolg, und schließlich setzte er sich in den Schatten von Queen Victoria und starrte auf die staubige Canna in der kleinen Gartenanlage. Ein magerer gelber Hund, der auf der Veranda des Ladens saß, kratzte sich träge und erinnerte den Kommandanten an seine neue Rolle. »Britische Leute und tolle Hunde machen in der Mittagssonne die Runde«, dachte er, um seine Laune zu heben, und fragte sich, was ein echter Brite, der sich zu dieser Tageszeit in einer fremden Stadt befände, wohl getan hätte. »Er wäre angeln gegangen«, kam ihm in den Sinn, und mit dem unangenehmen Gefühl, er werde ziemlich kritisch beobachtet, was unbewußt von der großen Königin über ihm herrührte, erhob er sich und fuhr zum Hotel zurück.

Auch dort war jetzt das Gefühl der Lähmung, von dem das alte Gebäude so erfüllt war, noch deutlicher spürbar. Die beiden Fliegen waren immer noch in der Drehtür gefangen, aber sie summten nicht mehr. Kommandant van Heerden ging den Gang entlang zu seinem Zimmer und holte sich seine Angel. Nach einigem Gerangel in der Drehtür, die sich sträubte, die Angel und den Korb gleichzeitig aufzunehmen, war er dann schließlich draußen und kämpfte sich die von Unkraut überwucherten Wege hinunter zum Fluß durch. Am Ende des gewaltigen Abflußrohrs zögerte er, guckte erst, in welche Richtung der Fluß strömte, und marschierte dann flußaufwärts, weil er keine Fische fangen wollte, die sich an der edlen Gülle fettgefressen hatten. Er hatte einige Schwierigkeiten, eine Stelle zu finden, die nicht von Ästen versperrt war, aber wenig später machte er sich daran, seine ihm am verheißungsvollsten erscheinende Fliege, ein großes, rotflügeliges Ding, ins Wasser zu praktizieren. Nichts rührte sich unter der Wasseroberfläche, aber der Kommandant war es absolut zufrieden. Er tat, was ein englischer Gentleman an einem heißen Sommernachmittag tun würde, und da er wußte, wie erfolglos Engländer in anderen Dingen waren, bezweifelte er, daß sie etwas fingen, wenn sie angelten. Während die Zeit langsam weiterschlich, sann der Kommandant, der in der Hitze etwas schläfrig wurde, still nach. Mit etwas, das entfernt innerer Einsicht ähnelte, sah er sich, einen fetten Mann mittleren Alters, in ungewohnten Kleidern am Ufer eines unbekannten Flusses stehen und nach nichts Besonderem fischen. Daß er das tat, schien sonderbar, doch war es beruhigend und auf merkwürdige Weise befriedigend. Piemburg und die Polizeidienststelle schienen weit weg und bedeutungslos. Es kümmerte ihn nicht mehr, was dort geschah. Er war weit weg von allem, weg in den Bergen, und war, wenn nicht er selber, so doch zumindest etwas Gleichwertiges, und er dachte gerade darüber nach, was diese Bewunderung für alles Britische eigentlich bedeute, als ihn eine Stimme unterbrach.

»Oh, einen Haken verbirgt die Fliege nie!« sagte die Stimme, und der Kommandant drehte sich um und sah, daß der Vertreter mit den Flatulenzen hinter ihm stand und ihm zusah.

»Sie tut das aber doch«, sagte der Kommandant, der die Bemerkung ziemlich dämlich fand.

»Ein Zitat, ein Zitat«, sagte der Mann. »Tut mir leid, aber ich bin furchtbar versessen auf solche Dinge. Das ist keine besonders gesellige Angewohnheit, aber eine, die sich aus meiner Profession ergibt.«

»Tatsächlich«, sagte der Kommandant kurz angebunden, denn er war nicht ganz sicher, was ein Zitat überhaupt war. Er holte seine Leine ein und stellte mit Bestürzung fest, daß seine Fliege verschwunden war.

»Ich sehe, ich hatte also doch recht«, sagte der Mann. »Schuppig, omnipotent und nett.«

»Wie bitte?« sagte der Kommandant.

»Bloß noch ein Zitat«, sagte der Mann. »Vielleicht sollte ich mich vorstellen. Mulpurgo. Ich unterrichte Englisch an der Universität von Zululand.«

»Van Heerden, Kommandant der Südafrikanischen Polizei Piemburg«, sagte der Kommandant und war von der Wirkung seiner Mitteilung auf Mr. Mulpurgo überrascht. Der war kreideweiß geworden und wirkte ausgesprochen beunruhigt.

»Stimmt irgendwas nicht?« fragte der Kommandant.

»Nein«, sagte Mr. Mulpurgo schwach. »Ganz und gar nicht. Es ist halt nur, daß... naja, ich hatte keine Ahnung, daß Sie... naja... daß Sie Kommandant van Heerden sind.«

»Sie haben also schon von mir gehört?« fragte der Kommandant.

Mr. Mulpurgo nickte. Es war nur zu deutlich, daß er schon von ihm gehört hatte. Der Kommandant baute seine Angel ab.

»Ich glaube nicht, daß ich jetzt noch was fange«, sagte er. »Ist zu spät.«

»Abends ist die beste Zeit«, sagte Mr. Mulpurgo und sah den Kommandanten neugierig an.

»Ach ja? Das ist interessant«, sagte der Kommandant, als sie das Flußufer entlang zurückschlenderten. »Das ist mein erster Angelversuch. Sind Sie ein erfahrener Angler? Sie wissen anscheinend eine Menge darüber.«

»Mein Verhältnis dazu ist rein literarisch«, gestand Mr. Mulpurgo, »ich schreibe eine Dissertation über den ›Himmel‹.«

Kommandant van Heerden war erstaunt.

»Ist das nicht ein sehr schweres Thema?« fragte er.

Mr. Mulpurgo lächelte. »Es ist ein Gedicht über Fische von Rupert Brooke«, erklärte er.

»Ach ja?« sagte der Kommandant, der zwar noch nie etwas von Rupert Brooke gehört hatte, aber immer daran interessiert war, von englischer Literatur zu hören. »Dieser Brooke ist ein englischer Dichter?«

Mr. Mulpurgo bestätigte das.

»Er fiel im ersten Weltkrieg«, erläuterte er, und der Kommandant sagte, das täte ihm leid. »Die Sache ist die«, fuhr der Englischdozent fort, »ich glaube, daß es einerseits möglich ist, das Gedicht ganz einfach als eine Allegorie auf die menschliche Situation, *la condition humaine*, zu deuten, wenn Sie verstehen, was ich meine, daß es aber auch eine tiefere Bedeutung im Sinne des psychoalchemistischen Transformationsprozesses besitzt, wie er von Jung entdeckt wurde.«

Der Kommandant nickte. Er verstand nicht ein Wort von dem, was Mr. Mulpurgo sagte, aber er fühlte sich dennoch dadurch geehrt, daß er es zu hören bekam. Durch diese geduldige Ergebung ermutigt, steigerte sich der Dozent in sein Thema hinein.

»Zum Beispiel die Verse ›Man zweifelt nicht, was allen frommt, aus Sumpf und Wasser oftmals kommt‹ deuten zweifellos an, daß der Dichter die Absicht hat, den Begriff des Steins der Weisen und seine Herkunft aus der *prima materia* einzuführen, ohne die Aufmerksamkeit des Lesers auch nur im geringsten von dem, oberflächlich gesehen, humorvollen Ton des Gedichts abzulenken.«

Sie gelangten an das kolossale Abwasserrohr, und Mr. Mulpurgo half dem Kommandanten mit seinem Korb hinüber. Der offensichtliche Schreck, mit dem er auf den Namen des Kommandanten reagiert hatte, war angesichts des freundlichen, wenn auch verständnislosen Interesses einer nervösen Schwatzhaftigkeit gewichen.

»Es handelt sich ohne jeden Zweifel um das Individuationsmotiv«, fuhr er fort, als sie den Pfad zum Hotel hinaufspazierten. »›Paradiesische Maden‹, ›Unvergängliche Motten‹, ›Und der Wurm, der niemals stirbt‹ – alle deuten sie zweifellos darauf hin.«

»Da haben Sie sicher recht«, sagte der Kommandant, als sie sich im Foyer voneinander trennten. Er ging den Korridor entlang zu »Dickdarmspülung Nr. 6« und fühlte sich irgendwie erhoben. Er hatte den Nachmittag auf echt englische Art mit Angeln und einem intellektuellen Gespräch verbracht. Das war ein glückverheißender Beginn seines Urlaubs und machte in gewisser Weise die Enttäuschung wieder wett, die er bei seiner Ankunft im Hotel empfunden hatte. Um das Ereignis zu feiern, beschloß er, vor dem Abendessen ein Bad zu nehmen, und verbrachte einige Zeit mit der Suche nach einem Badezimmer, ehe er wieder in sein Zimmer zurückging und sich von oben bis unten in einem Bottich wusch, der zu diesem Zweck höchst geeignet erschien und höchstwahrscheinlich zu keinem anderen benutzt worden war. Wie der Alte ihn gewarnt hatte, war das kalte Wasser heiß. Der Kommandant probierte den Heißwasserhahn, aber der war genauso heiß, und schließlich besprengte er sich mit warmem Wasser aus einem Schlauch, der eindeutig zu dick war, um als Klistier gedient zu haben, ihm aber gleichzeitig einen ausgesprochen merkwürdigen Geruch anhängte. Dann setzte er sich auf das Bett und las vor dem Abendessen noch ein Kapitel aus *Berry & Co.* Es fiel ihm schwer, sich zu konzentrieren, denn ganz egal, wie er sich auch setzte, immer saß ihm sein geflecktes Spiegelbild im Kleiderschrankspiegel gegenüber, was ihm das Gefühl gab, es sei die ganze Zeit jemand bei ihm im Zimmer. Um diese unfreiwillige Selbstbeobachtung zu umgehen, legte er sich zurück und versuchte, dahinterzukommen, wovon Mr. Mulpurgo eigentlich geredet hatte. Es hatte ihm vorhin nichts gesagt, und jetzt noch weniger, aber der Satz »Und der Wurm, der niemals stirbt« saß ihm hartnäckig im Gedächtnis. Irgendwie erschien ihm der Satz unwahrscheinlich, aber wenn er sich überlegte, daß Würmer in zwei Teile gerissen werden konnten und trotzdem in getrennten Leben weiterleben, dann, stellte er sich vor, sei es auch möglich, daß, wenn das eine Wurmende todkrank wäre, das andere Ende sich vom Tode seines Kompagnons trennen und weiterleben könne. Vielleicht war es das, was mit »Endlösung« gemeint war. Das war ein Wort, das er nie verstanden hatte. Er mußte Mr. Mulpurgo danach fragen, der offensichtlich ein hochgebildeter Mann war.

Aber als er zum Abendessen in die Brunnenhalle ging, war Mr. Mulpurgo nicht da. Die beiden Damen auf der anderen Seite des Raumes waren die einzige Gesellschaft, und da ihre geflüsterte Unterhaltung durch das Gurgeln des Marmorbrunnens nicht zu verstehen war, aß der Kommandant sein Abendbrot notgedrungen schweigend und sah zu, wie hinter dem Aardvarkberg der Himmel dunkel wurde. Morgen würde er die Adresse der Heathcote-Kilkoons finden und sie wissen lassen, daß er angekommen war.

Siebzig Meilen entfernt in Piemburg kam der Abend, der so ereignislos begonnen hatte, gegen Mitternacht zu neuem Leben. Die zwölf gewaltigen Detonationen, die die Stadt um halb zwölf im Minutenabstand erschütterten, waren taktisch so geschickt plaziert, daß sie Luitenant Verkramps Behauptung, es gebe einen gut organisierten Sabotage- und Umsturzkomplott, voll und ganz bestätigten. Nachdem die letzte Bombe den Horizont in helles Licht getaucht hatte, versank Piemburg noch tiefer in jene Finsternis, für die es so berühmt war. Ohne Strom, Telefon und Sendemast, ohne Straßen- und Eisenbahnverbindungen zur Außenwelt, die durch die Sprengwut von Verkramps Geheimagenten unterbrochen waren, zerbröselten die zarten Bande, mit denen die winzige Metropole ans zwanzigste Jahrhundert gekoppelt war.

Vom Dach des Polizeibüros aus, wo Verkramp frische Luft schnappte, kam ihm die Veränderung ziemlich aufregend vor. Eben war Piemburg noch ein duftiges Gewebe aus Straßenlampen und Neonreklamen gewesen, und im nächsten Moment verschmolz es ununterscheidbar mit den welligen Hügeln von Zululand. Als das ferne Donnern vom Kaiserblick verkündete, daß der Sendemast nicht länger so ein riesiger Schandfleck in der Landschaft war, verließ Verkramp das Dach und eilte die Treppe hinunter zu den Zellen, wo die einzigen Leute in der Stadt, die sich energisch für Stromsperren eingesetzt hätten, von den handbetriebenen Generatoren im Dunkeln noch immer ihre Elektroschocks erhielten. Der einzige Trost für die Freiwilligen war, daß die nackten schwarzen Frauen verschwunden waren, als die Projektoren ausgingen.

In dem ganzen Durcheinander blieb Luitenant Verkramp erschreckend ruhig.

»Alles in Ordnung«, rief er. »Kein Grund zur Besorgnis, setzen Sie das Experiment einfach mit normalen Fotos fort.« Er ging von Zelle zu Zelle und verteilte Taschenlampen, die er für einen Fall wie eben diesen bereitgehalten hatte. Wie üblich war Sergeant Breitenbach weniger gelassen.

»Meinen Sie nicht, daß es wichtiger wäre, dem Grund für den Stromausfall auf die Spur zu kommen?« fragte er. »Es hörte sich so an, als hätte es eine ganze Menge Explosionen gegeben.«

»Zwölf«, sagte Verkramp mit Nachdruck, »ich habe sie gezählt.«

»Zwölf verdammt heftige Explosionen mitten in der Nacht, und Sie machen sich keine Gedanken darüber?« fragte der Sergeant erstaunt. Luitenant Verkramp ließ sich nicht aus der Ruhe bringen.

»Ich habe sie schon eine ganze Weile erwartet«, sagte er wahrheitsgemäß.

»Erwartet?«

»Die Sabotageakte haben wieder angefangen«, sagte er, während er nach unten in das Büro ging. Sergeant Breitenbach, der wörtlich und im übertragenen Sinne immer noch im Dustern tappte, versuchte, ihm zu folgen. Als er endlich im Büro des Kommandanten ankam, sah er, wie Verkramp beim Schein einer Notlampe eine Namensliste überprüfte. Dem Sergeant kam vorübergehend der Gedanke, daß Verkramp auf den Krisenfall bemerkenswert gut vorbereitet war, den der Rest der Stadt offenbar völlig überraschend getroffen hatte.

»Ich möchte, daß diese Leute hier sofort verhaftet werden«, sagte Verkramp zu ihm.

»Wollen Sie nicht erst mal nachprüfen, was überhaupt passiert ist?« fragte Sergeant Breitenbach. »Ich meine, Sie wissen nicht mal genau, daß diese Explosionen von Bomben herrührten.«

Luitenant Verkramp sah ihn ernst an.

»Ich habe genügend Erfahrung mit Sabotageakten, um eine Bombe zu erkennen, wenn ich eine höre«, sagte er. Sergeant Breitenbach beschloß, sich nicht zu streiten. Statt dessen besah er sich die Namensliste, die ihm Verkramp übergeben hatte, und war entsetzt von dem, was er sah. Wenn Verkramp recht hatte und die Stadt durch eine Reihe von Bombenanschlägen erschüttert worden war – die Folgen für das öffentliche Leben in Piemburg wären glimpflich im Vergleich zu dem Chaos, das folgen würde, wenn man die Leute auf der Liste verhaftete. Geistliche, Stadträte, Bankdirektoren, Rechtsanwälte, ja der Bürgermeister selbst schienen Ziel der Verdächtigungen Verkramps zu sein. Sergeant Breitenbach legte die Liste eilig wieder hin. Damit wollte er absolut nichts zu tun haben.

»Glauben Sie nicht, Sie sind ein bißchen voreilig?« fragte er nervös.

Der Meinung war Luitenant Verkramp offenbar absolut nicht. »Wenn ich mich nicht täusche, und das tue ich nicht, dann wurde die Stadt einer vorsätzlichen Sabotagekampagne ausgesetzt. Alle diese Leute sind weithin bekannte...«

»Das kann man wohl sagen«, murmelte der Sergeant.

»...Gegner der Regierung«, fuhr der amtierende Kommandant fort. »Viele von ihnen waren Gartenbaukünstler.«

»Gartenbaukünstler?« fragte der Sergeant, der keinen Fehler daran entdecken konnte, ein Gartenbaukünstler zu sein. Auf seine bescheidene Weise war er selber einer.

»Die Gartenbaukünstler«, erklärte Verkramp, »waren eine Geheimorganisation reicher Farmer und Geschäftsleute, die planten, Zululand zur Zeit des Republik-Referendums aus der Union auszugliedern. Sie waren bereit, Gewalt anzuwenden. Es gehörten Offiziere von den Piemburger Reitergrenadieren dazu, die Waffen aus dem Militärarsenal benutzen wollten.«

»Aber das ist doch zehn Jahre her«, wandte Sergeant Breitenbach ein.

»Leute wie die ändern ihre Meinung nie«, stellte Verkramp apodiktisch fest. »Wollen Sie etwa den Briten verzeihen, was sie unseren Frauen und Kindern in den Konzentrationslagern angetan haben?«

»Nein«, sagte der Sergeant, der zwar weder Frauen noch Kinder während des Burenkriegs in Konzentrationslagern gehabt hatte, der aber die richtige Antwort kannte.

»Na, sehen Sie«, sagte Verkramp. »Also, diese Saubande ist kein bißchen anders, und sie werden es uns nie verzeihen, daß wir Zululand aus dem Britischen Empire herausgelöst haben. Sie hassen uns. Begreifen Sie denn nicht, wie uns die Briten hassen?«

»Doch«, sagte der Sergeant hastig. Er merkte, daß Verkramp sich schon wieder in Rage redete, und wollte lieber nicht mehr da sein, wenn's soweit war. »Sie haben wahrscheinlich recht.«

»Wahrscheinlich?« schrie Verkramp. »Ich habe immer recht.«

»Klar«, sagte der Sergeant noch hastiger.

»Und was machen sie also, diese Gartenbaukünstler? Sie tauchen eine Zeitlang unter, und dann rotten sie sich mit den Kommunisten und Liberalen zusammen, um unsere herrliche Afrikaander-Republik zu stürzen. Diese Bombenanschläge sind das erste Anzeichen dafür, daß ihr Feldzug begonnen hat. Na, und ich werde nicht unbeteiligt zusehen und sie ungestraft davonkommen lassen. Ich will diese Mistkerle im Gefängnis haben und die Wahrheit aus ihnen rausquetschen, ehe sie wirklich Schaden anrichten können.«

Sergeant Breitenbach wartete, bis der Anfall vorüber war, ehe er nochmal Bedenken äußerte.

»Meinen Sie nicht, es wäre sicherer, erst mal Kommandant van Heerden zu unterrichten. Dann kann der doch den Kopf hinhalten, falls es Scherereien gibt.«

Luitenant Verkramp wollte nichts davon hören. »Die Hälfte der Probleme in dieser Stadt kommt daher, wie der alte Dummkopf die Engländer behandelt«, schimpfte er. »Er geht verdammt nochmal viel zu sanft mit ihnen um. Manchmal denke ich, er mag sie viel lieber als seine eigenen Leute.«

Sergeant Breitenbach sagte, davon sei ihm nichts bekannt. Er wußte nur, daß der Großvater des Kommandanten nach der Schlacht von Paardeberg von den Briten erschossen worden war, und das war mehr, als man von Verkramps Großvater sagen konnte. Der hatte an das britische Heer Pferde verkauft und war praktisch ein »Khaki-Bure« gewesen, aber der Sergeant war zu diskret, um diesen Umstand jetzt zu erwähnen. Statt dessen griff er wieder zu der Liste.

»Wo stecken wir die alle denn bloß hin?« fragte er. »Die Zellen im Obergeschoß werden für Ihre Kaffernboetje-Kur gebraucht, und die im Keller sind auch alle voll.«

»Bringen Sie sie runter ins Gefängnis«, sagte Verkramp, »und sehen Sie zu, daß sie schön voneinander getrennt bleiben. Ich will nicht, daß sie sich irgendwelche Geschichten zurechtlegen.«

Eine halbe Stunde später hatte in den Häusern von sechsunddreißig der einflußreichsten Bürger Piemburgs bewaffnete Polizei eine Razzia veranstaltet, und wütende und verängstigte Männer waren im Schlafanzug in Polizeifahrzeuge geschleppt worden. Der eine oder andere leistete verzweifelt Widerstand, im falschen Glauben, die Zulus hätten sich erhoben und wollten sie in ihren Betten massakrieren, ein Mißverständnis, an dem die totale Finsternis schuld war, in die Verkramps Agenten die Stadt gestürzt hatten. Vier Polizisten wurden bei diesen Auseinandersetzungen verwundet, und ein Kohlenhändler erschoß seine Frau, um sie davor zu bewahren, von den schwarzen Horden vergewaltigt zu werden, ehe die Situation geklärt werden konnte.

Bis zum Morgengrauen waren alle Verhaftungen durchgeführt, obwohl ein oder zwei Versehen noch richtiggestellt werden mußten. Der Mann, den man aus den Armen der Frau des Bürgermeisters gerissen hatte, erwies sich schließlich nicht als der städtische Würdenträger selber, sondern als ein Nachbar, den jener gebeten hatte, ihm bei seiner Wahl zu helfen. Als der Bürgermeister endlich gefaßt wurde, hatte er die Vermutung, er werde wegen Bestechung hochgestellter Leute verhaftet. »Eine Schande«, brüllte er, als er in den Polizeiwagen gestopft wurde. »Sie haben kein Recht, ihre Nase in mein Primatleben zu stecken. Ich bin ihr gemehlter Repräsentant«, ein Protest, der nichts für seine Freilassung tat, sondern in gewisser Weise die Anwesenheit des Nachbarn im Bett seiner Ehefrau erklärte.

Am nächsten Morgen unternahmen Luitenant Verkramp und Sergeant Breitenbach nach ein paar Stunden Schlaf eine Besichtigung aller Einrichtungen, die von den Saboteuren zerstört worden waren. Wieder war Sergeant Breitenbach verblüfft, wie spontan der amtierende Kommandant die Lage erfaßte. Verkramp schien genau zu wissen, wohin sie fahren mußten, ohne daß man es ihm gesagt hatte. Als sie sich die Überreste des Transformators an der Straße nach Durban besahen, fragte der Sergeant den Luitenant, was er nun zu tun gedenke.

»Nichts«, sagte Verkramp zu seiner Verwunderung. »In

ein paar Tagen werden wir in der Lage sein, die ganze kommunistische Sippschaft in Zululand zu verhaften.«

»Und was ist mit all den Leuten, die wir gestern abend verhaftet haben?«

»Sie werden vernommen, und ihre Aussagen werden uns helfen, ihre Komplizen zu finden«, erklärte Verkramp.

Sergeant Breitenbach schüttelte verdutzt den Kopf.

»Ich hoffe bei Gott, daß Sie wissen, was Sie tun«, war alles, was er sagte. Auf dem Rückweg fuhren sie beim Gefängnis vorbei, wo Verkramp den Sicherheitsbeamten, die rund um die Uhr die Vernehmungen durchführen sollten, Instruktionen gab.

»Schema F, wie üblich«, sagte er zu ihnen. »Nicht hinsetzen lassen. Kein Schlaf. Machen Sie ihnen am Anfang ein bißchen Dampf. Erklären Sie ihnen, sie kämen nach dem Terroristengesetz vor Gericht und hätten ihre Unschuld zu beweisen. Kein Recht auf einen Anwalt. Und sie können unbefristet und in Einzelhaft eingesperrt bleiben. Irgendwelche Fragen.«

»Irgendwelche, Sir?« sagte einer von den Männern.

»Sie haben doch gehört, was ich gesagt habe«, schnauzte Verkramp. »Ich sagte: ›Irgendwelche Fragen.‹« Die Männer sahen ihn stumm an, und Verkramp entließ sie, und sie marschierten ab, um ihren anstrengenden Dienst zu beginnen. Luitenant Verkramp machte Gefängnisdirektor Schnapps einen Besuch, um sich für die vorübergehenden Mißlichkeiten zu entschuldigen, die er im Gefängnis verursache. Als er in den Teil des Gebäudes zurückkam, in dem die Häftlinge vernommen wurden, stellte Luitenant Verkramp fest, daß seine Anweisungen wortwörtlich befolgt wurden.

»Wer gewann 1948 die Kricket-Weltmeisterschaft?« brüllte Sergeant Scheepers den Direktor der Barclays-Bank an.

»Das weiß ich nicht«, schrie der Direktor, den man schon zweimal in die Hoden getreten hatte, weil er nichts von Krikket verstand.

Verkramp bat den Sergeant, mit ihm mal raus auf den Korridor zu gehen.

»Warum wollen Sie denn das wissen?« fragte er.

»Scheint mir 'ne ziemlich leichte Frage zu sein«, sagte der Sergeant.

»Da haben Sie sicher recht«, sagte Verkramp. Er ging zur nächsten Zelle, wo der Dechant von Piemburg einem ähnlichen Schicksal entronnen war, weil er gewußt hatte, wie weit Johannesburg und Kapstadt in Straßenkilometern voneinander entfernt sind, wie alt der Premierminister sei und was die Buchstaben USA bedeuten.

»Sie sagten doch ›Irgendwelche Fragen‹«, erklärte der Sicherheitsbeamte, als Verkramp den Grund für dieses Frage- und Antwortspiel wissen wollte.

»Ihr bescheuerten Arschlöcher«, kreischte Verkramp, »ich habe ›Irgendwelche Fragen?‹ gesagt, nicht ›Irgendwelche Fragen‹. Was muß ich denn noch tun? Es euch Buchstabe für Buchstabe erklären?«

»Ja, Sir«, sagte der Mann. Verkramp rief die Leute nochmal zusammen und gab ihnen klarere Anweisungen.

»Was wir brauchen, ist die Bestätigung dafür, daß diese Männer ein Komplott geschmiedet haben, um die Regierung mit Gewalt zu stürzen«, erläuterte er und ließ die Sicherheitsbeamten das aufschreiben. »Zweitens, daß sie die Schwarzen aktiv zur Rebellion aufgewiegelt haben.« Die Männer schrieben auch das auf. »Drittens, daß sie aus Übersee Geld bekommen haben. Viertens, daß sie alle Kommunisten sind oder mit dem Kommunismus sympathisieren. Ist das vollkommen klar?«

Sergeant Scheepers fragte, ob er dem Bürgermeister erzählen dürfe, daß einer der Stadträte gesagt habe, er sei ein Hahnrei.

»Natürlich«, sagte Verkramp. »Sagen Sie ihm, der Stadtrat sei bereit, ihm entsprechende Beweise zu liefern. Bringen Sie sie soweit, daß sie sich gegenseitig belasten, und wir kommen dieser ganzen Angelegenheit sehr bald auf den Grund.«

Die Männer gingen mit ihren Fragenlisten in die Zellen zurück, und die Verhöre begannen von neuem. Und nachdem Luitenant Verkramp sich überzeugt hatte, daß seine Leute bei der Sache blieben, kehrte er zur Polizeidienststelle zurück, um nachzusehen, ob es irgendwelche Nachrichten von seinen Geheimagenten gäbe. Recht enttäuscht stellte er fest, daß nichts eingetroffen war, aber er vermutete, daß es wohl noch zu früh sei, irgendwelche konkreten Ergebnisse zu erwarten.

Statt dessen beschloß er, die Wirksamkeit der Aversionstherapie auf die freiwilligen Versuchskaninchen im Obergeschoß zu überprüfen, die noch immer in regelmäßigen Abständen schrien. Er schickte nach Sergeant Breitenbach und befahl ihm, ein Kaffernmädchen aus den Zellen hochzubringen.

Der Sergeant ging und kehrte mit etwas zurück, was er wohl für das geeignete Objekt hielt. Sie war mindestens achtundfünfzig und auch, als sie halb so alt war, keine Schönheit gewesen. Luitenant Verkramp war empört.

»Ich habe ›Mädchen‹ gesagt und nicht ›Alter Besen‹«, schrie er. »Nehmen Sie sie wieder mit und bringen Sie ein richtiges Mädchen her.«

Sergeant Breitenbach ging mit der alten Frau wieder nach unten und fragte sich, woran das wohl lag, daß man einen Schwarzen von siebzig oder achtzig Jahren »Boy« nannte, aber eine gleichaltrige Frau nicht »Mädchen«. Das schien ihm nicht logisch. Schließlich fand er ein sehr hochgewachsenes schwarzes Mädchen, dem er sagte, es solle mit ihm in die obere Etage kommen. Zehn Minuten und acht Polizeiwachtmeister später, von denen einer ein gebrochenes Nasenbein hatte und ein anderer jammerte, er könne seine Testikel nicht wiederfinden, gelang es ihnen, das Mädchen ins Obergeschoß zu schaffen, um lediglich festzustellen, daß Verkramp immer noch nicht zufrieden war.

»Meinen Sie denn wirklich, ein Mann, der noch alle Tassen im Schrank hat, findet das attraktiv?« fragte er und zeigte auf den bewußtlosen und zerschlagenen Körper, den die Beamten auf den Beinen und sich selber von den Füßen zu halten versuchten. »Was ich möchte, ist 'ne hübsche Kaffernmieze, die jeder Mann attraktiv finden würde.«

»Na, dann gehen Sie doch und holen sich eine«, sagte Sergeant Breitenbach zu ihm. »Gehen Sie einfach runter in die Zellen und sagen Sie einem hübschen, attraktiven schwarzen Mädchen, die Polizisten in der letzten Etage hätten nach ihr geschickt, und dann sehen Sie, was passiert.«

»Der Kummer mit Ihnen ist, Sergeant«, sagte Verkramp, als sie das dritte Mal nach unten gingen, »daß Sie nichts von Psychologie verstehen. Wenn man will, daß Leute etwas für einen tun, darf man sie nicht ängstigen. Das trifft besonders auf Schwarze zu. Man muß Überredungskünste anwenden.« Er blieb vor der Zellentür stehen. Der Sergeant schloß sie auf, und das lange, schwarze Mädchen wurde in die Zelle gestoßen. Verkramp stieg über ihren Körper weg und besah sich die Frauen, die sich gegen die Wand drängten.

»Na, was denn, es gibt doch keinen Grund, Angst zu haben«, sagte er zu ihnen. »Wer von euch Mädchen hätte Lust, mit nach oben zu kommen und sich ein paar Bilder anzusehen. Es sind hübsche Bilder.« Es entstand alles andere als ein spontaner Andrang. Verkramp versuchte es nochmal.

»Niemand wird euch was antun. Ihr braucht keine Angst zu haben.«

Immer noch keine Antwort, vom Stöhnen des Mädchens am Boden mal abgesehen. Verkramps schwaches Lächeln erlosch.

»Packt die Hure da«, schrie er die Wachtmeister an, und im nächsten Augenblick wurde ein mageres schwarzes Mädchen die Treppe hinaufgestoßen.

»Da sehen Sie, was ich mit Psychologie meine«, sagte Luitenant Verkramp zu dem Sergeant, während sie nach oben folgten. Sergeant Breitenbach hatte noch immer seine Zweifel.

»Ich habe bemerkt, daß Sie sich keine große und starke Frau ausgesucht haben«, sagte er.

Im obersten Stockwerk wurden dem Mädchen von mehreren bereitwilligen Beamten, die Verkramp sofort auf seine Behandlungsliste setzte, die Kleider vom Leibe gerissen, worauf es nackt an den Freiwilligen vorbeigeführt wurde. Luitenant Verkramp stellte erfreut fest, daß positive Reaktionen bei ihnen ausblieben.

»Nicht eine Erektion bei auch nur einem von ihnen«, sagte er. »Das ist der wissenschaftliche Beweis, daß die Behandlung anschlägt.«

Sergeant Breitenbach war, wie üblich, skeptischer.

»Die Männer haben schon seit zwei Tagen kein Auge mehr zugetan«, sagte er. »Und wenn Sie Marilyn Monroe im Evaskostüm hier reinbrächten, sie würde wahrscheinlich auch keinen großen Eindruck machen.«

Verkramp sah ihn verächtlich an. »Sie Lustmolch«, sagte er.

»Ich verstehe nicht, was das damit zu tun hat«, sagte der Sergeant. Ich will damit bloß sagen, wenn Sie wirklich wissenschaftlich sein wollen, dann sollten Sie ein weißes Mädchen hier raufbringen und an den Leuten ausprobieren.« Luitenant Verkramp war außer sich.

»Was für ein widerlicher Vorschlag«, sagte er. »Nicht im Traum würde ich ein weißes Mädchen einer so empörenden Prozedur unterziehen.«

Er gab Anweisungen, mit der Behandlung mindestens noch zwei Tage weiterzumachen.

»Noch zwei Tage wie die, und ich bin tot«, stöhnte einer von den Freiwilligen.

»Besser vergammeln als 'ne Schwarze rammeln«, sagte Verkramp und ging runter in sein Büro, um die Pläne für die Massenbehandlung der restlichen fünfhundertneunzig Mann aufzustellen, die er gegenwärtig unter seinem Kommando hatte.

Im Café Florian machten Verkramps Geheimagenten auf ihrer Suche nach Mitgliedern der Sabotageorganisationen bemerkenswerte Fortschritte. Nach Jahren der Enttäuschung, in denen sie sich in liberale Kreise eingeschlichen hatten, aber außerstande gewesen waren, jemanden zu finden, der auch nur entfernt etwas mit der Kommunistischen Partei zu tun hatte oder zuzugeben bereit war, daß er Gewalt guthieß, waren sie plötzlich auf eine ganze Menge solcher Leute gestoßen. 745396 hatte 628461 entdeckt, der etwas über die Explosion am Fernsprechamt zu wissen schien, und 628461 hatte den sehr bestimmten Eindruck gewonnen, daß 745396 nicht ganz unbeteiligt an der Zerstörung des Transformators an der Straße nach Durban sei. Genauso war 885974 in der Universitätsmensa auf 378550 gestoßen und horchte ihn nun über seine Rolle bei der Beseitigung des Sendemastes aus, während er die Andeutung machte, daß er 378550 etwas über die Bombe sagen könne, die die Eisenbahnbrücke zerstört hatte. Überall in Piemburg hatten Verkramps Agenten Fortschritte zu melden und waren damit beschäftigt, wie befohlen Botschaften zu verschlüsseln und die Wohnungen zu wechseln. Die Überzeugung, die jeder der Agenten hatte, daß er nämlich einen ganz dicken Fisch an der Angel habe, wuchs noch am nächsten Tag, als 745396 und 628461, die einen Treff in der Mensa vereinbart hatten, plötzlich entdeckten, daß sie in 885974 und 378550, die dort am Tag zuvor so erfolgreich gewesen waren, daß sie wiederzukommen beschlossen, verständnisvolle Zuhörer hatten. Während die Vereinigung der Verschwörer immer weitere Kreise zog, war Verkramp eifrig mit dem Versuch beschäftigt, die Botschaften zu dechiffrieren. Die komplizierte Angelegenheit wurde dadurch erschwert, daß er keine Ahnung hatte, an welchem Tag die Botschaften abgeschickt waren. Die Nachricht von 378550 war am Fuß eines Baumes im Park deponiert worden, was der richtige »Briefkasten« für den Sonntag war, aber nachdem Verkramp sich daran zwei Stunden lang mit dem Code für diesen Tag abgemüht hatte, war es ihm schließlich gelungen, »hdfpkymwrqazxtivbnkon«, was absichtlich schwer zu verstehen war, in »Wagen Hund Wurmsel Senke selten banal aus

Kopfsprung Korb« zu übersetzen, was gar nicht zu verstehen war. Er probierte es mit dem Samstags-Code und bekam »Dahlie Chrysantheme Dünger dekorativer Fingerhut Gartenzwerg Herbst Blütenpracht schattig« heraus. Er verfluchte den beschränkten Wortschatz von Seite 33 des Piemburger Blumenzwiebelkatalogs, den er wegen seiner leichten Zugänglichkeit als Codebuch für den Sonnabend genommen hatte, wandte sich erschöpft dem Freitags-Codebuch zu und erhielt endlich die entschlüsselte Nachricht, daß Agent 378550 Instruktionen ausgeführt habe und sich zu neuer Unterkunft begebe. Nach sechs Stunden harter Arbeit hatte Verkramp das Gefühl, daß seine Bemühungen etwas Ergiebigeres als das verdient hätten. Er versuchte es mit der Botschaft von 885974 und stellte mit Befriedigung fest, daß sie gleich beim ersten Mal richtig aufging und die beruhigende Mitteilung enthielt, daß der Agent mit mehreren mutmaßlichen Saboteuren in Kontakt getreten sei, aber Schwierigkeiten habe, den toten Briefkasten zu erreichen, weil er verfolgt werde.

Diese Erfahrung beschränkte sich nicht auf 885974 allein. Bei ihren Versuchen, herauszufinden, wo die anderen Saboteure wohnten, liefen Verkramps Geheimagenten durch ganz Piemburg hinter einander her. Das führte dazu, daß sie jeden Tag gewaltige Strecken zurücklegten und, wenn sie schließlich nach Hause kamen, zu müde waren, um sich noch hinzusetzen und die Botschaften, die er erwartete, zu chiffrieren. Dann hatten sie auf seine Anweisung hin wiederum jeden Tag die Wohnung zu wechseln, und das zwang sie, immer neue zu finden, so daß im Laufe der Zeit das Gefühl der Disorientierung, das sie wegen der vielfachen Identitäten, die ihre Arbeit erforderte, sowieso schon hatten, sich noch weiter verstärkte. Am Montag wußte 628461 nicht mehr genau, wer er war oder wo er wohnte oder auch nur, welchen Wochentag man habe. Noch weniger genau wußte er, wo 745396 wohnte. Nachdem er ihm die Nebenstraßen Piemburgs rauf und runter dreißig Kilometer erfolgreich auf den Fersen geblieben war, überraschte es ihn durchaus nicht, als 745396 den Versuch, ihn abzuschütteln, aufgab und zu einer Pension in der Bishoff Avenue zurückkehrte, aus der er, wie er festgestellt hatte, bereits vor zwei Tagen ausgezogen war. Am Ende legte sich 745396 zum Schlafen auf eine Parkbank, und 628461, der von dem ganzen Herumgerenne mehrere große Blasen an den Füßen hatte, wollte gerade umkehren und zu seiner Bleibe zurückgehen, als er bemerkte, daß ihm jemand folgte. Er legte humpelnd einen Schritt zu, und die Schritte hinter ihm taten dasselbe.. 628461 gab den Kampf auf. Es machte ihm nichts mehr aus, ob er nach Hause verfolgt wurde oder nicht. »Morgen früh ziehe ich ja sowieso um«, dachte er und stieg die Treppe zu seinem Zimmer in der Pension Landsdowne hoch. Hinter ihm machte sich 378550 auf den Weg zu seiner Bude und brachte die Nacht damit zu, eine Botschaft an Luitenant Verkramp zu verschlüsseln, in der er ihm die Adresse eines mutmaßlichen Saboteurs mitteilte. Da er damit am Montagabend um halb elf anfing und am Dienstag um 2 Uhr morgens fertig war, hatte Verkramp noch größere Schwierigkeiten als sonst dahinterzukommen, was die Nachricht eigentlich besagte. Nach dem Montags-Codebuch lautete sie: »Rate zu Razzia in Überschwemmungswald aber verschmutze in der«, während der Dienstag »Triumphwagen Pharao außerdem Pension Lansdowne wegen Frederick Smith« ergab. Als Luitenant Verkramp zum Schluß gekommen war, »daß Triumphwagen Pharao außerdem Überschwemmungswald aber verschmutze in der« keinen Sinn ergebe, hatte es auch keinen Zweck mehr, eine Razzia in der Pension Lansdowne durchzuführen, denn Frederick Smith hatte inzwischen im YMCA unter dem Namen Piet Retief ein Zimmer gemietet.

Wenn Luitenant Verkramp Schwierigkeiten auf dem Verständigungssektor hatte, so konnte man von Mrs. Heathcote-Kilkoon und Kommandant van Heerden genau dasselbe sagen.

»Bist du sicher, daß er nicht dort ist«, fragte Mrs. Heathcote-Kilkoon den Major, den sie zu seinem täglichen Ausflug nach Weezen geschickt hatte, um dem Kommandanten zu sagen, daß sie ihn zum Mittagessen erwarteten.

»Absolut sicher«, sagte Major Bloxham. »Ich habe fast eine Stunde in der Bar rumgesessen, aber von dem Kerl keine Spur. Fragte den Barkeeper, ob er ihn gesehen hätte. Hatte er nicht.«

»Ich finde das höchst sonderbar«, sagte Mrs. Heathcote-Kilkoon. »Auf seiner Karte stand ausdrücklich, daß er im Hotel absteigt.«

»Verdammt merkwürdige Karte, wenn du mich fragst«, sagte der Colonel. »Liebste Daphne, Kommandant van Heerden hat das Vergnügen...«

»Meiner Meinung nach war das eine sehr amüsante Karte«, unterbrach ihn Mrs. Heathcote-Kilkoon. »Sie beweist, welchen Sinn für Humor der Kommandant hat.«

»Kam mir nicht so vor, als hätte er Sinn für Humor«, sagte der Major, der seine Begegnung mit dem Kommandanten nicht vergessen konnte.

»Ich persönlich meine, wir sollten zufrieden sein, wie sich die Sache entwickelt hat«, sagte der Colonel. »Schließlich sieht's nicht so aus, als wenn der Mistkerl käme.« Er ging auf den Hof hinaus, der auf der Rückseite des Hauses lag. Dort war Forebode damit beschäftigt, ein gewaltiges schwarzes Pferd zu striegeln. »Alles bereit für morgen, Forebode? Fox fit?«

»Hab ihn heute morgen in der Gegend rumgescheucht«, sagte Forebode, ein magerer Mann mit dicht zusammenstehenden Augen und kurzen Haaren. »Lief ziemlich schnell.«

»Schön, schön«, sagte der Colonel. »Na, wir brechen früh auf.« Drinnen wußte Mrs. Heathcote-Kilkoon immer noch nicht, was sie von der Geschichte halten sollte.

»Bist du sicher, daß du ins richtige Hotel gegangen bist?« fragte sie den Major.

»Ich bin in den Laden gegangen und habe nach dem Hotel gefragt«, versicherte der Major. »Der Kerl versuchte, mir ein Bett zu verkaufen. Dachte wohl, das wär's, was ich wollte.«

»Das klingt ja höchst sonderbar«, sagte Mrs. Heathcote-Kilkoon.

»Ich sagte, ich wollte kein Bett«, sagte der Major. »Und er schickte mich schließlich über die Straße zu dem Hotel.«

»Und die hatten nichts von ihm gehört?«

»Wußten nichts von irgendeinem Kommandanten van Heerden.«

»Vielleicht kommt er morgen zum Vorschein«, sagte Mrs. Heathcote-Kilkoon nachdenklich.

8

Ohne jede Ahnung von den ungeheuerlichen Ereignissen in Piemburg verbrachte Kommandant van Heerden dennoch eine unruhige erste Nacht in seinem Zimmer im Kurhaus Weezen. Zum einen reizte der starke Schwefelgeruch seine Geruchsnerven, und zum anderen ließ sich einer der vielen Wasserhähne in seinem Zimmer nicht davon abhalten, unregelmäßig zu tropfen. Der Kommandant versuchte, den schwefligen Gestank loszuwerden, indem er das Zimmer mit dem Deodorant aussprühte, das er sich gekauft hatte, um bei Mrs. Heathcote-Kilkoon keinen körperlichen Anstoß zu erregen. Das sich daraus ergebende Potpourri war eigentlich noch schauerlicher als der Schwefel alleine, jedenfalls brachte es seine Augen zum Tränen. Er stand auf und öffnete das Fenster, um den Geruch rauszulassen, stellte aber lediglich fest, daß er einen Moskito reingelassen hatte. Er machte das Fenster wieder zu, knipste das Licht an und brachte den Moskito mit einem Pantoffel zur Strecke. Er stieg wieder ins Bett, und der Wasserhahn tropfte. Er kletterte wieder raus, drehte alle sechs Hähne fest zu und ging wieder ins Bett. Diesmal war er kurz vorm Einschlafen, als ein dumpfes Rumpeln in den Rohren sich so anhörte, als platzten sie gleich. In der höheren Klempnerei gab es nichts, wozu er imstande gewesen wäre, also lag er da und lauschte dem Rumpeln, während er durch die milchigen Scheiben beobachtete, wie der Mond verschwommen aufging. Früh am Morgen schlief er endlich ein, wurde aber um halb acht schon wieder von einem farbigen Mädchen geweckt, das ihm eine Tasse Tee brachte. Der

Kommandant setzte sich auf und trank etwas Tee. Er hatte schon ein bißchen geschluckt, als er bemerkte, wie gräßlich er schmeckte. Einen Moment lang ging ihm der Gedanke durch den Kopf, er sei Opfer eines Giftanschlags geworden, ehe ihm klar wurde, daß der Geschmack auf den allgegenwärtigen Schwefel zurückzuführen war. Er kletterte aus dem Bett und begann, sich mit Wasser, das abscheulich schmeckte, die Zähne zu putzen. Gründlich angewidert wusch er sich, zog sich an und ging in die Brunnenhalle zum Frühstück.

»Obstsaft«, bestellte er, als ihn die Kellnerin fragte, was er wünsche. Er ließ gleich noch einen zweiten kommen, als sie ihm den ersten brachte, und den Grapefruitsaft im Mund herumspülend gelang es ihm, etwas von dem Schwefelgeschmack loszuwerden.

»Die Eier gekocht oder gebraten?« fragte die Kellnerin. Der Kommandant sagte gebraten, weil es nicht ganz so wahrscheinlich war, daß sie verhunzt würden. Als der Alte kam und fragte, ob alles in Ordnung sei, ergriff der Kommandant die Gelegenheit und fragte ihn, ob es möglich sei, etwas frisches Wasser zu bekommen.

»Frisch?« fragte der Alte. »Das Wasser hier ist so frisch wie Mutter Natur es nur machen kann. Haben heiße Quellen hier drunten. Kommen direkt aus den Eingeweiden der Erde.«

»Das glaube ich gerne«, sagte der Kommandant.

Wenig später kam Mr. Mulpurgo herein, der sich wie üblich an den Tisch neben dem Brunnen setzte.

»Guten Morgen«, sagte der Kommandant heiter und fühlte sich durch das ziemlich kühle »Morgen«, mit dem ihm gedankt wurde, etwas gekränkt. Der Kommandant versuchte es nochmal.

»Wie geht's den Flatulenzen heute morgen?« fragte er mitfühlend.

Mr. Mulpurgo bestellte Corn-flakes, Eier mit Schinken, Toast und Orangenmarmelade, ehe er antwortete.

»Flatulenzen?«

»Sie sagten gestern, sie seien wegen Flatulenzen hier«, sagte der Kommandant.

»Oh«, sagte Mr. Mulpurgo im Ton von jemandem, der nicht daran erinnert werden möchte, was er gestern gesagt hat. »Viel besser, danke.«

Der Kommandant wies das Angebot der Kellnerin, ihm Kaffee zu bringen, zurück und bestellte sich einen dritten Obstsaft.

»Ich habe über den Wurm nachgedacht, von dem Sie gestern sprachen, über den, der niemals stirbt«, sagte er, während Mr. Mulpurgo versuchte, die Schwarte von einem zähen Stück Schinken abzukriegen. »Stimmt es, daß Würmer nicht sterben?«

Mr. Mulpurgo sah ihn mißtrauisch an. »Mein persönlicher Eindruck ist, daß Würmer gegen die Auswirkungen der Sterblichkeit nicht immun sind«, sagte er schließlich, »und daß sie in ihrer eigenen Entsprechung von siebenzig Jahren diese fleischliche Pelle von sich schütteln.« Er konzentrierte sich auf seine Eier mit Schinken und überließ es dem Kommandanten, darüber nachzudenken, ob Würmer irgendwas abschütteln könnten. Er fragte sich, was wohl eine fleischliche Pelle sei. Es hörte sich ein bißchen nach Speckschwarte an.

»Aber Sie erwähnten einen, der das nicht tat«, sagte er, nachdem er über die Angelegenheit ein wenig nachgedacht hatte.

»Der was nicht tat?«

»Sterben.«

»Ich habe das metaphorisch gemeint«, sagte Mr. Mulpurgo. »Ich sprach von der Wiedergeburt.« Wie ein widerspenstiger alter Seebär, der durch die hartnäckige Neugier des Kommandanten zum Handeln angespornt wird, befand sich Mr. Mulpurgo mit einemmal in der Situation, daß er zu einer so ausführlichen Rede die Segel setzte, wie sie nicht zu seinen Plänen für diesen Morgen gehört hatte. Er hatte vorgehabt, in seinem Zimmer friedlich an seiner Dissertation zu arbeiten. Statt dessen mußte er eine Stunde später feststellen, daß er am

Fluß entlangschlenderte und seine Ansicht erläuterte, das Studium der Literatur verleihe dem Leben des Lesers eine neue Dimension. Kommandant van Heerden, der neben ihm dahertrottete, erkannte gelegentlich eine ihm nicht gänzlich fremde Wendung wieder, war aber ansonsten ausschließlich in Bewunderung für die intellektuelle Großartigkeit seines Begleiters erstarrt. Er hatte keine Ahnung, was »ästhetisches Bewußtsein« oder »gesteigerte Sensibilität« waren, nur »emotionale Anämie« ließ ihn irgendwie an Eisenmangel denken, aber das waren alles kleinere Probleme neben dem größeren, daß Mr. Mulpurgo ungeachtet aller seiner Abschweifungen ihm offenbar mitzuteilen schien, daß ein Mensch durch das Studium der Literatur wiedergeboren werden könne. Das zumindest bekam der Kommandant spitz, und da die Botschaft aus einer offensichtlich so wohlinformierten Quelle kam, schöpfte er neue Hoffnung, daß er eines Tages die von ihm so sehr ersehnte Wandlung erlangen werde.

»Sie halten also Herzverpflanzungen für gar nicht gut?« fragte er, als Mr. Mulpurgo innehielt, um Atem zu schöpfen. Der Verehrer Rupert Brookes sah ihn argwöhnisch an. Nicht zum ersten Mal hatte Mr. Mulpurgo das Gefühl, daß er zum Narren gehalten werde, aber Kommandant van Heerdens Gesicht strahlte eine groteske Unschuld aus, die absolut entwaffnend war.

Mr. Mulpurgo nahm also lieber an, der Kommandant wärme auf seine schrullige Art die Argumente zugunsten der Naturwissenschaft wieder auf, die C. P. Snow in seinem berühmten Streitgespräch mit F. R. Leavis vorgebracht hatte. Wenn nicht, dann hatte Mr. Mulpurgo keine Idee, wovon der Kommandant redete.

»Die Naturwissenschaften geben sich nur mit äußeren Dingen ab«, sagte er. »Was wir brauchen, ist die Veränderung der Natur des Menschen von innen.«

»Ich hatte immer angenommen, Herzverpflanzungen täten das ganz gut«, sagte der Kommandant.

»Herzverpflanzungen verändern die Natur des Menschen nicht im geringsten«, sagte Mr. Mulpurgo, der den Gedankengang des Kommandanten nicht weniger unverständlich fand als der Kommandant seinen. Was Organverpflanzungen mit gesteigerter Sensibilität zu tun hatten, konnte er sich einfach nicht denken. Er beschloß, das Thema zu wechseln, ehe es zu wirr wurde.

»Kennen Sie die Berge hier gut?« fragte er.

Der Kommandant sagte, er persönlich kenne sie gar nicht, aber sein Ururgroßvater habe sie im Großen Treck überquert.

»Ließ er sich in Zululand nieder?« fragte Mr. Mulpurgo.

»Er wurde dort ermordet«, sagte der Kommandant. Mr. Mulpurgo hörte das mit Bedauern.

»Von Dingaan«, fuhr der Kommandant fort. »Meine Ururgroßmutter war eine der wenigen Frauen, die das Blutbad am Blaauwkrans River überlebten. Die Zulutruppen fielen ohne Warnung über sie her und hackten alles zu Tode.«

»Eine gräßliche Sache«, murmelte Mr. Mulpurgo. Seine eigene Familiengeschichte war nicht so bunt. An seine Ururgroßmutter konnte er sich nicht erinnern, aber er hatte das ziemlich sichere Gefühl, daß sie von niemandem massakriert worden war.

»Das ist der eine Grund, warum wir den Kaffern nicht trauen«, fuhr der Kommandant fort.

»Es besteht keine Gefahr, daß das wieder passiert«, sagte Mr. Mulpurgo.

»Bei Kaffern weiß man das nie«, sagte der Kommandant. »Der Leopard kann nicht aus seinem Fell.«

Seine liberalen Ansichten zwangen Mr. Mulpurgo zu widersprechen.

»Aber ich bitte Sie, Sie wollen damit doch wohl nicht sagen, daß Sie die Afrikaner von heute für Wilde halten«, sagte er milde. »Ich kenne ein paar, die sind hochgebildet.«

»Schwarze sind Wilde«, beharrte der Kommandant hitzig, »und je gebildeter sie sind, desto gefährlicher werden sie.«

Mr. Mulpurgo seufzte.

»So ein wunderschönes Land«, sagte er. »Ich finde es so schade, daß Menschen verschiedener Rasse darin nicht friedlich zusammenleben können.«

Kommandant van Heerden warf ihm einen sonderbaren Blick zu.

»Es gehört zu meiner Aufgabe, dafür zu sorgen, daß Menschen verschiedener Rasse nicht zusammenleben«, sagte er im Ton einer Warnung. »Folgen Sie meinem Rat und schlagen Sie sich diese Idee aus dem Kopf. Ich sähe einen so netten jungen Burschen wie Sie nicht gerne ins Gefängnis wandern.«

Mr. Mulpurgo verstummte und bekam einen Schluckauf.

»Ich wollte damit nicht sagen«, begann er, aber der Kommandant unterbrach ihn.

»Ich wollte damit nicht sagen, daß das passieren muß«, sagte er freundlich. »Wir alle haben hin und wieder solche Ideen, aber es ist besser, man vergißt sie. Wenn Sie 'ne schwarze Möse brauchen, gehen Sie rauf nach Lourenço Marques. Bei den Portugiesen kriegen Sie sowas völlig legal, verstehen Sie? Sogar hübsche Mädchen, das kann ich Ihnen sagen.« Mr. Mulpurgo hörte mit seinem Schluckuck auf, aber er sah den Kommandanten immer noch sehr ängstlich an. Das Leben an der Universität von Zululand hatte ihn auf eine Begegnung wie diese einfach nicht vorbereitet.

»Sie sehen«, fuhr der Kommandant fort, während sie ihren Spaziergang wieder aufnahmen, »wir wissen alles über euch Intellektuelle und euer Gerede von Bildung für die Kaffern und Gleichberechtigung. O ja, wir haben ein Auge auf euch, keine Sorge.«

Mr. Mulpurgo beruhigte das nicht. Er wußte ganz genau, daß die Polizei ein Auge auf die Universität hatte. Es hatte zu viele Razzien gegeben, um was anderes zu denken. So allmählich fragte er sich, ob der Kommandant ihn absichtlich aufs Korn genommen habe, um ihn auszuquetschen. Der Gedanke führte zu einem neuen Schluckauf.

»In diesem Lande gibt es nur eine echte Frage«, fuhr der

Kommandant fort, dem die Wirkung, die er auf seinen Begleiter hatte, überhaupt nicht zu Bewußtsein kam, »und die lautet: Wer arbeitet für wen? Arbeite ich für einen Kaffern oder arbeitet er für mich? Was sagen Sie dazu?«

Mr. Mulpurgo versuchte zu sagen, daß es schade sei, daß die Menschen nicht brüderlich zusammenarbeiten könnten, aber sein Schluckauf war zu heftig, als daß er sich hätte richtig verständlich machen können.

»Also, ich arbeite doch nicht unten in irgendeiner Goldmine, um ein schwarzes Arschloch reich zu machen«, sagte der Kommandant, indem er das ignorierte, was er für einen akuten Flatulenzanfall hielt, »und ich will mir von keinem Kaffer sagen lassen, ich solle ihm seinen Wagen waschen. Hund frißt Hund, aber ich bin der dickere Hund. Das ist es, was ihr Intellektuellen manchmal vergeßt.«

Nach dieser simplen Darstellung seiner Lebensphilosophie beschloß der Kommandant, daß es Zeit sei zurückzukehren.

»Ich muß gehen und rausfinden, wo meine Freunde wohnen«, sagte er.

Eine Weile spazierten sie schweigend weiter. Mr. Mulpurgo grübelte über des Kommandanten spencerianische Ansichten über die Gesellschaft nach, während der Kommandant ignorierte, was er eben über den Leoparden und sein Fell gesagt hatte, und darüber nachdachte, ob er durch die Lektüre von Büchern ein Engländer werden könne.

»Wie gehen Sie eigentlich an das Studium ihres Gedichts heran?« fragte er wenig später.

Mr. Mulpurgo kehrte mit einiger Erleichterung zum Thema seiner Dissertation zurück.

»Das Wichtigste ist, sich Aufzeichnungen zu machen«, erklärte er. »Ich mache Verweise und Kreuzverweise und ordne sie. Zum Beispiel benutzt Brooke häufig den Geruch als Metapher. Wir finden ihn in ›Wollust‹, im ›Zweitbesten‹ und natürlich in ›Morgendämmerung‹.«

»Er ist ständig da«, sagte der Kommandant. »Es liegt am Wasser, da ist Schwefel drin.«

»Schwefel?« sagte Mr. Mulpurgo geistesabwesend. »Ja, der kommt in ›Die letzte Seligkeit‹ vor: ›Und neuen Schwefel schleud're auf die Sünd' in Fleischesfarben.‹«

»Davon weiß ich nichts«, sagte der Kommandant beunruhigt, »aber heute morgen haben sie mir sicher welchen in den Tee getan«.

Als sie am Hotel ankamen, war Mr. Mulpurgo zu dem Schluß gelangt, daß der Kommandant an ihm doch kein berufliches Interesse habe. Er hatte ihm zweimal den »Himmel« vorgetragen und erklärt, was »Fische, fliegenvoll« bedeutet, und war allmählich der Meinung, der Kommandant sei ein recht netter Mann, trotz seiner Äußerungen vorhin.

»Ich muß sagen, für einen Polizisten haben Sie ungewöhnliche Interessen«, sagte er leutselig, als sie die Stufen zur Terrasse hochstiegen. »Aus den Zeitungen hatte ich einen ganz anderen Eindruck bekommen.«

Kommandant van Heerden lächelte hintergründig.

»In den Zeitungen stehen eine Menge Lügen über mich«, sagte er. »Sie dürfen nicht alles glauben, was Sie lesen.«

»Sind nicht so schwarz, wie Sie gezeichnet werden, was?« sagte Mr. Mulpurgo.

Der Kommandant blieb wie angewurzelt stehen.

»Wer hat irgendwas davon gesagt, daß ich schwarz wäre?« fragte er leichenblaß.

»Niemand. Niemand«, sagte Mr. Mulpurgo, der über seinen *faux pas* erschrak. »Es handelte sich lediglich um eine Redewendung.«

Aber Kommandant van Heerden hörte gar nicht mehr zu. »Ich bin so weiß wie der nächstbeste Mensch«, schrie er, »und wenn ich irgendein Schwein was anderes sagen höre, reiße ich ihm die Eier ab. Haben Sie gehört? Ich kastriere den Scheißkerl. Ich will von Ihnen nicht nochmal sowas hören«, und er warf sich mit solcher Wucht in die Drehtür, daß die beiden Fliegen völlig unabsichtlich ins Freie befördert wurden. Mr. Mulpurgo lehnte sich gegen die Balustrade und versuchte, seinen Schluckauf unter Kontrolle zu bekommen. Als die Tür sich schließlich nicht mehr drehte, riß er sich zusammen und ging zitternd den Gang entlang zu seinem Zimmer.

Kommandant van Heerden holte die Autoschlüssel aus seinem Zimmer und ging hinaus zu seinem Wagen. Innerlich wütete er noch immer über diese Beleidigung seiner Vorfahren.

»Ich bin so weiß wie der nächstbeste Mensch«, murmelte er und schob sich blind an einem Zulugärtner vorbei, der ein Blumenbeet jätete. Er stieg in seinen Wagen und fuhr wütend nach Weezen hinein. Er war noch immer schlechter Laune, als er auf dem staubigen Platz parkte und die Treppe zu dem Laden hochstieg. Dort warteten ein paar Bauern darauf, bedient zu werden. Der Kommandant scherte sich nicht um sie und redete den dürren Mann hinter dem Ladentisch an.

»Wissen Sie, wo die Heathcote-Kilkoons wohnen?« fragte er.

Der Dürre überhörte seine Frage und bediente seinen Kunden weiter.

»Ich sagte, wissen Sie, wo die Heathcote-Kilkoons wohnen?« sagte der Kommandant noch einmal.

»Hab's schon das erste Mal verstanden«, sagte der Mann zu ihm und schwieg.

»Na und?«

»Ich bediene gerade«, sagte der dürre Mann. Von den Bauern war ein Gemurmel zu hören, aber der Kommandant war viel zu gereizt, um darauf zu achten.

»Ich habe eine höfliche Frage gestellt«, beharrte er.

»Auf unhöfliche Art und Weise«, sagte ihm der Mann. »Wenn Sie eine Antwort wollen, warten Sie, bis Sie an der Reihe sind, und fragen, wie es sich gehört«

»Wissen Sie überhaupt, wer ich bin?« fragte wütend der Kommandant.

»Nein«, sagte der Mann, »und es interessiert mich auch nicht. Aber ich weiß, wo Sie sind. Auf meinem Grund und Boden, und davon können Sie zum Teufel nochmal verschwinden.«

Der Kommandant sah sich wutschnaubend um. Alle Männer im Laden starrten ihn unfreundlich an. Er drehte sich um und rannte polternd auf die Veranda hinaus. Hinter ihm lachte jemand, und er meinte, die Worte »Blöder Burenarsch« zu hören. Schon lange hatte ihn niemand mehr Burenarsch genannt. Erst einen Nigger und jetzt einen Burenarsch. Er blieb einen Moment stehen, bis er sich wieder mühselig beherrschte, dann ging er wieder in den Laden.

Er stand in der Tür, eine kompakte Silhouette, den sonnenbeschienenen Platz hinter sich. Die Männer drinnen starrten ihn an.

»Mein Name ist van Heerden«, sagte der Kommandant mit leiser, furchtbarer Stimme, »ich bin Polizeikommandant in Piemburg. Sie werden noch an mich denken.« Das war ein Wort, das überall sonst in Zululand Furcht und Schrecken hervorgerufen hätte. Hier versagte es hoffnungslos.

»Wir sind hier in Klein-England«, sagte der dürre Mann. »Raus!«

Der Kommandant drehte sich um und ging. Er war weggejagt worden wie ein Hund. Das war eine Beleidigung, die er niemals vergessen würde. Ohne etwas zu sehen, stieg er die Stufen zur Straße hinunter, blieb mit zusammengebissenen Zähnen stehen und blickte feindselig zu der großen Königin hinüber, deren schlichte Arroganz im Augenblick gar keinen Reiz mehr für ihn hatte. Er, Kommandant van Heerden, dessen Vorfahren ihre Wagen aus eigener Kraft über die Aardvarkberge geschoben hatten, der gegen die Zulus am Blood River gekämpft hatte und gegen die Briten am Spionskop, er war weggejagt worden wie ein Kaffernköter von Männern, deren Familien beim ersten Anzeichen von Schwierigkeiten aus Indien und Ägypten und Kenia abgehauen waren.

»Dämliche alte Kuh«, sagte der Kommandant zu der Statue und drehte ihr den Rücken, um sich auf die Suche nach dem Postamt zu machen. Beim Laufen legte sich sein Zorn langsam und machte einem verdutzten Staunen über die Arroganz der Engländer Platz. »Klein-England«, hatte der Dürre gesagt, als sei er stolz darauf, daß es so klein ist. Für Kommandant van Heerden lag da kein Sinn drin. Er stampfte den Bürgersteig entlang und grübelte über die Ungerechtigkeit eines Schicksals nach, das ihm die Macht zu herrschen gegeben hatte, aber kein Selbstvertrauen, das der natürliche Verbündete der Macht ist. Auf irgendwie seltsame Weise erkannte er das Recht des Ladenbesitzers an, ihn wie einen Hund zu behandeln, egal, was für ehrfurchtgebietende Ausweise er vorzeigte. »Ich bin halt ein Burenmensch«, dachte er mit plötzlichem Selbstmitleid und sah sich allein in einer fremden Welt, ohne Verbindung zu jeder wahren Gemeinschaft, vielmehr zuweilen einsam und verlassen unter lauter fremden, feindlichen Stämmen. Die Engländer hatten ihr »Home«, jenes kalte, doch gastliche Eiland im Norden, auf das sie jederzeit zurückkehren konnten. Die Schwarzen hatten Afrika, den riesigen Erdteil, von dem kein Recht oder Gesetz sie jemals vollständig vertreiben konnte. Er aber, ein Afrikaander, hatte nur Willen und Macht und Verschlagenheit zwischen sich und dem Vergessen. Keine Heimat außer der hier. Keine Zeit außer der jetzt. Mit einer ihm bisher unbekannten Angst angesichts seiner eigenen Belanglosigkeit bog der Kommandant in eine Seitenstraße zum Postamt ein.

Auf White Ladies bat Mrs. Heathcote-Kilkoon, die in dem vergeblichen Versuch, ihrer Langeweile zu entfliehen, träge in einer Monate alten *Illustrated London News* blätterte, Major Bloxham, ihr einen Dry Martini zu mixen.

»Man sollte doch denken, er ließe es uns wissen, wenn er nicht kommt«, sagte sie schmollend. »Ich meine, es ist doch nur das Gebot normaler Höflichkeit, eine Postkarte zu schikken.«

»Was erwartest du von einer Sau anderes als ein Grunzen?« sagte der Major. »Aus Schweineohren kann man eben keine Seidentäschchen machen.«

»Wahrscheinlich hast du recht«, murmelte Mrs. Heathcote-Kilkoon, »ich sehe gerade, daß Prinzessin Anne zur

Sportlerin des Jahres gewählt wurde.«

»Mich wundert, daß sie's angenommen hat«, sagte der Major. »Scheint mir was recht Ordinäres zu sein.«

»Ach, ich weiß nicht«, sagte Mrs. Heathcote-Kilkoon. »Heutzutage adelt man ja auch Jockeys.«

Nach dem Mittagessen bestand Mrs. Heathcote-Kilkoon darauf auszufahren, und der Colonel, der von seinem Börsenmakler ein Telegramm erwartete, fuhr sie nach Weezen und dann zum Tee hinüber ins Sani Pass Hotel.

Der Kommandant, der im Postamt endlich ihre Adresse erfahren hatte, fand das Haus leer, als er es am Nachmittag aufsuchte. Er hatte seine gute Laune wiedererlangt, wenn auch nicht sein Selbstvertrauen, und so war er durchaus nicht überrascht vom Ausbleiben eines Willkommensgrußes, den ihm weder das leere Haus noch der alte Zulu-Butler darboten, der an der Tür erschien, als er klingelte.

»Master ausgegangen«, sagte der Butler, und der Kommandant kehrte mit dem Gefühl zu seinem Wagen zurück, daß dieser Tag für ihn kein Glückstag sei. Er warf noch einen Blick auf Haus und Garten, ehe er wieder in seinen Wagen stieg, und versuchte, etwas von dem Selbstgefühl in sich aufzunehmen, das die ganze Atmosphäre so deutlich ausstrahlte. Kurzgeschorene Rasenflächen und akkurate Blumenrabatten, sorgfältig etikettierte Rosenbüsche und ein Strauch, der zur Figur eines Huhns zurechtgestutzt war, alles war gefällig angeordnet. Sogar die Obstbäume im Garten sahen aus, als habe ihnen ein Regimentsbarbier einen Militärhaarschnitt verpaßt. An einer Mauer wuchs ein Weinstock symmetrisch in die Höhe, während das Haus mit seinen Quaderwänden und den mit Läden verschlossenen Fenstern in seiner Mischung aus georgianischer Garnison und Art nouveau auf behaglichen Luxus schließen ließ. An einem Fahnenmast hing der Union Jack schlaff in der heißen Sommerluft, und der Kommandant, der seine Wut vom Vormittag vergaß, war froh, ihn dort zu sehen. Und, dachte er, weil die Heathcote-Kilkoons echte Briten waren, keine Abkömmlinge von Siedlern, war hier alles so schmuck und atmete so ein an Disziplin gewöhntes Selbstbewußtsein. Er stieg in seinen Wagen und fuhr zum Hotel. Er verbrachte den Rest des Nachmittags damit, am Fluß zu angeln, mit keinem größeren Glück, als er es vorher gehabt hatte, aber er erholte sich damit von den Aufregungen des Vormittags. Wieder stellte sich dieses seltsame Gefühl der Selbstbeobachtung ein, in dem er sich selbst von weitem sah, und damit kam das Gefühl gelassener Billigung seiner selbst über ihn, nicht so, wie er war, sondern so, wie er in ferner Zukunft unter anderen, besseren Umständen vielleicht einmal wäre. Als die Sonne hinter den Aardvarkbergen versank, nahm er seine Angel auseinander und spazierte durch die rasch einfallende Dämmerung zum Hotel zurück. Irgendwo in seiner Nähe hatte jemand einen Schluckauf, aber der Kommandant überhörte das Gesprächsangebot. Für diesen Tag hatte er genug von Mr. Mulpurgo. Er aß zu Abend und ging zeitig mit einem neuen Roman von Dornford Yates zu Bett. Er hatte den Titel *Leicht verderbliche Waren.*

In Piemburg stand die Operation »Mohrenwäsche« kurz vor einer neuen Phase. Luitenant Verkramp hatte seine zehn Freiwilligen noch einmal in einer lebensnahen Situation getestet und war zufrieden, weil das Experiment absolut erfolgreich gewesen war. Schwarzen Frauen gegenübergestellt, hatten die freiwilligen Versuchspersonen allesamt eine durch und durch überzeugende Abneigung gegen sie an den Tag gelegt, und Verkramp war soweit, mit Phase zwei zu beginnen. Sergeant Breitenbachs Begeisterung über das Projekt war wie immer weniger glühend.

»Zweihundert auf einen Schlag in der Exerzierhalle?« fragte er ungläubig. »Zweihundert Polizisten auf Stühle gefesselt und verkabelt in der Exerzierhalle?«

»Und ein Sergeant, der den Projektor bedient und die Elektroschocks verabreicht«, sagte Verkramp. »Was soll denn daran schwierig sein?«

»Zum einen wird es verdammt schwierig werden, zweihundert stinknormale Polizeiwachtmeister dazu zu kriegen, sich dort hinzusetzen«, sagte der Sergeant, »und außerdem ist es sowieso nicht möglich. Die Generatoren sind nicht stark genug, um zweihundert Mann einen elektrischen Schlag zu versetzen.«

»Wir nehmen das Hauptkabel«, sagte Verkramp.

Sergeant Breitenbach sah ihn mit hervorquellenden Augen an.

»Sie nehmen was?«

»Das Hauptkabel«, sagte Verkramp. »Natürlich mit einem Transformator.«

»Natürlich«, sagte der Sergeant und lachte etwas irre, »ein Transformator an der Hauptleitung. Und was passiert, wenn was schiefgeht?«

»Nichts wird schiefgehen«, sagte Verkramp, aber Sergeant Breitenbach hörte nicht mehr zu. Er sah im Geist eine Exerzierhalle vor sich, die mit den Leichen von zweihundert Polizisten angefüllt war, die einen tödlichen Stromschlag erlitten hatten, während ihnen Dias von nackten Negerfrauen gezeigt wurden. Ganz abgesehen von dem öffentlichen Entrüstungsschrei würde er so gut wie sicher von den Witwen gelyncht werden.

»Damit will ich nichts zu tun haben«, sagte er mit Nachdruck. »Da können Sie machen, was Sie wollen.« Er drehte sich um und wollte das Büro verlassen, aber der amtierende Kommandant rief ihn zurück.

»Sergeant Breitenbach, was wir hier machen, dient dem höchsten Wohle der weißen Rasse in Südafrika«, sagte Verkramp feierlich. »Sind Sie bereit, die Zukunft Ihres Landes zu opfern, bloß weil Sie Angst haben, ein Risiko einzugehen?«

»Ja«, sagte Sergeant Breitenbach, der nicht einzusehen vermochte, wie die Hinrichtung von zweihundert Polizisten Südafrika nützen sollte.

Luitenant Verkramp griff zu wesentlich praktischeren Argumenten.

»Auf jeden Fall werden Sicherungen verwendet, um eventuelle Überbelastungen zu vermeiden«, sagte er.

»15 Ampère, nehme ich an«, sagte der Sergeant sarkastisch.

»Sowas in der Richtung«, sagte Verkramp munter, »die Einzelheiten überlasse ich dem Polizeielektriker.«

»Besser dem Leichenbestatter«, sagte der Sergeant, dessen Kenntnisse in Sachen Starkstrom ein bißchen weniger begrenzt waren. »Auf jeden Fall bekommen Sie die Leute nie dazu, sich dieser Prozedur zu unterziehen. Ich möchte keinen Menschen dazu zwingen, die Gefahr einzugehen, durch einen elektrischen Schlag getötet zu werden.«

Luitenant Verkramp lächelte.

»Zwang ist gar nicht nötig«, sagte er. »Sie haben alle die notwendigen Formulare unterschrieben.«

»Ein Formular zu unterschreiben, ist eine Sache. Es ist aber was anderes, jemandem zu gestatten, einem Elektroschocks zu verabreichen. Und wie steht's mit dem elektrischen Strom? Wo wollen Sie den denn herkriegen. Seit der Sabotageakte sind doch alle Leitungen tot.«

Luitenant Verkramp wählte die Nummer des Direktors des Elektrizitätswerks. Während er wartete, zeigte er Sergeant Breitenbach die Formulare, die die Männer unterschrieben hatten. »Lesen Sie das Kleingedruckte unten«, sagte er zu ihm.

»Kann ich nicht ohne Brille«, sagte der Sergeant. Verkramp schnappte sich das Formular und las es laut vor.

»Ich gestehe frei und aus eigenem Willen, daß ich mit Bantufrauen Geschlechtsverkehr hatte und dringend eine Behandlung benötige«, sagte er, ehe er von einem empörten Aufschrei aus dem Telefonhörer unterbrochen wurde. Der Direktor des Elektrizitätswerks war dran.

»Sie tun was?« schrie der Direktor, entsetzt über das Geständnis, dessen Zeuge er soeben geworden war.

»Ich doch nicht«, versuchte Verkramp zu erklären.

»Ich habe Sie aber ganz deutlich gehört«, brüllte der Direktor zurück. »Sie sagten: ›Ich gestehe frei und aus eigenem Willen, daß ich mit Bantufrauen Geschlechtsverkehr hatte.‹

Leugnen Sie, wenn Sie können.«

»Na schön, ich hab's gesagt...«, begann Verkramp, aber der Direktor war zu aufgebracht, um ihn weiterreden zu lassen.

»Was habe ich gesagt? Sie können's nicht leugnen. Es ist eine Unerhörtheit. Sie rufen mich an, um mir mitzuteilen, daß Sie mit Kaffernmädchen schlafen. Ich hätte nicht übel Lust, die Polizei anzurufen.«

»Hier ist die Polizei«, sagte Verkramp.

»Du lieber Gott, die ganze Welt ist verrückt geworden«, schrie der Direktor.

»Ich habe bloß das Geständnis eines Häftlings laut vorgelesen«, erklärte Verkramp.

»Durchs Telefon?« fragte der Direktor. »Und warum ausgerechnet mir? Ich habe schon ohne solchen Mist genug Scherereien auf dem Hals.«

Sergeant Breitenbach verließ Verkramp, damit der allein die Sache mit dem Elektrizitätswerk geradebiegen konnte. Seit Verkramp das Kommando übernommen hatte, war das Tempo der Ereignisse so schnell geworden, daß es dem Sergeant allmählich ganz wirblig im Kopf war.

Genau dasselbe konnte man vom Geisteszustand von Verkramps Geheimagenten sagen. Schlafmangel, die dauernden Wohnungswechsel, das unablässige Verfolgen und Verfolgtwerden, die einen so großen Teil ihrer Pflichten einnahmen, hatten sie aufs äußerste erschöpft und das bißchen Beziehung zur Wirklichkeit, das sie sowieso nur gehabt hatten, schrecklich beeinträchtigt. Das einzige, was sie alle sicher wußten, war, daß sie den Befehl erhalten hatten, die wahren Saboteure zu veranlassen, etwas in die Luft zu sprengen. Im Café Florian saßen sie um einen Tisch herum und arbeiteten darauf hin.

745396 schlug das Treibstofflager auf dem Rangierbahnhof als geeignetes Ziel vor. 628461 empfahl das Gaswerk. 885974, der sich nicht ausstechen lassen wollte, riet zu der Abwasserbeseitigungsanlage, weil die nachfolgende Epidemie der Sache des Weltkommunismus außerordentlich nützen würde, und auch alle anderen hatten ihre bevorzugten Ziele. Als sie endlich die Pros und Kontras aller Vorschläge diskutiert hatten, wußte keiner mehr genau, auf welches Ziel man sich schließlich geeinigt hatte, und die Atmosphäre gegenseitigen Mißtrauens war von 885974 aufgeheizt worden, der 745396 beschuldigt hatte, ein Polizeispitzel zu sein, weil er annahm, das werde die Glaubwürdigkeit seiner Behauptung, er sei ein echter Saboteur, steigern. Beschuldigungen und Gegenbeschuldigungen flogen hin und her, und als die Gruppe das Café Florian endlich verließ, um ihrer nicht allzu getrennten Wege zu gehen, war jeder Agent entschlossen, sich gegenüber den anderen mit einer Demonstration des eigenen Sabotageeifers zu beweisen. In jener Nacht erlebte Piemburg eine zweite Attentatswelle.

Um zehn explodierte das Treibstofflager und setzte einen Güterzug im Rangierbahnhof in Brand. Um halb elf flog der Gasometer mit einem Donnergetöse in die Luft, das die Fenster in mehreren Nachbarstraßen aus den Rahmen fetzte. Als die Feuerwehr in die verschiedenen Richtungen eilte, ging die Abwasserbeseitigungsanlage hoch. Überall in der zuvor dunklen Stadt brachen Brände aus. Um eine weitere Ausbreitung des Feuers im Rangierbahnhof zu verhindern, wurde der Güterzug herausgefahren, worauf er vier Geräteschuppen in den Gärten ansteckte und einen Grasbrand hervorrief, der sich in ein Zuckerrohrfeld ausbreitete. Am Morgen war Piemburgs Feuerwehrbrigade total am Ende, und eine dunkle Rauchwolke hing unheilvoll über der Stadt.

Als Sergeant Breitenbach ins Polizeibüro kam, war sein Gesicht mit Heftpflaster zugeklebt. Er hatte gerade aus seinem Schlafzimmerfenster gesehen, als der Gasometer explodierte. Er fand Verkramp verzweifelt damit beschäftigt, mehrere Botschaften seiner Agenten zu entschlüsseln, die ihm, wie er hoffte, irgendeinen Hinweis auf den neuerlichen Ausbruch von Gewalt geben würden. Bisher hatte er nur erfahren, daß an den Öltanks von einem Mann Sabotage verübt werden solle, der sich Jack Jones nannte und im Putspan Hotel wohnte. Bis Verkramp die Botschaft erhalten und entschlüsselt hatte, waren sowohl die Treibstofftanks als auch Jack Jones verschwunden. Der Direktor des Outspan Hotels teilte ihm mit, der Mann sei schon vor zwei Tagen ausgezogen.

»Was machen Sie eigentlich?« fragte Sergeant Breitenbach, als er das Büro betrat. Der amtierende Kommandant stopfte die Botschaften eilig in eine Schublade seines Schreibtischs.

»Nichts«, sagte er nervös, »gar nichts.«

Sergeant Breitenbach musterte das Handbuch über Tierzucht, das als Codebuch für diesen Tag diente, und fragte sich, ob Verkramp daran denke, auf die Landwirtschaft umzusatteln. Angesichts der Katastrophen, die sich unter seinem Kommando ereigneten, erschien es ihm klug von Verkramp, an seinen Ruhestand zu denken.

»Nun?« fragte Verkramp, verärgert, weil man ihn gestört hatte. »Was gibt's?«

»Wär's nicht Zeit, daß Sie irgendwas wegen dieser Saboteure unternehmen? Die Dinge geraten außer Kontrolle«, sagte der Sergeant.

Verkramp rutschte unruhig auf seinem Stuhl herum. Er hatte das Gefühl, seine Autorität werde in Zweifel gezogen.

»Ich merke, Sie sind heute morgen auf der falschen Seite aus dem Bett gestiegen«, sagte er.

»Ich bin überhaupt nicht rausgestiegen«, sagte der Sergeant, »ich wurde rausgepustet. Von der Abwasserbeseitigungsanlage.«

Verkramp lächelte.

»Ich dachte, Sie hätten sich beim Rasieren geschnitten«, sagte er.

»Das war der Gasometer«, teilte ihm Sergeant Breitenbach mit. »Ich sah gerade aus dem Fenster, als er in die Luft ging.«

»Durch. Nicht aus«, sagte Verkramp pedantisch.

»Durch was?«

»Durch das Fenster. Wenn Sie aus dem Fenster gesehen hätten, wären Sie nicht von herumfliegendem Glas getroffen worden. Es ist für einen Polizisten wirklich sehr wichtig, die Dinge korrekt darzustellen.«

Sergeant Breitenbach erklärte, er sei froh, daß er noch am Leben sei.

»Knapp vorbei ist so gut wie eine Meile«, sagte Verkramp.

»Eine halbe Meile«, sagte der Sergeant.

»Eine halbe Meile?«

»Ich wohne eine halbe Meile vom Gasometer weg, da Sie ja die Dinge korrekt dargestellt haben wollen«, sagte der Sergeant. »Wie es für die Leute war, die gleich daneben wohnen, kann ich mir nicht vorstellen.«

Luitenant Verkramp stand auf, schlenderte hinüber ans Fenster und sah hinaus. Irgend etwas an der Art, wie er dastand, erinnerte den Sergeant an einen Film, in dem er einen General am Vorabend der Schlacht hatte dastehen sehen. Verkramp hatte eine Hand auf dem Rücken und die andere in den Uniformrock geklemmt.

»Bald werde ich einen Schlag gegen die Wurzel alles Übels führen«, sagte er emphatisch, dann drehte er sich um und fixierte den Sergeant mit einem durchdringenden Blick. »Haben Sie dem Übel jemals ins Auge geschaut?«

Sergeant Breitenbach, der sich an den Gasometer erinnerte, sagte, das habe er.

»Dann werden Sie wissen, wovon ich rede«, sagte Verkramp orakelhaft und setzte sich.

»Was meinen Sie, wo wir mit der Suche beginnen?« fragte der Sergeant.

»Im Herzen der Menschen«, sagte Verkramp.

»Bitte wo?« fragte der Sergeant.

»Im Herzen der Menschen. In ihrer Seele. Im Innersten ihres Wesens.«

»Nach Saboteuren?« fragte Sergeant Breitenbach.

»Nach dem Bösen«, sagte Verkramp. Er überreichte dem Sergeant eine lange Namensliste. »Ich möchte diese Leute sofort in die Exerzierhalle zum Rapport. Alles ist bereit. Die Stühle sind verkabelt, und Projektor und Leinwand sind aufgestellt. Hier ist eine Liste der Beamten, die die Behandlung vornehmen werden.«

Sergeant Breitenbach starrte seinen Vorgesetzten wie vom Donner gerührt an.

»Sie sind verrückt«, sagte er endlich. »Sie müssen Ihren Verstand verloren haben. Wir haben es mit der dicksten Attentatswelle zu tun, die die Stadt je erlebt hat, Treibstofftanks und Gasometer gehen hoch und Sendemasten kommen runter, und Sie können an nichts anderes denken, als wie man die Leute daran hindert, mit Schwarzen ins Bett zu gehen. Sie sind einfach irre verrückt.« Der Sergeant verstummte, von der Treffsicherheit seiner letzten Bemerkung verblüfft. Ehe er noch irgendwelche weiteren Schlüsse daraus ziehen konnte, war Verkramp aufgesprungen.

»Sergeant Breitenbach«, schrie er, und der Sergeant wurde vor seiner Wut ganz klein, »weigern Sie sich, meiner Order zu gehorchen?« Eine satanische Hoffnungsfreude in Verkramps Stimme ließ den Sergeant erschauern.

»Nein, Sir. Einer Order nicht«, sagte er. Das hochheilige Wort erinnerte ihn an seine unkritischen Gefühle. »Law und Order müssen stets aufrecht erhalten werden.«

Luitenant Verkramp war besänftigt.

»Genau«, sagte er. »Also, ich bin hier in dieser Stadt das Gesetz und gebe die Befehle. Mein Befehl ist, daß Sie sofort damit beginnen, die Aversionstherapie zu verabreichen. Je eher wir eine wirklich christliche und nicht zu verführende Polizeitruppe haben, desto eher werden wir das Böse ausrotten können, wovon die Bombenanschläge nur das äußere Anzeichen sind. Es ist sinnlos, nur das Äußere des Bösen zu kurieren, Sergeant, wenn wir nicht zuerst das ganze Staatswesen säubern, und das ist, so Gott will, was ich vorhabe. Was in Piemburg vorgefallen ist, sollte uns allen eine Lektion sein. Der Rauch dort draußen ist das himmlische Zeichen des Zorns Gottes. Sorgen wir dafür, daß wir nicht noch mehr davon auf uns ziehen.«

»Ja, Sir. Das hoffe ich ehrlich, Sir«, sagte Sergeant Breitenbach. »Wollen Sie, daß irgendwelche besonderen Vorkehrungen für den Fall getroffen werden, daß wir's doch tun, Sir? Irgendwelche Wachposten bei den noch existierenden öffentlichen Einrichtungen?«

»Nicht nötig, Sergeant«, sagte Verkramp hochmütig, »ich habe die Sache in der Hand.«

»Sehr gut, Sir«, sagte Sergeant Breitenbach und verließ das Zimmer, um die Befehle auszuführen. Zwanzig Minuten später stand er so etwas wie einer Meuterei gegenüber, als zweihundert Polizeiwachtmeister, die über die sich verschlimmernde Lage in der Stadt bereits beunruhigt waren, sich partout nicht auf den Stühlen festbinden lassen wollten, die an einen gewaltigen Transformator angeschlossen waren. Nicht wenige hatten schon geäußert, lieber würden sie einen Prozeß über sich ergehen lassen dafür, daß sie mit Kaffernmädchen geschlafen hätten, und das Risiko eingehen, zehn Hiebe mit einem schweren Stock und sieben Jahre Zwangsarbeit aufgebrummt zu kriegen, als Gefahr zu laufen, sozusagen auf dem elektrischen Stuhl zu sterben. Schließlich rief er Luitenant Verkramp an und schilderte ihm das Dilemma. Verkramp sagte, er sei in fünf Minuten unten.

Als er ankam, mußte er feststellen, daß die Männer in offener Rebellion in der Exerzierhalle herumliefen.

»Raus!« kommandierte er energisch und wandte sich an Sergeant Breitenbach. »Lassen Sie die Männer abteilungsweise unter ihren Sergeants antreten.«

Zweihundert Polizeiwachtmeister stellten sich gehorsam auf dem Paradeplatz auf. Luitenant Verkramp richtete das Wort an sie.

»Männer«, sagte er. »Männer der Südafrikanischen Polizei, ihr seid zusammengeholt worden, um eure feste Treue zu eurem Land und eurer Rasse unter Beweis zu stellen. Die Feinde Südafrikas haben sich schwarzer Frauen bedient, um euch vom Pfad der Tugend abzulenken. Jetzt habt ihr die Chance zu beweisen, daß ihr das große Vertrauen wert seid, das Südafrikas Frauen in euch gesetzt haben. Eure Frauen und Mütter, eure Schwestern und Töchter schauen auf euch in diesem erhabenen Moment der Prüfung, in dem ihr euch als getreue Väter und Ehemänner erweisen werdet. Die Probe, der ihr euch nun unterziehen müßt, wird diese Treue beweisen. Ihr kommt einzeln in die Exerzierhalle, wo euch gewisse Bilder gezeigt werden. Diejenigen von euch, die auf sie nicht reagieren, kehren auf der Stelle zum Polizeibüro zurück. Diejenigen von euch, die die Prüfung nicht bestehen, versammeln sich hier auf dem Paradeplatz und warten weitere Instruktionen ab. In der Zwischenzeit wird Sergeant Breitenbach mit allen übrigen Exerzieren üben. Weitermachen, Sergeant.«

Während die Polizisten auf dem heißen Paradeplatz hin und hermarschierten, sahen sie die Männer, die einzeln aufgerufen wurden, in der Exerzierhalle verschwinden. Ganz offensichtlich bestanden sie alle die Prüfung, denn keiner kehrte auf den Paradeplatz zurück. Als der letzte Mann durch die Tür ging, folgte ihm Sergeant Breitenbach neugierig hinein, um zu sehen, was passiert war. Vor seinen Augen wurde der letzte Wachtmeister von vier Sergeants gepackt, bekam schnell Heftpflaster über den Mund geklebt und wurde auf den letzten leeren Stuhl gebunden. Zweihundert stumme Wachtmeister starrten entsetzt auf ihren amtierenden Kommandanten. Die Lampen wurden aus- und der Projektor angeschaltet. Auf der riesigen Leinwand am Ende der Halle erschien das leuchtendhelle Farbfoto einer kolossalen Negerin, nackt wie am Tage ihrer Geburt, nur vierzigmal so groß. Luitenant Verkramp stieg auf die Bühne und stand vor der Leinwand, wobei er das Geschlechtsorgan der Frau zum Teil verdeckte, während ein Strahlenkranz aus Schamhaaren um seinen Kopf hervorsproß. Mit ekelerregendem Realismus öffnete Verkramp den Mund, und sein Gesicht war fahl von den projizierten Schamlippen.

»Das hier geschieht zu eurem Wohle«, sagte er. »Wenn ihr diese Halle verlaßt, werden euch eure rassenschänderischen

Neigungen für immer ausgetrieben sein. Ihr werdet von der Wollust des Fleisches befreit sein. Beginnen Sie die Behandlung.« Zu seinen Füßen zuckten zweihundert Polizisten auf ihren Sitzen mit einem Gleichtakt der Bewegung, der ihnen beim Exerzieren sichtlich gefehlt hatte.

Als sie zur Polizeidienststelle zurückfuhren, gratulierte Sergeant Breitenbach dem Luitenant zu seiner List.

»Es ist alles eine Frage der Psychologie«, sagte Verkramp selbstgefällig. »Wie heißt es doch so schön? ›Teile und herrsche‹.«

9

In der Nervenheilanstalt Fort Rapier war sich Frau Dr. von Blimenstein der Auswirkungen, die ihr Rat in der Frage der Aversionstherapie auf das Leben von Piemburgs Polizisten hatte, nicht im geringsten bewußt. Sie dachte immer noch an Verkramp und fragte sich, warum er sich bei ihr nicht gemeldet habe, aber der Ausbruch der Sabotageakte gab ihr eine Erklärung, die obendrein ihre Eitelkeit befriedigte. »Er ist zu beschäftigt, das arme Lämmchen«, dachte sie und fand einen Ausgleich für ihre Enttäuschung in dem Versuch, mit dem Ansturm der Patienten fertigzuwerden, die als Folge auf die Bombenanschläge an akuten Ängsten litten. Viele von ihnen litten an der Blutbad-Phobie und hatten die fixe Idee, sie würden eines Morgens vom schwarzen Diener von nebenan in Stücke gehackt werden. Frau Dr. von Blimenstein war gegen diese Seuche nicht immun, die unter den südafrikanischen Weißen endemisch war, aber sie tat ihr Bestes, die Ängste ihrer neuen Patienten zu dämpfen.

»Warum denn der Diener von nebenan?« fragte sie eine besonders fassungslose Frau, die nicht einmal einen schwarzen Krankenpfleger zum Leeren ihres Nachttopfs in ihr Krankenzimmer lassen wollte, sondern es lieber selber machte, eine so außerordentlich entwürdigende Tätigkeit für eine Weiße, daß das ein klares Symptom für Wahnsinn war.

»Weil mir das mein Küchenjunge gesagt hat«, sagte die Frau unter Tränen.

»Er hat gesagt, der Diener von nebenan käme und brächte Sie um?« fragte Dr. von Blimenstein geduldig.

Die Frau rang um Fassung.

»Ich sagte zu ihm: ›Joseph, du würdest doch deine Missus nicht umbringen, nicht wahr?‹, und er sagte: ›Nein, Missus, der Boy von nebenan würde Sie umbringen, und ich würde seine Missus für ihn umbringen.‹ Sie sehen, sie haben sich schon alles fertig zurechtgelegt. Wir werden in unseren Betten massakriert, wenn sie uns früh um sieben den Tee bringen.«

»Sie meinen nicht, daß es vielleicht vernünftig wäre, den Morgentee aufzugeben?« fragte die Ärztin, aber die Frau wollte nichts davon hören.

»Ich glaube nicht, daß ich den Tag ohne meine morgendliche Tasse Tee durchhalten könnte«, sagte sie. Dr. von Blimenstein verzichtete auf den Hinweis, sie sähe einen logischen Widerspruch zwischen dieser Bemerkung und den früheren Behauptungen, man werde sie in Stücke hacken. Statt dessen schrieb sie das in solchen Fällen übliche Rezept aus und schickte die Frau zum Schießunterricht.

»Beschäftigungstherapie«, erklärte sie der Frau, die wenig später voller Glück einen 38er Revolver auf Ziele abfeuerte, die so gestaltet waren, daß sie wie schwarze Dienstboten aussahen, die Teetabletts in der einen und Buschmesser in der anderen Hand hielten.

Dr. von Blimensteins nächste Patientin litt am Schwarzschwanzfieber, das noch häufiger auftrat als die Blutbad-Phobie.

»Die haben so wahnsinnig große«, flüsterte die Frau der Doktorin zu, als sie gefragt wurde, was denn ihr Leiden sei.

»Große was?« fragte Frau Dr. von Blimenstein, obwohl sie die Symptome sofort erkannte.

»Das wissen Sie doch. Dingeriche«, murmelte die Frau undeutlich.

»Dingeriche?«

»Zebedäusse.«

»Zebedäusse?« fragte die Ärztin, die der Ansicht war, es gehöre zu der Behandlung, die Patienten dazu zu bekommen, ihre Ängste offen zu äußern. Die Frau vor ihr wurde puterrot.

»Ihre Piesemänner«, sagte sie im wilden Versuch, sich verständlich zu machen.

»Tut mir leid, aber Sie müssen sich schon klarer ausdrükken, meine Liebe«, sagte Dr. von Blimenstein, »ich habe keine Ahnung, was Sie mir damit sagen wollen.«

Die Frau nahm all ihren Mut zusammen. »Sie haben lange Hahnewackel«, sagte sie schließlich. Dr. von Blimenstein schrieb es auf, wobei sie jedes Wort wiederholte. »Sie... haben... lange... Hahne... wackel.« Sie blickte auf. »Und was ist ein Hahnewackel?« fragte sie fröhlich. Die Patientin sah sie wütend an.

»Wollen Sie damit sagen, Sie wissen es nicht?« fragte sie.

Dr. von Blimenstein schüttelte den Kopf. »Ich habe keine Ahnung«, log sie.

»Sie sind nicht verheiratet?« fragte die Frau. Die Doktorin schüttelte wieder den Kopf. »Na, in dem Fall sage ich's Ihnen nicht. Das finden Sie dann schon in der Hochzeitsnacht raus.« Sie fiel in ein störrisches Schweigen.

»Wollen wir nochmal von vorne anfangen?« fragte Dr. von Blimenstein. »Hahnewackel ist gleich Piesemann ist gleich Zebedäus ist gleich Dingerich. Ist das richtig?«

»Meine Güte«, rief die Frau, entsetzt über alle die Sexualeuphemismen. »Ich rede von ihren Knubbeln.«

»Ist gleich Knubbel«, sagte die Ärztin und schrieb es hin. Die Frau von ihr wand sich vor Verlegenheit.

»Was wollen Sie denn von mir? Daß ich es ihnen haarklein buchstabiere?« schrie sie.

»Tun Sie das bitte«, sagte die Ärztin. »Ich denke, wir sollten in dieser Sache keine Mißverständnisse aufkommen lassen.« Die Patientin zitterte.

»Ess, Zeh, Ha, Weh, A, Enn, Zett, ergibt Schwanz«, schrie sie. Sie schien zu meinen, das sei der genaue Terminus.

»Ach, Sie meinen Penis, stimmt's, meine Liebe?« fragte Dr. von Blimenstein.

»Ja«, kreischte die Patientin hysterisch, »ich meine Penis, Schwanz, Hahnewackel, Piesemann, den ganzen Käse. Es ist doch ganz egal, wie man's nennt. Sie haben jedenfalls alle riesige.«

»Wer denn?«

»Die Kaffern. Die haben welche, die sind 'n halben Meter lang und zehn Zentimeter dick und haben Vorhäute wie Regenschirme und...«

»Aha, wir wollen das mal eben festhalten«, sagte Dr. von Blimenstein, als die Frau immer hysterischer wurde. Angesichts der sowieso schon großen Verlegenheit der Frau war dieser Vorschlag mehr, als sie verkraften konnte.

»Festhalten?« schrie sie. »Festhalten? Ich könnte nicht mal einen Blick darauf ertragen, geschweige denn so ein gräßliches Ding festhalten.«

Dr. von Blimenstein beugte sich über den Schreibtisch.

»So habe ich das nicht gemeint«, sagte sie. »Sie fassen das zu weit.«

»Weit?« kreischte die Frau. »Weit ist gar kein Ausdruck. Weitaus weiter, als ich's fassen kann. Die zersprengen einem ja sofort die...«

»Versuchen Sie doch mal, die Sache so zu sehen...«

»Ich will sie aber nicht sehen. Das meine ich ja die ganze Zeit. Ich habe Angst, sie zu sehen.«

»Ich meine, im richtigen Verhältnis«, ließ die Doktorin gebieterisch vernehmen.

»Im Verhältnis zu was?« schrie die Frau. »Wohl im Verhältnis zu meiner Miezekatze. Also, ich sage Ihnen, ich fasse es nicht.«

»Das verlangt ja auch keiner«, sagte die Ärztin. »Ich sage von vornherein...«

»Von vornherein? Von vornherein? Sagen Sie mir bloß noch, die versuchen's auch anders.« Die Patientin war jetzt aufgesprungen.

Dr. von Blimenstein stand ebenfalls auf und drückte die Patientin wieder auf ihren Stuhl.

»Wir wollen doch die Phantasie nicht mit uns durchgehen lassen«, sagte sie beschwichtigend. »Sie sind bei mir völlig sicher. Also dann«, fuhr sie fort, als die Frau sich beruhigt hatte, »wenn die Sache hier irgendwas bringen soll, müssen wir uns klarmachen, daß Penisse nur die Symptome sind. Wir müssen die Sache, die dahinter steckt, suchen.«

Die Frau sah sich wild im Zimmer um. »Das ist nicht schwer«, sagte sie, »die sind überall.«

Dr. von Blimenstein beeilte sich mit der Erklärung. »Was ich meine, ist der tiefsitzende... Was ist denn jetzt los?« Die Frau war ohnmächtig umgefallen. Als sie wieder zu sich kam, änderte die Ärztin ihre Strategie.

»Ich werde jetzt kein Wort mehr sagen«, erklärte sie, »ich möchte nur, daß Sie mir sagen, was Sie denken.«

Die Frau faßte sich wieder und überlegte.

»Sie hängen Gewichte unten dran, um sie länger zu machen«, sagte sie endlich.

»Tatsächlich?« sagte die Ärztin. »Das ist ja interessant.«

»Ist es nicht. Es ist abstoßend.«

Dr. von Blimenstein räumte ein, daß es auch abstoßend sei.

»Sie laufen mit halben Ziegelsteinen rum, die sie sich mit Bindfäden unten dranbinden«, fuhr die Frau fort. »Unter ihren Hosen natürlich.«

»Das hoffe ich doch«, sagte Frau Dr. von Blimenstein.

»Sie tun auch Butter drauf, um sie zum Wachsen zu bringen. Sie glauben, Butter hilft.«

»Ich hätte gedacht, das erschwerte es, den Backstein dran zu behalten«, sagte Dr. von Blimenstein, die praktischer dachte. »Der Bindfaden rutscht doch weg, oder?«

Die Frau dachte über das Problem nach.

»Sie binden den Bindfaden zuerst dran fest«, sagte sie nach einer Weile.

»Das scheint mir recht logisch«, sagte die Psychiaterin. »Gibt's sonst noch etwas, das Sie mir erzählen möchten? Ihr Eheleben stellt Sie zufrieden?«

»Naja«, sagte die Frau unsicher, »es könnte schlimmer

sein, wenn Sie verstehen, was ich meine.« Dr. von Blimenstein nickte verständnisvoll.

»Ich glaube, wir können Ihnen Ihre Angst nehmen«, sagte sie und machte sich ein paar Notizen. »Tja, die Behandlung, die ich Ihnen jetzt verschreibe, ist auf den ersten Blick etwas ungewöhnlich, aber Sie werden bald hinter ihren Sinn kommen. Als erstes machen wir das folgende. Wir gewöhnen Sie an die Vorstellung, einen ganz kleinen Penis in der Hand zu haben, einen kleinen, weißen Penis, und dann...«

»Woran wollen Sie mich gewöhnen?« fragte die Frau verdutzt und mit einem Blick, der die Vermutung nahelegte, sie dächte, die Ärztin sei verrückt.

»Kleine, weiße Penisse in der Hand zu halten.«

»Sie sind wohl wahnsinnig«, schrie die Frau. »Davon würde ich nicht einmal träumen. Ich bin eine anständige verheiratete Frau, und wenn Sie glauben, ich würde...« Sie begann, hysterisch zu schluchzen.

Dr. von Blimenstein lehnte sich besänftigend über den Schreibtisch.

»In Ordnung«, sagte sie. »Wir legen die Penisse zunächst mal beiseite.«

»Du großer Gott«, rief die Frau, »und ich glaubte, ich hätte die Behandlung nötig.«

Dr. von Blimenstein beruhigte sie. »Ich meine, ich lasse sie weg«, sagte sie. »Fangen wir einfach mal mit Bleistiften an. Haben Sie irgendeine tief verwurzelte Abneigung dagegen, einen Bleistift in der Hand zu halten?«

»Natürlich nicht«, sagte die Frau. »Zum Kuckuck, warum sollte ich etwas dagegen haben?«

»Oder einen Kugelschreiber?« Dr. von Blimenstein forschte im Gesicht der Frau, ob sie vielleicht zögerte.

»Kugelschreiber finde ich prima. Auch Füllfederhalter«, sagte die Patientin.

»Wie steht's mit einer Banane?«

»Wollen Sie, daß ich sie in der Hand halte oder esse?« wollte die Frau wissen.

»Bloß in der Hand halten.«

»Kein Problem.«

»Eine Banane und zwei Pflaumen?«

Die Frau warf ihr einen skeptischen Blick zu. »Ich halte 'n Obstsalat in der Hand, wenn Sie der Meinung sind, das hilft mir irgendwie, aber was Sie zum Teufel nochmal damit zu erreichen gedenken, das geht über meinen Horizont.«

Schließlich begann Dr. von Blimenstein die Behandlung damit, daß sie die Patientin daran gewöhnte, eine Zucchini in der Hand zu halten, bis sie bei ihr keine Angstsymptome mehr hervorrief.

Während die Doktorin sich mit den psychischen Problemen ihrer Patienten herumschlug und Verkramp seinem Gott mit der Austreibung von Teufeln diente, brachte Kommandant van Heerden ereignislose Tage in Weezen damit zu, daß er am Fluß angelte, die Romane von Dornford Yates las und darüber nachdachte, warum die Heathcote-Kilkoons, seit er bei ihnen vorgesprochen hatte, sich nicht mit ihm im Hotel in Verbindung gesetzt hatten. Am vierten Tag vergaß er seinen Stolz und trat an Mr. Mulpurgo heran, der, da er ja in allen anderen Dingen eine Autorität war, ihm als der geeignetste Mensch erschien, ihm die Rätsel der englischen Etikette zu lüften.

Er fand Mr. Mulpurgo im Garten in einer alten Rosenlaube leise mit seinem Schluckauf kämpfen. Der Kommandant setzte sich neben den Englischdozenten auf die Bank.

»Ich überlege, ob Sie mir wohl helfen könnten«, begann er. Mr. Mulpurgo hickte laut.

»Worum geht's denn?« fragte er nervös. »Ich habe zu tun.«

»Wenn man Sie eingeladen hätte, ein paar Tage bei Leuten auf dem Lande zu verbringen«, sagte der Kommandant, »und Sie wären im Hotel angekommen, aber diese Leute kämen Sie nicht besuchen, was dächten Sie da?«

Mr. Mulpurgo versuchte, sich vorzustellen, worauf der Kommandant hinaus wollte.

»Wenn ich von Leuten eingeladen worden wäre, ein paar Tage bei ihnen auf dem Lande zu verbringen«, sagte er, »dann wüßte ich nicht, was ich in einem Hotel sollte, es sei denn natürlich, die Leute besäßen ein Hotel.«

»Nein«, sagte der Kommandant, »das tun sie nicht.«

»Was sollte ich also dann in einem Hotel?«

»Sie haben mir gesagt, das Haus wäre voll.«

»Na und, ist es das?« wollte Mr. Mulpurgo wissen.

»Nein«, sagte der Kommandant, »sie sind gar nicht da.« Er machte eine Pause. »Das heißt, sie waren nicht da, als ich neulich hinfuhr.«

Mr. Mulpurgo sagte, das höre sich sehr sonderbar an.

»Wissen Sie genau, daß Sie sich nicht im Datum geirrt haben?« fragte er.

»Oh ja. Das habe ich überprüft«, sagte der Kommandant.

»Sie könnten sie doch anrufen.«

»Sie haben kein Telefon.«

Mr. Mulpurgo griff wieder zu seinem Buch. »Sie sind da offenbar in ziemlichen Schwulitäten«, sagte er. »Ich an Ihrer Stelle würde es, glaub' ich, nochmal mit einem Besuch probieren, und wenn die Leute nicht da sind, nach Hause fahren.«

Der Kommandant nickte unsicher. »Wahrscheinlich haben Sie recht«, sagte er. Mr. Mulpurgos Schluckauf meldete sich wieder. »Immer noch Flatulenzen?« fragte der Kommandant mitfühlend. »Sie sollten mal versuchen, den Atem anzuhalten. Manchmal hilft's.«

Mr. Mulpurgo sagte, das habe er schon mehrere Male versucht, jedoch ohne Ergebnis.

»Ich habe mal einen Mann vom Schluckauf geheilt«, fuhr der Kommandant, Erinnerungen nachhängend, fort, »indem ich ihm einen Schrecken einjagte. Es handelte sich um einen Autodieb.«

»Tatsächlich«, sagte Mr. Mulpurgo. »Und was haben Sie gemacht?«

»Ich sagte ihm, daß man ihn auspeitschen würde.«

Mr. Mulpurgo erschauerte. »Einfach gräßlich«, sagte er.

»Und das wurde er auch«, sagte der Kommandant. »Bekam fünfzehn Hiebe ... verlor aber auch seinen Schluckauf.« Er lächelte bei dem Gedanken. Der Englischdozent neben ihm dachte über die furchtbaren Hintergründe dieses Lächelns nach, und es war ihm, und das nicht zum ersten Mal, als befinde er sich in der Gegenwart einer Naturgewalt, für die es keine Zweifel über richtig oder falsch, keine moralischen Empfindungen, keine ethischen Erwägungen gab, sondern nur die rohe Gewalt. In der Naivität des Kommandanten lag etwas Entsetzliches. Der Ausspruch des Kommandanten, »Hund frißt Hund«, hatte nichts auch nur entfernt Metaphorisches an sich gehabt. Er war nicht mehr und nicht weniger als ein Faktum in seinem Leben. Vor der Wirklichkeit dieser Welt roher Gewalt wurden Mr. Mulpurgos literarische Bestrebungen zum schieren Nichts.

»Ich nehme an, Sie finden Auspeitschungen großartig«, sagte er, obwohl er die Antwort wußte.

»Das ist das einzige, was wirklich funktioniert«, sagte der Kommandant. »Gefängnis nützt gar nichts. Das ist viel zu bequem. Aber wenn ein Mensch mal ausgepeitscht wurde, vergißt er es nicht mehr. Es ist dasselbe wie mit dem Hängen.«

»Immer angenommen, es gibt ein Leben nach dem Tode«, sagte Mr. Mulpurgo. »Sonst würde ich meinen, das Hängen wäre die beste Möglichkeit, es zu vergessen, die man sich vorstellen könnte.«

»Leben nach dem Tod oder nicht – ein Mensch, der gehängt ist, begeht keine Verbrechen mehr, das können Sie mir glauben«, sagte der Kommandant.

»Und ist das alles, was für Sie zählt?« fragte Mr. Mulpurgo. »Daß er keine Verbrechen mehr begeht?«

Kommandant van Heerden nickte.

»Das ist mein Job«, sagte er, »dafür werde ich bezahlt.«

Mr Mulpurgo versuchte es nochmal.

»Bedeutet Ihnen das Leben denn gar nichts? Die Unverletzlichkeit des Lebens, seine Schönheit, seine Freuden und seine Unschuld?«

»Wenn ich ein Lammkotelett esse, denke ich nicht über Schafe nach«, sagte der Kommandant. Mr. Mulpurgo schluckte bei dieser Vorstellung.

»Was für ein schreckliches Bild vom Leben Sie haben«, sagte er. »Es scheint darin überhaupt keine Hoffnung zu geben.«

Der Kommandant lächelte. »Es besteht immer Hoffnung, mein Freund«, sagte er, während er Mr. Mulpurgo auf die Schulter klopfte und sich damit gleichzeitig von seinem Sitz hochstemmte. »Es besteht immer Hoffnung.«

Der Kommandant stampfte davon, und bald darauf erhob sich auch Mr. Mulpurgo von der Bank in der Laube und spazierte nach Weezen.

»Ungeheuer viele Betrunkene sind dieser Tage unterwegs«, bemerkte Major Bloxham am nächsten Morgen beim Frühstück. »Traf einen Burschen letzte Nacht in der Bar. Lehrt Englisch an der Universität. Kann nicht älter als dreißig gewesen sein. Sternhagelvoll und schrie die ganze Zeit irgendwas von einem Sinn in der Flüssigkeit aller Dinge. Mußte ihn zu seinem Hotel bringen. Sowas wie ein Kurhaus.«

»Weiß auch nicht, worauf junge Leute so kommen«, sagte der Colonel. »Wenn's nicht das Trinken ist, sind's die Drogen. Das ganze Land geht vor die Hunde.« Er stand auf und ging hinaus zu den Hundezwingern, um nachzusehen, wie Forebode vorankam.

»Kurhaus?« fragte Mrs. Heathcote-Kilkoon, als der Colonel draußen war. »Sagtest du Kurhaus, Boy?«

»Ziemlich heruntergekommener Schuppen. Beherbergt Gäste«, sagte der Major.

»Dann muß es das sein, wo der Kommandant abgestiegen ist«, sagte Mrs. Heathcote-Kilkoon. Sie beendete ihr Frühstück und befahl den Rolls, und wenig später fuhr sie hinüber nach Weezen und ließ den Colonel und Major Bloxham daheim über die Sitzordnung beim Clubdinner am Abend diskutieren. Clubdinners waren so langweilige Sachen, langweilig und unwirklich. Den Leuten in Zululand fehlte der Chic, der das Leben in Nairobi so erträglich gemacht hatte. Viel zu *raffiné*, dachte sie, wobei sie bei dem kleinen Vorrat französischer Wörter Rückhalt suchte, mit dem sie *au fait* war und der bei ihren Freunden in Kenia *de rigueur* gewesen war. Das war es, was an dem Kommandanten so anders war. Niemand konnte ihn etwa bezichtigen, *raffiné* zu sein.

»Er hat was so Erdnahes«, murmelte sie, als sie ihren Wagen vor dem Kurhaus von Weezen parkte und in das Gebäude hineinging.

Etwas ganz und gar Erdnahes hatte auch das Zimmer des Kommandanten, als sie es endlich fand und anklopfte. Der Kommandant öffnete in Unterhosen, die er gerade gewechselt hatte, um angeln zu gehen, und machte die Tür schleunigst wieder zu. Als er sie gebührend bekleidet wieder aufmachte, hatte Mrs. Heathcote-Kilkoon, die die Zeit damit verbracht hatte, sich das Emailleschild an der Tür genau anzusehen, über die Herkunft des Geruchs ihre eigenen Schlüsse gezogen.

»Kommen Sie doch herein«, sagte der Kommandant, womit er wiederum diesen Mangel an Vornehmheit bewies, den Mrs. Heathcote-Kilkoon so anziehend fand. Sie betrat das Zimmer und blickte sich unsicher um.

»Ich will Sie um Gottes willen nicht unterbrechen«, sagte sie und schielte vielsagend auf die Hähne und Schläuche.

»Das tun Sie absolut nicht. Ich wollte nur gerade...«

»Eben«, sagte Mrs. Heathcote-Kilkoon rasch. »Wir brauchen ja nicht in die Details zu gehen. Ich darf wohl sagen, wir haben alle unsere kleinen Leiden.«

»Leiden?« sagte der Kommandant.

Mrs. Heathcote-Kilkoon zog die Nase kraus und öffnete die Tür.

»Obgleich, nach dem Geruch hier drin zu urteilen, Ihre wohl viel ernster als die meisten sind.« Sie trat auf den Korridor, und der Kommandant folgte ihr.

»Es ist der Schwefel«, beeilte er sich zu erklären.

»Unsinn«, sagte Mrs. Heathcote-Kilkoon, »es ist die fehlende Bewegung. Na, das biegen wir bald wieder zurecht. Was Sie brauchen, ist ein guter Galopp vor dem Frühstück. Wie steht's denn mit ihrem Sitz?«

Kommandant van Heerden sagte ihr ziemlich beleidigt, soweit er wisse, sei daran alles in Ordnung.

»Na, das ist doch schon was«, sagte Mrs. Heathcote-Kilkoon.

Sie gingen durch die Drehtür nach draußen und blieben auf der Terrasse stehen, wo die Luft frischer war. Mrs. Heathcote-Kilkoons Betragen verlor etwas von seiner Strenge.

»Es tut mir ja so leid, daß Sie hier so kläglich gestrandet sind«, sagte sie. »Es ist alles unsere Schuld. Wir haben im Hotel in der Stadt nach Ihnen gesucht, aber daß es dieses Haus hier gibt, wußte ich nicht.«

Sie lehnte sich elegant gegen die Balustrade und besah sich das Gebäude mit seinem getüpfelten Portikus und der ausgeblichenen Inschrift. Der Kommandant erklärte, daß er sie anzurufen versucht habe, daß er aber die Nummer nicht habe finden können.

»Natürlich konnten Sie das nicht, mein Lieber«, sagte Mrs. Heathcote-Kilkoon, während sie seinen Arm nahm und ihn hinunter in den Garten führte. »Wir haben gar keine. Henry ist so ein Heimlichtuer, verstehen Sie? Er spekuliert an der Börse und kann den Gedanken nicht ertragen, daß jemand mithört und einen Reibach mit Kaffern macht, weil er mitgekriegt hat, daß Henry seinem Makler den Auftrag gab, Free State Geduld zu kaufen.«

»Das ist verständlich«, sagte der Kommandant, der nur noch Bahnhof verstand.

Sie spazierten den Weg zum Fluß hinunter, und Mrs. Heathcote-Kilkoon schnatterte weiter von dem Leben in Kenia und wie sehr sie die fröhlichen Zeiten in Thomson's Falls vermisse.

»Wir hatten dort ein so entzückendes Haus, Littlewoods Lodge, es war benannt nach... na, tut nichts zur Sache. Sagen wir halt, es war benannt nach Henrys erstem großen *coup*, und natürlich gab es dort hektarweise Azaleen. Ich glaube, das war der Grund, warum Henry von Anfang an nach Kenia wollte. Er ist absolut versessen auf Blumen, verstehen Sie, und Azaleen gedeihen in Südlondon nicht so schrecklich gut.«

Der Kommandant sagte, da müsse der Colonel aber wirklich ein begeisterter Blumenfreund sein, wenn er extra nach Afrika komme, um welche anzubauen.

»Und außerdem waren die Steuern ein Problem«, fuhr Mrs. Heathcote-Kilkoon fort, »ich meine, als Henry erstmal groß abgesahnt hatte... ich meine, als Henry Geld hatte, war es ihm einfach nicht mehr möglich, in England unter dieser gräßlichen Labour-Regierung zu bleiben, die jeden Penny als Steuern kassiert.«

Als sie eine Weile am Fluß entlangspaziert waren, sagte Mrs. Heathcote-Kilkoon, sie müsse nun wieder zurück.

»Also, vergessen Sie nicht, heute abend«, sagte sie, während ihr der Kommandant in den Rolls half, »das Dinner ist um acht, die Cocktails um sieben. Ich freue mich, wenn Sie kommen. *Au 'voir*«, und mit einem Winken ihres mauvefarbenen Handschuhs war sie verschwunden.

»Du hast was gemacht?« sprudelte Colonel Heathcote-Kilkoon hervor, als seine Frau mit der Mitteilung zurückkehrte, der Kommandant komme zum Dinner. »Ist dir klar, daß heute Berry-Abend ist? Wir können doch beim Clubdinner nicht irgendeinen verdammten Ausländer dabeisitzen haben.«

»Ich habe ihn eingeladen, und er kommt«, beharrte Mrs. Heathcote-Kilkoon. »Er hat die ganze letzte Woche in diesem grauenhaften Kurhaus rumgesessen und sich aus purer Langeweile Klistiere verpaßt, bloß weil Boy so ein Idiot ist und in die falsche Bar zum Saufen ging.«

»Oh, ich muß schon sagen«, protestierte Major Bloxham, »das ist nicht sehr fair.«

»Nein, das ist es nicht«, sagte Mrs. Heathcote-Kilkoon, »es ist nicht fair. Und darum kommt er heute abend zum Dinner, Clubdinner oder nicht, und ich erwarte, daß ihr euch beide anständig benehmt.«

Sie ging in ihr Zimmer hinauf und verbrachte den Nachmittag damit, von starken, schweigsamen Männern und dem Moschusgeruch des Kommandanten zu träumen. Sie hörte im Garten draußen das Klappern der Heckenschere des Colonel, der seinen Ärger an den Zierbüschen ausließ. Als Mrs. Heathcote-Kilkoon zum Tee herunterkam, glich der Busch, der vorher wie ein Huhn ausgesehen hatte, eher einem Papagei. Offenbar auch der Colonel.

»Ja, meine Liebe«, »Nein, meine Liebe«, warf der Colonel ein, als Mrs. Heathcote-Kilkoon erklärte, der Kommandant werde ganz fabelhaft zu den anderen Mitgliedern des Clubs passen.

»Schließlich ist er ja kein Analphabet«, sagte sie. »Er hat die Berry-Romane gelesen und mir selber gesagt, daß er ein begeisterter Jünger des Meisters ist.«

Sie ließ die beiden Männer allein und ging in die Küche, um den Zulukoch zu beaufsichtigen, der unter anderem verzweifelt herauszufinden versuchte, wie man *Filet de boeuf en chemise strasbourgeoise* zubereitet.

Sich selbst überlassen, lächelten die beiden Männer durchtrieben.

»Nichts geht über einen Hanswurst beim Dinner«, sagte der Colonel. »Könnte doch recht lustig werden.«

»Der Hofnarr«, sagte der Major. »Machen ihn wütend und haben unsern Spaß dran. Könnten diesem Saukerl auch eins auswischen.«

»Das ist eine Idee«, sagte der Colonel. »Bringen dem Scheißkerl ein paar Manieren bei, was?«

In seinem Zimmer im Kurhaus studierte Kommandant

van Heerden seine *Etikette für jedermann* und versuchte sich einzuprägen, welche Gabel man zum Fisch benutzt. Um sechs nahm er ein zweites behelfsmäßiges Bad und besprühte sich von oben bis unten mit dem Deodorant, um den Schwefelgestank zu übertönen. Dann zog er sich den Harris-Tweed-Anzug an, den er sich bei Scurfield and Todd, den englischen Schneidern in Piemburg, hatte machen lassen und den ihm das farbige Zimmermädchen sorgfältigst gebügelt hatte, und fuhr um sieben nach White Ladies hinauf. Der kiesgestreute Vorplatz stand voller Wagen. Der Kommandant parkte und ging die Treppe zur Haustür hinauf, die ihm vom Zulu-Butler geöffnet wurde. Mrs. Heathcote-Kilkoon kam ihm zur Begrüßung durch die Diele entgegen.

»Oh, mein Gott«, sagte sie anstelle eines Willkomms, entsetzt über den Aufzug des Kommandanten – jedermann sonst trug ein Dinnerjacket –, fügte, mehr *savoir-faire* beweisend, »Na, tut nichts, da kann man eben nichts machen« hinzu und schob den Kommandanten in einen mit Rauch und Reden und Leuten angefüllten Raum.

»Ich kann Henry im Augenblick nicht entdecken«, sagte sie geistesgegenwärtig, während sie den Kommandanten zu einem Tisch dirigierte, an dem Major Bloxham Drinks austeilte. »Aber Boy macht Ihnen inzwischen einen Cocktail.«

»Wie heißt Ihre Giftsorte, alter Junge?« fragte der Major.

Der Kommandant sagte, er wäre sehr dankbar für ein Bier.

Der Major sah ihn schief an. »Können Sie nicht haben, mein lieber Mann«, sagte er. »Cocktails, verstanden? Die guten alten zwanziger Jahre und so weiter. Nehmen Sie mal 'n Oom Paul Special.« Und ehe der Kommandant fragen konnte, was ein Oom Paul Special ist, war der Major schon mit dem Shaker zugange.

»Sehr schmackhaft«, sagte der Kommandant, der an dem Drink nippte, der aus Apfelschnaps und Dubonnet bestand und, um ihn »Special« zu machen, einen Extraschuß Wodka enthielt.

»Freut mich, daß Sie'n mögen«, sagte der Major. »Kippen

Sie'n runter, dann können Sie einen Holzhammer probieren.« Aber ehe sich der Kommandant einen Eindruck von der Wirkung einer Mischung aus Brandy, Rum und Apfelschnaps auf dem Oom Paul Special machen konnte, nahm ihn Mrs. Heathcote-Kilkoon so diskret beiseite wie es die vielen Menschen zuließen, um ihn Henry vorzustellen. Der Colonel besah sich den Anzug des Kommandanten mit Interesse.

»Schön, daß Sie gekommen sind, Kommandant«, sagte er mit einer Freundlichkeit, die seine Frau beunruhigend fand. »Sagen Sie mal, tragen Buren immer Harris-Tweed zu Dinnerparties?«

»Aber Henry«, warf Mrs. Heathcote-Kilkoon ein, bevor der Kommandant antworten konnte, »der Kommandant war auf formelle Anlässe auf dem Land wohl kaum vorbereitet. Mein Mann«, wandte sie sich wieder an den Kommandanten, »ist so ein Pedant in solchen...« Der Rest des Satzes ging im Dröhnen eines kolossalen Gongs unter, und als das Echo verhallte, teilte der Butler mit, daß das Dinner serviert sei. Es war halb acht. Mrs. Heathcote-Kilkoon durchquerte mit einem Satz den Raum, und nach einem kurzen, aber heftigen Meinungsaustausch, in dem sie den Butler zweimal einen schwarzen Dummkopf nannte, kehrte die Gastgeberin mit einem Keramiklächeln zu der Gesellschaft zurück. »Nur ein Mißverständnis wegen der Zeit«, sagte sie, und nach ein paar weiteren Bemerkungen über die Schwierigkeit, anständiges Personal zu bekommen, mischte sie sich wieder heiter ins Gedränge. Der Kommandant, der sich plötzlich alleingelassen fand, trank seinen Oom Paul aus, ging hinüber an die Bar und ließ sich einen Holzhammer mixen. Dann suchte er sich eine stille Ecke neben einem Goldfisch, der zu seinem Anzug paßte, und begutachtete die anderen Gäste. Abgesehen vom Colonel, dessen galliger Blick ihn als Mann von Distinktion zu erkennen gab, waren die anderen Leute kaum das, was der Kommandant erwartet hatte. Sie schienen so etwas wie selbstsichere Unsicherheit auszustrahlen, und ihrer Unterhaltung fehlte der weltgewandte Witz, den er auf den Seiten von *Berry & Co.* gefunden hatte. In einer kleinen Gruppe in seiner Nähe erläuterte ein kleiner dicker Mann, wie er auf Kühlschränke fünfzig Prozent Rabatt bekommen könne, während ein anderer argumentierte, die einzige Möglichkeit, Fleisch zu kaufen, sei en gros. Der Kommandant schlenderte gemächlich im Raum herum und schnappte hier und da einen Satz über Rosen und das Juli-Handikaprennen und die Scheidung von irgend jemandem auf. An der provisorischen Bar reichte ihm Major Bloxham einen Dritten Grad.

»Genau das richtige, was, alter Junge?« sagte er, aber ehe der Kommandant trinken konnte, war der Gong wieder ertönt, und da der Kommandant den Cocktail nicht verkommen lassen wollte, kippte er ihn in das Goldfischglas. Dann ging er zum Dinner.

»Sie sitzen zwischen La Marquise und mir«, sagte Mrs. Heathcote-Kilkoon, als man im Eßzimmer verlegen um den lagen Tisch herumstand, »da sind Sie gut aufgehoben«, und der Kommandant fand sich kurz darauf neben einem Wesen wieder, das er eindeutig für einen schwulen Mann im Dinnerjacket hielt, der alle Leute mit »Darling« anredete. Er rutschte mit seinem Stuhl etwas näher an Mrs. Heathcote-Kilkoon heran, denn er bemerkte zu seiner Beunruhigung, daß der Mann ihn nachdenklich beäugte. Der Kommandant spielte mit dem Silber herum und fragte sich, warum der Colonel ihn so aufmerksam beobachte. In einem Augenblick der Stille fragte ihn der Mann zur Rechten, was er mache.

»Machen?« sagte der Kommandant mißtrauisch. Das Wort hatte ihm zu viele Bedeutungen für eine einfache Antwort.

La Marquise bemerkte seine Verwirrung. »Als Beruf, Darling, als Beruf. Nicht mit mir, um Gottes willen. Das kann ich Ihnen garantieren.« Am Tisch lachte jeder, und der Kommandant erhöhte die Heiterkeit, indem er sagte, er sei Polizist. Er wollte gerade hinzufügen, er habe in seinem Leben schon eine ganze Menge Tunten gesehen, aber..., als ihm Mrs. Heathcote-Kilkoon »Sie ist eine Frau« ins Ohr flüsterte. Der Kommandant wechselte die Farbe von rosarot zu bleich bei der Vorstellung, welcher Schnitzer ihm beinahe unterlaufen wäre, und nahm einen kräftigen Zug von dem australischen Burgunder, der nach Auffassung des Colonel, wie es schien, einem 59er Chambertin fast ebenbürtig war.

Als der Kaffee serviert worden war und der Port kreiste, hatte der Kommandant sein Selbstvertrauen vollkommen wiedergewonnen. Zweimal hatte er, ganz zufällig, La Marquise eins ausgewischt, einmal mit seiner Frage, ob auch ihr Gatte anwesend sei, und das zweite Mal, als er sich quer über sie hinweglehnte, um nach dem Salz zu greifen, und mit Absicht gegen ihren gut verhehlten Busen stieß. Zu seiner Linken preßte Mrs. Heathcote-Kilkoon, vom Wein und der durchdringenden Männlichkeit des Kommandanten erhitzt, ihr Bein vorsichtig gegen seines, wobei sie ein strahlendes Lächeln aufsetzte und mit ihrer Perlenkette spielte. Als sich der Colonel erhob, um den Toast auf den Meister auszubringen, stieß ihn Mrs. Heathcote-Kilkoon leise an und wies auf ein Foto über dem Kaminsims. »Das ist Major Mercer«, flüsterte sie, »Dornford Yates«. Der Kommandant nickte und besah sich das Gesicht, das aus dem Bild angewidert zurückblickte. Zwei streitsüchtige Augen, eines etwas größer als das andere, und ein struppiger Schnurrbart: der romantische Autor sah aus wie ein mürrischer Feldwebel. »Wahrscheinlich kommt das Wort Autorität daher – von Autor«, dachte der Kommandant und reichte den Port falsch herum weiter. Aus Achtung vor La Marquise hatten sich die Damen nicht zurückgezogen, und wenig später brachte der Zulu-Kellner die Zigarren.

»Nicht Ihre Henry Clays, nur rhodesische Macanudos«, sagte der Colonel bescheiden. Der Kommandant nahm sich eine und zündete sie an.

»Jemals versucht, sich selber welche zu drehen?« fragte er den Colonel und war erstaunt über dessen gereizten Gesichtsausdruck.

»Bestimmt nicht«, sagte Colonel Heathcote-Kilkoon, der über den erratischen Kurs des Portweins schon wütend war.

»Wer hat schon mal gehört, daß sich jemand seine Zigarren selber rollt?«

»Ich«, sagte der Kommandant sanft. »Meine Oma hatte eine Farm in den Magaliesbergen und baute Tabak an. Man muß ihn auf der Innenseite des Oberschenkels rollen.«

»Wie entsetzlich omanistisch«, sagte La Marquise schrill. Als das Gelächter vorüber war, fuhr der Kommandant fort: »Meine Oma nahm Schnupftabak. Wir haben ihn ihr immer gemahlen.«

Der Kreis geröteter Gesichter besah sich interessiert den Mann im Harris-Tweed-Anzug, dessen Großmutter Schnupftabak nahm.

»Was für eine farbige Familie Sie haben«, sagte der Dicke, der wußte, wie man Rabatt auf Kühlschränke bekommt, und war sehr überrascht, als sich der Kommandant plötzlich mit dem Ausdruck unverkennbarer Wut über den Tisch zu ihm hinüberbeugte.

»Wenn ich nicht in einem fremden Haus wäre«, fauchte der Kommandant, »würden Sie diese Bemerkung bedauern.« Der Dicke wurde bleich, und Mrs. Heathcote-Kilkoon legte ihre Hand dem Kommandanten besänftigend auf den Arm.

»Habe ich was Falsches gesagt?« fragte der Dicke.

»Ich glaube, Mr. Evans wollte damit sagen, daß Ihre Familie sehr interessant ist«, erklärte Mrs. Heathcote-Kilkoon flüsternd dem Kommandanten.

»Für mich hat sich das aber nicht so angehört«, sagte der Kommandant. Colonel Heathcote-Kilkoon, der am Kopf des Tisches saß und der Meinung war, daß er irgendwo seine Autorität geltend machen müsse, gab den Kellnern den Auftrag, Likör zu servieren. Das war kein kluger Schritt. Major Bloxham, den offenbar noch immer ärgerte, daß weder sein Oom Paul Special noch der Holzhammer den Kommandanten so weit gekriegt hatten, daß man ihm einen Denkzettel verpassen konnte, bot ihm etwas Chartreuse an. Als sein Portweinglas mit dem Zeug gefüllt war, besah es sich der Kommandant interessiert.

»Grünen Wein habe ich noch nie gesehen«, sagte er schließlich.

»Wird aus grünen Trauben gemacht, alter Junge«, sagte der Major und war entzückt über das Lachen, das er erntete. »Müssen Sie in einem Zug runterkippen.« Mrs. Heathcote-Kilkoon fand keinen Spaß an der Sache.

»Wie geschmacklos willst du noch werden, Boy?« fragte sie verstimmt, als der Kommandant das Glas mit einem Schluck leerte.

»Wie pikant willst du noch werden?« sagte der Major scherzend.

La Marquise gab ihren Kommentar dazu. »Pikant? Meine Lieben«, kreischte sie, »hier müßten Sie sitzen, um das genauer zu sehen. Absolut Gorgonzola, das kann ich Ihnen versichern«, eine Bemerkung, die zu einem Mißverständnis beim Kellner führte, der die Käseplatte brachte. Während der ganzen Zeit saß der Kommandant da und lächelte glücklich über die Wärme, die ihn durchzog. Er beschloß sich bei dem Dikken zu entschuldigen, und machte gerade Anstalten dazu, als der Major ihm noch ein Glas Chartreuse anbot. Der Kommandant nahm dankbar an, trotz eines heftigen Fußtritts von Mrs. Heathcote-Kilkoon.

»Ich meine, wir sollten uns alle dem Kommandanten anschließen«, sagte sie plötzlich, »wir können ihn doch nicht so allein trinken lassen. Boy, fülle die Portweingläser.«

Der Major sah sie zweifelnd an. »Alle?« fragte er.

»Du hast doch gehört, was ich gesagt habe«, sagte Mrs. Heathcote-Kilkoon und sah rachsüchtig vom Major zu ihrem Mann. »Alle. Ich meine, wir sollten alle zu Ehren unseres Gastes aufs Wohl der Südafrikanischen Polizei trinken.«

»Verdammt will ich sein, wenn ich ein ganzes Glas Chartreuse auf irgend jemanden trinke«, sagte der Colonel.

»Habe ich Ihnen eigentlich schon mal erzählt, wie Henry den Krieg verbracht hat?« fragte Mrs. Heathcote-Kilkoon den ganzen Tisch entlang. Colonel Heathcote-Kilkoon wurde blaß und erhob sein Glas.

»Auf die Südafrikanische Polizei«, sagte er eilends.

»Auf die Südafrikanische Polizei«, sagte Mrs. Heathcote-Kilkoon mit mehr Begeisterung und hielt den Colonel und Major Bloxham sorgfältig im Auge, bis sie ihre Gläser bis zur Neige ausgetrunken hatten.

In glücklicher Unkenntnis der Spannungen um ihn herum saß der Kommandant da und lächelte. So also verbrachten die Engländer ihre Abende, dachte er, und fühlte sich durch und durch zu Hause.

In der Stille, die auf den Toast folgte und auf die Vorstellung, was ein großes Glas Chartreuse der Leber alles antun könne, erhob sich Kommandant van Heerden von seinem Stuhl.

»Ich möchte Ihnen nur sagen, wie geehrt ich mich fühle, daß ich heute abend hier in dieser vornehmen Gesellschaft sein darf«, sagte er, machte eine Pause und sah auf die Gesichter, die wächsern zu ihm zurückblickten. »Was ich sagen will, kommt für Sie vielleicht ein bißchen überraschend.« Am Ende des Tisches schloß Colonel Heathcote-Kilkoon seine Augen und erschauerte. Wenn die Rede des Kommandanten so ähnlich wäre wie sein Geschmack in Textilien und Weinen, konnte er sich einfach nicht vorstellen, was er zu erwarten hätte. Aber schließlich wurde er angenehm überrascht.

»Ich bin, wie Sie wissen, Afrikaander«, fuhr der Kommandant fort. »Oder wie Sie als Briten sagen, ein Bure, aber ich möchte, daß Sie wissen, daß ich die Briten sehr verehre, und würde gern einen Toast auf das Britische Empire ausbringen.«

Es dauerte einige Zeit, bis dem Colonel klar war, was der Kommandant soeben gesagt hatte. Verblüfft machte er die Augen wieder auf und sah zu seinem Erstaunen, daß der Kommandant zu einer Flasche Benedictine gegriffen hatte und allen die Gläser füllte.

»Nun, Henry«, sagte Mrs. Heathcote-Kilkoon, als der Colonel sie flehend ansah, »auf die Ehre des Britischen Empire.«

»Du lieber Gott«, sagte der Colonel.

Der Kommandant goß das letzte Portweinglas voll und erhob seines.

»Auf das Britische Empire«, sagte er und kippte es runter. Dann sah er den Colonel herausfordernd an, der nur genippt hatte und nicht wußte, was er mit dem Rest machen sollte.

»Nun, Henry«, sagte Mrs. Heathcote-Kilkoon. Der Colonel trank sein Glas aus und plumste fix und fertig auf seinen Stuhl.

Der Kommandant setzte sich überglücklich wieder hin. Das Gefühl der Enttäuschung, das den ersten Teil des Abends so beeinträchtigt hatte, war völlig verschwunden. So auch La Marquise. Mit einem mutigen Anlauf zu einem letzten »Darling« rutschte sie, elegant bis zur letzten Sekunde, unter den Tisch. Als sich die Auswirkungen von Kommandant van Heerdens Verehrung gegenüber dem Britischen Empire in ihrer ganzen Fülle bemerkbar machten, beschleunigte der Zulu-Kellner, der sich offenbar nach seinem Bett sehnte, den ganzen Vorgang, indem er die Käseplatte und die Zigarren gleichzeitig hereinbrachte.

Colonel Heathcote-Kilkoon versuchte, ihn zurechtzuweisen.

»Stilton und Zigarren passen nicht zus...«, sagte er, ehe er aus dem Zimmer torkelte. Hinter ihm löste sich die Party auf. Der Dicke schlief ein. Dem Major war hundeelend. Und Mrs. Heathcote-Kilkoon preßte eine ganze Menge mehr als bloß ihr Bein gegen den Kommandanten. »Nimm mich...«, sagte sie, ehe sie ihm auf den Schoß sank. Der Kommandant sah liebevoll auf ihre bläulich gefärbten Locken hinunter, dann schob er mit ungewohnter Artigkeit ihren Kopf von seinem Hosenschlitz und stand auf.

»Zeit, zu Bett zu gehen«, sagte er, hob Mrs. Heathcote-Kilkoon vorsichtig von ihrem Stuhl und trug sie in ihr Zimmer, dicht gefolgt von dem Zulu-Butler, der den Motiven des Kommandanten mißtraute.

Als er sie auf ihr Bett legte, lächelte sie im Schlaf. »Nicht jetzt, Darling«, murmelte sie, offenbar im Traum. »Nicht jetzt. Morgen.«

Der Kommandant schlich auf Zehenspitzen aus dem Zimmer und ging hinunter, um dem Gastgeber für den herrlichen Abend zu danken. Vom Colonel war im Eßzimmer keine Spur zu entdecken, wo der Dornford Yates-Club leblos auf oder unter dem Tisch lag. Nur Major Bloxham ließ noch Anzeichen von Aktivität erkennen, und die liefen darauf hinaus, daß er jeglicher Konversation aus dem Weg zu gehen gedachte.

»Totsiens«, sagte der Kommandant und wurde für seinen afrikaansen Abschiedsgruß mit einem frischen Rülpser des Majors belohnt. Als sich der Kommandant in dem Raum umsah, bemerkte er, daß sich unter dem Tisch etwas bewegte. Jemand versuchte offenbar, La Marquise wieder zu Bewußtsein zu bringen, warum das allerdings erforderte, daß man ihr die Hosen auszog, das konnte sich der Kommandant nicht erklären. Er hob das Tischtuch hoch und guckte unter den Tisch. Ein Gesicht starrte zu ihm empor. Dem Kommandanten war plötzlich nicht gut. »Ich hatte zuviel«, dachte er, während er sich in Erinnerung rief, was er über Del.trem. gehört hatte. Er ließ das Tischtuch eilig fallen und stürmte aus dem Zimmer. In der Dunkelheit des Gartens fiel in das Sägen der Zikaden unregelmäßig die Heckenschere des Colonel ein, aber der Kommandant hatte kein Ohr dafür. Seine Gedanken waren bei den zwei Augen, die unter dem Tischtuch zu ihm hochgestarrt hatten – zwei kleine, runde Augen und ein grauenhaftes Gesicht, und das Gesicht war das Gesicht von Els. Aber Wachtmeister Els war tot. »Nächstens sehe ich noch rosa Elefanten«, dachte er entsetzt, als er in seinen Wagen stieg und wie der Henker zu dem Kurhaus zurückfuhr, wo er sogleich seinen Organismus zu reinigen versuchte, indem er von dem stinkigen Wasser in seinem Zimmer trank.

10

Kommandant van Heerden war nicht der einzige, der unter der Einbildung litt, er habe Halluzinationen. In Piemburg liefen Luitenant Verkramps Bemühungen, die subversiven Elemente des Staates auszurotten, darauf hinaus, daß es einen neuen, grotesken Ausbruch von Sabotageakten gab, diesmal auf den Straßen der Stadt. Und wieder hatten die Gewalttaten ihren Ursprung in der Verschlungenheit der Nachrichtenwege zwischen dem Sicherheitschef und seinen Agenten.

Der Donnerstags-Briefkasten von 628461 lag im Vogelpark. Um genau zu sein, in einer Abfallkiste vor dem Straußengehege, was jeder für eine sehr geeignete Stelle hielt, weil es vollkommen logisch war, daß man dort Dinge hineinwarf, und sie war auch genau der geeignete Punkt für einen als Landstreicher verkleideten Sicherheitsbeamten, um Dinge herauszunehmen. Jeden Donnerstagmorgen schlenderte 628461 durch den Vogelpark, kaufte sich beim Eisverkäufer ein Eis, wickelte seine Botschaft in das klebrige Silberpapier und warf sie in den Abfallkorb, während er so tat, als sehe er dem Leben und Treiben der Strauße zu. Jeden Donnerstagnachmittag erschien der Sicherheitsbeamte van Rooyen in dem Vogelpark, zünftig in Lumpen gekleidet und eine leere Sherryflasche in der Hand, und spähte voller Hoffnung in die Abfallkiste, um sie jedesmal leer zu finden. Die Tatsache, daß die Botschaft hinterlegt und inzwischen von jemand anderem entfernt worden war, kam keinem in den Sinn. 628461 wußte nicht, daß Wachtmeister van Rooyen seine Botschaft nicht gefunden hatte, und Wachtmeister van Rooyen hatte keine

Ahnung, daß Agent Nr. 628461 überhaupt existierte. Er wußte nur, daß ihm Luitenant Verkramp gesagt hatte, er solle das klebrige Eiskrempapier aus dem Abfallkorb nehmen, und da war keins.

Am Donnerstag nach der Abreise des Kommandanten verschlüsselte 628461 eine wichtige Botschaft, in der er Verkramp mitteilte, daß er die anderen Saboteure überredet habe, ausnahmsweise gemeinsam zu handeln, und zwar zu dem Zweck, ihre Verhaftung zu erleichtern, während sie gerade ein Ding drehten, für das sie alle gehenkt werden konnten. Er hatte vorgeschlagen, den Hluwe-Staudamm zu sprengen, der ganz Piemburg und halb Zululand mit Wasser versorgte, und da niemand ganz allein einen Staudamm in die Luft sprengen kann, hatte er darauf bestanden, daß alle daran teilnähmen. Zu seiner großen Überraschung stimmten alle elf seinem Vorschlag zu und gingen heim, um Botschaften an Verkramp zu chiffrieren, in denen sie ihm dringend rieten, am Freitagabend seine Leute ja am Staudamm zu haben. Ungeheuer erleichtert durch die Aussicht, endlich ein bißchen Schlaf zu bekommen, spazierte 628461 am Donnerstagmorgen zum Vogelpark, um seine Botschaft zu hinterlegen. Mit wahrem Schrecken aber beobachtete er, daß 378550 ihm folgte, und mit wirklicher Bestürzung bemerkte er, als er sich seinen Eiskrem kaufte, daß 885974 ihn aus dem Gebüsch auf der gegenüberliegenden Seite belauerte. 628461 aß sein Eis vor dem Wiedehopfkäfig, um keine Aufmerksamkeit auf den Abfallkorb am Straußengehege zu lenken. Eine halbe Stunde später aß er ein zweites Eis, während er müde auf die Pfauen starrte. Nach einer Stunde kaufte er sich schließlich einen dritten Eskimobecher und schlenderte gemächlich hinüber zu den Straußen. Hinter ihm beobachteten 378550 und 885974 seine Bewegungen mit gespannter Neugier. Dasselbe taten die Strauße. 628461 aß seinen Eisbecher auf, warf das Silberpapier in den Abfallkorb und wollte gerade die Szene verlassen, als er gewahr wurde, daß alle seine Irreführungsversuche umsonst gewesen waren. Mit einer Gier, die daher rührte, daß man sie eine ganze Stunde hatte warten lassen, kamen die Strauße an den Zaun gestürzt, steckten ihre Köpfe in den Abfallkorb, und ein Glücksvogel verschlang die Eisverpackung. 628461 vergaß sich völlig.

»Verfluchte Scheiße«, sagte er. »Sie haben's. Die verdammten Viecher fressen aber auch alles.«

»Haben's? Was denn?« fragte 378550, der glaubte, daß er gemeint gewesen sei, und über die Gelegenheit froh war, seine Rolle als Schatten aufgeben zu können.

628461 riß sich zusammen und sah 378550 argwöhnisch an.

»Sie sagten eben: ›Sie haben's‹«, wiederholte 378550.

628461 versuchte, sich aus seiner Lage herauszuwinden. »Ich sagte: ›Ich hab's‹«, erklärte er. »›Ich hab's. Sie fressen alles.‹«

378550 tappte noch immer im Dunkeln. »Das habe ich immer noch nicht verstanden«, sagte er.

»Also«, sagte 628461, der verzweifelt zu erklären versuchte, was die Allesfresserei der Strauße mit seiner Treue zur Sache des Weltkommunismus zu tun hatte. »Ich überlegte mir gerade, daß wir sie dazu kriegen könnten, Sprengstoff zu fressen, und dann laufen lassen, und sie würden überall in der ganzen Stadt explodieren.«

378550 sah ihn voll Bewunderung an. »Das ist ja genial«, sagte er. »Absolut genial.«

»Natürlich«, sagte 628461, »müßten wir den Sprengstoff erst in irgendwas Wasserfestes packen. Dann sie dazu kriegen, daß sie'n schlucken. Einen Zünder dran und peng! hat man die perfekte Sabotagewaffe.«

885974, der in seinem Gebüsch nicht übergangen werden wollte, kam zu ihnen herüber.

»Pariser«, schlug er vor, als er in den Plan eingeweiht worden war. »Man tut den Sprengstoff in Pariser und bindet sie oben zu, da ist er wasserdicht aufgehoben.«

Eine Stunde später debattierten sie den Plan im Café Florian mit den übrigen Saboteuren. 745396 machte Einwände, weil Strauße zwar vielleicht alles fräßen, aber er bezweifle, ob selbst sie so dämlich seien, ein Kondom voller Sprengstoff zu schlucken.

»Wir probieren's heute nachmittag mal aus«, sagte 628461, der das Gefühl hatte, 745396 ziehe irgendwie seine Treue zum Marxismus-Leninismus in Zweifel, und man stimmte über den Antrag ab. Nur 745396 war immer noch dagegen, und er wurde überstimmt.

Während der Rest der Gruppe die Mittagszeit damit verbrachte, Botschaften an Verkramp zu verschlüsseln, um ihn darauf aufmerksam zu machen, daß das Hluwe-Damm-Projekt abgesagt sei und er eines Ansturms detonierender Strauße gewärtig sein solle, wurde 885974, der als erster auf den Gedanken mit den Parisern gekommen war, losgeschickt, um zwölf Dutzend der besten Qualität zu besorgen.

»Nimm Crêpe de Chine«, sagte 378550, der mit einer anderen Marke unglückliche Erfahrungen gemacht hatte, »auf die gibt's Garantie.«

885974 ging in die große Drogerie an der Market Street und verlangte von dem jungen Mann hinter dem Fototresen zwölf Dutzend Crêpe de Chine.

»Crêpe de Chine?« fragte der Verkäufer, der offenbar neu in dem Laden war. »Wir führen keinen Crêpe de Chine. Da müssen Sie in ein Kurzwarengeschäft gehen. Das hier ist eine Drogerie.«

88597, der allein schon wegen der Menge, die er verlangte, furchtbar verlegen war, wurde sehr rot.

»Das weiß ich«, flüsterte er. »Sie verstehen doch, was ich meine. In Päckchen zu drei Stück.«

Der Verkäufer schüttelte den Kopf. »Er wird nur nach Metern verkauft«, sagte er, »aber ich frage mal, ob wir welchen haben«, und ehe 885974 ihn daran hindern konnte, hatte er sich mit lauter Stimme quer durch den ganzen Laden an ein Mädchen gewandt, das an einem anderen Ladentisch ein paar Kunden bediente.

»Der Herr hier wünscht zwölf Dutzend Crêpe de Chine, Sally. Sowas verkaufen wir doch gar nicht, oder?« fragte er, und 885974 stellte fest, daß er augenblicklich zum Gegenstand beträchtlichen Interesses von zwölf Frauen mittleren Alters wurde, die ganz genau wußten, was er haben wollte, auch wenn's der Verkäufer nicht wußte, und die über die Manneskraft erstaunt waren, auf die die geforderte Menge schließen ließ.

»Ach, um Gottes willen, lassen Sie's gut sein«, murmelte er und flüchtete aus dem Laden. Schließlich bekam er, was er wollte, indem er in einer anderen Drogerie sechs Zahnbürsten und zwei Tuben Haarcreme kaufte und Durex Federleicht verlangte.

»Sie schienen mir geeigneter zu sein«, erklärte er, als er am Nachmittag vor dem Straußengehege auf die anderen Agenten stieß. Mit einer Einmütigkeit, wie sie bei früheren Treffen wahrlich nicht geherrscht hatte, machten sich die Agenten daran, einen Strauß dazu zu bringen, den in einer Gummihülle versteckten Sprengstoff zu schlucken.

»Am besten, wir probieren's erstmal mit Sand«, schlug 628461 vor und füllte welchen in einen Durex Federleicht, eine Tätigkeit, die einigen Ekel bei einer Dame hervorrief, die die Enten auf einem nahegelegenen Teich fütterte. Er wartete, bis sie weg war, dann warf er dem Strauß den Überzieher hin. Der Vogel nahm ihn und spuckte ihn wieder aus. 628461 nahm einen Stock und angelte das Ding mit einiger Mühe aus dem Gehege. Ein zweiter Versuch war gleichermaßen erfolglos, und als ein dritter Versuch, ein halbes Pfund latexumhüllter Erde in das Verdauungssystems des Vogels zu schmuggeln, gescheitert war, schlug 628461 vor, das Ding mit Eiskrem einzuschmieren.

»Heute morgen schienen sie das zu mögen«, sagte er. Er hatte es langsam satt, durch den Zaun nach, wie es schien, gefüllten Kondomen zu stöbern. Nachdem 378550 schließlich zwei Eisbecher und eine Tafel Schokolade gekauft und man die Gummihülle erst mit Eiskrem, dann mit Schokolade und zum Schluß mit einer Mischung aus beidem eingerieben hatte, wurde die Unternehmung durch das Eintreffen eines

Parkwärters gestört, den die die Enten fütternde Dame herbeigeholt hatte. 628461, der den Pariser gerade zum achten Mal aus dem Straußengehege gefischt hatte, stopfte ihn in seine Tasche.

»Sind das die Männer, die Sie gesehen haben, als sie versuchten, die Strauße mit irgendwas Unbekanntem zu füttern?« fragte der Wärter.

»Ja, das sind sie«, sagte die Dame mit Nachdruck.

Der Wächter wandte sich an 628461.

»Haben Sie versucht, den Vogel dazu zu verleiten, eine bestimmte Menge von irgend etwas zu verschlucken, das sich in einem Ding befand, das die Dame genau gesehen haben will?« fragte er.

»Natürlich nicht«, sagte 628461 entrüstet.

»Doch«, sagte die Dame, »ich hab's gesehen.«

»Dann darf ich Sie bitten weiterzugehen«, sagte der Wächter.

Während sich die kleine Schar davon machte, wies 745396 darauf hin, wie recht er gehabt hatte.

»Ich habe euch ja gesagt, Strauße sind nicht so dumm«, sagte er, womit er 628461 nur noch mehr in Rage brachte. Der hatte nämlich gerade festgestellt, daß die Gummihülle in seiner Tasche geplatzt war.

»Ich meine, dir wäre gesagt worden, du solltest Crêpe de Chine besorgen«, knurrte er 885974 an und versuchte aus seiner Tasche Sand, Schokolade, Eiskrem und Straußenköttel zu entfernen.

»Was mache ich nun bloß mit zwölf Dutzend Parisern?« fragte 885974.

Es war 378550, dem schließlich die Löstung einfiel. »Popkorn und Honig«, sagte er plötzlich.

»Was ist damit?« fragte 628461.

»Man überzieht sie mit Popkorn und Honig, und ich garantiere euch, sie schlucken die Dinger.«

Im ersten Laden, zu dem sie kamen, kaufte 378550 ein Paket Popkorn und einen Topf Honig. Dann ließ er sich von

885794 einen von den Parisern geben und ging zum Vogelpark zurück, um sein Rezept auszuprobieren.

»Es hat phantastisch geklappt«, berichtete er zehn Minuten später. »Er schluckte das Ding mit einem Happs.«

»Und was machen wir, wenn wir sie alle abgefüllt und die Zünder eingestellt haben?« fragte 745396 skeptisch.

»Natürlich eine Popkorn-Spur bis ins Stadtzentrum legen«, sagte 628461 zu ihm. Die Gruppe löste sich auf, um ihre Sprengstoffvorräte herbeizuholen, und kam abends um neun wieder im Vogelpark zusammen. Das Gefühl gegenseitigen Mißtrauens, das ihre Treffen früher so sehr durchdrungen hatte, war echter Kameradschaft gewichen. Verkramps Agenten fingen an, sich zu mögen.

»Wenn das funktioniert«, sagte 628461, »besteht kein Grund, weshalb wir's nicht auch mit dem Zoo versuchen sollten.«

»Verdammt will ich sein, wenn ich die Löwen mit Parisern füttere«, sagte 745396.

»Gar nicht nötig, sie mit irgendwas zu füttern«, sagte 885974, der keine Lust hatte, noch mehr Kondome zu kaufen. »Die wären auch so explosiv genug.«

Waren Verkramps Agenten auch fröhlich – von ihrem Chef konnte das nicht behauptet werden. Die Überzeugung, daß irgendwas gefährlich schiefgegangen war mit seinen Plänen, der kommunistischen Subversion ein Ende zu bereiten, hatte sich verstärkt, als der Waffenmeister entdeckte, daß erhebliche Mengen an Sprengstoff und Zündern aus dem Polizeiarsenal abhanden gekommen waren.

Er meldete seinen Fund oder vielmehr dessen Fehlen an Luitenant Verkramp. Diese Meldung, die genau zu einem Bericht der Polizei-Sprengtruppe paßte, in dem es hieß, daß die bei allen Anschlägen benutzten Sprengkapseln von einer Bauart seien, wie sie in der Vergangenheit allein von der Südafrikanischen Polizei benutzt wurde, ließ in Verkramp allmählich die Erkenntnis reifen, daß er auf irgendwie merkwürdige

Weise wohl einen größeren Bissen in den Mund genommen hatte, als er runterschlucken konnte. Das war eine Erkenntnis, die er mit fünf Straußen im Vogelpark teilte. Was am Anfang als herrliche Möglichkeit erschienen war, seinen Ehrgeiz zu stillen, hatte sich zu etwas entwickelt, wovon es keinen Weg zurück mehr gab. Sicherlich sahen es die Strauße in diesem Lichte, wie die Geheimagenten zu ihrem Schrecken feststellen mußten, als sie die explosiven Vögel aus ihrem Gehege freiließen. Gesellig bis zum letzten und offenbar der Meinung, daß es, was die mit Popkorn überzogenen Pariser anging, ruhig noch weitergehen könne, eilten die fünf Strauße mit großen Schritten hinter den Agenten her, die Kurs auf die Stadt nahmen. Als die Mischung aus Rudel und Schar das obere Ende der Market Street erreicht hatte, waren die Agenten der Panik nahe.

»Wir teilen uns vielleicht besser«, sagte 628461 ängstlich.

»Teilen? Teilen? Wir lösen uns verdammt nochmal schlicht und einfach auf, wenn zum Kuckuck nochmal die Vögel von hier nicht verschwinden«, sagte 745396, der von Anfang an den ganzen Plan nicht gutgeheißen und die Freundschaft eines Straußen gewonnen zu haben schien, der wenigstens 300 Pfund in ungeladenem Zustand wog und einen Fünfzehn-Minuten-Zünder intus hatte. Im nächsten Augenblick machten sich die Agenten durch Nebenstraßen aus dem Staub, um den wahrscheinlichen Auswirkungen ihres Experiments zu entgehen. Furchtlos, unbarmherzig und mühelos rasten die Strauße hinter ihnen her. An der Ecke Market und Stanger Street sprang 745396 auf einen fahrenden Bus auf und sah zu seinem Entsetzen durch das Rückfenster, wie die Silhouette seines Straußes in aller Gemütlichkeit ein paar Meter entfernt hinter ihnen hertrabte. Bei der Ampel an der Chapel Street war er immer noch da. 745396 war mit einem Satz aus dem Bus und flitzte in das Majestic Cinema, in dem *Die tollkühnen Adler* gezeigt wurde.

»Die Vorstellung ist zu Ende«, sagte der Portier im Foyer.

»Das glauben Sie«, sagte 745396, die Augen auf den Strauß

geheftet, der neugierig durch die Glastür äugte. »Ich möchte bloß mal auf die Toilette.«

»Die Treppe runter, links«, sagte der Portier und ging hinaus auf den Bürgersteig, um den Strauß zum Weitergehen zu bewegen. 745396 ging hinunter zur Toilette, riegelte sich in eine Zelle ein und wartete auf die Explosion. Er war immer noch da, als der Portier fünf Minuten später zu ihm runterkam und an die Tür klopfte.

»Hat dieser Strauß irgendwas mit Ihnen zu tun?« fragte er, während 745396 Papier von der Rolle abriß, um zu beweisen, daß er das Örtchen zu seinem eigentlichen Zweck benutzte.

»Nein«, sagte 745396 ohne Überzeugung.

»Na, Sie können ihn jedenfalls nicht einfach so draußen lassen«, sagte der Portier, »er behindert noch den Verkehr.«

»Das können Sie laut sagen«, sagte 745396.

»Was kann ich laut sagen?« fragte der Portier.

»Nichts«, schrie 745396 wütend. Er war mit seinem Latein am Ende. So auch der Strauß, wie es schien.

»Eine letzte Frage: Lassen Sie immer...«, sagte der Portier, aber weiter kam er nicht. Der Eindruck außergewöhnlicher Stille überfiel ihn, auf den eine Feuerwand und ein furchtbarer Knall folgten. Als die Fassade des Majestic Cinema auf die Straße stürzte und die Lichter erloschen, sank Agent Nr. 745396 langsam auf den zerborstenen Toilettensitz und lehnte sich gegen die Wand. Da saß er noch immer, als ihn am nächsten Tag die Bergungsleute fanden: mit Mörtel bedeckt und mausetot.

Gerüchte, wonach Piemburg von ganzen Herden automatisch explodierender Strauße heimgesucht würde, verbreiteten sich die ganze Nacht über wie ein Lauffeuer. Dasselbe taten die Strauße. Ein besonders tragischer Vorfall ereignete sich im Büro der Gesellschaft zur Erhaltung der Wildtiere Zululands, wo ein Strauß, den ein Vogelfreund hereingebracht hatte, während der Untersuchung durch den Vereins-Tierarzt explodierte.

»Ich glaube, er hat sowas wie 'ne Magenverstimmung«, erklärte der Mann. Der Tierarzt horchte mit seinem Stethoskop am Kropf des Vogels, dann stellte er seine Diagnose.

»Sodbrennen«, sagte er mit einer Endgültigkeit, die durch die nachfolgende Detonation durchaus bestätigt wurde. Als der Nachthimmel in Mauersteine, Mörtel und die vermischten Überreste von Vogelfreund und Veterinär zerbarst, mußte auch der Sitz der Gesellschaft zur Erhaltung der Wildtiere, historisch bedeutsam und selbst Gegenstand einer Erhaltungsvorschrift der Piemburger Ratsversammlung, für immer dran glauben. Nur eine Rauchwolke und ein paar große Federn, gleichsam das sinnbild eines vertriebenen Prinzen von Wales, schwebten träge hinauf zum Mond.

In seinem Büro lauschte der amtierende Kommandant Verkramp mit wachsender Verzweiflung den dumpfen Explosionen. Was immer auch in Trümmern lag – und so wie es sich anhörte, mußte es sich um einen großen Teil des Geschäftszentrums der Stadt handeln –, seine eigene Karriere würde sich in Kürze dazu gesellen. Im wütenden Versuch, seine bangen Ahnungen zu beruhigen, hatte er eben die wenigen Botschaften seiner Geheimagenten durchforstet, nur um darin die Bestätigung zu finden, daß sein Plan, wenn nicht gar alle ihre Bemühungen gescheitert waren. Agent Nr. 378550 hatte ihm mitgeteilt, daß die Sabotagegruppe aus elf Leuten bestünde. Agent Nr. 885974 hatte ihm dasselbe zu sagen. Und 628461 auch. Eine schreckliche Übereinstimmung hatten diese Botschaften an sich. In jedem Fall berichtete sein Agent von elf Leuten. Verkramp zählte einen zu den elfen hinzu und erhielt zwölf. Er hatte zwölf Agenten im Einsatz. Der Schluß war unausweichlich, und das waren, wie es schien, auch die Folgen. Verzweifelt nach einem Ausweg aus der Patsche suchend, in die er sich selbst manövriert hatte, erhob sich Luitenant Verkramp von seinem Schreibtisch und ging hinüber ans Fenster. Er kam gerade rechtzeitig, um zu sehen, wie ein großer Strauß mit langen, zielstrebigen Schritten die Straße heruntergetrabt kam. Mit einem unterdrückten Fluch öffnete Verkramp das Fenster und blickte dem Vogel nach. »Schluß!« fauchte er und stellte mit Erstaunen fest, daß zumindest einem seiner Befehle gehorcht wurde. Mit einem gewaltigen Blitz und einer Druckwelle, die das Fenster über ihm aus dem Rahmen fetzte, löste sich der Strauß in seine Einzelteile auf, und Verkramp fand sich auf dem Fußboden seines Büros wieder, zwingend davon überzeugt, daß sein Verstand Schaden gelitten habe.

»Unmöglich. Es kann kein Strauß gewesen sein«, flüsterte er, während er ans Fenster zurückhumpelte. Die Straße war mit Glasscherben übersät, und auf einer leeren, geschwärzten Stelle mitten auf der Straße waren zwei Füße alles, was von dem explodierten Ding übriggeblieben war. Verkramp sah, daß es ein Strauß gewesen war, denn die Füße hatten nur zwei Zehen.

Die nächsten zwanzig Minuten handelte Luitenant Verkramp mit rasender Geschwindigkeit. Er verbrannte alle Akten, die ihn mit seinen Agenten in Verbindung bringen konnten, und vernichtete ihre Botschaften, und nachdem er dem Polizei-Waffenmeister die Anweisung gegeben hatte, das Schloß an der Tür zur Waffenkammer auszuwechseln, verließ er die Polizeidienststelle im schwarzen Ford des Kommandanten. Eine Stunde später hatte er jeder Bar in der Stadt einen Besuch gemacht und zwei von seinen Agenten aufgestöbert, die im Criterion Hotel in der Verwoerd Street auf den Erfolg ihrer letzten Sabotageversuche tranken.

»Polente«, sagte 628461, als Verkramp die Bar betrat, »du ziehst am besten Leine«. 885974 goß seinen Drink runter und ging hinaus. 628461 blickte ihm nach und sah zu seiner Überraschung, daß Verkramp ihm folgte.

»Er verhaftet ihn«, dachte er und bestellte sich noch ein Bier. Einen Augenblick später sah er auf und stellte fest, daß Verkramp mit finsterem Blick auf ihn runtersah.

»Komm mit raus«, sagte Verkramp barsch. 628461 rutschte von seinem Barhocker und ging hinaus. Draußen sah er zu seinem Erstaunen seinen Sabotagegenossen unbewacht in dem Polizeiauto sitzen.

»Ich sehe, einen von ihnen haben Sie schon geschnappt«, sagte 628461 zu Verkramp und stieg zu 885974 in den Wagen.

»Von ihnen? Von ihnen?« stotterte Verkramp hysterisch. »Er ist nicht sie. Er ist wir.«

»Wir?« fragte 628461 verblüfft.

»Ich bin 885974. Und wer bist du?«

»Oh, mein Gott«, sagte 628461.

Verkramp stieg auf den Fahrersitz und blickte sich giftig zu ihnen um.

»Wo sind die anderen?« zischte er.

»Die anderen?«

»Die anderen Agenten, du Idiot«, schrie Verkramp. Die nächsten zwei Stunden suchten sie alle Bars und Cafés ab, während Verkramp über die Gottlosigkeit wetterte, öffentliche Einrichtungen zu sabotieren und Strauße in einer geschlossenen Ortschaft explodieren zu lassen.

»Ich gebe euch den Auftrag, in die kommunistischen Organisationen einzusickern, und was tut ihr?« brüllte er. »Jagt die Hälfte dieser Scheiß Stadt in die Luft, das tut ihr. Und ihr wißt, wo euch das hinbringt, nicht wahr? Ans Ende des Henkerstricks im Zentralgefängnis von Pretoria.«

»Sie hätten uns doch warnen können«, sagte 628461 vorwurfsvoll. »Sie hätten uns auch sagen könnten, daß noch andere Agenten im Einsatz waren.«

Verkramp wurde dunkelrot.

»Euch warnen?« schrie er. »Ich habe erwartet, daß ihr euren gesunden Menschenverstand benutzt, und nicht, daß ihr in der Gegend rumzieht und euch gegenseitig sucht.«

»Also, wie zum Teufel sollten wir denn wissen, daß wir alle Polizeispitzel sind?« fragte 885974.

»Ich hätte eigentlich gedacht, selbst Idioten wie ihr würden den Unterschied zwischen einem guten Afrikaander und einem kommunistischen Juden erkennen.«

885974 dachte darüber nach.

»Wenn das so einfach ist«, sagte er schließlich, indem er sich unsicher an sowas Ähnliches wie Logik klammerte,

»dann verstehe ich nicht, wie man uns die Schuld geben kann. Ich meine, die kommunistischen Juden müssen uns doch bloß ansehen, um zu wissen, daß wir gute Afrikaander sind. Ich meine, welchen Sinn hat es, gute Afrikaander auf die Suche nach kommunistisichen Juden zu schicken, wenn die kommunistischen Juden einfach...«

»Mann, halt's Maul«, brüllte Verkramp, der sich so langsam wünschte, er hätte das Thema gar nicht erst zur Sprache gebracht.

Bis gegen Mitternacht hatten sie sieben weitere Agenten in den verschiedensten Stadtteilen aufgegabelt, und in dem Polizeiwagen wurde es ziemlich eng.

»Was sollen wir Ihrer Meinung nach jetzt tun?« fragte 378550, als sie auf der Suche nach den restlichen drei Agenten zum fünften Male um den Park herumfuhren. Verkramp hielt an.

»Ich sollte euch eigentlich festnehmen«, knurrte er, »ich sollte euch wegen terroristischer Umtriebe vor Gericht bringen, aber...«

»Sie werden's nicht tun«, sagte 885974, der über die Sache ein bißchen nachgedacht hatte.

»Wieso denn nicht?« schrie Verkramp.

»Weil wir alle aussagen werden, daß Sie uns den Auftrag gegeben haben, den Transformator in die Luft zu jagen, und den Gasometer und den...«

»Nichts davon habe ich zu euch gesagt. Ich habe euch gesagt, ihr solltet die kommunistischen Saboteure ausfindig machen«, kreischte Verkramp.

»Und wer hat uns den Schlüssel zur Waffenkammer der Polizei gegeben?« fragte 885974. »Wer hat uns mit Sprengstoff versorgt?«

»Und wie steht's mit den Botschaften, die wir Ihnen geschickt haben?« fragte 628461.

Verkramp starrte durch die Windschutzscheibe und dachte über seine kurze, schwer Zukunft nach, an deren Ende der Henker im Zentralgefängnis in Pretoria stand.

»Na schön«, sagte er. »Was wollt ihr von mir?«

»Daß Sie uns durch die Straßensperren schleusen. Daß Sie uns nach Durban bringen und jedem von uns 500 Rand geben«, sagte 885974, »und daß Sie dann vergessen, daß Sie uns jemals gesehen haben.«

»Und was ist mit den übrigen drei Agenten?« fragte Verkramp.

»Das ist Ihr Problem«, sagte 885974. »Sie können sie ja morgen suchen.«

Sie fuhren zur Polizeidienststelle zurück, wo Verkramp das Geld zusammenkratzte, und zwei Stunden später stiegen neun Agenten in Durban am Flughafen aus dem Wagen. Luitenant Verkramp sah ihnen nach, wie sie im Flughafengebäude verschwanden, dann fuhr er zurück nach Piemburg. Der Sergeant an der Straßensperre auf der Straße nach Durban winkte ihn zum zweiten Mal durch, während er sich in Gedanken notierte, daß der amtierende Kommandant angespannt und krank aussah. Um vier Uhr morgens lag Verkramp in seiner Wohnung im Bett, starrte in die Dunkelheit und überlegte, wie er die anderen drei Agenten finden solle. Um sieben stand er auf und fuhr ins Café Florian. 885974 hatte ihm den Tip gegeben, dort nach ihnen zu suchen. Um elf fuhr der Wagen des Kommandanten noch einmal durch die Straßensperre an der Straße nach Durban, und diesmal hatte der Amtierende zwei Männer bei sich. Als er zurückfuhr, hatten elf Agenten Piemburg für immer verlassen. Und 745396 lag im städtischen Leichenschauhaus und wartete darauf, identifiziert zu werden.

Im Kurhaus Weezen schlief der Kommandant tiefer und fester als es seine Halluzination ihn hatte erwarten lassen. Er erwachte am nächsten Morgen mit einem leichten Kater, fühlte sich aber nach einem ausgedehnten Frühstück in der Brunnenhalle viel besser. In der gegenüberliegenden Ecke setzten die beiden alten kurzhaarigen Damen ihre endlose, geflüsterte Unterhaltung fort.

Später am Morgen spazierte der Kommandant nach Weezen in der Hoffnung, vielleicht auf Mrs. Heathcote-Kilkoon zu stoßen, die irgendwas von »morgen« gemurmelt hatte, als er sie ins Bett gebracht hatte. Er war gerade an der Hauptstraße angekommen und schlenderte auf ihr entlang, als hinter ihm laut eine Hupe ertönte und er mit einem Satz von der Straße war. Er blickte sich wütend um und sah Major Bloxham am Steuer des alten Rolls sitzen.

»Hopsen Sie rein«, rief der Major. »Sind genau der Mann, nach dem ich suche.«

Der Kommandant stieg auf den Vordersitz und bemerkte mit Genugtuung, daß der Major nicht sehr wohl aussah.

»Um die Wahrheit zu sagen«, sagte der Major auf die Frage des Kommandanten, ob er sich von dem abendlichen Vergnügen erholt habe, »ich bin heute morgen nicht in allerbester Form. Eines muß ich Ihnen lassen, ihr Buren vertragt euren Schnaps. Ich frage mich, wie Sie heute nacht in ihr Kurhaus zurückgefunden haben.«

Kommandant van Heerden lächelte über das Kompliment. »Es braucht mehr als nur ein paar Gläser, um mich unter den Tisch zu kriegen«, murmelte er bescheiden.

»Ach übrigens«, sagte der Kommandant, als sie nach Weezen hineinfuhren, »da wir gerade von Tischen reden, geht's der Frau im Dinnerjacket gut?«

»Was? La Marquise, meinen Sie?« fragte der Major. »Ulkig, daß Sie darauf zu sprechen kommten. Tatsächlich ist sie heute morgen nicht ganz sie selbst oder er selbst, schwer zu sagen, was, nicht wahr. Sagte, sie sei ein bißchen angegriffen.«

Kommandant van Heerden wurde sehr weiß auf seinem Sitz. Wenn das Wort »angegriffen« in diesem Zusammenhang überhaupt etwas bedeutete, und der Kommandant war sicher, daß es das täte, dann glaubte er La Marquise nur zu gern, daß sie die Wahrheit sagte. Er hatte nun kaum noch Zweifel, daß er nicht geträumt hatte, als er Els unter dem Tisch sah. Einer betrunkenen Lesbe die Hosen auszuziehen, war genau die Art ungalanten Benehmens, das alle Kennzeichen Wachtmeister Els' trug. Aber Wachtmeister Els war tot. Der Kommandant schlug sich mit diesem Problem eines auferstandenen Els herum, bis sie an der Bar von Weezen anlangten.

»Müssen den Kater ersäufen«, sagte der Major und ging in die Bar. Der Kommandant folgte ihm hinein.

»Gin-Peppermint für mich«, sagte Major Bloxham. »Und für Sie, alter Junge?«

Der Kommandant sagte, er wolle dasselbe, aber mit seinen Gedanken war er immer noch woanders.

»Hat sie gesagt, was passiert ist?« fragte er.

Major Bloxham warf ihm einen neugierigen Blick zu.

»Scheinen ziemliches Interesse an ihr zu haben«, sagte er schließlich. »Faszinierend, was?« Der Kommandant sah ihn durchdringend an, und der Major fuhr fort: »Warten Sie mal, ich erinnere mich, daß sie beim Frühstück was ziemlich Eigenartiges sagte. Ah, jetzt weiß ich's wieder. Sie sagte: ›Ich fühle mich hintennach völlig zerbumst.‹ Ja, genau. Schien mir für eine Frau recht ordinär.«

Dem konnte der Kommandant nicht zustimmen. Falls er wirklich Els unter dem Tisch gesehen hatte, war er ziemlich sicher, daß die Dame nicht mehr als die simple Wahrheit sagte. Geschieht der blöden Kuh ganz recht, wenn sie sich Männerkleider anzieht, dachte er.

»Übrigens läßt Ihnen Daphne was ausrichten«, sagte der Major. »Möchte wissen, ob Sie morgen mit zur Jagd rauskommen.«

Der Kommandant löste seine Gedanken von der Geschichte mit Els und der transvestitischen Lesbierin und versuchte, sie auf die Jagd zu konzentrieren.

»Ich würde sehr gern«, sagte er, »aber ich müßte mir ein Gewehr leihen.«

»Natürlich handelt es sich nur um eine Schleppjagd«, fuhr der Major fort, ehe ihm dämmerte, daß der Kommandant ans Fuchsschießen dachte. Ein ähnlich fürchterliches Mißverständnis bestand beim Kommandanten.

»Schleppjagd?« sagte er und sah den Major mit ziemlichem Abscheu an.

»Gewehr?« sagte Major Bloxham mit dem gleichen Widerwillen. Er sah sich hastig in der Bar um, um sicherzugehen, daß niemand zuhörte, dann beugte er sich zum Kommandanten hinüber.

»Hören Sie zu, alter Junge«, sagte er im Verschwörerton, »ein Wort genügt dem Weisen und so weiter, aber wenn Sie sich von mir einen Rat geben lassen wollen, dann würde ich die Sache nicht in der Gegend herumposaunen, na, Sie wissen, was ich meine.«

»Wollen Sie damit sagen, daß Colonel Heathcote-Kilkoon...«, stotterte der Kommandant, der sich vorzustellen versuchte, wie der Colonel mit Schleppe aussähe.

»Genau, alter Junge«, sagte der Major. »Er ist sehr kitzlig in solchen Sachen.«

»Das überrascht mich nicht im geringsten«, sagte der Kommandant.

»Behalten Sie's für sich«, sagte der Major. »Wie wär's mit noch einem Drink? Sie sind dran, glaube ich.«

Der Kommandant bestellte noch zwei Gin-Peppermint, aber nun meinte er zu verstehen, welche Rolle Major Bloxham in der Familie Heathcote-Kilkoon spielte. Die nächste Bemerkung des Majors bestätigte das.

»Hoch, Allerwertester!« sagte er und erhob sein Glas.

Der Kommandant stellte seines wieder auf die Bar und sah ihn streng an.

»Das ist verboten«, sagte er, »das ist Ihnen wohl klar.«

»Was ist, alter Junge?« fragte der Major.

Nun war es an dem Kommandanten, sich hastig in der Bar umzusehen.

»Schleppjagden«, sagte er schließlich.

»Wirklich? Wie ungewöhnlich. Ich hatte keine Ahnung«, sagte der Major. »Ich meine, es ist nicht so, daß jemand dabei verletzt wird oder so.«

Der Kommandant rutschte unruhig auf seinem Barhocker herum.

»Ich nehme an, das hängt davon ab, auf welcher Seite man sich befindet«, murmelte er.

»Ein bißchen anstrengend für den armen Kerl vorneweg. Ich meine, so weit zu rennen, aber es ist ja nur zweimal die Woche«, sagte der Major.

Kommandant van Heerden erschauerte.

»Sie teilen dem Colonel einfach mit, was ich gesagt habe«, erklärte er dem Major. »Sagen Sie ihm, sie sind streng verboten.«

»Mach ich, alter Junge«, sagte der Major, »obwohl ich mich verzweifelt frage, warum sie das sind. Aber Sie müssen ja in solchen Dingen Bescheid wissen, wo Sie bei der Polizei sind und so weiter.«

Sie saßen da und tranken schweigend aus, jeder mit seinen eigenen Gedanken beschäftigt.

»Sind Sie absolut sicher, daß sie verboten sind, alter Junge?« fragte Major Bloxham schließlich. »Ich meine, es geht dabei nicht etwa grausam zu oder sowas. Es wird niemand wirklich zur Strecke gebracht.«

»Das möchte ich verflucht nochmal hoffen«, sagte der Kommandant ziemlich wütend.

»Wir jagen nur nach dem Frühstück einen Kaffer mit einem Beutel Anissamen um den Bauch in die Gegend, und eine Stunde später setzen wir ihm alle nach.«

»Anissamen?« fragte der Kommandant. »Wofür ist denn der Anissamen gut?«

»Verleiht ihm einen bestimmten Duft, verstehen Sie?« erklärte der Major.

Kommandant van Heerden schüttelte sich. Parfümierte Kaffern, die von als Frauen verkleideten gut fünfzigjährigen Männern durch das Land gejagt wurden, war mehr als er ertragen konnte.

»Und was denkt Mrs. Heathcote-Kilkoon darüber?« fragte er besorgt. Er glaubte nicht, daß eine elegante Dame wie sie an einer Schleppjagd überhaupt Gefallen finden könnte.

»Was? Daphne? Die findet's großartig. Ich glaube, sie ist versessener darauf als alle anderen«, sagte der Major. »Hat einen fabelhaften Sitz, nicht wahr.«

»Das habe ich auch schon bemerkt«, sagte der Kommandant, der den Kommentar über Mrs. Heathcote-Kilkoons Anatomie für völlig unangebracht hielt. »Und was trägt sie?«

Major Bloxham lachte. »Sie ist eine von der alten Schule. Hart wie Eisen. Trägt erstmal 'n Steifen...«

»Einen Steifen? Meinen Sie, sie trägt einen steifen Hut?« fragte der Kommandant.

»Nichts weniger als das, alter Junge, und sie schont die Peitsche nicht, das kann ich Ihnen sagen. Gnade Gott dem Mann, der einen Zaun verweigert. Die Frau zahlt's ihm heim.«

»Bezaubernd«, sagte der Kommandant, der sich vorzustellen versuchte, wie es wohl wäre, wenn er es von Mrs. Heathcote-Kilkoon heimgezahlt bekäme, die nichts weniger als einen steifen Hut trug.

»Wir können Ihnen ein rassiges Halbblut zur Verfügung stellen«, sagte der Major.

Der Kommandant klammerte sich fest an seinen Hocker.

»Das glaube ich Ihnen gern«, sagte er finster, »aber ich würde Ihnen raten, es nicht zu versuchen.«

Major Bloxham erhob sich.

»Kalte Füße gekriegt, was?« sagte er hämisch.

»Es sind nicht meine Füße, um die ich besorgt bin«, sagte der Kommandant.

»Naja, ich fahre jetzt am besten nach White Ladies zurück«, sagte der Major und ging auf die Tür zu. Kommandant van Heerden trank seinen Drink aus und folgte dem Major hinaus. Der stieg gerade in den Rolls.

»Ach übrigens, ich frage das nur aus Interesse«, sagte der Kommandant, »was tragen Sie zu dieser... äh... diesem Anlaß?«

Major Bloxham lächelte obszön.

»Pink, alter Junge, Pink. Was sonst trägt ein Gentleman Ihrer Ansicht nach?« Er legte den Gang ein, und der Rolls glitt davon und ließ den Kommandanten wieder einmal mit einem Gefühl der Ernüchterung zurück, das ihn offenbar immer dann ereilte, wenn er die Idealgestalten seiner Phantasie mit der Realität verglich. So stand er einen Augenblick da, dann schritt er langsam auf den Platz, blieb vor der Großen Königin stehen und sah ihr ins Gesicht. Zum ersten Mal verstand er diesen Blick verhüllter Abscheu, den er dort sah. »Kein Wunder«, dachte er, »es kann nicht viel Spaß gemacht haben, Königin einer Nation von Tunten zu sein.« Er dachte noch, wie symbolisch es doch sei, daß ihr eine Taube die Bronzestirn bekleckert hatte, dann drehte er sich um und schlenderte gemächlich zum Mittagessen ins Kurhaus zurück.

»Verboten?« brüllte Colonel Heathcote-Kilkoon, als der Major berichtete, was der Kommandant gesagt hatte. »Jagen ist verboten? Habe mein ganzes Leben lang noch keinen solchen Quatsch gehört. Der Kerl ist ein Lügner. Und hat Angst vor Pferden, das sollte mich nicht wundern. Was hat er noch gesagt?«

»Gab zu, daß er Füchse schießt«, sagte der Major.

Colonel Heathcote-Kilkoon explodierte.

»Verdammt noch eins, ich hab's doch schon immer gesagt, der Kerl ist ein Lump«, schrie er. »Wenn ich mir überlege, daß ich mir die Leber damit ruiniert habe, daß ich mit einem Schweinehund wie ihm Toasts ausgebracht habe.«

»Schrei nicht so, Henry-Liebes«, sagte Mrs. Heathcote-Kilkoon, die aus dem Nebenzimmer kam, »ich glaube nicht, daß das mein Kopf aushält, und außerdem: Willy ist tot.«

»Willy ist tot?« fragte der Colonel. »War gestern noch recht fit.«

»Geh und sieh doch selber nach«, sagte Mrs. Heathcote-Kilkoon traurig. Die beiden Männer gingen ins Nebenzimmer.

»Liebe Güte«, sagte der Colonel, als sie in das Goldfischglas guckten. »Möchte wissen, wie das passiert ist.«

»Hat sich wahrscheinlich zu Tode gesoffen«, sagte Major Bloxham obenhin. Colonel Heathcote-Kilkoon sah ihn eisig an.

»Ich halte das nicht für sehr komisch«, sagte er und stelzte aus dem Haus. Major Bloxham schlenderte bekümmert auf die Veranda, wo er La Marquise vorfand, die die Aussicht bewunderte.

»Und nur der Herr der Schöpfung ist ein Graus«, sagte er freundlich. La Marquise sah ihn wütend an.

»Darling, Sie haben's wunderbar raus, das Richtige zur falschen Zeit zu sagen«, fauchte sie und watschelte mühsam über den Rasen davon. Und der Major stand da und fragte sich, was in sie gefahren sei.

11

Das Gefühl der Ernüchterung, das Kommandant van Heerdens erste Reaktion auf Major Bloxhams Enthüllungen gewesen war, wich, während er zum Kurhaus zurückspazierte, mehreren neuen bösen Vermutungen. Wenn er auf seine Erlebnisse der letzten Zeit zurückblickte, die Einladung nach White Ladies und die nachträgliche Abschiebung ins Kurhaus Weezen, die himmelschreiende Vernachlässigung, die er nach seiner Ankunft mehrere Tage lang hatte erdulden müssen, und alles in allem das Gefühl, daß er auf irgendwie unerklärliche Weise nicht willkommen war, so wuchs in ihm die Überzeugung, daß er einigen Grund zur Klage hatte. Und das war nicht alles. Die Kluft, die zwischen dem Benehmen der Heathcote-Kilkoons und dem der Helden in Dornford Yates' Romanen lag, war offenkundig. Berry & Co. endeten nicht sternhagelblau unter dem Tisch, es sei denn, irgendein französischer Hochstapler hatte ihnen irgendwas in den Champagner getan. Berry & Co. luden keine versoffenen Lesbierinnen zum Abendessen ein. Berry & Co. ritten nicht in Fummeln im Lande rum... Schön, wo er jetzt genau darüber nachdachte, gab es diese Geschichte in *Jonah & Co.*, in der sich Berry als Frau verkleidete. Aber vor allem hatten Berry & Co. keinen Umgang mit Wachtmeister Els, sei er tot oder nicht. Das war gewiß.

Der Kommandant lag in seinem Bett in »Dickdarmspülung Nr. 6« und hätschelte seine Bedenken, bis das, was als Ernüchterung begonnen hatte, eine ausgewachsene Wut war.

So lasse ich mich einfach von niemandem behandeln,

dachte er, während er sich die verschiedenen Kränkungen in Erinnerung rief, die er sich hatte gefallen lassen müssen, besonders von dem Dicken beim Dinner. Farbige Familie, wirklich, dachte er, ich werde dir was färben. Er stand auf und blickte auf sein Bild in dem fleckigen Spiegel.

»Ich bin Kommandant van Heerden«, sagte er zu sich selbst und blähte seinen Brustkorb, um seine Autorität zu zeigen, und war erstaunt über die heftige Aufwallung seines Stolzes, die diesem Eingeständnis seiner Identität folgte. Einen Augenblick schloß sich die Kluft zwischen dem, was er war, und dem, was er gern gewesen wäre, und er faßte die Welt mit dem ganzen Spott eines Mannes ins Auge, der sich aus eigener Kraft nach oben gearbeitet hatte. Er dachte gerade über die möglichen Folgen dieser ungewohnten Selbstzufriedenheit nach, als es an der Tür klopfte.

»Herein«, rief der Kommandant und sah zu seiner Überraschung Mrs. Heathcote-Kilkoon in der Tür stehen.

»Na?« sagte der Kommandant forsch und außerstande, in so kurzer Zeit von schroffer Autorität auf normale Höflichkeit umzuschalten, die die neue Situation klar erforderte. Mrs. Heathcote-Kilkoon sah ihn zerknirscht an.

»Oh, Darling«, flüsterte sie, »ach, mein Darling«. Demütig stand sie vor ihm und sah auf ihre makellosen malvenfarbenen Handschuhe hinunter. »Ich schäme mich so. Ich schäme mich so schrecklich. Wenn ich denke, daß wir Sie so schlecht behandelt haben.«

»Ja. Schön«, sagte der Kommandant unsicher, aber es hörte sich immer noch so an, als verhöre er einen Verdächtigen.

Mrs. Heathcote-Kilkoon ließ sich auf das Bett nieder und starrte auf ihre Schuhe.

»Es ist alles meine Schuld«, sagte sie schließlich. »Ich hätte Sie niemals bitten sollen, hierher zu kommen.« Sie blickte sich in dem gräßlichen Zimmer um, zu dem ihr gastfreundliches Angebot den Kommandanten verdonnert hatte, und seufzte. »Ich hätte nicht so dumm sein und mir einbilden sollen, Henry werde sich anständig benehmen. Er hat was gegen Fremde, verstehen Sie?«

Der Kommandant verstand. Es erklärte ihm zum Beispiel die Anwesenheit von La Marquise. Eine französische Lesbierin mußte einem transvestitischen Colonel natürlich außergewöhnlich zusagen.

»Und dann sein armseliger Club«, fuhr Mrs. Heathcote-Kilkoon fort. »Es ist weniger ein Club als eine Geheimgesellschaft. Oh, ich weiß, Sie denken, das ist alles schrecklich unschuldig und harmlos, aber Sie müssen nicht damit leben. Sie begreifen ja nicht, wie unanständig das alles ist. Die Maskerade, die Verstellung, die ganze Schande.«

»Sie meinen, er ist nicht echt?« fragte der Kommandant, der die volle Tragweite von Mrs. Heathcote-Kilkoons Ausbruch zu erkennen versuchte.

Mrs. Heathcote-Kilkoon sah ihn überrascht an.

»Sagen Sie mir bloß nicht, sie hätten Sie auch reingelegt«, sagte sie. »Natürlich ist er nicht echt. Verstehen Sie nicht? Keiner von uns ist das, was er zu sein vorgibt. Henry ist kein Colonel. Boy ist kein Major. Er ist nichtmal ein Boy, wenn man's genau nimmt, und ich bin keine Lady. Wir alle spielen bloß Rollen, alle sind wir schreckliche Schwindler.« Sie saß auf der Bettkante, und ihre Augen füllten sich mit Tränen.

»Was sind Sie dann?« fragte der Kommandant.

»Oh Gott«, stöhnte Mrs. Heathcote-Kilkoon, »müssen Sie unbedingt fragen?«

Sie saß da und weinte, während der Kommandant aus einem der vielen Waschbecken ein Glas Wasser holte.

»Hier, trinken Sie etwas«, sagte er und reichte ihr das Glas. »Es wird Ihnen guttun.«

Mrs. Heathcote-Kilkoon nahm einen kleinen Schluck und sah den Kommandanten entsetzt an.

»Kein Wunder, daß Sie Verstopfung haben«, sagte sie schließlich und stellte das Glas auf den Nachttisch. »Was müssen Sie nur von uns denken, daß wir Sie in diesem gräßlichen Haus wohnen lassen?«

Der Kommandant, für den der Tag zu einer einzigen langen Beichte zu werden schien, hielt es für besser, nicht zu sagen, was er dachte, obwohl er zugeben mußte, daß das Kurhaus Weezen nicht sehr hübsch war.

»Erzählen Sie«, sagte er. »Wenn der Colonel kein Colonel ist, was ist er dann?«

»Ich kann's Ihnen nicht sagen«, sagte Mrs. Heathcote-Kilkoon, »ich habe versprochen, niemals irgend jemandem zu sagen, was er im Krieg gemacht hat. Er würde mich umbringen, wenn er glaubte, ich hätte es Ihnen erzählt.« Sie sah flehend zu ihm auf. »Bitte, vergessen Sie einfach, was ich gesagt habe. Ich habe schon genug Schaden angerichtet.«

»Ich verstehe«, sagte der Kommandant, der seine eigenen Schlüsse aus der Drohung des Colonel zog, sie umzubringen, falls sie sein Geheimnis verriete. Was Henry auch immer während des Krieges getan haben mochte, es war offensichtlich etwas sehr Verschwiegenes.

Als Mrs. Heathcote-Kilkoon schätzte, daß ihre Tränen und das soeben gemachte Eingeständnis den Kommandanten für die Unbequemlichkeit seiner Unterkunft genügend entschädigt hätten, trocknete sie sich die Augen und stand auf.

»Sie sind so verständnisvoll«, murmelte sie.

»Das würde ich nicht sagen«, sagte der Kommandant wahrheitsgemäß.

Mrs. Heathcote-Kilkoon ging zu dem Spiegel hinüber und begann, die genau berechneten Verwüstungen ihres Makeups wieder herzurichten.

»Und nun«, sagte sie mit einer Fröhlichkeit, die den Kommandanten überraschte, »fahre ich Sie zum Tee rüber ins Sani Pass. Es wird uns beiden guttun, wenn wir ein bißchen rauskommen, und Sie könnten anderes Wasser gebrauchen.«

Dieser Nachmittag war etwas, was der Kommandant nie vergessen würde. Als der große Wagen geräuschlos über die Hügel zu Füßen des Gebirges glitt und eine dicke Staubwolke hinter sich herzog, die über die Felder und Kaffernhütten hinwegwirbelte, an denen sie vorbeifuhren, kehrte etwas von der Gutmütigkeit zurück, die er vor erst so kurzer Zeit eingebüßt hatte. Er saß in einem Wagen, der einst einem Generalgouverneur gehört hatte und in dem der Prinz von Wales während seiner triumphalen Reise durch Südafrika 1925 zweimal gefahren war, und neben ihm saß, wenn auch, offenbar, keine richtige Lady, so doch zumindest eine Frau, die all die sichtbaren Attribute einer Lady besaß. Ohne Frage rief die Art, wie sie mit dem Wagen umging, die Bewunderung des Kommandanten hervor, und besonders beeindruckt war er von ihrem perfekten Timing, mit dem sie den Wagen sich leise von hinten an eine Schwarze heranschleichen ließ, die einen Korb auf dem Kopf balancierte, ehe sie auf den Gummiball der Hupe drückte und damit bewirkte, daß die Frau in den Straßengraben sprang.

»Ich war während des Kriegs bei der Army und habe damals fahren gelernt«, sagte sie, als der Kommandant ihr über ihr fahrerisches Können Komplimente machte. »Fuhr immer mit einem Anderthalbtonner rum.« Sie lachte bei dieser Erinnerung. »Jeder sagt doch immer, der Krieg war absolut schrecklich, aber ich habe ihn eigentlich enorm genossen. Hatte nie so viel Spaß in meinem ganzen Leben.«

Nicht zum ersten Mal dachte der Kommandant über die sonderbare Eigenart der Briten nach, an den verrücktesten Orten sein Vergnügen zu finden.

»Und wie steht's mit dem... äh... Colonel? Hatte er auch Spaß?« fragte der Kommandant, für den die Tätigkeit des Colonel während des Krieges zum Gegenstand enormen Interesses geworden war.

»Was? Im Untergrund? Das glaube ich nicht«, sagte Mrs. Heathcote-Kilkoon, ehe ihr klar wurde, was sie eben getan hatte. Sie steuerte den Wagen an den Straßenrand und hielt. Dann wandte sie sich an den Kommandanten.

»Das war ein schmutziger Trick«, sagte sie, »mich so zum Sprechen zu bringen und dann zu fragen, was Henry während des Krieges gemacht hat. Das ist wohl ein Profitrick bei der Polizei. Na schön, nun ist es raus«, fuhr sie trotz der Einwände des Kommandanten fort, »Henry war Sicherheitsmann im Untergrund. Der innere Kreis, um genau zu sein. Aber versprechen Sie mir um Gottes willen, es niemals zu erwähnen.«

»Aber natürlich werde ich es nicht erwähnen«, sagte der Kommandant, dessen Respekt vor dem Colonel noch gewaltig gestiegen war, wo er nun wußte, daß er zum inneren Kreis im Untergrund gehört hatte.

»Und der Major? War er auch im Untergrund?«

Mrs. Heathcote-Kilkoon lachte.

»Du liebe Güte, nein«, sagte sie. »Er war sowas wie ein Barmann im Savoy. Was glauben Sie wohl, wo er seine tödlichen Gebräue zu mixen gelernt hat?«

Der Kommandant nickte verständnisvoll. Er hatte Major Bloxham nie für ein Muster an Gesetzestreue gehalten, aber möglich war es schon.

Sie fuhren weiter und tranken Tee im Sani Pass Hotel, ehe sie wieder nach Weezen zurückkehrten. Erst als sie sich schon wieder der Stadt näherten, brachte der Kommandant die Frage an, die ihn den ganzen Tag gequält hatte.

»Kennen Sie jemanden namens Els?« fragte er. Mrs. Heathcote-Kilkoon schüttelte den Kopf.

»Nein«, sagte sie.

»Sind Sie ganz sicher?«

»Natürlich«, sagte sie. »Ich würde wohl kaum jemanden vergessen, der Else heißt.«

»Das glaube ich gern«, sagte der Kommandant, der der Ansicht war, daß wohl kaum jemand, der Els unter welchem Namen auch immer kannte, dieses Scheusal jemals vergessen würde. »Er ist ein magerer Mann mit kleinen Augen und merkwürdig flachem Hinterkopf, so als hätte jemand mehrere Male mit einem stumpfen Gegenstand draufgehauen.«

Mrs. Heathcote-Kilkoon lächelte. »Das ist Forebode, wie er leibt und lebt«, sagte sie. »Komisch, daß Sie auf ihn zu sprechen kommen. Sie sind heute schon der zweite, der nach ihm fragt. La Marquise sagte beim Mittagessen irgendwas

Merkwürdiges über ihn, als sein Name fiel. Sie sagte: ›Wunderdinge könnte ich enthüllen.‹ Ulkig, sowas über Forebode zu sagen. Ich meine, er ist doch nicht gerade kultiviert, oder?«

»Nein, das ist er nicht«, sagte der Kommandant nachdrücklich und mit der scharfsinnigen Erkenntnis, daß La Marquise wohl eher »wunde Dinge« gemeint haben könnte.

»Henry hat ihn sich aus dem Gefängnis von Weezen geholt, verstehen Sie? Sie vermieten Sträflinge für ein paar Cent pro Tag, und wir haben ihn seither bei uns behalten. Er ist für kleine Gelegenheitsarbeiten da.«

»Ja, naja, das glaube ich gern«, sagte der Kommandant, »aber ich hätte trotzdem ein Auge auf ihn. Er ist kein Mensch, den ich hier einfach so herumhängen lassen würde.«

»Komisch, daß Sie das sagen«, sagte Mrs. Heathcote-Kilkoon noch einmal. »Er hat mir mal erzählt, daß er früher Henker war, bevor er sein Verbrecherleben begann.«

»Bevor?« fragte der Kommandant erstaunt, aber Mrs. Heathcote-Kilkoon war zu sehr damit beschäftigt, den Wagen durch die Toreinfahrt des Weezener Kurhauses zu steuern, um ihn zu hören.

»Sie kommen doch morgen zur Jagd raus?« sagte sie, als der Kommandant ausstieg. »Ich weiß, die Frage ist gräßlich nach allem, was Sie schon mitgemacht haben, aber ich würde mich freuen, wenn Sie kämen.«

Der Kommandant sah sie an und überlegte, was er sagen solle. Er hatte den Nachmittagsausflug sehr genossen und wollte sie nicht kränken.

»Was soll ich Ihrer Meinung nach denn anziehen?« fragte er vorsichtig.

»Gut, daß Sie das fragen«, sagte Mrs. Heathcote-Kilkoon. »Passen Sie auf, kommen Sie doch einfach mit, und wir probieren, ob Ihnen Henrys Rock paßt.«

»Rock?« sagte der Kommandant und fragte sich, um was für ein obskures weibliches Kleidungsstück es sich bei dem Rock wohl handeln würde.

»Reiterrock«, sagte Mrs. Heathcote-Kilkoon.

»In was für Sachen reitet Henry denn?«

»Normale Breeches, Reithosen.«

»Ganz normale?«

»Natürlich, was um Himmels willen soll er denn sonst Ihrer Meinung nach tragen? Ich weiß, er ist recht sonderbar, aber nackt oder so reitet er nicht in der Gegend herum.«

»Wissen Sie das genau?« fragte der Kommandant.

Mrs. Heathcote-Kilkoon sah ihn scharf an.

»Natürlich weiß ich das genau«, sagte sie. »Was um alles auf der Welt läßt Sie was anderes vermuten?«

»Nichts«, sagte der Kommandant, der entschlossen war, bei der nächstbesten Gelegenheit mit Major Bloxham ein paar Worte unter vier Augen zu wechseln. Er stieg wieder in den Wagen, und sie fuhren nach White Ladies hinaus.

»Na bitte«, sagte sie eine halbe Stunde später im Ankleidezimmer des Colonel. »Sie passen Ihnen perfekt.«

Der Kommandant besah sich im Spiegel und mußte zugeben, daß ihm die Breeches geradezu großartig standen.

»Sie tragen sie sogar auf der selben Seite wie er«, setzte Mrs. Heathcote-Kilkoon mit geübtem Blick hinzu.

Der Kommandant sah sich neugierig um.

»Auf welcher Seite tragen Sie sie denn?« fragte er und staunte über das Gelächter, das seine Bemerkung hervorrief.

»Sie ungeratener Mensch«, sagte Mrs. Heathcote-Kilkoon schließlich und küßte den Kommandanten zu dessen großer Überraschung leicht auf die Wange.

In Piemburg war das Problem mit ungeratenen Menschen eines, das Luitenant Verkramp Sorgen zu machen begann. Die Abschiebung seiner elf restlichen Geheimagenten hatte letztlich doch nicht das Ende seiner Schwierigkeiten bedeutet. Als er am Morgen nach ihrer Abreise im Polizeibüro erschien, fand er Sergeant Breitenbach ungewöhnlich aufgeregt vor.

»Da haben Sie uns jetzt aber schön in die Patsche geritten«, sagte er, als Verkramp fragte, was los sei.

»Sie meinen die Strauße?« fragte Verkramp.

»Nein, die nicht«, sagte der Sergeant, »ich meine die Beamten, denen Sie die Schockbehandlung verpaßt haben. Bei denen stimmt's nicht mehr ganz.«

»Ich dachte, bei diesen Straußen hätte es nicht ganz gestimmt«, sagte Verkramp, der immer noch nicht den Anblick des Straußes verwunden hatte, der fast direkt vor seiner Nase explodiert war.

»Naja, sie haben die Beamten noch nicht gesehen«, sagte Sergeant Breitenbach und ging zur Tür. »Wachtmeister Botha«, rief er.

Wachtmeister Botha kam ins Büro.

»Da, bitte«, sagte Sergeant Breitenbach grimmig. »Da sehen Sie, was Ihre blödsinnige Aversionstherapie angerichtet hat. Und er spielte mal Rugby für Zululand.«

An seinem Schreibtisch wurde Luitenant Verkramp nun klar, daß er verrückt wurde. Angesichts explodierender Strauße hatte er sich schon miserabel gefühlt, aber sie waren nichts gegen den Irrsinn, dem er sich nun in Gestalt des berühmten Rugbyspielers gegenüber sah. Wachtmeister Botha, der für Zululand gestürmt war, eins-neunzig lang und hundert Kilo schwer, kam in das Zimmer getrippelt, eine blonde Perücke auf dem Kopf und den Mund widerlich mit Lippenstift beschmiert.

»Hallo, Süßer«, lächelte er Verkramp an und tänzelte wie ein affektierter Elefant durchs Büro.

»Hände weg von mir, du Saukerl«, schnauzte der Sergeant, aber Luitenant Verkramp hörte gar nicht mehr hin. Wieder waren die inneren Stimmen da, aber diesmal waren sie nicht zur Ruhe zu bringen. Mit aschfahlem Gesicht und starrem Blick brach Verkramp schreiend im Sessel zusammen. Er schrie noch immer und stammelte, er sei Gott, als der Krankenwagen von Fort Rapier eintraf und er wild um sich schlagend nach unten geschafft wurde.

Sergeant Breitenbach saß neben ihm im Krankenwagen, und da saß er auch, als sie vor dem Krankenhaus ankamen.

Frau Dr. von Blimenstein, in einem strahlendweißen Mantel, wartete bereits.

»Nun ist ja alles gut. Bei mir bist du ganz sicher«, sagte sie, und schon hatte sie Verkramp mit einer einzigen raschen Bewegung den Arm zwischen die Schulterblätter gepreßt und führte ihn vor sich her in die Klinik.

»Armer Kerl«, dachte Sergeant Breitenbach, der erschreckt auf ihre breiten Schultern und den massiven Hintern sah, »das hast du dir selber zuzuschreiben.«

Er fuhr zur Polizeidienststelle zurück und versuchte, darüber nachzudenken, was er tun könne. Mit einer Sabotagewelle am Hals, sechsunddreißig wutschnaubenden Bürgern im Gefängnis und zweihundertzehn schwulen Beamten bei einer Gesamttruppe von fünfhundert Mann konnte er, das war ihm klar, die Situation unmöglich meistern. Eine halbe Stunde später gingen Eilmeldungen an alle Polizeireviere in der Gegend hinaus, in denen gebeten wurde, mit Kommandant van Heerden Kontakt aufzunehmen. In der Zwischenzeit gab er, um die fahnenflüchtigen Beamten zu isolieren, den Befehl, sie auf dem Paradeplatz nach Strich und Faden zu drillen, und schickte Sergeant de Haen zum Exerzieren hinunter. Das war keine besonders glückliche Entscheidung, wie Sergeant Breitenbach feststellte, als er hinunterging, um nachzusehen, wie die Dinge liefen. Die zweihundert Wachtmeister stöckelten und tänzelten ganz furchterregend über den Exerzierplatz.

»Wenn Sie sie nicht daran hindern können, so zu marschieren, sehen Sie besser zu, daß sie verschwinden«, sagte er zu dem Sergeant. »Genau diese Dinge sind es, die der Südafrikanischen Polizei einen schlechten Ruf eintragen.«

»Du hast was gemacht?« brüllte Colonel Heathcote-Kilkoon, als ihm seine Frau erzählte, sie habe den Kommandanten zur Jagd eingeladen. »Einen Menschen, der Füchse schießt? In meinen Reithosen? Bei Gott, dem brocke ich was ein.«

»Sieh mal, Henry«, sagte Mrs. Heathcote-Kilkoon, aber der Colonel war schon draußen und rannte hinüber zu den Ställen, wo Forebode eine Fuchsstute striegelte.

»Wie geht's Chaka?« fragte er. Wie als Antwort versetzte ein Pferd in einer der Boxen der Tür einen geräuschvollen Tritt.

Der Colonel spähte vorsichtig in das abgedunkelte Innere und besah sich das gewaltige schwarze Pferd darin, das unablässig in Bewegung war.

»Sattle ihn«, sagte der Colonel rachgierig und ließ Forebode stehen, der sich fragte, wie zum Teufel nochmal er bloß einen Sattel auf das Vieh kriegen solle.

»Du kannst vom Kommandanten doch nicht verlangen, daß er auf Chaka reitet«, sagte Mrs. Heathcote-Kilkoon zum Colonel, als er ihr erzählte, was er getan hatte.

»Von einem Mann, der Füchse schießt, verlange ich nicht, daß er überhaupt auf einem meiner verdammten Pferde reitet«, sagte der Colonel, »aber wenn er es möchte, kann er's auf Chaka versuchen, und ich wünsche ihm viel Glück!«

Ein furchtbares Getöse und Fluchen aus der Richtung der Ställe ließ vermuten, daß Forebode mit dem Satteln von Chaka keine leichte Aufgabe hatte.

»Es geht auf dein Konto, wenn der Kommandant zu Tode kommt«, sagte Mrs. Heathcote-Kilkoon, aber den Colonel beeindruckte das nicht.

»Jeder, der Füchse schießt, verdient zu sterben«, war alles, was er sagte.

Als Kommandant van Heerden eintraf, fand er Major Bloxham in einer roten Jacke strahlend auf der Treppe stehen.

»Ich meine, Sie sagten, Sie trügen immer Pink«, sagte der Kommandant leicht verärgert.

»Das tue ich doch, alter Junge, das tue ich doch. Sehen Sie das nicht?« Er drehte sich um und ging ins Haus, gefolgt von dem Kommandanten, der sich fragte, ob er farbenblind sei. In der großen Halle standen Leute herum und tranken, und der Kommandant stellte erleichtert fest, daß sie alle ihrem Geschlecht entsprechend gekleidet waren. Mrs. Heathcote-Kilkoon sah in ihrem langen schwarzen Rock ganz reizend, wenn auch ein bißchen blaß aus, und die Gesichtsfarbe des Colonel paßte zu seiner Jacke.

»Ich nehme an, Sie möchten wieder grünen Chartreuse«, sagte er, »oder vielleicht gefällt Ihnen heute morgen gelb etwas besser?«

Der Kommandant sagte, der Grüne gefalle ihm sehr gut, und Mrs. Heathcote-Kilkoon zog ihn alsbald in eine Ecke.

»Henry hat die fixe Idee, Sie laufen rum und schießen Füchse«, sagte sie, »und er ist furchtbar wütend. Ich glaube, Sie sollten wissen, daß er Ihnen das allerschrecklichste Pferd gegeben hat.«

»Ich habe einen Fuchs noch nichtmal von weitem gesehen«, sagte der Kommandant mit schlichter Aufrichtigkeit. »Ich möchte bloß wissen, wo er das her hat.«

»Na, das tut ja auch nicht viel zur Sache. Er hat die Idee, und Sie haben Chaka. Sie können doch reiten, oder? Ich meine, richtig.«

Kommandant van Heerden richtete sich stolz auf.

»Oh ja«, sagte er, »ich denke, das kann ich.«

»Na, ich hoffe wirklich, Sie täuschen sich nicht. Chaka ist ein fürchterliches Vieh. Lassen Sie ihn bloß um Gottes willen nicht los.«

Der Kommandant sagte, das werde er bestimmt nicht, und ein paar Minuten später versammelte sich alles im Hof, wo die Meute bereits wartete. Chaka ebenfalls. Mächtig und schwarz stand er ein Stück von den anderen Pferden entfernt, und an seinem Kopf stand die Gestalt eines Mannes mit kleinen Augen und einer nicht vorhandenen Stirn.

Für Kommandant van Heerden, der in der Aufregung über die bevorstehende Jagd Ex-Wachtmeister Els völlig vergessen hatte, war es schwer, sich zu entscheiden, welches der beiden Viecher ihm größeres Entsetzen einjagte. Gewiß war die Aussicht, ein so ungeheuerliches Pferd wie Chaka auch nur zu besteigen, kaum erfreulich, aber zumindest bot das eine Möglichkeit, Els aus dem Weg zu gehen, mang-Els anderer Möglichkeiten, wollte er gerade denken. Mit einer Geschwindigkeit und Energie, die den Colonel völlig überrumpelten, langte der Kommandant nach oben und schwang sich in den Sattel, und von dieser Kommandohöhe aus überblickte er das Gedränge. Unter ihm wuselten Hunde und Pferde durcheinander, während auch andere Reiter aufstiegen, und als dann Els auf einem kleinen Gaul kräftig ins Horn blies, brach die Jagdgesellschaft auf. Hinter ihnen trieb der Kommandant Chaka zaghaft an. Ich reite zur Fuchsjagd wie ein richtiger Engländer, dachte er, als er seine Hacken dem Pferd ein zweites Mal in die Seite grub. Das war für einige Zeit sein letzter zusammenhängender Gedanke. Mit einem teuflischen Ruck schoß das riesige schwarze Pferd aus dem Hof und in den Garten. Während sich der Kommandant verzweifelt an seinen Sitz klammerte, wurde offenbar, daß, wohin er auch ritt, es ganz bestimmt nicht die Jagd war. Die Meute war in eine völlig andere Richtung ausgeschwärmt. Während ein Steingarten unter ihm zerbröselte, ein Ziergebüsch zu ihm aufsah und sich auflöste und die Rosen des Colonel hinter ihm sowohl ihre Etiketten als auch ihre Blütenblätter fallen ließen, war dem Kommandanten lediglich bewußt, daß er sich in großer Höhe und mit einer Geschwindigkeit fortbewegte, die ihm unglaublich schien. Vor ihm tauchten die Azaleenbüsche auf, auf die Colonel Heathcote-Kilkoon so stolz war, und dahinter das offene Land. Kommandant van Heerden schloß die Augen. Zum Beten war keine Zeit. Im nächsten Augenblick sauste er durch die Luft.

Der überraschende Galopp des Kommandanten löste bei den Jägern unterschiedliche Reaktionen aus. In tadellosem Damensitz und den Zylinder auf die adretten blauen Locken gedrückt, beobachtete Mrs. Heathcote-Kilkoon mit einer Mischung aus Abscheu über ihren Mann und Bewunderung für den Kommandanten, wie dieser über die Azaleen hinweg verschwand. Was er auch sein mochte, der Kommandant war fraglos kein Mann, der Zäune scheute.

»Da siehst du, was du angerichtet hast«, schrie sie den Colonel an, der auf die Zerstörung starrte, die sein sich zurückziehender Gast hinter sich zurückgelassen hatte. Um seinem Ärger die Krone aufzusetzen, wendete Mrs. Heathcote-Kilkoon ihren Braunen und galoppierte dem Kommandanten hinterher, wodurch sie den Rasen noch mehr aufwühlte.

»Sind den Schuft los«, sagte fröhlich Major Bloxham.

»Verdammter Bure«, sagte der Colonel. »Schießt Füchse und zertrampelt meine besten Rosen.«

Hinter ihm stieß Forebode nochmal lustig ins Horn. Er hatte immer schon mal sehen wollen, was passieren würde, wenn er dem riesigen schwarzen Pferd ein Stück Kautabak in den Hintern steckte, und nun wußte er es.

Kommandant van Heerden gleichfalls, obwohl er sich über den tieferen Grund von Chakas Eile nicht im klaren war. Nach dem ersten kolossalen Satz noch immer im Sattel, versuchte er sich daran zu erinnern, was Mrs. Heathcote-Kilkoon darüber gesagt hatte, daß er das Pferd nicht loslassen dürfe. Das schien ihm ein völlig unnötiger Rat zu sein. Wenn dem Kommandanten irgendeine Möglichkeit eingefallen wäre, wie er das Pferd loslassen könne, ohne sich dabei das Genick zu brechen, dann hätte er es mit Freuden getan. Aber so wie die Dinge langen, bestand wohl seine einzige Überlebenshoffnung darin, bei dem Tier zu bleiben, bis diesem die Puste ausginge. Mit dem Mut eines Mannes, dem gar nichts anderes übrigbleibt, hockte der Kommandant im Sattel und sah eine Mauer auf sich zusausen, bei deren Bau man offensichtlich an Giraffen gedacht hatte. Ein Pferd schaffte sie jedenfalls bestimmt nicht. Als er auf der anderen Seite landete, hatte Kommandant van Heerden den unbezweifelbaren Eindruck, daß das Tier, auf dem er ritt, überhaupt kein Pferd sei, sondern irgendeine mythische Kreatur, die er auf Benzinzapfsäulen so sprechend dargestellt gesehen hatte. Vor ihm lag jetzt das offene Weideland, und in der Ferne sah er die schattige Silhouette eines Waldes. Zu einem nun war er entschlossen, und das war, daß kein Pferd, mythisch oder nicht, mit ihm auf dem Rücken durch einen Wald voller Bäume rasen werde. Da war es besser, sich das Genick im offenen Gelände zu brechen, als auf der anderen Seite eines dichten Waldes ohne Beine rauszukommen. Mit dem Entschluß, seinen Ritt so oder so zu beenden, packte der Kommandant fest die Zügel und richtete sich auf.

Mrs. Heathcote-Kilkoon, die verzweifelt hinter ihm her ritt, erschien der Kommandant in völlig neuem Licht. Er war nicht länger der ruppig-attraktive Mann der Wirklichkeit, als den sie ihn früher gesehen hatte, sondern der Held ihrer Träume. Etwas an der Gestalt, die über diese Mauer hinwegsegelte, an die sich ihres Wissens noch nie jemand gewagt hatte, erinnerte sie an ein Gemälde, das sie einmal gesehen hatte und das Napoleon zeigte, wie er die Alpen auf einem springenden Roß überquerte. Mit einer Vorsicht, die durch ihr Verlangen nach ihrem neuen Idol völlig gerechtfertigt wurde, wählte Mrs. Heathcote-Kilkoon eine Pforte und kam auf der anderen Seite der Mauer heraus, um zu ihrer Überraschung festzustellen, daß der Kommandant und Chaka verschwunden waren. Sie galoppierte auf den Wald zu und fand zu ihrem Entsetzen Roß wie Reiter reglos auf der Erde liegen. Sie ritt näher und stieg ab.

Als Kommandant van Heerden zu sich kam, fand er seinen Kopf im dunklen Schoß von Mrs. Heathcote-Kilkoon geborgen, die sich mit dem Blick mütterlicher Bewunderung auf dem Gesicht über ihn beugte.

»Versuchen Sie bloß nicht, sich zu bewegen«, sagte sie. Der Kommandant wackelte mit seinen Zehen, um festzustellen, ob er sich das Rückgrat gebrochen habe. Seine Zehen wackelten ermutigend. Er hob das Knie, und das Knie bewegte sich. Auch seine Arme waren in Ordnung. Es schien nichts gebrochen zu sein. Der Kommandant machte die Augen wieder auf und lächelte. Über ihm lächelte unter einem Kranz gefärbter Locken Mrs. Heathcote-Kilkoon zurück, und es schien Kommandant van Heerden, als liege in diesem Lächeln ein ihm neues Eingeständnis tiefer Gefühlsbande zwischen ihnen, die Begegnung zweier Herzen und Seelen allein auf dem weiten Feld. Mrs. Heathcote-Kilkoon las seine Gedanken.

»Ameisenbärloch«, sagte sie mit unterdrückter Rührung.

»Ameisenbärloch?« fragte der Kommandant.

»Ameisenbärloch«, wiederholte Mrs. Heathcote-Kilkoon sanft.

Der Kommandant überlegte, was Ameisenbärlöcher wohl mit seinen Gefühlen für sie zu tun hätten, aber außer der recht bizarren Idee, daß sie zusammen in eines kriechen sollten, konnte er sich nichts vorstellen. Er begnügte sich damit, »Ameisenbärloch« mit soviel Gefühl wie nur möglich zu flüstern, dann schloß er wieder seine Augen. Unter seinem Kopf bildeten ihre runden Schenkel ein wunderbares Kopfkissen. Der Kommandant seufzte und drückte ihr seinen Kopf gegen den Magen. Das Gefühl höchster Glückseligkeit stieg in ihm auf, die nur von dem Gedanken beeinträchtigt wurde, daß er wieder auf dieses grauenhafte Pferd würde steigen müsse. Das war eine Aussicht, die zu beschleunigen er nicht vorhatte. Mrs. Heathcote-Kilkoon zerstörte seine Hoffnungen.

»Hier können wir nicht bleiben«, sagte sie, »es ist viel zu heiß.«

Der Kommandant, der so langsam den Verdacht hatte, irgendein großes Insekt krieche im Innern seiner Reithosen nach oben, mußte dem zustimmen. Zögernd hob er den Kopf aus ihrem Schoß und stand auf.

»Lassen Sie uns doch in den Wald gehen«, sagte Mrs. Heathcote-Kilkoon. »Sie brauchen Ruhe, und ich möchte mich davon überzeugen, daß Sie sich nichts gebrochen haben.«

Nun, da der Kommandant wieder auf den Beinen war, konnte er sehen, was sie mit Ameisenbärloch gemeint hatte. Das gewaltige schwarze Pferd lag mit gebrochenem Genick auf der Seite, ein Vorderbein tief in einem Loch. Mit einem Seufzer der Erleichterung, daß er das Vieh nie wieder würde reiten müssen und daß seine Reitkünste durch das Erdferkel letztlich bestätigt worden waren, ließ der Kommandant sich ganz unnötigerweise in den Waldesschatten führen. Dort, in einem offenen, von Bäumen beschatteten Tal, bestand Mrs. Heathcote-Kilkoon darauf, daß er sich auf die Erde lege, während sie ihn nach gebrochenen Knochen untersuchte.

»Es ist vielleicht eine Gehirnerschütterung«, sagte sie, während ihm ihre erfahrenen Hände die Jacke aufknöpften. In den nächsten paar Augenblicken begann Kommandant van Heerden zu glauben, daß sie recht haben müsse. Was die große englische Lady mit ihm tat, mußte irgendwie das Ergebnis eines Gehirnschadens sein. Als sie über ihm stand und ihren Rock aufschnallte, wußte er, daß sie Gesichte hatte. Ich bleibe am besten still liegen, bis es vorbei ist, dachte er und schloß die Augen.

Zwei Meilen entfernt hatte die Meute die Witterung des Fuchses aufgenommen und rannte quer durch die Gegend, die Jagdgesellschaft hart auf den Fersen, während Forebode hin und wieder in sein Horn stieß.

»Was wohl mit dem verdammten Buren passiert ist«, schrie Major Bloxham.

»Ich denke, er ist in Ordnung«, schrie der Colonel zurück. »Daphne kümmert sich wahrscheinlich um ihn.«

Plötzlich zog die Meute nach links und eilte auf ein Wäldchen zu, und zehn Minuten später hatte sie, noch immer stumm von der Verfolgung in Anspruch genommen, das offene Gelände verlassen und steckte tief im Unterholz. Hier war die Witterung stärker, und die Hunde beschleunigten das Tempo. Eine halbe Meile voraus folgte Kommandant van Heerden ihrem Beispiel.

Er war nicht ganz so stumm, aber nicht weniger in Anspruch genommen als die Meute. Über ihm, nur mit Stiefeln und Sporen und dem Zylinder bekleidet, der federnd auf ihren gefärbten Locken hing, rief Mrs. Heathcote-Kilkoon ihrem neuen Reittier ermunternd zu, wobei sie ihn ab und zu mit ihrer Reitgerte antrieb. Sie waren dermaßen miteinander beschäftigt, daß sie das Knacken im Unterholz überhaupt nicht wahrnahmen, das das Herannahen der Jagdgesellschaft signalisierte. »Jill, Jenny, Daphne, mein Schatz«, stöhnte der

Kommandant, der nicht einmal jetzt imstande war, sich von der Vorstellung freizumachen, er befinde sich in einem der Romane von Dornford Yates. Mrs. Heathcote-Kilkoons Phantasien, durch jahrelangen Frust geschärft, bezogen sich eher auf das Reiten.

»Reite deinen Klepper nach Banbury Cross, da siehst du eine schöne Dame auf schneeweißem Roß«, rief sie und stellte zu ihrem Erstaunen fest, daß ihre Aufforderung befolgt wurde.

Aus dem Wald kam die Meute herbeigestürmt, und der Kommandant, der gerade drauf und dran gewesen war, zum zweitenmal den Gipfel der Lust zu erreichen, bemerkte plötzlich, daß die Zunge, die ihm das Gesicht leckte, von einer für eine Dame von Mrs. Heathcote-Kilkoons Herkunft ganz ungewöhnlichen Länge und Beschaffenheit war. Er machte die Augen auf und stellte fest, daß er einem großen Jagdhund ins Gesicht sah, der widerlich sabbelte und schnaufte. Der Kommandant blickte sich wütend um. Das kleine Tal war mit Hunden überschwemmt. Eine Woge von Schwänzen schwappte über ihm hin und her, und daraus hervor ragte Mrs. Heathcote-Kilkoon, die, auf ihn aufgespießt, mit einer Reitpeitsche um sich schlug.

»Platz, Jason! Platz, Knurrer! Platz, Memme! Platz, van Heerden!« schrie sie, und ihr Zylinder hüpfte so lebhaft auf und nieder wie ihre Brüste.

Kommandant van Heerden starrte wie von Sinnen zur Unterseite von Knurrer hinauf und versuchte, dessen Pfote aus seinem Mund zu kriegen. Noch nie war ihm bewußt geworden, wie rüde ein Hund roch. Seinem Frauchen gehorsam wie immer, setzte Knurrer sich hin – und stand sofort wieder auf, als der Kommandant, den Erstickungstod vor Augen, ihn biß. Für einen Augenblick von der drohenden Asphyxie erlöst, hob der Kommandant den Kopf, nur um ihn einen Moment darauf von dem Gewicht wieder nach unten gedrückt zu bekommen. Der kurze Blick, den er hatte auf die Umwelt werfen können, zeigte ihm eine so grauenhafte Aussicht, daß er das stinkende Versteck unter den Jagdhunden allemal vorzog. Colonel Heathcote-Kilkoon und die anderen Mitglieder der Jagdgesellschaft waren aus dem Wald aufgetaucht und besahen sich voll Verwunderung die Szene.

»Du großer Gott, Daphne, was um alles auf der Welt machst du denn da?« hörte der Kommandant den Colonel zornig rufen.

Mrs. Heathcote-Kilkoon zeigte sich der Situation hervorragend gewachsen.

»Was zum Teufel soll ich denn deiner Meinung nach hier machen?« schrie sie mit dem Ton berechtigten Zorns in der Stimme, den der Kommandant ungeheuer eindrucksvoll fand, der ihm jedoch dazu geeignet erschien, beim Gatten eine Frage aufzuwerfen, die der Kommandant lieber unbeantwortet gelassen hätte.

»Ich habe keine Ahnung«, rief der Colonel, der sich nicht einen Augenblick lang vorstellen konnte, was seine Frau mitten in einer Talmulde ohne ihre Kleider machte. Mrs. Heathcote-Kilkoon antwortete ihm. »Ich scheiße gerade«, schrie sie mit einer Grobheit, die Kommandant van Heerden für seine Person kränkend, aber sonst vollkommen angebracht fand.

Der Colonel hüstelte verlegen. »Großer Gott, das tut mir furchtbar leid«, murmelte er, aber Mrs. Heathcote-Kilkoon war entschlossen, ihren Vorteil zu nutzen.

»Und wenn ihr Gentlemen wärt, würdet ihr euch umdrehen und verdammt nochmal sehen, daß ihr von hier wegkommt«, schrie sie. Ihre Worte zeigten augenblicklich Erfolg. Die Jäger wendeten ihre Pferde und galoppierten dorthin zurück, woher sie gekommen waren.

Als die Jagdhundflut langsam verebbte, blickte der Kommandant, nackt und von modderigen Pfotenabdrücken bedeckt, zur Dame seiner und Colonel Heathcote-Kilkoons Wahl empor. Mit einem Widerstreben, das er sich als Verdienst anrechnete, löste sie sich von ihm und stand auf. Atemlos vor Angst und einer neuen Bewunderung für sie rappelte der Kommandant sich hoch und machte sich auf die Suche nach seinen Breeches. Er wußte nun, was britische Kaltblütigkeit bedeutete.

»Und ich habe eine steife Oberlippe«, sagte er und betastete die Spuren von Knurrers Hinterpfote.

»Ungefähr das einzige, was an dir steif ist«, sagte Mrs. Heathcote-Kilkoon frei heraus.

Im Gebüsch am Rande des Tales kicherte Forebode leise. Er hatte nie vorgegeben, ein Gentleman zu sein, und die Frau des Colonel hatte er schon immer mal nackt sehen wollen.

12

Als Kommandant van Heerden und Mrs. Heathcote-Kilkoon sich in dem Tal wieder anzogen, waren sie von postkoitaler Traurigkeit erfüllt.

»Es war so schön, mal endlich wieder einem richtigen Mann zu begegnen«, murmelte sie. »Du kannst dir nicht vorstellen, wie ermüdend Henry sein kann.«

»Ich glaube schon«, sagte der Kommandant, der nicht geneigt war, seinen Alptraumritt von eben zu vergessen. Und außerdem war der Gedanke, dem Colonel so kurz nach der, wie der Kommandant es taktvoll formulierte, sinnlichen Bekanntschaft mit dessen Frau zu begegnen, nicht besonders angenehm. »Ich glaube, ich gehe von hier aus einfach zu Fuß zum Kurhaus zurück«, sagte er, aber Mrs. Heathcote-Kilkoon wollte davon nichts wissen.

»Ich schicke Boy mit dem Land-Rover rüber, der kann dich auflesen«, sagte sie. »Du bist nicht im geeigneten Zustand, um irgendwohin zu gehen. Bestimmt nicht nach deinem Sturz und auch nicht bei dieser Hitze.« Und ehe der Kommandant sie aufhalten konnte, war sie aus dem Wald spaziert, auf ihr Pferd gestiegen und davongeritten.

Kommandant van Heerden saß auf einem Baumstamm und dachte über die romantische Erfahrung nach, der er sich soeben unterzogen hatte. »Unterzogen ist das richtige Wort dafür«, murmelte er laut und hörte zu seinem Entsetzen, wie sich das Gebüsch hinter ihm teilte und eine Stimme sagte: »'ne reizende Geschichte, was?«

Der Kommandant kannte diese Stimme. Er fuhr herum

und sah Els, der ihn angrinste.

»Was zum Teufel machst du denn hier?« fragte er. »Ich dachte, du bist tot.«

»Ich? Tot?« sagte Els. »Nie.« Der Kommandant glaubte langsam, daß Els recht hatte. Er hatte was Ewiges an sich wie die Erbsünde. »Haben's mit der Alten vom Colonel getrieben, was?« fuhr Els mit einer Vertraulichkeit fort, die der Kommandant äußerst widerlich fand.

»Was ich mit meiner Freizeit mache, geht dich nichts an«, sagte er im Brustton der Überzeugung.

»Es könnte den Colonel schon ein bißchen was angehen«, sagte Els fröhlich, »ich meine, er würde vielleicht gerne wissen...«

»Kümmere du dich nicht darum, was Colonel Heathcote-Kilkoon vielleicht gerne wissen würde«, unterbrach ihn eilig der Kommandant. »Was ich gerne wissen würde, ist, warum du im Piemburger Gefängnis nicht zusammen mit dem Direktor und dem Kaplan gestorben bist.«

»Das war ein Versehen«, sagte Els. »Ich wurde mit den Sträflingen verwechselt.«

»Verständlich«, sagte der Kommandant.

Els wechselte das Thema.

»Ich denke daran, wieder zur Polizei zurückzukommen«, sagte er. »Ich bin's leid, Forebode zu sein.«

»Du denkst woran?« fragte der Kommandant. Er versuchte, einen Lacher herauszukriegen, aber es klang nicht sehr überzeugend.

»Ich würde gerne wieder Wachtmeister sein.«

»Du machst wohl Witze«, sagte der Kommandant.

»Mach ich nicht«, sagte Els. »Dann kriege ich Pension, wenn ich mir's recht überlege, und dann ist da ja auch noch die Belohnung, die ich für die Ergreifung von Miss Hazelstone zu bekommen habe.«

Der Kommandant dachte über die Belohnung nach und versuchte, sich eine Antwort einfallen zu lassen.

»Du bist intestabel gestorben«, sagte er schließlich.

»Das stimmt nicht, das wissen Sie«, sagte Els. »Ich bin in Piemburg gestorben.«

Der Kommandant seufzte. Er hatte vergessen, wie schwierig es war, Els die simpelsten Rechtsdinge beizubringen.

»Intestabel heißt, du bist gestorben, ohne ein Testament machen zu können«, erklärte er Els, der ihn plötzlich interessiert betrachtete.

»Haben Sie denn ein Testament gemacht?« fragte er, während er drohend an seinem Horn herumspielte. Er sah aus, als wolle er jeden Moment hineintuten.

»Ich verstehe nicht, was das damit zu tun hat«, sagte der Kommandant.

»Der Colonel hat das Recht, Sie umzulegen, weil Sie seine Frau gebumst haben«, sagte Els. »Und das täte er auch, wenn ich in das Horn hier blasen und ihn zurückrufen würde.«

Kommandant van Heerden mußte zugeben, daß Els diesmal recht hatte. Das südafrikanische Recht sieht keine Strafen vor für Ehemänner, die die Liebhaber ihrer Frauen erschießen. In seiner Laufbahn als Polizeioffizier hatte der Kommandant Gelegenheit gehabt, eine Reihe von Männern zu beruhigen, die deswegen Angst gehabt hatten. Um die des Kommandanten noch etwas zu kitzeln, hob Els das Horn an seine Lippen.

»Na schön«, sagte der Kommandant, »was willst du?«

»Das habe ich Ihnen schon gesagt«, sagte Els. »Ich will meinen alten Job wiederhaben.«

Der Kommandant wollte sich gerade irgendwelche Ausflüchte überlegen, als das Geräusch eines sich nähernden Land-Rovers die Frage entschied.

»Na schön, ich sehe mal, was ich machen kann«, sagte er, »aber wie ich erklären soll, warum ein farbiger Sträfling in Wirklichkeit ein weißer Polizeibeamter ist, weiß Gott allein.«

»Ist doch Quatsch, den Scheiß bloß wegen 'm Dreier Teer zu verpatzen«, sagte Els, wobei er einen Ausdruck benutzte, den er von Major Bloxham aufgeschnappt hatte.

»Ich höre, Sie hatten 'n bißchen Schwierigkeiten, alter Junge«, sagte der Major, als der Land-Rover neben Chakas Kadaver hielt. »War immer schon meine Meinung, daß der schwarze Teufel eine Gefahr ist.« Der Kommandant kletterte auf den Sitz neben ihn und murmelte seine Zustimmung, aber der schwarze Teufel, an den er dachte, war nicht das tote Pferd. Els, der auf der Ladefläche hockte, lächelte glücklich. Er freute sich darauf, endlich wieder völlig legal Kaffern abknallen zu können.

Als sie sich dem Haus näherten, sah der Kommandant den Colonel und Mrs. Heathcote-Kilkoon oben auf der Treppe stehen und auf sie warten. Wieder einmal überraschten ihn ihre Reaktionen vollkommen. Die Frau, mit der er nur eine Stunde zuvor genossen hatte, was man ohne Übertreibung eine ergreifende Vertraulichkeit nennen könnte, stand nun kerzengerade und kühl-distanziert an der Haustür, während ihr Gatte Anzeichen offenbarer Verlegenheit an den Tag legte, die zu seiner Rolle gar nicht passen wollten.

»Tut mir furchtbar leid«, murmelte er, während er dem Kommandanten die Tür des Land-Rovers öffnete, »hätte Ihnen dieses Pferd überhaupt nicht geben sollen.«

Der Kommandant versuchte, sich eine passende Antwort auf diese Entschuldigung einfallen zu lassen.

»Ameisenbärloch«, sagte er, womit er auf einen Ausdruck zurückgriff, der offenbar auf viele Situationen paßte.

»Ganz recht«, sagte der Colonel. »Verdammt lästige Dinger. Sollte man ausrotten.« Er stieg die Treppe hoch, und Mrs. Heathcote-Kilkoon trat heran, um den Kommandanten zu begrüßen.

»Reizend von Ihnen, daß Sie *gekommen* sind«, sagte sie.

»Nett von Ihnen, daß ich *kommen* durfte«, murmelte der Kommandant und wurde rot.

»Sie müssen das unbedingt öfter tun«, sagte Mrs. Heathcote-Kilkoon.

Sie gingen ins Haus, wo der Kommandant von La Marquise mit einer Bemerkung über den Fliegenden Holländer begrüßt wurde, die er nicht besonders mochte.

»Nimm keine Notiz davon«, sagte Mrs. Heathcote-Kilkoon zu ihm, »meiner Meinung nach warst du großartig. Die sind bloß neidisch.«

Die nächsten paar Minuten fand sich Kommandant van Heerden im Mittelpunkt des allgemeinen Interesses. Der Umstand, daß er als erster die hohe Mauer übersprungen hatte, und sei es auch unfreiwillig, rief bei jedermann bewunderndes Gemurmel hervor. Selbst der Colonel sagte, er müsse vor ihm den Hut ziehen, was der Kommandant angesichts des Verlustes von Chaka und des Zustands seines Gartens, ganz zu schweigen von dem seiner Frau, recht nett von ihm fand. Er erzählte gerade, wie er auf der Farm seiner Oma in Magaliesburg hatte reiten lernen und wie er für die Polizei in Pretoria geritten war, als der Schlag fiel.

»Ich muß schon sagen, Kommandant, Sie nehmen die Dinge recht gelassen«, sagte der Dicke, der wußte, wie man auf Kühlschränke Rabatt bekommt, »kommen hier raus und gehen auf die Jagd, wenn in Piemburg alles drunter und rüber geht.«

»Drunter und drüber? Wieso das denn?« fragte er.

»Was? Wollen Sie damit sagen, Sie haben noch nichts davon gehört?« fragte der Dicke. »Es hat eine Welle von Sabotageanschläge gegeben. Bombenattentate in der ganzen Stadt. Sendemast eingestürzt. Strom unterbrochen. Absolutes Chaos.«

Mit einem Fluch kippte Kommandant van Heerden sein Glas Cointreau, an dem er gerade genippt hatte, in das nächstbeste Gefäß.

»Tut mir leid, daß wir kein Telefon haben«, sagte Mrs. Heathcote-Kilkoon, als er sich wutentbrannt in der Diele umsah, »Henry wollte keins, aus Sicherheitsgründen. Er ruft seinen Börsenagenten immer von...«

Der Kommandant hatte es zu eilig, um die Geschichte von Henrys Börsenmakler abwarten zu können. Er raste die Treppe hinunter zu seinem Wagen und fand, wie er es erwartet hatte, Els am Steuer vor. Mit dem Gefühl, daß Els' Frechheit in gewisser Weise zu den schrecklichen Neuigkeiten paßte, die er soeben erfahren hatte, nahm der Kommandant auf dem Rücksitz Platz. Unheil lag in der Luft. Ganz bestimmt aber lag es in der Blumenrabatte, in die Els rückwärts hineinsetzte, ehe er den Wagen wendete und, eine Kiesfontäne hinter sich herausschießend, die Auffahrt hinunterpreschte, was den Gedanken nahelegte, er schüttele den Staub von White Ladies von seinen Füßen.

Von der Terrasse aus sah ihnen Mrs. Heathcote-Kilkoon traurig nach. »Scheiden heißt ein wenig sterben«, flüsterte sie und ging wieder zum Colonel hinein, der verdrießlich in ein Becken mit tropischen Fischen starrte, in dem der Drink des Kommandanten bereits einige ungewöhnliche Wirkungen hervorrief.

»Also so ging der arme Willy dahin«, sagte der Colonel.

Auf der Fahrt nach Weezen verfluchte sich der Kommandant wegen seiner Blödheit.

»Das hätte ich mir doch denken können, daß Verkramp Mist baut«, dachte er und befahl Els, an der Weezener Polizeistation anzuhalten. Die Information, die er dort erhielt, trug nichts zur Wiederherstellung seiner Zuversicht bei.

»Sie machen was?« fragte er verblüfft, als der diensthabende Sergeant ihm erzählte, Piemburg werde von Schwärmen automatisch explodierender Strauße angegriffen.

»Fliegen nachts zu Hunderten ein«, sagte der Sergeant.

»Das ist schon mal 'ne verdammte Lüge«, schrie der Kommandant. »Strauße fliegen nicht. Das können sie nicht.

Er ging wieder zu seinem Wagen und sagte Els, er solle weiterfahren. Was immer auch Strauße konnten oder nicht konnten, eines war sicher. Irgendwas war in Piemburg passiert, was die Stadt von der Außenwelt abgeschnitten hatte. Die Telefonleitungen waren schon seit Tagen unterbrochen.

Während der Wagen die Schotterstraße zum Rooi-Nek-Paß hinaufsauste, hatte Kommandant van Heerden das Gefühl, eine idyllische Welt des Friedens und Heils zu verlassen und sich in eine Hölle der Gewalt zurückzubegeben, in deren Mittelpunkt die teuflische Gestalt Luitenant Verkramps lauerte. Er war mit seinen Gedanken dermaßen beschäftigt, daß es ihm nur ein- oder zweimal einfiel, Els zu ermahnen, nicht so verflucht waghalsig zu fahren.

In Sjambok wurde der Eindruck einer unmittelbar bevorstehenden Katastrophe durch die Mitteilung verstärkt, daß die Straßenbrücken außerhalb Piemburgs gesprengt seien. In Voetsak erfuhr er, daß die Abwasserbeseitigungsanlage zerstört sei. Danach beschloß der Kommandant, nirgendwo mehr anzuhalten, sondern geradenwegs nach Piemburg durchzufahren.

Als sie eine Stunde darauf den Hügel vom Kaiserblick hinunterfuhren, stießen sie auf die ersten deutlichen Anzeichen von Sabotage.

An der provisorischen Brücke, die anstelle der von Verkramps Geheimagenten zerstörten erbaut worden war, hatte man eine Straßensperre errichtet. Der Kommandant stieg aus, um sich den Schaden zu besehen, während ein Wachtmeister den Wagen kontrollierte.

»Muß auch eine Leibesvisitation vornehmen«, sagte der Beamte, und ehe der Kommandant erklären konnte, wer er sei, ließ der Mann seine Hände mit einer verwirrenden Gründlichkeit über die Reithosen des Kommandanten gleiten.

»Führe nur Befehle aus, Sir«, sagte der Beamte, als der Kommandant knurrte, daß er dort bestimmt keinen Sprengstoff aufbewahre. Kommandant van Heerden kletterte wieder in den Wagen. »Und nehmen Sie mal ein anderes Rasierwasser«, schrie er. »Sie stinken ja zum Himmel.«

Sie fuhren in die Stadt hinein, wo der Kommandant entsetzt zwei Polizeibeamte bemerkte, die Hand in Hand den Bürgersteig entlanggingen.

»Halten Sie an«, sagte der Kommandant zu Els und stieg aus.

»Was zum Teufel glauben Sie eigentlich, was Sie hier tun?«

brüllte er die beiden Beamten an.

»Wir sind auf Streife, Sir«, sagten die Männer wie aus einem Munde.

»Was? Händchenhaltend?« schrie der Kommandant. »Wollt ihr, daß man in der Öffentlichkeit denkt, ihr seid Scheiß Tunten?«

Die beiden Beamten ließen sich los, und der Kommandant stieg wieder in seinen Wagen.

»Was zum Kuckuck geht hier bloß vor?« murmelte er.

Auf dem Fahrersitz lächelte Wachtmeister Els still in sich hinein. Es hatte sich einiges in Piemburg verändert, seit er zum letzten Mal da gewesen war. So allmählich kam ihm der Gedanke, es werde ihm viel Spaß machen, wieder bei der Südafrikanischen Polizei zu sein.

Als sie vor der Polizeidienststelle ankamen, war der Kommandant in einer ekelhaften Laune.

»Schicken Sie mir den Diensthabenden«, schrie er den Wachtmeister am Dienstschreibtisch an und ging nach oben, während er überlegte, ob ihm seine Phantasie einen Possen spiele oder ob ihm der Mann tatsächlich einen anzüglichen Blick zugeworfen habe. Der erste Eindruck, daß die Disziplin völlig zusammengebrochen sei, wurde durch den Zustand des Büros des Kommandanten bestätigt. Die Fenster hatten keine Scheiben mehr, und aus dem Kamin war die Asche durchs ganze Zimmer geweht worden. Der Kommandant starrte noch immer auf das Chaos, als es klopfte und Sergeant Breitenbach hereinkam.

»Was in drei Teufels Namen ist hier eigentlich passiert?« fuhr der Kommandant den Sergeant an, der, wie er zu seiner Erleichterung feststellte, keine Anzeichen von Tuntigkeit zeigte.

»Nun, Sir...«, begann er, aber der Kommandant unterbrach ihn.

»Was finde ich bei meiner Rückkehr vor?« schrie er mit einer Lautstärke, die den Diensthabenden ein Stockwerk tiefer zusammenzucken und mehrere Passanten auf der Straße stehenbleiben ließ. »Tucken. Bomben. Explodierende Strauße. Sagt Ihnen das irgendwas?« Sergeant Breitenbach nickte. »Das hatte ich mir verdammt nochmal gedacht. Ich fahre in den Urlaub, und als nächstes höre ich, daß hier eine Sabotagewelle stattfindet. Straßenbrücken werden in die Luft gejagt. Kein Telefon mehr. Polizeibeamte, die Hand in Hand herumspazieren, und nun das hier. Mein eigenes Büro ein Trümmerhaufen.«

»Das waren die Strauße, Sir«, murmelte der Sergeant.

Kommandant van Heerden ließ sich in einen Sessel plumpsen und hielt sich den Kopf. »Du lieber Gott. Das reicht ja, um einen Menschen in den Wahnsinn zu treiben.«

»Hat es schon, Sir«, sagte der Sergeant geknickt.

»Hat was?«

»Einen Menschen in den Wahnsinn getrieben, Sir. Luitenant Verkramp, Sir.«

Der Name Verkramp riß den Kommandanten aus seinen Grübeleien.

»Verkramp!« kreischte er. »Warten Sie nur, bis ich mir diesen Saukerl kaufe. Ich kreuzige den Schuft. Wo ist er?«

»In Fort Rapier, Sir. Er hat 'n Rappel.«

Kommandant van Heerden nahm die Mitteilung langsam in sich auf.

»Sie meinen...«

»Er hat einen frommen Knall. Er glaubt, er ist Gott.«

Der Kommandant sah ihn ungläubig an. Die Vorstellung, daß jemand glauben könne, er sei Gott, wenn seine Schöpfung so chaotisch war, wie es Verkramps so offensichtlich war, erschien ihm unverständlich.

»Glaubt, er ist Gott?« murmelte er. »Verkramp?«

Sergeant Breitenbach hatte über die Sache ein wenig nachgedacht.

»Ich glaube, so hat der ganze Kummer angefangen«, erklärte er. »Er wollte mal zeigen, was er kann.«

»Das ist ihm fabelhaft gelungen«, sagte der Kommandant matt und sah sich in seinem Büro um.

»Er hat diesen Tick mit der Sünde, Sir, und wollte Polizeibeamte davon abhalten, mit schwarzen Frauen ins Bett zu gehen.«

»Das weiß ich alles.«

»Naja, und nun fing er damit an, ihnen Schockbehandlungen zu verpassen und Fotos von nackten schwarzen Frauen zu zeigen und...«

Kommandant van Heerden unterbrach ihn.

»Erzählen Sie nicht weiter«, sagte er, »ich glaube, ich halt's nicht aus.«

Er stand auf und ging hinüber an seinen Schreibtisch. Er zog eine Schublade auf, nahm eine Flasche Brandy heraus, die er immer für Notfälle da hatte, und goß sich ein Glas ein. Als er damit fertig war, blickte er auf.

»Also dann, fangen Sie nochmal ganz von vorne an und erzählen Sie mir, was Verkramp alles gemacht hat.« Sergeant Breitenbach erzählte es ihm. Am Ende schüttelte der Kommandant traurig den Kopf.

»Sie hat also nicht funktioniert? Diese Behandlung?« fragte er.

»Das würde ich nicht sagen, Sir. Sie hat bloß nicht so funktioniert, wie sie es eigentlich gesollt hätte. Ich meine, Sie hätten Ihre Schwierigkeiten damit, einen von den Beamten, die behandelt wurden, zu einer Schwarzen ins Bett zu kriegen. Wir haben es versucht, aber sie bekommen entsetzliche Zustände.«

»Sie haben versucht, einen Polizeibeamten zu einer Schwarzen ins Bett zu bekommen?« fragte der Kommandant, der sich bereits als Zeuge vor dem unvermeidlichen Untersuchungsausschuß sah, wo er zuzugeben gezwungen wäre, daß Polizisten unter seinem Kommando den Befehl erhielten, in ihrem Dienst mit schwarzen Frauen zu schlafen.

Sergeant Breitenbach nickte. »Er hat's aber nicht gebracht«, sagte er. »Ich garantiere Ihnen, daß nicht einer von den ganzen zweihundertzehn Mann jemals wieder mit einer Schwarzen ins Bett geht.«

»Zweihundertzehn?« fragte der Kommandant, den der Umfang von Verkramps Aktivitäten verblüffte.

»Das ist die Zahl, Sir. Die halbe Truppe ist schwul«, sagte der Sergeant. »Und nicht einer von ihnen ist bereit, mit einer Schwarzen zu schlafen.«

»Ich nehme an, das ist mal 'ne Abwechslung«, sagte der Kommandant, der nach irgendeinem Trost in dieser Katastrophenlitanei suchte.

»Der Kummer ist nur, sie wollen auch an keine weiße Frau mehr ran. Die Behandlung scheint auf beide Arten gewirkt zu haben. Sie sollten sich mal die Beschwerdebriefe ansehen, die wir von den Ehefrauen dieser Männer bekommen haben.«

Der Kommandant sagte, das wolle er lieber nicht.

»Und was ist mit den explodierenden Straußen?« fragte er. »Haben die was mit Verkramps religiösem Tick zu tun?«

»Soweit ich weiß, nicht«, sagte der Sergeant. »Die waren das Werk kommunistischer Saboteure.«

Der Kommandant seufzte. »Die wieder«, sagte er müde. »Ich nehme an, auf die haben Sie keinen Hinweis erhalten, stimmt's?«

»Also, wir haben einige Fortschritte erzielt, Sir. Wir haben die Beschreibung der Männer, die die Strauße mit Parisern gefüttert haben...« Er sprach nicht weiter. Kommandant van Heerden sah ihn an, als hätte es bei ihm ausgesetzt.

»Mit Parisern gefüttert?« fragte er. »Warum zum Teufel haben sie das denn gemacht?«

»Der Sprengstoff war in Kondome verpackt, Sir. Federleicht.«

»Federleicht?« fragte der Kommandant, der sich vorzustellen versuchte, wieso Sprengstoff in Kondomen plötzlich federleicht war.

»Das ist die Marke, Sir. Wir haben auch eine hervorragende Beschreibung eines Mannes, der zwölf Dutzend davon gekauft hat. Zwölf Frauen haben sich gemeldet, die sagen, sie erinnern sich an ihn.«

»Zwölf Dutzend für zwölf Frauen?« sagte der Kommandant. »Kann ich mir verdammt gut vorstellen, daß sie sich an ihn erinnern. Ich würde meinen, er ist unvergeßlich.«

»Sie waren in dem Laden, als er die Dinger zu kaufen versuchte«, erklärte der Sergeant. »Auch fünf Friseure haben uns eine Beschreibung gegeben, die mit der der Frauen übereinstimmt.«

Der Kommandant versuchte sich verzweifelt die Sorte Mann vorzustellen, deren Geschmack derart wahllos war. »Weit kann er nicht gekommen sein, das ist klar«, sagte er schließlich. »Nicht nach so einer Menge.«

»Nein, Sir«, sagte Sergeant Breitenbach. »Er kam nicht weit. Ein Mann, auf den die Beschreibung paßt, und mit Fingerabdrücken, die mit einigen von denen auf den Parisern übereinstimmen, wurde tot in der Toilette des Majestic Cinema gefunden.«

»Ich bin nicht im geringsten überrascht«, sagte der Kommandant.

»Leider können wir ihn nicht identifizieren.«

»Wahrscheinlich zu ausgemergelt«, vermutete der Kommandant.

»Er wurde von der Bombe getötet, die dort hochging«, erklärte der Sergeant.

»Tja, haben Sie denn überhaupt jemanden festgenommen?«

Der Sergeant nickte. »Luitenant Verkramp hat gleich nach den ersten Bombenanschlägen die Verhaftung von sechsunddreißig Verdachtspersonen angeordnet.«

»Na, das ist ja immerhin etwas«, sagte der Kommandant schon besser gelaunt. »Irgendwelche Geständnisse aus ihnen rausgekriegt?«

Sergeant Breitenbach machte ein skeptisches Gesicht.

»Also, der Bürgermeister sagt...«, begann er.

»Was hat denn der Bürgermeister mit der Geschichte zu tun?« fragte der Kommandant im Gefühl einer bösen Vorahnung.

»Er ist einer der Verdächtigen, Sir«, gab Sergeant Breitenbach verlegen zu. »Luitenant Verkramp hat gesagt...«

Aber Kommandant van Heerden war schon aufgesprungen und weiß vor Wut.

»Erzählen Sie mir nicht, was dieser verfluchte Scheißkerl gesagt hat«, brüllte er. »Ich fahre zehn Tage weg, und schon fliegt die halbe Stadt in die Luft, die halbe Polizei verwandelt sich in rasende Homosexuelle, die Hälfte aller Überzieher in der Stadt wird von irgendeinem Sexmaniak aufgekauft und Verkramp verhaftet den Scheiß Bürgermeister. Was zum Teufel kümmert mich, was Verkramp gesagt hat? Was er *getan* hat, macht mir Sorgen.«

Der Kommandant hielt inne. »Gibt's sonst noch etwas, was ich unbedingt wissen sollte?« fragte er. Sergeant Breitenbach änderte nervös die Fußstellung. »Es sitzen noch weitere fünfunddreißig Verdächtige im Gefängnis, Sir. Der Dechant von Piemburg, Stadtrat Cecil, der Direktor der Barclays Bank...«

»Du lieber Gott, und ich nehme an, alle sind verhört worden«, schrie der Kommandant.

»Ja, Sir«, sagte Sergeant Breitenbach, der genau wußte, was der Kommandant unter »verhört« verstand. »Sie haben die letzten acht Tage stehend zugebracht. Der Bürgermeister hat zugegeben, daß er die Regierung nicht mag, aber er behauptet, er hätte das Telegrafenamt nicht in die Luft gejagt. Das einzige Geständnis von einigem Nutzen haben wir dem Direktor der Barclays Bank aus der Nase gezogen.

»Der Direktor der Barclays Bank?« fragte der Kommandant. »Was hat er denn getan?«

»In den Hluwe-Stausee gepinkelt, Sir. Darauf steht die Todesstrafe.«

»Aufs Pinkeln in den Hluwe-Stausee steht die Todesstrafe? Das wußte ich gar nicht.«

»Das steht im Sabotageerlaß von 1962. Verunreinigung des Wasserversorgungssystems, Sir«, sagte der Sergeant.

»Ja, schön«, sagte der Kommandant zweifelnd, »das mag ja sein, aber ich kann dazu nur sagen, wenn Verkramp glaubt, er kriegt den Direktor der Barclays Bank an den Galgen, weil er in den Stausee gepinkelt hat, muß er verrückt sein. Ich werde mal rauf nach Fort Rapier fahren und dem Lumpenhund einen Besuch abstatten.

In Fort Rapier litt Luitenant Verkramp noch immer an akuten Angstzuständen wegen des völlig unerwarteten Ergebnisses seiner Versuche auf dem Gebiet der Aversionstherapie und der Terrorismusbekämpfung. Seine vorübergehende Überzeugung, daß er der Allmächtige sei, war einer Vogelphobie gewichen. Frau Dr. von Blimenstein zog daraus ihre eigenen Schlüsse.

»Ein simpler Fall sexueller Schuldgefühle in Verbindung mit einem Kastrationskomplex«, sagte sie zu der Krankenschwester, als Verkramp das Mittagessen verweigerte, weil es Gefülltes Huhn mit Pariser Soße gab.

»Nehmen Sie es weg«, schrie er, »ich halt's nicht mehr aus.«

Ebenso unnachgiebig war er, wenn es um Federkissen ging, und eigentlich bei allem, was vage an das erinnerte, was Dr. von Blimenstein mit Beharrlichkeit »unsere gefiederten Freunde« zu nennen pflegte.

»Sind nicht meine Freunde«, sagte Verkramp und warf verängstigte Blicke auf eine Kropftaube auf dem Baum vor seinem Fenster.

»Wir müssen versuchen, *hintern* Kern der ganzen Sache zu kommen«, sagte Dr. von Blimenstein. Verkramp sah sie gehetzt an.

»Nicht dieses Wort«, schrie er. Frau Dr. von Blimenstein nahm das neue Symptom zur Kenntnis. »Analkomplex«, dachte sie und brachte den Luitenant in Panik, als sie ihn fragte, ob er irgendwelche homosexuellen Erfahrungen habe.

»Ja«, sagte Verkramp verzweifelt, als die Ärztin darauf bestand, das zu wissen.

»Möchtest du mir davon erzählen?«

»Nein«, sagte Verkramp, der immer noch nicht das Bild

des Rugbystürmers Botha mit der blonden Perücke vergessen konnte. »Nein. Das möchte ich nicht.«

Frau Dr. von Blimenstein blieb hart.

»Wir werden gar nichts erreichen, wenn du dich nicht mit deinem Unterbewußtsein befreundest«, sagte sie zu ihm. »Du mußt mir gegenüber absolut offen sein.«

»Ja«, sagte Verkramp, der nicht nach Fort Rapier gekommen war, um irgend jemandem gegenüber offen zu sein.

Wenn Dr. von Blimenstein tagsüber den Eindruck hatte, daß der Sex die Ursache von Verkramps Zusammenbruch sei, so legte sein Verhalten in der Nacht eine andere Erklärung nahe. Während sie an seinem Bett saß und sich Notizen über sein Gestammel machte, bemerkte sie, daß ein ganz neues Bild zum Vorschein kam. Verkramp verbrachte große Teile seiner Nächte damit, von Bomben und Geheimagenten zu zetern, und war deutlich von der Zahl zwölf besessen. Wenn sie sich vor Augen führte, wie oft sie während der Sabotageakte zwölf Detonationen gezählt hatte, wunderte sie sich kaum, daß der Sicherheitschef von Piemburg von dieser Zahl verfolgt wurde. Andererseits erhielt sie aus Verkramps Schlafgerede den unwiderleglichen Eindruck, daß er zwölf Geheimagenten für sich hatte arbeiten lassen. Sie beschloß, ihn am Morgen über dieses neue Symptom zu befragen.

»Was sagt dir die Zahl zwölf?« fragte sie, als sie ihn am nächsten Tag besuchte. Verkramp wurde blaß und fing an zu zittern.

»Ich muß es wissen«, sagte sie. »Es geschieht nur zu deinem Besten.«

»Das sage ich nicht«, erwiderte Verkramp, der wußte, falls er überhaupt was wußte, daß es nicht zu seinem Besten sein konnte, wenn er ihr von der Zahl zwölf erzählte.

»Vergiß nicht, daß ich in meiner Eigenschaft als Ärztin frage«, sagte sie, »und daß alles, was du mir sagst, ein Geheimnis zwischen uns bleibt.«

Luitenant Verkramp beruhigte das nicht.

»Sagt mir gar nichts«, sagte er, »ich weiß absolut nichts

über die Zahl zwölf.«

»Ich verstehe«, sagte die Ärztin und machte sich über seine Erregung einen Vermerk. »Dann erzählst du mir vielleicht was über die Fahrt nach Durban.«

Es gab keinen Zweifel, daß sie sich dicht am Zentrum von Verkramps Neurose befand. Seine Reaktion bezeugte das ganz deutlich. Als man den schlotternden Luitenant nach der Verabreichung eines Beruhigungsmittels wieder ins Bett gebracht hatte, war Dr. von Blimenstein überzeugt, daß sie eine Heilung zuwege bringen werde. Und allmählich kam ihr der Gedanke, daß auch noch andere Vorteile aus der Kenntnis seiner Probleme zu ziehen seien, und die Idee einer Heirat, die der Doktorin nie fern lag, sproß von neuem.

»Sag mal«, sagte sie, als sie Verkramp wieder ins Bett packte, »stimmt es, daß eine Frau nicht gezwungen werden kann, gegen ihren Ehemann auszusagen?«

Verkramp sagte, das stimme, und mit einem Lächeln, das besagte, er tue gut daran, über diese Sache nachzudenken, ging Dr. von Blimenstein aus dem Zimmer. Als sie eine Stunde später wiederkam, fand sie den Patienten zu einer Erklärung bereit, warum er von der Zahl zwölf besessen sei.

»Es gab zwölf Saboteure, und sie waren...«

»Quatsch«, schnauzte die Ärztin, »absoluter Quatsch. Es gab zwölf Geheimagenten, und sie arbeiteten für dich, und du hast sie mit dem Wagen nach Durban gebracht. Ist nicht das vielleicht die Wahrheit?«

»Ja. Nein. Nein, das ist sie nicht«, jammerte Verkramp.

»Nun höre mal gut zu. Balthasar Verkramp, wenn du so weiterlügst, laß ich dir eine Spritze mit Wahrheitsdroge verpassen, und wir kriegen ein tadelloses Geständnis aus dir raus, ehe du weißt, was überhaupt los ist.«

Aus seinem Bett starrte Verkramp sie voller Panik an.

»Das würdest du nicht tun«, kreischte er. »Das darfst du gar nicht.«

Frau Dr. von Blimenstein sah sich vielsagend in dem Raum um. Es war mehr eine Zelle als ein privates Krankenzimmer.

»Hier drin«, sagte sie, »kann ich machen, was mir gefällt. Du bist mein Patient, und ich bin dein Arzt, und wenn du irgendwelche Schwierigkeiten machst, lasse ich dich in eine Zwangsjacke stecken, und daran kannst du absolut nichts ändern. Also, bist du bereit, mir von deinen Problemen zu erzählen? Und denke dran, deine Geheimnisse sind bei mir sicher. Mich als deinen ärztlichen Berater kann niemand zwingen, ihm zu erzählen, was sich zwischen uns beiden zugetragen hat, es sei denn natürlich, ich müßte in den Zeugenstand. Dann stünde ich selbstverständlich unter Eid.« Die Ärztin machte eine Pause, dann fuhr sie fort: »Du hast doch gesagt, eine Frau kann nicht gezwungen werden, gegen ihren Mann auszusagen, stimmt's?«

Für Verkramp waren die Alternativen, denen er nun ins Gesicht sah, eher noch entsetzlicher als explodierende Strauße und schwule Polizisten. Er lag im Bett und überlegte, was er tun solle. Wenn er sich weigerte zuzugeben, daß er für alle die Bombenanschläge und Gewalttaten in der Stadt verantwortlich war, würde die Doktorin zur Wahrheitsdroge greifen und es aus ihm rausquetschen, und er hätte sich ihr Wohlwollen obendrein verscherzt. Wenn er es offen zugäbe, würde er den rechtlichen Folgen seines Eifers nur entgehen, um zum Altar geführt zu werden. Es gab offenbar kaum Alternativen. Er schluckte nervös, sah sich zum letzten, nicht verlobten Mal im Zimmer um und bat um ein Glas Wasser.

»Willst du mich heiraten?« sagte er schließlich.

Frau Dr. von Blimenstein lächelte hold.

»Natürlich will ich, mein Liebling. Natürlich will ich«, und einen Augenblick darauf lag Verkramp in ihren Armen, und der Mund der Doktorin preßte sich schwer auf seine Lippen. Verkramp schloß die Augen und überlegte, wie das wohl wäre, ein ganzes Leben mit Dr. von Blimenstein. Es wäre, vermutete er, besser als gehenkt zu werden.

Als Kommandant van Heerden in Fort Rapier ankam, um den Luitenant zu besuchen, war es nicht verwunderlich, daß er seinen Weg mit ungewöhnlichen Hindernissen gepflastert fand. Als erstes stellte er fest,daß die Sekretärin am Auskunftsschalter in der Aufnahme entschieden wenig hilfsbereit war. Die Tatsache, daß sie eine Katatonisch-Schizophrene war, die von Dr. von Blimenstein wegen ihrer üblicherweise totalen Regungslosigkeit dazu ausgesucht worden war, in Zeiten akuter Personalknappheit auszuhelfen, führte beim Kommandanten zu einem rapiden Anstieg seines Blutdrucks.

»Ich verlange, Luitenant Verkramp zu sprechen«, schrie er die regungslose Katatonikerin an und war schon drauf und dran, Gewalt anzuwenden, als ein hochgewachsener Mann mit außerordentlich blassem Gesicht dazwischentrat.

»Ich glaube, er liegt auf Station C«, sagte der Mann. Der Kommandant dankte ihm und ging zur Station C, nur um festzustellen, daß sie ausschließlich mit manisch-depressiven Frauen belegt war. Er ging wieder zur Aufnahme, und nach einer weiteren einseitigen Schreierei mit der katatonischen Sekretärin wurde ihm von dem langen, dünnen Mann, der zufällig gerade wieder vorbeikam, gesagt, Verkramp liege zweifellos auf Station H. Der Kommandant ging zur Station H, und obgleich er nicht in der Lage war zu diagnostizieren, worunter dort die Patienten litten, war er froh, als er feststellte, daß Verkramp nicht darunter war. Mieser Laune ging er zur Aufnahme zurück und traf den dünnen, langen Mann auf dem Korridor.

»Nicht da?« fragte der Mann. »Dann ist er bestimmt auf Station E.«

»Nun kommen Sie endlich mal auf den Pott«, schrie der Kommandant wütend. »Erst sagen Sie, er ist auf Station C, dann Station H und jetzt Station E.«

»Interessanter Punkt, den Sie da gerade angeschnitten haben«, sagte der Mann.

»Was denn für'n Punkt?« fragte der Kommandant.

»Über das Auf-den-Pott-kommen«, sagte der Mann. »Es setzt zuerst einmal voraus, daß es einen Unterschied zwischen Pott und Topf gibt. Wenn sie nämlich gesagt hätten:

›Kommen Sie endlich mal auf den Topf‹, dann wäre der tiefere Sinn ein ganz anderer gewesen.«

»Hören Sie zu«, sagte der Kommandant. »Ich bin hergekommen, um Luitenant Verkramp zu sprechen, und nicht, um mit Ihnen Haare zu spalten.« Er ging durch den Korridor davon, um nach Station E zu suchen, und stellte lediglich fest, daß sie in der Bantu-Abteilung lag, was es unwahrscheinlich machte, daß Verkramp dort war, egal, was er hatte. Der Kommandant ging wieder zur Aufnahme zurück und schwor, den langen, dünnen Mann umzubringen, wenn er ihn fände. Statt dessen sah er sich plötzlich Frau Dr. von Blimenstein gegenüber, die ihn scharf darauf hinwies, daß er hier in einem Krankenhaus und nicht in einer Polizeistation sei, und er solle sich gefälligst entsprechend benehmen. Durch diesen Autoritätsbeweis einigermaßen gedämpft, folgte ihr der Kommandant in ihr Büro.

»Also, was wünschen Sie?« fragte sie, setzte sich hinter ihren Schreibtisch und beäugte ihn kalt.

»Ich möchte Luitenant Verkramp besuchen«, sagte der Kommandant.

»Sind Sie der Vater, ein Verwandter oder Vormund?« fragte die Ärztin.

»Ich bin ein Polizeibeamter, der ein Verbrechen untersucht«, sagte der Kommandant.

»Dann haben Sie sicher eine Vollmacht. Die möchte ich bitte mal sehen.

Der Kommandant sagte, er habe keine Vollmacht. »Ich bin der Polizeikommandant von Piemburg, und Verkramp untersteht meinem Befehl. Ich brauche keine Vollmacht, um ihn zu besuchen, ganz gleich, wo er ist.«

Dr. von Blimenstein lächelte herablassend.

»Sie haben offenbar keinen Begriff von Krankenhausregeln«, sagte sie. »Wir müssen sehr genau darauf achten, wer unsere Patienten besucht. Wir können nicht zulassen, daß sie von irgendwelchen flüchtigen Bekannten gestört oder über ihre Arbeit ausgefragt werden. Schließlich sind Balthasars

Probleme weitgehend auf Überarbeitung zurückzuführen, und leider betrachte ich Sie als den dafür Verantwortlichen.«

Der Kommandant war so verdutzt, als er hörte, Verkramp heiße Balthasar, daß ihm keine passende Erwiderung einfiel.

»Aber wenn Sie mir einen Eindruck von der Art der Fragen geben könnten, die Sie ihm stellen wollen, könnte ich Ihnen vielleicht behilflich sein«, fuhr die Ärztin fort, sich der Überlegenheit bewußt, die sie bereits gewonnen hatte.

Der Kommandant konnte sich sehr viele Fragen vorstellen, die er dem Luitenant stellen wollte, aber er hielt es für klüger, sie jetzt nicht zu erwähnen. Er erklärte, er wolle einfach herausbekommen, ob Verkramp nicht irgendwie Licht in die Serie von Bombenanschlägen bringen könne, die es neulich gegeben habe.

»Aha«, sagte Dr. von Blimenstein. »Also, wenn ich Sie richtig verstehe, sind Sie recht zufrieden damit, wie der Luitenant in Ihrer Abwesenheit die Stellung gehalten hat?«

Kommandant van Heerden kam zu dem Schluß, daß eine Politik der Beschwichtigung der einzig wahrscheinliche Weg sei, die Ärztin so weit zu kriegen, daß sie ihm erlaubte, Verkramp ein paar Fragen zu stellen.

»Ja«, sagte er, »Luitenant Verkramp hat alles in seiner Macht Stehende getan, um die Schwierigkeiten zu beenden.«

»Gut«, sagte Dr. von Blimenstein hoffnungsvoll, »es freut mich, das von Ihnen zu hören. Sie verstehen, daß es wichtig ist, dem Patienten keinen Anlaß zu geben, sich schuldig zu fühlen. Balthasars Schwierigkeiten rühren vor allem aus einem eingefleischten Schuld- und Minderwertigkeitsgefühl. Und diese Gefühle wollen wir doch jetzt nicht noch verstärken, nicht wahr?«

»Nein«, sagte der Kommandant, der nur zu gerne glaubte, daß die Schwierigkeiten Verkramps etwas mit Schuld zu tun hatten.

»Also, wenn ich Sie recht verstehe, sind Sie absolut zufrieden mit seiner Arbeit und haben den Eindruck, daß er die Situation mit Geschick und einem außerordentlichen Maß an

Gewissenhaftigkeit gemeistert hat. Ist das richtig?«

»Absolut«, sagte der Kommandant, »er hätte es nicht besser machen können, selbst wenn er's versucht hätte.«

»In dem Fall, denke ich, ist es vollkommen in Ordnung, daß Sie ihn sprechen«, sagte Dr. von Blimenstein und schaltete das transportable Tonbandgerät auf ihrem Schreibtisch ab. Sie stand auf und schritt den Korridor hinunter, gefolgt vom Kommandanten, der allmählich das Gefühl hatte, auf ziemlich subtile Weise aufs Kreuz gelegt worden zu sein. Sie stiegen mehrere Treppen hinauf und gelangten in einen anderen Korridor. »Wenn Sie hier mal eben warten würden«, sagte die Ärztin. »Ich gehe schnell rein und sage ihm, daß Sie ihn sprechen möchten.« Und damit ließ sie den Kommandanten in einem kleinen Warteraum stehen und verschwand in Verkramps Zimmer.

»Wir haben Besuch«, verkündete sie heiter, als Verkramp sich zitternd in seinem Bett verkroch.

»Wer ist es denn?« fragte er matt.

»Nur ein alter Freund«, sagte sie. »Er möchte dir bloß ein paar Fragen stellen. Kommandant van Heerden.«

Verkramp nahm eine neue und furchtbare Blässe an.

»Aber es besteht doch gar kein Grund zur Aufregung«, sagte Dr. von Blimenstein, setzte sich auf die Bettkante und ergriff seine Hand. »Du mußt Fragen nur beantworten, wenn du es willst.«

»Also, ich will nicht«, sagte Verkramp mit Nachdruck.

»Dann brauchst du's auch nicht«, sagte sie und zog ein Fläschchen und ein Stück Zucker aus ihrer Tasche.

»Was ist das?« fragte Verkramp ängstlich.

»Etwas, das dir hilft, keine Fragen zu beantworten, mein Liebling«, sagte die Ärztin und steckte ihm das Zuckerstückchen in den Mund. Verkramp schluckte es runter und legte sich zurück.

Zehn Minuten später wurde der Kommandant, der versuchte, trotz des langen Wartens bei Laune zu bleiben, indem er eine Autoillustrierte las, durch Schreie aufgeschreckt, die aus dem Korridor herüberschallten. Es hörte sich an, als mache ein Patient alle Qualen der Hölle durch.

Dr. von Blimenstein kam ins Zimmer zurück. »Er ist jetzt bereit, Sie zu sehen«, sagte sie. »Aber ich möchte Ihnen dringend raten, sanft mit ihm umzugehen. Er hat heute einen seiner guten Tage, und wir wollen ihn doch nicht unnötig aufregen, nicht?«

»Nein«, sagte der Kommandant, der sich über die wahnsinnigen Schreie hinweg verständlich zu machen versuchte. Die Ärztin schloß eine Tür auf, und der Kommandant spähte ängstlich in das Zimmer. Was er erblickte, ließ ihn eilig in den Flur zurückflüchten.

»Kein Grund zur Beunruhigung«, sagte die Doktorin und schob ihn wieder in das Zimmer. »Stellen Sie ihm Ihre Fragen nur behutsam und regen Sie ihn nicht auf.« Sie verschloß die Tür hinter dem Kommandanten, und der sah sich plötzlich in einem kleinen Zimmer allein mit einem schreiend vor ihm Reißaus nehmenden Wesen, dessen Gesicht, als der Kommandant einen kurzen Blick darauf erhaschen konnte, einige Ähnlichkeit mit den Zügen Luitenant Verkramps hatte. Die dünne Nase, die stechenden Augen und das eckige Profil waren die des Stellvertreters des Kommandanten, aber damit hörte die Ähnlichkeit auch auf. Verkramp schrie nicht so, und eigentlich konnte sich der Kommandant nicht denken, was so schrie. Verkramp sabberte nicht so, Verkramp hastete nicht so zur Seite, und vor allem klammerte Verkramp sich nicht so an die Fenstergitter.

Als sich der Kommandant entsetzt in eine Ecke an der Tür drückte, wußte er, daß seine Fahrt hierher umsonst gewesen war. Was ihn der Tag auch sonst gelehrt haben mochte, eines war sicher: Luitenant Verkramps Irrsinn war nicht zu bezweifeln.

»Hu, hu, Schneemann Picker macht voll Nigger«, kreischte Verkramp, sprang mit einem Satz von den Fenstergittern weg und verschwand immer noch schreiend unter dem Bett, um sogleich wieder darunter aufzutauchen und nach den Beinen des Kommandanten zu grapschen. Der Kommandant versetzte ihm einen Tritt, und Verkramp schoß quer durch das Zimmer und wieder an den Fenstergittern hoch. »Ich will hier raus«, schrie der Kommandant und sah sich mit einer so wahnsinnigen Wut gegen die Tür bummern, daß sie fast der Rage des Luitenant glich. Ein Auge beobachtete ihn kalt durch das Guckloch in der Tür.

»Haben Sie ihm wirklich schon alle Fragen gestellt, die Sie auf dem Herzen hatten?« fragte Dr. von Blimenstein.

»Ja, ja«, schrie der Kommandant verzweifelt.

»Und es besteht kein Zweifel, daß Balthasar keine Verantwortung für das trifft, was passiert ist?«

»Verantwortung?« rief der Kommandant. »Natürlich ist er ohne jede Verantwortung.« Die Frage schien ihm völlig unnötig.

Frau Dr. von Blimenstein schloß die Tür auf, und der Kommandant taumelte in den Korridor. Hinter ihm hing Verkramp immer noch am Fenster und schnatterte Unverständliches, während seine Augen mit einer Heftigkeit leuchteten, daß der Kommandant keinen Zweifel mehr hatte, daß das ein Zeichen unheilbaren Wahnsinns sei.

»Einer seiner guten Tage«, sagte die Ärztin, verschloß die Tür und ging in ihr Büro zurück.

»Was sagten Sie vorhin, was ihm fehlt?« fragte der Kommandant und überlegte, wie wohl Verkramps schlechte Tage aussähen.

»Eine leichte Depression infolge von Überarbeitung.«

»Großer Gott«, sagte der Kommandant, »ich hätte nicht gedacht, daß das was Leichtes wäre.«

»Ach, aber dann haben Sie keine Ahnung von Geisteskrankheiten«, sagte die Ärztin. »Das ist echt wieder mal Laienverstand.«

»Malaienverstand? Das würde ich nicht sagen«, sagte der Kommandant. »Meinen Sie, daß er wieder gesund wird?«

»Absolut«, sagte die Ärztin. »In ein paar Tagen ist er wieder gesund und munter wie ein Füllen auf der Weide.«

Kommandant van Heerden hörte sich ergeben ihre fachmännische Meinung an und dankte ihr mit einer Höflichkeit für ihre Hilfe, die der Überzeugung entsprang, daß sie es trotzdem mit einem hoffnungslosen Fall zu tun habe.

»Wenn ich mal irgendwas für Sie tun kann«, sagte sie zu ihm, »dann rufen Sie mich ohne Bedenken an.«

Mit einem stummen Gebet, daß er das nie nötig haben möge, verließ der Kommandant das Sanatorium. In seinem Zimmer setzte Luitenant Verkramp seinen Trip fort. Er hatte das erste Mal LSD geschluckt.

13

Wenn der Besuch in der Irrenanstalt Fort Rapier Kommandant van Heeren neue und schreckliche Einsichten in die irrationalen Tiefen der menschlichen Psyche vermittelt hatte, dann tat der nächste Punkt auf seiner Tagesordnung nichts, um bei ihm den Eindruck zu verwischen, daß sich während seiner Abwesenheit jedermann in Piemburg zum Schlechten verändert hatte. Natürlich waren die sechsunddreißig Gestalten, die aus den Zellen wankten, um des Kommandanten aufrichtige Entschuldigungen und Ausdrücke des tiefsten Bedauerns entgegenzunehmen, nicht mehr die aufrechten und imponierenden öffentlichen Erscheinungen, die sie vor vierzehn Tagen gewesen waren. Der Bürgermeister, den der Kommandant als ersten zu sehen beschlossen hatte, war nicht imstande, dieses zu erwidern. Seine Augen waren geschwollen und schwarz, weil, wie der Sicherheitsbeamte dem Kommandanten mitteilte, der Häftling seinen Kopf gegen die Zellentürklinke gerammt habe. Da die Zellen keine Türklinken hatten, hörte sich die Erklärung nicht sehr plausibel an. Der Rest des Bürgermeisters war in keinem viel besseren Zustand. Er hatte acht Tage hintereinander mit einem Sack über dem Kopf aufrecht stehen müssen, und man hatte ihm nicht erlaubt, seine persönlichen Verrichtungen, ganz zu schweigen von seinen öffentlichen, in einer Art und Weise durchzuführen, wie sie seinem Amt angestanden hätten. So kam es, daß er von oben bis unten mit Dreck beschmiert war und in dem Wahn lebte, er habe bei einem Bürgermeisterbankett den Vorsitz.

»Das ist ein äußerst bedauerlicher Vorfall«, begann der Kommandant, der sich ein Taschentuch vor die Nase hielt.

»Ich habe die Ehre, heute hier in dieser erlauchten Versammlung zu sein«, murmelte der Bürgermeister.

»Ich möchte Ihnen meine...«, sagte der Kommandant.

»...aufrichtigen Glückwünsche zu...«, unterbrach der Bürgermeister.

...dieser unverantwortlichen Tat aussprechen«, sagte der Kommandant.

»Nicht jeder hat die große Ehre...«

»Sie hinter Schloß und Riegel gesteckt zu haben.«

»Der Allgemeinheit nach besten Kräften zu dienen...«

»Wird nicht wieder vorkommen.«

»Ich freue mich...«

»Ach, leck mich am Arsch«, sagte der Kommandant, der den Faden verloren hatte. Nachdem schließlich dem Bürgermeister drei Wärter dabei geholfen hatten, eine Erklärung zu unterschreiben, die er nicht mal sehen, geschweige denn lesen konnte, und die besagte, daß er sich über die Art seiner Behandlung nicht beklagen könne und der Polizei für ihren Schutz danke, wurde er zu einem Krankenwagen hinausgetragen, wo man ihm mitteilte, er dürfe nach Hause fahren.

Einige der anderen Häftlinge waren Vernunftsgründen weniger zugänglich, und einer oder zwei hatten den Wahn, der Kommandant sei lediglich ein neuer und noch gemeinerer Fragesteller.

»Ich weiß, was Sie von mir wissen wollen«, versicherte der Direktor der Barclays Bank, als er den Kommandanten sah. »Also gut, ich gebe es zu. Ich bin Mitglied der Anglikanischen Kirche und Kommunist.«

Der Kommandant sah den Direktor einigermaßen perplex an. Das Gesicht des Direktors war furchtbar zerschlagen, und seine Fußknöchel waren von dem langen Stehen entsetzlich angeschwollen.

»Sind Sie das wirklich?« fragte der Kommandant zweifelnd.

»Nein«, sagte der Direktor, durch den skeptischen Ton ermutigt. »Das bin ich nicht. Ich gehe kaum zur Kirche. Nur, wenn meine Frau darauf besteht, und die ist Baptistin.«

»Verstehe«, sagte der Kommandant. »Aber Sie sind Kommunist.«

»Oh mein Gott«, jammerte der Bankdirektor, »wäre ich Bankdirektor, wenn ich Kommunist wäre?«

Der Kommandant schob das Formular, das die Polizei entlastete, über den Schreibtisch. »Mich interessiert es einen Dreck, was Sie sind, solange Sie mir dieses Formular unterschreiben«, sagte er gereizt. »Wenn Sie sich weigern, bringe ich Sie wegen Sabotage vor Gericht.«

»Sabotage?« krächzte der Direktor entsetzt. »Aber ich habe keine Sabotage begangen.«

»Nach Ihrem eigenen Eingeständnis haben Sie in den Hluwe-Stausee gepinkelt, und das stellt nach der Allgemeinen Gesetzreform von 1962 Sabotage dar.«

»Das Pinkeln in einen Stausee?«

»Die Verunreinigung des öffentlichen Wasserversorgungssystems. Darauf steht Todesstrafe.« Der Bankdirektor unterschrieb das Formular und wurde hinausgeführt.

Bis sich der Kommandant zu seiner Zufriedenheit mit allen Häftlingen beschäftigt hatte, war es spät am Abend, und noch immer stand er vor dem unlösbaren Problem der Welle von Bombenanschlägen. Gewiß, es hatte keine Explosionen mehr gegeben, seitdem die Strauße sich selber und so viele öffentliche Bauwerke in die Luft gesprengt hatten, aber das Vertrauen der Öffentlichkeit wäre erst dann wieder hergestellt, wenn man die Saboteure verhaftet hätte. Der Kommandant verließ das Gefängnis und sagte Els, er solle ihn zur Polizeidienststelle zurückfahren.

Als er die Treppe hinaufstieg und am Schreibtisch des Diensthabenden vorbeiging, wo ein Wachtmeister mit einem Mann herumturtelte, der nur hatte melden wollen, daß man ihm den Wagen gestohlen hatte, wurde dem Kommandanten die Größe der vor ihm liegenden Aufgabe klar. Mit einer völlig demoralisierten Polizeitruppe hatte er die Stadt gegen Saboteure zu verteidigen, die so gut ausgerüstet waren, daß sie sogar Polizeisprengstoff für ihre Bombenanschläge benutzten, und die, von dem einen Toten in der Toilette des Majestic Cinema abgesehen, absolut unidentifizierbar blieben. Das war eine Aufgabe, die einen unbedeutenderen Mann überfordert hätte, und Kommandant van Heerden hatte keine Illusionen. Er war ein unbedeutenderer Mann.

Er ließ sich eine gemischte Grillplatte aus einem griechischen Restaurant kommen und schickte nach Sergeant Breitenbach.

»Wissen Sie irgendwas von diesen Geheimagenten«, sagte er, »von denen Verkramp immer gesprochen hat?«

»Ich denke doch, Sie werden den Kontakt zu ihnen wiederherstellen«, sagte der Sergeant.

»Das ist nicht der einzige Kontakt, den er verloren hat, das kann ich Ihnen sagen«, sagte der Kommandant mit Gefühl. Verkramps gräßliche Possen hatte er noch frisch im Gedächtnis. »Weiß sonst jemand, wer sie sind?«

»Nein, Sir.«

»Es muß doch Akten geben«, sagte der Kommandant.

»Verbrannt, Sir.«

»Verbrannt? Wer hat sie denn verbrannt?«

»Verkramp, als er verrückt wurde, Sir.«

»Was denn, den ganzen verdammten Krempel?«

Sergeant Breitenbach nickte. »Er hatte eine Akte, die hieß ›Operation Rotes Fiasko‹. Ich habe nie gesehen, was drin war, aber ich weiß, daß er sie in der Nacht verbrannte, als die Strauße explodierten. Die haben ihn wahnsinnig aufgeregt, Sir, diese Strauße. Er war ein völlig anderer Mensch, als einer auf der Straße da draußen in die Luft ging.«

»Ja, naja, das hilft uns nicht sehr viel weiter«, sagte der Kommandant, als er mit seiner gemischten Grillplatte fertig war und sich den Mund abwischte. »Wissen Sie«, fuhr er fort und lehnte sich auf seinem Stuhl zurück, »etwas frage ich mich schon lange, und das ist, warum die Kommunisten mein

Haus mit Abhörmikrofonen verwanzt haben. Verkramp hatte offenbar den Eindruck, sie versuchten, irgendwas über mich zu erfahren. Hörte sich nicht sehr plausibel an. Ich tu doch gar nichts.«

»Nein, Sir«, sagte der Sergeant. Er sah sich ziemlich nervös im Raum um. »Meinen Sie, Luitenant Verkramp wird jemals wieder gesund, Sir?«

Kommandant van Heerden hatte, was das betraf, keine Zweifel.

»Nichtmal die Chance einer Zelluloidratte in der Hölle«, sagte er aufgeräumt. Sergeant Breitenbach wirkte erleichtert.

»In dem Fall, meine ich, sollten Sie wissen, daß nicht die Kommunisten die Mikrofone dort angebracht haben, Sir.« Er machte eine Pause, um den Schlüssen aus dieser Bemerkung Gelegenheit zu geben, sich zu setzen.

»Sie meinen...«, sagte der Kommandant und nahm eine beängstigende Farbe an.

»Verkramp, Sir«, sagte eilig der Sergeant.

»Sie meinen, der Scheißkerl hat mein Haus verwanzt?« schrie der Kommandant. Sergeant Breitenbach nickte stumm und wartete, bis der Ausbruch des Kommandanten von allein aufhörte.

»Er sagte, er hätte von BOSS den Befehl dazu, Sir«, sagte er, als der Kommandant sich etwas beruhigt hatte.

»BOSS?« fragte der Kommandant. »Befehl von BOSS?« Ein neuer Schreckenston war in seiner Stimme.

»Genau das hat er gesagt, Sir. Ich glaube aber, er hatte keinen«, sagte Sergeant Breitenbach zu ihm.

»Ich verstehe«, sagte der Kommandant und versuchte, darüber nachzudenken, warum das Bureau of State Security an seinem Privatleben so interessiert sein sollte. Der Gedanke war nicht gerade beruhigend. Leute, die für BOSS interessant waren, fielen öfter mal aus Fenstern im zehnten Stock des Sicherheitshauptquartiers in Johannesburg.

»Ich glaube, das gehörte alles zu seinem Wahnsinn, Sir«, fuhr der Sergeant fort, »zu seiner Keuschheitskampagne.«

Der Kommandant sah ihn matt an.

»Du lieber Gott«, sagte er. »Wollen Sie damit sagen, daß Verkramps ganzes Gerede von kommunistischen Agenten nichts weiter als ein Vorwand war herauszufinden, ob ich ein Liebesverhältnis hätte?«

»Ja, Sir«, sagte Sergeant Breitenbach, der verzweifelt entschlossen war, nicht zu sagen, mit wem der Kommandant ein Liebesverhältnis zu haben im Verdacht gestanden hatte.

»Tja, da kann ich nur sagen, Verkramp kann von Glück reden, daß er in einer Irrenanstalt ist. Wenn er's nicht wäre, ließe ich den Kerl degradieren.«

»Ja, Sir«, sagte der Sergeant. »Keine Detonationen heute abend.« Er war ängstlich darauf bedacht, das Gesprächsthema vom Privatleben des Kommandanten wegzulenken. Kommandant van Heerden sah aus seinen scheibenlosen Fenstern und seufzte.

»Keine gestern abend. Keine vorgestern abend. Keine, seitdem Verkramp in der Klapsmühle ist. Komisch, nicht?« sagte er.

»Sehr komisch, Sir.«

»Alle Anschläge fallen mit Verkramps Zeit als Leiter der Polizeidienststelle zusammen«, fuhr der Kommandant fort. »Der ganze Sprengstoff kam aus dem Polizeiarsenal. Wirklich sehr komisch.«

»Denken Sie, was ich denke?« fragte der Sergeant.

Kommandant van Heerden sah ihn aufmerksam an.

»Ich denke nicht nach über das, was ich denke, und ich möchte Ihnen raten, dasselbe zu tun«, sagte er. »Es verträgt kein Nachdenken.« Er versank in Schweigen und sann über die erschreckende Aussicht nach, die ihm Sergeant Breitenbachs Mitteilung eröffnet hatte. Wenn keine kommunistischen Agenten in die Verwanzung seines Hauses mit Abhörmikrofonen verwickelt waren... Er ließ es bleiben, diesen Gedankengang weiter zu verfolgen. Und welches Interesse hatte BOSS an der Geschichte? Wiederum erschien ihm die Überlegung als sehr gefährlich.

»Tja, ich weiß nur eines: daß wir mit den Saboteuren vor Gericht aufwarten und sie ihrer Verbrechen überführen müssen, sonst ist mein Job hier nicht mehr sicher. Es wird einen öffentlichen Aufschrei über diese Dinge gegen, und irgend jemand muß dann auf dem Schafott stehen.« Er erhob sich müde. »Ich gehe ins Bett«, sagte er. »Das reicht mir für einen Tag.«

»Nur noch eines, Sir, was Sie meiner Meinung nach bedenken sollten«, sagte der Sergeant. »Ich habe ein paar Berechnungen über die Bombenanschläge angestellt.« Er legte dem Kommandanten ein Papier vor. »Wenn Sie das hier mal betrachten, werden Sie sehen, daß sich in jeder der fraglichen Nächte zwölf Explosionen ereigneten. Richtig?« Kommandant van Heerden nickte. »Am Tag, bevor Sie auf Urlaub fuhren, ließ Luitenant Verkramp zwölf neue Schlüssel für das Polizeiarsenal anfertigen.« Er machte eine Pause, und der Kommandant setzte sich wieder hin und hielt sich den Kopf.

»Weiter«, sagte er schließlich. »Bringen wir's hinter uns.«

»Nun ja, Sir«, fuhr der Sergeant fort. »Ich habe mal den Männern auf den Zahn gefühlt, die die Botschaften der Geheimagenten in Empfang nahmen, und es sieht fast so aus, als hätte es auch zwölf Geheimagenten gegeben.«

»Wollen Sie mir etwa erzählen, Verkramp selbst hätte diese Anschläge organisiert?« fragte der Kommandant und wußte, daß das eine ganz überflüssige Frage war. Es war klar, was Sergeant Breitenbach dachte.

»Es sieht fast so aus, Sir«, sagte er.

»Aber warum zum Teufel? Es ergibt doch verdammt nochmal keinen Sinn«, schrie der Kommandant wütend.

»Ich glaube, er war immer schon verrückt, Sir«, sagte der Sergeant.

»Verrückt?« brüllte der Kommandant. »Verrückt? Er war nicht bloß verrückt. Er war verdammt irre.«

Als Kommandant van Heerden in dieser Nacht zu Bett ging, war er selbst fast irre. Die ungewöhnlichen Ereignisse des Tages hatten ihren Tribut gefordert. Während er, sich im

Bett hin und herwälzend, eine unruhige Nacht verbrachte, mischten sich Bilder von explodierenden Straußen und homosexuellen Polizisten auf beunruhigende Weise mit Mrs. Heathcote-Kilkoon, die, mit nichts außer Zylinder und Stiefeln bekleidet, auf einem kolossalen Roß über eine von Bombenkratern zerrissene Landschaft ritt, während Els im Hintergrund dämonisch lächelte.

In der Irrenanstalt Fort Rapier verbrachte der Urheber des Großteils der Nöte des Kommandanten ebenfalls eine ziemlich unerfreuliche Nacht. Sicher war sie nicht so furchtbar wie der Trip, auf dem er am Tage gewesen war, aber sie war schlimm genug, um Dr. von Blimenstein davon zu überzeugen, daß sie sich in der Stärke der Dosis, die sie ihm verpaßt hatte, vielleicht geirrt haben könnte.

Nur Wachtmeister Els schlief gut. Als er es sich in Verkramps Wohnung bequem gemacht hatte, die er angeblich bewachte, hatte er dessen Sammlung von Nacktmagazinen gefunden, und nachdem er sie durchgeblättert hatte, war er eingeschlafen und hatte von Wachtmeister Botha geträumt, dessen blonde Perücke Els überaus reizend fand. Einige Male zuckte er im Schlaf wie ein Hund, der vom Jagen träumt. Am Morgen stand er auf und fuhr zum Haus des Kommandanten, wo dumpfe Flüche aus der Küche die Vermutung nahelegten, daß der Leitartikel im *Zululand Chronicle* nicht sehr nach dem Geschmack des Kommandanten war.

»Ich wußte es, ich wußte es«, schrie er und fuchtelte mit dem beleidigenden Artikel herum, der die Polizei der Inkompentenz, der Folterung unschuldiger Menschen und allgemein der Unfähigkeit bezichtigte, Recht und Ordnung aufrechtzuerhalten. »Nächstens werden sie noch einen Untersuchungsausschuß fordern. Wohin zum Teufel ist es nur mit diesem Lande gekommen? Wie soll ich denn verdammt nochmal Recht und Ordnung aufrecht erhalten, wenn die Hälfte meiner Männer Scheiß Tunten sind?«

Mrs. Roussouw war entsetzt. »Was für Ausdrücke«, sagte sie scharf. »Die Wände haben Ohren.«

»Das ist auch sowas«, schnauzte der Kommandant. »Ist Ihnen eigentlich klar, daß ich die letzten Monate hier in sowas wie einem Hörsaal gewohnt habe? Hier gibt's mehr Wanzen...«

Mrs. Roussouw hatte genug gehört. »Das dürfen Sie mir nicht nochmal sagen«, sagte sie. Draußen vor dem Fenster grinste Wachtmeister Els in sich hinein und lauschte mit immer größerem Vergnügen dem sich anschließenden Streit. Als Kommandant van Heerden aus dem Haus kam, hatte er Mrs. Roussouw überredet, weiter als Haushälterin bei ihm zu bleiben, aber erst, nachdem sie ihn so weit gebracht hatte, sich für seine Kritik an ihrer Arbeit zu entschuldigen.

Als der Kommandant in der Polizeidienststelle erschien, wartete bereits ein anderer Trupp wütender Frauen auf ihn.

»Abordnung von Polizistenfrauen, Sir«, sagte Sergeant Breitenbach, als der Kommandant die Treppe erklommen hatte, auf der die Frauen versammelt waren.

»Was zum Kuckuck wollen sie denn?« fragte der Kommandant.

»Es geht darum, daß ihre Männer schwul geworden sind«, erklärte der Sergeant. »Sie sind hergekommen, um Ersatz zu fordern.«

»Ersatz?« schrie der Kommandant auf. »Ersatz? Wie zum Teufel soll ich sie denn ersetzen?«

»Ich glaube, Sie haben nicht ganz verstanden«, sagte der Sergeant, »sie möchten, daß Sie etwas wegen ihrer Männer unternehmen«.

»Ach so, na schön. Bringen Sie sie rein«, sagte der Kommandant matt. Sergeant Breitenbach verließ das Zimmer, und wenig später sah sich der Kommandant zwölf stattlichen und ohne jede Frage frustrierten Frauen gegenüber.

»Wir sind hergekommen, um eine offizielle Beschwerde vorzubringen«, sagte die Stattlichste der Damen, die offenbar die Sprecherin der Gruppe war.

»Ganz recht«, sagte der Kommandant. »Das verstehe ich vollkommen.«

»Ich glaube nicht, daß Sie das tun«, sagte die Frau. Der Kommandant sah sie an und dachte, er täte es doch.

»Ich nehme an, es handelt sich um Ihre Männer«, sagte er.

»Genau«, sagte die stattliche Frau. »Unsere Männer sind zu Experimenten herangezogen worden, die sie ihrer Männlichkeit beraubt haben.«

Der Kommandant schrieb die Beschwerde auf ein Blatt Papier.

»Ich verstehe«, sagte er. »Und was erwarten Sie nun in dieser Angelegenheit von mir?«

Die große Frau sah ihn voll Verachtung an.

»Wir wollen, daß diese Sache auf der Stelle geradegebogen wird«, sagte sie. Der Kommandant lehnte sich zurück und starrte sie an.

»Geradegebogen?«

»Ja«, sagte die stattliche Dame mit Nachdruck.

Der Kommandant überlegte, was zu tun sei. Er beschloß, es mit Schmeicheln zu probieren.

»Ich glaube, das Mittel liegt in Ihren Händen«, sagte er mit vielsagendem Lächeln. Es war zweifellos das Falscheste, was er hatte sagen können.

»Wie ekelhaft«, schrie die Frau, »wie ungeheuer widerlich!«

Kommandant van Heerden wurde puterrot.

»Nein, bitte«, sagte er, »bitte, meine Damen...« Aber es gab kein Halten mehr.

»Nächstens sind's Möhren und Kerzen«, schrie eine der Frauen.

»Meine Damen, Sie mißverstehen mich«, sagte der Kommandant, der sie verzweifelt zu beruhigen versuchte. »Ich wollte nur sagen, wenn sie sich erstmal zusammentun...«

In dem folgenden Höllenspektakel konnte man Kommandant van Heerden sagen hören, er sei sicher, wenn sie sich alle zügelten und mit hartem Griff...

»Um Gottes willen, fassen Sie sich«, brüllte er, als die Frauen schreiend um seinen Schreibtisch herumstanden. Sergeant Breitenbach betrat das Zimmer und stellte mit Hilfe von zwei Hetero-Beamten die Ordnung wieder her.

Schließlich erklärte der sichtlich aufgelöste Kommandant den Damen, er werde tun, was er könne.

»Seien Sie versichert, daß ich alle Hebel in Bewegung setze, damit Ihre Männer wieder zu ihren ehelichen Pflichten zurückkehren«, sagte er, und die Frauen verließen im Gänsemarsch das Büro. Auf der Treppe fragte Wachtmeister Els ein paar von ihnen, ob er ihnen irgendwie behilflich sein könne, und machte für den Abend drei Verabredungen aus. Als sie alle gegangen waren, gab der Kommandant Sergeant Breitenbach den Auftrag, Fotos von nackten Männern machen zu lassen.

»Wir müssen die Sache wieder rückgängig machen«, sagte er.

»Schwarze oder weiße Männer, Sir?«

»Beides«, sagte der Kommandant, »wir wollen der Lotterwirtschaft hier ein Ende machen.«

»Meinen Sie nicht, wir sollten einen richtigen Psychiater um Rat fragen?« fragte der Sergeant.

Kommandant van Heerden dachte darüber nach.

»Was meinen Sie, wo Verkramp die Idee eigentlich her hatte?« fragte er.

»Er hat ein Buch gelesen von einem gewissen Professor Eis-Eng.«

»Ist aber ein komischer Name für einen Professor«, sagte der Kommandant.

»Ist auch ein komischer Professor«, sagte der Sergeant, »und deshalb meine ich, wir sollten uns einen richtigen Psychiater zu Hilfe holen.«

»Da haben Sie wohl recht«, stimmte der Kommandant zweifelnd zu. Der einzige Psychiater, den er kannte, war Frau Dr. von Blimenstein, und er hütete sich, sie um Unterstützung zu bitten.

Aber bis gegen Mittag hatte er seine Meinung geändert. Eine Abordnung von Piemburger Geschäftsleuten hatte ihn besucht und ihm ihre Absicht unterbreitet, eine Selbstschutztruppe aufzustellen, um die Polizei bei ihren bislang fruchtlosen Bemühungen zu unterstützen, Leben und Eigentum vor den Terroristen zu schützen, und der Kommandant hatte mehrere Briefe von Anwälten erhalten, in denen erklärt wurde, daß ihre Klienten, nämlich der Bürgermeister und fünfunddreißig weitere prominente Bürger, widerrechtlich festgenommen und gefoltert worden seien. Um allem die Krone aufzusetzen, hatte er einen Telefonanruf vom Polizeikommissar von Zululand erhalten, der die sofortige Verhaftung der für die Sabotageakte verantwortlichen Leute verlangte.

»Ich mache Sie persönlich für alles haftbar, van Heerden«, schrie der Kommissar, der schon jahrelang nach einem Vorwand gesucht hatte, den Kommandanten abzusetzen. »Verstanden? Persönlich haftbar für alles, was vorgefallen ist. Entweder es passiert was oder ich verlange Ihren Abschied. Verstanden?«

Der Kommandant verstand und legte den Hörer mit einem Blick einer sehr großen Ratte in einer sehr engen Ecke wieder auf.

In der nächsten halben Stunde wurden die Folgen der Drohung des Kommissars langsam spürbar.

»Ist mir völlig Wurscht, um wen sich's handelt«, brüllte der Kommandant Sergeant Breitenbach an, »ich will, daß jede Gruppe von elf Leuten auf der Stelle verhaftet wird.«

»Was, auch der Bürgermeister und die Stadträte?« fragte der Sergeant.

»Nein«, kreischte der Kommandant. »Nicht der Bürgermeister und die Stadträte, aber jede andere verdächtige Gruppe.«

Wie üblich hatte Sergeant Breitenbach was einzuwenden.

»Ich meine, das würde das Unglück herausfordern, Sir«, erklärte er.

»Unglück?« schrie der Kommandant. »Ja, was meinen Sie denn, wo wir bereits drinstecken? Schließlich ist es mein Hals, der auf dem Block liegt, und wenn Sie denken, ich gebe dem Scheiß Kommissar die Gelegenheit, ihn mir durchzuhacken, dann haben Sie falsch gedacht.«

»Es ist BOSS, woran ich denke, Sir«, sagte der Sergeant.

»BOSS?«

»Luitenant Verkramps Agenten waren wahrscheinlich Leute vom Bureau of State Security in Pretoria, Sir. Wenn wir sie verhaften, wäre BOSS wohl nicht sehr glücklich darüber.«

Der Kommandant sah ihn entsetzt an.

»Also, was zum Teufel soll ich Ihrer Meinung nach tun?« fragte er immer hysterischer. »Der Kommissar sagt, ich soll die Männer verhaften, die die Bombenanschläge ausführten. Sie sagen, ich brächte BOSS in Harnisch, wenn ich's täte. Was zum Kuckuck soll ich denn machen?«

Sergeant Breitenbach fiel dazu nichts ein. Schließlich widerrief der Kommandant seinen Befehl, alle Gruppen von elf Leuten zu verhaften, und nachdem er den Sergeant weggeschickt hatte, saß er an seinem Schreibtisch mit einem Problem vor sich, das unlösbar schien.

Zehn Minuten später war er bei einer Lösung angelangt und wollte eben Els zu den Zellen hinunterschicken, um elf schwarze Gefangene aussuchen zu lassen, die sich in einem gestohlenen Auto voller Polizeisprengstoff selber in die Luft jagen sollten – als Beweis dafür, daß die Südafrikanische Polizei im allgemeinen und Kommandant van Heerden im besonderen schnell und erfolgreich gegen kommunistische Saboteure zu handeln verstünden, als ihm bewußt wurde, daß der Plan einen Fehler hatte. Die Männer, die beim Straußefüttern gesehen worden waren, waren alle weiß. Mit einem Fluch wandte sich der Kommandant wieder dem Problem zu.

»Verkramp muß wahnsinnig sein«, murmelte er zum zigsten Male und dachte eben über das Wesen des Verkrampschen Wahnsinns nach, als ihm eine brillante Lösung einfiel.

Er griff zum Telefon, rief Dr. von Blimenstein an und verabredete sich mit ihr nach dem Mittagessen.

»Bitte, *was* wollen Sie von mir?« fragte Frau Dr. von Blimenstein, als ihr der Kommandant seinen Vorschlag unterbreitet hatte. Sie machte eine Bewegung, um das Tonbandgerät anzuschalten, aber der Kommandant griff danach und zog das Kabel aus der Steckdose.

»Sie scheinen immer noch nicht begriffen zu haben«, sagte der Kommandant grimmig entschlossen, die Doktorin zur Vernunft zu bringen. »Entweder Sie arbeiten mit mir zusammen oder ich lasse Verkramp hier rausholen und bringe ihn wegen vorsätzlicher Zerstörung öffentlichen Eigentums und Sabotage vor Gericht.«

»Aber Sie können doch unmöglich von mir erwarten, daß ich...«, sagte die Ärztin und ging langsam auf die Tür zu. Mit einer plötzlichen schnellen Bewegung riß sie sie auf – und sah sich Auge in Auge Wachtmeister Els gegenüber. Sie machte die Tür schleunigst wieder zu und kam ins Zimmer zurück.

»Das ist ja unerhört«, schimpfte sie. Kommandant van Heerden lächelte grausam.

»Sie können meinen Balthasar nicht verhaften«, fuhr die Ärztin fort und versuchte, angesichts dieses Lächelns ein bißchen Mut zu bewahren. »Erst gestern haben Sie mir doch gesagt, er hätte die ganze Angelegenheit sehr geschickt und mit äußerster Gewissenhaftigkeit gehandhabt.«

»Geschickt?« bellte der Kommandant. »Geschickt? Ich werde Ihnen erzählen, wie geschickt dieser Mistkerl gewesen ist. Ihr verdammter Balthasar war für die riesigste Sabotagewelle verantwortlich, die dieses Land je erlebt hat. Wirklich, verglichen mit ihm *spielen* die Guerillas am Sambesi bloß Soldaten. Er ist persönlich verantwortlich für die Zerstörung von vier Straßenbrücken, zwei Eisenbahnlinien, einem Transformator, dem Telegrafenamt, vier Kraftstofflagern, einem Gasometer, fünftausend Morgen Zuckerrohr und einem Sendemast, und Sie haben den Nerv, mir zu erzählen, er habe geschickt gehandelt.«

Dr. von Blimenstein plumpste in ihren Sessel und starrte ihn an.

»Dafür haben Sie keine Beweise«, wimmerte sie endlich. »Und außerdem ist er nicht auf der Höhe.«

Kommandant van Heerden lehnte sich über den Schreibtisch und sah ihr fest ins Gesicht. »Auf der Höhe?« sagte er. »Auf der Höhe? Wenn der Henker mit ihm fertig ist, wird er sich noch verdammt viel niedriger vorkommen, glauben Sie mir.«

Dr. von Blimenstein glaubte ihm. Sie schloß die Augen und schüttelte den Kopf, um den Blick des Kommandanten und das entsetzliche Bild ihres Verlobten auf dem Schafott loszuwerden. Zufrieden darüber, daß er seine Absicht erreicht hatte, schöpfte der Kommandant erleichtert Atem.

»Schließlich heißt das nur, daß wir tun, was die armen Kerle selber versucht haben und was nicht geklappt hat«, erklärte er. »Es ist ja nicht so, daß wir von ihnen verlangen, gegen ihre Neigung zu handeln.«

Dr. von Blimenstein öffnete ihre Augen und sah ihn flehentlich an.

»Aber Balthasar und ich, wir wollen heiraten«, sagte sie.

Nun war Kommandant van Heerden an der Reihe, entsetzt zu sein. Die Vorstellung, daß die vollbusige Doktorin mit dem affenähnlichen Wesen verheiratet sei, das er tags zuvor in seiner Zelle hatte herumsausen sehen, verschlug ihm den Atem. Er begann, den Audruck äußersten Schreckens zu verstehen, den er in Verkramps Augen erblickt hatte.

»Gratuliere«, murmelte er. »In dem Fall gibt es nur desto mehr Ursache für Sie, das zu tun, was ich vorschlage.«

Dr. von Blimenstein nickte kleinlaut. »Wahrscheinlich ja«, sagte sie.

»Na schön, dann machen wir uns mal an die Einzelheiten«, sagte der Kommandant. »Sie sorgen dafür, daß elf Patienten mit einem Rekord an Selbstmordversuchen in einer Isolierstation untergebracht werden. Dann wenden Sie Ihre Perversionstherapie an, um sie mit marxistisch-leninistischem Gedankengut vollzustopfen...«

»Aber das geht doch nicht«, sagte die Ärztin. »Man kann die Aversionstherapie nicht dazu benutzen, den Leuten Ideen einzutrichtern. Man kann sie nur von Eigenarten kurieren.«

»Das glauben Sie«, sagte der Kommandant. »Dann kommen Sie mal und sehen Sie sich an, was für Ideen Ihr Balthasar meinen Beamten beigebracht hat. Er hat sie nicht von irgendwelchen Eigenarten kuriert, das kann ich Ihnen flüstern.«

Dr. von Blimenstein probierte es in einer anderen Richtung. »Aber ich weiß nichts über den Marxismus-Leninismus«, sagte sie.

»Das ist schade«, sagte der Kommandant und überlegte, ob ihm jemand einfiele, der dafür in Frage käme. Der einzige Mensch, den er wußte, saß gerade eine fünfundzwanzigjährige Gefängnisstrafe in Piemburg ab.

»Lassen Sie sich darüber keine grauen Haare wachsen«, sagte er schließlich. »Ich sorge dafür, daß jemand rübergeschickt wird, der das kann.«

»Und was werden Sie dann tun?« fragte die Ärztin.

Kommandant van Heerden lächelte. »Ich glaube, das übrige können Sie unbedenklich mir überlassen«, sagte er und stand auf. Als er das Büro verließ, drehte er sich um und dankte der Ärztin für ihre Hilfsbereitschaft.

»Vergessen Sie nicht, es geschieht alles nur zu Balthasars Bestem«, sagte er und ging, gefolgt von Wachtmeister Els, hinaus zu seinem Wagen. In ihren Büro dachte Dr. von Blimenstein über die schreckliche Aufgabe nach, die ihr der Kommandant übertragen hatte. »Ach, es ist sicher bloß eine andere Form von Euthanasie«, dachte sie und machte sich daran, eine Liste geeigneter Selbstmordpatienten aufzustellen. Dr. von Blimenstein war immer einverstanden gewesen mit der Behandlung von Geisteskranken, wie sie das Dritte Reich praktiziert hatte.

Dasselbe konnte man von dem Mann im Piemburger Gefängnis schwerlich sagen, den der Kommandant als nächsten besuchte. Zu fünfundzwanzig Jahren Haft verurteilt für seine Rolle in der Rivona-Verschwörung, von der er in Wirklichkeit nichts gewußt hatte, hatte Aaron Geisenheimer sechs Jahre in Einzelhaft verbracht, über die er sich mit dem Gedanken tröstete, daß früher oder später eine Revolution stattfände, die ihn, wenn nicht wieder in sein Verfügungsrecht einsetze, so doch wenigstens aus dem Verfügungsrecht anderer befreie. Er tröstete sich mit diesem Gedanken und der Bibel, die dank der religiösen Grundsätze der Gefängnisleitung das einzige Buch war, das der von seinem Glauben abgefallene Jude lesen durfte. Da Aaron Geisenheimer seine Jugend mit dem besessenen Studium der Werke von Marx, Engels und Lenin verbracht hatte und er von einer langen Reihe rabbinischer Gelehrter abstammte, überraschte es kaum, daß er nach sechs Jahren mehr oder minder erzwungener Bekanntschaft mit der Heiligen Schrift nun ein Füllhorn biblischen Wissens war. Er war auch kein Dummkopf, wie der Gefängnispfarrer aus eigener bitterer Erfahrung wußte. So tauchte der Pfarrer nach einer Stunde christlicher Gespräche mit Geisenheimer aus dessen Einzelzelle Nummer zwei in ziemlichem Zweifel an der Göttlichkeit Jesu und in der Annahme wieder auf, *Das Kapital* stehe irgendwo zwischen dem ersten Buch der Chronik und dem Hohelied Salomonis. Schlimmer noch, Aaron Geisenheimer beschloß täglich seine dreißigminütige Bewegungsration im Gefängnishof damit, daß er jeden nur möglichen Gottesdienst in der Gefängniskapelle besuchte, wo seine kritische Gegenwart den Pfarrer zwang, das intellektuelle Niveau seiner Predigten derart hochzuschrauben, daß der Rest der Gemeinde überhaupt nichts mehr verstand, während der Marxist immer noch erhebliche Kritik daran übte. Angesichts der Klagen des Pfarrers hörte der Gefängnisdirektor mit Entzücken, daß Kommandant van Heerden überlegte, ob er Geisenheimer nicht nach Fort Rapier verlegen lassen sollte.

»Machen Sie mit dem Kerl, was Sie wollen«, sagte Direktor Schnapps zum Kommandanten. »Ich bin froh, wenn ich ihn hier loswerde. Er hat sogar ein paar von meinen Wärtern dazu gebracht, Mao-Abzeichen zu tragen.«

Der Kommandant dankte ihm und ging hinunter zur Einzelzelle Nummer zwei, wo der Häftling in die Lektüre des

Propheten Amos vertieft war.

»Es steht geschrieben: ›Darum soll der Weise Schweigen bewahren in jener Zeit; denn es ist eine böse Zeit‹ «, sagte Geisenheimer zu dem Kommandanten, als der ihn fragte, ob er irgendwelche Klagen habe.

Kommandant van Heerden sah sich in der Zelle um. »Ein bißchen knapp der Platz hier«, sagte er, »man kann sich ja kaum umdrehen.«

»Ja, so kann man das ausdrücken«, sagte Geisenheimer.

»Wollen Sie nicht in eine bequemere Unterkunft umziehen?« fragte der Kommandant.

»Timeo Danaos et dona ferentis«, sagte Geisenheimer.

»Reden Sie gefälligst kein Küchenkaffir mit mir«, schrie der Kommandant. »Ich habe Sie gefragt, ob sie größere Bequemlichkeit wollen.«

»Nein«, sagte Geisenheimer.

»Und zum Teufel warum nicht?« fragte der Kommandant.

»Es steht geschrieben: ›Es wird sein, wie wenn einer einem Löwen entflieht, und ein Bär begegnet ihm, und er kommt ins Haus und stützt die Hand an die Wand, und eine Schlange beißt ihn.‹ Das scheint mir ein vernünftiger Standpunkt zu sein.«

Kommandant van Heerden hatte keine Lust, sich mit Amos auf einen Streit einzulassen, aber er war dennoch verwirrt.

»Muß manchmal ein bißchen einsam hier werden«, sagte er.

Geisenheimer zuckte die Achseln.

»Ich glaube, das hat die Einzelhaft so an sich«, sagte er philosophisch.

Der Kommandant ging zu Direktor Schnapps zurück und sagte ihm, er habe keinen Zweifel, daß Geisenheimer nicht ganz bei Troste sei. Am gleichen Nachmittag wurde der Marxist in eine Station der Irrenanstalt Fort Rapier verlegt, wo er elf weitere Betten und sämtliche Werke von Marx und Lenin vorfand, die die Abteilung für beschlagnahmte Bücher in der

Piemburger Polizeidienststelle freundlichst zur Verfügung gestellt hatte. Als der Kommandant sie an Dr. von Blimenstein übergab, fiel ihm die Aversionstherapie für die homosexuellen Polizisten wieder ein.

»Noch eines«, sagte er, als die Doktorin erklärte, sie habe elf geeignete Selbstmordfälle beisammen, »ich wäre Ihnen dankbar, wenn Sie heute nachmittag mal in der Exerzierhalle vorbeikämen. Ich möchte Ihren Rat, wie man ein paar Tunten wieder in den Normalzustand zurückbefördern könnte.«

14

Als der Kommandant zur Exerzierhalle hinunterfuhr, in der Sergeant Breitenbach zweihundertzehn lautstark protestierende Polizeibeamte versammelt hatte, fühlte er sich zufrieden damit, wie die Dinge sich entwickelten. Natürlich lägen noch Schwierigkeiten vor ihm, aber zumindest war ein Anfang gemacht, die Dinge wieder ins Lot zu bringen. Es würde einen oder zwei Tage dauern, bis man die Selbstmörder so weit hätte, daß man sie verhaften könnte, nur war sich der Kommandant immer noch nicht schlüssig, wie er die Sache genau anpacken sollte. Wieder einmal studierte er Wachtmeister Elsens Hinterkopf und fand Trost in dessen Form und Farbe. Was menschliche Absicht und Erfindungsgabe beim Vernichten lästiger Beweise nicht zuwege bringen konnten, das brachte Wachtmeister Els durch Zufall und gedankenlose Bosheit fertig, und der Kommandant hatte öfter schon die Hoffnung gehegt, Els selber würde sich diesem Prozeß einfach anschließen. Aber irgendwie erschien das unwahrscheinlich. Der Zufall, so schien es, begünstigte den Wachtmeister. Ganz sicher begünstigte er nicht die, die mit Els in Berührung kamen, und der Kommandant hatte wenig Zweifel, daß der Wachtmeister die Verhaftung der elf Patienten so verpfuschen würde, daß alle späteren Versuche, ihre Unschuld zu beweisen, sich erübrigten.

Als sie vor der Exerzierhalle ankamen, war Kommandant van Heerden etwas fröhlicherer Stimmung. Das war von den zweihundertzehn Polizisten nicht zu behaupten, die sich dem Gedanken widersetzten, sich der Aversionstherapie ein zweites Mal unterziehen zu müssen.

»Man weiß doch nicht, als was man diesmal rauskommt, Süßer«, sagte einer von ihnen zu Sergeant Breitenbach. »Ich meine, man weiß es doch einfach nicht, gell?«

Sergeant Breitenbach mußte zugeben, daß er es angesichts dessen, was vorher passiert war, wirklich nicht wußte.

»Schlimmer als so könnt ihr auch nicht werden«, sagte er mit Mitgefühl.

»Ich weiß nicht«, lächelte der Wachtmeister, »wir könnten doch völlig zu Tieren werden.«

»Ich bin bereit, es darauf ankommen zu lassen«, sagte der Sergeant.

»Und was ist mit uns, Herzchen? Was ist mit uns? Ich meine, es ist doch nicht gerade lustig, wenn man nicht weiß, was von einem Moment zum anderen aus einem wird, nicht? Es ist beunruhigend, das ist es.«

»Und was wird aus dem ganzen Kram, den wir uns gekauft haben?« fragte ein anderer Beamter. »Hat 'n kleines Vermögen gekostet. BHs und Höschen und all das. Die nehmen das nämlich nicht mehr zurück, verstehen Sie?«

Sergeant Breitenbach erschauerte und fragte sich soeben, wie er die Leute überhaupt jemals in die Halle kriegen solle, als der Kommandant eintraf und ihn von der Verantwortung befreite.

»Ich werde an ihre Vaterlandsliebe appellieren«, sagte er und blickte mit sichtlichem Widerwillen auf Wachtmeister Bothas Perücke. Er griff zu einem Megafon und wandte sich an die schwulen Beamten.

»Männer«, rief er. Seine Stimme, in der Zweifel mitschwangen, dröhnte über den Exerzierplatz hinweg in die Stadt hinein. »Männer der Südafrikanischen Polizei, mir ist klar, daß die Erfahrung, der ihr euch kürzlich unterzogen habt, nicht so ist, daß ihr sie noch einmal machen wollt. Ich kann nur sagen, daß es im Interesse dieses Landes als ganzen liegt, daß ich diese neuerliche Behandlung angeordnet habe, die euch wieder zu der edlen, aufrechten Männerschaft machen wird, die ihr einmal wart. Diesmal wird eine ausgebildete Psychiaterin die Behandlung überwachen, und es werden keine solchen Böcke mehr vorkommen.« Lautes Gelächter unterbrach den Kommandanten an dieser Stelle, und ein besonders einfältiger Beamter, der offenbar falsche Wimpern trug, zwinkerte ihm zweideutig zu. Kommandant van Heerden, durch die rasche Entwicklung der Ereignisse bereits am Ende seiner Kräfte, verlor die Beherrschung.

»Hört zu, ihr Drecksgesindel«, schrie er, wobei er seiner wahren Meinung mit einer Verstärkung Ausdruck verlieh, daß sie zwei Meilen entfernt zu hören war, »ich habe in meinem Leben schon ein paar Arschbanditen zu sehen gekriegt, aber ihr stellt alles in den Schatten. Eine widerlichere Rotte von Schwuchteln und Tanten ist mir wirklich noch nie begegnet. Wenn ich mit euch fertig bin, habe ich euch alle wieder scheißnormal.« Er ließ den Beamten mit den falschen Wimpern wegen persönlicher Beleidigung raustreten und verkündete ihm gerade, daß er nie wieder so einem Arschloch ins Auge sehen werde, ohne aber total wuschig zu werden, als Dr. von Blimenstein die Szene betrat und die Ordnung wiederherstellte. Während die Ärztin langsam, aber bedeutungsvoll auf die Beamten zuschritt, wurden sie still und blickten respektvoll auf ihre kolossale Gestalt.

»Wenn es Ihnen nichts ausmacht, Kommandant«, sagte sie, während sein Blutdruck sich zu etwas runterbewegte, was dem Normalzustand nahekam, »werde ich's, denke ich, auf etwas andere Weise versuchen.« Kommandant van Heerden reichte ihr das Megafon, und einen Augenblick später hallte ihre wohlklingende Stimme über den Paradeplatz.

»Jungs«, sagte die Ärztin, womit sie eine etwas geeignetere Anrede benutzte, »ich möchte, daß ihr mich alle«, sie machte eine verführerische Pause, »als Freundin betrachtet, nicht als jemanden, vor dem man Angst haben muß.« Ein Beben nervöser Erregung lief durch die Mannschaften. Die Aussicht, jemanden zur Freundin zu haben, der dermaßen von frustriertem Sex, gleich welchen Geschlechts, umwittert war, sagte den Wachtmeistern offensichtlich zu. Während Dr. von Blimenstein in ihrer Rede fortfuhr, stahl sich der Kommandant beiseite, zufrieden darüber, daß alles wieder unter Kontrolle war, nun da das faszinierende Zwitterwesen dieser Ärztin seinen Einfluß auf die warmen Brüder spielen ließ. In der Exerzierhalle fand er Sergeant Breitenbach, der den Transformator überprüfte.

»Was für ein schreckliches Weib«, sagte der Sergeant. Dr. von Blimenstein erzählte den Beamten gerade was von den Freuden, die sie vom heterosexuellen Geschlechtsverkehr zu erwarten hätten.

»Die zukünftige Mrs. Verkramp«, sagte der Kommandant kummervoll. »Er ist mit ihr verlobt.« Er verließ den Sergeant, der über diesen neuerlichen Beweis für Verkramps Wahnsinn nachdachte. Der Kommandant hatte sich um ein anderes Problem zu kümmern. Eine Abordnung von Geistlichen der Holländischen Reformiertenkirche war eingetroffen, um ihre Einwände den Einsprüchen der Wachtmeister an die Seite zu stellen.

Der Kommandant führte sie in ein Büro auf der Rückseite der Halle und wartete, bis Dr. von Blimenstein ihre Patienten dazu überredet hatte, sich hinzusetzen, bevor man das Problem mit den schwarzberockten Pastoren erörterte.

»Sie haben kein Recht, in die Natur des Menschen hineinzupfuschen«, sagte Hochwürden Schachbals, als die Ärztin dazukam. »Gott hat uns so gemacht, wie wir sind, und Sie mischen sich in sein Werk ein.«

»Gott hat nicht alle diese Männer als Schwuchteln erschaffen«, sagte die Ärztin, ein Jargon, der den Pfarrer in seiner Meinung bestärkte, daß sie ein Werkzeug des Teufels sei. »Der Mensch hat den Fehler begangen, und der Mensch muß ihn auch wieder ausbügeln.«

Kommandant van Heerden nickte zustimmend. Er war der Ansicht, sie habe den Fall sehr richtig dargelegt. Hochwürden Schlachbals war zweifellos anderer Meinung.

»Wenn der Mensch sittsame junge Christen mit wissenschaftlichen Mitteln zu Homosexuellen machen kann«, beharrte er, »dann ist der nächste Schritt, daß man Schwarze in Weiße verwandelt, und wo bleiben wir dann? Die gesamte abendländische Kultur und die christliche Religion stehen auf dem Spiel.«

Wieder nickte Kommandant van Heerden. Es war klar, daß der Pfarrer einen wichtigen Punkt angeschnitten hatte. Dr. von Blimenstein war nicht der Ansicht.

»Sie haben ohne Frage das Wesen der Verhaltenspsychologie mißverstanden«, erklärte sie. »Wir tun nichts anderes, als Fehler zu berichtigen, die gemacht worden sind. Wir verändern keine wesentlichen Charaktermerkmale.«

»Sie wollen mir doch wohl nicht erzählen, daß diese jungen Männer in ihrem Wesen... äh... Homosexuelle sind«, sagte der Schulpfarrer. »Sie stellen ja die moralischen Grundlagen unseres ganzen Gemeinwesens in Frage.«

Dr. von Blimenstein weigerte sich, das zuzugeben.

»Was für ein absoluter Blödsinn«, sagte sie. »Ich sage nur, daß die Aversionstherapie ein Maß an moralischem Druck ausüben kann, dem nichts sonst gleichkommt.«

Kommandant van Heerden, der über den Gedanken, Schwarze mit Elektroschocks in Weiße zu verwandeln, ein bißchen nachgedacht hatte, mischte sich wieder ein, um darauf hinzuweisen, daß, wenn das der Fall wäre, schon Tausende von Schwarzen weiß wären.

»Wir geben ihnen doch bereits Elektroschocks«, sagte er, »das gehört zu unserer üblichen Vernehmungsmethode.«

Hochwürden Schachbals beeindruckte das nicht. »Das ist ganz was anderes, Strafen sind gut für die Seele«, sagte er. »Aber was die Frau Doktor macht, das heißt, Gott ins Handwerk pfuschen.«

»Wollen Sie mir damit etwa erzählen, es ist Gottes Wille, daß diese Polizisten Tunten bleiben?« fragte der Kommandant.

»Gewiß nicht«, sagte der Geistliche, »ich will damit nur sagen, daß sie kein Recht hat, wissenschaftliche Mittel anzuwenden, um sie zu verändern. Das kann nur durch moralische Anstrengungen unsererseits geschehen. Hier ist Beten vonnöten. Ich werde jetzt in die Halle gehen und niederknien...«

»Tun Sie, was Sie wollen«, sagte der Kommandant, »aber machen Sie mich nicht verantwortlich für das, was passiert.«

»...und für die Vergebung der Sünden beten«, fuhr der Pfarrer fort.

Schließlich einigte man sich, daß man es mit beiden Meinungen zu dem Problem gleichzeitig probieren wolle. Dr. von Blimenstein würde sich an die Aversionstherapie halten, während Hochwürden Schachbals in der Hoffnung, eine geistige Bekehrung zu bewirken, einen Gottesdienst abhalten sollte. Die gemeinsamen Anstrengungen waren auch wirklich erfolgreich, obwohl es einige Zeit dauerte, bis Hochwürden Schlachbals sich damit abfand, daß er mit der Gemeinde »Zu dir flieh ich, verstoß mich nicht« sang, während gleichzeitig Fotos von nackten Männern beider Rassen in doppelter Lebensgröße über seinem Kopf projiziert wurden. Anfangs war der Gemeindegesang tatsächlich ziemlich holprig, bald aber riß Dr. von Blimenstein den Rhythmus an sich und drückte jedesmal höchst nachdrücklich auf den Schockknopf, wenn ein besonders hoher Ton verlangt war. Auf ihre Stühle geschnallt, ließen die zweihundertzehn Polizeibeamten ihren Gefühlen mit einer Inbrunst freien Lauf, die Hochwürden überaus lohnend fand.

»Es ist lange her, daß ich mal eine so begeisterte Gemeinde hatte«, sagte er zu Hochwürden Diederichs, der ihn nach drei Stunden ablöste.

»Ja, Gottes Wege sind wunderbar«, sagte Hochwürden Diederichs.

In Fort Rapier hatte Aaron Geisenheimer so ziemlich denselben Gedanken, obwohl es in seinem Fall weniger Gott als die Geschichte war, deren Wege ihm wunderbar erschienen. Die Ankunft der elf Patienten, deren Intelligenz dadurch gekennzeichnet war, daß die politische Situation in Südafrika sie alle veranlaßt hatte, Selbstmord zu begehen, ohne daß sie dämlich genug waren, ihr Ziel auch zu erreichen, gab dem hervorragenden Marxisten Stoff zum Nachdenken. Das tat auch das Verhalten der Irrenhausleitung, die ihm keine Hindernisse in den Weg legte, den Leuten Vorlesungen über die Feinheiten des dialektischen Materialismus zu halten, sondern im Gegenteil alles in ihrer Macht Stehende tat, daß er's auch wirklich machte. Während er noch über diese außerordentliche Veränderung in seinem Schicksal nachgrübelte, kam er zu dem Schluß, daß die Polizei darauf aus sei, frische Beweise für einen neuen Prozeß gegen ihn in die Hand zu bekommen, aber warum sie ein Interesse daran haben sollte, sein Lebenslänglich noch zu verschärfen, konnte er sich nicht denken. Ganz egal, was sie für Motive hätten, er beschloß, ihnen keine Chance zu geben, und sah entschieden davon ab, mit seinen neuen Gefährten über den Kommunismus zu reden. Um aber seinem Bedürfnis nach Gesprächen Luft zu machen, das vor seiner Verurteilung schon recht dringend gewesen war und sich in sechs Jahren Einzelhaft nicht verringert hatte, unterrichtete er die elf Männer statt dessen in biblischer Geschichte, und zwar mit so durchschlagendem Erfolg, daß er sie nach einer Woche nicht nur allesamt von ihrer Selbstmordneigung geheilt, sondern auch zu überzeugten Christen gemacht hatte.

»Gott verdamm ihn«, fauchte der Kommandant unlogischerweise, als Dr. von Blimenstein ihm erzählte, daß Geisenheimer nicht mitmache. »Man sollte doch denken, der Kerl wäre nur allzu erpicht darauf, ihre Seelen mit dem Gift des Marxismus zu verderben. Wir können doch nicht zwölf fanatische Christen auf die Anklagebank setzen.«

»Ach, ich weiß nicht«, sagte die Ärztin, »schließlich hatten Sie ja schon den Dechanten von Johannesburg dort.«

»Das war was anderes«, sagte der Kommandant, »der war Kommunist.« Er versuchte, irgendeinen Weg um das Problem herum zu finden. »Können Sie die Schweinebande nicht hypnotisieren oder sowas?«

Dr. von Blimenstein vermochte nicht einzusehen, was das nutzen sollte.

»Erzählen Sie ihnen, sie sollten als Kommunisten aufwachen«, sagte der Kommandant. »Mit Hypnose kann man alles machen. Ich habe mal gesehen, wie ein Hypnotiseur einen Mann in ein Brett verwandelte und sich draufsetzte.«

Dr. von Blimenstein sagte, mit Ideen sei das was anderes.

»Man kann Leute nicht dazu bringen, etwas zu tun, was sie in ihrem normalen Leben nicht tun würden. Man kann sie nicht dazu bringen, gegen ihr sittliches Empfinden zu handeln.«

»Ich glaube nicht, daß der Kerl damals ein Brett sein wollte«, sagte der Kommandant, »jedenfalls nicht im normalen Leben, und was das sittliche Empfinden angeht, so möchte ich meinen, Ihre Selbstmörder haben sehr viel mit den Kommunisten gemein. Alle Kommunisten, die mir bisher begegnet sind, wollten ihre Wählerstimme den Schwarzen geben, und wenn das nicht purer Selbstmord ist, dann sagen Sie mir mal, was.«

Er verließ sie mit der Mahnung, daß etwas getan werden müsse, und zwar rasch. »Pretoria schickt uns bald ein Rudel Untersuchungsbeamte auf den Hals, und dann sitzen wir alle in der Scheiße«, sagte er.

Ein paar Stunden später hatte er mit Hochwürden Schlachbals dieselbe Mühe, diesmal wegen der Verwendung nackter Frauen zur Behandlung der schwulen Beamten.

»Diese Frau Doktor will aus den Striptease-Clubs in Durban Mädchen herholen und sie vor den Jungs auf und ab spazieren lassen«, beklagte sich Hochwürden Schlachbals. »Sie sagt, sie will damit ihre Reaktionen testen. Ich werde mir das nicht bieten lassen.«

»Scheint mir eine gute Idee zu sein«, sagte der Kommandant.

Hochwürden Schlachbals sah ihn mißbilligend an.

»Dem mag sein, wie ihm will«, sagte er, »aber mir ist das zu viel. Nackte Männer habe ich mir gefallen lassen, aber nackte Frauen sind eine andere Geschichte.«

»Jedem das Seine«, sagte der Kommandant. Der Geistliche wurde rot.

»Ich meine nicht, was Sie meinen«, sagte er und ging hinaus.

Der Kommandant gab Dr. von Blimenstein die Genehmigung, den Test durchzuführen, und wenig später zogen ein paar heruntergekommene Mädchen aus Durban ihre Routineschau vor den Wachtmeistern ab, während Sergeant Breitenbach mit einem Offiziersstöckchen an den Reihen entlangging und kontrollierte, ob alle entsprechend reagierten.

»Alle präsent und kerzengerade, Sir«, sagte er, als er fertig war.

Kommandant van Heerden dankte der Ärztin für ihre Hilfe und begleitete sie zu ihrem Wagen.

»Aber keine Ursache«, sagte die Doktorin. »Für mich war die ganze Geschichte sehr wertvoll. Nicht jede Frau kann von sich sagen, sie hätte auf zweihundertzehn Männer gleichzeitig eine so anregende Wirkung gehabt.«

»Zweihundertelf, Frau Doktor«, sagte der Kommandant mit ungewöhnlicher Artigkeit und ließ die Ärztin mit dem Eindruck zurück, sie habe eine Eroberung gemacht. Er hatte eben Els erblickt, der offensichtlich drauf und dran war, eine von den Stripteasetänzerinnen zu vergewaltigen.

»Eine erstaunliche Frau«, sagte Sergeant Breitenbach. »Ich beneide Verkramp nicht um seine Chancen bei ihr.«

»Das ist mal eine Heirat, die nicht im Himmel beschlossen wurde«, sagte der Kommandant.

In White Ladies war Mrs. Heathcote-Kilkoon zu ziemlich dem gleichen Schluß gelangt, was ihre Ehe mit dem Colonel betraf. Seitdem sie in dem Tal so kurz vom Glück gekostet hatte, waren ihre Gedanken immer wieder zum Kommandanten zurückgekehrt. Die des Colonel ebenfalls.

»Der verdammte Kerl kommt her, ruiniert mir die besten

Rosen, prügelt ein teures Pferd zu Tode, verunreinigt ein Bassin mit tropischen Fischen, vergiftet den armen Willy und sucht schließlich mit einem verdammt guten Pikör das Weite«, sagte er wütend.

»Ich hatte eine ziemliche Schwäche für Forebode«, sagte zärtlich La Marquise.

Doch war der Besuch des Kommandanten zum größten Teil vergessen, und der kurze Blick auf die furchtbare Wirklichkeit, den seine Anwesenheit den Mitgliedern des Dornford Yates-Clubs eröffnet hatte, verlieh ihren Bemühungen, die Vergangenheit lebendig werden zu lassen, eine neue, übermütige Fröhlichkeit. Sie fuhren hinüber nach Swasiland, um im Casino in Piggs Peak zu spielen, und zwar zur Erinnerung an den in *Jonah & Co.* beschriebenen großen Coup Berrys in San Sebastian, wo er viertausendneunhundertfünfundneunzig Pfund gewonnen hatte. Colonel Heathcote-Kilkoon verlor vierzig, ehe er aufgab und durch ein Gewitter nach Hause fuhr, wobei er eine Unbekümmertheit zur Schau zu stellen versuchte, die er nicht empfand. Sie gingen zum Pferderennen, jedoch wieder ohne Glück. Denn der Colonel bestand darauf, zur Erinnerung an Chaka nur auf schwarze Pferde zu setzen.

»Blauärschiger Pavian«, schimpfte er mit einer Stimme, die seine einmalige Mischung aus innerem Zirkel und Provinz über die Köpfe der Menge hinwegtrug. »Dieser verdammte Jockey hat das Pferd zurückgehalten.«

»Wir sollten uns unsere eigenen Rennen organisieren, Berry«, sagte der Dicke. »In *Jonah & Co.* kam ein Autorennen vor.«

»Beim Jupiter, ich glaube, er hat recht«, sagte La Marquise, die als Piero, Herzog von Padua, kostümiert war.

»Die Wagen hießen Ping und Pong«, sagte Major Bloxham. »Und das Rennen führte von Angoulême nach Pau. Es waren zweihundertzwanzig Meilen.«

Am nächsten Tag erblickten die staubigen Straßen von Zululand das große Rennen von Weezen nach Dagga und zurück, und gegen Abend hatte der Colonel (als Berry) seine Verluste vom Vortag wieder wettgemacht. Zugegebenermaßen war Weezen kaum Angoulême, und Daggas Ähnlichkeit mit Pau beschränkte sich auf eine Aussicht auf ferne Berge, aber der Club glich diese Unvollkommenheiten mit Phantasie und damit wieder aus, daß er mit absolut authentischer Nichtachtung anderer Verkehrsteilnehmer die Straßen befuhr. Selbst Berry & Co. hätten sich kaum beklagen können, und neben anderen Trophäen kassierte der Colonel zwei Ziegen und ein Perlhuhn. Auf dem Rücksitz des Rolls tat Mrs. Heathcote-Kilkoon ihr Bestes, als Daphne glaubhaft zu erscheinen, aber sie war nicht mit dem Herzen bei der Sache. Ungefähr dasselbe war über den Herzog von Padua zu sagen, der darauf bestand, daß der Dicke in Sjambok anhielt, damit sie sich einen aufblasbaren Reifen kaufen könne. Am Abend erklärte Mrs. Heathcote-Kilkoon dem Colonel, sie wolle am nächsten Morgen hinunter nach Piemburg fahren.

»Wieder zur Dauerwelle, wie?« sagte der Colonel. »Na, übertreib's nicht. Morgen haben wir den Berry-opfert-seine-Männlichkeit-Abend.«

»Ja, mein Schatz«, sagte Mrs. Heathcote-Kilkoon.

Am nächsten Tag war sie schon früh auf und unterwegs nach Piemburg. Als der große Wagen den Rooi Nek hinunterglitt, kam sich Mrs. Heathcote-Kilkoon frei und sonderbar jung vor. Das Kinn erhoben, die Augenbrauen hochgezogen, die Lider gesenkt, das allerzarteste Lächeln um den kleinen roten Mund, lehnte sie sich mit dem unbeschreiblichen Ausdruck mühelosen Talents zurück, der außerordentlich reizvoll war. Nur die geöffneten Lippen verrieten ihre Ungeduld...

Sie war noch immer in dieser mutwilligen Laune, als sie von Sergeant Breitenbach ins Büro des Kommandanten geführt wurde.

»Mein Liebling«, sagte sie, sobald sich die Tür geschlossen hatte, und hüpfte, eine anmutige Vision aus malvenfarbener Seide, durch das Zimmer.

»Um Gottes willen«, sprudelte der Kommandant hervor, der ihre Arme von seinem Nacken löste.

»Ich mußte kommen, ich konnte es nicht mehr erwarten«, sagte Mrs. Heathcote-Kilkoon.

Der Kommandant sah sich entsetzt in seinem Büro um. Etwas von wegen ›auf die eigene Schwelle scheißen‹ schwebte ihm auf der Zunge, aber er konnte sich beherrschen. Statt dessen fragte er nach dem Colonel.

Mrs. Heathcote-Kilkoon machte es sich in einem Sessel bequem. »Er ist absolut wütend über dich«, sagte sie. Kommandant van Heerden wurde blaß.

»Das kannst du ihm auch nicht verdenken, nicht wahr?« fuhr sie fort. »Ich meine, überleg' mal, wie du dich an seiner Stelle fühlen würdest.«

Der Kommandant mußte sich das nicht erst überlegen. Er wußte es.

»Was wird er tun?« fragte er besorgt. Die Vision des gehörnten Colonel, der auf ihn schoß, tauchte drohend vor seinem geistigen Auge auf. »Hat er eine Pistole?«

Mrs. Heathcote-Kilkoon lehnte sich zurück und lachte. »Ob er eine Pistole hat? Mein Schatz, er hat eine ganze Waffenkammer«, sagte sie. »Hast du sein Arsenal denn nicht gesehen?«

Der Kommandant setzte sich schnell hin und stand fast im selben Augenblick wieder auf. Zu der schrecklichen Lage, in die er von Verkramp gebracht worden war, hatte ihm diese Bedrohung, nicht nur seiner Position, sondern auch seines Lebens, gerade noch gefehlt. Mrs. Heathcote-Kilkoon ahnte, was er empfand.

»Ich hätte nicht herkommen sollen«, sagte sie, womit sie dem Kommandanten die Worte aus dem Mund nahm. »Aber ich mußte dir doch einfach sagen...«

»Als wenn ich ohne das nicht schon verdammt genug Scherereien am Hut hätte«, knurrte der Kommandant, indem sein Selbsterhaltungstrieb das bißchen Haltung beiseite wischte, das er bisher in ihrer Gegenwart bewahrt hatte. Mrs. Heathcote-Kilkoon paßte ihre Ausdrucksweise seiner Stimmung an.

»Hat Dudu seine Mammy denn nicht mehr lieb?« gurrte sie.

In einem seltenen Anfall von Taktgefühl lenkte der Kommandant ein.

»Natürlich hat er das«, schnappte er zurück, wobei er vor der Bedrohung, die ihm das »Du du!« zu verheißen schien, Zuflucht in die dritte Person nahm. Er wollte gerade sagen, er hätte schon genug auf seinen Scheiß Schultern, auch ohne eifersüchtige Ehemänner, da klopfte es an der Tür, und Sergeant Breitenbach kam herein.

»Dringendes Telegramm für Verkramp, Sir«, sagte er. »Von BOSS. Ich dachte, Sie würden es gern sehen wollen.« Kommandant riß ihm die Botschaft aus den Händen und sah sie sich an.

»UMGEH AUFKLÄR SUBV SAB ANSCHLAG PIEMBURG STOP DRING FEST VERN LIBKOMMS STOP PUNKT EINSATZ VORN STOP SAB SUB TRUPP BOSS TRIFFT KURZ, las er und starrte den Sergeant verständnislos an. »Was zum Kuckuck soll das denn heißen?« fragte er.

Sergeant Breitenbach blickte bedeutungsvoll zu Mrs. Heathcote-Kilkoon hinüber.

»Stören Sie sich nicht an ihr«, schrie der Kommandant, »sagen Sie mir was da drin steht.«

Sergeant Breitenbach sah sich das Telegramm an.

»Umgehende Aufklärung der subversiven Sabotageanschläge in Piemburg stop Dringende Festnahme und Vernehmung von Liberalen und Kommunisten stop Punktuelle Einsätze sind vorzunehmen stop Sabotage-Subversions-Truppe von BOSS trifft in Kürze ein.«

»Oh, du mein Gott«, stöhnte der Kommandant, für den sich die Nachricht, daß ein Inspektionstrupp von BOSS unterwegs nach Piemburg sei, wie das letzte Totengeläut anhörte. »Was machen wir denn jetzt?«

Mrs. Heathcote-Kilkoon saß in ihrem Sessel, hörte zu und

fühlte sich ein bißchen wie im Zentrum des Geschehens, wo Entscheidungen von weitreichender Bedeutung getroffen wurden und echte Männer echte Entschlüsse zu echten Ereignissen faßten. Es war eine seltsam erhebende Erfahrung. Die Kluft zwischen Traum und Wirklichkeit, die die jahrelange, quer durch den schwarzen Erdteil fortgesetzte Lektüre von Dornford Yates und der Zwang, dem Berry des Colonel die Daphne vorspielen zu müssen, in ihrem Geist geschaffen hatten, schloß sich mit einemmal. Das hier war es, ganz gleich, was, und Mrs. Heathcote-Kilkoon, die so lange davon ausgeschlossen gewesen war, wünschte dazuzugehören.

»Wenn ich dir doch helfen könnte«, sagte sie melodramatisch, als sich die Tür hinter Sergeant Breitenbach schloß, der soeben eingeräumt hatte, er könne es nicht.

»Wie denn?« sagte der Kommandant, der alleingelassen werden wollte, damit ihm jemand einfiele, den er verhaften könne, bevor die BOSS-Truppe einträfe.

»Ich könnte doch deine bezaubernde Spionin sein«, sagte sie.

»Es fehlt uns nicht an bezaubernden Spionen«, sagte der Kommandant kurz angebunden, »was wir brauchen, sind Verdächtige.«

»Was denn für Verdächtige?«

»Elf verfluchte Irre, die wissen, wie man mit Sprengstoff umgeht, und alles Afrikanische dermaßen hassen, daß sie die Uhr am liebsten tausend Jahre zurückdrehen würden«, sagte der Kommandant verdrießlich und sah zu seinem Erstaunen, daß Mrs. Heathcote-Kilkoon ihren bezaubernden Kopf lachend in den Nacken warf.

»Was ist denn jetzt los?« fragte er und kam sich selber ziemlich hysterisch vor.

»Ach, wie furchtbar komisch«, quiekte Mrs. Heathcote-Kilkoon. »Das ist ja absolut unbezahlbar. Ist dir klar, was du eben gesagt hast?«

»Nein«, sagte der Kommandant, während die gefärbten Locken reizend vor ihm hin und her baumelten.

»Verstehst du nicht? Der Club. Elf Irre. Boy, Berry, Jonah... Ach, es ist einfach zu phantastisch.«

Kommandant van Heerden setzte sich an seinem Schreibtisch nieder, und das Licht der Erkenntnis ließ seine blutunterlaufenen Augen aufleuchten. Während Mrs. Heathcote-Kilkoons Lachen Sergeant Breitenbach im Nachbarzimmer in Verwunderung versetzte und in Wachtmeister Els Erinnerungen an andere Tage und andere Orte weckte, wußte Kommandant van Heerden, daß seine Sorgen ausgestanden waren.

»Zwei Fliegen mit einer Klappe«, murmelte er und drückte auf die Klingel, um Sergeant Breitenbach zu rufen.

Zwanzig Minuten später saß Mrs. Heathcote-Kilkoon, die über ihre rasche Verabschiedung aus dem Büro des Kommandanten etwas erstaunt war und noch immer vergnügt über ihren Witz kicherte, beim Friseur.

»Ich glaube, ich möchte sie zur Abwechslung mal schwarz gefärbt haben«, sagte sie mit einem intuitiven Vorgefühl zu der Friseuse.

15

In der Exerzierhalle, die vor kurzem noch der Schauplatz sexueller Bekehrungen gewesen war, gab Kommandant van Heerden seinen Leuten Anweisungen.

»Die Saboteure haben ihre Basis in der Nähe von Weezen in einem Haus namens White Ladies«, teilte er den versammelten Beamten mit. »Sie werden von einem ehemaligen Colonel im britischen Geheimdienst angeführt, einem ihrer Topleute, der während des Krieges im innersten Kreis des Untergrunds Dienst tat. Sein Stellvertreter ist ein gewisser Major Bloxham, und als Aushängeschild benutzt die Sabotagegruppe einen Club, der angeblich literarischen Zwecken dient. Sie sind im Besitz einer beträchtlichen Menge Waffen und Munition, und ich erwarte wütenden Widerstand, wenn wir das Haus umstellen.«

»Woher wissen wir, daß sie die Leute sind, die wir suchen?« wollte Sergeant Scheepers aus der Sicherheitsabteilung wissen.

»Es ist mir klar, daß Ihnen die Sache ziemlich überraschend kommt, Sergeant«, antwortete der Kommandant lächelnd. »Aber wir von der uniformierten Polizei haben auch unsere Agenten an der Front. Ihr Burschen von der Sicherheitsabteilung seid nicht die einzigen, die im geheimen arbeiten.« Er machte eine Pause, um seine Mitteilung sich setzen zu lassen. »Das ganze letzte Jahr hat Wachtmeister Els, als Häftling getarnt und unter erheblicher persönlicher Gefahr, in der Gegend um Weezen gearbeitet.« Wachtmeister Els, der neben dem Kommandanten stand, errötete bescheiden. »Aufgrund seiner Bemühungen waren wir in der Lage, in den kommunistischen Apparat einzudringen. Außerdem«, setzte er hinzu, ehe jemand darauf hinweisen konnte, daß Wachtmeister Els wohl kaum ein glaubhafter Zeuge sei, »außerdem habe ich die Angelegenheit während der letzten zwei Wochen selber an Ort und Stelle untersucht. Ich habe Wachtmeister Els' Feststellungen bestätigt gefunden und kann mich für die Tatsache verbürgen, daß diese Leute sämtlich erklärte Feinde der Republik, Großbritannien unzweifelhaft treu ergeben und äußerst grausam sind. Es wurde ein Versuch unternommen, mich während eines Ausritts zu töten.«

»Gibt es noch andere Beweise dafür, daß diese Leute für die Sabotageakte in Piemburg verantwortlich sind?« fragte Sergeant Breitenbach.

Der Kommandant nickte. »Eine ausgezeichnete Frage, Sergeant«, sagte er. »Erstens wird Wachtmeister Els in den Zeugenstand treten und beeiden, daß er den Colonel und seine Komplizen häufig über die Notwendigkeit eines Regierungswechsels in Südafrika hat sprechen hören. Zweitens wird Els bezeugen, daß die Gruppe in den Nächten, in denen die Anschläge stattfanden, das Haus früh verließ und bis Morgengrauen nicht im Bett war. Drittens, und am bedeutsamsten, hat sich ein Mitglied der Gruppe zum Kronzeugen erklärt und wird bestätigen, daß alle diese Aussagen richtig sind. Stellt Sie das zufrieden, Sergeant?«

»Das kommt mir alles ziemlich an den Haaren herbeigezogen vor«, sagte Sergeant Breitenbach skeptisch. »Ich meine, gibt es nicht irgendwelche greifbaren Beweise?«

»Ja«, sagte der Kommandant mit Nachdruck, kramte in seiner Tasche herum und zog einen kleinen Gegenstand hervor. »Hat jemand von Ihnen schon mal eins von diesen Dingern hier gesehen?« fragte er. Es war klar, daß jeder in dem Raum schon einmal eine Polizei-Sprengkapsel gesehen hatte. »Gut«, fuhr der Kommandant fort. »Also, dieses Ding wurde in den Ställen von White Ladies gefunden.«

»Von Wachtmeister Els?« fragte Sergeant Breitenbach.

»Von mir«, sagte der Kommandant und notierte sich in Gedanken, daß er Els mit einem Polizeilastwagen, bis zum Dach voll mit Sprengstoff, Zündern, Sprengkapseln und Parisern, vorausschicken müsse, um sicherzustellen, daß genügend greifbare Beweise gefunden würden, um Sergeant Breitenbach zufriedenzustellen, wenn der Rest der Truppe einträfe. Unterdessen erläuterte er die Anlage von Haus und Garten und gab Befehl, einen kompletten Verband Schützenpanzerwagen, zweihundert mit Maschinengewehren bewaffnete Polizisten, deutsche Schäferhunde und Dobermänner in Gefechtsbereitschaft zu versetzen.

»Denken Sie daran, wir haben's mit berufsmäßigen Killern zu tun«, sagte er schließlich. »Diese Burschen sind keine Amateure.«

Als Mrs. Heathcote-Kilkoon gebührend gewaschen, zurechtgemacht und dauergewellt aus dem Friseursalon trat, kam sie gerade rechtzeitig, um den von fünf Schützenpanzern angeführten Konvoi sich durch die Hauptstraße quälen zu sehen. Sie stand einen Augenblick da und sah auf die Polizisten, die sich auf den Lastwagen drängten, und Bewunderung für die offensichtliche Tatkraft des Kommandanten schwoll in ihrem Busen. Als der letzte, mit deutschen Schäferhunden beladene Lkw um die Ecke verschwunden war, machte sie kehrt und spazierte zur Polizeidienststelle zurück, um ihm noch einmal zu sagen, wie sehr sie ihn vermißt habe, eine Ansicht, in der sie von dem Sergeant am Diensthabenden-Schreibtisch bestärkt wurde.

»Aber wo ist er denn hingegangen?« fragte sie jämmerlich.

»Tut mir leid, Madam«, sagte der Sergeant, »das darf ich Ihnen nicht sagen.«

»Gibt's denn keine Möglichkeit, wie ich das rausfinden könnte?«

»Naja, wenn Sie dem Konvoi folgen, glaube ich, werden Sie ihn finden«, sagte der Sergeant, und Mrs. Heathcote-Kilkoon ging enttäuscht und ziemlich hungrig hinaus auf die

Straße. Um sich zu trösten, ging sie in Lorna's Causerie in der Dirk-Passage und ließ sich eine Kanne Tee und ein paar Biskuits kommen.

Ich versuch's später nochmal, dachte sie. Weit kann er nicht sein. Aber als sie eine Stunde später wieder hinüber zur Polizeidienststelle ging, erfuhr sie, daß der Kommandant nicht vor dem folgenden Tag zurückkommen werde.

»Wie sonderbar. Warum er mir das wohl nicht gesagt hat«, sagte sie, während sie einen Hauch gutbürgerlichen Charmes verströmte, dem Stärkere als der diensthabende Sergeant erlegen wären.

»Sagen Sie's niemandem weiter«, sagte er vertrauensvoll, »aber sie sind nach Weezen raufgefahren.«

»Zum Manöver?« fragte Mrs. Heathcote-Kilkoon hoffnungsvoll.

»Um die Saboteure zu fassen«, sagte der Sergeant.

»In Weezen?«

»Genau«, sagte der Sergeant, »aber sagen Sie niemandem, daß ich es Ihnen gesagt habe.«

Mrs. Heathcote-Kilkoon sagte, das täte sie bestimmt nicht, und ging hinaus, erstaunt über diese neue Wendung der Dinge. Sie war fast bei ihrem Rolls angelangt, als ihr langsam dämmerte, was sie angerichtet hatte.

»Oh, mein Gott«, wimmerte sie und rannte den Rest des Weges zum Rolls, wo sie feststellte, daß sie die Schlüssel irgendwo vergessen hatte. Sie kramte ihre Handtasche durch, aber die Schlüssel waren nicht da. Im Zustand äußerster Erregung lief sie zum Friseur zurück und kam fünf Minuten später mit leeren Händen wieder heraus. Als sie völlig verzweifelt auf der Straße stand, kam ein Taxi heran.

Mrs. Heathcote-Kilkoon sprang hinein. »Nach Weezen, schnell«, sagte sie. Der Taxifahrer drehte sich um und schüttelte den Kopf.

»Das sind siebzig Meilen«, sagte er. »Das geht nicht.«

»Ich zahle Ihnen den doppelten Fahrpreis«, sagte Mrs. Heathcote-Kilkoon außer sich und öffnete ihre Handtasche.

»Das ist dann gleich noch für die Rückfahrt mit.«

»In Ordnung«, sagte der Chauffeur.

»Um Gottes willen, machen Sie schnell«, sagte sie zu ihm, »es geht um Leben und Tod.«

Das Taxi fuhr los und holperte schon bald über die tiefen Furchen der Straße in die Berge. Weit vor ihnen meldeten Zickzackblitze am Horizont die Ankunft eines Sturmes.

Als die Bitze um ihn her aufleuchteten und die Hagelkörner auf das Dach seines Lkw's prasselten, schaltete Wachtmeister Els die Scheibenwischer an und spähte in die Finsternis. Er fuhr mit der üblichen Unverschämtheit gegenüber dem anderen Verkehr auf der Straße, seinem eigenen Leben und dem alles Lebenden im Umkreis von einer halben Meile um den Lastwagen, sollte er explodieren, und wartete gespannt auf den Vergnügungsteil des Abends. Er würde ihn für den Tonfall entschädigen, in dem Colonel Heathcote-Kilkoon ihn früher angepfiffen hatte. »Ich werde ihm ein Forebode sein, an den er noch lange denken wird«, dachte Els genüßlich. Als er in Weezen ankam, war die Nacht hereingebrochen. Els fuhr weiter und bog in die Auffahrt nach White Ladies ein. Weil er die Trinkgewohnheiten der Bewohner kannte, fuhr er den Lastwagen mit demonstrativer Überheblichkeit auf den Hof auf der Rückseite des Hauses und schaltete den Motor aus. Ein schwarzes Gesicht spähte in den Wagen. Es war Fox.

»Forebode«, sagte er, »du bist wieder da.«

»Ja«, sagte Els, »ich bin wieder da.«

Wachtmeister Els stieg aus dem Lastwagen, ging um ihn herum nach hinten und machte die Türen auf. Dann kam er zurück und rief: »Fox, du Kaffer, komm her!« Aber er hörte keine Antwort. Da Fox demselben Selbsterhaltungstrieb gehorchte wie sein Namensvetter, hatte er sich quer durch den Garten in die Büsche verzogen, indem er so viel Gelände wie nur möglich zwischen sich und den Mann in der Uniform der Südafrikanischen Polizei brachte, den er als Forebode kannte. Fox witterte den Tod, wenn er ihn sah.

Colonel Heathcote-Kilkoon und seine Gäste im Inneren des Hauses waren weniger scharfsichtig.

»Möchte bloß wissen, was Daphne zugestoßen ist«, dachte der Colonel, als er sich zu der Party anzog. »Typisch für sie, heute abend zu spät zu kommen.« Er blickte in den Spiegel und war sofort wieder versöhnt. Ein Kleid aus blaßrosa Georgette mit langen Glockenärmeln und einem schwarzen Samtgürtel, der auf einer Seite geknotet war, paßte ihm anscheinend wie ein Handschuh. Ein riesiger Florentinerhut, dessen schwarze Samtbänder unter dem Kinn des Colonels befestigt waren und der sich unter dem Gewicht einer vollerblühten Rose über ein Auge nach unten bog, drohte, seinen widerspenstigen Haarschopf fast zu verbergen. Weiße Seidenstrümpfe und ein Paar gewöhnliche Pumps vervollständigten seine Kleidung. Eine Miniaturschürze mit der aufgemalten Inschrift »Eine englische Rose« auf ihrem Musselin ließ keinen Zweifel an seiner Identität.

»Berry, wie er leibt und lebt«, murmelte er und schlug im 11. Kapitel von *Jonah & Co.* nach, um zu sehen, ob er irgendwas vergessen hätte. Dann griff er zu seinem Perlentäschchen und stieg die Treppe hinab, wo sich die anderen schon versammelt hatten und darauf warteten, daß die Lustbarkeiten begännen.

»Ich bin ein Incroyable«, sagte Major Bloxham zu La Marquise, die als Sycomore Tight gekommen war.

»Absolut, Darling«, kreischte sie schrill.

Colonel Heathcote-Kilkoons Auftritt als Berry in der Rolle von »Eine englische Rose« wurde mit stürmischem Applaus begrüßt. Der Colonel wartete, bis sich das Gelächter gelegt hatte, ehe er das Wort an seine Gäste richtete.

»Wie ihr alle wißt«, sagte er, »feiern wir unser alljährliches Zusammentreffen jedesmal damit, daß wir eine der großen Episoden aus dem Leben von Berry & Co. in letztgültiger Form nachstellen. Heute abend ist es das 11. Kapitel aus *Jonah & Co.*, ›Berry opfert seine Männlichkeit‹. Ich sehe mit Freuden, daß der Besuch dies Jahr hervorragend ist.«

Nach ein paar weiteren Worten über die Notwendigkeit, die Fahne in fremden Ländern hochzuhalten, was La Marquise als Kompliment auffaßte, forderte der Colonel Major Bloxham auf, den Plattenspieler einzuschalten, und tanzte wenig später einen Tango mit ihm.

»Diese Schlüpfer von Daphne sind verdammt eng«, sagte er, als er eine Drehung linksrum machte.

»La Marquise auch«, sagte der Major.

Im Dunkeln draußen vor dem Fenster sah Wachtmeister Els den Dingen interessiert zu. »Und ich hab' mich immer gewundert, warum er auf Rosen so versessen ist«, dachte er und betrachtete den Colonel mit ganz neuen Augen.

Er ging zum Lkw zurück und begann, die Beweise für den Versuch des Colonel, die Regierung Südafrikas zu stürzen, in die Sattelkammer zu schleppen. Nachdem er mehrere Zentner Sprengstoff in die Regale gepackt hatte, in denen vorher nichts Belastenderes als Sattelschmiere gewesen war, tat es ihm allmählich leid, daß er Fox hatte entwischen lassen. Als schließlich der letzte Karton Durex Federleicht sicher verstaut war, zündete sich Els eine Zigarette an und machte es sich im Dunkeln bequem, um darüber nachzudenken, welche weiteren Maßnahmen er ergreifen solle.

»Die Party wird, scheint's, ja noch ein toller Knaller«, hörte er den Dicken auf der Terrasse zu Major Bloxham sagen, wo die zwei Männer ohne Unterbrechung auf ein Begonienbeet pinkelten. Els verstand den Wink und drückte seine Zigarette aus, aber die Bemerkung hatte ihn auf eine neue Idee gebracht. Er schlich sich vorsichtig aus der Sattelkammer und trug wenig später aus dem Treibstoffmagazin kübelweise Petroleum über den Hof, das er in den Weinkeller des Colonel goß, wo es unbemerkt über den australischen Burgunder plätscherte. Um die Mischung noch explosiver zu machen, nahm Els mehrere Pakete Sprengstoff und warf sie in den Keller. Und um schließlich zu verhindern, daß jemand das Haus ohne einen Hinweis darauf verließe, wohin er gegangen sei, goß er eine Lösung aus Anissamen auf die Fußabtreter, ehe er wieder in den Lastwagen stieg und ihn zum Haupttor fuhr, um auf den Polizeikonvoi zu warten. Als er nach zehn Minuten nichts von ihm vernahm, beschloß er, wieder zurückzugehen und nachzusehen, wie es um die Party stünde.

»Muß ein bißchen Zeit totschlagen«, murmelte er, als er durch den Obstgarten schlenderte. White Ladies, zu dem Anlaß hell erleuchtet, strahlte die Atmosphäre diskreter Hemmungslosigkeit aus. Den Tango hatte inzwischen ein Black Bottom abgelöst, den der Colonel mit La Marquise durchstand, während Major Bloxham und der Dicke darüber debattierten, was man in einen Cocktail namens Affendrüse gießen müsse. Mit schöner Verachtung für die Zierblumenrabatte des Colonel tastete sich Els um das Haus herum und fand schließlich ein Fenster, das ihm eine hervorragende Aussicht auf die Vorgänge im Inneren bot. Er betrachtete gerade mit Kennerauge »Eine englische Rose«, als La Marquise aufsah und ihn bemerkte.

Im zweiten Schützenpanzer schenkte Kommandant van Heerden nochmals der Tatsache seine Aufmerksamkeit, daß er Els drei Zentner Sprengstoff zum Einschmuggeln in das Haus gegeben hatte. »Er ist der einzige, der den Grundriß kennt, und außerdem hätte ich's gehört, wenn er in die Luft gegangen wäre«, dachte er und tröstete sich mit dem Gedanken, daß es gar nicht so schlimm wäre, wenn Els die Rolle schmeißen würde, die er ihm zu spielen aufgegeben hatte. Keine Verhaftungen, keine Scherereien mit Geständnissen und kein Els mehr, und er fragte sich von neuem, ob es klug gewesen war, auf Mrs. Heathcote-Kilkoon zu hören. Alles in allem, schloß er, hatte er in der Angelegenheit nur sehr wenige Wahlmöglichkeiten gehabt. Wenn sie so dämlich war, ihrem Mann zu erzählen, daß er zum Hahnrei gemacht worden war, und der Colonel drohte, ein Mitglied der Südafrikanischen Polizei, und ein altgedientes Mitglied obendrein, zu erschießen, dann hatte er wegen der Folgen nur sich allein Vorwürfe zu machen. Der Kommandant erinnerte sich nicht mehr, ob

Mrs. Heathcote-Kilkoon wirklich gesagt hatte, ihr Mann habe gedroht, ihn zu erschießen, aber der Verdacht, daß er es vielleicht täte, reichte auf alle Fälle aus. Zutreffender war das Interesse, das der Colonel beim Bureau of State Security finden würde. Wenn es eine Sorte Verdächtiger gab, die BOSS nach jüdischen Millionären, deren Eltern aus Petrograd eingewandert waren, wirklich liebte, dann waren es Engländer der alten Schule mit Verbindungen zur Anlikanischen Kirche. Die ausgesprochene Verachtung des Colonels für Afrikaander würde jeden Verdacht, daß er eventuell vollkommen unschuldig sei, zum Schweigen bringen, wogegen seine Untergrunderfahrungen während des Krieges und seine Vertrautheit mit Sprengstoffen ihn genau zu der Sorte Leute machten, nach denen BOSS schon die ganzen Jahre suchte. Dem Kommandant fiel auch der Union Jack ein, der vor White Ladies flatterte. In den Augen von BOSS würde schon allein das den Colonel und seinen Club zu Verrätern stempeln.

Um den kleinen Rest, der von seinem Gewissen noch übrig war, zu beruhigen, rief sich der Kommandant schließlich das Schicksal seines Großvaters vor Augen, der nach der Schlacht von Paardeberg von den Briten erschossen worden war.

Wie du mir, so ich dir, dachte er und befahl dem Fahrer, an der Polizeistation in Weezen anzuhalten. Dort bestand er darauf, den diensthabenden Sergeant zu sprechen.

»Colonel Heathcote-Kilkoon ein Kommunist?« fragte der Sergeant, der schließlich im Pyjama die Szene betrat. »Da muß ein Irrtum vorliegen.«

»Nach unseren Informationen ist er ein vom britischen Geheimdienst ausgebildeter Saboteur«, sagte der Kommandant. »Haben Sie mal in Ihren Sicherheitsberichten nachgeprüft, was er im Krieg gemacht hat?«

»Was denn für Sich...« begann der Sergeant, ehe ihm der Fehler bewußt wurde. »Nein.«

»Ich besitze immer eine Aktenkopie für den Fall, daß das Sicherheitshauptquartier diejenige verliert, die ich hingeschickt habe«, sagte der Kommandant. »Erstaunlich, wie oft sie Dinge verlegen, die ich ihnen schicke.« Er sah sich beifällig in der Polizeidienststelle um. »Gefällt mir, wie ordentlich hier alles ist, Sergeant. Ist wohl mal an der Zeit zu 'ner Beförderung für Sie. Hauptsache ist, Sie haben immer Abschriften von Ihren Sicherheitsberichten da.«

Er ging nach draußen, und der Sergeant war erstaunt über die Größe der Sondertruppe, die erforderlich war, um Colonel Heathcote-Kilkoon zu verhaften. Wie um einen letzten Beweis dafür zu liefern, daß der Colonel tatsächlich der vom britischen Geheimdienst geschulte kommunistische Saboteur sei, hörte man aus der Richtung von White Ladies plötzlich Schüsse. Kommandant van Heerden verschwand im Schützenpanzer, und der Sergeant kehrte in sein Büro zurück und setzte sich an seine Schreibmaschine, um einen Bericht über den Colonel abzufassen. Das war viel leichter als er gedacht hatte, und zwar dank der Vergeßlichkeit des Kommandanten, der ein Exemplar seines eigenen Berichts auf dem Schreibtisch hatte liegen lassen.

Während der Konvoi sich wieder in Bewegung setzte, tippte der Sergeant seine Verdachtsgründe hin. Sie waren sechs Monate vordatiert.

»Besser spät als nie«, dachte er, während er tippte.

Seine Ansicht wurde von Mrs. Heathcote-Kilkoons Taxichauffeur geteilt.

»Es liegt Eis auf der Straße«, teilte er ihr mit, als sie ihn bat, Gas zu geben.

»Unsinn«, sagte Mrs. Heathcote-Kilkoon, »es ist eine heiße Nacht.«

»Es hat gehagelt, Lady, und wenn's kein Eis ist, dann ist es eine dünne Schlammschicht und so glatt wie der Teufel«, und um seine Ansicht zu beweisen, brachte er den Wagen an der nächsten Biegung leicht ins Rutschen.

»Sie wollen ja wohl nicht auf 'ner Klippe enden«, sagte er, während er den Wagen wieder in die Spur brachte, »das würde Ihnen doch überhaupt nichts nutzen.«

Auf ihrem Rücksitz konnte sich Mrs. Heathcote-Kilkoon nicht vorstellen, daß ihr irgendwas noch viel nutzen könne. Was lediglich mit der Gefühlsaufwallung über die allmonatliche Wahl ihrer neuen Frisur begonnen hatte, war hysterischer Ungewißheit gewichen. Melodramatische Scheingeständnisse waren eine Sache. Die Würze an der Fadheit des täglichen Lebens. Aber Panzerwagen und ganze Konvois von Polizisten mit Gewehren und knurrenden Schäferhunden waren ganz was anderes. »Man kann's auch übertreiben«, dachte sie, als sie sich den Aufwand ihres Liebhabers vor Augen führte. Er zeugte von einer vollkommen unangemessenen Zuneigung, von dem schrecklichen Mangel an Humor mal abgesehen.

»Ich hab's nicht ernst gemeint«, murmelte sie und wurde von der nächsten Bemerkung des Taxifahrers auch nicht getröstet.

»Sieht aus, als wär' die Armee hier durchgezogen«, sagte er, als der Wagen durch den Schlamm schleuderte, den der Konvoi aufgewühlt hatte. »Sollte mich wundern, wenn's keine Panzer waren.«

»Mich nicht«, sagte Mrs. Heathcote-Kilkoon wahrheitsgemäß und starrte angespannt in die Dunkelheit.

Im Gesellschaftszimmer von White Ladies tat ihr Gatte genau dasselbe, und sogar noch angespannter. La Marquises plötzlicher Aufschrei beim Anblick des Gesichts am Fenster hatte es der »Englischen Rose« ermöglicht, eine Ritterlichkeit an den Tag zu legen, die dem Colonel das Vertrauen in sein rechtmäßiges Geschlecht wiedergeben sollte, das durch La Marquises Interesse in gewisser Weise unterminiert worden war.

»Ich kümmere mich um den Schweinehund«, schrie er und stürzte, so schnell es die Schlüpfer seiner Frau zuließen, in sein Arbeitszimmer, um eine Sekunde später mit einem Jagdgewehr wieder aufzutauchen. »Gibt nur eine Möglichkeit, mit Eindringlingen umzugehen«, sagte er und feuerte in den Garten.

Für Wachtmeister Els, der gerade über den Rasen flitzte, kam die Genauigkeit des Schusses ziemlich überraschend. Auf einen sorgfältig gestutzten Busch abgeschossen, der gut zwanzig Meter weiter rechts stand und für das alkoholisierte Auge des Colonel wie ein Eindringling aussah, prallte die Kugel von einem Steinbeet ab und pfiff unerfreulich dicht an Wachtmeister Elsens Kopf vorbei. Er ging in einem tiefliegenden Teil des Gartens in Deckung und löste seinen Pistolenhalfter. Als Silhouette vor dem Licht eines Fensters konnte er den Colonel sehen, der in den Garten spähte. Els zielte genau über die Schulter des Colonel hinweg, schoß und freute sich über die Bestürzung, die sein vorsätzlicher Fehlschuß im Hause auslöste. Als die Lichter ausgingen und der Colonel Anweisungen schrie, sich hinzulegen, kroch Els davon und saß wenig später wohlverborgen in einem Azaleenstrauch, von dem aus er die Hintertür im Auge behalten konnte. Die Schlacht von White Ladies hatte begonnen.

»Gott der Allmächtige«, schrie »Eine englische Rose«, als eine dritte Kugel, diesmal aus einem ganz anderen Teil des Gartens, die Nachtluft erzittern ließ und eine Vase auf dem Kaminsims zertrümmerte, »das ist ja ein gottverdammter Aufstand. Die Eingeborenen haben sich erhoben.« Mit einer Rachgier, die aus der Entdeckung resultierte, daß die Kaffern viel raffiniertere Waffen als Spieße und Knüppel benutzten, machte er sich bereit, seinen Winkel abendländischer Kultur gegen die barbarische Flut zu verteidigen, die er immer vorausgesehen hatte. Hinter ihm stolperten die Mitglieder des Dornford Yates-Clubs, durch die Aussicht auf ein unmittelbar bevorstehendes Blutbad wieder nüchtern, in das Arbeitszimmer, wo ihnen Major Bloxham Gewehre und Munition reichte. Mit nie geübter Kommandogewalt ließ der Colonel seine Truppen Gefechtsstellung einnehmen.

»Boy, du nimmst das Vorderzimmer. Toby, die Küche«, befahl er. »Ihr übrigen verteilt euch in der Bibliothek und im

Frühstückszimmer und hört nicht auf zu schießen.«

»Und was soll ich machen?« fragte La Marquise.

»Munition reichen und zusehen, daß dein Pulver trocken bleibt«, rief der Colonel grimmig. La Marquise robbte ins Arbeitszimmer und begann, sich auszuziehen. Wenn die schwarzen Horden kämen, hatte es keinen Sinn, weiter so zu tun, als sei sie ein Mann.

»Es gibt kein schlimmeres Schicksal als den Tod«, murmelte sie im Finstern.

»Was ist?« flüsterte Major Bloxham.

»Ich habe gesagt, bei Nacht sind alle Katzen grau«, sagte La Marquise.

»Das kann ich dir sagen«, sagte der Major, der angestrengt versuchte, sich seines Incroyable-Kostüms zu entledigen.

Wachtmeister Els lag in dem Azaleengebüsch und lauschte auf den Gewehrkugelhagel, der aus dem Haus kam. Es würde eine fabelhafte Nacht werden. Daran zweifelte er jetzt nicht mehr.

Kommandant van Heerden im zweiten Schützenpanzerwagen war weniger optimistisch. Daß er sich in ein Gebiet begab, in dem Wachtmeister Els in einen Privatkrieg verwickelt war, rief in ihm Erinnerungen an frühere, von Els angezettelte Massaker wach.

»Dieses dämliche Arschloch nimmt noch seine eigene Seite unter Feuer«, dachte er, als Sergeant Breitenbach kam, um nach Befehlen zu fragen.

»Eröffnen Sie das Feuer aus der Ferne«, sagte er zum Sergeant, »ich will nicht, daß jemand zu nahe rangeht.« Wenig später waren zweihundert Polizeibeamte von den Lkw's gestiegen, hatten sich in die Büsche verkrochen, die die Grenze von White Ladies markierten, und stimmten mit ihrem geballten Feuer in das von Els und dem Dornford Yates-Club ein.

»Warum schicken wir nicht die Panzerwagen hin«, fragte Sergeant Breitenbach.

»Auf keinen Fall«, sagte der Kommandant, den die Vorstellung entsetzte, daß man ihn in unmittelbare Nähe von Wachtmeister Els und drei Zentnern Sprengstoff fahren könne, ganz zu schweigen vom offensichtlich wutentbrannten Colonel und den wie immer auch gearteten Waffen, die er in seiner Waffenkammer hatte. »Erst zermürben wir sie, und dann rücken wir ein.«

»Zermürben ist ungefähr das richtige Wort«, sagte der Sergeant, als das Feuer der Polizei eine Schneise durch die Zierhecken legte, die den Garten des Colonels säumten. Im Hintergrund gaben die Hunde der Dornford Yates-Meute Laut und verliehen dem Knurren der Polizeihunde in den hinteren Lastwagen von neuem den Eindruck großer Dringlichkeit.

Im Inneren des Hauses war den meisten Verteidigern langsam bewußt geworden, daß sie umzingelt und die schwarzen Horden mit den allermodernsten Automatikwaffen ausgerüstet waren. La Marquise hatte kein Interesse mehr. Sie verließ ihren Posten und kroch die Treppe nach oben, um in Erwartung ihrer herannahenden schweren Prüfung etwas saubere Unterwäsche anzuziehen, als sie von einer Maschinengewehrgarbe getroffen wurde. Sie war das erste Opfer der Schlacht.

In der Küche zeigte der Zulu-Butler größere Geistesgegenwart. Er verließ das Haus, lief zu einer Telefonzelle am Rande von Weezen und rief die Vermittlung an.

»Geben Sie mir die Polizei«, sagte er zu dem Fräulein von der Vermittlung. Das Fräulein ließ sich nichts sagen.

»Sprich nicht so mit mir, du Kaffer«, schrie sie. »Du hast höflich zu bitten.«

»Ja, Missus«, sagte der Butler, indem er in die geforderte Servilität zurückfiel. »Krankenwagen, bitte, Missus.«

»Weißer oder schwarzer Krankenwagen?« wollte das Vermittlungsfräulein wissen.

Der Butler dachte über die Frage nach.

»Weißer Krankenwagen, Missus«, sagte er schließlich.

»Aber er ist nicht für dich, oder?« fragte das Mädchen.

»Kaffern dürfen nämlich nicht in weißen Krankenwagen gefahren werden. Sonst müssen sie hinterher ausgeräuchert werden.«

»Nicht für mich, Missus«, sagte der Butler, »für weißen Boss.«

»Welche Adresse?«

»White Ladies«, sagte der Butler.

»Welche weißen Ladies denn?«

»White Ladies-Haus«, sagte der Butler, während neue Feuersalven seiner Forderung Nachdruck verliehen.

»Das weiß ich, du Kaffer«, kreischte das Fräulein. »Ich weiß, daß weiße Ladies in Häusern wohnen. Ich weiß, daß sie nicht in einer Dreckshütte wie du wohnen. Ich will bloß wissen, welche weißen Ladies.«

»Mrs. Heathcote-Kilkoon«, sagte der Butler.

»Warum hast du das nicht gleich gesagt?« schrie das Fräulein von der Vermittlung. Der Butler legte auf und ging in die unwirtliche Nacht davon, in der seine weißen Herren sich gegenseitig mit einer Grausamkeit umbrachten, die er unbegreiflich fand.

»Quatsch, sich mitten in die Tinte zu begeben«, dachte er und lief langsam nach Weezen hinein. Gelegentlich schwirrte eine verirrte Kugel über seinen Kopf hinweg. Der Butler hielt den Kopf gesenkt. Auf der Hauptstraße wurde er von einem Polizisten angehalten und nach seinem Paß gefragt.

»Du bist verhaftet«, sagte der Wachtmeister, als der Butler zugab, daß er keinen Paß bei sich habe. »Können doch nicht zulassen, daß Wilde hier mitten in der Nacht ohne Pässe rumspazieren.«

»Ja, Baas«, sagte der Butler und kletterte in den Polizeiwagen.

Für Wachtmeister Els war die Ankunft des Polizeikonvois ein fragwürdiges Glück. Die Tatsache, daß er sich auf sowas wie einem Niemandsland zwischen zwei Konfliktparteien befand, von denen jede die abendländische Kultur verteidigte, hatte was Gefährliches an sich. Als die unberechenbaren

Schüsse des Colonel durch die Blätter über ihm fetzten und von Maschinengewehrsalven in seinem Rücken beantwortet wurden, kam Els der Gedanke, daß es Zeit sei, seine Anwesenheit zu demonstrieren. Er kroch durch die Azaleen bis zur Ecke des Hauses, stürmte dann unvermittelt in den Hof und wollte eben ein Streichholz anzünden, um das Petroleum anzuzünden, das er in den Weinkeller gegossen hatte, als ihm einfiel, daß er damit sowohl die Beweise, die er so umsichtig in die Sattelkammer eingeschmuggelt hatte, als auch sein Leben in Gefahr brächte. Er nahm einen Schlauch, leitete ihn in die Sattelkammer und ließ Wasser über den Sprengstoff rieseln. Er war dermaßen in seine Arbeit vertieft, daß er die Gestalt gar nicht bemerkte, die schwerfällig über den Hof ins Dunkle bei den Hundezwingern rannte. Im Bewußtsein, alle denkbaren Vorkehrungen getroffen zu haben, schloß Els die Tür der Sattelkammer und huschte über den Hof zurück.

Das sollte genügen, die Arschlöcher aufzuscheuchen, dachte er, zündete ein Streichholz an und warf es in das Petroleum, ehe er Hals über Kopf in Deckung ging. Einen Augenblick später erhellte ein Feuermeer den Nachthimmel, und eine Explosion erschütterte die Fundamente von White Ladies. Äußerst zufrieden lugte Wachtmeister Els aus den Azaleen hervor und besah sich sein Werk, während die Polizei in seinem Rücken das Feuer einstellte. Es war auch wirklich nicht nötig, noch weiterzumachen. Vom gelegentlichen Knall einer explodierenden Flasche australischen Burgunders abgesehen, die unter Tonnen von Schutt begraben war, hatten die Bewohner von White Ladies ihren Widerstand aufgegeben. Der Berry-opfert-seine-Männlichkeit-Abend war zu Ende.

Nur Colonel Heathcote-Kilkoon blieb nicht stehen, um seinem Haus beim Abbrennen zuzusehen. Er war zu sehr damit beschäftigt, über das offene Gelände stolpernd nach Deckung Ausschau zu halten. Währenddessen verfluchte er seine Frau wegen ihrer Abwesenheit. »Wäre alles nicht passiert, wenn sie da gewesen wäre«, keuchte er, weniger aus Respekt vor der Macht ihrer Persönlichkeit, als vor der Enge ihres Hüfthalters, der in seinen Innereien Verwüstungen anrichtete. Von den Schreien, die die Einäscherung seines Hauses begrüßten, und von der Notwendigkeit getrieben, jene seiner Nachbarn, die von dem Lärm der Schlacht nicht einmal wach geworden waren, davon in Kenntnis zu setzen, daß die Eingeborenen sich erhoben hatten, tappte »Eine englische Rose« in ein Gehölz, wo sie weiter mit ihrem Hüftgürtel rang.

»Muß aus ihm raus, ehe ich platze«, murmelte er, um zehn Minuten später zu der Erkenntnis zu kommen, daß von Platzen keine Rede sei, trotz seiner vergeblichen Anstrengungen, das Ding loszuwerden. Schließlich fand er, daß Schlaf ihn am ehesten von seinen Blähungen befreien könne, kroch in den Schutz eines Gebüschs und blieb still liegen.

Vom Turm seines Panzerwagens aus betrachtete Kommandant van Heerden mit einer Mischung aus Befriedigung und Bedauern, was von White Ladies übriggeblieben war.

»Na, haben Sie jetzt noch Zweifel, daß sie die Saboteure waren, Sergeant?« fragte er Sergeant Breitenbach.

»Überhaupt nicht«, sagte der Sergeant. »Hier in den Ställen liegt genug Sprengstoff, um halb Piemburg in die Luft zu jagen.«

Kommandant van Heerden verschwand schleunigst in dem Panzerwagen. Seine Stimme hörte man dumpf den Fahrer dazu antreiben, ja wie der Teufel von hier wegzufahren.

Sergeant Breitenbach ging um den Panzer herum zur Hintertür.

»Es ist alles in Ordnung«, teilte er dem Kommandanten mit, »es kann nichts explodieren. Jemand hat alles mit einem Wasserschlauch bespritzt.«

»Sind Sie sicher?« fragte der Kommandant. Sergeant Breitenbach sagte, er stünde ja nicht da, wenn er's nicht wäre, und der Kommandant kam schließlich wieder zum Vorschein und glotzte das vor sich hinqualmende Haus an. »Besser, man holt die Feuerwehr«, sagte er. »Wir wollen keine Explosionen mehr, und ich wünsche, daß so bald wie möglich die Leichen gezählt werden.«

»Wieviele Verdächtige erwarten Sie?« fragte der Sergeant.

»Elf reichen«, sagte der Kommandant und kletterte wieder in den Panzerwagen, um ein bißchen Schlaf zu bekommen.

Am Eingang dessen, was einst Mrs. Heathcote-Kilkoons Heim gewesen war, wurde ihr Taxi von einem Sergeant und mehreren Wachtmeistern angehalten, die mit Maschinengewehren bewaffnet waren.

»Tut mir leid, Madam«, sagte der Sergeant«, aber Befehl ist Befehl. Hier darf niemand rein.«

»Aber ich wohne hier, Sergeant«, sagte Mrs. Heathcote-Kilkoon, indem sie aus den Tiefen ihrer Verzweiflung ein verführerisches Lächeln hervorzog.

»Nun nicht mehr«, sagte der Sergeant. »Das hier ist ein Haus, in dem Sie nie mehr wohnen werden.«

Im Fond des Taxis zog Mrs. Heathcote-Kilkoon ihren Mantel enger um sich und zitterte. Um ihren Kummer voll zu machen, bestand der Taxifahrer darauf, bezahlt zu werden, ehe er weiterführe.

»Wie soll ich Sie denn zahlen?« flehte sie. »Alles, was ich je besaß, ist dort drin«, und sie zeigte auf die Qualmwolke, die den Nachthimmel über den Azaleen verdunkelte.

»Sie haben gesagt, Sie würden mir den doppelten Fahrpreis bezahlen, wenn wir angekommen sind«, beharrte der Fahrer, »ich bin doch nicht den ganzen Weg für gar nichts gefahren.«

»Aber ich habe nichts, was ich Ihnen geben könnte«, sagte Mrs. Heathcote-Kilkoon erschöpft.

»Na, das sehen wir mal«, sagte der Fahrer und fuhr mit dem Wagen auf die Straße zurück. Eine halbe Meile weiter fuhr er an den Straßenrand und kletterte auf den Rücksitz.

»Ach, das ist also meine Taxe«, murmelte Mrs. Heathcote-Kilkoon, als seine rüden Hände an ihren Höschen herumfummelten.

16

Es war typisch für Wachtmeister Els, daß seine Empfindungen, während er dem Ende von White Ladies zusah, weniger unklar waren als die des Kommandanten. Wenn er überhaupt ein Bedauern fühlte, dann das, daß seine Brandstiftung so überaus erfolgreich gewesen war. Er hatte zumindest gehofft, die Flammen würden ein paar Überlebende des Dornford Yates-Clubs ins Freie jagen, wo sie mit Leichtigkeit wie Männer oder richtiger: wie als Frauen verkleidete Männer hätten niedergeschossen werden können. Els bedauerte ganz besonders, daß sein ehemaliger Arbeitgeber sich zu zeigen versäumt hatte. Els hatte sich schon so darauf gefreut, »Eine englische Rose« mit einem Maß an langwieriger Gemeinheit ins Jenseits zu befördern, wie es seiner Meinung nach dem Colonel zukam.

Die Asche war lange noch nicht kalt, da war Wachtmeister Els schon emsig damit beschäftigt, in der Ruine die Leichen zu zählen und sicherzustellen, daß niemand übersehen worden war. Als er damit fertig war, hatte er die geschmolzenen Überreste von Mrs. Heathcote-Kilkoons Schmuck bergen können, und nun kam ihm langsam der Gedanke, daß doch noch was fehle.

Er stolperte in der Asche herum und zählte die Leichen ein zweites Mal.

»Hier sind nur elf«, sagte er zu Sergeant Breitenbach, der ihm ziemlich angeekelt zusah.

»Wen kümmert's?« fragte der Sergeant mit Betonung.

»Mich«, sagte Els. »Es müßten dreizehn sein.« Er rechnete

nochmal im Kopf nach. »Immer noch verkehrt«, sagte er schließlich. »Es fehlt aber trotzdem einer.«

»Wieviel Personal?« fragte der Sergeant.

»Ich zähle keine Kaffern«, sagte Els, »ich spreche von Menschen.«

»Und wer fehlt?«

»Sieht aus, als wär's der Colonel«, sagte Els grimmig. »Gerissener Hund. Typisch für ihn zu entkommen.«

Sergeant Breitenbach sagte, seiner Meinung nach sei das sehr vernünftig, aber er ging hinüber zu dem Schützenpanzer und klopfte an die Klappe.

»Was ist denn jetzt los?« fragte der Kommandant schläfrig.

»Els sagt, der Colonel ist entkommen«, sagte der Sergeant und war erstaunt über die Schnelligkeit, mit der Kommandant van Heerden reagierte.

»Holt die Hunde«, schrie er wie von Sinnen, »holt die Hunde. Wir müssen das Schwein unbedingt fassen.« Als Sergeant Breitenbach den Befehl gab, die Dobermänner loszulassen, ging Wachtmeister Els rüber zu den Hundezwingern, und bald darauf war der kiesbestreute Vorhof mit knurrenden Polizeihunden und sabbernden Fuchshunden angefüllt, von denen jede Meute der anderen eifrig das Recht streitig machte, da zu sein. Inmitten der brodelnden Masse stand Kommandant van Heerden, entsetzt darüber, daß Mrs. Heathcote-Kilkoons zornglühender Gatte noch immer auf freiem Fuße und zweifellos von neuem Groll durchdrungen war, und versuchte, sich davor zu retten, gebissen zu werden.

»Platz, Jason! Platz, Knurrer!« rief er in dem vergeblichen Versuch, die Zauberformel zu wiederholen, die in dem kleinen Tal so gut funktioniert hatte. Hier war sie weniger erfolgreich. Mit ihren Privatangelegenheiten beschäftigt, knurrten die Hunde und schnappten in einem sich immer schneller drehenden Wirbel von Verwechslungen nach einander, so daß der Kommandant allmählich überzeugt war, er werde totgebissen, als Els endlich auf seinem Gaul dahergeritten kam und Mrs. Heathcote-Kilkoons Braunen am Zügel führte. Der Kommandant kletterte dankbar in den Sattel und sah sich um.

»So könnte man mich sicher für'n MFHDP halten«, sagte er stolz. Els, der überlegte, ob MFH nun ›Mobiles Feldhospital‹ oder ›Meister der Fuchshunde‹ bedeute, stieß ins Horn, und die Jagd setzte sich durch das Tor und über die Felder in Bewegung.

»Und was heißt DP?« fragte er, während sie folgten.

Der Kommandant sah ihn gereizt an. »Der Polizei natürlich«, sagte er, trieb den Braunen zur Eile an und galoppierte hinter der Meute her, die den Duft der »Englischen Rose« schon in der Nase hatte. Aus Chanel No. 5 und Anissamen gemischt, war er völlig unverwechselbar. Sogar die Dobermannpinscher, die drohend hinter den Fuchshunden hersetzten, hatten ihn aufgenommen. Im Licht der frühen Morgendämmerung beschleunigten sie den Schritt.

Das tat auch Colonel Heathcote-Kilkoon, der durch den Schlaf nicht in dem Maße von den Blähungen befreit worden war, daß er sich aus der hartnäckigen Umschlingung des Korsetts seiner Frau hätte lösen können. Während er in dem verzweifelten Versuch, diese gräßlichen Sachen loszuwerden, durch das Dickicht stolperte, hörte er Elsens Horn und deutete seine Botschaft richtig. Als die ersten Fuchshunde eine Meile entfernt am Horizont auftauchten, brach der Colonel aus der Deckung hervor und rannte auf den Fluß zu. Beim Laufen streute er die weniger anhänglichen Accessoires der »Englischen Rose« in die Gegend. Das Kleid aus blaßrosa Georgette samt Glockenärmeln, der Florentinerhut und die Minaturschürze flatterten hinter ihm auf dem Feld herum, pathetische Überreste eines imperialen Traums. Am Flußufer zögerte der Colonel, ehe er sich in die Fluten warf. »Muß den Geruch loswerden«, dachte er, während er untertauchte und sich vom Strom flußabwärts treiben ließ.

»Er ist uns durch die Lappen gegangen«, schrie Els, als sich die Hunde um die verstreuten Kleidungsstücke drängten.

»Das sehe ich«, sagte der Kommandant, der die rosa Fetzen ziemlich angeekelt betrachtete. »Sind Sie sicher, daß es nicht Major Bloxham ist?« fragte er. »Er sagte, er trägt immer Pink.«

Aber Els war mit den Hunden bereits unten am Fluß und schnupperte in die Luft. »Er ist da lang«, sagte er schließlich und zeigte flußabwärts. Dann stieß er in sein Horn und machte sich entlang dem Flußufer auf den Weg. Kommandant van Heerden folgte langsam.

Die Sonne war aufgegangen, und mit ihr kam den Kommandanten mit einemmal ein Bedauern an. Es bestand nun kein Anlaß mehr zur Eile. Els war auf der Spur und hatte Blut gerochen, und aus langer Erfahrung wußte der Kommandant, daß er nie aufgeben würde. Außerdem bestand jetzt kein Zweifel mehr, daß er vor BOSS sicher sei. Verkramps falsche Beurteilungen lagen unter den Trümmern von White Ladies begraben, und niemand würde nun noch die erfolgreiche Behandlung der Angelegenheit durch den Kommandanten in Frage stellen, da er elf Leichen und drei Zentner Sprengstoff vorzuweisen hatte, die alles bewiesen. Er fühlte sich endlich sicher, und mit diesem Gefühl der Sicherheit kehrte sein Wunsch zurück, den Gentleman herauszukehren. Angejahrte, als Frauen verkleidete Colonels durch die Landschaft zu jagen, war gewiß keine Beschäftigung für einen Gentleman. Das hatte doch was leicht Niederträchtiges an sich. Mit einem letzten Blick auf die schwanzlosen Hinterteile der Dobermänner, die drohend zwischen den Weidenbäumen umherglitten, wendete der Kommandant seinen Braunen und ritt langsam zum Haus zurück. Unterwegs traf er Sergeant Breitenbach in einem Schützenpanzer, und mit neu erwachter Ritterlichkeit zeigte er in die völlig falsche Richtung. »Da sind sie lang«, rief er und sah den Sergeant über die Hügel entschwinden. Weit unten am Fluß stieß Els in sein Horn, und der Kommandant meinte, den Schrei »Gefunden!« zu hören. Dem folgte Hundegekläff.

Auf dem Rücksitz der Taxe hatte Mrs. Heathcote-Kilkoon die Nacht damit zugebracht, zu beobachten, wie sich der Nachthimmel über den Schultern des Taxifahrers allmählich rötete, und sie hatte so erregt darauf reagiert, daß er der Überzeugung war, sie genieße ungeheuer, was er machte. Als der glühende Widerschein am Himmel nachließ, ließen auch Mrs. Heathcote-Kilkoons Zuckungen nach, und der Taxifahrer schlief ein. Während sie sich von ihm losmachte und aus dem Auto stieg, kam ihr in den Sinn, seine Taschen nach Geld zu durchsuchen, aber sie verwarf den Gedanken wieder. Im Haus war mehr zu holen. Als die Panzerwagen auf der Jagd nach ihrem Mann aus dem Hof rollten, zog Mrs. Heathcote-Kilkoon ihr Kleid zurecht, kletterte durch die Hecke und ging zu dem Haus hinauf. Der rußgeschwärzte Schutthaufen erinnerte sie nur noch wenig an Vergangenes. Und Mrs. Heathcote-Kilkoon beschäftigte sich sowieso mehr mit der Zukunft. Sie hatte die Vorstädte Südlondons nicht für die Gefahren und Unbequemlichkeiten des Lebens in Afrika verlassen, um gar nichts davon zu haben. Sie stieg die Stufen hinauf, die der Schauplatz so vieler Begrüßungen gewesen waren und auch jetzt noch etwas von ihrer alten Wärme hatten, und warf einen Blick über die Trümmer. Dann trat sie vorsichtig zwischen ihre alten Freunde, bahnte sich ihren Weg zu ihrem Schlafzimmer und begann, in der Asche zu buddeln.

Als Colonel Heathcote-Kilkoon den Klang des Hornes vernahm, stieg er aus dem Fluß und verschwand zwischen den Bäumen. Er stolperte durch das Unterholz und befand sich fünf Minuten später am Fuße einer steilen Klippe. Hier kam er nicht weiter. Hinter ihm, am jenseitigen Flußufer, wurde das Gekläff der Hunde immer unüberhörbarer. Atemlos lauschte der Colonel einen Augenblick, dann drehte er sich um und suchte nach einer Stelle, wo er sich verstecken könnte. Er fand sie in einem Feldüberhang. Er kroch hinein und fand sich in einer Art Höhle wieder, dunkel und tief und mit einem engen Eingang. Wenn er den nur verrammeln könnte, dachte er, und mit einer Geistesgegenwart, die recht spät in ihm erwachte, war er im nächsten Moment wieder draußen im Hellen und mühte sich mit einem Dornbusch herum, der sich resolut dagegen zur Wehr setzte, mit den Wurzeln ausgerissen zu werden. Der Lärm der Meute unter ihm schien näherzukommen, und durch dieses Gefahrenzeichen angespornt, zog der Colonel den Busch aus der Erde, eine Leistung, die, hätte er nicht das Korsett seiner Frau angehabt, ihn sicherlich zerrissen hätte. Er kroch wieder zurück in das Loch und zog den Dornbusch hinter sich her. Der müßte sie eigentlich abhalten, dachte er grimmig und kroch ins Dunkle, blind gegen die Malereien anderer Jagden, die von den Wänden der Höhle schimmerten.

Am Flußufer zogen Wachtmeister Els und die Meute die Luft in die Nasen. Nichts deutete darauf hin, welchen Weg ihre Beute genommen hatte. Els überlegte, was er in der Lage des Colonel getan hätte, und kam zu dem Schluß, er würde sich am gegenüberliegenden Ufer ins Dickicht geschlagen haben. Er trieb seinen Klepper vorwärts ins Wasser und durchquerte den Fluß, während die Meute ihn umschwärmte. Wenige Minuten später hatten die Leithunde die Fährte wieder aufgenommen und folgten einer Spur zwischen den Bäumen. Els schob sich ihnen nach durch das Dickicht und kam auf einer Lichtung heraus, wo die Meute um einen Dornbusch herum Laut gab, der auf die unwahrscheinlichste Art und Weise aus einer Höhle hervorzuwachsen schien. Els stieg vom Pferd und dachte über die Lage nach, während die Dobermannpinscher feindselig knurrten und die Fuchshunde ihr Herrchen mit einer Zuneigung begrüßten, die nicht erwidert wurde. Mit tollkühner Verachtung von Leib und Leben mischte sich Els unter die Meute und spähte in den Dornenstrauch. Einen Augenblick später hallte sein »Gefunden« von den Klippenwänden wider.

In seinem Versteck erkannte Colonel Heathcote-Kilkoon den Ruf, und die Stimme hatte etwas ihm Vertrautes. Hoffnung wogte in seiner Brust. Wenn das da draußen Forebode war, dann war er sicher. Langsam schob er den Dornbusch nach vorn, um hinauszukriechen, wurde aber sofort von drei Dobermännern davon abgebracht, die sich mit gefletschten Zähnen in die Bresche stürzten. Der Colonel zog den Busch wieder zurück und versuchte zu rufen, aber seine Worte gingen im Lärm der Meute unter.

Wachtmeister Els setzte sich draußen auf einen Felsen und zündete sich eine Zigarette an. Er hatte keine Eile. Darf ihn nicht erschießen, dachte er, sich an das unbedingte Veto des MFH gegen das Abschießen von Füchsen erinnernd; was ich bräuchte, wäre ein Terrier. Er sah sich nach einem geeigneten Ersatz um. Wenig später kletterte er zwischen den Felsen auf der einen Seite der Klippe herum. Das war Schwerarbeit, und die Sonne stand schon hoch. Els brauchte eine halbe Stunde, ehe er fand, wonach er suchte. Aber schließlich fing er eine große Schlange, die sich auf einer Felsenleiste sonnte. Sie am Schwanz haltend stieg er wieder zur ebenen Erde hinab, wo die Hunde ängstlich vor ihm zurückwichen. Els schleuderte die Schlange kichernd in den Dornbusch und beobachtete, wie sie ins Dunkle glitt. Eine Sekunde darauf ergriff den Strauch ein krampfhaftes Zittern, dem ein Schrei folgte, während der korsettierte Colonel aus seinem Bau hervorbrach und über das Geröll hinweg unter die Bäume sauste. »Packt ihn!« schrie Els und sah lächelnd zu, wie die Hunde dem Colonel nachsetzten. Blöder Kerl, dachte er, er sollte doch wissen, daß Ringelnattern harmlos sind. Geschrei und Geknurre aus dem Dickicht markierten das Ende der Jagd, und Els drängte sich zwischen die Hunde und zog sein Messer.

Für Kommandant van Heerden, der nach White Ladies zurücktrabte, war der Anblick, der sich ihm dort bot, von einem Schmerz erfüllt, den er nie vergessen würde. Er ließ ihn an die Heldinnen in den Büchern des Autors denken, dessen Porträt einst die Wand des Eßzimmers geschmückt hatte. Gewiß, Mrs. Heathcote-Kilkoon war kein schlankes Mädchen, und der Zauber, der sie umschwebte, war durch und durch faul, aber diese Abweichungen bedeuteten nichts gegenüber dem Anblick tragischen Schmerzes, den sie bot. Kommandant van Heerden ließ das Pferd am Tor stehen und ging über den kiesgestreuten Vorplatz zu ihr. Erst im dem Augenblick hob Mrs. Heathcote-Kilkoon ihr gefärbtes Haupt.

»Er ist weg, beerdigt...«, begann sie, während Tränen ihr reizendes Antlitz entstellten. Kommandant van Heerden blickte auf den Leichnam neben ihren Füßen und schüttelte den Kopf.

»Es ist nicht Berry, Daphne. Boy«, murmelte er. Aber Mrs. Heathcote-Kilkoon war offenbar zu tief in ihrem Gram versunken, um ihn zu hören.

»Mein liebster Schatz...«, heulte sie, warf sich auf die Erde und scharrte in der Asche. Der Kommandant kniete sich neben sie und schüttelte wieder traurig den Kopf.

»Sie sind weg für immer, mein Liebling«, flüsterte er und war über den neuen Schmerzanfall erstaunt, der ihren Körper erschütterte. Er verfluchte sich wegen seines fehlenden Taktgefühls, das ihn ausgerechnet in so einem Augenblick zu einem Kosewort hatte greifen lassen, und nahm ihre Hand in seine.

»Sie sind in einer besseren Welt«, sagte er und blickte in ihre unergründlichen, grauen Augen. Mrs. Heathcote-Kilkoon stieß ihn herrisch von sich.

»Du lügst«, schrie sie, »das ist nicht möglich. Sie sind alles, was ich habe«, und ohne Rücksicht auf ihre zarten Hände grub sie in dem Schutt. Von Gefühlen überwältigt, kniete der Kommandant neben ihr und sah ihr zu.

Er hielt noch immer standhaft Wache, als Els auf seinem Gaul angeritten kam und etwas in der Hand schwenkte.

»Ich hab' ihn, ich hab' ihn«, rief er triumphierend und stieg ab. Kommandant van Heerden sah ihn durch tränenverschleierte Augen düster an und gab ihm mit einem Wink zu verstehen, daß er verschwinden solle. Aber Els fehlte das Feingefühl des Kommandanten. Er lief pflichteifrig die

Treppe hinauf in die Ruine und fuchtelte mit irgendwas dem Kommandanten vor dem Gesicht herum.

»Kucken Sie doch mal. Ist der nicht toll?« rief er. Kommandant van Heerden schloß vor Entsetzen die Augen.

»Um Gottes willen, Els. Hier ist weder Ort noch Stunde...«, schrie er wie von Sinnen, aber Els hatte ihm schon Wangen und Stirn mit Blut besudelt.

»Sie sind ganz blutig«, rief er, »Sie sind ganz blutig.« Außer sich sprang der Kommandant auf.

»Du Schwein«, brüllte er, »du dreckiges Schwein.«

»Ich dachte, Ihnen gefällt die Rute«, sagte Els, Verwirrung in der Stimme. Es war deutlich zu sehen, daß er durch die Ablehnung seines Angebots an den Kommandanten tief gekränkt war. Das war, so schien es, auch Mrs. Heathcote-Kilkoon. Als sich der Kommandant zu ihr umdrehte, um sich für Elsens schreckliche Entgleisung zu entschuldigen, kam die Witwe des Colonel eben mühsam auf die Beine.

»Das ist meins, du Dieb«, kreischte sie und ging auf Els los. »Du hattest kein Recht, es dir zu nehmen, ich will's wiederhaben«, eine Forderung, deren Berechtigung der Kommandant zugeben mußte, obwohl er zugleich bedauerte, daß Mrs. Heathcote-Kilkoon sie wirklich durchzusetzen wünschte.

»Gib's ihr wieder«, schrie er Els an, »es gehört rechtmäßig ihr«, aber ehe Els ihr sein gräßliches Souvenir aushändigen konnte, hatte Mrs. Heathcote-Kilkoon, die offenbar auf eine handgreiflichere Wiedergutmachung des Verlustes ihrer ehelichen Rechte aus war, sich auf den Wachtmeister gestürzt und zog an seinen Hosen.

»Du lieber Gott«, rief der Kommandant, als Els rücklings in die Trümmer fiel.

»Hilfe«, schrie Els, den offenbar, was ihre Absichten anging, derselbe Verdacht peinigte.

»Es ist meins«, kreischte Mrs. Heathcote-Kilkoon und krallte sich an Elsens Hose. Kommandant van Heerden schloß die Augen und versuchte, damit auch Els' Schreie auszuschließen.

»Daß es so weit kommen mußte«, dachte er, und versuchte, diesen neuerlichen Beweis weiblicher Furie mit dem freundlichen Bilde Mrs. Heathcote-Kilkoons in Einklang zu bringen, das er bislang im Busen genährt hatte, als die Witwe des Colonel mit einem Triumphgeheul wieder auf die Beine kam. Der Kommandant machte die Augen auf und blickte auf den seltsamen Gegenstand in ihrer Hand. Es war nicht, wie er dankbar feststellte, was er befürchtet hatte. Mrs. Heathcote-Kilkoon hatte einen dunklen Metallklumpen in der Hand, in dessen unförmiger Oberfläche hier und da große funkelnde Steine leuchteten. So ineinander verschlungen und verschmolzen sie auch waren, erkannte der Kommandant dennoch in Resten die Juwelen Mrs. Heathcote-Kilkoons wieder. Den großen Klumpen an ihre Brust gepreßt, sah sie wieder wie die Frau aus, die er gekannt hatte.

»Meine Lieblinge«, winselte sie, und ihre Stimme strahlte vor wahnsinniger Freude, »meine kostbaren Lieblinge.«

Der Kommandant drehte sich streng zu Els um, der immer noch, von seiner neuesten Erfahrung arg mitgenommen, hingestreckt auf dem Bauch lag.

»Wie oft habe ich dir schon gesagt, du sollst nichts klauen?« fragte er. Els lächelte schwach und stand auf.

»Ich hab' mich nur um sie gekümmert«, sagte er als Erklärung.

Der Kommandant wandte sich ab und folgte Mrs. Heathcote-Kilkoon die Treppe hinunter.

»Haben Sie einen Wagen da?« fragte er besorgt. Mrs.-Heathcote-Kilkoon schüttelte den Kopf.

»Dann schicke ich nach einem Taxi«, sagte der Kommandant.

Von neuem ließ eine Blässe Mrs. Heathcote-Kilkoon erbleichen.

»Sie machen Witze«, murmelte sie, dann fiel sie ihm ohnmächtig in die Arme.

»Armes Ding«, dachte der Kommandant, »das war alles zu viel für sie.« Er hob sie auf und trug sie sanft zu einem Schützenpanzer hinüber. Als er sie auf den Boden legte, bemerkte er, daß sie noch immer den Metallklumpen in der schlaffen Hand hielt.

»Der britische Trotzkopf«, dachte er und schloß die Panzerklappe.

Als der Polizeikonvoi White Ladies endlich verließ, hatte Mrs. Heathcote-Kilkoon sich soweit erholt, daß sie aufrecht sitzen konnte. Sie war ohne Frage noch immer niedergeschmettert von der Wende in ihrem Geschick, und der Kommandant brachte das Thema taktvollerweise nicht zur Sprache. Statt dessen beschäftigte er sich mit der Durchsicht irgendwelcher Papiere und ging in seinen Überlegungen Dinge durch, die er noch zu erledigen hatte.

Er hatte Sergeant Breitenbach mit einer kleinen Mannschaft dagelassen, um den Schauplatz des Verbrechens zu bewachen, und dafür gesorgt, daß Fotos von dem Versteck des Sprengstoffs und der Zünder in der Sattelkammer an die Presse ausgehändigt würden. Er würde für den Polizeikommissar einen vollständigen Bericht über die Angelegenheit abfassen und eine Abschrift an BOSS weiterleiten, und der Presse würde er mitteilen, daß wieder einmal eine revolutionäre Verschwörung, die die Republik zerstören wollte, im Keim erstickt worden sei. Er könnte sogar eine Pressekonferenz abhalten. Doch dann beschloß er, es lieber sein zu lassen, denn Journalisten waren ein Schlag Leute, die der Polizei in Südafrika ihren Job kein bißchen leichter machten, und er sah keinen Grund, weshalb sie sich für ihre Informationen auf ihn verlassen sollten. Er hatte sich in jedem Fall um wichtigere Dinge zu kümmern als um die öffentliche Meinung.

Da war zum Beispiel das Problem mit der Witwe des Colonel, und obwohl der Kommandant in ihrer gegenwärtigen Misere alles Mitgefühl mit ihr hatte, sah er der Möglichkeit ins Auge, daß der schmerzliche Eingriff, den er hatte unternehmen müssen, das Wohlwollen, das sie einst für ihn empfunden hatte, eventuell zerstört haben könnte. Als sich der-

Konvoi Piemburg näherte, befragte der Kommandant sie wegen ihrer Pläne.

»Pläne?« fragte Mrs. Heathcote-Kilkoon, aus ihren stillen Träumen aufgescheucht. »Ich habe keine Pläne.«

»Du hast doch Freunde in Umtali«, sagte der Kommandant hoffnungsvoll. »Die würden dich bestimmt aufnehmen.«

Mrs. Heathcote-Kilkoon nickte. »Sicherlich«, sagte sie.

»Besser als eine Polizeizelle«, sagte der Kommandant und erklärte ihr, daß er sie eigentlich als Zeugin dabehalten müsse. »Wenn du mir natürlich dein Wort gibst, das Land nicht zu verlassen...«, fügte er hinzu.

Am selben Abend hielt der Rolls vor der Zollstation an der Beilt-Brücke.

»Irgendwas anzugeben?« fragte der rhodesische Zollbeamte.

»Ja«, sagte Mrs. Heathcote-Kilkoon mit Gefühl. »Es ist schön, wieder zu Hause zu sein, bei seinen Verwandten und Bekannten.«

»Ja, Ma'am«, sagte der Zollbeamte van der Merwe und winkte sie durch. Während sie durch die Nacht fuhr, sang Mrs. Heathcote-Kilkoon, um sich wachzuhalten.

»Herrsche Britannien, beherrsch' die Welt der Meere. Kein Brite je verlieren soll die Freiheit und die Ehre«, kreischte sie glücklich, als ihr Wagen einen schwarzen Radfahrer in den Straßengraben rammte. Mrs. Heathcote-Kilkoon war zu müde, um anzuhalten. »Hat er davon, wenn er ohne Licht fährt«, dachte sie und setzte den Fuß auf den Gashebel. Im Handschuhfach rollte ein Vermögen an Gold und Diamanten herum.

In der Woche darauf hatte der Kommandant viel zu viel zu tun, um sich über Mrs. Heathcote-Kilkoons Verschwinden Gedanken zu machen. Der Trupp Sicherheitsbeamte, der aus Pretoria kam, um über die Sache Bericht zu erstatten, wurde zu den Untersuchungen nach Weezen hinaufgeschickt.

»Befragen Sie den Kaufmann da«, schlug der Kommandant vor. »Sehr hilfsbereiter Bursche.« Die Sicherheitsbeamten befragten den Kaufmann, und dessen Weigerung, Afrikaans zu sprechen, brachte sie auf die Palme.

»Ich hab' genug Bullen gesehen«, teilte er ihnen mit, »das reicht mir für mein ganzes Leben. Einen hab' ich schon aus meinem Laden gewiesen, und mit Ihnen tu ich das auch. Das hier ist Klein-England, machen Sie zum Teufel nochmal, daß Sie hier rauskommen.«

Bis die Beamten wieder nach Pretoria zurückfuhren, konnten sie in der Behandlung der Angelegenheit durch den Kommandanten nichts finden, was zu kritisieren gewesen wäre. Die Tatsache, daß die Opfer des Polizeieinsatzes bei näherer Prüfung Frauenkleider im Falle der Männer und ein Suspensorium im Falle von La Marquise trugen, verlieh der Behauptung des Kommandanten Gewicht, daß die Sicherheit der Republik bedroht gewesen sei. Selbst im Kabinett fand das Vorgehen des Kommandanten in dieser Affäre freundliche Aufnahme.

»Über die Terrorismusdrohung geht nichts, um die Wähler auf unserer Seite zu halten«, sagte der Justizminister. »Eine Geschichte wie die könnten wir vor jeder Wahl gebrauchen.«

In Fort Rapier sah Luitenant Verkramp den Ausgang der Geschichte in ganz anderem Licht. Nun, da die unmittelbare Ursache seines Wahnsinns beseitigt war, nahm Verkramp wieder soviel Vernunft an, um seinen Frau Dr. von Blimenstein gemachten Heiratsantrag als eine vorübergehende Geistesverwirrung zu betrachten.

»Ich muß verrückt gewesen sein«, sagte er zu der Ärztin, als sie ihn an die Verlobung erinnerte.

Dr. von Blimenstein sah ihn vorwurfsvoll an.

»Und das nach allem, was ich für dich getan habe«, sagte sie schließlich.

»Für mich getan. Daß ich nicht lache«, sagte Verkramp.

»Und ich hatte schon so eine schöne Hochzeitsreise geplant«, jammerte sie.

»Tja, ich fahre nicht«, sagte Verkramp. »Ich habe so viele Trips gehabt, das reicht fürs ganze Leben.«

»Ist das dein letztes Wort?« fragte die Ärztin.

»Ja«, sagte Verkramp.

Dr. von Blimenstein verließ das Zimmer und gab der Schwester die Anweisung, Verkramp ruhigzustellen. Zehn Minuten später steckte Verkramp in einer Zwangsjacke, und Dr. von Blimenstein hatte eine vertrauliche Unterredung mit dem Krankenhauspfarrer.

Als Kommandant van Heerden am Nachmittag Fort Rapier einen Besuch abstattete, um sich nach Aaron Geisenheimer zu erkundigen, traf er Dr. von Blimenstein, die mit einem großen Federhut und einem Schneiderkostüm recht auffällig gekleidet war, wie er fand.

»Soll's wo hingehen?« fragte er. Im Sturme der Ereignisse hatte er Verkramps bevorstehende Heirat völlig vergessen.

»Wir machen Flitterwochen in Muizenberg«, sagte die Ärztin.

Kommandant van Heerden mußte sich ganz plötzlich auf einen Stuhl setzen.

»Und Verkramp ist wieder völlig in Ordnung?« fragte er.

Nach der Zuvorkommenheit des Kommandanten bei ihrer letzten Begegnung überhörte Dr. von Blimenstein die Spitze.

»Ein bißchen Panik im letzten Augenblick«, sagte sie, »aber ich denke, das wird sich reibungslos beheben lassen.« Sie zögerte einen Moment, dann fuhr sie fort: »Ich weiß, es ist unbescheiden von mir, aber ob Sie wohl Trauzeuge sein würden?«

Kommandant van Heerden überlegte, was er sagen könne. Der Gedanke, den Urheber so vieler seiner Mißlichkeiten einer so wenig liebenswerten Frau wie Dr. von Blimenstein anzudrehen, hatte was Reizvolles an sich. Der Gedanke, die Doktorin wäre die zukünftige Mrs. Verkramp, sprach indessen absolut nicht für sich.

»Verkramp hat bestimmt jeden Gedanken daran, auf seinen Posten zurückzukehren, aufgegeben?« erkundigte er sich hoffnungsvoll. Dr. von Blimenstein beruhigte ihn hocherfreut.

»Da brauchen Sie sich gar keine Sorgen zu machen«, sagte sie. »Balthasar tritt seinen Dienst wieder an, sobald wir von der Hochzeitsreise zurück sind.«

»Ich verstehe«, sagte der Kommandant und erhob sich, »in dem Fall spreche ich jetzt wohl am besten mal mit ihm.«

»Er ist in der Hypnotherapie«, sagte die Ärztin, als der Kommandant auf den Korridor trat. »Sagen Sie ihm, ich bin gleich da.«

Der Kommandant ging den Gang entlang und fragte eine Schwester nach dem Weg. In der Hypnotherapie machte die Schwester die Tür auf und lächelte.

»Hier kommt Ihr Trauzeuge«, sagte sie und schob den Kommandanten in das Krankenzimmer, in dem Verkramp aufrecht im Bett saß, von einem Chrysanthemenmeer umgeben.

»Sie auch«, stöhnte Verkramp, als der Kommandant sich auf einen Stuhl neben dem Bett setzte.

»Wollte bloß mal schnell reinschauen, um zu sehen, ob Sie irgendwas brauchen könnten«, sagte der Kommandant. »Ich wußte ja gar nicht, daß sie heiraten.«

»Ich heirate nicht«, sagte Verkramp, »ich werde geheiratet.«

»Wie ich sehe, wurde Ihnen zur Feier eine saubere Zwangsjacke verpaßt«, sagte der Kommandant, eifrig darauf bedacht, sich aus Streitthemen rauszuhalten.

»Wird er in einer Minute nicht mehr brauchen«, sagte die Schwester. »Nicht wahr?« Sie griff zu einer Spritze, zog das Bettuch zurück und rollte Verkramp auf den Bauch.

»Ich will nicht...«, schrie Verkramp, aber die Schwester hatte ihm die Nadel bereits ins Hinterteil gepiekt. Als sie sie wieder rauszog, war der Kommandant ausgesprochen erregt, während Verkramp in eine ganz ungewöhnliche Lethargie verfallen war.

»So, das hätten wir«, sagte die Schwester, stützte ihn und schnürte ihm die Zwangsjacke auf. »Nun brauchen wir das schreckliche Ding nicht mehr, nicht wahr?«

»Doch doch«, sagte Verkramp.

Die Schwester lächelte zum Kommandanten rüber und ging aus dem Zimmer.

»Hören Sie zu«, sagte der Kommandant, entsetzt über das, was er eben gesehen hatte, »ist es wahr, daß Sie diese Frau gar nicht heiraten wollen?«

»Doch doch«, sagte Verkramp. Der Kommandant, der ihm gerade hatte versichern wollen, daß es für ihn keine Veranlassung gebe, sich auf die Heirat einzulassen, sah verdutzt drein.

»Aber ich dachte, Sie sagten, Sie wollten nicht«, sagte er.

»Doch doch«, sagte Verkramp.

»Es gibt immer noch 'ne Chance, sich anders zu besinnen«, sagte der Kommandant.

»Doch doch«, sagte Verkramp.

»Na, ich will verdammt sein«, murmelte der Kommandant. »Sie ändern Ihre Entschlüsse aber ganz schön schnell.«

»Doch doch«, sagte Verkramp. In dem Moment kam die Schwester mit dem Ring zurück.

»Fällt er oft in diesen ›Doch doch‹-Trott?« fragte der Kommandant, als er den Ring in seine Tasche gleiten ließ.

»Das ist eine neue Behandlung, die sich Dr. von Blimenstein ausgedacht hat«, teilte ihm die Schwester mit. »Sie heißt CARS.«

»Das hatte ich mir gleich gedacht«, sagte der Kommandant.

»Chemisch ausgelöstes Repetitionssyndrom«, erklärte die Schwester.

»Doch doch«, sagte Verkramp.

»Großer Gott«, sagte der Kommandant, dem plötzlich die volle Bedeutung der Behandlung klar wurde. Falls es Dr. von Blimenstein gelingen sollte, Verkramp durch eine chemisch ausgelöste Hypnose gegen seinen Willen vor den Altar zu bekommen und dort in einem fort »Doch doch« sagen zu lassen, konnte sie alles erreichen. Kommandant van Heerden sah im Geiste schon das Ergebnis vor sich. Hunderte unschuldiger und angesehener Bürger konnten dazu gebracht werden, Sabotage, die Mitgliedschaft in der Kommunistischen Partei, ihre Ausbildung im Guerillakampf und jedes x-beliebige Verbrechen zu gestehen, das einem nur einfiel. Schlimmer noch, Dr. von Blimenstein war nicht die Sorte Frau, die zögern würde, wenn's dahin kam, die Karriere ihres Mannes mit derart zweifelhaften Machenschaften zu befördern. Der Kommandant dachte gerade über diese neuerliche Bedrohung seiner Position als Polizeichef nach, als die Braut mit dem Krankenhauspfarrer und einer Schar Patientinnen eintraf, die sie als Brautjungfern aufgetrieben hatte. Aus einem Tonbandgerät erscholl der Hochzeitsmarsch, und der Kommandant drückte Verkramp rasch den Ring in die Hand und verließ das Zimmer. Er hatte nicht die Absicht, als Trauzeuge bei einer Hochzeit zu fungieren, die das Ende seiner eigenen Karriere bedeutete. Er ging hinaus auf den Exerzierplatz, schlenderte niedergeschlagen zwischen den Irrenhausinsassen umher und verfluchte die Ironie eines Schicksals, das ihn vor den Folgen von Verkramps gezielten Versuchen, ihn aus dem Amt zu drängen, bewahrt hatte, nur um ihn nun zu zerschmettern. Es wäre besser gewesen, Verkramp die Suppe auslöffeln zu lassen, die er sich mit den Aktivitäten seiner Geheimagenten eingebrocht hatte, als ihn Dr. von Blimenstein heiraten zu lassen. Der Kommandant überlegte gerade, ob er daran noch was ändern könne, auch wenn's reichlich spät war, als er einen kleinen Tumult vor der Hypnotherapie bemerkte. Dr. von Blimenstein wurde weinend aus der Behelfskapelle geführt.

Kommandant van Heerden eilte hinüber.

»Irgendwas falsch gelaufen?« fragte er begierig.

»Er hat ›Doch doch‹ gesagt«, erklärte die Schwester. Dr. von Blimenstein weinte hemmungslos.

»Aber ich dachte, das sollte er«, sagte der Kommandant.

»Aber nicht, als der Pfarrer fragte, ob jemand anwesend sei, der irgendwelche Gründe kenne, warum die zwei nicht im Bund der heiligen Ehe vereint werden dürften«, erklärte die Schwester. Ein breites Grinsen lief dem Kommandanten übers Gesicht.

»Naja«, sagte er heiter, »Verkramp wußte also offenbar doch noch, was er wollte.« Er gab der untröstlichen Braut einen Klaps auf den Po, und mit den Worten: »Man kann nicht alles haben«, ging er zurück in das Krankenzimmer, um dem Ex-Bräutigam zu gratulieren.

Mit Wachtmeister Els lagen seine Schwierigkeiten ganz anders. Der Telefonanruf des Präparators am Piemburger Museum befand sich an der Kippe zur blanken Hysterie.

»Er wollte, daß ich ihn ihm ausstopfe«, erklärte der Präparator dem Diensthabenden.

»Was ist daran verkehrt, einen Fuchsschwanz ausstopfen zu lassen?« fragte der Sergeant, der nicht verstand, worum es bei dem ganzen Getue ging.

»Aber ich sage Ihnen doch, es war kein Fuchsschwanz. Es war das Exemplar eines richtigen Phallus«, schrie der Präparator.

»Welches Falles denn?« fragte der Sergeant.

»Keines Falles. Eines richtigen Phallus.«

»Sie hören sich nicht sehr logisch an, glauben Sie mir«, sagte der Sergeant.

Der Präparator holte tief Luft und versuchte es nochmal. Schließlich stellte der Sergeant zum Kommandanten durch, der ganz genau wußte, wovon der Mann redete.

»Kein Grund zur Besorgnis«, sagte er beschwichtigend, »ich nehme die Sache sofort selber in die Hand.«

Der Präparator warf einen angeekelten Blick auf sein Telefon.

»Erledigen Sie diese Kleinigkeit«, sagte er und legte dankbar auf.

Kommandant van Heerden schickte nach Els.

»Ich dachte, wir würden das schreckliche Ding nicht mehr wiedersehen«, sagte er. Els machte ein niedergeschlagenes Gesicht.

»Ich wollte es als Souvenir behalten«, erklärte er, »ich hätte es gern aufgestellt.«

»Aufgestellt?« schrie der Kommandant. »Sie müssen nicht ganz bei Troste sein. Warum lassen Sie ihm nicht endlich seine Ruhe?«

Els sagte, er wolle es versuchen.

»Und Sie werden noch was tun«, sagte der Kommandant zu ihm. »Wenn ich Sie dabei erwische, daß Sie das Ding nochmal rausholen, sind Sie dran.«

»Wegen was?« fragte Els.

»Wegen Erregung öffentlichen Ärgernisses«, knurrte der Kommandant. Els trabte davon, um sich seiner Trophäe zu entledigen.

Als die Wochen ins Land zogen und Piemburg wieder in seinen langsamen Trott fiel, ging die Erinnerung an die explodierenden Strauße und die Sabotageanschläge in die sicheren Hände der örtlichen Legende über. Kommandant van Heerden sah das mit großer Befriedigung. Wenn er auf die Ereignisse jener Tage zurückblickte, konstatierte er mit Verwunderung den großen Unterschied zwischen Leben und Literatur. Es ist nicht gut, zu viel zu lesen, dachte er, wenn er sich das Schicksal vor Augen führte, das die Bemühungen um die Literatur für Colonel Heathcote-Kilkoon und die Mitglieder des Dornford Yates-Clubs bereitgehalten hatten. Da zog der Kommandant es doch vor, die Traditionen des englischen Gentleman in der Praxis hochzuhalten. Er ließ die Fuchshunde der Jagdmeute des Colonel in die Polizeizwinger bringen, wo sie freundliche Beziehungen mit den Dobermannpinschern anknüpften, und Wachtmeister Els machte er zu ihrem Wärter. Els, so schien es, kam mit Hunden glänzend zurecht. Der Kommandant schaffte sich ein Pferd an und bestellte sich beim Schneider einen roten Jagdrock. Und nun sah man ihn und Els auf dessen Klepper zweimal die Woche im Chaste Valley eine Parforcejagd reiten, während ein Häftling mit einem um die Taille gebundenen Beutel Anissamen um sein Leben rannte. Manchmal lud er sogar Dr. von Blimenstein dazu ein, die großen Spaß am Reiten hatte. Es schien das mindeste zu sein, was er für die arme Frau tun konnte, jetzt, wo Verkramp sie hatte sitzenlassen, und auf jeden Fall, das spürte er, war es klug, sie sich nicht zur Feindin zu machen.

Alles in allem war er sehr zufrieden. Was auch geschehen war, die Werte der abendländischen Kultur waren in Piemburg noch sicher, und als MFHDP hielt Kommandant van Heerden die Traditionen hoch, die nach seinem Herzen waren. Nach dem Herzen eines englischen Gentleman.

Bitte beachten Sie
die folgende Seite